KB142113

환락송 2

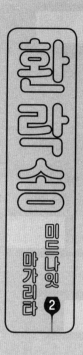

환락송

미드나잇
마가리타

②

아나이 지음

허유영 · 추은주 옮김

팩토리나인

등장인물 소개

앤디(安迪): 뉴욕에서 중국으로 돌아온 인재. 투자회사에서 CFO(최고재무책임자)를 맡고 있다. 젊은 나이에 기업의 임원이 된 똑똑한 골드미스. 미모와 재능을 겸비한 그녀는 모든 것을 다 가진듯하지만 지금의 자리에 오르기까지 너무 많은 것을 잃었다. 외모가 늘씬하고 아름답지만 성격이 차갑고 경계심이 많아 종종 오해를 받곤 한다. 고학력의 우수한 인재로 일에서는 완벽하고 결단력이 있지만 사람과의 감정 교류에 있어서는 서툰 면을 보인다. 출생의 비밀 때문에 진실한 사랑을 하지 못한다고 생각하고 마음을 닫고 산다.

관쥐얼(關睢爾): 조용한 성격이다. 취업한 지 얼마 되지 않은 말단사원이지만 자기 자리에 만족하며 열심히 일한다. 올해 서른이 되면서 결혼에도 조급해한다. 결혼에 급한 것과는 별개로, 차와 집을 자가로 소유하고 있는 잘생긴 남자가 아니면 쳐다보지도 않는다. 하이시에서 글로벌투자기업의 인턴으로 들어가 정직원이 되기 위해 갖은 노력을 하고 있다.

추잉잉(邱瑩瑩): 성격이 단순하고, 결과를 생각하기에 앞서 행동이 먼저 나가는 행동파라 종종 스스로 곤경에 빠지기도 하고, 주변을 힘들게 만들기도 한다. 그녀의 부모님은 농촌에서 작은 도시로 넘어와 고생하며 힘들게 일했기 때문에 자신의 딸 만큼은 큰 도시에서 굳건한 입지를 다져 성공하기를 기대하고 있다. 사랑에 흠뻑 빠지는 스타일이다.

판성메이(樊勝美): 현재 하이시 글로벌투자기업 인사팀에서 오랜 경력을 쌓아왔다. 집안 사정이 빈곤하고, 남자를 중시하는 가정 분위기 탓에 인정받지 못했던 데 상처를 많이 받았다. 매번 오빠가 사고치는 일들에 연루되고, 그 일들을 해결하느라 번 돈을 다 쓰는 바람에 모아둔 돈이 없다. 그러나 그런 것들을 숨기고, 자신의 자존심과 체면을 내세우며, 다른 사람에게 얕보일까 봐 전전긍긍한다. 의리가 있고, 남을 도와주기 좋아하는 선량한 면이 있는 반면 허영심도 크다. 부잣집에 시집가서 이 고통을 끝내는 것이 목표였지만 여러 일들을 겪으며 스스로 강해지고, 인생의 변화를 겪게 된다.

취샤오샤오(曲筱綃): 재벌가 상속녀. 제멋대로인 성격에 툭하면 남을 무시한다. 좋은 일을 자주 하지만 항상 선한 마음으로 하는 것은 아니다. 얼굴도 예쁘고 능력도 좋아서 늘 자신감에 차 있다. 공부에 소질은 없어 고등학교를 졸업하자마자 미국 유학길에 올랐다. 걱정 없이 돈을 펑펑 쓰고 미국에서 놀다가 배다른 두 오빠가 재산을 물려받는 것이 싫어 한국에 들어와 직접 회사 경영에 나선다. 매력이 출중하고, 흡사 여우같은 느낌이다. 놀기 좋아하고, 재미있으며, 상대에게 직설적으로 말한다. 사업뿐만 아니라 원하는 남자는 무조건 자기 편으로 만들 수 있다는 자신감 충만한 캐릭터다.

18

앤디는 오후에 하던 일을 미뤄놓고 업계 최고의 '리더'들이 참석하는 심포지엄에 참석했다. 탄쭝밍은 이번 심포지엄에서는 기자들도 없고 녹음도, 기록도 하지 않기 때문에 참석자들이 하고 싶은 말을 마음껏 할 수 있을 거라 했다. 또 무엇보다 '책임지지 못하는' 심층 분석 의견도 많이 들을 수 있을 거라고 했다. 탄쭝밍의 그 말 때문에 앤디도 평소와 달리 참석을 거부하지 않았다. 다른 참석자들도 그녀와 비슷한 생각인 것 같았다. 보통 이런 행사는 오후 3시에 시작 예정이어도 대부분 3시 30분은 되어야 정식으로 시작된다. 심지어 그보다 더 늦어질 때도 있다. 그런데 이번에는 예정된 시간에 한 치의 오차도 없이 시작되었다.

앤디는 주위에 앉은 몇 사람과 명함을 주고받았다. 앤디는 명함을 보고 나서야 탄쭝밍이 바쁜 덕분에 자신이 어부지리로 참석하게 된 것임을 알았다. 심포지엄에 참석한 사람들은 대부분 서로 잘 아는 사이였다. 그녀처럼 처음 참석한 사람은 거의 없었으므로 젊고 예쁘고 능력 있는 뉴 페이스인 그녀에게 자연스럽게 관심이 집중되었다. 연단에서 발언하는 사람들은 모두 쟁쟁한 인사들이었다. 앤디는 이름을 들어본 사람도 있고 들어보지 못한 사람도 있지만 그들의 직함을 들으면 대충 감을 잡을 수가 있었다. 석 달간 집중적인 자료 조사를 통해 국내 상황을 대체로 파악하고 있었기 때문이다. 앤디의 머리가 빠르게 돌아가며 사람들의 직함을 기억하고 분석했다.

그런데 어떤 사람의 직함 뒤에서 익숙한 세 글자가 귀에 들어왔다. '웨이궈창.'

앤디는 뭔가에 세게 얻어맞은 듯 멍해졌다. 인연이라면 헤어져도 언젠가 다시 만나게 된다고 했던가. 웨이궈창이라는 이름이 아주 흔하다는 것은 그녀도 알고 있었다. 회사에도 '궈창'이라는 이름을 가진 직원이 있었다. 그를 볼 때마다 그녀는 왠지 마음이 편치 않았다. 특이점이 웨이 씨라는 걸 알았을 때도 그에게 웨이궈창이라는 사람을 아느냐고 물었다. 그러므로 이 웨이궈창도 그녀가 생각하는 웨이궈창이 아닐 가능성이 크다. 그녀는 자기가 웨이궈창에 관한 자료를 탄쭝밍의 집 연못에 던져버린 것처럼 웨이궈창이라는 사람이 영원히 자기 인생에 나타나지 않길 바랐다.

건장한 체구의 웨이궈창이 연단에 올라 발언을 하자 앤디가 물을 마시기 시작했다. 처자식을 버릴 정도로 무능한 남자가 이렇게 성공했을 리 없다고 생각하면서도 마음이 독해야 큰일을 할 수 있다는 속담이 생각났다. 그녀는 설사 이 웨이궈창이 그 웨이궈창이라고 해도 지나가는 행인처럼 무시하고 지나치겠다고 다짐하고 또 다짐했다. 하지만 가끔은 가슴이 머리를 이기는 법. 그녀는 자기도 모르게 물을 연거푸 들이켜며 연단에 서 있는 웨이궈창을 구석구석 뜯어보았다.

심포지엄이 끝난 뒤 만찬이 시작되었다. 앤디는 일부러 동종 업계의 두 사람과 같은 테이블에 앉아 최근 시장 상황에 대해 열띤 이야기를 나누었다. 하지만 시선이 자꾸만 웨이궈창에게로 향했다. 그녀는 너무 눈에 띄었고 웨이궈창은 젊고 아름다운 여자가 자신을 계속 쳐다본다는 걸 금세 알아차렸다. 그도 앤디를 쳐다보았다. 두 사람의 시선이 마주쳤을 때 그 사이에 어떤 교감이 생겼지만 둘 다 표정은 굳어 있었다. 애써 아무렇지 않은 척하는 것 같기도 했다. 앤디는 영문을 알 수 없는 화가 울컥 차올랐다. 웨이궈창이라는 사람이 어째서 이토록 자신에게 영향을 미치는 걸까. 그녀는 앞에 있는 물을 단숨에 비워버린 뒤 성큼성큼 걸어 웨이궈창에게 다가갔다. 사람들이 보는 앞에서 그녀가 진지한 표정으로 웨이궈창에게 물었다.

"실례합니다. 혹시 30년 전에 다이산 현에서 삽대(揷隊.문화 대혁명 기간 중에 인민공사의 생산대에 들어가 노동에 종사하거나 정착해 사는 것) 생활을 하셨나요?"

웨이궈창이 깜짝 놀랐다.

"그렇게 오래된 일을 왜 묻는 거죠?"

앤디는 그의 표정 변화를 살피며 또 한 번 물었다.

"그럼 허 씨 성을 가진 여자를 아시나요?"

웨이궈창의 놀란 눈이 더 커졌다. 태연한 척 앤디를 응시하고 있는 그의 눈동자 위로 복잡한 감정이 스쳤다.

"그건 왜 묻죠?"

"아닙니다."

앤디는 저 밑바닥에서부터 솟아오르는 다이산 사투리의 욕설을 가까스로 눌러 삼키며 몸을 돌려 자리로 돌아왔다. 그녀는 웨이터가 다시 채워놓은 물잔을 단숨에 들이켠 뒤 다시는 웨이궈창 쪽으로 시선을 돌리지 않았다. 그녀의 마음속에서는 이미, 웨이궈창이라는 이름이 '빌어먹을 개자식'이라는 단어로 바뀌어 있었다.

만찬이 끝난 뒤 앤디는 같이 나온 사람들과 주차장에서 또 몇 분

동안 얘기를 나누었다. 그때 웨이궈창이 급하게 다가와 그녀에게 말을 걸었다.

"아가씨, 할 말이 있어요. 아가씨를 뭐라고 불러야 되죠?"

사람들이 나중에 또 만나자며 인사를 하고 자리를 피해주었다. 앤디는 자신에게 다가오는 웨이궈창을 비스듬한 시선으로 응시했다. 마실 물도 가지고 있지 않아 호흡을 가다듬으며 마음을 진정시켰다. 웨이궈창이 가쁜 숨을 고르며 그녀에게서 2미터쯤 떨어진 곳에 멈추어 섰다.

"아가씨를 뭐라고 불러야 됩니까?"

앤디는 말없이 경멸의 눈초리로 그를 쳐다보다가 한참 만에야 입을 열었다.

"대화하고 싶지 않습니다."

말을 하고난 뒤에야 그녀는 '노 코멘트'라는 더 간단한 말이 있다는 게 생각났다. 하지만 바꿔 말하지 않고 몸을 돌려 차에 올라 시동을 걸었다. 웨이궈창은 그 자리에 우두커니 선 채 어둠 속으로 사라지는 오렌지색 차를 응시했다.

앤디는 한참이나 차를 몰다가 그제야 자신이 길을 잃었다는 걸 알았다. 그녀의 입에서 욕지거리가 비어져 나왔다. 정신을 차리고 근처의 큰 건물을 찾아 길가에 차를 세웠다. 차를 세운 뒤 트렁크에서 생수 2병을 꺼내 특이점에게 전화를 걸었다. 특이점이 전화를 받자마자 다짜고짜 소리쳤다.

"젠장! 개자식을 만나는 바람에 길을 잃었어요."

친구들과 저녁을 먹고 있던 특이점이 깜짝 놀랐다.

"지금 어디 있어요? 데리러 갈게요. 경찰을 부를까요?"

"빌어먹을! 대화하고 싶지 않다면서 내가 왜 굳이 가서 묻긴 왜 물었을까요? 올 필요 없어요. 택시를 부르면 돼요."

"무슨 일이에요? 심포지엄에 간 거 아니었어요?"

"개자식을 만났어요. 다이산에서 나쁜 짓을 했던 그놈이요. 괜찮아요. 택시 잡아서 집에 갈게요."

특이점은 큰 충격을 받았다. 앤디가 다이산 현의 옛 일을 마주한 것만으로도 이성을 잃은 것이다. 그는 여자 친구에게 일이 있다며 친구들에게 양해를 구하고 먼저 일어나 앤디의 집으로 향했다.

판성메이는 퇴근하고 회사를 나설 때 집에서 걸려온 엄마의 전화를 받았다. 엄마는 피해자 측 사람들이 또 병원비 계산서를 가지고 찾아와 1,000위안을 내놓으라고 한다며 울먹였다. 이미 예상한 일이었다. 그녀가 무기력하게 한숨을 내쉬었다.

"친구들도 돈 빌려달라고 할까 봐 나를 피해. 엄마는 1,000위안 달라고 쉽게 말하지만 돈 빌리기가 어디 그렇게 쉬운 줄 알아?"

"그래도 우리 집에 돈을 빌릴 수 있는 사람이 너밖에 없잖아. 이번한 번만이야. 네 오빠도 이번에 나오면 정신을 차릴 거야."

"잘도 그러겠다. 오빠가 언제 정신을 차리겠어? 다리가 부러져도정신을 못 차릴걸. 어쨌든 빌려볼게."

"내일 또 1,000위안을 줘야 돼. 힘들어도 되도록 많이 빌려봐. 어쩌겠니. 오빠가 나오면 다 네 덕분이라고 얘기할게. 다 늙은 우리가무슨 방법이 있겠니. 너 아니면 누가 네 오빠를 구하겠어."

"빌려보는 데까지 빌려볼게. 못 빌려도 어쩔 수 없어…."

"꼭 빌려야 돼. 그놈들이 우리 집 창문을 두드리면서 돈 안 주곤 못버티게 한댔어. 네 오빠가 사람을 때렸으니 우리가 어쩌겠니. 너밖에기댈 사람이 없어. 가족이 안 도우면 누가 돕겠어? 우린 늙어서 할 수 있는 게 없구나."

판성메이가 짜증을 냈다.

"그놈들 돌아가라고 하고 내일 은행에 가서 기다려. 얼마든 빌려 볼 테니까."

판성메이가 전화를 끊고 긴 한숨을 내쉬며 정류장으로 들어오는 버스를 쳐다보았다. 잠시 넋을 잃고 있다 사람들이 거의 다 탔을 때 문득 정신이 들어 버스에 올랐다. 빈자리가 없어서 선 채로 흔들거리 며 서 있었다. 화가 나는 건 그렇다 치고 오빠가 풀려나기 전까지 해 결될 일이 아닌 것 같았다. 사업을 하는 것도 아니고 월급쟁이인 딸 을 이렇게 닦달하다니. 술집에라도 나가길 바라는 걸까? 심란해하고 있을 때 또 핸드폰이 울렸다. 뜻밖에도 왕바이촨이었다. 망설이다가 전화를 받았다.

"집에… 내려갔다가 너희 오빠 얘기를 들었어…."

"우리 오빠가 사고를 안 치는 게 비정상이지. 다른 용건 있어? 별 일 없으면 끊을게. 나 지금 버스야."

"상대 쪽 친척이 병원에서 근무한대. 입원이든 진단이든 쉽다고 하더라."

"아…."

그녀는 "이걸 어쩌지?"라는 말이 불쑥 튀어나올 뻔했지만 이내 차 분히 말했다.

"알려줘서 고마워. 내가 알아서 할게."

전화를 끊고 난 뒤 그녀는 견딜 수가 없었다. 숨이 막혀서 당장 차 창밖으로 몸을 던지고 싶었다. 이걸 어쩌면 좋을까? 피해자 가족들 을 찾아가 그들의 분노와 독기가 누그러져 적당히 합의하고 싶을 때 까지 굽실거리며 끈질기게 사정하는 수밖에 없다. 그런데 그걸 누가 할까? 부모님이 그럴 수 있다면 일이 벌써 해결되었어야 한다. 오늘까지 1,000위안을 더 보내라고 하는 걸 보면 부모님은 그런 능력이 없다는 뜻이다. 오빠도 그럴 위인이 아니다. 한번 말해서 들어주지 않으면 또다시 주먹질을 할 게 뻔하다. 결국 그녀밖에 없었다. 이런 일은 친구에게 부탁할 수도 없고 폭행 당사자의 가족이 직접 나서야 한다. 하지만 그녀는 주말밖에는 시간이 나지 않았다. 고민하다가 당장 해결해야 하는 1,000위안이 떠올랐다. 역시 매일 1,000위안이라는 병원비가 거짓이라면 그녀도 그걸 다 줄 수는 없었다. 하지만 적게 주자니 부모님이 또 고통을 받을 게 뻔했다.

시름에 잠겨 있을 때 장밍쑹에게 전화가 왔다.

"그저께 같이 술 마셨던 친구들이랑 오늘 또 만나기로 했어. 성메이 씨 보고 싶다고 기다리고 있는데 퇴근했어? 오늘 약속 없어?"

"회사가 교외에 있어서 퇴근이 빨라요. 지금 집에 가고 있어요. 친구 분들한테 술을 많이 먹였는데 어제 괜찮다고 해주셔서 다행이었어요. 그런데 오늘 또 초대를 해주실 줄은 몰랐네요."

"같이 가지. 오늘은 술 많이 안 마실 거야. 추운데 훠궈나 먹자고. 어디로 데리러 갈까? 주딩(九鼎)에서 만나기로 했어."

주딩은 최고급 레스토랑이었다. 판성메이는 눈앞에 한 가닥 서광이 비추는 것 같았다.

"지하철로 갈 수 있으니까 직접 거기로 갈게요. 같이 골프 치자고 한 약속 아직 안 지킨 거 알죠?"

"하하하! 알았어."

판성메이는 집에 가서 옷을 갈아입고 화장을 다시 해야 했다. 오늘 아침에 우울해서 화장도 대충 하고 출근한 터였다. 이 차림으로 주딩에 갈 수는 없었다.

취샤오샤오는 추잉잉의 매장에서 나오자마자 자오치펑에게 전화를 걸었지만 핸드폰이 꺼져 있었다. 자오치펑이 수술실에 있을 것 같아서 퇴근 후에 만나자고 문자 메시지를 보낸 뒤에 회사로 돌아왔다. 첫 번째 입찰이 임박해서 입찰 업체를 구워삶아야 했다. 특히 입찰 프로젝트에서 중요한 역할을 하고 있는 사람의 부인이 하이시로 출장을 오는 바람에 그녀가 아빠 차를 가지고 직접 태우고 다니며 거의 시중들다시피 했다. 어릴 적부터 접대 문화에 익숙했지만 직접 해보니 상대의 비위를 맞추며 접대하는 게 여간 힘든 일이 아니었다. 다행히 그녀가 좋아하는 돈이 눈앞에서 손짓을 하고 있었기 때문에 힘이 불끈 솟았다.

퇴근 무렵 지친 부인을 호텔로 데려다주었다. 저녁을 대접하게 해달라고 애원하다시피 했지만 상대는 한참 망설이다가 저녁보다는 잠을 택했다. 취샤오샤오가 드디어 자유의 몸이 되었을 때 자오치펑에게 늦은 답장이 왔다.

"오늘 수술을 2건이나 했어. 피곤해. 집에 가서 쉴래. 다음에 만나."

취샤오샤오가 알았다고 답장을 보낸 뒤 핸들을 꺾어 병원으로 향했다. 자오치펑이 그렇게 나올 것을 그녀는 이미 예상하고 있었다.

오늘 아빠 차를 몰고 있었기 때문에 자오치펑이 눈치채지 못하게 잠복하기가 쉬웠다.

퇴근 시간이 되자 의사들이 주차장으로 하나둘씩 들어왔다. 취샤오샤오는 좋은 자리를 차지하고 기다리고 있다가 자오치펑이 동료와 함께 주차장으로 들어오는 걸 보고 천천히 차를 몰아 자오치펑 옆으로 다가가 차창을 내렸다.

"어이, 피곤에 찌드신 분, 댁까지 모셔다 드릴게요."

자오치펑이 고급 대형차에 탄 그녀를 보고 깜짝 놀랐다.

"여긴 웬일이야?"

그가 동료와 인사를 한 뒤 차에 올랐다.

"웬일이야?"

취샤오샤오는 자오치펑이 동료 앞에서 뻗대지 않고 순순히 차에
타준 것이 고마웠다. 하지만 그녀가 냉큼 차 문을 잠그고 속도를 내
자 자오치펑은 차에 탄 게 조금 후회스러워지기 시작했다.

"하루 종일 고객을 모시고 다녔어. 운 좋게도 나이가 많은 고객이
라 지쳐서 저녁도 안 먹고 자겠다고 하더라. 고객이랑 쇼핑하다가 예
쁜 모카 포트를 봤어. 전기 포트라서 사무실에서도 쓸 수 있대. 고객
이 마음에 들어 하길래 오빠 것도 함께 샀어. 뒷자리에 있는데 한번
볼래?"

자오치펑이 뒷자리에 있는 커다란 쇼핑백을 보고 관심 없다는 투
로 말했다.

"고마워. 하지만 마음만 받을게. 너도 피곤할 텐데 저 앞에 세워줘.
우리 집 멀어. 병원에 가서 내 차 가지고 갈게."

"싫어. 안 놓아줄 거야. 놓아주면 오빠 얼굴을 못 보잖아. 어젯밤에
는 내가 잘못했어. 흥분하는 게 아니었는데. 그렇다고 날 피하면 어
떻게 해? 나한테 삿대질을 하고 무식하고 경박하고 제멋대로라고 욕
을 하는 건 참을 수 있어도 내려달라는 건 들어줄 수 없어."

중학생 때 이후로 자오치펑 주위의 모든 여자들이 그에게 다정하
게 대했다. 이런 여자는 난생 처음이었다. 자오치펑이 놀란 표정으로
취샤오샤오를 쳐다보다가 어처구니없다는 듯 물었다.

"날 어니로 데려가려는 거야? 창문을 열고 살려달라고 소리쳐도
될까?"

"같이 밥 먹고 우리 집으로 가자. 창문은 잠그지 않았으니까 좋을

대로 해."

자오치펑이 단호하게 거절하자 취샤오샤오가 떼를 쓰기 시작했다.

"이걸 어쩌지? 형법에서 부녀자 및 아동 납치는 죄가 되지만 성인 남자 납치는 죄가 되지 않는대."

자오치펑이 말했다.

"어젯밤부터 생각한 건데 너랑 사귀는 게 재미가 없어. 미안해. 날 원망해도 좋아. 하지만 재미없는 일을 계속하긴 싫어."

취샤오샤오는 오늘 아침부터 내내 자오치펑의 거절에 대응할 방법을 수없이 생각해두었다. 그런데 막상 현실로 닥치자 당당함은 온데간데없이 사라지고 코끝이 시큰해지며 눈물이 왈칵 쏟아졌다. 그녀는 아무 말도 하지 못하고 차도 한 가운데서 급정거를 한 뒤 버둥거리며 뒷자리로 가서 얼굴을 감싸 쥐고 울기 시작했다. 그녀의 행동에 자오치펑이 깜짝 놀랐다. 뒤차들이 경적을 울려대는 바람에 하는 수 없이 그가 운전대를 잡았다.

퇴근 시간대라 차가 붐볐다. 자오치펑은 겨우 차를 세울 곳을 찾아 주차를 했다.

"샤오샤오, 나 간다."

"잠깐! 오빠가 좋아하는 재밌는 여자가 어떤 여자야? 그걸 말할 수 없으면 재미있는 게 뭔지라도 알려줘. 어제 함께 포커 친 앤디 언니 같은 스타일?"

"앤디 씨는 똑똑하지만 재미있는 사람은 아니야. 웨이웨이 형님이라면 모를까. 하지만 남자잖아. 재미있다는 건 느낌으로 아는 거지 말로는 설명할 수 없어. 이걸 핑계라고 하겠지. 실제로 핑계처럼 들리기도 할 거야. 내가 사람을 잘못 본 탓이야. 미안해."

자오치펑이 차 열쇠를 뒷자리로 던지자 취샤오샤오가 말했다.

"손 좀 내밀어봐. 한 번만 물게 해주면 보내줄게."

자오치핑이 손을 내밀며 말했다.

"수술 후에 깨끗이 안 씻어서 고름이 묻어 있을 수도 있어."

취샤오샤오가 자오치핑의 손을 붙잡았다가 차마 입에 넣지 못하고 눈물이 크렁크렁한 눈으로 그를 노려보았다. 이런 이상한 이별 장면은 자오치핑도 태어나서 처음이었다. 그가 취샤오샤오의 손에서 손을 빼내며 그녀의 머리를 쓰다듬었다.

"울지 마. 뚝."

하지만 그는 이내 차에서 내렸다.

취샤오샤오는 멀어지는 자오치핑의 뒷모습을 바라보다가 그가 택시를 잡아타고 사라진 뒤 목 놓아 울기 시작했다. 아빠의 차 안에서 몸부림 치고 발을 굴렀다. 자오치핑의 이런 직접적인 거절 방식마저 좋아서 미칠 것 같았다.

추잉잉이 지하철에서 내려 신나게 집으로 향했다. 지나가는 사람들마다 피곤에 찌든 표정이었지만 그녀는 물오른 오렌지처럼 상큼하고 생기가 넘쳤다. 그런데 저 앞에서 관쥐얼이 빠른 걸음으로 걸어가고 있는 것이었다. 관쥐얼을 보자마자 그녀는 초등학교 고학년 때 수학 문제가 떠올랐다. 관쥐얼과 추잉잉 사이의 거리가 a미터이고, 관쥐얼이 b의 속도로 곧장 북쪽으로 향하고 있다. 추잉잉이 c의 속도로 같은 직선을 따라 간다면 추잉잉은 몇 분 뒤에 관쥐얼을 따라잡게 될까? 정답은 뭘까? 추잉잉이 지하철역 출구에서부터 가속도를 내서 달려가 관쥐얼의 허리끈을 붙잡는 바람에 수학 문제의 전제가 성립될 수 없었다.

"쥐얼, 좀 천천히 걸을 수 없어? 오늘은 야근 안 했네?"

"내일부터 출장이야. 토요일에 올 거야. 오늘은 장 보러 안 가도 돼?"

"말도 마. 배추 하나로 꼬박 일주일이나 먹었어. 저녁마다 배추랑 고기를 끓여 먹었잖아. 앞으로 배추는 절대로 안 살 거야."

두 사람이 웃으며 집으로 가다가 제과점 앞을 지나는데 추잉잉이 평소처럼 제과점 안을 흘긋 쳐다보며 말했다.

"나중에 돈을 많이 벌면 제일 먼저 하이시에 있는 모든 디저트 가게를 다 가볼 거야."

"나는 평가 심사에 합격하면 춘절 지나서 돈이 생길 텐데. 요즘 인턴들이 전부 긴장하고 있어서 가급적 인사팀 눈에 띄지 않으려고 길도 돌아서 다닐 정도라니까. 나쁜 인상을 남기느니 차라리 안 보이는 게 나아. 성메이 언니한테 인턴 평가에 대해 물어보고 싶은데 언니가 오늘 시간이 있을지 모르겠어. 참, 오늘은 안 물어보는 게 낫겠어. 성메이 언니가 요즘 기분이 우울하잖아. 출장 다녀와서 물어봐야지."

추잉잉이 웃었다.

"넌 너무 신중해. 성메이 언니가 남을 돕는 걸 얼마나 좋아하는데. 언니는 정말 좋은 사람이야."

취샤오샤오의 차가 두 사람 옆을 지나갔다. 취샤오샤오는 눈물은 닦았지만 차를 세우지 않고 주차장으로 들어갔다. 차에서 내려 선글라스를 끼고 짐짓 도도한 분위기로 엘리베이터를 기다렸다. 그때 1층 로비에서도 관쥐얼과 추잉잉이 엘리베이터를 기다리고 있었다. 아파트에서 엘리베이터를 기다리는 광경도 회사의 모습과 하나도 다를 게 없다. 다들 서로 아는 척하는 일 없이 엘리베이터 문 위에 있는 숫자만 멀뚱히 쳐다보고 있었다. 취샤오샤오는 지하에서 B엘리베이터를 타고 관쥐얼과 추잉잉은 1층에서 A엘리베이터를 탔다.

추잉잉이 엘리베이터에서 내리는데 옆에 있는 엘리베이터도 열리는 소리가 들렸다. 걸음을 멈추고 누가 내리나 보았더니 선글라스를 낀 취샤오샤오였다. 추잉잉이 애교가 철철 넘치는 목소리로 "샤오샤오!" 하고 부르더니 쪼르르 달려가 5초 동안 끌어안았다. 관쥐얼이 2202호 문을 열다가 닭살 돋는 소리를 듣고 뒤를 돌아보는데 바로 그때 집 안에서 판성메이의 목소리가 날아왔다.

"왜 저래? 잉잉 무슨 일 있어?"

화장을 하고 있던 판성메이가 룸메이트들이 오는 소리를 듣고 밖으로 나오다가 추잉잉이 취샤오샤오를 끌어안고 있는 걸 보게 된 것이다. 판성메이가 마뜩찮은 기분으로 미소를 거두고 옷을 갈아입으러 들어갔다. 여우 같은 취샤오샤오가 추잉잉에게 무슨 수작을 부린 게 틀림없었다.

취샤오샤오가 힘없이 추잉잉을 밀어냈지만 판성메이의 표정이 바뀌는 건 놓치지 않았다. 평소 같으면 기분이 좋아졌겠지만 오늘은 짜증이 가시지 않아 말없이 2203호로 향했다. 그런데 문 앞까지 갔다가 대뜸 몸을 돌려 물었다.

"쥐얼, 잉잉, 왕샤오보가 누군지 알아?"

추잉잉이 천진하게 물었다.

"어떤 왕샤오보?"

"남자들이 아주 좋아해서 그 사람을 닮고 싶어 하는 거 같던데…."

관쥐얼이 무슨 말인지 알겠다는 듯 대답했다.

"아, 그 왕샤오보? 너는 별로 마음에 들지 않을 수도 있어. 인터넷으로 검색해봐. 부인인 리인허(李銀河)가 쓴 글도 많아."

"고마워. 그런데 두 사람의 이름을 어떻게 써? 우리 집에 와서 좀 도와줄래?"

"가방 놓고 금방 갈게. 컴퓨터 켜놔."

관쥐얼이 집으로 들어가려다가 판성메이와 부딪힐 뻔했다. 한 발짝 뒤로 물러나 보니 꽃단장을 마친 미인이 서 있었다.

"데이트 하러 가?"

"데이트는 무슨. 연말이라 친구들이랑 밥 먹기로 했어."

판성메이는 데이트라고 말하고 싶지 않았다. 아직 문 앞에 서 있는 취샤오샤오를 의식한 탓이었다. 시간이 없어서 서둘러 밖으로 나오는데 추잉잉이 그녀를 덥석 끌어안았다.

"미인을 안으면 돈복이 터진대."

추잉잉이 그녀의 귀에 대고 작게 속삭였다.

"앤디 언니랑 파티 갔을 때 만난 그 남자야?"

판성메이가 고개를 끄덕이자 추잉잉이 "오예!" 하고 외치며 그녀를 놓아주었다.

옆에 있던 관쥐얼이 그날 아침 앤디와의 대화를 떠올리며 기쁘지도 우울하지도 않은 판성메이의 얼굴을 살폈다. 그런데 컴퓨터 가방을 놓고 편한 옷으로 갈아입은 뒤 2203호로 찾아갔을 때 그녀 앞에 뜻밖의 광경이 펼쳐져 있었다. 선글라스를 벗은 취샤오샤오의 눈이 운 것처럼 퉁퉁 부어올라 있었던 것이다.

취샤오샤오가 솔직하게 인정했다.

"내가 사랑하는 남자가 나를 사랑하지 않는대. 그런데 포기가 안돼. 왕샤오보의 모든 작품을 다운로드해줘."

관쥐얼은 뭐라고 묻고 싶지만 남의 불행을 이용하는 것 같아서 입이 안 떨어졌다. 망설이다가 참지 못하고 슬며시 물었다.

"어젯밤 그 남자?"

"맞아."

관쥐얼은 뭐라고 해야 할지 몰라 머릿속이 어수선했다. 왜냐고 이유를 묻고 싶었지만 너무 비열한 것 같았다. 왕샤오보의 작품을 검색하는데 손가락이 자꾸만 엉뚱한 자판을 두들겨 오타가 나자 슬쩍 둘러댔다.

"내 키보드가 아니라 익숙하지 않아서 그런가 봐."

"천천히 해. KFC 패밀리팩을 시킬게. 잉잉도 불러서 같이 먹자."

취샤오샤오가 주문 전화를 걸며 관쥐얼을 쳐다보았다. 작품 제목이 빼곡히 적힌 웹 페이지를 보자 멀미가 날 것 같았다. 이걸 언제 다 읽을 것인가? 관쥐얼이 D드라이브에 폴더를 새로 만들어 다운로드한 작품 파일들을 그 폴더에 넣어주었다. 취샤오샤오가 치킨을 주문하며 관쥐얼을 쳐다보았다. 주문 전화를 끊고 난 뒤 열심히 검색하고 있는 관쥐얼을 방해하지 않으려고 2202호로 추잉잉을 부르러 갔다. 그녀는 오늘 너무 울적해서 조용한 집을 견딜 수가 없었다.

"잉잉, 우리 집에서 같이 커피 마시자. 되게 비싼 커피래. 너희 매장에서 파는 커피보다 100배는 비쌀걸? 어떤 맛인지 궁금하지 않아?"

다른 걸로 유혹했다면 절대로 유혹에 넘어가지 않았겠지만 하필이면 요즘 추잉잉의 최대 관심사인 커피가 아닌가. 추잉잉이 말했다.

"잠깐 기다려. 배추갈비탕 끓이고 있으니까 만들어놓고 갈게. 같이 먹을래?"

추잉잉이 배추갈비탕을 들고 취샤오샤오와 사이좋게 2203호로 들어가자 관쥐얼이 물었다.

"언제 화해했어?"

"비밀이야."

취샤오샤오가 커피원두와 커피를 내릴 도구들을 추잉잉에게 가져다주고는 관쥐얼 옆으로 와서 그녀가 찾아놓은 글을 어깨 너머로 훑어보았다.

"왕샤오보 글 재미있어? 인생에 도움이 될 만한 에로틱한 부분이 있어?"

관쥐얼이 멍해졌다.

"어젯밤 그 사람이 그렇게 말했어? 난 잘 모르겠어. 친구들은 좋다고 하는데 나는 못 읽겠더라. 성에 대한 묘사가 너무 많고 문체도 내가 좋아하는 분위기가 아니야. 난해하고 시대적 배경도 너무 오래전이라서. 혹시 네가 잘못 들은 거 아니야?"

"아냐. 앤디 언니랑 웨이 오빠도 같이 있었어. 대학 시절의 왕샤오보식 사랑이 그립다던가. 큭큭. 쥐얼 너 얼굴이 빨개졌어. 설마 아직 첫 경험을 못 한 건 아니겠지? 잉잉, 이리 와봐! 여기 천연기념물이 있어! 요즘 처녀는 유치원에만 있다더니 여기도 있었네!"

"샤오샤오, 자꾸 이상한 소리 하면 왕샤오보 글 안 찾아줄 거야."

"난 아무 말도 안 했어. 잉잉, 그 커피 어때?"

취샤오샤오가 시치미를 떼고 딴전을 피우며 잉잉에게 다가갔다.

"독특한 향기야. 자바 섬에서 난 거 같은데 우리 매장에서 파는 거랑 달라. 커피 품종이 뭐야? 나는 마셔보지 않으면 잘 모르겠어."

"품종은 나도 몰라. 친구가 준 거야. 친구가 커피를 좋아해서 유학 다녀와서 카페를 열었어. 하이시에서 커피 좋아하는 사람 중에 그 카페를 모르는 사람이 없다고 하더라. 흔한 커피는 안 팔고 내 친구가 허세라고 부르는 라테아트도 안 해. 마셔보고 차이를 알아낼 수 있으면 그걸로 충분하다고 봐."

두 사람이 주방에서 열띤 대화를 나누는 동안 관쥐얼은 혼자 컴퓨터 앞에 멍하니 앉아 있었다. 자오치펑은 정말 방탕한 사람일까? 겉모습만으로는 도저히 상상할 수가 없었다. 어쩐지 취샤오샤오와 안지 얼마 되지도 않아서…. 그녀는 씁쓸해하며 자신이 사람을 잘못 본 걸 후회했다.

추잉잉이 방금 내린 커피를 한 모금 맛보더니 눈이 휘둥그레졌다.

"와! 향이 끝내줘!"

취샤오샤오가 그다음 말을 기다렸지만 추잉잉이 아무 말도 하지 않고 멍한 표정만 지었다.

"잉잉, 말을 해."

"큰일 났어! 지금까지 손님들에게 우리 매장에서 파는 게 제일 좋은 커피라고 진심으로 얘기했는데 앞으로 거짓말을 해야 하잖아. 잘할 수 있을까? 앞으로 홍보할 의욕도 안 날 거 같아."

취샤오샤오는 어이가 없었다.

"그게 큰일이라고?"

취샤오샤오가 순수한 관쥐얼을 쳐다보다가 그녀 못지않게 순수한 추잉잉에게로 또 시선을 옮겼다. 22층에 천연기념물이 2명이나 살고 있다니! 검색과 다운로드가 거의 끝났다는 알람에 컴퓨터 앞으로 가보았다. 소설은 읽을 만하기는 했지만 기대했던 것만큼 흥미롭지는 않았다. 어쨌든 자오치펑을 위한 수련의 시간으로 삼기로 했다.

한참 생각에 잠겨 있던 추잉잉이 말했다.

"샤오샤오, 나를 그 카페 한다는 친구에게 소개시켜주면 안 될까? 나 거기서 일하고 싶어."

"안 돼. 거긴 카페야. 네가 커피 서빙을 할 건 아니잖아."

"아, 하지만 손님들이 나를 믿고 내가 추천해주는 커피를 사는데 앞으로 거짓말을 하면 손님들에게 미안해서 어쩌지? 지금도 나를 믿고 온라인 숍에서 주문하는데…."

"답답해 죽겠네. 가성비 최고라고 하면 되잖아. 뭐든지 제 가격만큼 하는 거야. 최고급이면 가격도 제일 비싸지. 손님들이 그걸 모를 거 같아?"

"비싸면 제값을 한다는 건 나도 알아. 이걸 마시기 전까지는 회사에서 최고급이라고 하길래 정말로 그게 최고인 줄 알았다고."

취샤오샤오가 두 천연기념물을 번갈아 쳐다보다가 피식 웃음을 터뜨렸다. 정말 귀여웠다! 그녀는 처음으로 22층에도 귀여운 종족이 산다는 걸 알았다. 남자만 귀여운 게 아니라 여자도 귀여울 수 있다는 것도 처음 알았다.

세 여자가 처음으로 한 식탁에 둘러 앉아 고급 커피에 배추갈비탕과 KFC 패밀리팩을 먹으며 밤이 늦도록 수다를 떨었다. 물론 세 여자의 마음속에는 저마다 우울의 그늘이 드리워져 있었다. 겉으로 드러나지 않는 관쥐얼의 그늘이 사실은 제일 어두웠다.

앤디는 택시를 잡아 앞에서 길을 안내하도록 하고 그 뒤를 따라 차를 몰아 동네에 도착했다. 택시 뒤를 따라올 때는 신경을 집중하느라 다른 생각은 할 겨를이 없었지만 아파트 앞에 도착해 택시비를 지불하고 나자 다시 심란해졌다. 그녀는 혼자 찬바람을 맞으며 아파트 단지 안을 거닐었다.

그녀는 그제야 자신이 큰 실수를 했다는 걸 알았다. 자기 신분을 노출한 것이다. 첫째, 웨이궈창은 최종 확인이 부족할 뿐 그녀가 누군지 짐작했을 것이다. 둘째, 웨이궈창이 그녀의 자동차 번호판을 보았으므로 조금만 뒷조사를 해본다면 그녀의 주소를 찾아낼 수 있을 것이다. 셋째, 웨이궈창이 유명세를 가진 인물이므로 그가 그녀의 집에 찾아오면 아무도 그가 들어오는 걸 막지 않을 것이다. 하지만 그녀는 웨이궈창을 다시 만나고 싶지 않았다.

특이점이 어둠 속을 헤치고 그녀를 찾아왔을 때까지도 그녀는 집에 들어가지 않고 아파트 단지 안을 배회하고 있었다. 특이점이 다가오자 그녀가 물 이외에 의지할 무언가를 만난 듯 거의 다 마신 생수병을 쓰레기통에 버리고 호흡을 가다듬었다.

특이점은 앤디를 보자마자 손을 잡고 "걱정하지 말아요."라고 말하고는 그녀의 집으로 들어갔다.

두 사람이 22층에 도착했을 때 마침 관쥐얼과 추잉잉이 취샤오샤오의 집에서 나오고 있었다. 취샤오샤오가 휘파람을 불며 관쥐얼과 추잉잉의 어깨에 팔을 두르고 히죽거렸다. 특이점은 세 여자에게 미소로 목례를 했지만 앤디는 어두운 표정으로 말했다.

"오늘은 일이 있어서 너희랑 못 놀아."

그녀가 특이점을 데리고 2201호로 들어가다가 문 앞에서 고개를 돌려 세 사람을 흘긋 쳐다보았다. 셋이 어떻게 어깨동무를 하고 있는지는 모르겠지만 어쨌든 좋은 일이었다.

취샤오샤오가 풍부한 경험을 바탕으로 분석을 내놓았다.

"정말로 할 얘기가 있는 거 같아. 뜨거운 밤을 보내러 들어가는 거 같진 않아. 이별 전쟁은 아닐 테니까 걱정 마. 난 척 보면 알아."

추잉잉이 말했다.

"신경 꺼. 둘이 동거를 하더라도 문제될 게 없잖아? 성인들인데."

취샤오샤오는 추잉잉이 말싸움을 하려들까 봐 겁이 나서 꼬리를 내리고 두 사람을 2202호까지 데려다주었다.

2201호에서 앤디가 오늘 있었던 일을 특이점에게 얘기해주었다. 얘기를 다 듣고 난 뒤 특이점이 말했다.

"그건 철없는 반항이 아니에요. 혈연이란 오묘한 거죠. 당신 행동은 정상적이었어요. 앞으로도 완전히 남남으로 살 수는 없을 거예요. 상황이 어떻게 변하는지 지켜봐야죠. 특히 그쪽에서 어떻게 나오느냐가 중요해요. 그런데 지금 당신은 비정상적으로 침착해요. 다른 사람 같으면 술에 취해 물건을 때려 부수고 싸우고 고래고래 소리를 지를 거예요. 감정을 억누르고 있는 거예요?"

앤디가 고개를 끄덕였다.

"지금은… 조금 괜찮아졌어요."

"술을 마셔봅시다. 더 발산해요. 누구나 인생에서 만나는 큰일들이 있죠. 태어나는 게 첫 번째로 겪는 큰일이에요. 이런 일을 겪으면 어떻게 감정을 발산하든 지나치지 않아요. 술을 가져올게요. 당신은 종이에 그 사람의 죄를 다 적어봐요."

앤디는 반신반의했지만 특이점을 믿었다. 그녀는 종이와 펜 대신 노트북을 가지고 와서 테이블에 펼쳐놓고 키보드를 두들기기 시작했다.

'웨이궈창이 도망쳤기 때문에 엄마가 실성해서 세상을 떠났고, 외할아버지는 실종되고 외할머니도 행방불명됐다….'

특이점이 술잔 2개를 꺼내 오자 그녀가 의아한 표정으로 물었다.

"이미 지난 일이고 알고 있는 일인데 어째서 흥분한 걸까요? 나는 왜 계속 과거 때문에 감정이 격해지는 거죠? 내가 별것 아닌 일에 흥분한다는 걸 알려주려고 이걸 적으라고 한 거예요?"

애써 태연하게 말해보지만 그녀의 마음은 웨이궈창 때문에 요동치고 있었다. 고작 한 줄을 썼을 뿐인데 가슴이 쿵쾅거렸다.

특이점이 술잔에 절반쯤 술을 따라 앤디에게 건넸다.

"나한테 묻지 말고 당신 자신에게 물어봐요."

앤디가 술을 단숨에 입에 털어 넣었다.

"자세히 써봐야겠어요!"

그녀가 다시 노트북 자판 위에 손을 얹었다가 이내 손을 움츠렸다. 어둡고 스산했던 그 수많은 밤들을 어떻게 묘사해야 할까? 그녀가 노트북을 툭 밀었다.

"안 쓸래요. 써버리고 나면 내 일이 아닌 것 같잖아요. 남의 일 같아서 아무 느낌이 없어질 것 같아요. 당신은 내가 어떻게 하길 바라는 거예요?"

"당신이 감정을 쏟아냈으면 좋겠어요. 가슴이 갑갑하면서도 감정을 어떻게 발산해야 할지 모르고 있잖아요. 술 마시는 것도 방법이 될 수 있어요."

그때 특이점의 핸드폰이 울렸다.

"왕바이촨? 나한테 왜 전화를 했을까요?"

특이점이 앤디를 보며 전화를 받았다.

"웨이 사장님, 제가 앤디 누님의 전화번호를 몰라서 그러는데 얘기 좀 전해주세요. 성메이 집에 일이 생겼어요. 그런데 성메이가 피하려고만 하는 것 같아요. 성메이 주위에 어른스러운 사람은 앤디 누님뿐이에요. 성메이가 이미 해결책이 있는 건지 도움이 필요한 건 아닌지 알아봐달라고 부탁해주세요."

왕바이촨이 특이점에게 판성메이의 집안 상황을 자세히 얘기했다.

앤디는 노트북을 가까이 가져다 놓고 특이점을 등진 채 자판을 두들겼다. 이유는 모르겠지만 심하게 뛰던 가슴이 천천히 차분해졌다. 특이점에게 미안했다. 이제는 감정을 발산할 필요가 없을 것 같지만 자판을 두드려 한 줄을 더 썼다.

'용서할 수 없어.'

특이점이 전화를 끊자 그녀가 남의 일 얘기하듯 중얼거렸다.

"무슨 일이 닥치든 해결 방법은 있어. 겁낼 것도 없고 고민할 것도 없어."

특이점이 놀란 표정으로 한참 동안 앤디를 쳐다보았다.

"맞아요. 그 사람은 당신에게 중요한 사람이 아니에요. 그저 지나가는 사람일 뿐이죠. 앞으로 무슨 일이 닥치든 제3자의 시선에서 바라보고 해결해요. 나도 옆에 있잖아요."

"아까 왕바이촨이 왜 전화했어요?"

앤디는 특이점이 말하고 싶어 하지 않는 것 같아서 알아야 할 명분을 만들었다.

"난 지금 관심을 돌릴 곳이 필요해요. 이 일에 파묻혀 있고 싶지 않아요. 가끔씩 머리가 말을 듣지 않아요. 기억력은 또 너무 좋고요."

특이점이 왕바이촨의 말을 앤디에게 전했다. 그러면서도 앤디가 걱정돼 그녀의 얼굴에서 시선을 떼지 못했다. 앤디는 그녀의 말과 달리 여전히 심하게 긴장되어 있는 것 같았다. 가장 가까운 핏줄에 관한 일인데 마음먹은 대로 감정을 움직일 수 없는 게 당연했다.

앤디가 말했다.

"샤오샤오는 성메이가 재테크를 하지 못한다고 했어요. 그런데 이제 보니 가족이 밑 빠진 독이었군요. 바이촨 씨는 어쩔 생각이래요? 성메이를 돕고 싶은 거예요? 그렇다면 혼자서도 처리할 수 있을 텐데 뭘 걱정하는 거죠?"

"성메이 씨 집안일은 누구도 쉽게 개입할 수 없어요. 성메이 씨와 가족들은 악순환의 고리로 연결되어 있어요. 누구든 용감하게 뛰어들면 성메이 씨와 함께 그 소용돌이에 휘말릴 텐데 바이촨 씨가 그걸 모를 리 없죠."

"그럼 어째서 내게 알렸을까요? 나더러 뛰어들라는 거예요? 바이찬 씨가 그렇게 남을 이용하는 사람일까요? 바이찬 씨 전화번호 좀 알려줘요."

앤디가 집 전화의 스피커폰 기능으로 왕바이찬에게 전화를 걸어 단도직입적으로 물었다.

"날 찾았어요? 이해가 안 되는 점이 있어서 물어보려고 전화했어요."

사실 특이점은 왕바이찬의 전화를 받는 동안 앤디에게 주의를 집중하고 있었다. 그가 제일 걱정하는 건 앤디의 감정이었으므로 다른 일에는 별로 관심을 쏟지 않았다. 앤디의 말을 듣고 그제야 방금 전 왕바이찬과의 통화를 돌이켜 보았다. 그는 왕바이찬의 속내를 짐작할 수 있었다. 앤디에게 손짓으로 알려주려고 했지만 앤디가 벌써 왕바이찬에게 말을 꺼내버렸다.

"어떻게 할 생각이에요?"

앤디의 입에서 이 말이 나오자 특이점이 입을 꾹 다물었다. 사람마다 일을 처리하는 방법이 다르다는 걸 인정하기로 했다.

왕바이찬이 말했다.

"성메이와 통화를 했는데 제게 그 얘기를 하지 않으려고 하더군요. 하지만 그 일을 잘 처리하지 못하면 성메이 가족들이 심한 피해를 입을 거예요."

앤디가 말했다.

"내가 묻고 싶은 건 바이찬 씨가 성메이의 일에 개입해서 처리할 생각이냐는 거예요. 나한테 연락을 한 건 나도 도와주길 바라서겠죠? 나도 성메이를 돕고 싶어요. 내가 어떻게 도와야 더 간단하고 효율적으로 일을 해결할 수 있을까요?"

특이점이 앤디의 말을 듣고 웃으며 안심하고 그녀의 책들을 구경했다.

"성메이를 도와주고 싶은데 성메이가 무슨 생각을 하는지 몰라서 어디서부터 어떻게 도와줘야 할지 모르겠어요."

"성메이의 생각은 둘 중 하나일 거예요. 남이 참견하기를 바라지 않거나, 남의 도움을 필요로 하거나. 성메이가 지금까지 우리에게 보여준 행동으로 판단해보면 누가 도와주는 걸 원치 않을 거예요. 그렇다면 성메이 모르게 도와주는 수밖에 없어요. 하이시가 아니라 성메이집에 가서 해결해야겠죠. 어려운 일은 아닐 거예요. 하지만 아무것도 하지 않아도 괜찮아요. 이 정도로 관심 가져준 것으로도 충분해요."

왕바이촨이 한참 동안 침묵하자 앤디가 다시 물었다.

"바이촨 씨가 나한테 연락한 건 성메이의 집안 문제를 해결해달라는 게 아니라 성메이가 집안 문제에서 발을 빼도록 만들라는 건가요? 하지만 적당한 방법이 생각나질 않아요. 가족들과 얽힌 악순환의 고리가 하루 이틀 만에 만들어진 건 아닐 텐데 쉽게 발을 뺄 수 있을까요? 바이촨 씨가 생각해놓은 방법이 있을 것 같다는 생각이 드네요. 방금 전 바이촨 씨가 웨이 씨한테 했던 말만 들으면 바이촨 씨가 이 일에서 무슨 역할을 하려는지 잘 모르겠어요. 내가 잘못 끼어들었다가 일을 그르칠까 봐 그래요. 바이촨 씨의 계획이 뭔지 듣고 싶어요."

앤디의 예리한 질문에 왕바이촨이 더듬거리며 말했다.

"성메이가 우리 도움을 원치 않는 건 자존심 때문인 거 같아요. 화려하고 당당한 모습을 보여줬던 애니까… 작은 흠도 보여주기 싫은 거죠. 하지만 앤디 누님 말대로 성메이 가족들의 악순환이 하루아침에 생긴 게 아니에요. 성메이 스스로 거기서 빠져나오기에는 역부족이에요. 그런데 제가 고향에 가서 알아보니까…."

"성메이가 자존심이 상할까 봐 걱정하는 건 이해해요. 하지만 바이찬 씨가 웨이 씨에게 한 얘기로 보면 바이찬 씨는 내가 성메이에게 집안 얘기를 꺼내길 바라는 거 같아요. 성메이가 자존심이 강해서 작은 흠도 남에게 보여주지 않으려고 한다는 걸 알면서 어째서 내가 그걸 성메이에게 얘기하게 하려는 거죠? 우리가 도와준다는 걸 성메이가 알게 하면 안 되는 거 아니에요? 바이찬 씨가 무슨 생각을 하는지 잘 모르겠어요. 난 그걸 물어보려고 전화한 거에요. 설마, 성메이가 화내길 바라는 거예요?"

"성메이는… 늘 가면을 쓰고 있어요. 가족 문제를 대할 때도 가면을 쓰고 있고 성메이 자신도 가면을 쓰고 있어요. 그 가면을 벗겨야만 자신이 지난 몇 년간… 별로 당당하게 살지 못했다는 걸 알 거예요. 실은 그 자존심이란 것도 이미 바닥을 쳤다는 것도. 그러면 성메이가 진짜 자기 모습으로 가족 문제를 처리하고 악순환에서 빠져나올 수 있을 거예요."

"바이찬 씨의 생각이 뭔지 이제 알았어요. 그 계획에 따를 게요. 성메이의 자존심을 상하게 만들어서 바닥까지 치게 만든 다음 다시 태어나게 할게요."

"미안해요."

"아니에요. 바이찬 씨가 개입했다는 게 알려지면 성메이가 바이찬 씨를 원망할지도 몰라요. 바이찬 씨가 알려줬다는 건 비밀로 할게요. 또 무슨 일 있으면 연락해요."

"미안해요. 정말 미안해요."

"괜찮아요. 성메이는 내 친구이기도 해요. 앞으로는 나한테 직접 연락해요."

앤디가 전화를 끊은 뒤 특이점이 말했다.

"순수하지 못한 친구네요. 당신을 속여서 희생양으로 만들려다가 들통 났잖아요."

"처음부터 눈치채고 있었어요? 난 바이촨 씨의 말이 논리가 통하지 않아서 물어본 거예요. 왜 갑자기 나한테 성메이를 도와달라는 건지. 어쩌면 이 방법이 통할지도 몰라요. 하지만 성메이의 자존심을 건드렸을 때 내게 닥칠 수 있는 리스크를 감수해야 하죠. 바이촨 씨는 내가 이런 걸 알면 나서지 않으려 할까 봐 걱정했던 거예요. 성메이에게 순수하지 못한 게 아니라 나한테 순수하지 못했던 거죠."

"게다가 우리 둘을 다 속이려고 했잖아요, 멍청하게. 이런 멍청한 방법에 장단 맞춰주지 말아요. 당신은 이 일에 참견하지 않는 게 좋겠어요."

"왜죠?"

"당신도 처음 만난 동생을 단지 핏줄이라는 이유만으로 매달 생활비를 보내고 있잖아요. 성메이 씨 경우는 부모님이라고요. 입장을 바꿔놓고 생각해봐요. 부모님을 나 몰라라 할 수 있겠어요? 당신 계획대로 돼서 성메이 씨가 부모님에게 경제적인 지원을 끊는다면 앞으로 마음 편하게 살 수 있겠어요? 보나마나 죄책감에 시달릴 거고 자신을 그렇게 만든 사람을 원망하겠죠. 이게 바로 바이촨 씨가 앞에 나서지 않으려는 이유예요. 그런데도 개입할 거예요?"

앤디가 눈썹을 추어세우며 특이점을 쳐다보다가 말했다.

"그럼 당신이 생각하는 해결 방법을 얘기해봐요."

"이 문제에 끼어들지 말아요. 성메이 씨는 자존심이 강한 사람이에요. 남아 선호 사상이 심한 가정에서 제일 관심을 받지 못한 딸이었는데 집안의 기둥으로 올라설 기회라고 생각할 거예요. 제3자인 당신이 끼어들 필요가 없다고요."

앤디는 판성메이가 입버릇처럼 하는 말이 "이 언니가 있잖아."라는 걸 떠올렸다. 하지만 앤디는 판성메이를 내버려둘 수가 없었다.

"지금 성메이의 기분이 어떤지 봐야겠어요. 잘 견디고 있는 거 같으면 나도 참견하지 않을게요."

"가봐요."

특이점은 앤디가 우울했던 일을 조금 잊은 것 같아서 그녀가 남의 일에 참견하도록 내버려 두었다.

그런데 2202호에 갔던 앤디가 금세 돌아왔다. 특이점이 물었다.

"집에 없어요? 공사다망하군요."

"그저께 같이 술 마셨던 장밍쑹을 만나러 갔대요. 이제 나도 신경 안 쓸래요."

특이점이 서둘러 화제를 돌렸다.

"당신의 취미가 뭔지 궁금했어요. 당신은 독서도 옷에도 별로 관심이 없어서 쇼핑도 안 하고, 음식이나 술을 대단히 즐기는 것도 아니니. 순수하게 취미라고 할 수 있는 게 있어요?"

"갑자기 그건 왜 물어요? 내가 재미없는 사람이라서?"

"아뇨. 당신은 다채롭고 재미있는 사람이에요. 다만 우울할 때, 예를 들면 오늘 같은 날, 당신이 어떤 취미로 우울한 감정을 해소하는지 모르겠어요. 기분 전환을 할 수 있는 게 있는지 생각해봐요."

그건 앤디로서는 한 번도 생각해본 적이 없는 문제였다. 그녀가 한참 생각에 잠겼다가 말했다.

"없어요."

"독서, 인터넷 서핑, 운동 같은 게 당신에겐 전부 생존을 위한 거예요?"

"맞아요."

"나갑시다. 밤 문화를 즐기러."

"할 일이 있어요. 시간도 너무 늦었고요…. 시간 낭비하기 싫어요."

"일은 살기 위해서 하는 거예요. 일 때문에 생활을 포기해선 안 돼요. 이건 내가 몇 년 전에 깨달은 거예요. 고비를 넘기고 나니까 내가 잘 살지 못했다는 생각이 들었어요. 그전까지는 로봇이나 다름없었죠. 그때 내가 뛰어내려서 죽었다면 내 인생은 아무 의미도 없었을 거예요. 그래서 인생을 즐기는 법을 배우기 시작했어요. 무의미하지만 재미있는 일에 시간을 소비했죠. 그렇다고 일을 포기하지도 않고 예전처럼 열심히 일했어요. 예전과 달라진 게 있다면 내 삶이 훨씬 즐거워졌다는 거예요. 자, 예쁜 옷으로 갈아입고 나와요."

"난 이미 괜찮아졌어요."

"잠깐. 중간 광고 시간이에요."

특이점이 웃으며 거실 화장실로 들어가자 앤디도 하는 수 없이 옷을 갈아입으러 방으로 들어갔다.

취샤오샤오는 관쥐얼이 다운로드해준 소설을 읽었다. 그녀의 취향과는 거리가 멀었지만 자오치펑을 위해 꾸역꾸역 읽었다. 힘들어 죽을 지경이었다. 겨우겨우 1시간을 채운 뒤 10분만 쉬기로 했다. 그런데 또 빈둥거리고 있자니 자신을 매정하게 뿌리친 자오치펑이 생각났다. 자오치펑이 매몰차게 자신을 차버린 다른 이유가 있을 것 같은데 아무리 생각해도 짚히는 게 없었다. 머리가 터질 것 같아서 서성이다가 며칠 동안 메일함을 열어보지 않았다는 게 생각났다.

앤디가 왔다 가고 난 뒤 관쥐얼은 아무리 생각해도 이상했다. 판성메이가 누구를 만나러 어디에 갔는지 왜 그렇게 꼬치꼬치 캐물었을까? 잠시 생각하다가 주방에서 추잉잉이 칼질 연습을 하며 두드리는 도마 소리를 피해 이어폰을 귀에 꽂고 파가니니를 들었다. 그런데 갑자기 파가니니의 선율을 가르고 앙칼진 비명이 귓속을 파고들었다. 어디서 나는 소리일까? 추잉잉이 칼질을 하고 있었다는 생각이 나서 이어폰을 빼고 허겁지겁 밖으로 나가 보니 추잉잉도 칼을 들고 밖으로 나가고 있었다. 비명 소리가 밖에서 들어오고 있었던 것이다. 비명 소리가 멈추지 않고 계속되었다. 추잉잉은 관쥐얼이 나오는 걸 보고 용감하게 문을 열어젖힌 뒤 칼을 들고 밖으로 뛰어나갔다. 관쥐얼도 주먹을 쥐고 따라 나갔다. 복도로 나가 보니 취샤오샤오 혼자서 비명을 지르고 있는 게 아닌가. 막 옷을 갈아입은 앤디도 특이점과 함께 달려 나왔다. 모두들 놀라서 무슨 일이냐고 물었다.

"공상은행에서 내 신용 한도를 5,000위안밖에 안해주겠대. 오늘 정말 재수 옴 붙은 날이야. 아악!"

취샤오샤오를 제외한 네 사람이 서로 얼굴만 쳐다보고 있다가 모두의 시선이 추잉잉의 손에 들린 서슬 퍼런 식칼로 모였다. 취샤오샤오가 히죽거리자 추잉잉이 쏘아붙였다.

"앞으론 늑대가 나타나도 아무도 널 구해주지 않을 거야."

추잉잉이 식칼을 흔들더니 자기도 우스운지 웃음을 터뜨렸다.

"오늘 왜 이래? 너 실연당한 거 때문에 이렇게 다 불러낸 거야?"

취샤오샤오가 말했다.

"앤디 언니, 웨이 오빠, 자오치핑이 날 찼어요. 어떻게 하면 좋을지 생각 좀 해 봐요."

앤디가 말했다.

"감이 놀러 갈래?"

"안 가. 왕샤오보 글 읽어야 돼."

취샤오샤오가 시무룩한 듯 한숨을 푹 내쉬고는 2203호로 들어갔다. 그녀의 풀 죽은 모습이 측은해 보였다.

앤디와 특이점이 나가자 추잉잉이 말했다.

"내가 샤오샤오랑 수다 떨어주러 갈까?"

"네가 걔랑 무슨 얘기를 하겠어…. 정말 갈 거면 나도 같이 가줄게. 둘이 싸울지도 몰라."

추잉잉이 문을 열려고 하는데 관쥐얼이 깜짝 놀라며 말했다.

"나 열쇠 안 가지고 나왔어."

추잉잉도 마찬가지였다. 두 사람이 기댈 곳은 2203호뿐이었다. 다행히 취샤오샤오는 정말 따분했기 때문에 두 사람의 방문을 진심으로 환영했다.

추잉잉과 관쥐얼이 아무것도 안 가지고 나온 터라 취샤오샤오의 핸드폰을 빌려 판성메이에게 전화를 걸었지만 판성메이는 발신자가 취샤오샤오인 걸 보고 전화를 받지 않았다. 문자 메시지도 취샤오샤오의 이름만 보고는 내용도 보지도 않고 삭제했다. 관쥐얼이 하는 수 없이 앤디에게 전화를 걸어 판성메이에게 전화를 걸어달라고 부탁했다. 취샤오샤오가 소설에 시선을 고정시킨 채 싸늘하게 뇌까렸다.

"잔인한 것들. 둘이 분위기 잡고 있을지도 모르는데 찬물을 끼얹다니."

앤디가 차에서 전화를 걸자 판성메이가 받았다.

"다 같이 짜고서 돌아가며 전화하는 거야?"

앤디가 웃었다.

"쥐얼과 잉잉이 열쇠를 두고 나와서 집에 못 들어가고 있어. 샤오샤오 집에 있는데 집에 언제 들어올 건지 물어봐달래. 아니면 지금 어딘지 알려줘. 내가 들러서 열쇠 받아갈게."

그 말에 특이점이 미간을 찡그렸다. 앤디와 함께 있는 시간을 그런 식으로 방해받고 싶지 않았다.

판성메이가 말했다.

"친구들이랑 같이 있어. 언제 끝날지 모르겠어. 미안해. 나 지금 로열클럽에 있어…"

"우리도 지금 거기로 가고 있으니까 도착하면 전화할게."

앤디와 특이점이 클럽에 도착하자 특이점의 친구가 두 사람을 맞이했다. 역시 돈 많은 부자였다. 특이점과 친구를 먼저 들여보낸 뒤 앤디 혼자서 판성메이가 나오기를 기다렸다. 특이점은 길치인 앤디가 미로 같은 곳에서 길을 잃을까 봐 길을 자세히 알려준 뒤 두 사람의 외투를 모두 가지고 들어갔다.

잠시 후 판성메이가 상기된 표정으로 나오더니 로비에 혼자 서 있는 앤디를 보고 그녀 주위를 한 바퀴 돌았다.

"와우! 사람들이 다시 쳐다보면 그건 예쁘다는 뜻이야. 예쁘네. 오우! 이 가방 에르메스?"

앤디는 하고 싶은 말이 많았지만 판성메이를 만나니 입이 떨어지지 않았다.

"난 브랜드는 잘 몰라. 열쇠는? 12시 전에 집에 갈 거야. 같이 갈 거면…"

"열쇠 여기 있어. 내가 너보다 늦을 거 같아. 이제 막 놀기 시작했는데. 웨이웨이 씨는? 어느 룸이야? 좀 있다가 잠깐 들를게."

열쇠를 받으며 앤디는 취기가 옅게 올라 생글생글 웃고 있는 판성메이를 쳐다보았다.

"나도 어느 룸인지 잘 몰라. 이쪽으로 가다가 위쪽으로 꺾어서 왼쪽에서 세 번째라고 하더라."

앤디가 방을 알려주고 있을 때 한 중년 남자가 판성메이 뒤에서 다가왔다. 뱃살이 두둑하고 혈색 좋은 얼굴에 거드름이 몸에 밴 남자였다. 돈이든 명예든 둘 중 하나를 가진 중년 남자의 전형적인 모습이었다. 앤디는 보기만 해도 속이 느글거렸다.

판성메이가 입을 가리고 웃으며 뭐라고 말하려다가 앤디의 표정이 이상한 걸 느꼈다. 그녀가 앤디의 시선을 따라 몸을 돌리더니 그 남자를 발견하고 요염하게 웃었다.

"류 사장님, 벌써 가시게요?"

"하하하! 성메이 씨를 붙잡으러 나왔어요. 이런 미인을 만나고 있을 줄 몰랐군요. 여기서 이러지 말고 같이 들어갑시다. 들어가서 얘기해요."

류 사장이라는 사람이 술 냄새를 풍기며 두 팔을 활짝 벌려 판성메이와 앤디의 어깨에 한 팔씩 두르며 우격다짐으로 데리고 가려 했다.

앤디가 깜짝 놀라 피하며 "성메이, 나 먼저 갈게."라고 말하고는 하이힐을 신은 긴 다리로 성큼성큼 걸어 사라졌다. 류 사장이 앤디도 함께 데리고 들어가자고 조르자 판성메이가 얼굴 붉히는 일을 만들고 싶지 않아서 좋은 말로 둘러댔다.

"돈 많은 친구예요. 외국에 살면서 가끔씩 귀국하는데 바빠서 잠깐 얘기만 하고 가야 된대요."

류 사장도 더 이상 생떼를 쓰지 않았다.

앤디가 특이점이 있는 룸으로 들어가자 특이점이 친구들에게 앤디를 소개했다. 친구들 모두 두 사람을 축복했다. 물론 무례하게 그녀의 어깨에 팔을 두르는 사람은 없었다. 특이점은 그녀에게 언짢은 일이 있었다는 것을 금세 눈치챘다. 잠시 후 그가 판성메이를 만났을 때 무슨 일이 있었느냐고 물었다. 앤디가 망설이다가 류 사장을 만난 일을 얘기하자 그는 익숙한 일이라는 듯 말했다.

"여기서는 여자가 상류층으로 올라가려면 대가를 치러야 해요. 난 판성메이가 그런 부류라는 걸 진작 알고 있었어요."

앤디는 류 사장의 번들거리는 퉁퉁한 얼굴과 판성메이를 속물녀라고 했던 취샤오샤오의 말이 떠올랐지만 고개를 저으며 말했다.

"내 눈으로 직접 확인하고 나니까 놀랍네요. 본성은 착한 애예요. 다만… 돈 때문에 어쩔 수 없어서 저러는 거죠. 전화해서 나오라고 해야겠어요."

특이점이 앤디의 손을 잡으며 말렸다.

"앤디, 내 말 먼저 들어요. 사람이 수치심이 극에 달하면 판단력이 흐려져요. 도와줘도 그걸 받아들이지 않고 심하면 도와준 사람을 원망하기도 해요."

앤디는 판성메이의 어깨에 걸쳐져 있던 그 더러운 팔이 생각났다. 그 동작에 어떤 의미가 담겨 있는지 느낄 수 있었다. 추잉잉을 위해 바이 팀장을 찾아가 본때를 보여주었던 판성메이가 타락하는 걸 모른 척할 수가 없었다. 앤디는 류 사장의 더러운 팔이 자기 어깨에 닿았을 때의 역겨운 기분을 생각하면 견딜 수가 없었다.

"난 지금 이성보다 감성이 앞서서 상황 판단을 할 수가 없어요. 하지만 계산해봤어요. 내가 지금 나섰을 때 얻게 될 손실이 현금 1만 위안을 넘지 않아요. 이웃끼리 모른 척 지낼 수도 있지만 잘 해결된다면 앞으로 성메이 앞에서 큰소리를 칠 수 있잖아요."

특이점이 웃으며 그녀의 손을 놓아주었다.

"이번 일은 어떻게 해도 당신에게 좋을 게 없어요. 당신에겐 이득이 될 게 하나도 없다고요. 하지만 손실 계산을 끝냈다니까 말리지는 않을게요. 좋을 대로 해요."

"어쨌든 나도 혼자 힘으로 서른까지 살았어요. 날 어린애 취급 하지 말아요. 차 열쇠 줘요. 잠깐 나갔다 올게요."

"날 데리러 오는 거 잊지 말아요. 술 마셨으니까."

특이점이 웃으며 앤디에게 열쇠를 주었다.

앤디가 밖으로 나간 후 그는 문득 방금 전의 대화가 지뢰를 건드렸음을 깨달았다. 앤디는 겉으로는 강인해 보이지만 아킬레스건이 있었다. 엄마의 정신병과 남동생의 정신 지체. 이 두 가지가 바로 절대로 건드려선 안 되는 그녀 마음속의 지뢰였다. 그러므로 특이점이 앤디를 어린애처럼 대한다면 그녀의 기분이 좋을 리 없었다.

앤디는 판성메이에게 전화를 건 후 10분 넘게 기다렸다. 그런데 판성메이가 장밍쑹과 함께 나오는 것이었다. 그녀를 향해 걸어오는 모습이 누가 봐도 연인 같았다.

"앤디, 장 사장님이 바람도 쐴 겸 네 보디가드가 되어주신다고 해서 같이 나왔어."

앤디가 하는 수 없이 장밍쑹에게 고맙다고 인사했다.

"갑자기 현금이 필요한데 웨이웨이 씨가 술을 많이 마셨어. 네가 여기 있어서 다행이다 싶었는데 장 사장님이 함께 가주신다니 돈을 많이 뽑아도 불안하지 않겠어."

장밍쑹이 말했다.

"여자 둘이서 이렇게 늦은 밤에 현금을 인출하러 가는 건 너무 위험해요. 참, 제가 술을 마셔서 차는 직접 운전하셔야 해요. 요즘 음주단속이 심해요."

앤디는 자신이 끼어드는 게 옳은 일인지 판단이 서지 않았다. 판성메이와 장밍쑹의 관계가 자신이 상상하는 관계는 아닌 것 같았다. 세 사람이 차가 있는 곳으로 다가갔다. 앤디가 운전석 옆에 서서 판성메이를 처다보았다. 판성메이가 차 문 앞에 서 있는데 장밍쑹이 문을 열어줄 생각은 하지 않고 차 뒤로 돌아가 엠블럼을 확인했다. 판성메이가 직접 문을 열고 차에 타자 장밍쑹이 뒤따라 차에 올라 판성메이와 나란히 앉았다. 두 사람은 뒷자리에서 하하호호 웃고 떠들었다.

앤디가 운전석에서 어이없어하는 표정으로 눈동자를 굴리며 시동을 걸었다. 남들이 이상한 게 아니라 자신이 이상한 거라고 속으로 수없이 되뇌었다. ATM은 근방에 있었다. 앤디가 차에서 내리자 판성메이와 장밍쑹도 내렸다. 깊고 조용한 밤 찬바람이 스산하게 불었다. 앤디는 시시닥거리고 있는 판성메이와 장밍쑹을 등지고 서서 ATM에서 돈을 인출했다. 어렴풋하지만 문득 이 상황이 익숙했다. 기억 속에서 깨끗이 지워버리지 못한 얼룩 같은 감정이었다. 돈을 인출한 후 말없이 차로 다가가 트렁크를 열었다. 하지만 그녀의 차가 아니라 특이점의 차였으므로 늘 가지고 다니는 생수가 있을 리 없었다. 그녀는 운전석에 올라 심호흡을 했다. 판성메이와 장밍쑹이 호스트와 호스티스를 구하는 광고판 옆에서 실컷 웃고 장난치다가 돌아와 차에 올랐다.

돌아오는 길에 앤디는 머릿속이 복잡했다. 판성메이에게 언제 얘기를 해야 할까? 판성메이의 술자리가 언제 끝날까? 약한 취기 때문인지 판성메이의 기분이 좋아 보였다. 겉으로만 보면 그녀의 집안 문제가 왕바이촨의 말처럼 심각한 것 같지 않았다. 판성메이에게 얘기를 꺼내고 현금을 주어야 할까?

로비에서 헤어질 때까지도 앤니는 판성메이와 단 둘이 대화를 나눌 기회가 없었다. 앤디가 장밍쑹에게 말했다.

"죄송하지만 성메이와 단 둘이 잠깐 얘기를 나눌 수 있을까요?"

장밍쑹이 웃으며 몇 걸음 옆으로 물러났다가 잠깐 생각하더니 먼저 룸으로 들어갔다. 판성메이가 조금 난감한 표정으로 앤디에게 말했다.

"앤디, 얼굴이 왜 그렇게 굳어 있어? 좀 풀어."

판성메이가 손으로 앤디의 볼을 살짝 비벼주었다. 남자와의 접촉을 질색하는 앤디는 여자와의 접촉도 익숙하지 않았다. 그녀가 무의식적으로 두 걸음 물러나자 판성메이가 무안해졌다. 하지만 곧 아무렇지 않게 말했다.

"네가 외국에서 오래 살다 와서 아직 몰라서 그래. 친구들이 모여서 술 마시고 노는 건 아주 흔한 일이야."

"나도 알아."

앤디는 판성메이의 기분이 상하지 않도록 대답한 후 물었다.

"집에 안 갈래? 택시 타기에도 추운 날씨야. 같이 가자."

판성메이가 미소를 지었다.

"앤디, 이상하게 생각하지 마. 이건 내 사생활이야. 난 이런 게 좋아."

"미안해. 간섭하려는 건 아니야. 난…."

앤디는 판성메이의 손을 피하는 자신의 행동이 판성메이를 무안하게 만들었다는 걸 알았다. 하지만 그녀는 추잉잉처럼 살갑게 판성메이를 끌어안거나 몸을 비비는 행동은 할 수가 없었다. 앤디가 가방에서 현금을 꺼내 내밀며 가장 부드럽고 완곡한 말투로 말했다.

"조금 전 너의 집에 문제가 생겼다는 걸 알았어. 미안해. 도움이 되고 싶어. 다른 뜻은 없어. 이웃이고 친구니까…. 기분 좋게 받아줘."

말이 끝남과 동시에 판성메이의 낯빛이 싹 바뀌었다. 그녀는 앤디가 류 사장의 팔을 피했을 때처럼 재빨리 앤디를 외면했다. 앤디가 자신을 어떻게 생각하는 걸까? 지금 자신이 돈을 벌고 있다고 생각하는 걸까? 그래서 돈을 주면서 집에 데려가려고 하는 걸까? 판성메이가 간신히 미소를 유지하며 돈을 거절했다.

"호의는 고맙지만 필요 없어. 우리 집 문제는 내가 해결해. 그럼 난 들어갈게."

판성메이가 몸을 홱 돌려 걸어가며 자기 표정을 남에게 들키지 않으려 두 손으로 얼굴을 감쌌다.

앤디는 급하게 자리를 뜨는 판성메이를 쳐다보았다. 난생 처음 이성보다 감성을 앞세워서 한 일이 특이점의 예상대로 새드 엔딩이 되고 말았다. 그녀가 입는 손실이 예상치를 훌쩍 뛰어넘었다. 이렇게 해서 정말로 판성메이를 화나게 하고 가면을 벗어던지게 만들 수 있을까? 앤디가 예상치 못한 상황이었다. 판성메이가 지금 어떤 감정이고 앞으로 어떻게 나올지 예상할 수 없었다.

앤디가 왕바이촨에게 짧은 문자 메시지를 보냈다.

'실패했어요. 미안해요.'

19

이른 아침 2202호는 저기압 기류가 흘렀다. 판성메이가 굳은 얼굴로 방을 들락거리며 룸메이트들의 아침 인사에도 짧은 대답을 하는 둥 마는 둥 했다. 추잉잉이 이상한 낌새를 채고 물을 마시고 있는 판성 메이에게 다가가 사과했다.

"언니, 어젯밤에 언니가 들어올 때까지 기다리려고 했는데 너무 졸려서 문을 잠그지 않고 의자로 막아놓고 자는 방법을 생각해낸 거야. 언니가 밀고 들어올 수 있게."

판성메이가 말했다.

"괜찮아. 문자 메시지로 알려줬잖아. 나도 집에 잘 들어왔고."

"안 좋은 일 있으면 담아두지 말고 우리한테 얘기해. 우리가 도움이 될 수도 있잖아."

판성메이가 문득 그 일이 생각났다.

"참, 그저께 밤에 내가 기분이 안 좋았던 거 앤디한테 얘기했어?"

"아니. 그걸 뭣 하러 얘기해?" 추잉잉이 관쥐얼을 불렀다.

"쥐얼! 나와봐. 앤디 언니한테 성메이 언니가 기분이 안 좋았던 거 얘기했어?"

관쥐얼이 자기 방에서 대답했다.

"아니. 그걸 왜 얘기해."

관쥐얼이 대답한 뒤 막 열고 나가려던 방문을 살짝 닫고 두근거리는 가슴을 진정시켰다. 판성메이는 그저께 밤 자기가 울었다는 걸 남에게 알리고 싶지 않은 것 같았다.

관쥐얼은 자기가 앤디에게 도움을 청했다는 얘기를 할 용기가 없었다.

판성메이는 의아했다. 어젯밤에 앤디는 어떻게 그걸 알았을까?

그때는 흥분해서 잘 몰랐는데 돌이켜 생각해보니 앤디가 많은 걸알고 있는 듯했다. 자기 집에 문제가 생겼고 돈이 필요하다는 것까지도 알고 있는 것 같았다. 그러니까 자신이 어젯밤에 돈이 필요해서 술자리에 간 것으로 오해한 것 같았다. 앤디가 그 일을 알게 된 게로열클럽에 들어온 후 그 몇 분 사이였던 것 같았다. 앤디가 로열클럽에서 자신과 앤디를 모두 아는 누군가를 만난 걸까? 그렇다면 그누군가도 앤디와 마찬가지로 자신이 돈을 벌기 위해 그 자리에 있는걸로 의심한 걸까? 판성메이는 그 누군가가 자기 고향 사람일 거라고 의심했다. 그렇다면 그가 고향 사람들에게 자신에 대한 소문을 퍼뜨리지는 않을까? 그녀의 고향은 손바닥만 해서 작은 소문도 하루면모르는 사람이 없을 정도로 빠르게 퍼진다.

판성메이는 불안해서 견딜 수가 없었다. 앤디에게 물어보고 싶었지만 어젯밤 로열에서 앤디에게 그 얘기를 한 사람이 오늘 다시 앤디를 찾아온다고 해도 이미 손을 쓸 수 없을 것 같았다. 자기처럼 별볼 일 없는 사람을 위해 이렇게 재미있는 일을 비밀로 해줄 사람이어디에 있을까?

판성메이가 서둘러 집을 나섰다. 1초라도 빨리 낯선 사람들 틈으로 들어가 아무 생각 없이 웃고 울고 싶었다. 그게 바로 하이시의 장점이다. 그런데 현관문을 열고 집을 나서다가 커다란 가방을 들고 나온 취샤오샤오와 마주쳤다. 다시 들어가고 싶었지만 이미 늦어버려 밖으로 나갔다. 그래도 취샤오샤오와 말을 섞고 싶지 않아서 엘리베이터 숫자만 쳐다보았다. 앤디가 어젯밤 일을 취샤오샤오에게 얘기하지 않았길 바랄 뿐이었다. 다른 사람은 몰라도 취샤오샤오에게는 알리고 싶지 않았다. 샤오샤오도 배뚜름한 시선으로 판성메이를 흘긋 쳐다보고는 아무 말도 하지 않았다. 실연의 여파로 우울해서 돈 말고는 아무것도 그녀의 흥미를 끌지 못했다.

주방에 서서 열린 현관문 사이로 밖을 쳐다보고 있던 추잉잉도 무슨 말을 해야 할지 몰라 잠자코 있다가 두 사람이 엘리베이터를 탄 뒤에 관쥐얼에게 물었다.

"어젯밤에 앤디 언니가 열쇠 받으러 갔을 때 성메이 언니에게 뭐라고 한 걸까?"

관쥐얼이 말했다.

"잘은 모르지만 앤디 언니가 쓸데없는 얘기 할 사람은 아니야."

"넌 항상 앤디 언니를 감싸더라."

"기분 나쁘게 말하지 마. 네가 나한테 상처 주려고 일부러 한 말은 아니라고 믿어."

추잉잉이 놀라며 손사래를 쳤다.

"그런 뜻이 아니야. 네가 앤디 언니랑 친하니까 앤디 언니 편을 들어줄 수도 있을 것 같아서⋯. 그런데 넌 성메이 언니하고도 친하니까 성메이 언니 편을 들어줄 수도 있잖아. 에이, 나도 무슨 말인지 잘 모르겠다."

관쥐얼도 추잉잉과 잘잘못을 따질 생각은 없었다. 원래는 출근길에 아무 얘기도 하지 않으려고 했다. 어젯밤에 무슨 일이 있었는지도 모르면서 태풍의 눈에 가까이 다가가고 싶지 않았기 때문이다. 그런데 앤디가 물었다.

"아침에 성메이 기분이 어땠어?"

관쥐얼이 솔직하게 얘기했다.

"기분이 안 좋아 보였어. 나보고 언니한테 무슨 얘기했느냐고 묻는데 겁이 나서 아무 얘기도 안 했다고 했어. 어제 무슨 일 있었어?"

"어젯밤에 성메이랑 사소한 충돌이 있긴 했지만 너랑은 상관없어. 성메이가 자존심이 상해서…. 화난 것 같았어?"

"아니."

앤디가 듣고 짧은 한숨을 내쉬었다. 자신의 행동이 우정을 깨뜨리기만 했을 뿐 일을 해결하는 데는 전혀 도움이 되지 않은 것 같았다. 최악의 결과였다.

앤디는 그날 오후 또 한 가지 최악의 결과와 맞닥뜨려야 했다. 회의를 마친 뒤 샤워를 하고 잠깐 쉬려고 자기 사무실에 가보니 탄쫑밍이 웨이궈창과 함께 앉아 있는 것이었다. 웨이궈창이 왜 찾아왔을까?

앤디가 말했다.

"쫑밍, 가 있어. 나중에 전화할게."

탄쫑밍이 그 말을 듣자마자 육중한 몸을 일으켜 지체 없이 밖으로 나갔다. 웨이궈창을 내버려 두고 혼자 빠져나가는 것처럼 보이고 싶진 않았지만 오늘은 두 사람 사이에 끼지 않는 게 좋을 것 같았다.

앤디가 문을 닫았다. 자기 책상 뒤 의자에 차분히 앉아 물 한 잔을 손에 쥐고 웨이궈창을 쳐다보았다. 웨이궈창도 냉정한 시선으로 그녀를 쳐다보았다. 앤디는 그의 안경 너머에 있는 눈빛을 읽어낼 수가 없었다. 앤디는 침묵하며 상대가 스스로 말을 꺼내기를 기다렸다.

웨이궈창이 앤디를 한참 응시하다가 이내 물었다.

"당신, 누구시죠?"

앤디는 코로 숨을 흥 내쉴 뿐 아무 대꾸도 하지 않았다.

웨이궈창이 말없이 앤디를 응시했다. 앤디가 불안하게 책상 위의 서류들을 뒤적이자 웨이궈창이 다시 물었다.

"네 엄마는?"

"처음부터 그렇게 물었어야죠. 말 안 해도 다 아는 걸 모른 척하지 말고요. 엄만 돌아가셨어요."

"언제?"

"1993년 초에요."

"넌 그동안 어떻게 살았어?"

"대화하고 싶지 않다고 했잖아요. 나한테 관심 가질 필요 없어요. 거절할게요."

"수많은 일들이 있었단다. 네 외할아버지도 30년 동안 줄곧 나와 같이 살았어."

앤디가 놀란 눈으로 고개를 들어 웨이궈창을 응시했다.

앤디가 몸을 돌려 물잔에 물을 따라 마시고 또 한 잔 따라 마신 뒤 다시 몸을 돌려 싸늘한 시선을 웨이궈창에게 꽂았다.

"무슨 일이 있었든 나와 상관없어요. 듣고 싶지 않고 판단하고 싶지도 않고 결론도 없어요. 가세요. 다시 내 앞에 나타나면 내가 미쳐서 발작하는 걸 보게 될 테니까."

웨이궈창이 그녀의 마지막 말에 흠칫 놀라 반사적으로 벌떡 일어났지만 곧 평정심을 되찾았다.

"날 이해하고 용서해줄 거라고 기대하지 않아. 하지만 널 위해 뭔가 할 수 있도록 허락해주렴. 네 생활에 간섭하진 않을 테니 걱정 마."

앤디가 다시 몸을 돌려 물을 따른 뒤 숨차게 들이켰다.

웨이궈창이 벌떡 일어나는 순간 그녀는 하마터면 마음이 무너져버릴 뻔했다. 웨이궈창은 그녀의 엄마가 정상이었을 때의 모습을 알고 있다. 웨이궈창이 조건 반사처럼 놀라서 일어난 건 그녀의 엄마가 발작하던 모습이 떠올라서일 것이다. 그가 아직도 그때의 두려움을 떨치지 못했다는 건 엄마의 발작한 모습이 공포에 가까웠다는 뜻일 것이다. 앤디는 혼란스럽고 두렵고 암울했다. 웨이궈창이 뭐라고 해도 그녀는 대답하지 않고 등진 채 나가라는 손짓을 했다.

하지만 웨이궈창은 나가지 않았다.

"네가 태어날 때쯤 출간된 책을 2권 가져왔어.《죄》와《인생》이라는 책이야. 그 시절에 관한 책이란다…."

앤디가 손에 들고 있던 물잔을 세게 집어던지며 외쳤다.

"날 내버려 두라고요! 겨우 참고 있는 거 안 보여요? 제기랄! shit, shit, shit!"

웨이궈창이 놀라서 그 자리에서 굳어버렸다. 물잔에 맞은 가슴팍이 욱신거리고 옷 위로 물자국이 낭자했지만 개의치 않았다. 잠시 후 그는 앤디의 뒷모습을 한 번 더 쳐다보고는 누렇게 바랜 책 2권을 남겨놓고 돌아갔다.

웨이궈창이 가고난 뒤 앤디는 화장실로 들어가 문을 잠그고 모든 소리들로부터 자신을 단절시켰다. 변기에 털썩 주저앉아 넋이 빠져버렸다. 정신병이 발작하면 얼마나 무섭기에 30년이 지난 지금까지도 웨이궈창을 두려움에 떨게 하는 걸까? 남들이라면 걱정할 필요 없겠지만 앤디는 자신이 걱정스러웠다. 어느 날 갑자기 정신병이 발작하면 어떻게 될까? 30년 뒤 특이점이 발작한 자신을 떠올리며 또 얼마나 끔찍해할까?

그녀는 누구에게도 연락할 수 없고 누구에게도 도움을 청할 수 없었다. 할 수 있는 것이라곤 넋을 놓고 변기에 앉아 있는 것뿐이었다. 30분 넘게 시간이 흐른 뒤에야 겨우 안정을 되찾고 책상으로 돌아가 탄쭝밍에게 전화를 걸었다.

"끝냈어. 그 사람이 다시 부탁하면 고민할 것 없이 단칼에 잘라버려. 그 사람도 이해할 거야."

"이렇게 끝나지 않아. 이번에는 공개적으로 입장을 밝힐 수밖에 없어. 일을 감정적으로 처리하지 마. 옌뤼밍이 그에 대해 조사한 걸 보는 게 좋을 거야. 그 사람은 친자식이 없어. 그가 자기 인생에서 제일 안타까워하는 게 바로 그거야. 앞으로 널 가만히 내버려 두지 않을 거야. 이 관계를 피하지 말고 직시해. 대화가 필요해."

"직시하라는 건 그 사람을 인정하라는 거야? 난 지금 그 사람을 죽여버리고 싶은 생각뿐이라고. 그 사람 장인까지도."

"장인? 옌뤼밍의 자료 중에는 장인에 대한 내용은 없었어. 무슨 얘기야?"

"정확히 말하면 전 장인이지. 우리 엄마의 아버지. 그 사람이 웨이궈창과 계속 같이 살았대."

탄쭝밍도 놀랐다.

"냉정해져. 일단은 베이징으로 돌아갈 테니까 당분간은 널 찾아오지 않을 거야. 옌뤼밍이 조사한 자료를 한 부 복사해줄까?"

"됐어. 무시해버릴래."

탄쭝밍도 어쩔 수가 없었다. 이렇게 될 줄은 그도 예상하지 못했다.

앤디는 웨이궈창이 두고 간 책 2권을 크라프트 봉투에 넣어 서류함 위로 던져버렸다. 하지만 탄쭝밍의 말대로 그걸로 끝이 아니었다. 웨이궈창은 좋게 말하면 딸에게 도움을 주려고 하겠지만, 나쁘게 말하면 그동안 혼자 힘으로 잘 자란 딸 앞에 뒤늦게 나타나 부모 행세를 하려는 것이었다.

그녀는 특이점에게 메일을 보내 이 일을 알려주며 마지막에 이렇게 썼다.

'대화는 거절할래요. 철저히 무시할 거예요.'

판성메이는 출근하자마자 낯선 번호로부터 문자 메시지를 받았다.

'성메이, 엄마야. 돈 부쳤니?'

아침에 앤디가 자기 일을 누구한테 들었는지 추측하느라 엄마에게 돈 부치는 것을 깜박 잊어버린 것이었다. 엄마가 돈 받으러 온 사람의 핸드폰으로 문자를 보낸 것 같았다.

어젯밤 앤디가 자기 손이 닿자마자 감전된 듯 놀라며 피한 것도 자기 손이 더럽다는 생각 때문이었던 것 같았다. 그런데 앤디는 그녀의 손을 피하며 거의 동시에 돈을 내밀었다. 그 순간의 굴욕감은 영원히 잊을 수 없을 것이다. 그녀는 독하게 마음먹고 충동적으로 문자 메시지에 답장을 보냈다.

'어제 못 빌렸어. 미안해. 오늘 다시 빌려볼게.'

곧바로 다시 문자 메시지가 왔다.

'출근했지? 회사 동료들한테 빌려봐.'

'동료들한테도 한 번씩 다 빌렸고 아직 갚지 못한 돈도 있어. 근무 시간이야. 일해야 돼. 상사한테 들키면 월급 깎여. 나중에 얘기해.'

얼마 후 상사가 그녀를 불렀다. 지난번에 제출한 인력 수급에 관한 보고서에 관해 몇 가지 질문을 했다. 판성메이가 화사한 미소를 짓고 있기만 해도 저절로 해결되는 사소한 문제들이었다.

판성메이가 자리로 돌아와보니 핸드폰에 부재중 전화와 문자 메시지가 여러 개나 떠 있었다. 모두 방금 전 그 번호였다. 그녀는 메시지를 하나하나 확인하고 삭제한 후 또 한숨을 쉬었다. 마지막 메시지에는 상대 측 사람들이 엄마를 데리고 집으로 돌아가고 있다고 했다. 순순히 돈을 보내는 것 외에 그녀가 또 무엇을 할 수 있을까?

그렇게 며칠 동안 시달리며 하루에 1,000위안씩 보냈고 그 덕분에 엄마는 더 이상 울지 않고 아빠도 술병을 붙들고 탄식하지 않을 수 있었다.

토요일 판성메이가 장밍쑹과 골프를 치고 있을 때 올케에게 문자 메시지가 왔다. 드디어 오빠가 풀려났다고 했다. 애타게 기다리던 메시지를 보고 그녀가 한숨을 내쉬었다. 드디어 해방이었다. 기분이 날아갈 것처럼 홀가분했다. 그녀의 미소가 오랜만에 환하게 빛났다. 통장은 바닥났고 연말 세일의 바다에서 유영할 수 없지만 어쨌든 해방이었다. 이제는 누군가에게 돈을 빌릴 필요도 없었다. 다행스럽게도 연말 세일이 한창인 주말에 장밍쑹을 만나러 나온 덕분에 집에 틀어박혀 인파가 우글거리는 쇼핑몰을 상상하며 텅 빈 지갑을 붙들고 괴로워하지 않을 수 있었다. 장밍쑹은 귀찮은 기색 하나 없이 판성메이에게 골프 자세를 일일이 가르쳐주었다. 그녀를 뒤에서 안으며 계속 입을 맞추었다. 판성메이도 장밍쑹의 은근한 스킨십을 즐겼다. 엷은 담배 냄새가 나는 그의 품이 싫지 않았다. 요즘 심적으로 너무 힘들어서 든든하게 의지하고 가볍게 즐길 수 있는 상대가 필요했다.

추잉잉은 금요일에 문득 취샤오샤오에게 5초 포옹의 대가를 받아내지 못했다는 생각이 들었다. 그것도 두 번이나 안아주었는데 취샤오샤오가 아직 한 번도 고객을 끌어다주지 않은 것이다. 냉큼 전화를 걸고서야 취샤오샤오가 요즘 출장 중이라는 것이 기억났다.

전화를 받은 취샤오샤오가 말했다.

"고객? 넌 참 단순하구나. 내가 친구를 너한테 데려다주면 그게 네 고객이니? 세상에 그렇게 쉬운 세일즈가 어딨어? 세일즈란 샘플을 가지고 집집마다 찾아가서 홍보하고 커피 한 봉지 사달라고 굽신거리며 매달리는 거야. 너처럼 카페에 가만히 앉아서 주문이 하늘에서 뚝 떨어지길 바라면 5,000위안 정도의 월급이나 받으며 겨우 먹고 사는 거야. 알아들어?"

"주문을 받아다 준다고 네 입으로 말했잖아. 그래서 내가 두 번이나 안아줬잖아."

"거짓말이지. 그날은 내가 실연당하고 기분이 꿀꿀했잖아. 두 번 안아주면 어디가 덧나? 친구잖아. 그리고 세일즈의 비결을 알려줬으니까 공짜로 안아준 건 아니지."

"흥! 정말 뻔뻔해! 그런 비결은 누구나 다 아는 거잖아. 성의가 하나도 없어. 넌 말이지…."

"흥! 내가 뭐? 잘 들어. 주제도 모르고 눈만 높은 사람들이 있지. 부자들이 누리고 사는 것만 보고 그 사람들이 얼마나 노력했는지는 보지 않아. 부자들의 돈만 탐내고 그들처럼 노력하긴 싫어해. 우리 부모님도 밑바닥부터 시작해서 성공했어. 나 같은 부잣집 딸도 돈 벌려고 날마다 이렇게 고객들 비위 맞추러 다니잖아. 돈이 하늘에서 그냥 떨어지는 줄 알아? 나는 내 돈 쓰면서 접대하고 계약 따내려고 입이 닳도록 설득하고 다닌다고. 쓸데없는 소리 하지 마. 그 나이에 경제관념도 없어? 이런 데 쓸 에너지 있으면 샘플 들고 카페마다 돌아다니면서 홍보해. 첫날 하나라도 팔 수 있으면 성공일걸. 넌 그 나이가 되도록 경제관념도 없니? 주말마다 집에서 알만 품고 있으면 뭐해? 시간이 돈이야. 주말 시간을 낭비하지 말고 옷 든든히 챙겨 입고 발로 뛰면서 고객을 찾아다녀. 하루에 1봉지만 팔아도 성공이겠다."

추잉잉이 아무리 말재간이 좋아도 취샤오샤오에게는 상대가 되지 않았다. 겨우 두 마디 했다가 취샤오샤오에게 한바탕 설교를 듣고말았다. 추잉잉이 또 말하려고 하자 취샤오샤오가 고객이 왔다며 전화를 뚝 끊어버렸다. 취샤오샤오가 비웃는 투로 말하기는 했지만 가만히 생각해보니 전부 맞는 말이었다. 주말마다 집에서 빈둥거리느니 어디든 나가서 직접 홍보하는 게 훨씬 나을 것 같았다. 추잉잉은 매니저에게 샘플 몇 개를 얻고 온라인 숍에서 커피를 구매했던 카페주인들의 명단을 뽑았다. 본격적으로 주말에 그들의 카페를 찾아가 진정한 세일즈라는 걸 해보기로 했다.

추잉잉은 퇴근 후 직접 만든 샌드위치로 배를 채웠다. 누구에게라도 자기 계획을 얘기하고 의견을 묻고 싶었지만 금요일 저녁 22층을 지키고 있는 건 그녀뿐이었다. 판성메이는 누구를 만나러 간 것 같고, 앤디는 저녁 비행기로 홍콩에 갔으며, 관쥐얼과 취샤오샤오는 출장 중이었다. 추잉잉 자신만 한가한 것 같았다. 취샤오샤오 말대로 황금 같은 시간을 낭비하고 있었던 것이다. 취샤오샤오가 독설만 날리는 줄 알았더니 가끔 맞는 말을 할 때도 있었다.

토요일 아침, 추잉잉이 백팩에 커피 샘플을 넣고 활기차게 집을 나섰다. 판성메이는 아직 자고 있었다. 그런데 집을 나선 뒤 얼마 되지 않아서 문제를 발견했다. 너무 이른 시간이라 대부분의 카페가 아직 문을 열지 않았던 것이다. 스타벅스 등 몇 군데를 제외하면 문 앞에 눈사람과 크리스마스 선물로 장식을 해놓은 카페 대부분이 문이굳게 닫혀 있었다. 하지만 스타벅스에서 따로 원두를 구입할 리가 없었다. 세일즈를 시작하자마자 첫 교훈을 얻은 셈이다.

카페들이 문을 열 때까지 기다렸다가 본격적으로 홍보를 시작했다. 그녀가 보여주는 커피에 아무도 관심을 갖지 않았지만 많은 걸 배울 수 있었다. 밤이 늦어 집에 돌아오면서 지하철에서 취샤오샤오에게 문자 메시지를 보냈다.

'세일즈 첫날, 커피를 1봉지도 못 팔았어.'

'못났군!'

취샤오샤오의 짧은 답장에 추잉잉이 웃음을 터뜨렸다. 취샤오샤오가 옆에 있다면 진심으로 안아주고 싶었다. 집에 도착하자 손가락 하나 까딱하기도 힘들 만큼 피곤했지만 그놈의 돈이 뭔지 온라인숍에 들어가 새 주문이 있는지 확인했다. 그런데 그녀가 오후에 방문했던 카페에서 커피를 7종류나 주문한 게 아닌가. 각각 2파운드씩 소량 주문이었지만, 추잉잉은 뛸 듯이 기뻤다. 취샤오샤오가 첫날 1봉지만 팔아도 성공이라고 했으니 목표를 초과 달성한 셈이었다. 주문 금액이 오늘 하루 그녀의 차비도 안 될 만큼 적고 오늘 홍보하러 다닌 건 야근 수당을 받을 수도 없으므로 그녀에게 밑지는 장사였지만 직접 발로 뛰어 세일즈를 한 후 처음 성사된 주문이므로 의미가 컸다. 그녀는 이것이 성공의 시작이라고 생각했다.

추잉잉은 신이 나서 몸을 들썩이며 판성메이가 들어오기만 기다렸다. 하지만 너무 피곤해서 이불을 덮고 잠깐 앉아 있다가 이내 잠이 들고 말았다.

추잉잉은 의지가 강한 여자였다. 다리가 쑤시고 시큰거렸지만 다음 날도 이른 아침에 일어났다. 일어나자마자 판성메이의 방으로 가보니 뜻밖에도 어젯밤 판성메이는 집에 돌아오지 않은 듯했다. 추잉잉이 놀라서 생각하다가 큰 소리로 웃었다. 현관문을 열고 아무도 없는 복도를 향해 또 하하하 세 번 웃었다. 그녀에게 혼자만의 비밀이 생긴 것이다. 얼른 판성메이에게 문자 메시지를 보냈다.

'오늘 22층에 나 밖에 없어. 비밀은 꼭 지켜줄게. 어제 외박한 건 완전 비밀!'

창문을 열자 찬바람이 집 안으로 훅 빨려 들어왔다. 그녀는 마음 놓고 땅콩을 볶고 라러우와 파를 볶고 생선도 구웠다. 이른 아침 고기와 생선으로 실컷 배를 채웠다. 라러우는 너무 오래 볶아 질기고 생선은 양쪽 껍질이 다 벗겨졌지만 아주 맛있었다. 아침 식사를 마치고 나자 몸이 후끈 달아오르며 힘이 솟았다.

우선 어제 온라인 숍으로 들어온 주문을 발주하고 난 뒤 백팩을 메고 집을 나섰다. 어제 하루 종일 발로 뛰어다니며 얻은 결론이 있었다. 외진 곳에 있는 카페일수록 온라인 숍을 선호한다는 것이었다. 그래서 오늘은 시내를 벗어나 조금 먼 곳에 가서 부딪쳐보기로 했다.

앤디는 저녁 비행기를 타고 돌아왔다. 비행기가 착륙하자마자 승객들이 너도 나도 핸드폰 전원을 켰다. 특이점도 예외가 아니었다. 각종 핸드폰 알림음이 여기저기서 울렸다. 입국 심사를 위해 줄을 서서 기다릴 때는 더욱 왁자지껄했다. 풍채가 좋은 한 중년 남자가 앤디 뒤에 서서 1분도 쉬지 않고 큰 소리로 통화를 하는 바람에 그의 통화 내용을 고스란히 들을 수 있었다. 그는 우선 신디에게 포토샵을 이용해 품질 보증서상의 수치를 0.3을 고쳐서 고객에게 보내게 한 다음, 메리에게 회의실을 준비하고 누구, 누구, 누구에게 회의에 정시에 참석하도록 통지하라고 했다. 회의 시작 10분 전에 미리 에어컨을 켜놓으라는 말도 빼놓지 않았다. 또 토미에게 어떤 호텔에 묵고 있는 어떤 고객에게 연락해서 저녁 식사를 함께하라고 지시하고 레스토랑까지 지정해주며 그 레스토랑을 선택한 A, B, C, D 네 가지 이유를 설명했다. 그런 다음 또 메리에게 전화를 돌려달라고 해서 품질보증서의 A, B, C, D 4가지 문제점을 열거하고 E, F, G, H를 지시했다. 입국 심사를 기다리고 있는 사람들 중 적어도 절반은 그가 없으면 지구가 돌아가지 않는 '중요 인물'이었다. 아까부터 계속 메일과 문자 메시지를 보내고 있는 특이점을 포함해서 말이다.

특이점이 전화 한 통을 끝내자 앤디가 웃으며 말했다.

"2시간 비행하는 동안 얼마나 많은 일이 갑작스럽게 생긴 거예요?"

특이점이 웃었다.

"유럽 공항이 폭설로 폐쇄되는 바람에 말레이시아에 왔던 유럽 바이어들이 귀국하지 못하고 곧장 날 만나러 왔다는군요. 바이어들도 방금 공항에 도착했다고 해서 입국장에서 기다리라고 했어요. 또 사흘 동안 바빠지겠어요."

"그럼 나 혼자 택시 타고 집에 갈게요. 치핑 씨가 부탁한 책도 내가 가져다줄게요. 목 빠지게 기다리고 있을 테니까."

"가는 길에 1만 위안도 전해줘요. 급하게 필요하다니까."

"나 모르는 사이에 무슨 일이 있었던 거예요? 두 사람이 벌써 그렇게 친해졌어요?"

"지난번에 국경 없는 의사회에 관한 책에 대해 묻길래 참여해볼 생각 없느냐고 물었죠. 그랬더니 그런 데 참여할 시간이 없다면서 병원에서 딱한 사람들을 날마다 보는데 이 사람 저 사람 돈도 주고 피도 뽑아주면 자기는 한 달도 안 돼서 껍데기만 남을 거라고 하더군요. 참 재밌는 사람이에요. 그러면서 마음만 있다면 굳이 외국에 나가지 않아도 얼마든지 남을 도울 수 있다는 거예요. 대부분의 경우 도울 방법이 없어서 냉정한 척하지만 그러다가 정말로 피도 눈물도 없는 사람이 될까 봐 두렵다고 했어요. 그래서 내가 도울 일이 있으면 돕고 싶다고 했는데 차마 모른 척할 수 없는 사람을 만난 것 같아요."

"뜻밖이네요."

"치핑 씨가 말하는 게 가벼워서 당신 마음에 안 들었죠?"

"하하하! 그건 당신도 마찬가지잖아요."

앤디가 차에 탄 후 취샤오샤오에게 전화를 걸었다.

"치핑 씨한테 홍콩에서 사온 책을 가져다주러 가는 길인데 같이 안 갈래?"

"나 출장 중이야. 내일 입찰이 있거든. 모레 가면 안 돼? 안 그래도 만나러 갈 핑계를 찾고 있었는데."

"됐어. 사흘 동안 어렵게 자유 시간을 얻어냈어. 나만의 시간을 누릴 거야. 다른 일로 방해받고 싶지 않아."

"아아아! 너무 매정하잖아!"

취샤오샤오의 날 선 외침에 앤디가 핸드폰을 얼른 귀에서 뗐다. 하지만 취샤오샤오도 어쩔 수 없었다. 내일은 그녀가 귀국한 후 지금까지 해온 수많은 노력을 평가받는 중요한 날이었다. 입찰의 성패에 큰돈이 걸려 있었다. 그녀는 어릴 적부터 가풍의 영향을 받아 사랑이 밥 먹여주지 않는다는 인생관을 가지고 있었다. 꽃미남에게 다가가기 위해 돈 벌 기회를 포기할 수는 없었다.

앤디는 한 손으로 여행 가방을 끌고 다른 한 손에 책 몇 권을 들고 입원 병동 휴게실을 찾아갔다. 그런데 간호사에게 물으니 자오치핑이 수술실에 있다는 것이었다. 하는 수 없이 그녀도 지구가 자신을 중심으로 돌아가는 바쁜 사람인 척 아이패드를 꺼내 메일을 확인했다.

병원에서 만난 자오치핑은 점잖아 보였다. 수술을 막 마치고 나와 머리가 땀으로 푹 젖어 있고 바람 빠진 풍선처럼 처져 있었지만 말투와 행동은 환자들에게 존경심을 불러일으킬 수 있을 만큼 고상한 카리스마를 풍겼다. 앤디가 책과 1만 위안을 자오치핑에게 건넸다.

"웨이 씨가 바빠서 내가 대신 왔어요. 내 도움이 필요하면 언제든 얘기하세요."

자오치핑이 이마의 땀을 훔치며 말했다.

"돈이 모든 죄의 근원이라지만 미워할 수가 없네요. 아직 2만 위안쯤 부족해서 도와줄 사람을 몇 명 더 찾아야 해요. 신문사에 다니는 친구에게 얘기해서 기부도 받을 수 있을 것 같고요. 안 그래도 수술하면서도 계속 걱정했는데 다행이에요. 정말 고마워요. 가방이랑 책은 간호사실에 맡겨두고 같이 보러 가시죠."

"괜찮아요. 전적으로 믿어요. 나도 피곤하고요."

"안 돼요. 절차는 투명해야죠. 피곤한 걸로 따지면 내가 더 피곤해요. 웨이 형님한테 문자를 보낼 때 응급 처치 중이라 자세히 설명을 못 했어요. 환자는 6살밖에 안 된 아이에요. 엄마가 야근을 하고 있는데 유치원에서 문 닫을 시간이 되니까 아이를 혼자 집에 보냈대요. 아이가 집에 가는 길에 뺑소니 교통사고를 당했어요. 제일 딱한 건 아이 아빠도 아이가 태어나기 전에 교통사고로 죽었다는군요. 저기에요. 저 야윈 여자가 아이 엄마예요. 힘들게 벌어서 간신히 입에 풀칠하나 봐요. 1503호 B번 병상이에요."

"저도 돕고 싶은데, 병원비를 보탤게요."

"직접 도와주세요. 그래야 도움을 받는 사람도 감사 표시를 할 수 있으니까요."

앤디가 지갑에 있는 현금을 모두 꺼냈지만 방금 전 특이점을 대신해 1만 위안을 주고 나니 남은 현금이 1,300위안밖에 되지 않았다. 그녀는 그 돈을 자오치핑에게 주며 병실에 들어가지 않겠다고 했다.

어릴 적 연말연시마다 각 자선 단체에서 고아원을 찾아왔다. 그럴 때마다 그녀는 이리저리 숨어 다녔지만 결국에는 붙들려서 감사 공연을 해야 했다. 겉으로는 기쁘고 행복한 척했지만 속으로는 전혀 기쁘지 않았다. 모르는 사람들에게 안겨 뽀뽀를 받는 것이 너무 싫어서 온몸이 뒤틀렸지만 은혜에 고마워할 줄 모르는 자신을 자책하는 것 외에는 달리 방법이 없었다. 그래서 그녀는 돈을 벌기 시작한 뒤 기부를 하면서도 얼굴을 드러내거나 직접 찾아간 적이 한 번도 없었다. 도움을 받는 사람에게 부담이 될 수 있기 때문이다. 오늘도 역시 마찬가지였다.

자오치펑이 병실로 들어가 돈을 건네자 아이 엄마가 깡마른 체구로 바닥에 와락 엎드려 흐느꼈다. 앤디는 아이 엄마의 마음을 읽을 수 있었다. 사람이 궁지에 몰리면 밥 한 그릇이 성모 마리아보다 더 아름답게 보이는 법이다. 아이 엄마를 보며 앤디는 아주 어릴 적 어렴풋한 기억을 떠올렸다. 동전 한 닢이 짤그랑 하고 앞에 떨어질 때마다 그녀의 엄마도 그렇게 엎드려 고맙다고 굽실거렸다. 이유는 모르겠지만 당장 그 자리에서 도망치고 싶었다. 아이 엄마가 자기 앞으로 달려와 엎드릴까 봐 겁이 났다.

자오치펑이 병실에서 나와 한참 만에 앤디를 찾았다. 앤디가 경계하는 시선으로 주위를 둘러보며 계단실에서 나오자 자오치펑이 점잖은 의사의 가면을 벗고 큰 소리로 웃었다.

"아이 엄마에게 앤디 씨가 별도로 1만 위안을 더 후원할 거라고 했어요. 그건 병원비로 직접 지불할 거라고요. 아이 엄마가 무척 감동하더군요. 병원비 계산하러 가시죠."

"직접 가지고 가서 계산하세요."

"하하. 난 돈에 손대면 안 돼요. 제가 원래 돈을 보면 욕심이 생겨서요. 제가 그래요. 의지가 약하죠."

앤디는 자오치펑이 그러는 진짜 이유를 알 수 있었다. 후원금을 기부할 때 제일 중요한 건 돈이 투명하게 쓰이는 것이다. 자오치펑은 그 돈이 자기 손을 거쳤다가 혹시 문제가 생겨 자신이 억울한 누명을 쓰고 명예가 실추되는 걸 원천 봉쇄하려는 것이다.

앤디가 물었다.

"정부에 지원금을 신청할 수는 없어요?"

"정상적인 절차로는 지원금을 받아내기가 하늘의 별따기죠. 공무원들이 다 그렇다니까요."

"후원이 필요한 사람들의 명단을 주세요."

"둘 중 한 분이면 충분해요. 어떻게 번갈아가며 도울지 두 분이 상의하세요. 돈이 아무리 많아도 그렇게 많이 도울 수는 없죠. 차라리 돈 많은 환자 몇 명 소개시켜주세요. 영양이 과다한 것 같으면 피 좀 뽑게요. 지방과 당을 줄이면 건강에도 좋죠."

앤디는 그제야 자오치펑이 어떤 사람인지 알 것 같았다. 자기가 아파도 이런 의사에게는 절대로 수술 받을 수 없을 것 같았다. 게다가 그가 사오라고 부탁했던 책들이 생각났다.

"참, 그 책들 말이에요. 세상에나! 전부 다 일본 성인 만화책이더군요. 정말이지 별로예요. 책값 계산할 때 종업원 보기가 민망했어요."

"아, 전부 사왔어요?"

"네."

"아주 잘됐어요. 오늘 바로 그 책들이 필요한 날이에요. 수술대에서 그 아이의 눈빛이 얼마나 선하던지. 그렇게 아픈데도 자기가 교통사고를 당해서 엄마를 걱정시켰다면서 미안해하더라니까요. 엄마가 가슴이 찢어지게 우는데 어쩌나 불쌍하던지. 기분 전환이 간절히 필요했거든요. 지금 당장이요."

"가보세요. 초콜릿도 두 상자 끼워넣었어요…."

앤디의 말이 끝나기도 전에 자오치펑이 잽싸게 달려갔다. 앤디가 아연실색하며 그의 뒷모습을 쳐다보았다. 취샤오샤오와 어쩜 저렇게 비슷할까?

출장 갔던 관쥐얼이 동료들과 기차를 타고 돌아왔다. 기차에서 내려 플랫폼에서 나오는데 마중 나온 린위안이 그녀를 보고 다가왔다. 동료들이 의미심장한 미소로 관쥐얼을 흘끔거리자 그녀가 난처한 표정으로 린위안을 쳐다보았다. 오전에 린위안에게 전화가 왔을 때 그녀의 일정을 말해버린 탓이었다.

관쥐얼이 기어들어가는 소리로 고맙고 미안하다고 말하자 린위안이 진중한 말투로 말했다.

"기차 시간표를 보니까 도착 시간이 너무 늦어서 집에 가면 11시가 넘겠더라. 밤길에 혼자 다니면 위험해."

"괜찮아요. 난 얼굴이 무기잖아요."

관쥐얼은 린위안 앞에 서면 자꾸만 두서없이 말이 나왔다. 어릴 적 자신의 우상이 자기에게 잘 보이려고 하는 게 어색하고 보기 싫었다.

"어두우면 얼굴이 안 보이잖아. 하하! 농담이야. 연말이라 어수선해서 치안이 안 좋아. 늦게 집에 들어갈 때는 나한테 연락해. 미안해할 거 없어."

관쥐얼은 창피해서 땅속으로라도 들어가고 싶은 심정이었지만 조신한 미소를 지으며 짐 가방을 린위안에게 맡기고 그의 뒤를 따라 주차장으로 향했다.

"너희 회사가 일이 빡세다는 소문이 헛소문이 아니었네. 퇴사할 생각은 안 해봤어?"

"너무 피곤할 때는 그런 생각이 들기도 하지만 잠시뿐이에요. 대학까지 나온 잉잉이 취직하기도 힘든 세상인데다, 아무리 일해도 월급도 안 오르는 걸 뻔히 알면서 어떻게 사표를 내겠어요?"

"맞아. 요즘은 돈을 얼마나 버는지, 기회를 얼마나 얻는지, 사회에서 얼마나 인정받는지는 개인의 실력이나 노력보다도 어느 회사에 다니느냐에 따라 결정된다더라. 극단적인 얘기긴 하지만 그게 현실이지. 우리 회사 40대 선배가 그러는데 20년 전만 해도 퇴사하고 창업을 할까 많이 갈등했었대. 그런데 지금은 사업은 꿈도 못 꾼다고 하더라. 창업이 너무 힘들어서 말이야."

"우리 회사는 정규직 탈락률이 높아요. 공무원과는 달라요."

"걱정 마. 열심히 일하다 보면 인정받을 거야."

얘기를 나누면서 관쥐얼도 어색함이 점점 가셨다. 늦은 밤에 남자와 단 둘이 차를 타고 멀리 가지 말라고 했던 앤디의 충고가 떠올랐지만 별로 무섭지 않았다. 린위안이 함부로 행동할 사람이 아니라는 걸 직감으로 알았기 때문이다.

아파트 단지에 거의 도착했을 때 린위안이 관쥐얼에게 출출하면 야식을 먹으러 가자고 했다. 사실 관쥐얼도 배가 고팠고 아파트 앞에 있는 제과점이 생각났지만 괜찮다고 거절했다. 그런데 차가 제과점 옆을 지날 때 차창 밖으로 무심코 쳐다보다가 추잉잉을 발견했다. 추잉잉이 백팩을 멘 채 제과점 앞에 서서 안을 들여다보고 있었다. 돈을 모으면 저 안에 있는 모든 디저트를 사 먹겠다고 속으로 다짐하고 있을 것이다.

관쥐얼은 린위안에게 아파트 입구에서 내려달라고 했다. 린위안이 가고난 뒤 추잉잉을 보니 제과점 쇼윈도 앞에서 떨어지지 않는 발걸음을 어렵게 옮기고 있었다. 관쥐얼은 보기 안좋으니까 그러지 말라는 말을 속으로 삼키며 추잉잉을 불렀다.

"잉잉, 내 캐리어 좀 보고 있어. 배가 고파서 먹을 걸 사와야겠어."

드디어 대화 상대를 만난 추잉잉이 반색을 하며 관쥐얼의 팔을 붙잡았다.

"나 오늘 외곽에 갔었어. 뭐 하러 갔는지 맞혀볼래? 영업을 하러 갔었어!"

"잠깐만 기다려. 3분이면 돼."

관쥐얼이 추잉잉을 떼어놓고 제과점으로 뛰어가 기다란 치즈케이크를 샀다.

관쥐얼이 치즈케이크를 들고 나오자 추잉잉이 조잘대며 독창회를 시작했다. 어제와 오늘 있었던 일들을 신이 나서 얘기했다. 그런데 어젯밤 집에 들어와 온라인숍으로 들어온 주문을 확인했다는 대목에서 이야기가 끊겼다. 집에 도착하자마자 관쥐얼이 가방도 던져놓고 치즈케이크를 자르기 시작했다.

"잉잉, 하하하! 날씨가 추워서 케이크가 아이스크림처럼 차가워지니까 더 맛있어. 같이 먹자. 이런 건 바로 먹어야 맛있어."

추잉잉이 못 이기는 척 함께 케이크를 먹었다. 관쥐얼이 말했다.

"어젯밤에 동료랑 한방에서 같이 잤어. 아침에 비몽사몽 눈을 떴는데 방에 누가 있는 걸 보고 놀라서 소리를 꽥 질렀잖아. 그 소리에 놀라서 동료가 침대에서 떨어졌어. 정신 차려 보니까 호텔이더라."

"그건 아무것도 아니야. 어젯밤에 22층에 나 혼자 있었잖아. 무서워서 혼났어…"

추잉잉이 실수한 걸 깨닫고 얼른 입을 다물었지만 눈치 빠른 관쥐얼의 얼굴에 벌써 물음표가 떠올랐다. 추잉잉이 말했다.

"묻지 마. 물어도 대답 안 할 거니까."

관쥐얼은 의구심이 잠깐 스쳤을 뿐이지만 추잉잉의 말을 듣고 의심이 확신으로 굳어졌다. 그녀의 시선이 자기도 모르게 판성메이의 방 쪽으로 향했다. 추잉잉은 속이 상했다. 왜 그렇게 입이 가벼울까? 바로 그때 현관문이 열리며 판성메이가 얼굴 가득 미소를 띠고 들어왔다.

"어머, 야식 먹으면 살쪄. 뭘 먹는 거야?"

관쥐얼이 말했다.

"케이크야. 언니도 한 조각 먹을래?"

"고맙지만 됐어. 일본 화과자 사왔는데 둘이 먹어. 난 피곤해서 먼저 씻을게."

추잉잉은 또 말실수를 할까 봐 숨도 참고 있다가 판성메이가 방으로 들어가고 나자 크게 숨을 들이마셨다. 관쥐얼은 판성메이가 들고 있던 쇼핑백을 보았다. 하나는 겔랑(GUERLAIN)이고 다른 하나는 토즈(TODS)였다. 토즈도 명품이라는 걸 회사에서 얼핏 들은 것 같았다.

핸드폰 울리는 소리에 판성메이는 가슴이 철렁 내려앉았지만 장밍쑹의 이름이 떠 있는 걸 보고 얼굴에 곧 미소가 걸렸다.

"집에 왔어요. 룸메이트들이 아직 안 자고 있네요. 음…, 아니에요. 미안하게… 알았어요. 내일 퇴근 때 다시 얘기해요…. 물론이죠. 알았어요. 잘 자요."

판성메이가 전화를 끊고 몸을 돌리자 추잉잉이 코앞에서 도깨비 얼굴을 하고 쳐다보며 키득거렸다.

판성메이가 깜짝 놀랐다.

"뭐야. 왜 이래. 전화하는 거 처음 봐?"

"아무것도 아니야. 기분이 좋아서 그래. 우리 엄마가 봤으면 언니 좀 본받으라고 했을 거야. 내 귀를 잡아당기면서 대학 졸업하고 아직까지 사위감도 집에 안 데려왔다고 잔소리를 하겠지. 멀리 떨어져서 사는 게 천만다행이야. 전화비가 아까워서 잔소리를 하고 싶어도 설날에 몰아서 한다니까. 하하하! 이번 설날에는 가짜 남자 친구라도 구해서 데리고 갈까?"

판성메이가 웃었다.

"나를 본받으면 안 돼. 난 나쁜 본보기니까."

또 추잉잉의 말문이 터진 걸 보고 관쥐얼이 얼른 말했다.

"어제 낮에 언니한테 전화했는데 전원이 꺼져 있더라. 어제 실크 업체에서 수출용 머플러를 창고 세일했거든. 언니도 살 거면 안목 있는 동료한테 부탁해서 사다주려고 했지. 동료들이 골라줘서 나도 몇 개 샀는데 봐줄래? 설날 고향에 가서 친구들한테 선물하려고."

"어머, 너무 아쉽다. 어제 낮에 뭘 좀 하느라…. 어디 머플러 좀 보자."

관쥐얼이 짐 가방을 방으로 가지고 들어가 간단히 포장한 머플러들을 꺼내 판성메이에게 보여주었다. 판성메이는 물건을 척 보기만 해도 좋은지 나쁜지 알 수 있었다. 판성메이가 머플러를 만져보며 말했다.

"와, 내 핸드폰 버려야 할까 봐. 그렇게 중요한 순간에 왜 안 터졌을까."

추잉잉이 들어와 관쥐얼의 머플러를 둘러보니 얼굴색과 아주 잘 어울렸다. 특히 화려한 색감이 칙칙한 겨울옷에 포인트가 되어줄 것 같았다.

"쥐얼, 어제 네가 물어봤을 때 거절하지 말 걸 그랬어…. 얼마 줬어?"

"130위안. 동료가 싸게 잘 산 거라고 하더라."

"와! 사오지 말라고 하길 잘했어. 나 돈 모아야 돼. 참, 내 정신 좀 봐. 온라인숍에 주문 들어왔는지 확인해야 해."

추잉잉이 머플러를 벗어 관쥐얼에게 주고는 쪼르르 자기 방으로 달려가 컴퓨터를 켰다. 그녀가 직접 조립한 저사양의 데스크톱 컴퓨터가 왱왱 소리를 내며 한참 만에 부팅을 마치고 모니터에 화면이 나타났다.

관쥐얼의 방에서 판성메이가 머플러를 보며 못내 아쉬워하자 관쥐얼이 말했다.

"이 중 마음에 드는 거 있으면 가져. 내가 산 가격에 넘길게."

판성메이가 선뜻 대답하지 못하고 망설였다. 관쥐얼이 사온 걸 빼앗기가 미안했기 때문이다. 하지만 그녀의 가장 큰 고민은 따로 있었다. 그녀의 오빠가 토요일에 풀려났다. 그때부터 집에서 그녀에게 거는 전화가 부모님의 집 전화 1대에서 3대로 늘어났다. 오빠와 올케가 각각 핸드폰으로 전화를 걸기 시작한 것이다. 전화번호 3개가 번갈아 가며 그녀의 핸드폰을 울려댔다. 돈과 일자리를 구해달라는 눈물의 호소였다. 남들과 같이 있을 때는 대충 "응. 응. 응." 하고 말았지만 도저히 참을 수 없는 지경이 되자 화장실로 달려가 오빠에게 전화를 걸어 한바탕 퍼부어주고는 더 이상 오빠 일에 관여하지 않겠다고 선언했다. 오빠 가족이 죽든 살든 신경 쓰지 않을 테니까 앞으로 귀찮게 하지 말라고 쏘아붙였다. 그러고 나서 핸드폰 전원을 꺼놓았다가 오늘 밤 10시쯤에 다시 전원을 켰다. 10시 이후에는 부모님도 오빠 부부도 모두 잠자리에 든다는 걸 알고 있었기 때문이다.

머플러를 살까 말까 고민하다 보니 무거웠던 마음이 조금 가벼워졌다.

물론 그녀의 속사정을 알 리 없는 관쥐얼이 미안해하며 말했다.

"내가 전화를 몇 번 더 걸었으면 연결됐을 수도 있는데."

"네 잘못이 아니야. 내가 기회를 놓친 거지. 이참에 핸드폰 번호를 바꿀까 봐."

그때 현관문 두드리는 소리가 났다.

추잉잉이 잽싸게 달려가 문을 열어보니 앤디였다. 추잉잉이 큰 소리로 외쳤다.

"앤디 언니, 나 주문을 3건이나 받았어! 내가 직접 발품 팔아서 주문을 따낸 거야! 3건이나! 샤오샤오가 하나만 팔아도 성공이라고 했는데 3건이나 성사시켰어! 와! 와!"

추잉잉이 갑자기 달려들어 와락 끌어안자 앤디가 놀라 몸이 뻣뻣하게 굳었다가 잠시 후 정신을 차리며 추잉잉을 토닥였다.

"아주 기쁜 소식이네. 네가 무슨 일을 해야 할지 걱정이었는데 스스로 잘 찾아냈구나. 훌륭해."

관쥐얼의 방에 있던 판성메이가 말했다.

"역시 진지해. 모범 답안이야."

관쥐얼은 앤디의 말이 항상 딱딱하게 굳어 있는 것 같았다. 그녀가 하는 대부분의 말들이 공식적인 자리에 그대로 옮겨놓아도 문제될 게 없었다. 물론 이런 생각을 입 밖에 내어 말하지는 않았다. 관쥐얼이 머플러를 내려놓고 밖으로 나갔다.

"앤디 언니, 치즈케이크 먹을래? 맛이 괜찮아."

관쥐얼이 치즈케이크 한 조각을 잘라 앤디에게 가져다주었다.

앤디는 추잉잉에게 붙들려 컴퓨터 앞에 가서 주문서를 보고 있는 중이었다. 추잉잉은 각각의 주문이 어떻게 해서 들어오게 됐는지 자세히 얘기했다. 처음에는 추잉잉의 성화에 못 이겨 들어주는 척했는데 들어보니 각 주문마다 추잉잉의 땀과 노력이 숨어 있었다. 앤디가 감탄했다.

"하나 하나 고생해서 성사시켰구나."

"맞아. 하나도 팔지 못하고 쫓겨나도 성취감이 생기더라."

앤디가 진심으로 칭찬하자 추잉잉도 신이 나서 관쥐얼이 가지고 온 케이크를 생각 없이 먹어버렸다. 관쥐얼이 큭큭거리며 다시 한 조각을 잘라 앤디에게 가져다주었다.

판성메이는 옆방에서 두 룸메이트가 앤디와 하는 얘기를 들으며 기분이 씁쓸했지만 거기에 끼고 싶지는 않았다.

앤디가 케이크를 받아 들다가 자기가 들고 온 커다란 쇼핑백이 생각났다. 그녀가 추잉잉의 어수선한 책상 위에 쇼핑백을 올려놓았다.

"선물 사온 걸 깜박 잊을 뻔했네. 내가 좋아하는 가게에서 사온 과자들이야. 중국 과자도 있고 서양 과자도 있어. 나는 두리안 파이를 제일 좋아해. 냄새는 고약해도 맛은 좋거든. 홍콩에서 재미있었어. 계속 먹기만 했지 뭐야. 하루에 다섯 끼를 먹기도 했는데 돌아오는 비행기에서 계산해보니까 쉴 틈도 없이 계속 먹기만 했더라. 요리를 꼭 배우기로 결심했어. 나중에 잉잉에게 요리하는 걸 배워야겠어."

"나도 이제 막 배우기 시작한걸. 우리 같이 연구해보자. 히히히!"

홍콩에서 사온 과자라는 말에 추잉잉이 신이 나서 봉지를 열었다.

"오늘 먹을 복이 터졌네. 쥐얼이 치즈케이크를 사오고 성메이 언니가 일본 화과자를 사오더니 앤디 언니가 홍콩 과자를 사왔잖아. 와아! 나 오늘 밤새워서 이것들을 다 먹을 거야."

앤디가 놀란 표정으로 고개를 들어 관쥐얼을 쳐다보았다. 관쥐얼은 이상하다는 눈치를 챘지만 앤디를 쳐다볼 뿐 아무 말도 하지 않았다.

앤디가 말했다.

"잉잉, 천천히 먹어. 네가 좋아하면 나중에 또 사다줄게. 그럼 난 간다. 자야겠어. 피곤해."

추잉잉도 앤디의 기분이 가라앉은 걸 알아차렸다.

"벌써 가게? 왜?"

추잉잉이 무의식적으로 관쥐얼의 방 쪽으로 시선을 돌리자 앤디는 모두들 다 알고 있는 줄 알고 숨길 필요가 없다고 생각했다. 그녀가 관쥐얼의 방을 향해 큰 소리로 말했다.

"성메이, 미안해, 로열클럽에서는 내가 경솔했어."

판성메이가 차갑게 대꾸했다.

"사과할 거 없어. 생각이 다를 수도 있지. 굳이 생각을 통일할 필요는 없잖아. 괜히 잘난 척하려고 진심 없는 사과할 필요 없어."

판성메이는 앤디를 보고 싶지 않아 관쥐얼의 방에서 나오지 않았다.

앤디가 말했다.

"걱정 마. 내 사과를 받아달라고 강요하지 않을게. 하지만 말해두고 싶은 게 있어. 로열에서 내 도움을 받아달라고 말한 건 적선하려는 게 아니었어. 방법은 틀렸을지 몰라도 잘난 척은 아니었어. 내가 그렇게 잘난 사람도 아니니까 너도 너무 자존심 세울 거 없어."

"처음에는 경솔했다더니 이젠 방법이 틀렸다? 넌 네 생각대로 한 거니까 해명할 필요 없어. 나도 말해둘 게 있어. 난 네 말처럼 자존심이 세지 않아. 네가 지적하고 싶었던 건 내 자존심이 아니라 열등감이겠지. 잘난 척하는 걸로 보이고 싶지 않아서 자존심이라고 표현했겠지만 말이야. 생각해줘서 고마워."

앤디가 관쥐얼과 추잉잉을 보며 어깨를 으쓱였다.

"좋아. 사과하지 않을게. 다만 네게 상처를 준 건 유감이야."

앤디가 관쥐얼과 잉잉에게 손을 흔들고 밖으로 나갔다. 관쥐얼과 추잉잉은 서로 쳐다보며 어쩔 줄 몰랐다. 왜 그러는지 물어볼 수도 없었다. 며칠 전 판성메이가 우울했던 일과 관련이 있을 것 같다는 짐작만 할 뿐이었다. 관쥐얼이 아는 게 더 많았으므로 더 많은 걸 짐작할 수 있었다.

앤디가 가고난 뒤 판성메이가 관쥐얼의 방에서 나왔다.

"걱정시켜서 미안해."

관쥐얼이 말했다.

"괜찮아. 터놓고 얘기했으면 됐어."

추잉잉은 물어보고 싶은 충동을 애써 참고 있었지만 관쥐얼의 말을 듣고 호기심을 억누르지 못했다.

"뭘 터놓고 얘기해? 들을수록 아리송하네. 쥐얼, 혹시… 너…."

판성메이가 말허리를 잘랐다.

"별일 아니야. 생각의 차이지."

하지만 관쥐얼을 흘긋 쳐다보며 그녀가 앤디와 제일 가깝고 취샤오샤오도 그녀를 좋아한다는 게 생각났다. 관쥐얼은 뭔가 알고 있는 것 같았다.

"난 앤디의 거만한 태도가 싫어."

추잉잉은 더 묻고 싶었지만 판성메이가 화장실에 가려고 몸을 돌리자 관쥐얼이 그녀를 발로 툭 차는 바람에 입을 꾹 다물었다. 판성메이가 화장실에 들어가자 추잉잉이 관쥐얼에게 속삭였다.

"앤디 언니가 좀 냉정하기는 해. 아까 내가 끌어안았더니 놀라서 뻣뻣해지더라. 그래도 거만한 것 같지는 않은데 말이야. 무슨 일이야? 넌 밀 좀 아는 거 같은데."

"성메이 언니가 며칠 전에 기분이 안 좋았잖아. 우리한테 몰라도 된다고 하면서. 기억하지? 앤디 언니가 도와주려다가 성메이 언니를 화나게 한 거 같아."

추잉잉이 고개를 끄덕였다.

"그런데, 성메이 언니가 어제 외박을 하더니 오늘 또 기분이 좋았어. 며칠 전에 애인이랑 문제가 생겼던 거 같아."

"멋대로 추측하지 마. 앤디 언니가 무슨 과자를 사왔는지 보자."

"아까 성메이 언니한테는 말을 안 했는데 사실 나한테 직접 커피 홍보하러 다니라고 말해준 사람이 샤오샤오야. 걔가 평소에는 말을 함부로 하지만 이번에는 정말 나한테 도움이 됐어."

관쥐얼이 놀라며 말했다.

"22층이 점점 복잡해지네. 앞으로 말조심해야겠어."

"맞아. 내가 말실수하면 아까처럼 발로 차서 알려줘."

관쥐얼은 문득 이 복잡한 관계가 판성메이 한 사람과 다른 이웃들 사이의 갈등 때문이라는 생각이 들었다. 취샤오샤오와의 갈등은 취샤오샤오가 판성메이를 속물이라고 무시하기 때문이다. 그렇다면 앤디와의 갈등은 또 무엇 때문일까?

앤디는 2201호로 돌아온 뒤 판성메이의 일을 머릿속에서 지워버렸다. 취샤오샤오에게 전화를 걸어 자오치펑을 만난 얘기를 들려주자 취샤오샤오가 자오치펑을 만나러 갈 핑계가 생겼다며 환호성을 질렀다.

판성메이는 모처럼 좋았던 기분이 앤디 때문에 다시 가라앉았다. 화장실에서 심란한 마음으로 화장을 지우고 세수를 했다. 오늘은 화를 내고 싶지 않았지만 앤디가 거만한 투로 사과를 하자 참을 수가 없었다. 왜 그랬을까? 정말로 열등감 때문일까? 아니다. 그녀는 도도한 미인이다. 그저… 자신이 처한 상황이 죽을 만큼 원망스러울 뿐이었다.

그때 추잉잉이 화장실 문을 두드렸다.

"언니, 가방 속에서 핸드폰이 울려."

판성메이가 서둘러 나와 핸드폰을 확인했다. 모르는 핸드폰 번호라서 꺼림칙했지만 조심스럽게 받았다. 그녀의 오빠였다.

"성메이, 이 오빠는 너밖에 없어. 오죽하면 너한테 전화하겠니. 병원비를 안 내놓으면 다리를 부러뜨리겠대. 돈 대신 목숨을 내놓으래. 내 다리를 부러뜨리겠다고 쇠몽둥이를 들고 왔어…."

정해진 수순이었다. 오빠는 사고를 쳤을 때만 그녀가 하나밖에 없는 여동생이라는 걸 생각해냈다. 집에 좋은 게 있을 때는 여동생 생각은 눈곱만큼도 하지 않았다. 이미 울화가 잔뜩 차올라 있던 판성메이가 왈칵 화가 치밀어 이를 질끈 물고 쏘아붙였다.

"잘 됐네! 이렇게 될 줄 모르고 사람 때렸어? 오빠가 자초한 거야! 때리라고 해. 오빠가 맞아 죽어도 상관 안 해. 상대방 핸드폰이지? 내가 직접 얘기할게. 바꿔줘."

돈을 받으러 온 사람이 전화를 받아 1만 위안을 보내지 않으면 오빠를 죽여버리겠다고 하자 판성메이가 외쳤다.

"죽여버려요. 그러면 1만 위안을 줄 테니까. 못 죽이면 한 푼도 못 받을 줄 알아요! 병원에 누워 있는 당신 형제를 생각해서라도 꼭 죽여버려요!"

판성메이가 악을 쓰며 퍼붓고 나서 전화를 탁 끊어버렸다. 옆에 있던 추잉잉이 무슨 일인지 몰라 눈이 휘둥그레졌다. 판성메이는 왜 그러는지 얘기도 하지 않고 화장실 안에서 가쁜 숨을 몰아쉬었다. 세상에 나쁜 사람이 수없이 많지만 그 사람들은 나쁜 사람이 아니어서 오빠가 정신 차리도록 따끔하게 손봐주길 간절히 바랐다.

추잉잉이 관쥐얼의 방으로 달려가자 관쥐얼도 놀라서 입을 다물지 못하고 있었다. 어떻게 해야 좋을지 몰랐다. 이번에는 추잉잉도 판성메이를 끌어안고 위로해주지 못했다. 잠시 후 판성메이가 화장실에서 나오자 두 사람은 살금살금 조심스럽게 가서 씻은 뒤 소리 없이 불을 끄고 잠자리에 들었다.

2202호는 섬뜩할 정도로 고요했다. 판성메이는 바깥에서 나는 소리에 귀를 기울였지만 자신과 상관없는 소리만 멀리서 어렴풋이 들렸다. 그녀는 화장지 뽑는 소리조차 내지 않으려 이불을 뒤집어 쓴 채 숨죽여 눈물만 흘렸다.

20

제일 분주하지만 또 제일 피곤한 월요일 아침이 시작되었다. 판성메이는 월요일 아침부터 금요일까지 이어지는 일주일을 생각하면 정말 죽고 싶은 심정이라고 했다. 하지만 오늘 아침 추잉잉은 22층에서 제일 바쁘고 즐거웠다. 오늘 그녀에게 아주 큰 의미가 있는 3건의 주문을 발송할 예정이기 때문이다. 그녀가 직접 발로 뛰어 성사시킨 아주 소중한 거래였다. 어젯밤 앤디와 판성메이의 충돌 후 판성메이의 성난 통화 때문에 분위기가 어색하기는 했지만 그녀의 얼굴 위로 감출 수 없는 희열이 묻어났다. 당장 회사로 달려가 물건을 발송하고 싶었다. 그에 비하면 관쥐얼의 얼굴은 무덤덤했고 어색함을 피하기 위해 되도록 판성메이와 마주치지 않으려 했다.

앤디가 관쥐얼을 데리러 왔을 때 2202호에 남아 있는 건 관쥐얼뿐이었다. 판성메이는 평소보다 일찍 조용히 출근했다. 22층에 둘밖에 없다는 걸 알고 관쥐얼이 앤디를 보자마자 말했다.

"성메이 언니한테 화내지 마. 성메이 언니가 속사정이 있는 것 같아. 어제 전화에 내고 누굴 때려죽이라고 소리치더라. 누가 날마다 돈을 요구하나 봐. 며칠 전부터 기분이 안 좋은 게 그 일 때문인 것 같아."

"넌 모른 척해. 잉잉에게도 묻지 말라고 하고. 사실 나도 알고 있어. 너한테는 말하지 않으려고 했어. 성메이에게는 평소처럼 대해. 조금 배려해주는 건 괜찮지만. 동정하는 것처럼 보이지만 않으면 돼."

"그 일 때문에 도와주려다가 다툰 거야? 내가 도울 수 있어. 성메이 언니가 나랑 잉잉에겐 친언니나 다름없으니까 나한테는 자존심 상하지 않을 거야."

"너나 잉잉이 위험을 감수하는 건 원치 않아. 한집에 살면서 사이가 틀어지면 곤란해. 어젯밤에 무슨 전화였는지 내가 알아볼게."

엘리베이터에 사람이 많아서 더 얘기할 수 없었지만 관쥐얼은 풀리지 않는 의문이 있었다. 앤디는 그 일을 어떻게 알았을까? 어쨌든 앤디가 판성메이에게 화가 난 게 아니라는 사실이 다행스러웠다.

앤디가 말했다.

"화난 건 화난 거고 일은 일이니까 이성적으로 구분하는 것뿐이야."

"부모님도 아닌 다른 사람이 그렇게 관심을 갖고 도와주는 건 언니가 성메이 언니를 친구로 생각하기 때문이야."

앤디가 눈썹을 추어올리며 처다보자 관쥐얼이 말했다.

"언젠가는 성메이 언니도 언니의 관심을 깨닫게 될 거야. 그땐 언니도 어젯밤 다툰 일을 다 잊었을 거고."

"나도 마음의 준비는 하고 있었어. 성메이가 터무니없는 얘기를 해서 화가 난 거지. 역시 너한테 얘기하지 말걸 그랬어."

앤디는 서로 부대끼며 사는 삶이 꽤나 골치 아프다는 생각이 들었다. 논리 같은 건 무시하고 되는 대로 문제를 해결하고 싶었다. 비논리적인 판성메이 앞에서는 그녀의 똑똑한 머리도 별로 소용이 없는 것 같았다.

"나랑 잉잉을 생각해줘서 고마워. 하지만 우리가 어린애들도 아니고 일도 하고 있잖아. 이 정도는 감당할 수 있어."

관쥐얼의 말에 앤디가 피식 웃었다.

"생각해볼게."

관쥐얼이 장난스럽게 눈을 흘겼다. 앤디는 관쥐얼의 말 한마디, 작은 행동 하나하나에서 온정을 느낄 수 있었다.

왕바이촨에게 전화를 걸 때까지도 앤디는 의구심을 지울 수가 없었다.

'관심이라고? 내가 성메이에게 관심이 있어서 이러는 거라고? 관심일까, 의무일까?'

그녀는 자신이 판성메이를 돕는 것이 일종의 의무라고 생각했다. 그녀는 배불리 먹는 것조차 어려울 만큼 고생을 하며 자랐다. 전액 장학금으로 미국에 유학을 가고 난 뒤 예전에는 상상도 못했던 풍족한 생활을 할 수 있었지만, 누구에게 빼앗길까 봐 허겁지겁 밥을 먹는 버릇이 남아 있었다. 그 버릇을 고치기 위해 오랫동안 심리 상담을 받아야 했다. 그때 심리 상담을 받으며 그녀는 고아원에서 같이 자란 아이들을 떠올렸다. 자신은 똑똑해서 전액 장학금을 받았지만 고아원에서 함께 자란 다른 아이들은 이 잔인한 세상을 어떻게 살아가고 있을까?

그때부터 그녀는 기부를 시작했다. 능력 있는 사람은 그렇지 않은 사람들을 도와줄 의무가 있다고 생각했다. 판성메이도 마찬가지다. 하지만 자신이 의무감으로 하는 행동을 관쥐얼은 관심이라고 정의했다. 앤디는 관심이라는 표현이 자신에게 과분한 것 같아서 불편했다. 아니, 이건 관심일 리 없었다. 만약 이게 관심이었다면 판성메이의 오해를 불러일으키지 않았을 것이다. 사람 보는 안목이 뛰어난 베테랑 인사 담당자인 판성메이가 남의 관심을 극단적으로 곡해할 리가 없잖은가? 그날 밤 앤디의 행동이 적절치 않았더라도 판성메이가 단지 그것만 보고 지금까지의 자신을 모두 부정했을 리는 없다. 순간 적인 충동으로 화를 냈을 수는 있지만 냉정을 되찾은 후까지도 오해가 계속되었을 리는 없다. 그러니까 이런 결과가 나왔다는 건 앤디가 판성메이에게 느끼는 감정이 의무감이지 관심이 아님을 증명하는 것이다.

앤디가 왕바이촨에게 전화를 걸었다. 일의 결과가 어떻게 되었든 알려줘야 할 것 같았다.

"바이촨 씨 말대로 성메이가 화를 냈어요. 내 도움은 거절했고요. 어젯밤에 오빠에게 죽으라고 소리치고, 돈을 달라고 요구하는 사람들에게도 오빠를 죽이라고 했대요. 이제 어쩌죠? 아직 고향이에요?"

"네. 오늘 밤에 성메이 집에 가보고 말씀드릴게요. 죄송해요. 저 때문에 입장이 곤란해지셨네요."

"나에게 알릴 필요 없어요. 내가 전화를 한 건 성메이가 가족들 걱정을 하면서도 어젯밤에 오빠에게 화를 낸 게 마음에 걸려 집에 전화를 하지 못할 것 같아서예요. 성메이에게 직접 알려주세요."

왕바이촨은 그 전화가 자신에게 어떤 의미인지 잘 알고 있었으므로 앤디에게 무척 고마웠다. 앤디는 전화를 끊은 뒤 마음 놓고 일에 열중했다. 이 일이 이성적으로 해결될 거라고 생각했다. 원만히 해결되는 건 기대할 수 없고 이성적으로 해결되기만 해도 충분했다.

취샤오샤오는 화요일에야 겨우 하이시로 돌아왔다. 그녀는 돌아오자마자 회사 건물에 있는 은행에 가서 현금을 인출한 다음 회사로 올라가 낙찰 이후 해야 할 일들을 지시했다. 한창 바쁘게 일하고 있을 때 그녀의 아빠와 엄마가 각각 전화를 걸어 저녁 식사를 같이 하자고 했다. 그녀가 입찰을 따낸 것을 축하해야 한다는 것이었다. 취샤오샤오도 물론 축하파티가 필요하다고 생각했다. 아직은 수익이 지출을 넘어서지 못해 입찰을 따냈다 해도 크게 기뻐할 일이 아니기는 하지만 어쨌든 그녀에게는 값진 성공이었다. 또 아빠에게 자신의 끈기와 능력을 자랑하고 아빠의 뇌리에 깊이 각인시킬 수 있는 기회이기도 했다. 두 이복 오빠는 큰 계열사를 차지하고 경험 있는 직원들을 데리고 일하고 있지만 실질적으로 본사에서 독립하지 못했다. 그러므로 적어도 오빠들보다는 훨씬 잘하고 있는 셈이었다.

먼저 병원에 가야한다는 딸의 얘기에 아빠가 껄껄 웃었다.

"그 의사 선생도 데리고 오렴."

취샤오샤오는 의기소침했지만 자신이 차였다는 걸 아빠에게 말하고 싶지 않았다.

"아직 그럴 때가 아니야. 나 바빠. 방해하지 마. 할 일이 많아."

아빠와 엄마는 딸에게 거절당하고도 기분 좋게 웃기만 했다. 딸의 작은 성공도 부모님에게는 대단하게만 보였다. 부모님은 딸을 방해하지 않으려고 문자 메시지를 보냈다. 아무리 늦어도 기다릴 테니까 병원 일이 끝나면 의사를 데리고 밍쉬안(明軒)으로 오라고 하자 취샤오샤오가 답장을 보냈다.

'기다리면서 너무 많이 먹지 마. 사탕수수 사 가지고 갈 테니까.'

딸의 답장에 아빠의 눈시울이 붉어졌다. 사탕수수는 자신이 젊었을 때 제일 좋아했던 주전부리였다. 도시로 올라온 뒤에도 가끔씩 생각났지만 요즘은 구하기가 힘들어서 자주 먹지 못했다. 딸이 이토록 아빠 생각을 해주는데 어떻게 감동받지 않을 수 있을까?

취샤오샤오는 7시가 다 되어서 회의를 마친 후 곧바로 집에 가서 옷을 갈아입고 화장을 새로 했다. 자오치펑을 마주칠 수도 있는데 출장에서 막 돌아온 후줄근한 행색으로 병원에 갈 수는 없었다.

2203호를 나서면서 어떻게 해야 자연스럽게 보일 수 있을지 고민했다. 문 앞에 서서 눈동자를 또릿또릿 굴리며 생각하다가 누군가와 동행하는 게 좋겠다는 생각이 들었다. 2201호 문틈으로 불빛이 새어 나오고 있었다. 일의 사정을 잘 아는 앤디에게 같이 가자고 했지만 앤디는 책을 읽어야 한다며 단박에 거절했다.

취샤오샤오가 몸을 굽혀 앤디가 들고 있는 책의 표지를 보았다.

"에이, 대단한 책도 아니잖아. 좋은 일 하는 셈 치고 같이 가자."

"난 그 일이 책 읽는 것보다 더 따분해. 너 혼자서도 잘할 수 있잖아. 저녁에 책 두 권을 다 읽고 웨이보에 서평을 올려야 해. 못 믿겠으면 이따가 웨이보를 확인해봐."

취샤오샤오가 어마어마한 책의 두께를 확인하고는 말없이 180도로 몸을 돌려 나가다가 2202호 앞에서 걸음을 멈추고 문을 두드렸다. 추잉잉이 문을 열었다.

추잉잉이 취샤오샤오를 보자마자 애교가 철철 넘치는 목소리로 취샤오샤오를 부르며 두 팔을 벌리고 와락 달려들자 취샤오샤오가 반사적으로 도망쳐 추잉잉을 피했다. 앤디가 문을 닫으려다가 그걸 보고 웃음이 터졌다. 취샤오샤오도 겁을 낼 때가 있다니.

취샤오샤오가 멀찌감치 선 채로 손을 뻗어 거절했다.

"다가오지 마. 나 진지해. 사정이 딱한 아이가 있어. 아빠가 교통사고로 일찍 죽고 엄마랑 둘이 살던 아이가 교통사고를 당했어. 지금 병원에 누워 있는데 병원비를 낼 형편이 안 된대. 도와주고 싶은데 내가 수줍음이 많잖아. 고맙다고 인사를 받으면 난처할 거 같아서 너랑 같이 갔으면 해. 못된 앤디 언니한테 거절당했어."

앤디가 취샤오샤오를 보며 웃고 있다가 말했다.

"은혜도 모르고 이러기야? 그걸 너한테 알려준 게 누군데."

"난 못된 앤디라는 사람 얘기하는 거야. 잉잉, 같이 가자."

사실 두 번 조를 것도 없었다. 추잉잉은 벌써 가기로 마음먹고 있었다. 추잉잉이 말했다.

"그런데 나 돈이 없어. 마트에 들러서 가자. 아직 문 안 닫았으니까 내가 우유랑 과일 좀 살게."

추잉잉이 집으로 들어가 외투와 가방을 들고 지갑을 뒤적이며 나와 현관문을 쿵 닫았다. 취샤오샤오가 "열쇠 챙겼어?"라고 물었지만 이미 문이 닫혀버린 뒤였고 추잉잉이 제 머리를 쿵 쥐어박았다. 그래도 다행인 건 이번에는 관쥐얼이 퇴근할 거라는 사실이었다.

취샤오샤오가 엘리베이터 문을 붙잡고 추잉잉을 밀고 들어가며 앤디에게 손 키스를 날렸다.

취샤오샤오가 물었다.

"성메이 언니는 집에 없어?"

"언니가 요즘 약속이 많아."

추잉잉이 말실수를 할까 봐 짧게 대답했다.

"참, 네 말대로 직접 뛰어다니면서 홍보했더니 효과가 있었어."

"와우, 정말이야? 팔았어? 얼마나?"

추잉잉이 주말 이틀 동안의 성과를 늘어놓기 시작했다. 취샤오샤오는 3분 만에 머리가 지끈거렸다. 추잉잉의 원맨쇼가 두 사람이 떠드는 것보다 더 시끄러웠다.

마트에서 계산을 하려는데 취샤오샤오가 잽싸게 앞질러 돈을 냈다. 예쁜 카드를 사서 취샤오샤오와 추잉잉의 이름을 쓰려는데 취샤오샤오가 자기는 악필이라며 추잉잉에게 카드에 자신과 추잉잉 둘의 이름을 써달라고 했다. 추잉잉이 자기 이름을 넣을 수 없다고 하자 취샤오샤오가 말했다.

"그럼 내가 너인 척 하고 쓸 거야. 사람들이 그 악필이 네 글씨라고 오해할걸? 하하하!"

"나는 돈을 안 냈잖아."

"넌 시간을 내줬잖아. 너 요즘, 시간이 돈 아니니? 이 시간에 영업을 하면 돈을 벌 수 있으니까. 어서 써. 안 쓰면 진짜로 내가 쓸 거야."

추잉잉은 취샤오샤오가 양보할 성격이 아니라는 걸 알고 있었으므로 하는 수 없이 자기 이름까지 적었다.

판성메이는 오늘 출근길에 살짝 핸드폰을 켰다가 왕바이촨에게 문자 메시지가 와 있는 것을 보고 그에게 전화를 걸었다. 왕바이촨은 어제 판성메이의 고향집에 직접 가서 상황을 살폈다고 했다. 불도 평소처럼 켜져 있었고, 평온해 보였다고 했다. 다만 부모님 댁에 아이를 맡기고 나간 오빠의 모습이 평소와 조금 달랐다고 했다. 피해자와 술자리를 함께한 것도, 게다가 얼굴에 미소까지 띠며 분위기가 나쁘지 않아 보였다고 했다. 물론 왕바이촨은 괜한 오해를 부를까 봐 앤디가 전화했었다는 얘기는 전하지 않았다.

판성메이가 궁금했던 소식이었다. 부모님이 평온하게 잘 지내고 있는 것만으로도 마음이 놓였다. 그녀가 부드러운 말투로 말했다.

"고마워. 그런데… 피해자 측 사람들은 왜 아직 오빠를 놓아주지 않는 거야?"

"그건 나도 잘 모르겠어. 오늘 저녁에 다시 가볼게."

왕바이촨과 통화한 후 판성메이는 마음이 한결 가벼워졌다. 하지만 핸드폰이 고장 났다는 핑계로 하루 종일 전원을 꺼놓았다가 퇴근 시간에 어젯밤 장밍쑹과 약속했던 레스토랑으로 향했다.

취샤오샤오와 추잉잉이 훌쩍거리며 입원 병동에서 나왔다. 오늘은 자오치펑이 당직 서는 날이 아니라 만나지 못했다.

차에 탄 뒤에도 취샤오샤오가 시동을 걸지 않고 계속 훌쩍거리자 추잉잉이 말했다.

"언제부터 이렇게 마음이 약해졌어? 너 원래 독한 애잖아."

"흥! 난 어른한테만 독하게 굴거든? 어린애가 너무 불쌍하잖아. 날보면서 왜 자꾸 웃는 거야. 걱정 말라고 할수록 마음이 아파서 미칠 거 같아. 정말 안 아픈 걸까?"

"나도 그랬어. 아이가 웃을수록 더 울고 싶더라."

"울고 싶은 게 아니라 진짜로 울었잖아. 병실에서는 네가 나보다 더 큰 소리로 울었다고. 나는 아이가 울까 봐 울음이 나오는 걸 참았는데. 넌 정말⋯. 아이가 웃는 모습이 어찌나 예쁘고 측은하던지. 아플까 봐 꼭 안아주지도 못했어."

"네가 뽀뽀하니까 아이가 창피해서 어쩔 줄 모르던걸?"

"넌 아이 엄마를 끌어안으면 어떡하니? 닭살 돋게. 내일 퇴근하고 또 올 거야. 엄마 집에 있는 도우미 아줌마한테 사골죽 만들어달래서 가져다줘야겠어. 내일도 같이 올래?"

"죽은 내가 만들게. 나도 만들 줄 알아."

"좋아. 참, 병실에서 재밌는 걸 봤어. 옆 테이블에 아이 스웨터가 있는데 세어보니까 네 벌이나 되잖아. 알록달록한 스웨터를 겹쳐 입으면 무지개처럼 보일 거야. 아이를 그렇게 따뜻하게 입히는 걸 보니까 엄마가 아이를 정말 사랑하는 거 같아."

"비보야. 그건 집이 추워서 그러는 거야. 옷을 껴입지 않으면 추워서 견딜 수가 없으니까. 나도 어릴 때 허름한 집에 살았어. 겨울만 되면 풍선처럼 뚱뚱해지도록 옷을 껴입었다니까. 넌 추위에 떨어본 적

없지?"

생각해보니 취샤오샤오는 정말로 추위에 떨어본 적이 없는 것 같았다. 겨울이 되면 집에 언제나 난방 기구가 켜져 있었고 그녀가 전기를 얼마나 쓰든 부모님이 뭐라고 하지 않았다.

추잉잉이 말했다.

"퇴원하면 난방이 안 되는 집에서 바지를 껴입고 있어야 할 텐데 다친 다리가 아프지 않을까?"

"잉잉, 너도 똑똑한 소리를 할 때가 다 있구나. 내일 오리털 바지랑 오리털 침낭을 사다줘야겠어. 그러면 안 추울 거야."

추잉잉이 한심하다는 듯 말했다.

"침대 하나 들어가면 꽉 차는 집일 텐데 침낭을 어떻게 쓰겠어? 이 바보야."

취샤오샤오가 추잉잉을 휙 째려보며 중얼거렸다.

"작은 휠체어랑 목발도 사줄 거야. 퇴원할 때 강아지를 선물해줄까? 아니면 취다섯을 데려다줄까?"

"아이 엄마 혼자 벌어서 두 식구 먹고 살기도 빠듯할 텐데 취다섯 사료까지 살 수 있겠어? 아이가 야윈 거 보지도 못했니?"

취샤오샤오는 "그럴 수도 있겠구나."라고 말하려다가 추잉잉에게 바보라고 놀림받을 것 같아서 억지로 눌러 삼켰다. 두 사람이 티격태격하며 밍쉬안에 도착했다. 레스토랑에 도착하자 취샤오샤오도 배가 고팠지만 부모님에게 다친 아이의 이야기를 들려주며 가슴이 아팠다고 했다. 추잉잉은 사방을 두리번거리며 구경했다. 사람을 압도하는 화려한 인테리어와 주방장이 직접 나와서 보여주는 요리 시범에 눈이 휘둥그레졌다. 음식이 맛있는 건 두말할 필요가 없었다. 공짜로 얻어먹는 게 미안해서 조금 자제하며 먹었지만 취샤오샤오의 부모님이 집어주며 권하는 음식만 먹어도 배가 터질 것 같았다. 입에 넣자마자 녹아버릴 듯 연한 쇠고기는 난생 처음이었다. 먹느라 바쁜 와중에 잠깐 화장실에 다녀오는데 공교롭게도 다른 테이블에서 식사를 하고 있는 판성메이를 발견했다. 돈이 많아 보이는 중년 남자들과 함께 있어서 다가가 아는 척하지 못하고 조용히 지나쳤다.

추잉잉은 자신이 취샤오샤오와 화해했으므로 판성메이와 취샤오샤오의 관계도 회복되었을 거라고 생각했다. 그런데 판성메이도 같은 레스토랑에서 식사를 하고 있다는 얘기를 듣자마자 취샤오샤오의 눈동자가 반짝이며 완전히 다른 사람처럼 돌변했다.

"왜 자꾸 밥 먹을 때마다 그 언니를 마주치는 걸까? 세상 참 좁기도 하지."

취샤오샤오가 판성메이를 보러 갔다. 취샤오샤오의 부모님은 딸이 짓궂은 짓을 하려고 할 때 그런 표정을 짓는다는 걸 알고 있었다. 부모님은 다른 테이블로 다가가는 취샤오샤오의 뒷모습을 예의 주시했다. 딸이 건드려서는 안 되는 사람을 건드릴까 봐 겁이 났다. 걱정과 달리 취샤오샤오가 판성메이의 테이블을 흘긋 쳐다보고는 히죽거리며 돌아왔다.

"그럴 줄 알았지. 자기가 그 자리의 귀빈이라고 착각하고 있겠지만 사실은 남자들의 메인 요리야."

추잉잉이 기분 나빠하지 않고 흥분해서 말했다.

"성메이 언니는 워낙 말을 잘해서 어딜 가든 분위기 메이커야."

취샤오샤오가 키득거리며 추잉잉의 얼굴을 꼬집자 추잉잉이 화난 눈으로 쳐다보았다.

"왜 이래. 징그럽게."

취샤오샤오가 뭐라고 말하려는데 취샤오샤오의 아빠가 말했다.

"이웃 아가씨가 가려나 보다."

취샤오샤오가 그쪽을 쳐다보니 판성메이가 외투를 걸치고 가방을 들고 핸드폰을 보며 급하게 밖으로 나가고 있었다.

취샤오샤오가 말했다.

"저 언니는 나만 보면 저렇게 도망치더라. 나 때문에 골치가 아플 거야."

"넌 아픈 아이한테도 잘해주고 고양이랑 강아지한테도 지극정성이면서 성메이 언니한테는 왜 그렇게 못되게 굴어? 성메이 언니 요즘 기분이 별로란 말이야. 좀 봐줘."

취샤오샤오가 눈썹을 실룩이며 말없이 웃었다. 추잉잉을 잘 구슬리면 정보를 알아낼 수 있을 것 같았다. 그녀가 추잉잉에게 또 한 가지 사업의 비결을 슬쩍 흘렸다. 직접 돌아다니며 홍보를 해서 주문이 성사되면 고객별로 주문량을 기록해두고, 사장한테 대량 주문 고객에게 할인 혜택을 줄 수 있는 재량권을 달라고 한 뒤에 고객에게 특별 할인을 해주며 마음을 사로잡으라는 것이었다. 취샤오샤오의 부모는 애송이인 딸이 자기보다 더 경험이 적은 애송이에게 조언해주는 걸 보고 깜짝 놀랐다. 누가 가르쳐주지도 않았는데 딸이 이런 노하우를 스스로 터득했다는 사실이 뿌듯했다. 식사를 마치고 집에 돌아오며 역시 핏줄은 못 속인다면서 흡족해했다.

취샤오샤오와 추잉잉이 22층에 도착해보니 2202호 현관문은 여전히 굳게 닫혀 있었다. 관쥐얼에게 전화를 걸자 집에 오는 중이라고 했다. 레스토랑에서 일찍 나간 판성메이는 어디로 갔을까? 열쇠가 없는 추잉잉은 하는 수 없이 취샤오샤오의 집에서 룸메이트들이 돌아오기를 기다렸다. 추잉잉은 판성메이가 걱정되기 시작했다.

"성메이 언니가 왜 아직 집에 안 들어왔을까? 우리보다 일찍 나갔는데."

"클럽 같은 곳에 춤추러 갔을지도 몰라. 워낙 생활이 다채로운 언니잖아. 걱정할 게 뭐 있어?"

판성메이는 식사를 하다가 9시 반쯤 핸드폰 전원을 켰다. 원래 10시에 전원을 켜지만 왕바이촨에게 소식이 왔기를 바라며 30분 일찍 전원을 켰다. 그런데 그동안 쌓인 문자 메시지를 확인하던 중 오빠가 보낸 날벼락 같은 메시지를 발견했다.

'부모님이 레이레이를 데리고 8시 30분 기차로 하이시로 가셨다. 기차역으로 마중 나가. 가진 돈이 하나도 없으셔.'

부모님은 그녀의 집이 어딘 줄도 모르고 핸드폰도 없어서 그녀에게 쉽게 연락할 수도 없다. 부모님이 어디에 있는지 알 수가 없었다. 부모님이 탄 기차가 오후에 하이시에 도착했을 텐데 돈도 없이 어딜 갈 것이며 또 밥은 어떻게 먹을 수 있을까…. 게다가 엄동설한인데 노인 둘과 아이 하나가 이 추위를 어떻게 견딘단 말인가.

그녀는 장밍쑹에게 급한 일이 생겼다고 얘기하고 급하게 빠져나와 택시를 잡아타고 기차역으로 향했다. 돈도 없는 부모님이 멀리 가지 않고 기차역 안에 머물러 있기만 바랐다. 택시에서 하염없이 눈물이 흘렀다. 후회와 자책감을 누를 수가 없었다. 부모님에게 무슨 일이라도 생겼다면 그 죄책감을 어떻게 감당해야 할까? 아무리 오빠가 미워도 오빠에게 전화를 걸지 않을 수 없었다. 부모님이 오빠에게 연락했는지 물어보려고 했다. 그런데 오빠의 핸드폰이 꺼져 있는 것이었다. 올케의 핸드폰도 역시 꺼져 있었다. 애가 타서 견딜 수가 없었다. 부모님은 아이를 데리고 무작정 하이시로 올라오고 오빠와 올케의 핸드폰은 꺼져 있다. 혹시 더 큰일이 생긴 건 아닐까?

다급한 마음에 왕바이촨에게 전화를 걸었지만 전화가 연결되자마자 몇 초 만에 끊어졌다. 판성메이는 어두운 택시 뒷자리에서 망연자실했다. 다 어떻게 된 거지? 도대체 무슨 일이 생긴 걸까?

택시에서 내리자 지갑 속도 그녀의 머릿속처럼 텅 비었다. 텅 빈 머릿속에 유일하게 떠오르는 한 가지는 통장에 돈이 얼마 남지 않았다는 사실이었다. 다음 달 월급날만 기다리며 없는 돈을 쪼개고 쪼개 근근이 버티고 있었다. 깜깜하고 끝도 보이지 않을 만큼 넓은 기차역 광장에서 그녀는 공황에 빠졌다. 얼굴을 알아볼 수 없는 사람들이 수없이 그녀 곁을 스치고 지나갔다. 모자를 쓴 사람, 마스크를 쓴 사람, 옷깃을 세운 사람, 두꺼운 목도리를 둘둘 감고 있는 사람, 모두 나쁜 사람들처럼 보였다. 겁이 나고 무서웠지만 사람들 속을 헤치며 기차역 광장을 구석구석 살피고 다녔다.

그때 핸드폰이 울렸다. 그녀는 겁에 질린 눈으로 사방을 둘러보며 조금이라도 빛이 있고 기댈 수 있는 곳으로 달려가 핸드폰을 꺼냈다. 좁은 벽이라도 있으면 누가 뒤에서 갑자기 핸드폰을 빼앗아 달아날 수 없을 것 같았다. 왕바이촨의 전화였다. 그는 전화가 연결되자마자 전화를 받지 못해 미안하다고 했다. 판성메이는 물에 빠져 숨이 넘어가기 직전에 지푸라기를 붙잡은 것 같았다. 울먹이며 큰 소리로 외쳤다.

"내 전화를 왜 끊어? 왜 전화를 안 받아!"

"미안해. 정말 미안해. 너희 오빠의 이웃집과 이야기하고 있어서 통화할 수가 없었어. 울지 마…. 지금 어디야? 이렇게 늦었는데 왜 집에 안 들어갔어?"

"도대체 무슨 일이야? 부모님이 하이시로 갔다고 오빠한테 문자가 왔어. 지금 역 앞에서 부모님을 찾고 있어. 오빠 핸드폰도 꺼져 있어. 부모님을 어쩌라는 건지. 다 죽일 생각인가 봐."

"일단 진정해. 마음을 가라앉히고 숨을 크게 쉬어. 방금 너희 부모님 댁에 갔었는데 불이 켜져 있었어. 오빠가 거짓말한 건 아닐까?"

"어젯밤에도 집에 불이 켜져 있었다고 했잖아. 부모님이 집에 계신 걸까? 정말 그랬으면 좋겠어. 기차역 주위를 헤매고 있을 생각만 하면…."

"내가 지금 가볼게. 너희 오빠 일을 자세히 알아봤는데 다른 속사정이 있는 거 같았어. 방금 이웃집에서 그 얘기를 듣고 나오는 길이야. 피해자가 바람을 피웠던 모양이야. 그런데 그걸 네 오빠가 알고 소문을 퍼뜨려 불륜 관계가 깨진 거지. 어제 너희 오빠가 피해자와 술자리를 가졌던 것도 그 때문이고. 그런데 피해자의 불륜 상대녀가 시댁도 친정도 모두 부자라서 너희 오빠만 아니었다면 크게 상대녀를 평생 등쳐먹을 수 있었는데, 그게 안 되니 지금 난리가 난 것 같아. 어제 피해자가 퇴원하자마자 오빠를 찾아가서 자기한테 엎드려 공개 사과를 하고 치료비, 휴업 손실 보상, 정신적 피해 보상까지 합쳐서 10만 위안을 달라고 요구했대. 돈을 안 주면 청부업자를 시켜서 팔다리를 잘라버리겠다면서. 그게 합의가 안 되고 있었는데 이상하게 오늘 오후에 너희 오빠 부부가 도망친 거야. 피해자 측 사람들 밥에 수면제를 탔다가 들통나서 그 사람들이 너희 오빠 집을 난장판으로 만들어버린 것 같아. 그렇다면 너희 부모님도 보복을 피해서 너를 찾아갔을 수도 있어."

판성메이는 말문이 막혔다. 마지막 남은 한 가닥 희망이 사라져버렸다. 하지만 그녀는 왕바이촨이 알아본 내막이 사실일 거라고 생각했다. 그녀의 오빠는 원래 그렇게 물불 안 가리는 망나니니까.

왕바이촨이 말했다.

"너희 부모님 집에 거의 도착했어. 전화 끊지 말고 기다려. 지금 너 혼자 기차역에 있는 거야?"

"응. 부모님을 찾고 있어. 갈 곳도 없고 아들 때문에 돈도 다 날렸는데 오늘 밤 안에 찾지 못하면 얼어 죽을 거야."

판성메이가 왕바이촨에게 진실을 있는 그대로 말한 건 처음이었다. 그녀는 오열하며 흐느끼는 소리도 감추지 않았다.

"이렇게 늦은 밤에 넓은 광장에서 너 혼자 어쩌려고? 친구나 동료들한테 전화해서 도와달라고 해. 내가 당장 달려갈 수도 없잖아."

"친구…?"

판성메이의 머릿속에 친구들의 얼굴이 스쳤지만 이렇게 늦은 밤에 도와달라고 불러낼 수 있는 사이가 아니었다. 가까운 친구끼리는 서로의 시시콜콜한 사생활까지 알 수밖에 없는데 이 구질구질한 일들을 어떻게 보여줄 수 있을까? 진심으로 그녀를 도와준 친구도 있었지만 두 번 도와준 후에는 핑계를 대며 피하기 시작했다. 다행히 왕바이촨과 통화한 뒤 마음이 많이 진정되었다. 그녀는 다시 가면 뒤에 몸을 숨기고 눈물을 닦으며 최대한 평온한 말투로 말했다.

"친구들을 불렀어. 곧 도착할 거야."

왕바이촨은 그녀의 말이 미심쩍었지만 하는 수 없었다.

"그렇다면 다행이고. 어쨌든 조심해. 부모님 집 앞에 도착했어. 올라가볼게."

차문을 닫는 소리, 조심스럽게 계단을 올라가는 소리가 전화기를 통해 여과 없이 들려왔다. 왕바이촨은 아무 말도 하지 않고 발소리도 최대한 내지 않았다. 그러고는 집 안에서 무슨 소리가 나는지 귀를 기울이는 것 같았다. 판성메이는 찬바람을 맞으며 핸드폰을 귀에 바싹 붙이고 서 있었다. 지나가던 경찰들이 그녀를 위아래로 훑어보았다. 하지만 집 안에서 아무 소리도 나지 않았다.

판성메이의 마지막 남은 기대가 무너졌다. 밝은 곳에 서서 어두컴 컴한 광장을 응시하며 자기도 모르게 몸서리쳤다. 무섭고 외로웠지 만 도움을 청할 곳이 없었다. 왕바이촨에게 당장 달려와 도와달라고 소리치고 싶었지만 간신히 참았다. 리조트에서 왕바이촨에게 했던 행동을 생각하면 그의 앞에서 당당할 수 없었다. 복잡한 감정을 눌러 삼키며 고맙다고 말하고 혼자 부모님을 찾아다녔다.

앤디가 책을 읽다가 특이점에게 전화가 와서 통화를 하고 있는데 다른 전화가 걸려왔다. 하지만 왕바이촨의 전화인 걸 보고 거절 버튼 을 눌렀다. 더 이상 판성메이의 일에 연루되거나 너무 많은 걸 알 필 요가 없을 것 같았다. 일의 신행 상황을 알고 싶지도 않고 고맙다는 말을 듣고 싶지도 않았다.

왕바이촨은 친구들이 도와주러 오고 있다는 판성메이의 말을 믿 지 않았다. 그녀와 한참 통화를 하는 동안 친구가 한 명도 오지 않는 걸 보고 더욱 확신했다. 그는 앤디에게 전화를 걸었다. 판성메이를 위해 또다시 앤디의 호의를 짜낼 수밖에 없었다. 그런데 앤디가 전화 를 받지 않는다. 그가 전화번호를 알고 있는 판성메이의 친구는 앤디 가 유일했다. 아니, 한 명이 더 있긴 했다. 판성메이에게 호의적이지 않은 한 사람, 바로 취샤오샤오였다.

그는 내키지 않았지만 어둡고 복잡한 기차역 광장에서 혼자 부모 님을 찾으러 다니고 있을 판성메이를 생각하며 취샤오샤오에게 전 화를 걸었다. 주위의 소음이 들리지 않는 걸 보면 그녀가 밖에 있는 건 아닌 것 같았다. 하지만 그는 취샤오샤오에게 직접 상황을 설명하 지 않았다.

"안녕하세요. 저는 성메이의 동창 왕바이촨입니다. 지난 번에 리조트에서 만났죠…. 네, 맞아요. 늦은 시간에 미안합니다. 22층에서 성메이와 취샤오샤오 씨 전화번호밖에는 몰라서요. 2202호 잉잉 씨나 쥐얼 씨를 바꿔주실 수 있나요? 둘 중 누구든 상관없어요."

"무슨 일인데요? 완벽한 거짓말을 꾸며보세요. 그러면 도와드릴 테니까."

취샤오샤오가 옆에 있는 추잉잉을 흘긋 쳐다보며 2202호와 관련된 글자를 단 하나도 말하지 않으려고 머리를 굴렸다.

"성메이 집에 일이 생겼어요. 급한 일이에요. 잉잉 씨나 쥐얼 씨와 통화를 하고 싶어요."

"저한테 말씀하세요. 전해드릴 테니까. 전화 교환수 노릇이나 하고 싶진 않네요."

왕바이찬이 상대의 직설적인 대응에 당황하며 하는 수 없이 사실대로 털어놓았다.

"성메이 부모님이 손자를 데리고 하이시에 갔는데 성메이가 하루 종일 핸드폰을 꺼놓는 바람에 연락을 못 받았대요. 부모님이 핸드폰도 없어서 연락도 못하고 성메이 혼자 기차역에서 부모님을 찾아다니고 있어요. 성메이가 걱정돼서 룸메이트 두 분에게 도움을 청하려고요. 고의로 숨기려고 한 건 아니에요…."

취샤오샤오가 여기까지 듣더니 큰 소리로 잉잉을 부르며 뜨거운 감자를 넘기듯 핸드폰을 건넸다. 그녀는 추잉잉을 당장 2203호에서 내보내고 싶었다. 그 일에 휘말리고 싶지 않았다. 하이시의 기차역이 얼마나 넓고 출구는 또 몇 개나 되는데 이 밤에 핸드폰도 없는 세 사람을 무슨 수로 찾는단 말인가? 하늘이 두 쪽 나도 자신은 절대로 동참할 수 없었다. 게다가… 판성메이는 잘난 애인들도 수두룩하지 않은가? 그런 그녀가 이 시간에 혼자 기차역을 헤매고 다닐 리가 없다!

바보 같은 왕바이촨이 한 번 속은 것도 모자라서 또 속은 게 분명했다. 취샤오샤오가 배뚜름한 시선으로 추잉잉을 쳐다보고 있는데 추잉잉이 잔뜩 긴장해서는 "제가 지금 갈게요!"라고 말하는 것이었다. 취샤오샤오가 말없이 추잉잉의 외투와 가방을 들고 있다가 추잉잉이 전화를 끊자마자 핸드폰을 회수한 뒤 외투와 가방을 품에 안겨주며 문 밖으로 밀어내고 재빨리 문을 닫아버렸다.

얼떨결에 밖으로 밀려난 추잉잉이 고개를 들어보니 관쥐얼이 2202호에서 자신을 찾으러 나오고 있었다.

취샤오샤오가 2203호 안에서 문에 딱 붙어 도어뷰로 밖을 살폈다. 추잉잉이 관쥐얼에게 자초지종을 설명하자 관쥐얼이 시계를 들여다보고는 핸드폰을 꺼내 누군가에게 전화를 걸었다. 추잉잉이 2203호 문을 두드렸다.

"샤오샤오, 도와줘! 성메이 언니 찾으러 같이 가자. 넌 날씨가 추워지면 길고양이들을 하나씩 찾아다니는 애잖아. 그러니까 성메이 언니 부모님을 찾는 것도 도와줄 거라 믿어. 싸웠던 건 다 털어버려. 이웃끼리 돕고 살아야지."

취샤오샤오가 문을 긁으며 괴로워했다. 추잉잉이 눈치 빠르게 포기할 타입이 아니라는 걸 그녀는 아주 잘 알고 있었다. 관쥐얼이 판성메이에게 전화를 걸었다. 앤디가 말해주지 않았더라도 판성메이가 집안일 때문에 고민하고 있다는 걸 눈치로 알아차릴 수 있었다. 하지만 판성메이에게 너무 많은 얘기를 했다가는 앤디에게 그랬던 것처럼 화를 낼 것 같아 최대한 간단히 얘기했다.

"언니 지금 기차역에 있어? 나랑 잉잉이 가고 있어. 곧 도착할 거야. 기다려."

추잉잉이 눈치 없이 관쥐얼에게 달려와 뭐라고 하려다가 관쥐얼에게 걷어차이고는 입을 꾹 다물고 다시 취샤오샤오를 설득하러 갔다. 취샤오샤오가 도저히 참지 못하고 밖을 향해 외쳤다.

"안 가! 안 간다니까! 절대 안 가!"

추위와 공포에 떨고 있던 판성메이는 관쥐얼과 추잉잉이 기차역으로 오고 있다는 말에 아무것도 묻지 않고 서둘러 말했다.

"남쪽 광장에서 만나자. 고마워."

왕바이촨이 연락했을 것이다. 판성메이는 아무 말도 하고 싶지 않아 고개를 저었다.

관쥐얼이 전화를 끊고 2203호 앞으로 갔다.

"샤오샤오, 같이 가자. 안 가면 네 마음도 편치 않을 거야."

취샤오샤오가 현관문을 발로 세게 걷어찼다. 마음이 편치 않을 거라는 관쥐얼의 말을 부정할 수가 없었다. 그녀는 오리털 점퍼를 입고 워킹화를 신은 뒤 주머니에 100위안짜리 지폐 몇 장을 찔러 넣고 뿔난 표정으로 집을 나서며 2201호 문을 두드리고 있는 추잉잉에게 소리쳤다.

"있는 대로 다 달려가서 뭐 하게? 그물 들고 물고기 잡으러 가니? 앤디 언니한테 전화하지 마."

앤디는 새로 산 우퍼 헤드폰을 시험해보고 있었기 때문에 아무 소리도 듣지 못했다. 추잉잉이 잠깐 문을 두드렸지만 취샤오샤오의 말대로 앤디에게 전화를 걸지는 않고 2201호의 문틈으로 새어 나오는 빛만 보았다.

핸드폰만 있다면 아무리 넓은 광장이라도 사람을 찾기가 힘들지 않다. 높다랗게 서서 불을 밝히고 있는 크리스마스트리 앞에서 만나자고 하면 쉽게 만날 수 있다.

룸메이트들이 아직 도착하지 않았지만 판성메이는 더 이상 외롭고 무섭지 않았다. 크리스마스트리 앞으로 달려가자 멀리서 세 사람의 모습이 보였다. 그 중에 그녀가 싫어하는 취샤오샤오가 끼어 있었지만 하이힐을 신은 발로 있는 힘을 다해 달려가 추잉잉과 관쥐얼을 끌어안았다.

취샤오샤오가 옆에서 팔짱을 끼고 그 모습을 지켜보았다. 판성메이와 두 룸메이트가 서로 뭐라고 얘기하는 동안 그녀는 핸드폰을 꺼내 손전등 기능을 시험 작동시키며 사람 찾을 준비를 했다.

추잉잉은 묻고 싶은 게 많았다. 왕바이촨이 또 판성메이에게 연락을 했는지, 판성메이의 부모님은 왜 연락도 없이 찾아왔는지 등등. 하지만 판성메이가 동생들을 끌이안으며 간절히 속삭였다.

"아무것도 묻지 말아줘. 제발."

추잉잉은 눈물범벅이 된 판성메이의 얼굴을 보고 차마 물을 수가 없었다. 관쥐얼도 놀라고 당황한 것 같았지만 역시 추잉잉보다는 차분했다.

판성메이가 눈물을 닦으며 취샤오샤오를 향해 어색하게 웃었다.

"샤오샤오, 너도 왔구나. 고마워."

"천만에. 늦게까지 안 자고 있었던 게 불찰이지. 앤디는 운 좋게 일찍 잠이 들었고. 쓸데없는 얘긴 그만하고 언니랑 잉잉이 왼쪽으로 돌면서 찾자. 나랑 쥐얼은 오른쪽으로 돌게. 일단 찾아보고 기차역 정문에서 만나서 다시 구역을 나눠보자. 부모님 특징을 알려줘."

판성메이도 당장 부모님을 찾으러 다니고 싶었지만 동생들이 도착하자마자 부탁하기가 미안해서 말을 꺼내지 못하고 있었다. 취샤오샤오가 먼저 말해주자 판성메이도 빠르게 움직였다. 네 사람이 두 조로 나뉘어 좌우 양쪽에서 광장을 샅샅이 뒤졌다.

관쥐얼은 야근하고 돌아와 지쳐 있었지만 취샤오샤오는 힘이 넘쳤다. 관쥐얼은 무거운 눈꺼풀에 간신히 힘을 준 채 사람들의 얼굴을 일일이 확인하고 다녔다. 반면 취샤오샤오는 소시지를 사 먹고 밀크티도 한 잔 사서 마시며 산책 나온 사람처럼 여유 있게 걸어 다니다가 어린 남자아이를 보면 먼저 달려가서 물어보는 등 더 효율적이고 노련하게 사람을 찾았다. 순찰 돌고 있는 경찰을 발견하자 취샤오샤오가 다가가 노인과 어린아이를 보호하고 있을 만한 곳이 없는지 물었다. 경찰이 주변에 있는 동료 경찰들에게 무전기로 물어보았지만 아쉽게도 소식을 들을 수가 없었다. 경찰이 광장에서 추위를 피할 수 있는 곳을 몇 군데 알려주며 거기로 가보라고 알려주었다.

취샤오샤오는 전문가의 의견에 따라 그곳에 가보기로 했다. 관쥐얼은 직접 돌아다니며 샅샅이 찾아보고 싶었지만 그녀의 의견에 반대할 수 없어서 하는 수 없이 따라가보니, 역시 추위를 피할 수 있는 곳이 있었다. 사람들이 군데군데 앉아 있거나 누워 있었다. 가까이 다가가자 고약한 냄새가 훅 끼치고 바닥에 쓰레기가 어지럽게 나뒹굴었다. 둘은 손을 꼭 붙잡고 용기를 내서 살펴보았지만 두 노인과 어린아이는 없었다. 서둘러 빠져나와 신선한 바깥 공기를 깊이 들이마셨다. 기차역 앞에 왜 이렇게 많은 사람들이 몰려 있는 걸까? 가족이 데리러오길 기다리는 사람들일까? 관쥐얼도 의아했다. 어째서 이들은 숙소로 가지 않고 기차를 갈아타지도 않고 기차역 근처를 떠돌고 있는 걸까? 이런 날씨에 맨바닥에 누워 있으면 얼마나 추울까?

두 번째 장소에 가보니 발 디딜 틈도 없이 사람들이 모여 있었다. 일일이 얼굴을 확인하고 판성메이를 아는지 물어보았지만 모두 고개를 저었다. 그런데 두리번거리던 취샤오샤오의 눈에 수상한 형체가 들어왔다. 그녀가 관쥐얼의 손을 잡고 사람들 사이를 뚫고 지나갔다. 여기저기서 욕설이 튀어나왔지만 물러서지 않고 다가갔다. 가까이 가서 보니 판성메이의 부모와 조카인 것 같아 보였다.

관쥐얼이 판성메이에게 연락을 했다. 고개를 외로 꼬고 세 식구를 훑어보던 취샤오샤오의 시선이 비몽사몽 잠에 취해 있는 레이레이에게서 멈추었다. 레이레이가 눈도 제대로 뜨지 못하고 주위를 둘러보다가 눈을 비비며 할머니 품속으로 파고들었다. 할머니는 아이를 토닥이며 달래느라 편히 앉아 있지도 못했다. 취샤오샤오가 레이레이에게 다가가 몸을 숙이더니 굴러갈 듯 옷을 겹겹이 껴입은 아이의 몸을 주무르고 아이의 포동포동한 손과 볼을 만지작거리며 해죽거렸다. 손가락으로 아이의 볼을 콕 찔러도 반응이 없자 아이의 코를 콕 찔렀다. 아이가 그제야 코를 찡그리며 할머니 품으로 더욱 파고들었다. 아이가 하는 짓이 취다섯과 꼭 닮아서 정말 재밌었다.

판성메이가 도착하자 취샤오샤오가 웃음기를 거두고 옆으로 비켜주며 네 가족의 눈물겨운 상봉 장면을 감상했다. 예상대로 판성메이와 엄마는 울음을 터뜨렸지만 뜨겁게 끌어안지는 않았다. 손조차 잡지 않았다. 신체 접촉이라고는 레이레이의 얼굴을 몇 번 쓰다듬는 게 전부였다. 클라이맥스는 판성메이 엄마가 통곡하며 아들 내외가 도망칠 때 그들에게 가진 돈을 전부 털어주고 나니 기차표 2장 살 돈밖에 남지 않아 빈털터리로 무작정 딸을 찾아왔다고 하소연하는 대목이었다. 취샤오샤오가 판성메이의 화장한 얼굴을 흘긋 쳐다보았다. 미인에게 그런 사연이 있었다니. 늘 돈에 쪼들리고 돈 많은 남자를 잡으려고 아등바등하는 데는 다 이유가 있었던 것이다.

판성메이는 어서 집에 가자고 했지만 엄마의 통곡 섞인 하소연을 막기에는 역부족이었다. 그녀가 오랫동안 숨겨온 집안의 사연이 모두 밝혀지고 말았다. 웃을 듯 말 듯한 취샤오샤오의 눈빛을 보고 속으로 긴 한숨을 내쉬었다. 그래도 어쨌든 가족을 찾아주었으니 당연히 고마워해야 했다.

취샤오샤오의 4인승 소형차에 일곱 사람이 몸을 끼워 넣었다. 원래 취샤오샤오는 관쥐얼과 추잉잉만 자기 차를 타고 집에 가고 판성메이는 가족들을 데리고 모텔로 갈 거라고 생각했다. 하지만 판성메이는 자신의 얄팍한 지갑을 생각하며 웃는 얼굴로 가족들을 취샤오샤오의 차 뒷좌석으로 욱여넣었다. 날씨가 추워 옷을 겹겹이 껴입은 터라 끼어 앉기가 쉽지 않았다. 취샤오샤오는 체구가 제일 작은 추잉잉을 뒷좌석에 밀어 넣으려고 했지만 판성메이의 네 식구만으로도 팔이 창밖으로 비어져 나올 만큼 공간이 비좁고 꽉 찼다. 하는 수 없이 관쥐얼이 추잉잉을 품에 안는 자세로 겹쳐 앉아 조수석에 탔다. 정원 초과로 경찰에 붙잡히지 않으려면 한 사람이 탄 것처럼 보여야 했다.

취샤오샤오는 마음이 놓이지 않았다. 밖에서 보면 조수석에 두 사람이 앉아 있는 게 훤히 보였다. 물론 안전벨트도 맬 수가 없었다. 사진이 찍혀 신고당하거나 경찰에게 붙잡히면 범칙금을 물고 높은 벌점까지 떠안아야 한다. 관쥐얼에게 캐시미어 외투를 벗고 추잉잉의 오리털 외투 안으로 들어가서 둘이 번갈아가며 얼굴을 내밀게 했다. 몸집이 뚱뚱한 사람으로 보이도록 말이다.

앞자리에 앉은 3명은 졸리고 피곤했지만 자신들의 감쪽같은 위장술에 감탄하며 박장대소했다. 뒷좌석에 앉은 어른 3명의 찌푸린 미간도 그녀들의 웃음소리에 잠시 펴졌다. 레이레이만 세상모르고 곯아떨어져 있었다.

드디어 차가 출발했다. 취샤오샤오는 판성메이에게 어디로 갈 거냐고 묻지 않았고 판성메이도 아무 말 하지 않았다. 판성메이의 엄마가 딸에게 물었다.

"오늘 밤에 네 집에서 잘 거지? 우리 아직 저녁도 못 먹었어."

판성메이가 망설이다가 말했다.

"집에 도착하면 쉬고 있어. 나가서 먹을 거 사올게. 너희 셋도 자지 말고 야식 먹고 자."

추잉잉의 오리털 외투 안에 들어가 있는 관쥐얼과 운전에 집중하고 있는 취샤오샤오 속으로 놀랐다. 넷이 앉기도 비좁은 판성메이의 방에서 네 식구가 잔다고? 취샤오샤오는 해결 방법이 생각났지만 아무 말도 하지 않았다. 관쥐얼이 2202호에 유일하게 하나 있는 화장실을 떠올렸다. 판성메이의 식구들이 2202호에서 지낸다면 화장실 하나로 부족할 게 뻔했다. 내일 아침에 일찍 일어나지 않으면 머리도 못 감고 기름진 머리로 출근할 것 같다는 생각이 들었다. 판성메이 가족들이 상봉했을 때 나눈 대화로 미루어 짐작건대 하루 이틀로 끝날 일이 아닌 것 같았다.

추잉잉이 물었다.

"같이 간다고? 어디서 주무시게 하려고?"

"일단 내 방에서 자고 내일 모텔을 찾아봐야지."

"언니 침대가 작아서 두 사람도 못 자는데 어떻게 넷이서 자? 아니면 샤오샤오 집에서 하룻밤 주무시는 건 어때? 샤오샤오, 어때? 네 집이 제일 넓잖아."

취샤오샤오가 이를 질끈 물었다. 세상에 이런 바보 천치가 있다니! 고작 오늘 밤 한 끼 같이 먹었을 뿐인데 말하고 행동하는 것만 보면 한식구라고 해도 믿을 것 같았다. 제일 약은 건 판성메이였다. 추잉잉이 경우 없이 들이대는데도 모른 척 잠자코 있다. 취샤오샤오가 거절하더라도 무안함은 추잉잉의 몫이고 판성메이와는 무관했다.

취샤오샤오가 애교 넘치는 말투로 말했다.

"좋아. 내가 두 분 잘 모실게. 이런 저런 대화도 나누고 말이야."

판성메이가 속으로 흠칫 놀랐다. 취샤오샤오가 자기 부모님과 무슨 얘기를 나눌지 뻔했기 때문이다. 판성메이가 얼른 웃으며 말했다.

"그건 너무 민폐잖아. 우리 집 일은 우리가 알아서 할게."

어둠 속에서 취샤오샤오의 입가가 살짝 말려 올라갔다.

판성메이를 걱정하는 건 추잉잉뿐이었다.

"언니, 이렇게 추운 날 이불도 없이 어떻게 자려고 그래? 가다가 모텔 있으면 방이 있는지 물어볼까?"

관쥐얼이 참다못해 외투 안에서 추잉잉을 꼬집었다. 지난 며칠간 판성메이의 행동을 조금만 생각해보면 그녀의 돈이 모두 오빠에게 들어갔으리라는 걸 알 수 있었다. 부모님을 모텔에서 재울 돈이 없을 것이다. 추잉잉은 관쥐얼이 외투 속에서 답답해서 그러는 줄 알고 천진난만하게 말했다.

"알았어. 이제 내가 들어갈게."

추잉잉이 외투 안으로 들어가자 관쥐얼이 머리를 내밀고 숨을 크게 쉬었다.

판성메이가 말없이 아랫입술을 질끈 깨물었다. 광장에서 엄마가 그렇게 많은 얘기를 해버렸지만 그녀는 여전히 아무 말도 할 수가 없었다. 판성메이 엄마가 말했다.

"모텔은 무슨! 돈 아깝게. 오늘은 대충 끼어서 자고 내일은 성메이네가 직원 기숙사로 옮기면 되잖아. 직원 기숙사는 공짜인데 진즉 거기로 갔으면 좀 좋아?"

그 말에 취샤오샤오조차 기함을 했다. 관쥐얼이나 추잉잉의 일이었다면 세상에 이런 엄마가 어디 있느냐며 입바른 소리를 했을 것이다. 관쥐얼도 뒷좌석을 흘긋 돌아보았다. 그녀의 엄마 같으면 혼자 객지 생활을 하는 딸을 걱정하며 생활비가 부족하면 돈을 부쳐주겠다고 했을 것이다. 더군다나 판성메이는 온전히 자기 돈으로 월세를 내면서 살고 있었다.

판성메이의 얼굴에서 핏기가 가셨다. 오늘 밤 그녀는 완전히 발가벗겨진 듯 창피해서 죽을 지경이었다. 부모님을 찾아다니며 초조하고 다급했던 마음은 사라지고 분노가 왈칵 치밀었지만 동생들 앞에서 엄마에게 화를 낼 수 없어서 속으로 꾹꾹 참았다.

취샤오샤오의 소형차가 어둠을 가르며 달렸다. 추잉잉이 외투 속으로 들어가 있으니 차 안이 적막했다. 판성메이 아빠가 가끔씩 기침을 할 때마다 역겨운 담배 냄새가 차 안을 가득 채워 취샤오샤오와 관쥐얼이 코를 찡그렸다.

자동차가 지하 주차장에 도착했다. 취샤오샤오가 엘리베이터 앞에 차를 세우자 관쥐얼이 재빨리 차에서 내려 신선한 공기를 들이마셨다. 추잉잉이 관쥐얼을 쿡 찔렀다.

"너무해. 숨도 못 쉬게 자리도 안 바꿔주고 말이야."

"왜 그렇게 눈치가 없어? 성메이 언니는 지금 모텔비도 없는 거 같은데 네가 자꾸 얘기하면 언니가 얼마나 난처하겠어."

판성메이의 가족들이 뒷좌석에서 내리자 추잉잉이 입을 꾹 다물었다. 판성메이가 레이레이를 안아 올렸다. 깊이 잠들어 축 늘어진 레이레이의 무게에 스틸레토힐을 신은 판성메이가 휘청거렸다.

모두 차에서 내리자 취샤오샤오가 오리털 점퍼의 모자를 푹 눌러 쓰고는 말없이 차에 다시 올라 차창을 모두 열고 드라이브를 하러 나갔다. 판성메이가 고맙다고 말할 겨를도 없이 차는 어느새 빠른 속도로 주차장을 빠져나가고 있었다. 판성메이는 그제야 짐작 가는 게 있는 듯 아빠를 휙 쳐다보고는 모두 엘리베이터에 타라고 했다. 평생 술 담배에 찌들어 산 아빠는 구취가 심해서 기침을 하지 않아도 가까이 가면 고약한 냄새가 코를 찔렀기 때문이다.

엘리베이터에 타자마자 엄마는 돈 아까운 줄 모르고 좋은 집에 산다며 판성메이를 나무라기 시작했다. 관쥐얼은 추잉잉이 뭐라고 말하려 할 때마다 발로 툭툭 차며 입을 막았다. 시계를 보니 벌써 새벽 1시가 훌쩍 넘어 있었다. 관쥐얼이 속으로 비명을 질렀다. 내일 아침 출근해서 10시간 넘게 격무에 시달려야 하는 처지였다. 그녀는 엘리베이터가 22층에 도착하자마자 제일 먼저 내려 문을 열고 화장실로 후다닥 뛰어 들어가서는 초고속으로 양치질과 세수를 한 뒤 자기 방으로 들어가 잠을 청했다.

추잉잉이 판성메이에게 자기 침대에서 같이 자자고 하자 판성메이가 고개를 저으며 그녀를 끌어안았다. 시큰한 무언가가 왈칵 차올라 목구멍을 찔렀다.

"문 잘 닫고 자. 밖에 무슨 일이 있어도 상관하지 말고. 문 꼭 닫아야 해. 노인이랑 어린애가 있어서 시끄러울 거야."

아빠가 화장실에서 나오자 판성메이가 추잉잉을 화장실로 들여보내려다가 얼른 추잉잉을 끌어당기며 먼저 들어갔다. 예상대로 아빠가 변기 커버를 올리지 않고 볼일을 보는 바람에 하얀 변기 커버 위에 누런 액체가 흥건했다. 얼른 물을 뿌리고 휴지로 잘 닦아낸 다음 추잉잉에게 들어오라고 했다. 추잉잉이 화장실에 들어가는 걸 보고 한숨을 돌린 뒤 야식을 사러 나가려고 했다.

방에 들어가 보니 레이레이는 침대에 벌러덩 드러누워 곯아떨어져 있고 엄마는 그녀의 옷장을 열어놓고 미간을 잔뜩 찌푸린 채 옷들을 뒤적이고 있었다. 그녀가 엄마의 손을 붙잡았다.

"만지지 마. 손도 안 씻었잖아. 옷 더러워져."

그런데 엄마가 기어이 실크 옷을 만지다가 거친 손에 올이 걸려 비죽 튀어나오고 말았다. 판성메이는 하마터면 비명을 지를 뻔했다.

"옷 좀 그만 사라고 했잖아. 돈을 전부 옷 사는 데 쓰니? 그러니까 이날 이때껏 모은 돈 하나 없지…."

"월급의 반을 오빠한테 주고 나면 나도 돈이 없어. 옷 몇 벌 사는 게 잘못이야?"

그녀가 옷장 문을 쾅 닫고는 방에서 담배 피우려는 아빠를 복도로 내보냈다.

"가진 돈이라곤 이게 전부야…."

그녀가 가방에서 지갑을 꺼내 엄마에게 주었다.

"이달에 500위안으로 버티려고 했어. 엄마가 왔으니까 다 줄게. 나 이제 돈 없어. 직원 기숙사로 이사 가지도 못해. 이불 살 돈조차도 없다고."

"네 오빠는 대를 이를 손자라도 안겨줬지. 넌 이 옷들 빼면 지금 뭐가 있어?"

그녀의 지갑을 열어 보니 탈탈 털어도 400위안에 동전 몇 개밖에 없었다. 엄마가 말문이 막혔다.

"이게 다야?"

"이것도 빌린 거야. 돈을 다 어디다 썼느냐고 묻지 마. 며칠 동안 하루에 1,000위안씩 부쳐줬잖아. 그게 다 내가 모아놓은 돈이랑 빌린 돈이었어."

"야식 사오지 말고 집에서 해먹자. 냉장고에 몇 가지 있더라."

"그건 잉잉이랑 쥐얼 거야. 건드리지 마. 난 돈이 없어서 점심은 구내식당에서 먹고 저녁은 굶어. 이게 내 생활비 전부야. 며칠 동안 내 방에서 지내. 주방에 있는 냄비랑 그릇들도 다 잉잉 거니까 절대 만지지 마."

"이것도 안 되고 저것도 안 되면 밥을 어떻게 해?"

"무슨 밥을 해? 만터우(饅頭.중국식 찐빵)에 장아찌나 사다가 하루 세 끼 때워야지. 그렇게 해야 월급날까지 버틸 수 있어."

"어른들이야 뭘 먹어도 상관없지만 레이레이는 안 돼. 우유도 먹고 고기도 먹여야지. 고기 없인 밥을 못 먹는 애야."

"어쩌라고? 나도 돈 없어. 뭘 어떻게 해? 육교 밑에 가서 구걸이라도 할까?"

엄마가 추잉잉과 관쥐얼의 방을 가리켰다.

"아가씨들한테 빌리면 어때? 아까 그 차 태워준 아가씨는 부자 같던데."

"빌릴 수 있는 데선 이미 다 빌렸어. 돈 빌릴 만큼 큰일도 없잖아. 돈 모아서 빚도 갚아야 하고."

아빠가 담배를 피우고 들어오자 엄마가 말하다 말고 침대의 제일 좋은 자리를 아빠에게 내어주며 옮겨 앉았다.

"네 오빠가 있을 곳 생기면 연락하겠다고 했어. 연락 오면 돈 좀 부쳐줘라. 생판 모르는 데 가서 돈도 없이 어떻게 사니?"

판성메이는 기가 막혔다.

"나 혼자 하이시에 와서 일할 때 한 푼이라도 보태준 적 있어? 그때는 왜 돈도 없이 어떻게 사느냐고 물어보지 않았어?"

그녀가 서랍에서 오래된 일기장을 꺼냈다.

"오빠한테 돈 부칠 때마다 다 적어놨어. 오빠 집을 내 명의로 돌려줘. 안 그러면 앞으로 한 푼도 못 줘."

딸의 말에 아빠가 먼저 끼어들었다.

"그게 우리한테 준 거지 왜 오빠한테 준 거야? 그 돈으로 뭘 하든 넌 상관할 거 없어. 집은 네 오빠 거야. 너한테는 못 줘. 시집가면 남의 집이 될 텐데 어떻게 줘?"

"좋아. 나는 남이네."

판성메이가 더 이상 할 말을 잃고 서랍을 잠갔다.

"엄마, 돈 줘. 야식 사올게. 다 굶을 거야?"

"너 정말 돈 없어?"

"방금 지갑까지 다 줬잖아. 몰라서 물어?"

엄마가 지갑에서 20위안을 꺼내 주며 옷장에 걸린 옷을 보고 중얼거렸다.

"옛날 같으면 전당포에 팔아서 돈이라도 마련할 텐데."

판성메이는 밖으로 나오며 다시는 남에게 돈을 빌리지 않겠다고 다짐했다. 만터우 파는 곳이 없어서 20위안으로 전부 젠빙(煎餅.중국식 부침 음식)을 사서 서둘러 집으로 향했다. 뉴스에서도 연말이라 강도 사건이 많으니 여자 혼자 밤늦게 돌아다니지 말라고 주의를 주었지만 그녀를 걱정해주는 사람은 하나도 없었다. 한밤중의 아파트 단지는 고요했다. 나뭇잎이 바람에 스치는 소리, 저벅저벅 발소리가 또렷하게 들렸다. 휙 불어온 한 줄기 바람이 휘파람 소리를 내자 등이 오싹했다. 그녀는 있는 힘을 다해 집으로 내달렸다. 1층 로비로 들어가 비몽사몽 졸고 있는 보안 요원을 보고 나서야 조금 안심이 되어 천천히 걸음을 늦추고 숨을 돌렸다. 엘리베이터 버튼을 누를 힘조차 없었지만 그녀는 울지 않았다.

앤디는 22층에서 유일하게 평소와 다름없이 일어나 하루를 시작했다. 그런데 운동복으로 갈아입고 조깅을 하러 나가기 전 CCTV로 복도를 확인하는데 어떤 노인이 2202호 앞에 앉아 담배를 피우고 있는 것이었다. 담배를 한 모금 빨 때마다 기침을 해댔다. 앤디가 인터폰을 들고 30초쯤 망설이다가 보안 요원을 부르지 않기로 했다. 용기를 내어 밖으로 나갔다. 2202호 앞을 지나는데 노인이 그녀를 흘끗 쳐다보고 앤디도 노인을 보았다. 지치고 피곤한 얼굴과 자글자글한 주름 사이에 고된 삶의 그림자가 눅진하게 들러붙어 있었다. 문득 판성메이의 아버지일지도 모른다는 생각이 들었다.

앤디가 엘리베이터를 기다리는 동안 노인이 쿨럭쿨럭 기침을 하더니 가래를 바닥에 그대로 뱉었다. 바닥을 보니 노인 앞에 군데군데 가래침이 떨어져 있었다. 오랫동안 그 자리에 앉아 있었던 것 같았다. 2202호의 살짝 열린 문을 보며 뭐라고 해야 할지 난감했다. 복도가 추우니 집 안으로 들어가시라고 말할 용기가 없었다. 판성메이가 보면 그녀가 자기 아빠와 무슨 얘기를 나눈 걸로 오해할 것 같았다.

조깅을 하고 돌아와 보니 2202호에서 한바탕 소란이 벌어지고 있었다. 떼를 쓰는 아이의 우렁찬 울음소리가 문틈으로 새어 나오고 노인은 여전히 문 앞에 앉아 있었다. 집 안을 빠르게 훑어보니 어떤 노부인이 아이를 안고 있었다. 맙소사! 판성메이의 식구들이 모두 올라온 걸까? 관쥐얼이 양치컵을 들고 화장실 앞에서 발을 동동 구르고 있는 모습이 보였다.

앤디가 집으로 들어와 관쥐얼에게 전화를 걸어 잉잉과 함께 와서 자기 집 화장실을 쓰라고 했다. 관쥐얼이 전화를 받자마자 진한 다크서클을 매달고 달려왔다. 앤디의 추측대로 판성메이의 가족들이 고향에서 올라왔다고 했다. 잉잉도 세면도구를 들고 뒤따라 왔다. 추잉잉이 앤디를 보자마자 말했다.

"화장실에서 지린내가 진동해. 누가 오줌을 흘렸나봐."

추잉잉이 어젯밤 기차역에서 있었던 이산가족 상봉기를 앤디에게 줄줄이 늘어놓았다.

앤디는 말없이 듣기만 했다. 말을 잘못 했다가는 판성메이의 원망을 살 수 있었기 때문이다. 추잉잉은 관쥐얼과 달리 입이 가볍고 쉽게 말을 옮기기 때문에 조심해야 했다. 앤디가 뒤에서 자기 얘기를 했다는 걸 알면 판성메이가 그녀를 더 원망할 것이다. 추잉잉이 스트레칭을 하며 바닥에 보일러가 깔려 있으니 참 좋다고 감탄했다.

앤디는 관쥐얼과 출근하며 어젯밤 일을 자세히 들을 수 있었다. 관쥐얼이 한숨을 쉬며 말했다.

"성메이 언니가 잠도 못자고 고민했나봐. 아침에도 우리 눈을 피하더라. 성메이 언니의 마음을 이제 알 거 같아."

앤디가 물었다.

"온 가족이 계속 그 방에서 지낼 거래? 얼마나 계실 건데? 성메이가 도와달라고 하진 않아?"

"며칠 더 있을 것 같아. 오늘은 모텔을 찾아보겠다고 했어. 우리한테 평소대로 생활하라고 하더라고. 도와줄 필요 없다면서. 근데 오늘 아침에 조카가 우유 달라고 우는데 언니가 돈이 없다고 하니까 언니 엄마가 어른은 굶어도 되니까 우유를 사오라고 하더라. 판 씨 집안 손자를 굶길 수 없다면서. 그렇게 소란이 벌어지니까 성메이 언니가 얼굴이 뻘겋게 돼서 어쩔 줄 몰라 하더라. 휴우."

"알았어. 당분간은 일찍 출근하고 늦게 퇴근해야겠네. 성메이가 나랑 마주치면 무안해할 거야."

"성메이 언니가 돈이 없는 거 같아."

앤디는 그 말에 별다른 대꾸를 하지 않았다. 판성메이에게 또 다시 직접적으로 돈을 빌려줄 수가 없었다. 그렇다고 관쥐얼을 통해서 빌려줄 수도 없었다. 관쥐얼과 추잉잉도 모아놓은 돈이 없다는 걸 판성메이가 뻔히 알고 있으니 말이다.

취샤오샤오도 평소와 비슷하게 일어났다. 사실 어젯밤 소동은 클럽에서 놀 때의 운동량에 비하면 아무것도 아니었다. 물론 22층의 다른 여자들보다는 기상 시간이 최소한 2시간쯤 늦었다. 그녀는 일어나자마자 어젯밤에 생각해놓은 계획을 실행에 옮겼다. 웨이보에 글을 올려 패션 사업을 하는 친구들을 불러 모은 다음 병상에 누워 있는 아이를 후원하자고 부추겼다. 또 사진과 함께 아이의 딱한 사정을 설명하는 글을 올려놓고 의기양양하게 세수를 한 뒤에 밥을 먹으며 골똘히 생각하다가 글을 하나 더 올리고 특별히 친구 2명을 태그했다. 그녀는 선행 할 기회가 있으면 언제나 이렇게 친구들을 불러 모았다.

취샤오샤오는 2202호 룸메이트들이 모두 출근한 뒤에 집을 나섰다. 판성메이 아빠는 복도에서 쿨럭이고 있고 판성메이 엄마는 레이레이를 쫓아다니며 젠빙을 먹이고 있었다. 취샤오샤오가 엘리베이터를 기다리며 물었다.

"성메이 언니가 모텔 알아본대요?"

"아니. 그럴 돈이 어딨어. 참, 아가씨, 핸드폰 좀 빌려줄래요? 우리 아들한테 전화 좀 하려고."

취샤오샤오가 핸드폰을 꺼냈다.

"번호가 몇 번이에요? 무슨 얘길 하시려고요?"

판성메이 엄마가 주머니에서 작은 수첩을 꺼내 전화번호를 보여주었다.

"어디 있는지 지낼 곳은 구했는지 돈은 있는지 물어보려고."

전화를 걸었지만 핸드폰이 꺼져 있었다. 그녀는 레이레이가 자기 손에 들려 있는 케이크에서 눈을 떼지 못하자 케이크를 선뜻 아이에게 건네고는 아예 집으로 달려 들어가 케이크 박스와 초콜릿 1상자를 가지고 나와 아이에게 주었다. 판성메이 엄마가 그걸 보고 차도 있고 돈도 많은 아가씨라고 생각해 용기를 내어 물었다.

"아가씨, 돈 좀 꿔줄 수 있어? 성메이 월급 나오면 갚을게."

취샤오샤오가 흔쾌히 대답했다.

"물론이죠. 성메이 언니가 차용증만 써준다면요. 아들 때문에 걱정돼서 그러시죠?"

판성메이 엄마가 하늘에서 내려온 선녀를 만난 듯 감격했다.

"마음씨 착한 아가씨네. 이렇게 돈 많고 예쁜 아가씨를 데려가는 남자는 복 받은 거야. 저녁에 성메이한테 얘기할게. 고마워요. 고마워."

엘리베이터 문이 닫히자마자 취샤오샤오의 얼굴에 걸려 있던 온화한 미소가 싹 가셨다. 고개를 젖히고 천장을 향해 큰 소리로 웃음을 터뜨렸다. 이제 판성메이가 엄마에게 어떻게 대응할 것인지 지켜볼 차례였다.

21

다음 날 아침 판성메이는 피곤하고 정신도 몽롱했지만 억지로 정신을 추스르고 출근했다. 그녀의 미소뿐 아니라 피부에도 피로가 덕지덕지 붙어 있었다. 밤새도록 거의 자지 못하다가 아빠가 침대를 양보해준 덕분에 2시간 남짓이라도 잠을 청할 수 있었다. 월급을 받으려면 회사에 출근해야 하니까 말이다. 피부가 파운데이션을 밀어내 파우더가 얼굴에 밀착되지 않았다. 햇빛 아래에서도 얼굴색이 칙칙하기만 했다. 차와 커피를 연거푸 몇 잔이나 들이켰다. 탕비실에서 인스턴트 커피를 타고 있는데 동료가 살그머니 다가와 웃으며 말했다.

"성메이 씨, 나 좀 도와줘. 이번 달에 몇 번이나 지각을 해서 근퇴 카드에 기록이 남았지 뭐야. 손 좀 써줘. 빚에 허덕이며 사는 하우스 푸어 신세라 월급이 깎이면 손가락 빨고 살아야 돼."

판성메이도 웃었다.

"자료가 아직 나한테 안 넘어왔어. 몇 번 지각했는지 찾아보고 문자로 알려줄게. 하지만 고치는 건 불가능해."

"고쳐달라는 게 아니라…. 지각 횟수를 적을 때 살짝 실수를 해달라는 거지. 내 지각 횟수를 못 본 걸로 해줘. 호호. 좀 부탁해."

"내가 고친다고 되는 게 아니야. 여러 명이 검토한다고. 틀리게 적었다가 다른 사람이 발견하면 잘못을 내가 뒤집어 써야 하잖아? 미안하지만 부탁을 들어줄 수가 없어.”

동료가 화난 표정으로 돌아갔다. 동료에게는 작은 미움을 사겠지만 그녀도 어쩔 수 없었다. 그러다 발각되면 그녀가 잘릴 수도 있었다. 가진 거라곤 직장뿐인데 목숨줄 같은 직장마저 잃으면 그녀에겐 정말 아무것도 없었다.

커피를 들고 한 모금 마시며 자리로 돌아갔다. 평소보다 커피를 진하게 탔더니 쓰고 떫었다.

두 모금도 마시기 전에 낯선 번호로 전화가 왔다. 그녀는 요즘 핸드폰에 모르는 번호가 뜨면 오빠인 것 같아서 거의 받지 않았다. 그런데 잠시 후 똑같은 번호로 또 전화가 왔다. 하는 수 없이 전화를 받아보니 낯선 남자의 퉁명스러운 목소리가 귓구멍을 쿡 찔렀다.

“어머니가 찾으시는데 왜 전화를 안 받아요?”

난데없는 목소리에 잘못 걸린 전화인 줄 알았는데 곧바로 엄마의 목소리가 들렸다.

“성메이, 1층 보안 요원이 우릴 못 들어가게 하지 뭐야….”

“출입 카드 있어야 하니까 밖에 나가지 말라고 했잖아.”

“레이레이가 밖에 나가서 놀고 싶다는데 어쩌니. 못 놀게 하면 울고 떼를 써서 어쩔 수 없어. 밖에 나갔다가 다시 들어가려는데 보안 요원이 못 들어가게 막잖아. 무슨 카드가 있어야 한다나. 아무리 사정을 해도 안 통해. 우리 점심도 못 먹었어. 다행히 마음씩 좋은 분을 만나서 핸드폰을 빌려서 전화하는 거야. 어쩌니. 어떻게 좀 해봐. 레이레이가 배고프다고 울어.”

“돈도 안 가지고 나왔어?”

“5위안밖에 안 가지고 나왔어.”

"핸드폰 돌려주고 고맙다고 해. 내가 보안 요원한테 전화해서 얘기할게."

판성메이가 잠시 멍하니 있다가 지친 표정으로 전화를 걸었다. 마침 낯익은 관리 직원의 목소리가 들리자 웃으며 말했다.

"미스 쩡, 우리 엄마가 집에 못 들어가고 있다고 하시네요. 아이도 데리고 계세요."

"아, 성메이 씨 가족이라고 하는데 거짓말인 줄 알았어요. 그 좁은 방에서 어떻게 4명이 살아요? 그런데 저도 어쩔 수가 없어요. 규정 아시잖아요. 규정을 어기고 들여보내준 걸 다른 주민들이 알면 내 목이 달아나요."

판성메이에게는 이 말이 낯설지 않았다.

"미스 쩡, 그러지 말고 사정 좀 봐줘요. 사인은 퇴근해서 할게요."

"안 돼요. 성메이 씨 오기 전에 근무 교대해야 하는데 다음 근무자가 상사한테 보고할 거예요. 그러니까 출입 카드를 부모님한테 드렸어야죠."

판성메이의 웃음소리가 더 나긋나긋해졌다.

"친구 돕는 셈 치고 좀 봐줘요. 우리 아빠가 나대신 사인하면 되잖아요. 이번 한 번만요. 이 추운 날씨에 식사도 못하고 밖에서 떨고 계세요."

미스 쩡도 웃으며 말했다.

"친구라니 과분하네요. 성메이 씨가 언제 우리를 친구로 대해줬어요? 2201호랑 2203호 두 분도 나를 친구로 대하지는 않았지만 그래도 크리스마스 선물은 챙겨주던데요. 내가 잘릴 위험을 감수하면서까지 도와줄 순 없어요. 나도 월급 받아서 가족을 부양해야 하는 입장이에요."

판성메이의 얼굴에 핏기가 싹 가셨다. 중요한 순간마다 이렇게 소유자와 세입자를 차별 대우했다. 평소에 친절하게 대하는 것도 다 거짓이었다. 하지만 그녀는 화를 누르며 좋은 소리로 말했다.

"그럼 마지막으로 하나만 부탁할게요. 우리 엄마 좀 바꿔주세요. 미스 쩡을 귀찮게 하지 말라고 얘기하려고요."

엄마가 전화를 받자 그녀가 말했다.

"1시간만 기다려. 조퇴하고 갈게."

"조퇴하지 마. 월급 깎이잖아. 한 푼이 궁한 판에. 열심히 일해서 돈 벌어. 윗분들 눈 밖에 나면 어쩌니. 앞으로 근무 시간에는 전화 안 할게."

엄마가 전화를 끊었다. 판싱메이는 한참 동안 멀거니 서 있었다. 조금씩 정신이 들기 시작하면서 방금 전 미스 쩡의 행동이 자신이 동료의 부탁을 거절한 상황과 똑같다는 걸 알았다.

이래서 사람 일은 한 치 앞을 모른다고 했던가….

취샤오샤오는 점심시간에 짬을 내서 자신의 모금 활동이 거둔 성과를 확인하기 위해 병원으로 달려갔다. 그런데 때마침 자오치펑이 아이 병실에 있는 것이 보였다. 취샤오샤오가 속으로 쾌재를 불렀다. 순간 그녀의 초롱초롱한 눈망울이 병상 발치에 쌓여 있는 오리털 옷과 오리털 이불을 지나쳐 아이의 다리를 살펴보고 있는 자오치펑에게 날아가 꽂혔다. 아이의 "누나!"라는 외침이 그녀를 핑크빛 사랑의 세계에서 암흑의 세계로 다시 데려다 놓았다.

지오치펑이 고개를 들어 그녀를 보았지만 피식 웃고는 계속 아이의 다리를 살폈다. 몇 초간 정신이 나갔던 그녀가 고개를 숙이고 오리털 옷을 살펴보는 척 했다. 그러다가 수북한 옷더미 속에서 카키색 오리털 치마를 발견하고는 눈빛이 매서워지더니 브랜드를 확인하자 마자 전화를 걸었다.

"애, 치마를 보내면 어쩌라는 거야? 내가 남자아이라고 써놨잖아."

친구가 웃으며 말했다.

"바지를 찾는데 치마가 눈에 띄더라. 아이가 다리를 다쳤으니까 치마가 편할 거 같아서. 아이가 싫어하면 아이 엄마가 입으면 되잖아. 돈도 좀 보냈어. 한턱내."

"알았어. 저녁 살게. 장소 정해서 알려줘. 너 보기보다 세심하다. 누구랑 결혼할지 몰라도 복 터졌어."

아이 엄마가 웃는 얼굴로 그녀를 쳐다보고 있다가 전화가 끝나자 말했다.

"친구들도 다 좋은 분들이네요. 이것들 가져다 놓고는 물도 한 잔 안 마시고 돌아갔어요. 정말 고마워요."

"고맙긴요. 레이펑(雷鋒) 아저씨가 이렇게 말했죠. '나는 할 일을 했을 뿐이다'."

옆에서 듣고 있던 자오치핑이 큭큭 웃음을 터뜨리며 말했다.

"그만 가요. 치료에 방해되니까."

취샤오샤오가 눈썹을 두 번 씰룩이다가 냉큼 다가가 아이에게 뽀뽀를 하더니 용감하게 자오치핑의 얼굴에도 입을 쪽 맞추고는 유유히 밖으로 사라졌다.

'흥! 자기가 끝낸다면 끝인 줄 알아? 누구 맘대로? 자기가 뭔데 일방적으로 결정해? 내가 끝내기 전까지는 뭐라고 해도 소용없어!'

자오치핑이 깜짝 놀라 고개를 돌리다가 옆에 있던 간호사의 놀란 눈과 마주치자 입을 꾹 다물고 아무 말도 하지 않았다.

판성메이는 퇴근하자마자 버스 정류장으로 달려갔다. 버스에서 내려 지하철역까지 또 달려서 최대한 서둘러 집으로 향했다. 부모님은 입술까지 파래질 정도로 바들바들 떨고 있는데 레이레이는 부모님의 목도리를 몸에 둘둘 감은 채 신나게 뛰어놀고 있었다. 눈물이 그렁그렁 맺힌 엄마의 눈을 보고 그녀는 가슴이 미어졌다. 부모님과 함께 로비로 들어와 보안 요원의 얼굴을 살펴보니 이미 상황을 알고 있는 것 같았다. 그녀에 대한 이야기가 벌써 다 퍼졌을 것이다. 이것도 역시 세입자에 대한 차별일 것이다. 판성메이는 부아가 치밀었지만 어쩔 수 없었다. 관리실을 찾아가 항의해봤자 세입자의 말은 무시할 것이다. 그들은 아마 골치 아픈 세입자들을 아파트에서 전부 몰아내고 싶을 것이다. 가난하면 무시당한다는 건 그녀도 이미 잘 알고 있었다.

엘리베이터에서 판성메이가 레이레이에게 물었다.

"점심에 뭐 먹었어?"

레이레이가 만족스러운 얼굴로 대답했다.

"성젠바오!"

판성메이의 낯빛이 어두워졌다.

"엄마 아빠는 굶고 애만 먹인 거야?"

"늙은이들이야 한 끼 굶어도 괜찮아. 집에 들어가서 젠빙 먹으면 되지."

판성메이는 추위와 배고픔에 지친 부모를 보며 마음이 흔들렸다. 그녀는 그리 독하지 못했다. 마이너스 통장을 써야 할지 고민했다.

집에 들어가자마자 엄마가 서둘러 젠빙을 잘라 제일 큰 조각은 아빠에게 주고 두 번째로 큰 조각은 판성메이에게 주었다. 딸에게 하루 종일 힘들게 일했으니 어서 먹으라고 해놓고 엄마는 먹지도 않고 물부터 끓이기 시작했다. 판성메이가 화장을 지우고 세수를 하고 나와 보니 아빠는 젠빙을 내버려 둔 채 문밖으로 나가 오래 참았던 담배부터 피우고 있고 엄마는 주전자 옆에 앉아 꾸벅꾸벅 졸고 있었다. 레이레이는 복도에서 할아버지와 얘기하고 있었다. 판성메이는 너무 속상해서 엄마 앞에 선 채 우두커니 엄마를 쳐다보았다. 물이 끓어 삑 소리가 나자 엄마가 화들짝 놀라 눈을 뜨며 주춤거리며 일어났다. 판성메이가 엄마보다 먼저 주전자를 들어 올렸다.

"엄마, 50위안만 줘. 먹을 거 사올게. 하루 종일 추위에 떨면서 먹지도 못했는데 젠빙만 먹을 수는 없잖아."

"안 돼. 레이레이는 점심에 고기 먹었으니까 젠빙 먹으면 돼. 돈 다 떨어지면 어떻게 살아? 다음 달이나 돼야 월급 나오잖아. 너는 먹고 싶은 거 있으면 회사 식당에서 먹어."

"나중 일은 나중에 생각하고. 어쨌든 배는 채워야지. 돈 내놔. 계란이라도 사올게."

엄마가 끓인 물을 옆에 놓고 젠빙을 한 입 크게 베어 물고는 돈을 꺼내주었다.

"그럼, 계란 몇 개랑 간장도 사와. 아가씨한테 냄비 빌려서 삶으면 며칠은 먹을 거야. 만터우 있으면 몇 개 사오고. 오늘은 20위안만 쓰자."

하지만 잠시 생각하다가 10위안을 더 주며 말했다.

"레이레이가 먹을 우유도 사와. 봉지에 든 걸로."

판성메이가 젠빙을 내려놓았다. 입맛도 없고 목구멍이 따끔거려서 먹을 수가 없었다. 울음이 나오려는 걸 꾹 참으며 가방을 들고 조용히 밖으로 나왔다. 마이너스 통장을 쓰기로 결심했다. 먹을 것도 사고 부모님이 묵을 모텔도 알아보기로 했다. 이대로는 사흘도 못 버틸 것 같았다.

그런데 엄마가 큰 소리로 그녀를 불렀다.

"참, 성메이, 내가 물어봤어. 옆집 아가씨 있잖아… 어제 차 태워준 그 아가씨. 돈을 빌려주겠대. 얼마가 필요한지 말만 하래. 가서 돈 좀 꿔 와. 다음 달에 월급 받으면 바로 갚으면 되잖아."

'취샤오샤오? 걔한테 돈을 빌려달라고 했다고? 돈을 빌려준다는 건 무슨 속셈일까?'

우두커니 선 채 생각에 잠겼다. 목구멍의 따끔거림도 잦아들었다. 마이너스 통장을 쓰지 않기로 마음을 고쳐먹었다.

그때 추잉잉이 엘리베이터에서 내려 반갑게 인사를 하자 판성메이가 다짜고짜 그녀를 데리고 다시 엘리베이터에 탔다. 올라가는 엘리베이터 안에서 추잉잉이 어리둥절해서 물었다.

"언니, 왜 그래? 어디 가려고?"

판성메이가 아무 말도 하지 않다가 엘리베이터에 타고 있던 다른 사람이 내리자 추잉잉의 어깨에 얼굴을 파묻었다.

"나 좀 울게. 아무것도 묻지 마."

추잉잉이 영문도 모른 채 흐느끼는 판성메이에게 어깨를 내어주었다. 눈치 없는 추잉잉도 이번엔 아무것도 물을 수가 없었다. 엘리베이터가 멈추고 1층에서 문이 열리자 판성메이가 똑바로 몸을 일으키며 눈물을 닦고 내렸다. 보안 요원에게 웃음거리가 되고 싶지 않았다. 판성메이가 먹을 걸 사러 간다고 하자 추잉잉이 함께 가주겠다고 했다.

앤디는 집에 들어가는 시간을 늦추려고 일부러 서점에 들렀다. 그런데 마음에 드는 책 몇 권을 사고 나자 빨리 집에 가서 읽고 싶어졌다. 이 시간쯤이면 2202호도 평온해졌을 것 같아 집으로 향했다.

엘리베이터에서 내리자 다행히 복도는 조용했다. 판성메이 아빠는 오늘도 문 앞에서 벽에 기대어 앉아 있었다. 예의 바르게 인사를 했지만 노인이 고개를 축 늘어뜨린 채 쳐다보지도 않았다. 그런데 먹다 만 젠빙 반 개가 바닥에 나뒹굴어져 있었다. 앤디가 깜짝 놀라 2202호 문을 두드렸다.

"성메이! 좀 나와 봐! 아무도 없어?"

인기척이 없어서 집 안으로 뛰어 들어가 보니 아이는 침대에서 평온하게 자고 있고 판성메이 엄마가 침대 머리맡에 엎드려 코를 골며 잠들어 있었다. 앤디가 놀란 가슴을 조금 진정시켰다. 판성메이 아빠도 어젯밤 잠자리가 불편해 잠을 푹 자지 못하고 젠빙을 먹다가 깜빡 잠이 든 걸 수도 있었다. 앤디가 집에 들어가서 주무시게 하려고 판성메이 아빠의 어깨를 두드렸다. 그런데 몇 번을 흔들어도 깨지 않는 것이었다. 황급히 노인의 턱을 들어 보니 이를 꽉 물고 있고 안색도 심상치 않았다.

상태가 좋지 않음을 직감하고 인공호흡을 하려고 했지만 아무리 애를 써도 노인의 앙다문 입이 벌어지지 않았다. 서둘러 엘리베이터 버튼을 누르고 문이 열리기를 기다렸다. 잠시 후 도착한 엘리베이터 안에는 어떤 남자가 타고 있었다. 엘리베이터 문을 붙잡고 급하게 도움을 요청했다.

"응급 환자가 있는데 구급차를 부르는 게 빠를까요, 직접 차로 데려가는 게 빠를까요?"

남자가 얼떨결에 대답했다.

"직접 데려가는 게 빠르겠죠."

"환자를 차까지 옮기는 걸 도와주세요."

남자는 앤디가 나쁜 사람이나 사기꾼은 아닌 것 같아서 급하게 엘리베이터에서 내려 노인을 엘리베이터에 태운 뒤 주차장까지 내려가 차에 실어주었다. 제일 가까운 병원이 어디냐고 물어보니 자오치핑이 근무하고 있는 바로 그 병원이라고 했다. 다행히 길을 아는 곳이라 서둘러 차를 몰고 병원으로 향했다.

판성메이와 추잉잉이 먹을 걸 사가지고 돌아와 보니 레이레이와 판성메이 엄마만 곤히 잠들어 있고 아빠는 보이지 않았다. 아빠가 엄마에게 돈을 받아서 담배를 사러 나간 것 같아 대수롭지 않게 생각했다. 담배와 술을 사오는 것이 유일하게 아빠가 직접 하는 두 가지 일이었다. 사온 것을 내려놓고 엄마가 감기에 걸릴까 봐 가볍게 흔들어 깨웠다.

"아빠는 담배 사러 갔어? 나한테 사오라고 시키지 그랬어. 침대에 누워서 자. 내려가서 아빠 기다릴게. 출입 카드 없어서 또 못 들어올 거야."

"아빠…?"

엄마가 힘들게 눈꺼풀을 들어 올렸다.

"담배 사러 안 갔어."

엄마가 안주머니에 감추어둔 지갑을 꺼내 돈을 세어보니 돈도 그대로 있었다. 계단실에 가서 계단을 향해 아빠를 불렀지만 아무 대답도 없었다. 이상했지만 어린애도 아니니까 별일 없을 거라고 생각했다. 그런데 집으로 들어오며 아빠가 복도에 앉을 때 쓰는 의자를 집으로 가지고 들어가려는데 의자 밑에 먹다 남은 젠빙이 떨어져 있는 것이었다.

"엄마! 아빠한테 무슨 일이 났나 봐! 빨리 나와봐!"

딸이 외치는 소리에 판성메이 엄마가 졸음이 채 가시지 않은 눈으로 비틀거리며 나왔다. 추잉잉도 달려 나왔다. 판성메이 엄마가 바닥에 떨어져 있는 젠빙을 보고 정신이 번쩍 들었다.

"아까운 음식을 버릴 사람이 아니야. 무슨 일을 당한 게 분명해. 이걸 어째. 어서 찾아봐. 아이고, 내가 어쩌다 잠이 들었을까…."

판성메이가 발을 동동 구르고 있는데 핸드폰이 울렸다. 앤디인 걸 보고 거절 버튼을 누르려다가 추잉잉에게 핸드폰을 주었다.

"전화 좀 대신 받아줘. 나는 1층 보안 요원한테 가볼게."

추잉잉이 전화를 받더니 큰 소리로 외쳤다.

"언니! 언니! 내려가지 마! 아저씨가 뇌졸중으로 쓰러져서 앤디 언니가 응급실로 모시고 갔대! 빨리 병원으로 가!"

판성메이 엄마도 깜짝 놀랐다.

"아이고, 이걸 어째! 어서 가자!"

판성메이가 엄마와 엘리베이터를 탔는데 레이레이 생각이 났다.

"참, 레이레이는 어떻게 하지?"

추잉잉이 말했다.

"내가 데리고 있을게."

엘리베이터에서 엄마가 딸에게 지갑을 주고는 아무 말도 하지 않았다. 그녀도 엄마의 속뜻을 알았다. 지금 가진 돈으로는 병원비가 턱없이 부족했다. 유일한 방법은 마이너스 통장을 쓰는 것이지만 그것으로는 뇌졸중 병원비를 감당할 수 없을 것이다. 큰돈이 필요할 텐데 누구한테 빌려야 할지 막막했다.

병원에 도착해 택시비로 100위안을 내고 잔돈 몇 푼 거슬러 받았다. 상황이 위급하다 보니 판성메이 엄마도 돈 생각을 할 수가 없었다. 판성메이가 앤디를 발견하고 달려가 그녀의 팔을 붙잡았다.

"어떻게 된 거야? 아빠가 어떤 상태야?"

앤디는 팔을 붙잡히자 온몸이 굳어버렸지만 또 팔을 뺄 수가 없어서 뻣뻣한 몸을 옆으로 돌리며 말했다.

"방금 의사를 만났어. 생명은 구했지만 상태가 심각하대. 자세한 건 검사를 해보고 알려주겠다고 했어. 중국어로 된 의학 용어들이라 알아듣지 못했어. 미안해. 이따가 의사 나오면 직접 물어봐. 내가 발견했을 때는 이미 늦었던 거 같아. 좀 더 일찍…."

"고마워. 너 아니었으면 정말 큰일 날 뻔했어. 고마워."

앤디가 설명하는 동안 판성메이 모녀가 계속 흐느껴 울었다. 앤디가 상황 설명을 마치고 말했다.

"난 세차 좀 하고 올게. 좌석에 대소변이 많이 묻었어. 병원비는 내가 미리 냈는데 부족하지 않을지 모르겠어. 나간 김에 돈을 더 뽑아올게. 이번엔 거절하지 마. 방금 네가 내 팔을 잡았을 때 내가 불편한 표정을 지은 건 너 때문이 아니야. 내가 원래 신체 접촉에 예민해. 일종의 심리적 장애인데 어릴 적부터 그랬어. 기분 나쁘게 생각하지 마."

판성메이가 놀라서 얼른 팔을 놓아주며 뭐라고 해야 할지 몰라 앤디를 쳐다보기만 했다.

난처한 건 앤디도 마찬가지였다. 사실 자신에게 심리적 장애가 있다는 걸 말하고 싶지 않았다. 하지만 판성메이가 경황이 없는 와중에 또 자신이 그녀를 거부하는 것으로 오해한다면 궁지에 몰린 판성메이가 더 상처를 받을 것 같았다. 그 때문에 원치 않는 고백을 할 수밖에 없었다.

"수납 영수증이야. 의사가 보호자를 찾을 거야. 나갔다 올게."

앤디가 이 말만 남겨두고 총총히 밖으로 나갔다. 판성메이가 정신이 들어 고맙다고 인사하려고 했을 때는 이미 앤디가 사라진 뒤였다.

판성메이 엄마가 말했다.

"이웃 아가씨들이 하나같이 착하구나. 정말 착해."

"그래. 다 착해."

판성메이가 앤디가 사라진 쪽을 쳐다보며 중얼거렸다. "나만 빼고 …."

그녀가 말을 우뚝 멈췄다. 마이너스 통장도 쓰기 싫고 돈을 빌리기도 싫어서 부모님을 제대로 자지도 먹지도 못하게 하고, 한나절이나 밖에서 추위에 떨다가 아빠가 뇌졸중으로 응급실에 실려 오게 만들었다. 자신이 부모님을 위해 한 게 뭐란 말인가? 오빠와 다른 게 뭐가 있을까? 속으로 자책하고 후회하는 것 외에 그녀가 할 수 있는 게 없었다.

"8,000위안?"

외마디 비명 같은 엄마 목소리에 정신이 들었다. 엄마는 앤디가 주고 간 수납 영수증에서 시선을 떼지 못했다.

"8,000위안이라고?"

엄마 손에서 영수증을 낚아채 액수를 확인하고는 그녀도 아연실색했다. 방금 전 자책과 후회도 사라지고 머릿속이 하얗게 비었다. 앞으로 아빠의 병원비로 또 얼마나 들어갈까? 그것도 역시 오롯이 그녀의 책임이 될 것이다. 이 8,000위안은 단지 시작일 뿐이다.

퇴근하고 돌아온 관쥐얼이 엘리베이터에서 내리자 레이레이가 울며 떼쓰는 소리가 복도까지 들렸다. 레이레이가 잠에서 깨어보니 할머니, 할아버지도 보이지 않고, 배는 고픈데 판성메이 고모는 조카에게 우유를 사주기 싫었는지 마트 봉투 안에 만터우랑 장아찌밖에 없었다. 낯선 추잉잉 누나도 우유가 없다고 했다. 레이레이가 목청 높여 울음을 터뜨리자 아이를 달랠 줄 모르는 추잉잉이 핸드폰 게임으로 아이를 유혹했다. 하지만 30분쯤 지나서 추잉잉이 저녁밥을 하러 나가자 게임의 약발도 떨어졌다. 추잉잉이 맛있는 걸 만들어주겠다며 아이의 투정을 잠재웠지만 냉장고에 변변한 재료도 없고 레이레이가 먹고 싶어 하는 걸 사줄 돈도 없었다. 이달에 다음 분기 월세를 내고 나니 추잉잉도 지갑이 얄팍한 처지였다. 레이레이는 추잉잉 누나에게 속은 걸 알고 더 악을 쓰며 울었다. 화해를 시도했지만 요지부동이었다.

이때 관쥐얼이 아주 간단하게 사태를 해결했다. 그녀의 비상식량 상자를 가져다가 아이의 눈앞에서 활짝 열어준 것이다. 레이레이가 입이 벌어져서는 조막만한 손으로 그 중 제일 눈에 띄는 파이를 냉큼 집어 들었다. 천사 같은 관쥐얼 누나에게 포장을 뜯어달라고 하더니 게 눈 감추듯 먹어 치웠다. 정말로 배가 고팠던 것이다. 추잉잉은 그제야 저녁을 먹을 수 있었다. 그녀도 레이레이처럼 게걸스럽게 밥을 먹으며 관쥐얼에게 판성메이 아빠가 병원에 실려간 얘기를 했다.

관쥐얼이 판성메이에게 전화를 걸어 상황이 어떤지 물었다.

"언니, 아저씨 의료 보험 있어? 고향에 아는 사람 있으면 연락해서 병원을 옮기는 게 좋을 거야. 안 그러면 병원비가 너무 많이 나오잖아. 요즘은 입원하면 의사한테 잘 보여야 한다던데 샤오샤오 친구가 그 병원 의사래. 샤오샤오한테 연락해볼까?"

의료 보험 규정은 판성메이도 잘 알고 있었다. 그런데 관쥐얼의 두 번째 제안에 눈이 번쩍 뜨였다. 취샤오샤오가 전화 한 통으로 왕바이촨의 자동차 소유주를 알아냈던 걸 떠올렸다. 가난한 사람은 시장에 있어도 아는 이 하나 없고 부자는 산 속에도 먼 이웃이 있다더니, 취샤오샤오는 어딜 가든 친구가 수두룩하고 판성메이는 가까운 친구들조차도 그녀를 피했다. 하지만 판성메이와 취샤오샤오의 사이가 좋지 않은 게 문제였다. 어젯밤 취샤오샤오가 그녀의 부모를 찾아주었지만 그걸로 응어리가 다 풀린 건 아니었다. 판성메이가 관쥐얼에게 말했다.

"네가 샤오샤오한테 도와줄 수 있는지 물어봐 줘. 싫다고 하면 어쩔 수 없고."

관쥐얼은 판성메이가 하이시에서 몇 년 동안 살면서 넓은 인맥을 쌓았을 테니 병원 쪽에 지인이 있을 줄 알았다. 그 얘기를 꺼낸 건 판성메이가 경황이 없어서 잊고 있을까 봐 살짝 귀띔해주려던 것이다. 하지만, 판성메이가 자기 대신 도움을 청해달라고 할 줄은 예상하지 못했다.

관쥐얼의 전화에 취샤오샤오가 물었다.

"성메이 미인께서 내 도움이 필요하시다고? 본인한테 확실히 물어본 거야? 물어보지도 않고 설레발치는 거 아니고? 헤어진 애인한테 부탁하려면 나도 얼굴에 철판 깔아야 돼. 쉬운 일이 아니라고."

관쥐얼이 웃었다.

"연락할 핑계를 만들어주는 거잖아. 잉잉 데리고 교통사고 당한 아이 찾아가는 일만큼 좋은 기회 아니야?"

"하하하! 역시 넌 속일 수가 없어. 말해둘 게 있는데 앤디 언니랑 웨이 오빠도 그 사람을 알아. 물론 너희가 그 사람한테 연락하려면 나한테 먼저 보고해야지. 그 사람은 내 거니까!"

물론, 취샤오샤오도 판성메이를 돕고 싶었다. 이유는 관쥐얼이 말한 그대로였다. 그런데 어젯밤 기차역에서 판성메이 부모를 찾으며 보고 들은 것을 종합해보면 잘못 하다간 한 발 살짝 들여놓았다가 헤어나지 못할 늪에 빠질 수도 있었다. 판성메이의 부모와 오빠는 돈 때문에 분란이 생기자 집도 버리고 도망친 사람들이었다. 그렇다면 엄청난 병원비를 감당하지 못하면 병원에서 도망칠 수도 있었다. 한 번 빚지고 도망친 사람들이 두 번은 못할까. 그러면 그녀의 부탁을 받고 그들을 도와준 자오치핑의 입장이 곤란해질 것이다. 자오치핑에게 피해를 줄 수는 없으므로 도와주기 전에 확실히 해둘 필요가 있었다.

취샤오샤오는 판성메이 아빠를 병원으로 옮긴 앤디에게 전화했다. 앤디는 세차장에서 따분하게 시간을 보내고 있었다. 차량 내외부를 모두 닦고 탈취 처리도 해야 했다. 앤디가 취샤오샤오에게 자초지종을 얘기해주며 이렇게 충고했다.

"도와주기 전에 이성적으로 생각해. 성메이 가족의 문제는 교통사고 당한 아이의 문제와는 달라."

취샤오샤오가 제일 힘들어 하는 게 앤디가 강조하는 '이성적인' 사고였다. 그녀는 속으로 앤디의 말을 두 번 곱씹어 생각하고는 한참 만에 대답을 찾았다.

"무슨 말인지 알겠어. 당장 급하게 필요한 돈은 언니가 빌려줬지만 앞으로 들어갈 병원비는 성메이 언니가 직접 구해야 한다는 거지? 성메이 언니가 돈을 빌려달라면 빌려줄 수도 있지만 차용증을 쓰고 원칙대로 해야 하고 말이야. 성메이 언니가 돈을 구한 다음에 치핑 오빠한테 도와달라고 해야겠어. 나도 언니한테 해줄 말이 있어. 성메이 언니처럼 집도 없고 차도 없는 사람은 돈 떼먹고 튀기도 쉬워. 하이시가 이렇게 넓은데 마음먹고 숨어버리면 평생 못 찾을 거야. 특히 돈 떼먹고 튀는 건 그 집 내력이잖아. 병원비가 많이 나올 텐데 성메이 언니 월급으로 다 충당해야 되잖아. 무슨 수로 돈을 갚겠어? 그 나이에 화류계로 빠져봤자 돈도 얼마 못 벌어. 그러니까 돈 빌려줄 땐 조심하란 말이야. 특히 성메이 언니처럼 대책 없이 돈만 빌리는 사람한테 1만 위안 이상 빌려줄 땐 차용증 쓰고 담보도 잡아야 돼."

"성메이한테 값나가는 게 있겠어? 나는 당장 오늘 밤을 넘길 수 있게 급한 불만 꺼준 거야. 내일부터는 성메이도 태도를 분명히 해야지. 이웃이라는 이유만으로 돈을 빌려달라고 할 순 없어. 치핑 씨한테 도움을 청할 때도 관계를 분명하게 밝혀."

병원으로 달려온 판성메이 엄마는 처음 보는 앤디에게 친근하게 대하면서도 돈에 관한 얘기는 한마디도 하지 않았다.

취샤오샤오가 큭큭거렸다.

"성메이 언니가 돈을 빌리는 것보다는 꽃뱀으로 전업해서 돈을 뜯어내는 편이 더 쉬울 거야. 어제 오늘 생사가 달린 큰일을 겪었잖아. 그런데 평소에 만나던 그 남자들은 다 어디로 간 거야? 그 중 누구에게도 도움을 청하지 않았어. 말해봤자 헛수고라는 걸 아니까 그러는 거지. 그 남자들과의 관계가 거기까지인거야. 그 언니가 돈만 아는 속물이라는 게 또 한 번 증명된 거지."

"함부로 말하지 마. 왕바이촨이 도와주려고 했다가 거절당했대. 적당히 하고 네 일이나 해."

"와우! 내가 대역죄를 지었네."

하지만 앤디도 판성메이와 장밍쑹, 또 판성메이의 다른 남자들을 떠올리지 않을 수 없었다.

친구들과 놀고 있던 취샤오샤오는 벌주 1병을 비운 뒤 일찍 나와서 택시를 타고 병원으로 향했다. 자오치핑도 병원으로 가고 있는 중이라고 했다. 응급실에 도착해 보니 흰 가운을 입은 의사가 울고 있는 모녀에게 환자의 상태를 설명하고 있었다. 취샤오샤오가 옆에서 들으며 그 젊은 의사를 위아래로 훑었다. 외모도 목소리도 별로라 설득력이 전혀 없었지만 한 가지 사실은 알 수 있었다. 환자가 곧장 수술을 해야 한다는 것이었다. 판성메이 모녀는 어쩔 줄 몰라 서로를 끌어안고 발을 구르며 의사가 늘어놓는 난해한 의학 용어들을 그저 듣기만 했다. 취샤오샤오가 날카롭게 끼어들었다.

"수술을 안 받으면 살 수 없나요?"

"당장 수술하지 않으면 생명이 위험합니다."

"수술 받으면 정상적으로 회복할 수 있어요? 몇 년이나 더 사실 수 있나요?"

의사가 MRI와 CT 촬영 결과를 꺼내 취샤오샤오에게 보여주었다.

"여기 출혈 부위를 보시면…."

의사가 출혈 부위가 어디이고 출혈이 뇌 주변 조직에 어떤 후유증을 남길 수 있는지 자세히 설명했지만 취샤오샤오는 현기증이 났다. 22층에서 그걸 알아들을 수 있는 사람은 아마 앤디뿐일 것이다. 그래도 그녀는 용케 핵심을 파악했다.

"그러니까 거금을 들여서 수술해도 겨우 눈동자밖에는 움직일 수 없다는 거죠? 더군다나 며칠 더 살 수 있을지조차 모른다고요? 그렇게 사는 게 무슨 의미가 있어요? 수술을 할지 말지 상의해볼게요."

의사는 취샤오샤오가 환자의 가족인 줄 알고 조금 놀라서 쳐다보다가 안으로 들어갔다. 판성메이가 얼른 의사를 쫓아갔다.

"수술할게요. 당연히 수술해야죠…."

취샤오샤오가 냉정하다 못해 냉혹하게 말했다.

"돈은 있고? 수술비 낼 수 있어? 앤디 언니가 8,000위안을 미리 내줬다며. 얼마를 더 빌릴 생각이야? 담보는 뭘로 할 건데? 담보 잡힐 재산은 있어?"

"그래도 수술해야 돼. 수술 안 하면 아빠가 죽는다잖아. 돈은 빌려볼게…."

판성메이가 바들바들 떨리는 손으로 가방에서 핸드폰을 꺼내 주소록을 살폈다. 오늘 밤에 당장 돈을 빌려줄 사람이 있을까? 그녀를 도와줄 만큼 친분 있는 사람이 있을까? 제일 먼저 장밍쑹에게 전화를 걸었다. 그녀가 울먹거리며 하는 얘기를 다 듣고 난 뒤 장밍쑹이 말했다.

"나 오늘 출장 중인 거 알잖아. 미안하지만 도와줄 수가 없네. 모레 저녁에 돌아가니까 그때 아버님 병문안 갈게."

두 번째 지푸라기를 찾으려 했지만 같이 술 마시고 춤추고 노래 부르고 영화를 보았던 사람들 중 누구도 그녀가 내민 손을 잡아주지 않았다. 성가시게 들러붙는 거지를 떼어버리는 것처럼 1,000위안을 보낼 테니 그거라도 받겠느냐고 하거나, 연말이라 돈이 쪼들려서 도와줄 수가 없다고 했다. 노골적으로 얼마를 주면 하룻밤 잘 수 있느냐고 묻는 남자도 있었다.

취샤오샤오가 옆에서 듣고 있는 와중에 자오치펑이 어떤 젊은 여자와 함께 도착했다. 취샤오샤오의 눈이 휘둥그레졌다. 자오치펑의 새 여자 친구일까, 아니면 원래 여자 친구일까? 자오치펑이 취샤오샤오와 판성메이에게 여자를 소개해주고는 담당의를 만나러 진료실로 들어갔다. 취샤오샤오가 그 여자를 주시하며 희미한 기억을 뒤졌다. 친구가 자오치펑의 뒷조사를 하고서 알려준 그의 여자 친구 이름이 방금 전 소개받은 그 이름과 비슷한 것 같았다. 설마 두 사람이 아직도 사귀고 있는 걸까?

여자가 오만한 시선으로 취샤오샤오를 위아래로 훑었다. 취샤오샤오는 그녀의 시선이 자기 손에 들려 있는 에르메스의 이번 시즌 신제품 핑크색 가방에 닿는 순간 질투로 바뀌는 걸 놓치지 않았다. 여자의 시선이 다시 그녀의 샤넬 귀걸이로 옮겨 갔다. 취샤오샤오는 여자의 손에 들려 있는 알록달록한 컬러의 사치(Satchi)백을 보고 도도하게 턱을 꼿꼿이 세우고는 오만한 시선으로 통쾌한 반격을 날렸다.

판성메이 엄마는 두 여자 사이의 보이지 않는 대치 국면은 눈치채지 못했지만 딸만 믿고 있다가는 오늘 밤 수술을 할 수 없을 거라는 사실을 직감했다. 엄마는 딸이 어째서 "얼마든 말만 하면 빌려주겠다."고 했던 이웃 아가씨를 옆에 두고 다른 사람들에게 전화를 돌리는지 이해할 수가 없었다. 전화를 할수록 딸의 입술이 바짝바짝 타들어갔다. 그녀의 엄마는 수술대에 누워 있는 남편 걱정과 딸이 과연 돈을 구할 수 있을까 하는 초조함, 감감무소식인 아들에 대한 애타는 마음이 뒤범벅되어 취샤오샤오 앞에 와락 엎드렸다.

"아가씨, 돈 좀 빌려줘요. 차용증만 써주면 얼마든지 빌려준다고 했잖아. 제발 부탁이에요. 제발. 우리 영감 목숨이 아가씨한테 달려 있어요."

취샤오샤오가 기겁을 해서는 날 선 비명과 함께 의자 위로 올라가 벽에 붙어 버둥거리며 판성메이를 불렀다.

"성메이 언니, 살려줘! 아악!"

취샤오샤오의 비명에 판성메이가 달려가 벌겋게 달아오른 얼굴로 엄마를 안아 일으켰다. 자오치펑도 비명 소리를 듣고 달려 나왔다. 소란스러운 와중에도 자오치펑이 먼저 달려와 "무슨 일이야?"라고 자상하게 묻자 취샤오샤오의 마음이 한결 누그러졌다.

취샤오샤오의 시선이 앤디의 놀란 눈과 특이점의 찡그린 미간과 마주쳤다. 출장 갔던 특이점이 길치인 앤디가 공항에 마중 나올까 봐 언제 도착한다고 말해주지 않았는데 공항에서 시내로 들어온 후 앤디에게 전화를 했던 것이다. 몇 분 뒤에 앤디 집에 도착할 거라는 특이점의 말에 앤디가 세차를 끝내고 특이점을 만나 함께 병원에 왔고 때마침 판성메이 엄마가 무릎을 꿇은 광경을 목도하고 말았다.

특이점이 현금이 들어 있는 앤디의 가방을 낚아채며 말했다.

"앤디, 여긴 나한테 맡기고 차에 가 있어요."

"너무 냉정하게 하진 말아요."

앤디가 판성메이 모녀를 흘긋 쳐다본 뒤 밖으로 나갔다. 그녀의 엄마도 웬만큼 궁지에 몰렸을 때가 아니면 남에게 무릎을 꿇고 애걸하지 않았다. 그녀는 교통사고를 당한 아이의 엄마가 무릎을 꿇은 것은 이해할 수 있었지만 판성메이 엄마가 무릎을 꿇은 것은 차마 볼 수가 없었다. 그래서 특이점에게 맡기고 자리를 피하기로 했다.

특이점이 모퉁이를 돌자 자오치핑과 그 옆에 있는 여자가 보였다. 취샤오샤오가 판성메이 엄마를 피해 살금살금 의자에서 내려오더니 허리를 살짝 비틀어 특이점의 뒤로 숨었다. 특이점이 자오치핑과 눈빛을 주고받았다.

자오치핑도 담당의를 만난 결과를 얘기하며 판성메이 엄마의 신경을 빼앗아 간접적으로 취샤오샤오를 구해주었다. 취샤오샤오는 자오치핑의 말을 진지하게 경청하며 가끔씩 자오치핑이 데리고 온 여자를 흘끔거리며 쳐다보았다. 취샤오샤오는 그녀도 자신을 보고 있는 걸 알고 고개를 배뚜름하게 기울이며 최대한 애교스러운 자세를 연출했다.

자오치핑의 설명이 끝났다. 특히 그는 환자를 살리는 데 드는 비용을 정확하게 설명한 뒤 이렇게 물었다.

"환자를 살릴지 말지는 가족의 결정에 달렸습니다."

모두의 시선이 판성메이에게 쏠렸지만 취샤오샤오는 자오치핑에게서 1초도 눈을 떼지 않았다.

판성메이 엄마가 일말의 망설임도 없이 말했다.

"당연히 살려야죠. 영감이 죽게 내버려 둘 순 없어요."

그런데 돈은 어떻게 할까? 모두들 판성메이를 쳐다보며 그녀의 마지막 대답을 기다렸다. 하지만 판성메이는 가만히 선 채 아무 말도 하지 않았다. 돈은? 돈은 어떻게 하지? 돈을 빌릴 데가 없는데 어떻게 수술한단 말인가? 죄책감이 그녀를 덮쳤다.

앤디가 병원 정문을 막 나서는데 왕바이촨에게 전화가 걸려왔다. 그에게 또 판성메이 가족의 우울한 얘기를 듣고 싶지 않아서 전화를 받지 않을까 싶었지만 병원 정문을 뒤돌아보며 잠시 망설이다가 전화를 받았다. 예상과 달리 왕바이촨이 웃으며 말했다.

"자꾸 전화해서 미안해요. 이번에는 귀찮게 하려고 전화한 게 아니에요."

앤디도 웃으며 말했다.

"그렇다면 안심이네요."

"고향에서 특산물을 사왔어요. 1층 보안실에 맡겨뒀으니까 찾아가세요."

"고마워요. 성메이한테 전해줄게요. 물론 나도 좀 얻어갈게요."

"아뇨. 앤디 씨한테 주는 거예요. 사과의 뜻이에요. 지난번에 그러지 말았어야 하는데…. 너그럽게 이해해주셔서 고마워요. 늦은 시간이라 집에 계실 줄 알았는데 아직 밖에 계신가봐요. 연말이라 치안이 안 좋은데요."

"정말 고마워요. 지금 병원이에요. 여긴 사람이 많아서 괜찮아요."

"병원이요? 어느 병원이에요? 도움이 필요하면 제가 갈게요."

"괜찮아요. 고마워요. 웨이 씨도 있는걸요."

앤디는 그에게 판성메이 아빠 얘기를 하지 않으려고 했다. 그 얘기를 하면 판성메이를 도울 건지 말 건지 결정하라고 강요하는 셈이었기 때문이다.

"병원에 계신 걸 알았는데 그냥 갈 수 없죠. 어느 병원이에요?"

앤디는 왕바이촨이 자신에게 진심으로 미안해하고 있다는 걸 느낄 수 있었다. 더 거절하면 오해할 것 같아서 어쩔 수 없이 사실대로 얘기했다.

"오지 마세요. 성메이 아빠가 뇌졸중으로 쓰러지셨어요. 응급실 앞이 어수선해요. 돈을 어떻게 구할 건지 수술을 해야 할지 갈팡질팡하고 있어요. 성메이 엄마가 도와달라며 무릎을 꿇는 바람에 샤오샤오가 기겁을 했고요. 그래서 웨이 씨한테 맡겨놓고 나왔어요. 뾰족한 해결책이 있으면 얘기해줘요. 그게 아니면 못 들은 걸로 하고요."

왕바이촨이 아무 말도 하지 못했다. 앤디도 그게 정상이라고 생각했다. 손해 볼 일에 끼어들고 싶은 사람이 어디에 있을까?

"밖이 추워서 차에서 기다리려고요. 좋은 소식 있으면 알려줄게요."

"아, 끊지 마세요. 이기적인 방법이 있긴 한데 어떻게 말해야 할지 모르겠네요. 잠깐 기다려주세요."

"어떻게 말하든 상관없어요. 어차피 똑같으니까."

왕바이촨이 피식 웃음을 터뜨렸다. 역시, 앤디는 겉으로 나타난 현상보다는 그 속에 숨은 본질을 꿰뚫어 볼 줄 아는 여자였다.

"그러죠. 직접적으로 얘기할게요. 앤디 씨도 샤오샤오 씨도 성메이에게 돈을 빌려주지 마세요. 며칠 동안 알아봤는데 성메이 오빠는 밑빠진 독이고 성메이는 마음이 약해서 가족에게 분명히 선을 긋지 못해요. 몇 년 동안 성메이 월급 대부분이 가족에게로 들어갔어요. 이

번에는 성메이가 냉정하게 판단하고 오빠를 비난할 줄 알았는데 그
러지 못했어요. 피신한 부모를 거절하지 못했잖아요. 결국에는 또 온
가족이 성메이 하나만 바라보고 살 거예요. 돈을 빌려주실 거예요?
병원비도 성메이가 다 떠안게 될 거예요. 앞으로 치료비를 계속 대야
할 텐데 성메이 월급으로 그 빚을 언제 다 갚겠어요? 문제는 그걸 왜
성메이 혼자 감당하냐는 거예요. 그 집에도 재산이 있어요. 부모님과
오빠는 각자 집이 있는데 성메이만 집이 없어요. 이 정도 일이 생겼
으면 집을 팔아서 병원비를 마련하는 게 정상이잖아요. 우리가 성메
이 부모님과 오빠한테 집을 팔라고 강요할 수는 없지만 그렇다고 성
메이에게 돈을 빌려주면…."

"무슨 말인지 알아들었어요. 이기적인 방법이 궁극적으로는 성메
이를 위하는 거란 말이죠?"

"성메이가 곤경에 처하는 걸 두고 볼 수가 없어요. 하지만 두 분이
돈을 빌려주지 않으면 잘못도 없이 성메이에게 원망을 사겠죠."

"알았어요. 웨이 씨랑 상의해볼게요. 고마워요."

특이점은 앤디의 전화를 받으며, 딸을 붙들고 우는 판성메이 엄마
를 아무런 표정 변화 없이 쳐다보았다. 또 자신과 취샤오샤오에게 매
달려오는 판성메이의 절망과 애원의 눈빛을 아무런 표정 변화 없이
응시했다. 젊은 취샤오샤오는 그 애원의 눈빛 앞에서 인내심이 거의
한계에 도달했다. 하지만 역시 젊기 때문에 그 눈빛을 피하며 절대로
먼저 입을 열지 않았다.

판성메이가 갑작스럽게 등장한 웨이웨이를 쳐다보았다. 어째서
그녀를 구해줄 동아줄인 앤디가 아니라 웨이웨이가 온 걸까? 그녀는
자세히 생각할 겨를이 없었다. 그녀는 이미 지쳐버린 머리로 생각해

야 할 것들이 너무 많았다. 더욱이 중대한 결정이 그녀 앞에 놓여 있었다. 그때 엄마가 불쑥 말했다.

"성메이, 네 아빠는 퇴직 연금이 나오지만 나는 그것도 없어."

판성메이가 한참 만에 엄마의 속뜻을 알아들었다. 아빠가 수술을 하고 눈만 겨우 움직일 수 있어도 숨만 붙어 있으면 가계의 수입원이 사라지지는 않는다는 뜻이었다. 자오치핑의 말대로 재활 병원에 입원해 거액의 병원비가 들어가지만 않는다면 말이다. 생사가 달린 이 순간에도 엄마는 돈 생각을 떨치지 못했다. 판성메이가 엄마에게 말했다.

"난들 아빠를 살리고 싶지 않겠어? 이 상황에서도 엄마는…."

그녀가 주위를 의식해 말을 멈추었다. 물론 아빠를 살려야 하지만 문제는 돈이었다. 돈이 없으면 수술할 수 없었다.

판성메이가 부탁할 수 있는 사람은 무서울 정도로 냉정한 웨이웨이밖에 없었다. 그녀는 그의 뒤에 앤디가 있다고 믿고 있었다. 앤디가 세차를 하고 돈을 뽑아오겠다고 한 건 돈을 더 빌려줄 생각이 있다는 뜻일 것이다. 웨이웨이가 앤디의 부탁을 받고 돈을 전해주러 왔을 것이라고 확신했다.

"웨이 사장님, 돈 좀 빌려주세요. 이자는 드릴게요."

"그러죠. 하지만 이율과 담보는 상의해야 해요. 10만 위안은 큰돈이에요."

특이점이 메모지와 펜을 꺼냈다.

판성메이가 멍해졌다. 지금껏 남의 돈을 빌리면서 이자는 꼭 얹어서 갚았지만 담보를 제공하라는 요구는 처음이었다. 하지만 생사가 걸린 지금 그녀에게 돈보다 중요한 게 있을까. 담보도 내놓겠다고 대답은 했지만 그녀에게 값나가는 재산이 있을 리 만무했다.

"제 방에 있는 물건을 전부 내놓을 수 있어요. 하지만…"

"어떤 물건이 있는지는 모르지만 저는 현금화하기 쉬운 자산만 담보로 받아요. 예를 들면 성메이 씨 부모님의 집문서랄까."

옆에서 듣고 있던 취샤오샤오의 눈이 반짝였다.

"그거라면 가능해요. 언니 부모님들이 하이시로 올라올 때 중요한 건 다 챙겨가지고 왔을 거예요. 신용 증명서, 통장, 집문서 같은 것들. 그것만 있으면 담보를 잡을 수 있어요. 언니, 언니 아빠의 일은 온 가족의 일이니까 다 같이 돈을 내야지. 혼자 감당하려고 하지 마. 망나니 오빠 집을 팔아서 병원비로 써. 어차피 도망갔으니까 집도 필요 없잖아…."

"부동산 등기증이 있으면 쉽게 해결할 수 있어요."

특이점이 취샤오샤오의 말을 끊고 끼어들며 그녀에게 찬사의 눈빛을 보냈다.

"기한은 1년으로 하죠. 1년 뒤에도 못 갚으면 그 집을 팔아서 돈을 회수하는 걸로 할게요."

판성메이 엄마가 펄쩍 뛰었다.

"안 돼요. 집문서는 줄 수 없어요. 성메이, 오빠 집을 팔면 안 돼. 집도 없으면 네 오빠는 이혼당할 거야. 돈 빌릴 수 있다고 했잖아. 다른 데서 빌려 봐. 우리 집에서 돈 버는 사람이 너밖에 없잖아."

"이혼은 무슨…."

취샤오샤오가 왈칵 말을 뱉었다가 입을 꾹 다물고 자오치펑을 흘긋 쳐다보고는 얌전한 말투로 말을 이었다.

"며느리가 애 딸린 아줌마잖아요. 다 늙은 아줌마를 누가 데려간대요? 이혼 못 할 테니까 걱정 붙들어 매세요. 설사 홧김에 이혼한다 해도 아주머니는 손자를 얻었으니까 밑지는 장사는 아니잖아요. 아들만 위하지 말고 딸 생각도 하셔야죠. 딸이 올해 서른이에요. 며칠만 있으면 서른하나 노처녀라니까요. 딸이 빚더미에 앉아 결혼도 못하고 혼자 늙어 죽게 만들 셈이에요? 딸이 그렇게 되는 걸 바라는 엄마가 어디 있어요? 언니도 그래, 이 나이에 빚까지 있으면 어디서 잘난 남자를 낚을 거야?"

취샤오샤오의 말투가 점점 거침없어졌다. 사실 그녀는 힘없이 사람들에게 버려진 길고양이들을 가엾게 여기듯 판성메이 가족들을 동정하고 있었다. 하지만 판성메이 엄마가 무릎을 꿇는 순간 혼비백산하며 정신이 번쩍 들었다. 사태를 이 지경으로 만든 근본적인 원인이 무엇인지 냉정하게 판단했다. 허세로 똘똘 뭉친 판성메이가 사실은 바보 멍청이라는 걸 알았다. 갈피를 못 잡고 흔들리는 판성메이의 눈빛을 보며 갑갑해서 복장이 터졌다.

"언니, 설마 그 집 사는 데 언니 돈이 들어가서 아까워서 그래? 눈 딱 감고 담보로 내놔."

판성메이 엄마가 집을 내놓을 수 없다며 딸을 붙들고 매달렸지만 취샤오샤오의 말에 판성메이도 마음이 흔들렸다. 그녀가 입술을 질끈 깨물었다.

'그래. 왜 오빠 집 팔 생각을 안 했지? 엄마는 오빠만 편애하는데 왜 나 혼자 빚을 떠안아야 해?'

특이점이 이때를 놓치지 않고 카드를 던졌다.

"집문서만 담보로 제공하면 돈을 빌려줄 수 있어요. 집을 판다 해도 당장 팔 수는 없잖아요. 지금 나한테 돈을 빌리려면 계산은 정확하게 했으면 좋겠어요. 상환 기간에 관계없이 이율은 같아요. 사금융 대출 기준으로 월 3퍼센트예요. 그 이하는 안 돼요."

판성메이도 사금융 대출 이율이 3퍼센트라는 건 들어서 알고 있었지만 자신이 내야할 이자가 얼마인지는 금방 계산이 나오지 않았다.

"그럼 매달 이자가 얼마나 되나요?"

취샤오샤오가 잽싸게 끼어들었다.

"10만 위안이니까 매달 3,000위안. 1년 뒤에 원금에 이자까지 쳐서 13만 6,000위안을 갚아야 돼. 언니 월급으로 갚을 수 있어? 몸이라도 팔 거야?"

속사포처럼 쏟아 내던 그녀가 자오치펑이 있다는 걸 깨닫고 입을 다물었다가 말투를 부드럽게 누그러뜨린 다음 말을 이었다.

"게다가 병원비가 10만 위안 이상은 든다고 하잖아."

판성메이 엄마가 이자 금액을 듣고 기함을 했다.

"이… 이건 고리대잖아요? 나라에서도 고리대를 금지했는데 이웃사촌끼리 조금 봐주면 안 되겠어요?"

"잠꼬대 같은 소리. 3퍼센트 이자가 무슨 고리대예요?"

취샤오샤오의 통쾌한 일갈을 듣고 나서 특이점이 말했다.

"우정을 생각해서 최소한의 이율로 제시한 거예요. 못 믿겠으면 전화 돌려봐요. 당장 돈을 구할 수 있는지 없는지."

판성메이 엄마가 다급해졌다.

"알았어요. 그럴게요. 성메이, 그렇게 하자. 사람은 살리고 봐야지. 네가 허리띠를 졸라매면 갚을 수 있을 거야."

취샤오샤오는 어이가 없었다.

"딸한테 몸을 팔라는 거예요?"

계속 침묵하고 있던 판성메이가 입술을 깨물며 엄마에게 말했다.

"엄마, 내가 평생을 벌어도 그 돈 못 갚아. 오빠 집을 팔아서 수술을 하든가, 아빠가 저대로 죽는 걸 지켜보든가, 둘 중 하나야. 엄마가 결정해."

특이점이 냉정하게 말했다.

"두 분이 오빠 집을 팔 권리가 있어요?

"걱정 마세요. 오빠 집은 부모님이 사줬어요. 올케가 이혼하자면서 집 절반을 내놓으라고 할 경우를 대비해 부모님 명의로 해놨어요."

판성메이도 이성을 되찾았다. 냉정하게 생각하니 길이 보였다.

"엄마, 빨리 결정해. 아빠는 1분 1초가 급해. 기다릴 수 없어. 뭘 망설이는 거야?"

날마다 돈과 목숨의 줄다리기를 지켜보는 자오치펑도 이 광경 앞에서는 고개를 돌려 특이점을 쳐다보았다. 오늘은 특이점이 조금 낯설게 느껴졌다. 특이점이 자오치펑을 보며 고개를 살짝 젓고는 담담하게 판성메이 엄마를 쳐다보았다.

"엄마! 아빠 안 살릴 거야? 아빠가 저대로 죽게 내버려 둘 거야? 나한테 아빠를 살리라고 했잖아. 말 좀 해봐."

"결정을 못하겠어. 아무것도 모르는 내가 무슨 결정을 하니…."

엄마가 두 다리에 힘이 풀려 바닥에 풀썩 주저앉아 통곡했다.

"집 판 걸 네 아빠가 알면 난 맞아 죽어. 내가 어떻게 결정을 해. 어쩌면 좋니…."

"아빠가 때리면 나한테 와."

판성메이가 엄마를 부축해 일으키려고 했지만 일으킬 수 없었다. 그녀가 특이점에게 말했다.

"차용증 쓸게요. 아빠가 수술실에 들어가면 집에 가서 집문서를 드릴게요. 한시가 급해요."

특이점이 수첩을 꺼내 익숙하게 차용증을 작성한 후 자신이 먼저 서명을 하고 판성메이에게 보여주었다. 방금 전 말했던 조건대로 작성된 것을 판성메이가 확인한 후 서명하고 엄마에게도 서명하게 했다. 특이점이 앤디의 가방에 있던 돈뭉치와 자기 가방에 있던 돈뭉치를 꺼내 그녀에게 건넸다. 10만 위안은 안 되지만 수술보증금으로는 충분했다.

판성메이가 돈을 내러 달려가자 취샤오샤오가 온몸에 돋았던 가시를 거두고 애교 넘치는 말투로 말했다.

"웨이 오빠, 치핑 오빠 옆에 있는 미인이 애인인 줄 아셨죠? 하마터면 우리 다 속을 뻔했잖아요. 급박한 상황이 펼쳐지니까 그걸 구경하느라 정신이 팔려서 허점을 드러내더라고요. 남자가 얼마나 못났으면 여자를 데려다가 다른 여자를 속이려고 하겠어요? 자오치핑 이 망할 자식!"

특이점이 빙그레 웃자 자오치핑도 웃음을 참지 못하고 몸을 돌려 벽을 보며 몰래 웃었다. 특이점이 바닥에서 통곡하고 있는 판성메이 엄마를 보고 가벼운 헛기침으로 취샤오샤오에게 조용히 하라는 신호를 주었다. 판성메이 엄마를 일으키려고 했지만 그녀는 그를 원수 보듯 하며 밀쳐냈다. 특이점이 아직도 벽에 붙어 웃고 있는 자오치핑에게 도움을 요청했다. 의사가 나서서 부축하자 판성메이 엄마가 일어났다. 판성메이가 돈을 수납하고 올 때까지도 그녀의 엄마는 의자에 앉아 땅을 치며 목 놓아 울었다. 판성메이 아빠가 수술실로 옮겨지자 모두들 안도의 한숨을 쉬었다.

취샤오샤오는 집에 전화를 걸어 자다가 전화벨 소리에 놀라서 깬 부모에게 사랑한다고 말했다. 평소에는 부모 은혜를 몰랐지만 판성메이 엄마를 보며 자기 부모가 자신을 얼마나 사랑하는지 깨달았던 것이다. 전화를 끊고 난 뒤 자오치핑을 보니 그가 자신을 도와주러 병원으로 달려와주었다는 게 생각났다. 그녀는 또 은혜도 모르고 그를 몰아세웠던 것이다. 취샤오샤오가 자오치핑의 차에 억지로 올라

타서는 집에 데려다 달라고 졸랐다. 차가 병원 정문을 나서는데 자오치펑과 함께 온 여자가 깔깔대며 웃음을 터뜨렸다.

"자오치펑, 네 방패 노릇 더는 못하겠어. 저 분은 못 이기겠으니까 네가 알아서 해. 난 택시 타고 갈게."

자오치펑이 하는 수 없이 여자를 보냈다. 그가 미간을 찌푸리며 취샤오샤오를 쳐다보았다.

"뭐하자는 거야?"

"해명할 기회를 줘. 오늘 밤에는 억지로 떼를 쓴 게 아니라 성메이 언니를 도와준 거야. 가자. 어디 가서 술 마시면서 얘기해."

"너무 늦었어. 내일 수술 있어. 집에 데려다줄게."

"오해하고 있잖아. 내일 저녁에 만나. 해명할 기회를 달라고. 죄도 없이 나쁜 사람으로 오해받을 순 없어. 그리고 오빠도 나한테 해명해야지. 방금 그 여자가 누군지 말이야."

"우리 헤어지지 않았어?"

"물론 헤어졌지. 오빠가 일방적으로 통보했잖아. 헤어졌어도 얘기는 할 수 있잖아? 헤어지더라도 내 이미지 관리는 하고 싶어. 내일은 내가 일방적으로 얘기할 차례야. 그래야 공평하지."

자오치펑도 할 말이 없었다. 취샤오샤오가 아둔한 여자는 아니라는 걸 알았다.

특이점이 판성메이를 데리고 나가자 앤디가 멀리서 보고 차를 몰고 왔다. 앤디가 두 사람을 차에 태우고 말없이 출발했다. 한참을 가다가 특이점이 판성메이를 돌아보며 말했다.

"성메이 씨, 아까는 미안했어요. 왕바이촨 씨랑 상의했는데 성메이 씨 혼자 집안의 빚을 짊어지는 건 불합리해요. 그래서 우리가 일을 꾸몄어요. 집문서는 일단 우리가 가지고 있을게요. 오빠 집을 어떻게 할지는 수술이 끝나고 상황이 안정되면 잘 생각해서 결정해요."

"두 사람…."

판성메이가 깜짝 놀라 말을 잇지 못했다. 두 사람을 쳐다보며 입을 벙긋거리다가 이내 목이 메어 눈물이 왈칵 쏟아졌다. 판성메이가 흐느끼자 앤디가 특이점을 흘긋 쳐다보았다. 이 남자, 정말 사람 마음을 흔드는 재주가 있었다. 보아하니 문제를 다 해결한 것 같았다. 그에게 일을 맡기고 병원을 나오며 특이점이라면 틀림없이 잘 해결할 거라고 생각했다. 그녀의 예상이 적중한 것이다.

아파트 주차장에 도착한 후 차에서 내리자 판성메이가 말했다.

"웨이 사장님, 부탁이 있어요. 오빠 집을 되도록 빨리 팔아주세요. 뜸 들이면 마음이 바뀔지 몰라요."

"그럴게요, 하지만 이 일은 왕바이촨 씨에게 맡길게요. 나는 성메이 씨 고향 사정을 잘 몰라서 손해를 볼 수도 있으니까. 그렇게 알고만 있어요."

판성메이가 크게 숨을 들이마시며 고개를 끄덕였다.

"고마워요. 그 집을 살 때 내 돈이 절반은 들어갔으니까 양심에 걸릴 것도 없어요. 앤디…."

그녀가 입을 꾹 다물었다가 가까스로 말을 이었다.

"나 다시 시작할게. 고마워."

앤디가 말없이 미소를 지으며 손을 뻗어 판성메이의 어깨에 손을 얹고 엘리베이터에 탔다. 하지만 역시 엘리베이터에 탄 뒤에는 어색함을 참지 못하고 슬그머니 팔을 내렸다.

22

게임에서 나쁜 패를 들고 있을 때 승리할 수 있는 유일한 방법은 규칙을 깨는 것이다.

판성메이 가족의 구심점인 아빠가 갑자기 뇌졸중으로 쓰러지자 가족 간의 분배 법칙도 무너졌다. 아빠가 수술하던 날 판성메이는 가족은 태어나면서부터 무슨 일이 있어도 사랑하도록 정해진 존재가 아니고 자신이 영원히 부양해야 하는 존재도 아니라는 걸 깨달았다. 그날부터 판성메이는 가족의 요구를 거절하는 법을 차츰 배웠다. 이상하게도 판성메이의 태도가 강경해지고 주관이 뚜렷해지자 그녀의 엄마가 딸에게 의지하기 시작했고 딸의 결정에 따르며 그녀를 집안의 새로운 가장으로 대하기 시작했다. 하지만 아들 얘기가 나올 때면 여전히 아들이 엄마의 유일한 기둥이라는 것을 알 수 있었다. 아들이 멀리 떨어져 있어도 상관없었다. 손자 레이레이가 바로 아들의 대체물이었다.

아빠는 고비를 넘겼고 수술도 예상한 정도의 효과를 거두었다. 의사의 예상대로 눈동자만 겨우 움직이고 다른 곳은 전혀 움직일 수 없어서 누군가가 시중을 들어야 했다. 판성메이가 엄마 앞에서 오빠 집을 팔아 병원비를 충당했다고 아빠에게 말했다. 엄마는 대성통곡

했지만 아빠는 태산처럼 미동도 없었다. 눈동자조차 거의 움직이지 않았다. 판성메이는 아빠의 머리도 몸과 함께 마비된 게 아닌지 의심스러웠다. 수술 후 회복 기간 동안 그녀는 낮에는 회사에서 일하고 밤에는 엄마 대신 아빠 병간호를 하느라 바쁘고 피곤한 나날을 보냈다. 극도의 피로에 피골이 상접해 굶는 것보다 더 확실한 다이어트 효과가 나타났다.

크리스마스 뒤 주말에 아빠를 퇴원시켜 고향 집에 모셔다드리기로 했다. 하이시에서 계속 지내려면 비용이 너무 많이 들었다. 왕바이촨이 출장차 고향에 내려갔을 때 그녀 오빠의 집을 대신 처분해주었다. 친구들에게 수소문해서 집을 팔고 돈을 그녀에게 송금해주었다.

크리스마스 이틀 전 왕바이촨이 고향에서 돌아오자마자 병원을 찾아왔다. 판성메이 엄마는 레이레이를 데리고 집에 돌아가고 판성메이 혼자 아빠 곁을 지키고 있었다. 왕바이촨이 두근거리는 마음으로 병실 문을 두드렸다. 그는 판성메이를 보자마자 깜짝 놀랐다. 화장기 없이 초췌한 얼굴을 유행하는 검은 뿔테 안경으로 가리고 있었다. 왕바이촨이 10년 넘게 가슴에 품고 있던 그녀의 모습과는 완전히 딴판이었다.

판성메이가 아무렇지 않게 인사를 했다.

"드디어 얼굴 보고 고맙다고 말할 수 있게 됐네. 요즘 바빠서 만날 틈이 없었어. 크리스마스 인사라도 하려고 카드를 만들었어."

그녀가 가방에서 예쁜 카드를 꺼내 내밀었다. 미동도 없는 아빠 곁을 지키며 틈틈이 만든 것이었다. 알록달록한 자투리 털실을 붙여 예쁜 도안을 완성했다. 22층 멤버들에게 주려고 만들면서 왕바이촨, 웨이웨이, 자오치핑에게 줄 것도 하나씩 만들었다. 지금 상황에서 그녀가 마음을 표현할 수 있는 유일한 방법이었다.

　왕바이촨이 인생 최대 슬럼프에 있는 그녀에게 상처를 주지 않으려 부드럽게 말했다.

　"고마워. 내가 받은 선물 중 최고의 선물이야."

　카드를 건네는 그녀의 가칠가칠한 손을 보고 그가 말했다.

　"집에 가서 잠 좀 자. 오늘은 내가 병원에서 잘게."

　그가 손목시계를 보았다.

　"지금 집에 가서 자면 내일 아침까지 10시간은 잘 수 있겠다. 주의 사항만 알려주고 가."

　판성메이의 눈시울이 뜨거워졌다.

　"너도 출장 갔다가 방금 돌아와서 피곤하잖아. 난 익숙해져서 괜찮아. 여기 간이침대밖에 없어. 그리고 집에 가도 좁아서 자지도 못해. 침대가 하나뿐인데 엄마도 쉬어야지. 엄마도 많이 피곤하실 거야."

　자기 처지가 모두 밝혀진 후 그녀는 왕바이촨 앞에서 숨김없이 다 얘기했다.

　왕바이촨이 열쇠를 건넸다.

　"우리 집에 가서 자. 집이 조금 지저분하긴 하지만."

　판성메이가 눈물을 참지 못하고 몸을 돌려 눈물을 닦았다. 왕바이촨에게 우는 모습을 보여주고 싶지 않았다.

　"너한테 부탁할 게 있어. 아빠가 토요일에 퇴원하시면 곧바로 고향 집으로 모셔다드리려고 하는데 네 차로 도와줄 수 있어? 바쁘면 다른 사람을 찾아볼게."

　"물론 가능하지. 모레지? 모레 아침 일찍 올게."

　"그러니까 오늘은 집에 가서 쉬어. 모레 부탁할게."

　판성메이가 다시 몸을 돌렸다.

왕바이촨은 그녀의 얼굴에 남아 있는 눈물자국을 보며 가슴이 아팠지만 카드를 들고 돌아갔다. 왕바이촨이 가고 난 뒤 판성메이는 한참 동안 머리를 감싸고 우울함을 삭였다. 그녀는 요즘 주위에서 도움만 받고 남들에게 불쌍한 모습을 너무 많이 보여주었다. 모두 좋은 친구들이기는 하지만 자신의 모습은 참을 수가 없었다. 이 사람 저 사람에게 의지하는 자신이 오빠와 다를 게 뭐가 있을까? 그녀는 자신이 쓸모없는 사람이라는 걸 깨달았다. 서른 살이 되고도 문제가 닥치면 혼자서 해결하지 못하고 남에게 손을 내밀다니. 지난 몇 년 동안 자신이 실패자였다는 걸 이제야 알게 되었다.

앤디는 새해 선물을 받았다. 근사하게 표구된 중국화로 앤디에게 전해달라며 앤디의 비서에게 배달되었다. 누가 보냈는지도 모르고 중국화에 대해 잘 알지도 못해 아무리 봐도 어디가 훌륭한지, 무슨 의미가 담겨 있는지도 알 수 없었다. 그저 산과 계곡, 잔잔하게 물결치며 흐르는 물이 여느 산수화와 비슷했다. 그림 옆에 초서로 쓰여 있는 몇 줄의 글도 알아볼 수가 없었고 겉포장을 살펴보았지만 그 어떤 단서도 찾을 수가 없었다. 하지만 특이점은 그 그림을 대번에 알아보았다. 앤디의 집에 들어오자마자 아일랜드 식탁 위에 아무렇게나 놓여 있는 그림을 보고 말했다.

"오, 작은 부자는 차를 좋아하고 중간 부자는 시계를 좋아하고 큰 부자는 예술품을 좋아한다더니 당신도 예술품에 눈을 돌린 거예요? 처음부터 비싼 작품을 샀네요."

"선물 받았어요. 비싼 그림이에요?"

"허윈리(何雲禮)의 그림이에요. 이 정도 크기면 값이 엄청나죠. 허윈리?"

특이점이 갑자기 뭔가 생각난 듯 앤디를 쳐다보았다.

"허원리?" 앤디의 낯빛이 변했다.

그녀가 바로 허씨였다. 이렇게 비싼 그림을 보낸 게 이상했지만 웨이궈칭과 함께 산다는 그 사람을 떠올리지 못했던 것이다. 특이점이 말없이 족자를 둘둘 말아 실크 주머니에 넣고 노트북 전원을 켜 허원리를 검색했다.

앤디가 주방으로 들어가며 말했다.

"나한테 말해주지는 말아요. 듣고 싶지 않으니까."

특이점이 검색해본 뒤 허원리가 앤디의 외할아버지가 맞다는 결론을 내렸다.

"내가 대신 그림을 돌려보낼까요?"

특이점의 물음에 앤디가 대답했다.

"뭣 하러 돌려보내요? 팔아서 그 돈으로 발리 반얀트리로 여행이나 가요."

그녀가 반쯤 익은 닭을 오븐에서 꺼내 물엿을 발랐다. 충분히 바르고도 멈추지 않고 계속 발랐다.

"하하하! 멋져요."

특이점은 지극히 이성적인 앤디의 반응이 만족스러웠다. 그림을 꺼내 초서로 쓰여 있는 글씨를 들여다보았다. 그림과 글씨가 모두 훌륭해서 자꾸만 감상하고 싶었다.

앤디가 닭을 다시 오븐에 넣으며 말했다.

"내 앞에서 그걸 치워줄래요?"

"내 추측이 맞다면 이 글은 '짙푸른 산봉우리는 여인의 아름다운 눈썹이요. 맑은 물은 여인의 수려한 눈빛이어라'라는 뜻이군요."

"남의 시를 모방한 거예요."

특이점이 웃었다.

"그런데 흥미로운 사실을 발견했어요. 허윈리는 본명이 아니에요. 찾아보니 그가 고향을 떠나 하이시로 온 뒤에 가난과 병으로 고생했대요. 누군가의 도움으로 병은 고쳤지만 과거의 기억을 모두 잃어버려 자기 고향이 어딘지도 모르게 되었고 결국 하이시에 정착해 생계를 위해 그림을 그리기 시작했다는군요."

"거짓말이에요. 정말로 기억을 상실했다면 남의 시를 모방해서 은근슬쩍 '짙푸른 산봉우리'라는 말을 끼워 넣진 않았을 거예요. 그의 고향 다이산이 짙푸른 산봉우리라는 뜻이잖아요."

"맞아요. 그게 핵심이에요. 허윈리는 원래 서양화의 유화 기법을 수묵화에 절묘하게 접목시킨 화가예요. 특히 강렬한 색채를 사용하기 때문에 중국화 분야의 반 고흐라는 별명도 있어요. 하지만 그 별명에는 그가 미치광이라는 뜻도 숨어 있죠."

특이점이 앤디의 손을 잡았다.

앤디가 말했다.

"그 사람은 미치광이가 아니에요. 과거의 자신을 감추기 위해 일부러 독특한 기법을 사용하는 거죠. 화풍을 다르게 해서 과거의 그와 현재의 그가 같은 사람이라는 걸 사람들이 눈치채지 못하도록요. 이 수묵화를 보면 채색 물감을 전혀 사용하지 않고 먹으로만 그렸는데도 수묵화의 기법을 자유자재로 사용했어요. 첫째, 허윈리는 그의 본명이 아니고 자신을 잘 감추었어요. 옌뤼밍 씨가 웨이궈창을 찾아내고도 웨이궈창과 함께 있는 그는 찾아내지 못한 것도 그 때문이죠. 둘째, 이 그림이 그의 원래 화풍이에요. 하지만 이걸 세상에 공개할 수 없었어요. 그래서 '다이산'이라는 지명을 용감하게 써넣었지만 역시 쉽게 알아보지 못하도록 초서로 쓴 거예요."

"내 생각도 같아요. 누구에게 보여주기 위해 그린 게 아니라 자기 자신을 위해 그린 것 같아요. 가끔씩 혼자 감상하며 명상에 잠겼겠죠. 그런데 이걸 왜 당신에게 보냈을까요?"

"비열한 사람의 비열한 생각을 우리가 어떻게 알겠어요. 그 사람들이 무슨 짓을 하든 난 신경 안 써요. 그런 사람들에게는 단호하게 대해야 해요. 내게 접근하면 대가를 톡톡히 치러야 한다는 걸 보여줄 거예요. 이 그림을 경매에 내보내면 평소 화풍과 달라서 위조품이라고 생각할까요? 쭝밍에게 보내달라고 하면 경매소에서도 반신반의하면서 화가 본인에게 감정을 부탁하겠죠? 그러면 그쪽에서 화가 나서 날 귀찮게 할까요?"

"최대한 파장을 줄이려면 내가 보내는 게 나을 거예요. 그쪽에 아는 사람이 있는지 찾아볼게요."

"그렇게 해요. 나쁜 짓 하면서 이렇게 통쾌할 줄 몰랐어요. 내가 화를 내야 하는 건 아니죠? 화를 내야 하는 건 사실 그 사람들이죠. 그 사람들이 날 귀찮게 하도록 가만히 내버려 두지 않을 거예요."

특이점은 허윈리에게 호기심이 생겼다. 다이산 출신의 부잣집 자제가 어떻게 서양화를 배웠을까? 어릴 적 대도시나 해외에서 서양 미술을 배웠을 것이다. 그런데 그런 사람이 어째서 실성한 여자와 결혼하고 또 고향을 떠나 도망쳐 미치광이로 불리게 되었을까? 생각에 잠겼다가 고개를 들어보니 앤디가 그를 쳐다보고 있었다. 그의 생각을 꿰뚫어본 것 같았다.

닭요리가 완성되었다. 노릇노릇한 닭이 먹음직스러워 보였지만 앤디의 요리 솜씨를 잘 알고 있는 특이점은 겉모습으로 맛을 미리 판단하는 오류를 저지르지 않았다. 한 입 먹어보니 역시 그의 예상대로였다. 너무 달았다. 앤디가 미간을 찡그렸다.

"화가 나서 나도 모르게 물엿을 너무 많이 발랐어요."

"괜찮아요. 껍질이 바삭하네요. 난 달콤한 닭고기를 좋아해요."

"홍콩에선 단 음식을 싫어한다고 했잖아요. 시경에 이런 구절이 있죠. '반가운 님이 있어 피리를 부는구나.'"

특이점이 피식 웃었다.

"빙 돌려서 날 비웃고 있군요. 당신이 어서 원나라 때 희곡을 외우면 좋겠어요. 하루 빨리 '인생을 즐겁게 살아보세.' 라며 적극적으로 나오길 바라요."

"그럼 내 웨이보에는 이렇게 적겠죠. '따분해서 죽을 지경이네.'"

특이점이 어이없다는 표정을 지었다.

"원나라 희곡을 벌써 다 외운 거예요? 요리 솜씨도 그렇게 일취월장하면 얼마나 좋을까요?"

"이 몸도 속이 타네. 이 몸도 속이 타네. 몸이 머리를 따라주지 않으니 그대가 참아주길 바라옵니다."

앤디가 큰 소리로 웃었다. 허원리의 일도 깊이 생각하기 싫어 홀홀 털어버렸다.

취샤오샤오는 자신이 자오치펑을 만나기 위해 1주일 넘게 날마다 자발적으로 그의 전속 운전기사 노릇을 하게 될 줄은 예상하지 못했다. 날이 춥고 눈이 내리자 병원에 환자가 많아져 자오치펑은 몸이 열 개라도 모자랄 지경이었다. 같은 과의 다른 의사들이 대부분 나이가 많아 체력적으로 힘들어했기 때문에 젊은 자오치펑이 상대적으로 많은 환자를 진료해야 했다. 취샤오샤오가 일방적으로 만나자며 시간을 정한 날에도 아무리 기다려도 자오치펑이 나타나지 않았다. 전화도 받지 않고 문자 메시지를 보내도 답장이 없었다. 취샤오샤오가 화가 나서 병원으로 달려가 보니 자오치펑의 수술이 아직 끝나지 않은 것이었다.

얼마 후 자오치펑이 수술실에서 나왔지만 그녀에게 "수술이 하나 더 남았어."라고 말하고는 또다시 사라져버렸다. 정신없이 바쁜 그를 보고 그저 기다리는 수밖에 없었다. 한밤중이 되어서야 지친 표정으로 수술실에서 나온 자오치펑이 안쓰러워 그녀는 집까지 데려다주겠다고 했다. 이렇게 시작된 것이 1주일 넘도록 매일 그의 운전기사 노릇을 해주게 된 것이다.

요즘 취샤오샤오는 유학 시절 친구들이 크리스마스 연휴를 맞이해 잇따라 귀국하는 바람에 날마다 모임이 있었다. 오늘도 예외가 아니었다. 그녀가 저녁을 먹다 말고 습관적으로 자오치펑에게 문자 메시지를 보냈다.

'몇 시에 퇴근해?'

1시간쯤 후에 답장이 왔다.

'10시.'

10시가 되자 그녀는 친구들을 내버려 두고 먼저 자리에서 일어났다. 친구들이 어디 가느냐고 물었지만 말할 수가 없었다. 좋아하는 남자를 만나기 위해 매일 운전기사 노릇을 해준다는 건 그녀 일생에서 제일 창피한 일이었다. 하지만 그녀는 기진맥진한 채 퇴근할 자오치펑을 생각하며 엄동설한의 추위도 무릅쓰고 병원 주차장에서 꿋꿋이 기다렸다. 그런데 오늘은 자오치펑이 핸드폰을 보고 키득거리며 차에 타는 것이었다.

"뭐가 그렇게 재밌어?"

"웨이 형님이 앤디 씨한테 아부를 했대. 이거 봐."

취샤오샤오가 그의 핸드폰을 들여다보았다.

"반가운 님이 있어 피리를 부는구나."

무슨 뜻인지 이해할 수 없었지만 자오치펑 앞에서 또 무식함이 탄로 날까 봐 잽싸게 화제를 돌렸다.

"감기가 더 심해진 거 같네. 몸도 아픈데 무리하지 말고 내일은 병가를 내."

자오치펑이 코가 막힌 소리로 말했다.

"환자는 아프면 의사를 찾지만 의사는 아프면 참고 버텨야 해."

그는 자동차 히터의 열기 때문에 계속 흘러내리는 눈물과 콧물을 연방 훔치며 말을 이었다.

"시경에 나오는 말이야. 겉으로 보면 웨이 형님이 집에 오니 앤디 씨가 반갑게 맞이했다는 뜻인 것 같지만 사실은 웨이 형님이 앤디 씨를 웃게 하려고 아부를 떨었다는 뜻이야. 그래서 '내게 귀한 손님이 있어 거문고를 타고 피리를 부네.'라는 앞구절은 빼고 '반가운 님이 있어 피리를 부는구나.'라고만 말한 거지. 웨이 형님이 아부하는 말을 피리 소리라고 비꼰 거야. 둘이 대놓고 시시덕거리고 있네. 창피한 줄도 모르고 말이야."

자오치펑이 낄낄대며 취샤오샤오의 표정을 살폈다. 취샤오샤오가 대통령의 수행기사라도 된 듯 운전에만 집중하자 자오치펑이 물었다.

"내 설명이 너무 어려워?"

"일부러 날 비꼬는 게 재미있어?"

"사실 난 정적인 사람이야. 한가할 땐 집에서 책을 읽고 재미있는 걸 읽으면 누구랑 같이 얘기도 하고 웃으며 눈빛을 주고받고 싶어. 하지만 넌 그런 애가 아닌데 억지로 강요할 순 없잖아."

"그래도 지난번 우울할 땐 신나게 놀면서 스트레스를 풀었잖아. 나랑 놀 때 즐거워 보이던데?"

"난 신이 아니야. 환자를 볼 때도 오진을 하는데 사람 보는 눈은 더 정확하지 않지. 넌 좋은 애지만 내 타입은 아니야."

왈칵 화가 치민 취샤오샤오가 주정차 금지 구역에 갑자기 차를 세운 뒤 며칠 동안 품고 있던 의문을 쏟아냈다.

"앤디 언니한테 마음 있어? 앤디 언니를 만난 뒤로 변했어. 앤디 언니한테 접근하려고 웨이 오빠랑 친하게 지낸 거야?"

"아니야. 난 그렇게 비열한 사람은 아니야. 자유분방하긴 하지만 그렇게 음흉한 사람도 아니고."

"그렇지만…."

"그렇지만 뭐? 내가 좋아하는 걸 얘기했지만 넌 이해하지 못하고 나도 네가 알아듣게 설명할 수 없어."

"그럼 왜 언제 퇴근하느냐고 물을 때마다 대답했어? 왜 내가 데려다주겠다고 할 때 거절하지 않았어? 그건 오빠도 날 좋아한다는 뜻이잖아!"

"거절했지만 넌 언제나 무시했어. 아무리 거절해도 진지하게 받아들이지 않는데 굳이 널 피하려고 노력해야 해? 내가 너랑 술래잡기나 할 만큼 한가해 보여? 네가 데려다 주는 거 나도 불편해. 굳이 데려다주겠다고 해서 내 차를 병원에 두고 퇴근하는 바람에 아침에 택시 타고 출근해야 한다고."

취샤오샤오가 고개를 돌려 자오치펑을 쳐다보았다. 그가 피곤한 표정으로 등받이에 몸을 기댔다. 맥 풀린 옆모습도 어쩌면 그렇게 잘생겼는지 가슴 깊숙한 곳에서 그를 향한 사랑이 차올랐다.

"절대로 놓아주지 않을 거야. 오빠가 무슨 책을 읽는지 리스트를 적어줘. 나도 읽을게."

자오치펑으로선 이렇게 고집불통에다가 자기 속마음을 용감하게 표현하는 여자는 처음이었다. 모든 방법을 다 썼지만 통하지 않자 어쩔 수 없이 마지막 방법을 내놓았다.

"맞아. 나 앤디 씨한테 관심 있어. 수술실에서 나오자마자 앤디 씨 웨이보부터 확인해. 미안하지만 양다리를 걸칠 수 없으니까 날 놓아줄래?"

취샤오샤오가 멍해졌다.

"거짓말이야."

자오치펑은 머리가 터질 것 같아서 아무 말도 하지 않고 차에서 내렸다. 그런데 차문을 열자마자 뒤에서 달려오던 스쿠터 한 대가 차문을 들이받더니 운전자가 튕겨나가 바닥에 쓰러졌다. 스쿠터 운전자의 비명에 자오치펑이 급하게 달려 나가 쓰러져 있는 사람의 상처를 살폈다. 하지만 취샤오샤오는 차에서 내려 자오치펑이 그를 살펴보고 있는 걸 보고는 친구에게 전화를 걸어 어떻게 해야 하는지 물었다. 불법 정차를 했다가 사고가 나면 자신에게 불리하다는 걸 그녀는 알고 있었다. 그녀가 친구와 통화를 끝낸 뒤 쓰러져 있는 사람에게 다가가 다친 데는 없느냐고 물었다. 스쿠터 운전자가 일어나 자오치펑의 말에 따라 팔다리를 움직여보더니 큰 문제는 없는 것 같다고 했다. 그러자 취샤오샤오가 피해자와 흥정을 시작했다.

피해자가 경찰을 불러서 처리하자고 했지만 취샤오샤오는 경찰이 오면 스쿠터와 차를 모두 견인해야 하고 일이 번거로워진다며 거부했다. 두 사람이 합의금을 놓고 200위안과 500위안 사이에서 줄다리기를 시작했다. 옆에서 지켜보는 자오치펑은 차라리 자신이 500위안을 주고 실랑이를 끝내버리고 싶었다. 취샤오샤오가 제멋대로 차를 세우는 바람에 벌어진 사고였다. 그렇다고 남자와 싸우고 있는 여자를 혼자 내버려 두고 가버릴 수도 없어서 도의상 취샤오샤오 옆에 있어주기는 했지만 악착같이 싸우는 그녀를 보니 더욱 정이 떨어졌다.

마침내 흥정이 끝나고 428위안이라는 이상한 액수로 합의금이 결정되었다. 취샤오샤오가 1위안의 오차도 없이 428위안을 건넸다. 피해자가 돈을 받아가지고 떠나자 자오치펑도 말없이 자리를 떴다. 취샤오샤오가 달려와 뒤에서 그를 끌어안았다.

"못 가. 방금 전에 날 내버려 두고 갈 수도 있었지만 안 갔잖아. 그건 오빠도 나한테 마음이 있다는 거야. 서로 다르다는 걸 인정하면 잘 지낼 수 있어."

자오치펑이 하늘을 올려다보았다. 점잖은 방법으로는 안 된다고 판단한 그는 자신을 붙잡고 있는 취샤오샤오의 손가락을 힘으로 하나씩 하나씩 펼쳐 그녀를 떼어냈다. 그녀의 마음도 그렇게 한마디 한마디씩 찢어졌다. 자오치펑의 얼굴에 홀가분한 표정이 떠오르는 걸 보며 그녀는 지금껏 한 번도 느껴보지 못한 굴욕감을 느꼈다.

"달라도 잘 지낼 수 있는 사람이 있는가 하면 달라서 함께 있을 수 없는 사람도 있어."

자오치펑은 마침 지나가던 빈 택시를 잡아타고 도망치듯 떠나버렸다.

취샤오샤오는 울지 않았다. 그녀는 분노로 이글거리는 눈동자로 그의 뒷모습을 노려보았다. 그렇게 공을 들이고 저자세로 며칠동안이나 운전기사 노릇을 했는데도 매몰차게 떠나버린 그에게서 자신을 향한 멸시가 느껴졌다. 그녀가 씩씩거리며 차문을 홱 열고 운전석에 올라 앤디에게 전화를 걸었다.

"나 샤오샤오야."

"응. 무슨 일이야? 목소리가 왜 그래?"

"나 방금 차였어. 웨이 오빠도 같이 있어? 전화 좀 바꿔줄래?"

"오케이."

앤디는 영문도 모른 채 스피커폰 버튼을 눌러 특이점에게 소리가 들리도록 했다.

"자, 이제 말해."

"자오치펑이 내 물음에 계속 발뺌하더니 결국 털어놨어요. 앤디 언니한테 관심 있대요. 수술이 끝나고 제일 먼저 하는 일이 언니 웨이보에 새 글이 올라왔는지 확인하는 거래요. 나도 웨이 오빠도 모두 이용당한 거예요. 두 사람이 알아서 해요. 그럼 이만."

앤디가 놀란 표정으로 특이점에게 물었다.

"그걸 믿어요?"

특이점이 고개를 저었다.

"아뇨. 치펑이 당신에게 관심이 있을 수도 있고 좋아할 수도 있지만 당신에게 접근하려고 나나 샤오샤오를 이용하진 않았을 거예요. 샤오샤오라면 그럴 수 있겠죠. 샤오샤오가 끈질기게 물고 늘어지니까 원하는 대답을 해준 거 같아요."

"맞아요. 샤오샤오는 자기가 미워하는 사람에게는 독하게 대하죠. 이런 고자질도 하고요."

"샤오샤오가 사람을 잘못 봤네요. 보통 사람들은 이런 고자질을 좋아하죠. 의리 있는 것처럼 보이니까. 샤오샤오가 차여서 이성을 잃었나 봐요."

"편 들어줄 거 없어요. 쥐얼이었다면 아무리 이성을 잃어도 이런 일은 안 할 거예요. 그래서 내가 쥐얼에게는 무슨 얘기든 다 하지만 샤오샤우에게는 중요한 얘기를 하지 않죠. 그래도 샤오샤오는 재밌는 애예요. 평소에는 같이 있으면 재미있어요. 그런데 왜 나를 그런 눈으로 쳐다봐요?"

"사람 보는 눈이 너무 정확해도 재미가 없어요."

"큰 틀은 판단하고 작은 부분은 대충 넘어가면 재미있지 않겠어요? 자신을 보호할 수도 있고요."

특이점은 가슴이 아렸다. 예전에 그가 자신을 보호한다는 말을 했을 때 그의 엄마가 붉은 눈시울로 그를 꼭 안아주며 보호해주지 못해서 미안하다고 했다. 지금은 그가 앤디를 안아주며 앞으로 자신이 그녀를 보호해주겠다고 위로했다. 하지만 그런 말이 소용없다는 건 그도 잘 알고 있었다. 그와 그녀 두 사람 다 그 말을 믿지 않았다. 자신을 보호하는 건 이미 가장 중요한 본능이었다.

취샤오샤오는 집에 돌아와서도 화가 풀리지 않았다. 2202호 문을 두드려 자고 있는 사람들을 모두 깨웠다. 추잉잉이 오리털 점퍼를 걸치고 나왔다.

"뭐 하는 거야? 너 때문에 다 깼잖아."

취샤오샤오가 핸드폰을 꺼내 시간을 확인했다.

"아직 12시도 안 됐잖아. 우리 집에 가자. 내 말동무 좀 해줘."

그때 판성메이의 방에서 레이레이의 우는 소리가 새어 나오자 취샤오샤오가 문을 흘긋 쳐다보았다.

"안 갈 거야? 내가 여기 계속 서 있으면 넌 얼어 죽고 애는 울다 죽을 거야."

"알았어. 옷 입고 나올게."

취샤오샤오가 방심하고 있는 사이에 추잉잉이 몸을 돌리며 문을 확 닫아버리고는 총총히 들어가 따뜻한 이불 속으로 파고들었다. 밖에서 분노의 노크 소리가 들렸지만 이렇게 추운 날 이불 밖으로 나가고 싶지 않았다. 다른 사람들도 방금 전 대화를 들었지만 누구도 밖으로 나가지 않았다. 취샤오샤오가 문을 몇 번 두드리다가 손이 아프자 문을 냅다 걷어차고는 팔을 힘껏 휘두르며 집으로 돌아갔다. 아무도 자기를 상대해주지 않자 화가 난 샤오샤오는 집에 있는 장난감들을 닥치는 대로 집어던졌다. 장난감들이 바닥에 나뒹굴었지만 말랑말랑한 장난감을 집어던지는 걸로는 성에 차지 않았다.

그녀는 자오치펑의 웨이보 들어가서 휘저어놓기 시작했다. 자오치펑이 자기 자신을 위해 크리스마스 선물을 주었다고 써놓은 글에는 "카빈다 나무껍질"이라고 댓글을 달고, 자오치펑이 어떤 일본 만화책이 재미 있다고 써놓은 글에는 "어우, 저질이야."라고 댓글을 달았다. 또 그의 환자가 건강을 회복했다고 써놓은 글 아래에는 구역질하는 이모티콘과 함께 "얼마나 실력 있는 의사인지는 장례식에 가봐야 알겠지."라고 썼다. 그녀는 실컷 악성 댓글을 달아놓은 뒤에야 테이블을 쾅 치며 핸드폰을 내려놓았다.

범인은 범행 후 자신의 작품을 감상하기 위해 현장에 다시 찾는다고 한다. 취샤오샤오가 바로 그랬다. 그녀는 자오치펑의 웨이보에 2페이지에 걸쳐 댓글을 달아놓은 뒤 수시로 들락거렸다. 그에게 전화를 걸어 웨이보가 위험에 처해 있다는 걸 알려주고 싶어 손이 근질근질했다. 22층의 다른 집에 있던 특이점이 자오치펑보다 먼저 그걸 발견하고 박장대소했지만 아무런 댓글을 달지 않았다. 기다리다 지친 취샤오샤오에게는 따분함을 풀어야 할 다른 무언가가 필요했다.

밤 11시가 넘자 앤디는 특이점이 12시 전에 2201호를 얌전히 떠나게 하기 위해 방어벽을 더 단단히 쌓기 시작했다. 하지만 특이점이 유일하게 눈치 없는 때가 바로 이때였다. 오늘 밤에도 할 일을 다 마치고 책도 다 읽었는데 집에 가지 않고 인터넷에서 재미있는 걸 찾아보며 계속 시간을 끌고 있었다. 특이점이 컴퓨터를 보다가 큰 소리로 웃자 앤디가 조심스럽게 다가가다가 멀찌감치 서서 물었다.

"뭐가 그렇게 재미있어요? 샤오샤오가…, 치핑 씨 웨이보에다가 장난치고 있는 거예요?"

"장난 수준을 넘어섰어요. 이것 좀 봐요. 샤오샤오는 정말 무서운 게 없군요."

앤디가 특이점의 뒤통수를 쳐다보며 괜히 그에게 가까이 다가가 자극하지 않으려는 듯 자기 컴퓨터로 자오치핑의 웨이보에 접속했다. 그녀는 취샤오샤오의 첫 댓글을 보고 검색한 뒤에야 정확한 의미를 이해할 수 있었다. 카빈다 나무껍질은 강장 효과가 있어서 천연 비아그라라고 불렸다.

"이건 유언비어예요. 치핑 씨의 환자가 보면 의사로서의 능력이나 신뢰도를 의심하지 않을까요?"

"그러진 않을 거예요."

특이점이 잠시 생각에 잠겼다가 말했다.

"1월 3일까지 새해 연휴 동안의 스케줄을 알려주겠어요?"

"직접 봐요."

앤디가 자신의 컴퓨터를 특이점 쪽으로 돌려주고는 얼른 그에게서 떨어졌다. 12시가 되면 특이점이 늑대 인간보다 더 위험해지기라도 하는 것처럼.

특이점이 그녀의 스케줄을 보며 그중 여러 개를 골라 지웠다. 앤디가 펄쩍 뛰었다.

"뭐 하는 거예요? 그걸 지우면 어떻게 해요?"

"당신 머리가 비상하다는 건 알지만 한 번에 한 가지만 할 순 없어요? 아침 먹으면서 신문 보고 클래식 듣지 말고요. 한꺼번에 세 가지

일을 할 능력이 있다는 건 알아요. 사흘 전 아침 먹으며 들은 클래식의 선율을 정확하게 기억해낼 수 있고, 조깅하면서 길을 익히고 이어폰으로 공개강좌를 들어도 강의 내용을 남들보다 훨씬 잘 이해한다는 것도 알아요. 그런데 이런 생각 안 해봤어요? 머리는 기억과 추리 기능뿐 아니라 세밀한 감정을 느끼고 받아들이는 기능도 있어요. 자, 한 번에 한 가지 일만 하도록 스케줄을 수정했어요. 아무것도 하지 않는 여유 시간도 많이 확보해놨고요. 그 시간에는 쉬어요. 쇼핑을 하든 영화를 보든 미용실에 가든 다 좋아요. 단, 스케줄에 있던 일은 하면 안 돼요."

"내가 샤오샤오의 댓글을 대하는 반응이 잘못됐어요? 평소에 샤오샤오가 장난치는 건 나도 재미있어요. 하지만 이건 아니죠. 치핑 씨에게 피해를 줄 수 있잖아요."

"당신 생각이 맞아요. 하지만 당신은 감정이 메말랐어요."

"날 설득해봐요. 그러지 못하면 스케줄을 지웠어도 소용없어요. 다 기억하고 있으니까. 난 시간을 효율적으로 쓰고 싶어요. 귀국한 후에 언어, 문학, 시사, 정치, 법률 등 공부해야 할 게 많아졌어요. 문제 분석이 비현실적인 것도 아니잖아요. 이렇게 빨리 적응한 건 하루에 책을 한두 권씩 읽었기 때문이에요."

"일에서 속도를 조금만 늦추고 생활에 시간과 열정을 더 쏟으면 좋겠어요. 요리뿐만 아니라 생활의 즐거움도 깨우쳐요."

"생활의 즐거움을 깨달을 수 있는 방법을 알려줘요."

이건 특이점도 도와줄 수가 없었다. 남자와 여자가 느끼는 인생의 즐거움이 다르기 때문이다. 어떤 부분은 그가 알려줄 수 있지만 여자들만의 영역은 그가 알려주는 데 한계가 있었다. 그가 거실 한가운데 앉아서 사방을 둘러보았다. 딱 필요한 것 외에는 그 어떤 군더더기도 없어서 다른 집들에 비해 훨씬 깔끔했다. 그는 말없이 생각에 잠겼다. 앤디에게 보통 사람들과 같은 생활이라는 게 있긴 한 걸까? 그가 난감한 시선으로 앤디를 응시했다. 이 거실처럼 조금도 꾸미지 않은 솔직한 표정이었다.

"알았어요. 당신을 바꿔주고 싶어요."

"단, 내 일에 방해가 되면 안 돼요."

"당신 부자잖아요. 10년 동안 놀아도 굶어죽지 않는다는 걸 알아요. 그 조건은 들어줄 수가 없어요. 나도 희생한 만큼 얻는 게 있어야죠."

"그걸 가르쳐주는 책은 없어요? 책으로 읽는 게 더 효과적이지 않아요? 당신이 희생할 필요 없어요."

"당신은 그 책들을 시간 낭비, 허세, 엄살, 비논리, 뜬구름 잡는 소리라고 정의하겠죠. 나한테도 얻는 게 있어야 한다는 사실을 회피하지 말아요."

앤디가 잽싸게 테이블 뒤로 피하며 생글거렸다. 날마다 이 시간만 되면 특이점은 갖가지 핑계를 대며 뭔가를 얻으려 했다. 그가 원하는 건 바로 그녀의 집에서 자고 가는 것이었다.

특이점이 서류 봉투를 꺼냈다.

"혼인 신고부터 합시다. 내 서류는 다 여기에 있어요. 당신 건요? 결혼하자고 했잖아요."

앤디가 서랍에서 봉투를 꺼냈다.

"여기 있어요. 근데… 생각해보니까 당신에게 제일 가까운 사람은 당신 부모님이잖아요. 부모님께 내 상황을 숨기는 건 좋은 방법이 아니에요. 또…."

앤디는 계속 말할 용기가 없었다.

"우선 당신 부모님께 말씀드려요."

특이점이 진지하게 말했다.

"내가 말했잖아요. 부모님께 거짓말을 하진 않겠지만 사실을 전부 말하지도 않겠다고. 당신의 특별한 상황이 우리 둘 사이에는 아무런 문제가 되지 않지만 부모님은 그 상황을 받아들이지 못할 수도 있어요. 우린 성인이잖아요. 두 분이 당신 상황을 알든 모르든 우리 사이는 변함이 없을 거예요. 굳이 부모님한테 얘기해서 껄끄러운 관계를 만들 필요는 없어요. 이건 선의로 숨기는 거예요. 다른 이유가 있으면 말해봐요. 이유도 모른 채 계속 거절당하기는 싫으니까."

그 문제에 대해서는 앤디도 같은 생각이었다.

첫 번째 문제는 해결된 셈이었다. 하지만 두 번째는 쉽게 해결될 문제가 아니었다. 그녀가 서랍에서 꺼낸 봉투 위에 손을 얹고 한참 생각에 잠겼다가 입을 열었다.

"난 아이를 원하지만 아이를 낳는 건 두려워요. 합리적인 방법은 아이가 3살이 되어서 정상이라는 진단을 받은 후에 혼인 신고를 하는 거예요. 아무 잘못도 없는 당신에게 내 불행을 떠안게 할 순 없어요. 당신이 괜찮다고 해도 내가 원치 않아요."

"참 어리석군요. 그렇게 비논리적인 말이 당신 입에서 나오다니. 결혼을 하든 안 하든 난 아이에게 책임이 있어요. 그건 당연한 책임이에요. 당신과 나 사이에서 태어난 아이에 대해 당신이 일방적으로 결정할 수 없어요. 그럼 이 문제도 해결됐죠? 그럼 다음 문제."

논리적으로 보면 그의 말이 옳지만 그래도 그녀는 원치 않았다. 아무 잘못도 없는 특이점이 자신 때문에 불행해질 이유가 없었다. 특히 웨이궈창이 했던 행동을 보면 가족 중에 그녀의 남동생이나 엄마 같은 사람이 있다는 건 끔찍한 일일 것이다. 그런 일을 어떻게 특이점에게 감당하게 할 수 있을까? 하지만 특이점의 말도 틀린 건 아니었다. 두 사람 사이에 아이가 태어난다면 그에게도 당연히 책임이 생긴다. 언제 결혼을 하는지는 중요하지 않다. 앤디도 달리 방법이 없었다. 유일한 방법은 특이점이라는 이 사람을 거절하는 것뿐이었다.

"자, 또 다음 문제를 얘기해봐요."

특이점이 한숨을 내쉬었다.

"다른 남자 같으면 벌써 오래전에 자신감을 잃고 떠났을 거예요. 나니까 수없이 거절당해도 지금까지 버틴 거라고요. 당신을 포기하면 죽어서도 눈을 못 감을 거 같아서."

"이런 이유만으로 부족해요? 웨이궈창에게 물어봐요. 언제 터질지 모르는 시한폭탄과 함께 살고, 그 시한폭탄이 또 다른 시한폭탄들을 줄줄이 낳을 수 있다면 그게 어떤 기분인지 물어보라고요. 당신은 못 봤겠지만 내가 어떤 말을 했을 때 웨이궈창의 얼굴에 공포가 떠올랐어요. 그렇게 긴 세월이 지났는데도 여전히 두려워하고 있었어요. 그 이유만으로도 난 당신과 결혼할 수 없어요. 당신을 해칠 수 없어요."

"그 문제에 대해서는 이미 최악의 상황까지 생각해뒀어요. 아무 도움도 안 되는 이 문제를 다시는 끄집어내고 싶지 않아요. 당신이 날 떠나려고 하는 것 같으니까요. 그 이유 말고 다른 이유를 대 봐요."

앤디가 침묵에 잠겼다. 특이점은 두 손으로 머리를 감싸고 생각에 잠긴 그녀를 불안한 시선으로 응시했다. 덜컥 겁이 났다. 세상일을 수없이 보고 듣고 이상한 일들도 숱하게 본 그는 세상에 별의별 일이 다 일어나고 상식으로 이해할 수 없을 만큼 이상한 일들도 있다는 걸 알고 있었다. 혹시 앤디에게 그동안 숨겨온 다른 사연이 있는 걸까? 그는 앤디의 표정을 살폈다. 최악의 경우 앤디가 이미 기혼이라고 고백해도 놀라지 않을 수 있었다. 하지만 앤디가 얼굴이 벌겋게 달아오를 만큼 안절부절못하는 걸 보니 그도 불안감을 누를 수가 없었다.

"됐어요. 말하기 싫으면 하지 않아도 괜찮아요. 더 이상 묻지 않을 테니까. 쉬어요. 난 갈게요."

그런데 이상하게도 앤디가 머리를 숙인 채 그대로 끄덕이는 것이었다. 특이점은 당황했지만 말없이 자기 짐을 챙겼다. 하지만 서류 봉투는 가방에 넣지 않고 그대로 두었다.

특이점이 문을 닫고 나간 뒤 앤디가 고개를 들어 특이점이 두고 간 서류 봉투를 멍하니 응시했다. 혼인 신고 서류가 들어 있는 봉투였다. 특이점이 1층 정문을 나가고 있을 시간쯤에 그녀가 전화를 걸었다.

"듣기만 하고 아무것도 묻지 말아요. 어릴 적 기억이 희미하기는 하지만 또렷하게 생각나는 게 있어요. 깜깜한 밤 벌판에서 엄마가… 남자와 관계를 했어요. 그러고도 욕망을 다 풀지 못한 손이 제게 뻗쳐 왔어요…. 그 후 고아원에 살 때도 나는 아무에게도 보호받지 못하는 예쁘장한 아이였어요…. 내 몸에 접근하는 남자들에게 얼마나 저항했을지 짐작할 수 있겠죠? 내가 당신과 가까이 있을 수 있는 건 당신이니까 저항하지 말자고 속으로 끊임없이 되뇌고 있기 때문이에요. 하지만 당신과 더 깊은 관계로 나아가는 건 여전히 두려워요. 어린 시절 숱하게 보고 들었던 것들이 다시 떠오를 것 같아요…. 그러니까 우리 여기서 끝내요. 난 더 깊이 들어갈 수 없어요. 미안해요. 정말 미안해요. 이 두려움을 극복할 수 없다는 걸 이제야 깨달은 내 잘못이에요. 정말 미안해요."

특이점이 우뚝 걸음을 멈추었다. 핸드폰에서 끊어졌다 이어졌다 새어 나오는 소리가 귓가에서 웅웅 울렸다. 수없이 마음의 준비를 하고 최악의 경우까지도 감당할 수 있다고 생각했지만 그의 예상이 빗

나가고 말았다. 그동안 그를 괴롭혔던 수많은 의문이 풀렸다.

앤디는 불쑥불쑥 다가오는 그의 손을 계속 거부하고 있었던 것이다. 심지어 난방 온도를 낮추고 옷을 껴입어 스킨십이 불편하도록 만들기까지 했다. 자고 가겠다는 그를 번번이 강하게 밀어낸 것도 그때문이었다. 오늘 그는 앤디를 코너로 몰았고 그와 동시에 자기 자신도 코너로 밀어 넣고 만 것이다.

전화를 끊은 뒤 앤디도 멍한 표정으로 앉아 있었다. 계속 이렇게 사는 게 행복할까? 앤디의 시선이 주방에 있는 칼걸이에 닿았다. 어느 날 자신도 엄마처럼 될지 모른다는 불안감에 시시각각 고통 받으니 차라리 이대로 인생을 끝내는 게 낫지 않을까? 미련을 품을 만큼 삶이 그렇게 가치 있는 걸까?

특이점은 지금 당장은 앤디의 얼굴을 볼 수 없을 것 같아서 빠르게 아파트 밖으로 나가 자기 차에 올랐다. 머리가 깨질 것처럼 혼란스러웠다. 아파트 단지를 돌아보니 깜깜한 아파트 위로 드문드문 밝혀진 창이 있었다. 앤디의 집이 어딘지도 찾을 수가 없었다. 어둠속에서 우두커니 앉아 있었다. 어떻게 하면 좋을지 아무 생각도 나지 않았다. 전력을 다해 거대한 설산을 넘었는데 저 멀리 설산보다 더 큰 늪이 앞길을 가로막고 있었다.

하지만 특이점은 앤디가 흥분한 상태로 경솔하게 말해버린 것이라고 생각했다. 지난번 이성을 잃었을 때 그녀는 탄쭝밍에게 전화를 걸어 당장 유서를 쓰겠다고 했다. 그렇다면 오늘 밤에도 앤디가 극단적인 행동을 하지는 않을까?라는 생각이 들었다.

특이점이 차에서 튕기듯 뛰쳐나왔다. 어쨌든 사람부터 구해야 했다. 다른 건 나중에 얘기해도 된다. 아파트로 뛰어가 그녀에게 받은 출입 카드로 1층 로비를 지나 역시 마찬가지로 그녀에게 받은 열쇠로 2201호의 문을 연 뒤 뛰어 들어갔다. 역시 그의 불길한 예감대로였다. 앤디가 주방 칼걸이를 넋 놓고 바라보고 있느라 그가 들어오는 소리도 듣지 못했다.

"앤디, 나 방금 여자 친구에게 차였어요. 위로가 필요해요."

특이점이 애써 평정심을 지키며 어깨를 두드리자 앤디가 그제야 정신이 들었다.

"나 방금 여자 친구에게 차였어요. 위로가 필요해요."

그가 한 번 더 말하며 그녀에게 다가가 아무 일도 없었다는 듯 칼걸이를 싱크대 안으로 집어넣었다.

"걱정 말아요. 방금 포기했으니까. 살점을 베는 것도 날 찌르는 것도 무서워요. 태어났으면 살아야죠. 지금 이대로, 못난 그대로 살아야죠. 돌아가요. 열쇠와 출입카드는 두고 가요."

"당신 곁에 있을래요. 우리 얘기는 내일 다시 해요. 혼자 내버려 둘수 없어요. 씻어요. 어서. 내가 확인할 수 있도록 문은 닫지 말고."

앤디가 어깨를 으쓱이며 순순히 침실에 딸린 욕실로 들어갔다. 특이점이 시계를 보며 시간을 기억했다. 초침이 똑딱똑딱 움직이는 걸 지켜보며 가슴을 졸였다. 앤디가 차분할수록 그는 더 불안했다.

3분 뒤 특이점이 침실로 달려 들어가 욕실 문을 두드렸다. 앤디의 목소리가 들렸다.

"살아 있으니까 안심해요."

특이점이 애원했다.

"제발 문 좀 열어요. 아주 조금이라도 좋아요. 언제든 내가 뛰어 들어갈 수 있기만 하면 돼요. 훔쳐보지 않을게요."

앤디가 욕실 문을 열었다.

"잠그진 않았어요."

그녀가 깊은 한숨을 내쉬었다. 특이점이 자신에게 잘해줄 때마다 그녀의 자책감은 더 커졌다.

특이점이 거실에 있는 욕실에서 씻고 나와 문이 열려 있는 침실로 들어가 보니 앤디가 어느새 침대에서 조용히 잠들어 있었다. 침실 불은 꺼져 있고 스탠드만 켜져 있었다. 특이점은 미동도 없이 누워 있는 앤디가 살아 있는지 흔들어 깨우고 싶은 충동을 느꼈다. 방금 전 칼걸이 앞에 서 있던 앤디의 눈빛에 크게 놀란 그였다.

인기척에 눈을 뜬 앤디가 말했다.

"걱정 말아요. 지금까지 잘 살아왔으니까. 아까는 조금 흥분했던 것뿐이에요."

특이점은 아무 말도 하지 않았다. 앤디와 민감한 문제에 대해 얘기하지 않기로 했다. 침실에서 누울 곳을 둘러보았지만 바닥 말고는 없었다.

"이불 더 있어요?"

"없어요."

"담요도 없어요?"

"없어요."

"그럼 어쩔 수 없군요."

특이점이 아무렇지 않게 침대에 나란히 누웠다. 오매불망 바라던 일이 이루어졌지만 그는 조금도 기쁘지 않았다. 스탠드를 껐지만 완전히 깜깜하지 않았다. 바닥에서 10센티미터쯤 떨어진 위치에 작은 취침등이 여러 개 켜져 있었다. 특이점은 앤디가 전화로 했던 말이 생각나 속으로 한숨을 지었다. 그녀가 어둠을 무서워하는 것 말이다. 특이점은 미인과 한 침대에 누웠는데도 아무런 욕구가 생기지 않았다. 그건 그도 예상치 못한 일이었다.

어슴푸레한 어둠 속에서 앤디의 목소리가 들렸다.

"갑자기 생각난 게 있어요. 만약 A가 B의 어두운 과거를 모두 안다면 B는 어떤 기분일까요?"

특이점은 갑자기 소름이 끼쳤다. 당장 도망치고 싶었지만 가버릴 수가 없었다. 지금 이대로 가버린다면 더 이상 상황을 돌이킬 수 없을 것이다.

"A와 B의 관계에 달려 있겠죠. 두 사람이 신뢰하는 친구나 가족이라면 서로의 어두운 과거를 안다는 게 따뜻한 위로가 될 거예요. 하지만 그게 아니라면 어떤 추리 소설에서 본 이야기가 생각나네요. 선량한 A가 피살당했는데 알고 보니 그게 수많은 B들이 공모해서 그를 죽인 거였죠."

침실 안에 적막이 감돌았다. 앤디는 생각에 잠겼다. 특이점은 그녀의 어두운 과거를 다 듣고도 그녀에게 다시 돌아왔고 그녀를 보살펴 주고 있다. 아까 극단적인 생각을 했을 때 그녀는 자신이 가진 게 하나도 없다는 생각을 했었다. 특이점마저 자신의 삶에서 억지로 쫓아내버렸으니 말이다. 그녀는 특이점이 자신에게 돌아오지 않을 거라 생각했다. 그런데 지금 특이점은 그녀 곁을 지키고 있었다. 그는 그녀의 과거를 두려워하지 않고 그녀와 함께 미래를 맞이하고 싶어 했다. 그는 줄곧 그녀 곁을 지켰다. 앤디는 마음 놓고 편안히 잠을 청했다.

반면, 침대의 다른 쪽에 누운 특이점은 잠든 그녀의 평온한 숨소리에 놀라지 않을 수 없었다. 수많은 일을 보고 겪은 그에게도 오늘 밤 일은 충격이었다. 아무리 잠을 청해도 잠이 오지 않았고 머릿속이 산란하고 불안했다. A와 B에 대한 대답을 한 게 후회스러웠다.

앤디가 곤히 잠든 걸 알고 특이점이 뻣뻣해진 목을 돌려 앤디를 처다보았다. 그는 앤디의 잠든 모습을 처음 보았다. 낮에는 그녀의 얼굴에 표정이 별로 없었다. 사람들은 그녀가 도도하다고 오해했지만 그는 그녀의 속마음이 그렇지 않다는 걸 알고 있었다. 하지만 앤디가 잘 때도 살짝 찡그린 미간을 펴지 못할 줄은 그도 예상하지 못했다. 똑똑한 사람이 어릴 적부터 너무 많은 불행을 겪으면 누구든 인간미를 갖기 힘들 것이다. 특이점은 그녀를 처다보기만 할 뿐 손을 뻗어 만지지는 못했다.

예전 같으면 누가 어릴 적 상처가 많은 여자를 소개해주겠다고 하면 다 듣기도 전에 거절했을 것이다. 어릴 적 상처 때문에 어두운 성격을 가진 여자는 만나고 싶지 않았다. 어두운 성격은 인생에도 그림자를 드리우기 때문이다. 그런데 지금 그는 그런 여자를 만나고 있었다. 그의 원칙은 어디로 갔을까? 머리가 깨질 듯 아팠다. 이런저런 고민을 하다가 자기도 모르게 잠이 들었다.

이른 아침 설핏 잠이 깬 특이점이 반사적으로 몸을 일으켰다. 어리둥절한 표정으로 사방을 두리번거리다가 어젯밤 앤디의 침대에서 잤다는 게 생각났다. 옆자리가 비어 있었다. 시계를 보니 7시가 조금 넘어 있었다. 평소 같으면 잠을 더 청하겠지만 오늘은 잠이 오지 않았다. 침실에 나가 보니 거실에 불이 켜져 있고 엷은 햇빛이 동쪽 창을 통해 비껴 들어오고 있었다. 통유리 문을 통해 베란다에서 스트레칭을 하고 있는 앤디가 보였다. 그녀는 아침 햇살만큼이나 아름다웠다. 특이점은 멍해졌다. 어젯밤과 오늘 아침 중 어떤 게 현실일까?

그가 일어난 걸 본 앤디가 거실로 들어오자 그는 표정을 들키고 싶지 않아 얼른 욕실로 들어가 심호흡을 했다. 앤디는 평소대로 아침을 준비했다. 다른 점이 있다면 두 사람 몫이라는 것이었다. 텔레비

전도 켜지 않고 음악도 틀지 않아 달각거리며 접시 부딪히는 소리만 집 안을 울렸다. 앤디의 머릿속에는 특이점에게 어떻게 아침 인사를 건넬 것인가 하는 생각뿐이었다. 어젯밤 너무 많은 일이 있었다.

한참 뒤 특이점이 욕실에서 나와 보니 아일랜드 식탁 위에 풍성한 식사가 차려져 있었다. 우유, 신선한 과일, 알맞게 구워 버터를 발라 놓은 빵, 계란프라이와 햄까지. 요리를 할 줄 모르는 앤디의 솜씨라고는 믿기지 않았다. 그녀는 원래 아침 식사를 만들 줄 알았던 것이다. 순백의 접시와 반짝이는 은색 포크와 나이프, 구김 없는 냅킨 그리고 주방을 가득 채운 햇빛이 그를 맞이했다. 식탁에 꽃병 하나만 올려놓는다면 행복한 가정의 완벽한 아침 식탁이었다. 하지만 특이점은 식욕이 생기지 않았다. 앤디는 침실에서 침대 위를 정리하고 있었다. 그는 그녀의 뒷모습을 말없이 응시했다.

앤디가 등 뒤에서 이상한 느낌이 들어 몸을 돌렸다가 그를 보고 얼굴에 홍조가 떠올랐다.

"먼저 먹어요. 금방 갈게요."

특이점도 어젯밤 화제를 이어가지 않기로 했다.

"가사 도우미를 부르는 건 어때요?"

"싫어요. 처음 사회에 나와서 바쁘게 일할 때 집안일 할 시간이 없어서 도우미를 불렀어요. 그런데 친해지니까 쓸데없는 걸 자꾸 묻더군요. 집안 배치를 다 알고 난 후에는 내 마음속까지 알고 싶어 했고요. 거짓말하기도 싫고 나에 대해 속속들이 얘기하는 건 더 싫어서 그만 오라고 했죠. 혼자 사니까 집안일이 별로 많지 않아요."

"어젯밤에 거실 화장실을 썼는데 아침에 보니까 깨끗하게 청소해 놨더군요. 참 부지런해요. 이렇게 깨끗한 집에서 좀 더 있고 싶어요. 22층 이웃들이 다 출근한 후에 갈게요. 아침에 날 보면 오해할 수도

169

있으니까."

앤디는 특이점이 평소와 다르다는 걸 알았다. 평소 같으면 벌써 그녀 곁으로 다가왔겠지만 지금 그는 멀찌감치 선 채 얘기했고 농담도 한마디 하지 않았다. 앤디가 다시 고개를 돌렸다. 얼굴에 떠올랐던 홍조도 이미 사라져 있었다. 그녀가 차분한 말투로 말했다.

"상관없어요. 시시콜콜 떠들기를 좋아하는 친구들이지만 악의는 없으니까. 샤오샤오는 출근 시간이 일정치 않기도 하고요."

그녀가 침실에 딸린 욕실로 들어가 손을 씻었다.

"식사해요. 중국 음식은 만들 줄 모르니까 이해해줘요."

"어젯밤에 별로 못 잤어요. 깊이 잠들었다가 나도 모르게 당신 구역을 침범할까 봐. 하하. 그랬더니 식욕이 없네요."

"오늘은 조깅하러 안 나갔어요. 당신이 일어나서 아무도 없으면 울까 봐서요."

특이점이 웃으며 식탁에 앉아 빵을 억지로 한 입 베어 물었다. 앤디도 식탁에 앉았다. 텔레비전을 틀어 아침 뉴스가 두 사람 사이 침묵의 공간을 채우도록 했다. 특이점은 앤디와 함께 집을 나서지 않았다.

앤디는 평소와 다름없이 2202호 앞에 가서 관쥐얼을 불러 함께 엘리베이터를 타고 내려갔다. 다만 엘리베이터가 지하에 도착한 것도 모르고 멍하니 서 있었고, 엘리베이터에서 내린 뒤에도 주차장 반대 방향으로 가는 바람에 관쥐얼이 얼른 그녀의 팔을 잡아 끌었다. 앤디가 관쥐얼에게 자동차 열쇠를 주었다.

"네가 운전하는 게 좋겠어. 오늘 컨디션이 안 좋네."

"나 장롱면허인 데다가 언니 차는 반응이 너무 빨라서 운전하기가 무서워."

"내가 운전하는 게 더 위험할 거야. 나… 웨이 씨랑 헤어질 거 같거든."

관쥐얼은 자동차 열쇠를 손에서 떨어뜨릴 뻔했다.

"그럴 리가. 둘이 잘 맞잖아…."

앤디가 손짓으로 관쥐얼의 말을 가로막았다. 그녀는 차마 더 들을 수가 없어서 조수석 앞으로 가서 관쥐얼이 차 문을 열어주길 기다렸다.

"네가 나보다 더 놀란 거 같네. 별거 아니야. 인생이란 원래 계속 잃어가면서 사는 거야. 영원한 건 노래 가사에나 있지. 익숙해지면 돼. 감기처럼 며칠 지나면 괜찮아질 거야."

"오해가 있을 거야. 두 사람 다 착하고 이성적이잖아. 잘 얘기해 봐."

"오해가 아니야. 풀리지 않는 매듭이 있어. 가자. 더 얘기하고 싶지 않아."

"다른 사람들한테는 말하지 않을게. 나도 못 들은 걸로 하고. 언니 가 포기하지 않으면 좋겠어. 둘 다 좋은 사람이잖아."

앤디가 눈을 감고 고개를 저었다. 더 말하고 싶지 않았다. 그녀는 특이점과 헤어질 거라는 자신의 예감이 틀리지 않다고 믿었다. 앤디 는 속으로 자신에게 계속 최면을 걸었다. 별일 아니라고. 정상적인 일이라고…. 지금 자신이 느끼는 괴로움도 역시 정상적인 것이라고. 감기에 걸리면 어지럽고 열이 나지만 곧 지나가는 것처럼 말이다.

그녀는 아침 이슬처럼 짧게 왔다가 사라진 그 아름다운 시간이 원 래부터 자신의 것이 아니었다고 생각했다.

23

자오치펑이 출근하자마자 동기 의사들이 히죽거리며 물었다.

"나무껍질 먹었어? 효과가 어때?"

자오치펑이 어리둥절하게 반문했다.

"나무껍질이라니? 감기약이야?"

동기의 시선이 그의 머리끝부터 훑어 내려오다가 중간쯤에서 멈추었다.

"비아그라가 필요하면 얘기해. 아무도 모르게 처방해줄 테니까."

자오치펑이 무슨 말인지 알아듣지 못하고 동기의 넥타이를 잡아당기며 다그쳐 물었다. 그제야 그는 어젯밤 누군가 자신의 웨이보를 한바탕 헤집어놓았다는 걸 알았다. 급하게 웨이보에 접속한 후 처음에는 실소를 터뜨렸지만 곧 짜증이 치밀어 취샤오샤오의 아이디를 차단해버렸다. 하지만 웨이보의 기본 설정 때문에 짓궂은 친구들이 취샤오샤오의 댓글에 달아놓은, '원나잇은 위험해' 등의 댓글은 삭제할 수가 없었다. 취샤오샤오의 유치한 수법이 얼마나 위험한지 제대로 확인한 셈이었다.

그는 취샤오샤오에게서 더 멀리 도망치기로 했다. 그러기 위해선 어떤 초강수가 필요할까? 자오치펑은 대응할 것인지 자기 이미지를 지킬 것인지 고민하다가 이미지를 지키는 쪽을 선택했다.

하지만 자오치펑이 이미지를 중요하게 여길수록 샤오샤오에게 유리했다. 취샤오샤오는 아침 일찍 일어나 자오치펑이 자신을 차단한 것을 알고 쾌재를 불렀다. 아침 먹는 것도 잊고 다른 아이디를 만들어 자오치펑의 웨이보를 다시 악성 댓글로 도배해버렸다. 게다가 영리한 그녀는 자오치펑이 화가 나서 최소한의 매너까지 내던져버리고 대응할 것에 대비해 예방책까지 대비해놓았다. 자오치펑이 올린 글에다가 이런 격언을 지어서 써놓은 것이다. '진정한 신사는 여자를 섬길 줄 알고, 여자에게 'No'라고 하지 않으며, 여자에게 화를 내지도 않는다. 이걸 지키지 못하면 삼류다'. 샤오샤오는 댓글을 쓰면서 회심의 미소를 지었다. 그녀는 남의 눈을 의식하는 엘리트 부류의 성격을 훤히 꿰뚫어 보고 있었다. 그들의 체면을 손상시키지 않는 동시에 체면을 이용해 옭아맨다면 그들을 마음대로 움직일 수 있었다. 나쁜 짓으로 자오치펑의 화를 돋우는 데 성공하고 나자 어젯밤의 체증이 쑥 내려간 듯 속이 시원했다.

자오치펑은 감기로 인한 두통을 쫓으며 바쁘게 환자를 진료하면서도 틈틈이 웨이보를 확인했다. 취샤오샤오가 또다시 달아놓은 악성 댓글을 보고 화가 치밀었다. 이번에는 아무것도 하지 않고 철저히 무시했다.

앤디는 오늘 제정신이 아니었다. 사무실에서도 계속 실수를 하고 일에 집중하지 못했다. 오늘 일정을 대부분 취소하고 자기 사무실에 틀어박혀 나가지 않았다. 그런데 하필이면 이런 날에 웨이궈창이 찾아왔다. 비서는 익숙하게 앤디의 사무실로 향하는 그를 막지 못했다. 앤디가 비서의 전화를 받았을 땐 이미 웨이궈창이 그녀의 사무실로 들어오고 있었다. 앤디는 화가 머리끝까지 치밀었다. 무슨 낯으로 나를 다시 찾아왔단 말인가. 하지만 그녀는 또 물잔을 던지고 싶지 않아 싸늘한 시선으로 그를 노려보았다.

웨이궈창이 자연스럽게 문을 닫고 들어와 소파에 앉더니 단도직입적으로 털어놓았다.

"어제 사람을 시켜서 네게 그림을 보냈다. 미안하구나. 내가 말한 날짜보다 하루 먼저 배달되는 바람에 미리 전화로 얘기하지 못했어. 그건 네 외할아버지의 그림이란다…."

"미안하지만 허원리는 허원리일 뿐 나랑 아무 관계도 없어요."

"그 그림은 외할아버지가 자신을 위해 그린 거야. 소중하게 여겼지만 차마 보지 못하셨지. 그걸 보관해놓은 내 서재에도 들어오지 못하셨어."

두뇌가 비상한 사람들에게 가장 곤혹스러운 건 들은 건 뭐든 다 기억한다는 사실이다. 기억하고 싶지 않아도 그럴 수가 없다. 게다가 앤디는 동시에 몇 가지 일을 할 수 있기 때문에 마음이 심란한데도 귓속으로 파고 들어오는 얘기를 듣지 않을 수 없었다. 앤디는 웨이궈창을 내쫓을 수가 없었다. 오늘 돌려보내면 내일 또 찾아올 거란 걸 알고 있었으므로 눈을 감고 아무 대꾸도 하지 않는 것 외에 달리 방법이 없었다.

"그 특별한 의미가 담긴 그림을 네 외할아버지와 상의 없이 네게 보냈단다. 네가 외할아버지의 내면 갈등을 이해하고 두 사람 사이의 거리가 좁혀지길 바랐기 때문이지. 그런데 어젯밤 네 외할아버지가 그걸 알고 흥분해서 쓰러지셨단다. 병원에서 정신을 차리자마자 그림을 찾아오라고 화를 내셨어. 널 찾아가 옛날 일을 다시 들추지도 말라고 하셨지. 부끄럽지만 그 그림을 다시 가져가야겠구나. 대신 다른 새해 선물을 줄게. 오늘은 급하게 오느라 가져오지 못했지만 며칠 안으로 사람을 시켜서 보내마."

앤디가 눈꺼풀을 살짝 들어 올려 비스듬한 시선으로 웨이궈창을 쳐다보았다. 그가 이런 이야기를 꾸며낸 의도가 무엇인지 짐작할 수 없었다. 이야기의 전개가 어젯밤 추측과 완전히 달랐다. 하지만 어젯밤 특이점과 함께 추리했던 일을 떠올리자 또다시 심장이 미친 듯이 뛰고 호흡이 가빠졌다.

"미안하다. 외할아버지께서 그림을 기다리고 계셔."

"그분이 행복하지 않다니 다행이네요. 인과응보예요. 현생에서 벌을 받게 됐군요."

"앤디, 그분은 평생 비참하게 사셨단다. 네 외할머니와의 결혼도 강압적인 것이었어. 그분은 피해자야. 그림밖에 모르고 사셨지. 어릴 적 하이시에 살면서 서양화가에게 그림을 배웠는데 해방 후에 다이산으로 이주했다가 시대적인 이유로 노모와 둘만 남게 됐단다. 가난했지만 포기하지 않고 직접 목탄을 만들어서 벽에 그림을 그렸지. 문화 대혁명 때 지주의 아들이라는 이유로 끌려가 공개 비판을 받았는데 고개를 숙이고 있다가 담벼락 아래에 있는 곰팡이 자국을 발견했다는구나. 그게 수묵 산수화처럼 보여서 그걸 들여다보며 매질과 발길질의 고통도 잊을 수 있었다고 하셨어. 그 정도로 그림을 사랑하는 분이야. 농사도 지을 줄 모르고 세상일에 관심 없이 오로지 그림에만 몰두했지. 그러다가 유랑민 중에서 한 미친 여자를 만났단다. 종이를 오려 아름다운 무늬를 만드는 재주가 있었대. 순수하게 예술에 대한 열정 때문에 그 여자의 배색 감각을 배우려고 가깝게 지냈는데 사람들에게 강간범으로 오해받게 됐단다. 누명을 쓰고 온갖 고초를 겪으며 그 여자와 혼인할 것을 강요당했어. 심지어 자기 어머니도 공모자로 몰려서 체포되었지. 어머니를 구하기 위해 그 여자와 혼인했지만 사람들은 혼인이 진심이라는 걸 증명해 보이라고 강요했고 어쩔 수 없이 아이를 낳았던 거야. 그때 그분의 나이가 열일곱이었단다. 그렇게 하루하루 고통 속에 버티며 살았지만 결국 네 엄마마저 실성하고 만 거야."

당시의 시대 상황은 앤디도 책으로 읽어서 알고 있었다. 유럽사만큼이나 먼 얘기인 줄 알았는데 이제 보니 자신과 밀접하게 관련된 일이었다.

앤디가 웨이궈창의 이야기를 절반쯤 듣다가 눈을 떴다. 도저히 눈을 감고 있을 수가 없었다. 웨이궈창이 그 이야기를 태연하게 할 수 있다는 사실이 놀라웠다. 그녀가 말했다.

"엄마의 실성은 당신 때문이었죠."

"그래. 그때 나는 혈기 왕성한 청년이었고 다시 도시로 갈 수 없을 줄 알았어. 그래서 너의 엄마와 사랑에 빠졌고 처음에는 행복했단다. 그런데 어느 날 네 엄마가 강물에 빠지는 사고를 당했어. 겨우 구했지만 한 달 동안 고열이 나더니 실성해버렸지. 온갖 고생을 다해 키워놓은 딸이 실성하자 네 외할아버지도 나도 큰 충격을 받았단다. 며칠 뒤 외할아버지가 내게 도망치라고 하시더구나. 도시로 돌아가서 대학에 입학하라면서. 실성한 여자와 사는 건 인생을 송두리째 포기하는 일이라며 또 한 사람을 희생시키고 싶지 않다고 하셨지. 그래서 도망쳤어. 내가 이기적이었다는 걸 알아…."

"도망칠 때 엄마 뱃속에 내가 있다는 걸 알았나요?"

"몰랐어."

"알았다면 어떻게 했을까요?"

웨이궈창이 한참 침묵하다가 말했다.

"그녀와 그 엄마를 봤으니까 아마 낙태시켰을 거야."

앤디는 자기도 모르게 몸서리를 쳤다. 억지로 정신을 가다듬고 물었다.

"그 다음엔요? 어떻게 둘이 같이 살게 됐죠?"

"네 엄마가 임신했다는 걸 알고 외할아버지가 나를 찾아 도시로 왔어. 식량을 배급받던 시절이라 어딜 다니는 것도 쉽지 않았단다. 먹을 걸 구걸하며 작은 단서만 가지고 수소문해서 나를 찾아왔지. 대학에 다니고 있던 나를 만났을 때는 이미 심한 병이 들어 생명이 위독했단다. 그분을 치료하느라 나도 빚을 지게 됐어. 다이산으로 돌아갈 여비를 마련할 수 있도록 학교 청소부 자리를 구해드렸어. 신분이 알려져서 또 공개 비판을 받을까 봐 겁이 나서 이름도 바꾸고 기억을 상실해 집이 어딘지도 모르는 척했단다. 그때부터 다시 그림을 그리기 시작했지. 그림이 워낙 특별해서 보는 사람마다 칭찬했어. 네게 보낸 그 그림을 그렸을 때는 매일 탄식하며 괴로워하시더니 그 뒤로는 그런 그림을 다시는 그리지 않으셨단다. 그때부터 한 인간으로서의 존엄성을 되찾게 되었어. 예술성은 인정받았지만 정식으로 그림을 배운 적이 없으니까 한낱 그림을 잘 그리는 가난한 청소부일 뿐이었어. 여비를 모아서 몰래 다이산으로 갔는데 네 엄마는 이미 세상을 떠나고 딸도 행방을 찾을 수가 없었지. 그래서 다시 도시로 올라와 나와 함께 지내며 대학에서 청소일을 했어. 아무것도 모르고 그림에만 푹 빠져서 사셨어. 나중에 내가 전문가에게 그림을 보내 평가해달라고 부탁했고 그렇게 서서히 세상에 알려지게 되었단다. 돈을 번 뒤에 네 엄마를 찾으러 다이산에 내려갔단다. 어렵사리 얻은 명성을 잃을까 봐 사람들에게 알리지도 못하고 몰래 찾아다녔지. 그러다가 네 엄마가 마을에서 수십 킬로미터 떨어진 도시에서 죽었다는 얘기를 들었단다. 당연히 너도 죽었을 거라 생각했어. 돈이 떨어져서 더 찾을 수도 없었지. 그때부터 외할아버지는 그 그림을 감춰놓고 보지 않으셨단다. 당신을 죄인이라고 했어. 얼마 전 네가 잘 살고 있다는 걸 알고 말씀드렸지만 널 찾아가지 말라고 하셨단다. 우린 네 얼굴을 볼 자격이 없다면서 말이야. 어젯밤에 쓰러지신 것도 죄책감 때문이야."

앤디는 한쪽 눈썹을 추어올린 채 그의 얘기를 들었다. 믿을 수 없었지만 또 충격적이었다. 지금 시대에는 도저히 이해할 수 없는 것들도 많았다. 아무리 책을 많이 읽었다 해도 자신과 아무 관계도 없는 일이라고 생각해서 기계적으로 읽었을 뿐이다. 그것이 자기 자신의 일이 된 지금은 머릿속에 저장된 정보를 끄집어내 진위를 판단해야 했다. 그녀가 한참 동안 멍하게 침묵을 지키고 있다가 입을 열었다.

"기다리세요. 그림을 가지러 집에 다녀올게요."

"같이 가자."

"고맙지만 됐어요. 내 회사를 아는 것만으로도 충분히 방해받고 있으니까."

"찾으려고 마음먹으면 찾을 수 있어."

"마음대로 하세요. 하지만 내가 데리고 갈 순 없어요. 여기서 기다리세요."

앤디가 차를 몰고 집에 가서 그림을 가지고 왔다. 회사 주차장에서 비서에게 전화를 걸어 그림을 웨이궈창에게 가져다주라고 했다. 그녀는 웨이궈창의 얼굴을 다시 보고 싶지 않아 근처 카페에 있다가 그가 돌아갔다는 비서의 전화를 받은 뒤에 회사로 들어왔다. 그녀는 핸드폰을 들었다 났다 반복하며 고민했다. 특이점에게 전화를 걸어 이 일을 얘기하려다가 이내 마음을 고쳐먹었다. 그녀의 집안 여자들에게 접근하는 남자는 모두 엄청난 짐을 짊어지고 고통스러운 인생을 살았다. 그걸 알게 된 이상 특이점을 놓아주고 멀리 떠나는 게 최선이었다. 웨이궈창의 말이 사실이라면 차마 특이점을 그런 불행으로 몰아넣을 수가 없었다.

오후에 특이점에게 메일이 왔다. 지방 쪽 공장에 행정적인 문제가 생겨서 급하게 내려가야 한다는 것이었다. 그녀는 아무렇지 않게 답장을 보냈지만 특이점이 달라졌다는 걸 느꼈다. 예전 같으면 그는 메일이 아니라 직접 전화를 걸어 얘기했을 것이다. 이대로 끝내는 것이 두 사람 모두에게 좋을 거라고 앤디는 생각했다.

추잉잉은 우체국에서 소포가 왔다는 연락을 받았다. 요즘 우체국 소포를 이용하는 사람들은 추잉잉의 아빠처럼 외진 소도시에 살고 있는 사람들밖에 없어 아빠가 보낸 것임을 예상할 수 있었다. 열흘쯤 전에 아빠에게 소포를 보냈다는 문자 메시지를 받기는 했지만 뭘 보냈는지는 몰랐다. 점심시간에 우체국에 가서 소포를 수령했다. 5킬로그램은 너끈히 될 것 같은 묵직한 상자였다. 사람들의 시선도 아랑곳하지 않고 우체국에서 소포를 열었다. 상자를 열자마자 맛있는 냄새가 콧속으로 훅 빨려 들어왔다. 그녀가 제일 좋아하는 고향의 특산물인 라러우 소시지였다. 그녀는 그 자리에서 덩실덩실 춤을 추고 싶을 만큼 기뻤다. 기름기가 자르르한 라러우 덮밥 냄새가 벌써부터 코끝에 맴도는 것 같았다. 상자 안을 뒤져보니 아빠가 소포를 보낼 때마다 함께 보낸 편지가 소시지 옆에 살포시 끼워져 있었다.

아빠는 요즘 고향에 폭설이 몇 번 내렸지만 가족들 모두 건강히 잘 지내고 있다면서 돈 아끼려고 쩨쩨하게 굴다가 도시 사람들에게 무시당하지 말라는 당부를 덧붙였다. 도시에서 살려면 도시 사람들을 따라해야 한다며 돈이 모자라면 남에게 빌리지 말고 언제든 얘기

179

하라고 했다. 그녀가 편지를 읽다가 혀를 쏙 내밀며 얼굴을 찡그렸다. 고향에 가면 그녀는 아빠의 너른 어깨 뒤에서 그렇게 혀를 내밀며 우스꽝스러운 표정을 짓곤 했다. 편지의 마지막 부분을 읽다가 그녀가 웃음을 터뜨렸다. 아빠가 라러우를 혼자 먹지 말고 룸메이트들과 나누어 먹으라며 사람이 너그러워야 남들에게 존경받는 법이라고 했다. 그녀는 상자를 버리고 라러우를 비닐 봉투에 담은 뒤 카페로 돌아왔다. 커피 원두를 파는 곳이므로 라러우 냄새를 풍길 수가 없어서 그걸 단단히 포장해 계산대 아래에 놓아두었다.

그런데 하필이면 오늘따라 후각이 예민한 손님이 카페를 찾아왔다. 콩나물처럼 비리비리하게 생긴 데다가 안경을 쓴 젊은 남자였다. 추운 날 스웨터와 재킷만 입어 그의 예민한 코가 반투명한 빨간색으로 변해 있었다. 그 남자는 향이 진한 커피를 찾았다. 때마침 매니저가 자리에 없어서 그녀가 나가서 이탈리아 커피를 추천해주었다.

"이걸로 하세요. 쓴맛이 강하고 향이 진해서 향기만 맡아도 정신이 번쩍 들어요."

그녀가 티슈 케이스를 남자 쪽으로 내밀자 남자가 티슈를 뽑아 코를 감싸며 말했다.

"프로젝트 때문에 12명이 회사에서 숙식을 같이 하고 있어요. 설전에 끝낼 건데 커피를 얼마나 사야 할까요?"

"IT 업종이군요? 우선 3파운드만 사세요. 시간을 아낄 수 있게 분쇄해서 드릴게요. 커피 가루는 오래 두면 향이 날아가니까 다 드시면 타오바오에서 주문하세요. 여기 주소가 있어요. 커피를 사러 오는 시간도 절약할 수 있고요."

"그럴게요."

추잉잉이 신용 카드를 받아 물건 값을 계산한 후 커피를 포장해주었다. 그런데 남자가 계산대 주위를 계속 서성이는 것이었다.

"왜 그러세요?"

"라러우 냄새가 나요. 제 고향 냄새에요."

"하하하! 후각이 정말 예민하시네요. 라러우를 소포로 받았거든요. 고향이 어디세요?"

"사람들이 잘 모르는 곳이라서 지명을 써드릴게요."

진지한 성격의 남자였다. 다만 글씨가 지렁이 기어가는 것처럼 비뚤배뚤했다.

추잉잉이 반색을 했다.

"와, 제 고향이 바로 그 옆이에요. 동향 분이시네요. 잠깐만요. 라러우를 조금 나눠드릴게요. 저도 나눠 먹어야 해서 한 줄밖에는 못 드리지만요."

"설 전에는 계속 회사에서 지내니까 밥을 해 먹을 시간이 없어요. 설에는 고향에 내려가서 먹을 수 있고요. 고맙지만 마음만 받을게요."

난감해하는 남자를 보고 추잉잉이 말했다.

"그렇군요. 금연하는 사람 옆에 시가를 두는 셈이겠네요. 명함을 주고 가시겠어요? 타오바오에서 주문하시면 알아볼 수 있게요."

남자가 카페를 나설 때 마침 들어오던 매니저와 마주쳤다. 매니저가 들어와 문을 닫으며 말했다.

"요즘 감기가 유행이라더니 또 1명 만났네. 방금 나간 남자 모태솔로가 분명해. 여자 친구가 없으니까 씻지도 않나 봐. 몸에서 퀴퀴한 냄새가 진동하더라."

등잔 밑이 어둡다더니 후각이 그렇게 예민하면서 정작 자기 몸에서 나는 냄새는 맡지 못하는 게 우스웠다. 명함을 자세히 보니 이름은 잉친(應勤)이고 겉보기와 달리 유명한 IT업체의 프로그래머였다.

연말이라 카페에 손님이 많았지만 추잉잉은 집에 가서 라러우 덮밥을 만들어 먹을 생각에 마음이 급했다.

앤디는 혼자 사무실에 틀어박혀 웨이궈창에게 들은 이야기를 기록했다. 줄거리도 배경도 모두 믿기 힘들었다. 정말로 구걸을 하면서 웨이궈창을 찾아가야 했을 만큼 가난했을까? 인터넷으로 그 시대 농촌 상황과 농민들의 소득 수준을 검색했다. 농촌에서 장정이 하루 종일 일하고 받는 돈이 약 0.08위안이었다는 걸 알고 충격을 받았다. 데이터 숭배자인 그녀는 그 당시 물가를 검색해 본 후 웨이궈창의 말을 조금은 믿게 되었다.

그의 말이 모두 사실일까? 꾸며낸 이야기일 수도 있었다. 웨이궈창 정도라면 그 정도 이야기를 그럴듯하게 꾸며낼 수 있을 것이다. 또 설령 그의 말이 사실이라고 해도, 설령 그걸 믿는다 해도 불행했던 어린 시절이 사라지는 것도 아니다. 앤디가 생각에 잠겼다가 썼던 걸 다 지워버렸다. 그와 동시에 마음속에 있던 원망도 사라졌지만 그 두 사람을 사랑하는 마음은 생기지 않았다.

일에 집중하지 못하고 자꾸만 틈이점이 생각나 퇴근 시간이 되기 전에 일찍 퇴근했다. 항상 시간을 효율적으로 사용하던 그녀가 갑자기 뭘 해야 할지도 모르겠고 아무것도 하고 싶지 않았다. 그런 마음도 모르고 전화벨은 연신 울려댔다. 관쥐얼이 상사에게 일이 있다고 하고 일찍 퇴근해서 함께 저녁을 먹자고 제안했지만 앤디가 거절했다. 억지로 기운을 내고 싶지는 않았다. 탄쭝밍이 회사 일로 전화를 걸어 뭔가를 물었지만 오늘은 일 생각을 하고 싶지 않다고 했다. 뜻밖의 대답에 탄쭝밍은 그녀가 웨이궈창 때문에 그러는 거라 생각했다.

영화관에 가서 아무 영화나 골라서 티켓을 산 뒤 팝콘을 사 들고 들어갔다. 사람이 적었지만 그래도 사람들과 제일 멀리 떨어진 앞자리를 골라 앉았다. 잠시 후 조명이 꺼지고 음악 소리와 함께 영화가 시작되자 멍하니 스크린을 응시했다. 기분이 좋지 않을 때마다 그녀는 시끌벅적한 영화관을 찾아가 넋을 놓고 앉아 있곤 했다. 그런데 이번에는 조금 달랐다. 갑자기 가슴속에서 시큰한 것이 왈칵 차오르더니 눈물이 후드득 떨어졌다. 눈물이 흘러내리는 걸 깨닫고 서둘러 티슈를 꺼내 닦고는 주위를 둘러보았다. 아무도 자신을 쳐다보지 않는 걸 확인하고 마음이 놓였지만 계속 앉아 있을 수가 없어서 조용히 빠져나왔다. 그녀는 남들 앞에서 눈물을 보이는 법이 거의 없었다. 약한 모습을 보여주는 건 창피한 일이고 남에게 이용당할 빌미를 주는 거라 생각했다. 그녀는 그렇게 자신을 지켜야 했다. 허세라고 해도 좋고 냉정하다고 해도 좋다. 어쨌든 그렇게 버텨야만 했다. 기억력이 비상한 그녀도 자신이 마지막으로 운 게 언제인지 기억나지 않았다.

차에 올라 어디로 가야할지 생각했다. 거리 곳곳엔 화려한 크리스마스 트리가 장식되어 있었다. 쇼핑몰 입구가 천국으로 들어가는 문 같았지만 앤디의 눈에는 들어오지 않았다. 정처 없이 돌아다니다가 결국 집으로 돌아왔다. 어디로 가야 할지 알 수가 없었다.

요즘 저녁마다 판성메이의 조카 레이레이가 넘치는 힘을 주체하지 못하고 22층 복도를 휘젓고 다녔다. 앤디가 엘리베이터에서 내리다가 레이레이와 부딪혔다. 이상한 냄새가 공기 중에 은은하게 떠다니고 있었다 레이레이가 부르는 소리에 밖으로 나온 추잉잉이 앤디를 보고 반색을 했다.

"언니, 잠깐 기다려. 아빠가 나눠 먹으라고 라라우 소시지를 보냈어."

앤디는 집으로 달려 들어가 선글라스를 쓰고 나오고 싶었지만 추잉잉이 금세 라러우를 들고 나왔다.

"우리 집에서 직접 만든 거야. 아주 맛있어. 우리 집만의 비법이지 …. 근데 무슨 일 있어?"

"고마워. 부모님께 고맙다고 전해드려. 오늘 컨디션이 별로야. 사실 웨이 씨랑 헤어졌거든."

"뭐라고? 왜?"

"묻지 말아줘."

"알았어. 하지만 울고 싶으면 참지 말고 울어. 울고 나면 기분이 한결 편해지니까. 내가 겪어봐서 아는데 누가 같이 있어주는 게 제일 좋아. 혼자 있으면 안 돼. 내가 언니 집으로 라러우 덮밥을 가지고 가서 같이 먹을까?"

앤디는 추잉잉이 실연 후에 절망에 빠져 성공학에 관한 DVD를 보고 있었던 걸 떠올렸다. 방금 전 혼자 영화관에서 눈물을 쏟았던 걸 생각하니 이러다 정말 이성을 잃을까 봐 겁이 났다.

"그래. 환영이야."

뜻밖의 환영에 추잉잉은 앤디에게 인정받은 것 같아서 신이 났다. 얼른 집으로 달려 들어가 전기밥솥을 통째로 들고 나와 앤디를 따라 2201호로 갔다.

앤디가 옷을 갈아입으러 침실에 들어갔는데 침대 옆 테이블 위에 뭔가 놓여 있었다. 가까이 다가가 보니 집 열쇠와 출입 카드가 놓여 있고 그 밑에 메모 한 장이 깔려 있었다. 특이점이 써놓고 간 것이었다. 메모에 '앤디'라는 말과 특이점의 서명 외에는 아무것도 쓰여 있지 않았지만 그의 뜻을 알 것 같았다. 앤디의 이별 통보에 동의한다는 뜻일 것이다. 옷을 갈아입고 나와 보니 라러우 덮밥이 식탁 위에 놓여 있었다.

수제 소시지의 맛있는 냄새가 식욕을 자극했다. 앤디가 말없이 밥을 절반쯤 먹었을 때 추잉잉이 앤디의 손에서 밥그릇을 낚아챘다.

"너무 많이 먹었잖아. 남자들도 이렇게는 못 먹을 거야. 그만 먹어. 체하면 어떻게 해?"

"정말 맛있다."

"아무리 맛있어도 더 먹으면 안 돼. 배탈 날 거야. 성메이 언니가 보면 야단나겠어. 성메이 언니는 밤에 먹으면 살찐다고 저녁을 거의 안 먹거든. 내가 저녁 먹는 걸 보면 얼굴이 붉으락푸르락해져. 하하! 성메이 언니가 모레 부모님 모셔다드리러 고향에 간대. 운전은 바이찬 오빠가 하고. 그날 아침에 도와주러 병원에 가려고 하는데 같이 갈래? 별일 없으면 같이 가자. 주말인데 집에만 있지 말고."

추잉잉이 신경 써주자 앤디도 고마웠다.

"스케줄 확인해볼게. 시간이 있을 거야. 아, 아니, 주말에 아무 일도 없어. 하룻밤만 자고 올 거래? 그럼 내 차로 같이 가자. 어차피 차 1대로는 부족할 거야."

"좋아. 언니가 졸음운전하지 않게 내가 말동무해줄게. 쥐얼도 데리고 가자. 전화해볼게."

추잉잉이 속전속결로 일을 추진하는 걸 보고 앤디는 조금 놀랐다. 추잉잉은 판성메이와 관쥐얼에게 전화를 걸어 상의했다. 앤디는 아무 생각도 하고 싶지 않아서 추잉잉이 하는 대로 내버려 두었다. 앤디가 설거지를 끝내자 추잉잉이 신이 나서 외쳤다.

"오예! 다들 동의했어. 성메이 언니가 언니한테 고맙다고 전해달래. 안 그래도 아저씨를 뒷자리에 눕히고 나면 자리가 부족해서 걱정하고 있었대."

"그럼 내가 밴을 빌릴게. 그러면 아저씨도 편히 누워서 가실 수 있을 거야. 운전은 바이촨 씨가 하고. 나는 밴은 익숙지 않아서."

"와! 언니는 실연하고도 어떻게 이렇게 이성적이야?"

앤디는 말문이 막혔다. 추잉잉이 판성메이에게 또 전화를 걸어 그 얘기를 하는 동안 어젯밤 실연당한 취샤오샤오가 자오치펑의 웨이보를 악성 댓글로 도배했던 걸 떠올렸다. 추잉잉의 말대로 그녀는 실연 후에도 이성적인 편이었다. 그게 좋은 일인지 나쁜 일인지는 모르겠지만 말이다.

그때 노크 소리가 들렸다. 관쥐얼이 퇴근해서 들어왔다가 잉잉이 앤디 집에 있다는 얘기를 듣고 건너온 것이었다. 관쥐얼은 추잉잉과 달리 조심스럽게 앤디의 표정을 살폈지만 아침에 앤디와 했던 얘기는 꺼내지 않았다.

"성메이 언니 고향에 어떤 맛집이 있는지 찾아보자."

놀기 좋아하는 추잉잉은 신이 났다.

"좋은 생각이야. 묵을 곳도 찾아야지. 가는 길에 경치 좋은 곳이 있으면 잠깐 들러서 구경도 하자. 쥐얼, 컴퓨터 가지고 와. 각자 나눠서 검색하게."

"앤디 언니 컴퓨터가 2대니까 충분해."

앤디가 말했다.

"데스크톱을 써. 프린터도 연결돼 있어. 숙소는 내가 잡을 테니까 맛집은 너희가 골라. 난 길치라서 너희만 따라다녀야 돼."

추잉잉이 웃었다.

"언니가 숙소를 잡는 건 곤란해. 너무 비싸서 우리가 감당하지 못할 테니까. 저렴한 체인 호텔이 있는지 찾아볼게. 더치페이하자."

앤디도 반대하지 않았다. 추잉잉과 관쥐얼에게 모두 맡겨놓고 구글맵으로 가는 길을 살펴보았다. 여전히 머릿속이 복잡했지만 낮보다는 훨씬 나았다. 데스크톱 앞에 앉아 열심히 검색하고 있는 두 친구가 오늘따라 무척 고마웠다.

판성메이 고향의 지도를 살펴보고 있는데 꽤 넓은 면적을 차지하고 있는 회사가 눈에 띄었다. 회사명이 익숙했다. 바로 바오이판의 회사였다. 앤디는 바오이판이 그곳 토박이라는 게 생각났다. 문제가 생기면 그에게 도움을 청할 수 있을 것 같아 다행이다 싶었다.

검색을 하는 동안 추잉잉과 관쥐얼의 의견이 자꾸만 충돌했다. 관쥐얼은 뭘 하든 사전에 철저히 계획을 세우는 성격이지만 추잉잉은 정반대였다. 예를 들어 어떤 휴게소에서 밥을 먹을 것인지에 대해 추잉잉은 계획 없이 가다가 배가 고프면 가까운 휴게소에서 밥을 먹자고 했지만 관쥐얼은 노인과 아이가 있으니까 식사 시간을 적절하게 안배해야 한다고 했다. 둘이 서로 양보하지 않고 티격태격하자 앤디는 어느 쪽이든 상관없다면서 두 사람에게 전적으로 결정을 맡겼다.

그때 추잉잉의 핸드폰이 울렸다. 취샤오샤오였다.

"못난이 잉잉, 너 어젯밤에 날 골탕 먹였지? 지금 어디야?"

"망할 샤오샤오, 앤디 언니 집에 있으니까 올 테면 와. 상대해줄게."

전화가 뚝 끊기자마자 문 두드리는 소리가 났다. 추잉잉이 신이 나서 일어났다.

"내가 열게. 잘 봐."

추잉잉이 잽싸게 달려가 문 앞에 서서 간드러지는 목소리로 물었다.

"망할 샤오샤오니?"

"빨리 열기나 해! 나 지금 꿀꿀하니까!"

추잉잉이 손가락을 입에 대고 쉿 하는 동작을 하며 천천히 문을 열었다. 밖에 있던 취샤오샤오가 짜증스럽게 문틈으로 비집고 들어오자 추잉잉이 큰 소리로 그녀의 이름을 외쳤다.

"취샤오샤오!"

취샤오샤오가 깜짝 놀란 사이에 추잉잉이 그녀를 와락 끌어안았다. 취샤오샤오가 재빨리 몸을 빼내며 추잉잉의 양볼에 뽀뽀를 하자 추잉잉이 기겁을 하며 도망쳤다. 취샤오샤오가 허리에 손을 얹고 의기양양하게 말했다.

"흥! 넌 내 상대가 안 된다고 했잖아."

옆에 있던 관쥐얼이 평론을 했다.

"원래 본성이 착한 사람은 아무리 악인인 척해도 진짜 악인에게는 당할 수가 없지."

취샤오샤오가 말했다.

"내 별명이 황금성 투사라는 거 모르는구나. 잉잉, 넌 운 좋은 줄 알아. 일찌감치 세상 무서운 걸 알았으니까."

거실 화장실로 달려 들어가 뺨에 묻은 립스틱 자국을 지우고 있던 추잉잉이 맞받아쳤다.

"흥! 침대에서만 황금성 투사겠지!"

취샤오샤오의 표정이 굳어졌지만 이내 웃으며 말했다.

"거기 있는 게 못난이 잉잉 맞아? 말재주가 제법인데?"

"잘 키워놓은 제자가 스승을 노하게 하는구나."

관쥐얼이 또 평론을 하자 취샤오샤오가 말했다.

"요조숙녀인 척 얌전히 있는 애들이 제일 나빠. 어부지리로 득 볼 생각이나 하지."

"요조숙녀가 태어나지 않았다면 온 세상이 어두운 밤과 같으리라."

취샤오샤오가 짜증을 냈다.

"쥐얼, 자오치펑의 웨이보를 몰래 본 거야? 어째 말투가 비슷하다?"

앤디가 끼어들었다.

"쥐얼은 '공자가 태어나지 않았다면 온 세상이 어두운 밤과 같으리라.'라는 유명한 말을 인용한 거야. 치평 씨도 역시 그걸 인용해서 웨이보에 쓴 거고."

그 말이 취샤오샤오의 약점을 찔렀다.

"쉽게 말하면 어디가 덧나? 왜 다들 자꾸 죽은 사람의 말을 인용하는 거야? 자기 말은 못해?"

추잉잉이 화장실에서 나와 컴퓨터 앞에 다시 앉았다.

"널 사부로 모시는 건 관둘래. 교과서에 나오는 명언도 모르다니. 그러고도 유학파야? 내일 모레 성메이 언니 아빠 고향에 모셔다드리러 가기로 했어. 너랑 쓸데없는 얘기나 하고 있을 시간이 없어."

연이은 비아냥에 취샤오샤오는 점점 약이 올랐다.

"앵무새가 사람 말을 조잘거린다고 사람이 되니?"

관쥐얼도 지지 않고 받아쳤다.

"자긴 할 말 다 해놓고 우리한테 하지 말라는 건 뭐야?"

취샤오샤오도 자기 말이 앞뒤가 맞지 않는다는 건 알았지만 인정하긴 싫었다.

"사람 말을 하라고! 사람 말을! 자기 입으로 자기 말을 해야지 왜 남의 말을 해? 네 말을 해보라니까!"

앤디가 나무랐다.

"샤오샤오, 그만 좀 해. 남의 웨이보에서 소란 피운 걸로 충분하잖아."

"나 차였다고. 왜 이렇게 동정심이 없어? 너무하잖아."

추잉잉이 말했다.

"그게 뭐 별 거라고. 나도 실연당했거든?"

관쥐얼도 한마디 거들었다.

"난 연애도 못해봤어. 실연당했다고 주변 사람들을 못살게 굴면 누가 네 곁에 있으려고 하겠어?"

"다들 날 따돌리잖아. 성메이 언니 고향에 가면서 난 데려가지도 않고. 난 정말 불쌍해. 아까 고객이랑 저녁 먹는데 그 자식이 노골적으로 호스티스 있는 술집에 가고 싶다고 하는데 참느라고 힘들었어. 그런데 이젠 너희들까지 날 따돌리니?"

"사부, 물어볼 게 있어. 고객한테도 우리한테 하는 것처럼 대해? 내가 고객한테 이런 태도로 말하면 고객한테 얻어맞고도 남을 거야."

"부모님한테는 더하거든? 너희들이랑은 친하니까 이러는 거지. 사람들이 왜 이렇게 동정심이 없어?"

취샤오샤오가 마침내 째질 듯한 고성을 지르자 모두 귀를 틀어막았다. 괴성이 그치자 추잉잉이 말했다.

"지난번에 식사할 때 보니까 부모님한테 정말 버릇없이 굴긴 하더라."

관쥐얼이 말했다.

"그럼 고객 대하듯이 해주면 좋겠어?"

"나가자. 석화 구이 살게. 오늘은 아무 데도 안 가고 너희들이랑 있을 거야. 나 착하지?"

"추워서 나가기 싫어. 여기가 따뜻해."

저녁을 배불리 먹은 추잉잉은 별로 흥미가 없었다. 라러우의 여운을 길게 느끼고 싶었다.

"가까워. 걸어서 가면 금방이야. 같이 가자."

앤디가 오리털 롱파카를 들고 일어섰다.

"내가 가줄게. 어차피 할 일도 없으니까. 너희는 집에 있어."

결국 네 사람 모두 오리털 파카를 든든하게 입고 석화 구이를 먹으러 갔다. 울적한 취샤오샤오가 맥주를 6병이나 시켰다. 앤디가 2병을 앞에 가져다 놓고 취샤오샤오와 함께 마셨다.

추잉잉이 몰래 관쥐얼에게 문자 메시지를 보냈다. '둘 다 실연했어.' 관쥐얼이 메시지를 확인하고 고개를 끄덕이며 걱정스러운 눈길로 두 사람을 쳐다보았다.

추잉잉이 두 사람을 위로하려고 했지만 식당에 손님이 많고 테이블 사이가 너무 가까워서 관쥐얼이 추잉잉을 말렸다. 추잉잉은 하는 수 없이 맥주 2병을 앞에 가져다 놓고 실연당한 두 사람과 함께 시름을 나누었다.

취샤오샤오는 앤디도 실연했다는 걸 알고 동병상련을 느꼈다.

"언니도 헤어졌다니까 솔직하게 말할게. 쥐얼이랑 잉잉 너희도 잘 들어. 세상에 남자가 수없이 많은데 그 중 한 사람만 눈에 꽂히는 이유가 뭔지 알아? 언니 같은 모범생들은 서로 마음이 통하네, 텔레파시가 통하네, 이것저것 이유를 가져다 붙이지만 그건 친구가 되는 조건이지. 애인이 되는 조건은 단 하나야. 보자마자 그 남자랑 자고 싶은 충동이 드느냐지. 그래야만 그 남자와 연인이 될 수 있어. 이 조건이 충족돼야만 텔레파시, 집안 수준, 경제력 같은 걸 따져보고 남편으로 발전할 수 있는 거야. 모범생들은 무슨 성녀라도 되는 것처럼 성적인 건 생각만 해도 죄를 짓는 줄 알지. 그런 걸 두고…."

"본질을 무시하고 곁다리만 긁는다고 하지."

관쥐얼이 취샤오샤오 대신 말했다.

"맞아. 그래서 난 처음부터 언니랑 웨이 오빠가 안 어울린다고 생각했어. 둘이 같이 있을 때 언니가 웨이 오빠를 끌어안거나 입을 맞추는 걸 한 번도 못 봤거든. 그런데 어떻게 계속 사귀어? 둘 사이가 얼음처럼 차갑잖아. 그건 우리 윗세대에나 하던 거지. 언니가 웨이 오빠한테 성적 매력을 느끼지 못하는 거야. 잉잉, 안 그래?"

추잉잉이 맥주를 한 모금 들이켜고 말했다.

"난 인간성이 제일 중요하다고 생각해. 네가 말한 건 두 번째고."

"당연한 소리. 누굴 사귀든 인간성은 기본이야. 제일 먼저 봐야 할 게 인간성이지. 인간성이 갖춰져야 그 다음이 있는 거야."

앤디가 말했다.

"정리하자면 남자 친구를 사귀어서 결혼까지 가려면 인간성은 기본적으로 갖추고 있다는 전제 하에 신체적으로 강렬한 교류가 있어야 하고 그 다음에 정신적인 교감으로 발전한다. 결론은 이 과정을 거쳐야만 결혼할 수 있다. 이거야?"

취샤오샤오가 술잔을 들어 앤디와 건배를 했다.

"맞아. 쉽게 말하면 되지 뭘 그렇게 어렵게 얘기해?"

앤디가 관쥐얼과 추잉잉에게 물었다.

"너희도 그렇게 생각해?"

추잉잉이 자기 경험에 비추어 대답했다.

"맞는 말인 거 같아."

관쥐얼은 자신을 좋아하는 것 같은 위안과 자신을 좋아하는 게 분명한 리자오성, 자오치펑 세 사람을 떠올렸다. 취샤오샤오의 말이 맞다면….

관쥐얼의 양볼에 홍조가 떠올랐다. 자기도 모르게 자오치펑에게 그런 충동이 들었던 걸까?

취샤오샤오가 물었다.

"쥐얼, 너 좋아하는 남자 있어? 얼굴이 빨개졌어."

앤디가 관쥐얼을 흘긋 쳐다보고 얼른 화제를 돌렸다.

"샤오샤오 네 말대로라면 난 헤어지길 잘했네. 그런데도 마음이 괴로워."

"그건 경험이 풍부한 내가 잘 알아. 너희 둘도 성메이 언니의 충고를 듣지 말았어야 해. 성메이 언니는 결혼할 남자를 찾고 난 연애할 남자를 찾아. 난 연애의 다음 단계가 결혼이라고 생각하지. 둘은 달라. 언니는 왜 헤어졌어? 성적 욕구가 생기지 않아서?"

앤디가 망설이다가 말했다.

"내 문제야. 내가 욕구가 생기지 않아."

"언니 문제가 아니야. 웨이 오빠에게 욕구가 생기지 않는 게 당연해. 언니가 돈도 없고 외모도 별로라면 웨이 오빠가 잘생겨 보일 수도 있어. 까놓고 말해서 경제력이 있으면 더 섹시해 보일 수 있으니까. 술 마셔. 술 마시고 털어놔봐. 내가 분석해줄 테니까. 언니도 자오치핑이 왜 날 찼는지 분석해줘."

앤디는 취샤오샤오의 논리를 받아들이고 싶지 않았다. 맥주 2병을 비웠지만 6병을 또 시켰다.

"내 눈에는 그 사람이 아주 매력적이야. 아는 게 많아서 후광이 비춰. 섹시함은 몸매나 외모에서만 나오는 게 아니야. 문제는 나야. 내가 그런 쪽으로 무관심해."

취샤오샤오가 말했다.

"그쪽으로 무관심한 사람은 없어. 임자를 만나지 못했거나 정신병원에 가야 하거나 둘 중 하나야. 그건 그렇고 난 왜 차인 거 같아?"

"알량한 지식인들은 지적인 상대에게 섹시함을 느껴. 그래야 자신도 고상하고 순수하고 도덕적이고 저속함과 거리가 먼 사람으로 보이니까."

"그건 허세 아니야?"

"그렇게 말할 수도 있지. 하지만 가슴에 손을 얹고 생각해 봐. 네가 왜 치펑 씨를 좋아하는지. 야오빈도 몸매나 외모는 훌륭하잖아. 네가 치펑 씨를 좋아하는 데는 그의 지적인 매력이 작용하지 않았을까?"

앤디와 취샤오샤오가 자오치펑에 대해 토론하자 관쥐얼이 옆에서 가슴을 졸이며 둘의 얘기를 들었다. 그녀도 앤디의 말에 전적으로 동의했다. 근육질 남자가 모두 섹시한 것은 아니다. 그녀가 자오치펑을 좋아하는 것도 지적인 매력 때문이었다. 하지만 그 생각을 입 밖에 낼 수가 없었다.

추잉잉이 테이블을 쾅 두드렸다.

"길게 말할 거 없어. MBA나 EMBA 과정에 들어가서 지식을 쌓아. 어쨌든 유학파니까 우리처럼 별 볼 일 없는 국내파보다는 훨씬 낫잖아. 앤디 언니 좀 봐. 막 귀국했을 때는 중국어로 말할 때 단어가 생각나지 않아서 더듬거릴 때가 많았는데 지금은 유창하잖아. 언니는 하루에 책 1권씩 읽고 웨이보에 감상을 올려. 자발적으로 책 읽기가 힘들면 책 읽도록 관리해주는 사람을 고용해."

"책을 읽는 게 목적이라면 MBA를 딸 필요도 없어. 우리 집에 책이 많이 있으니까 언제든 빌려다 읽어. 실연이 독서의 원동력이 될 수 있다면 난 네가 치펑 씨를 잊지 못하길 바랄 거야."

"정말 치욕적이야. 사람은 잊어도 이 치욕은 평생 못 잊어."

관쥐얼이 그제야 한마디 했다.

"지난번에 목록을 뽑아준 책들은 읽었어?"

취샤오샤오가 양 손바닥으로 귀를 막으며 고갯짓을 했다.

"나 취해서 아무것도 안 들려."

모두 웃음을 터뜨리자 취샤오샤오가 고개를 번쩍 들었다.

"내가 앤디 언니한테 근육질 남자를 소개해줄게. 나만 믿어. 언닌 너무 이성적이야. 그걸 깨줄 사람이 필요해."

앤디가 말했다.

"근육질 남자는 필요 없어. 음력설에 미국에 가서 정신과 의사를 찾아가보려고 해. 심리적인 장애가 있는지 물어볼 거야."

추잉잉이 큰 소리로 웃었다.

"근육질 남자부터 만나보는 게 어때? 그 남자를 보고 욕구가 생기면 비행기 티켓 값과 진료비를 아낄 수 있잖아."

"웨이 씨도 못한 걸 누가 할 수 있겠어?"

취샤오샤오가 웃었다.

"웨이 오빠는 안 된다니까. 아니면 음력설에 나랑 하와이나 마이애미로 놀러 가자."

하지만 관쥐얼는 앤디가 특이점을 진심으로 사랑하기 때문에 다른 남자를 만나지 않을 거라고 생각했다. 무슨 일이기에 정신과 의사까지 찾아가야 할까? 관쥐얼은 앤디가 걱정스러웠다.

맥주 12병을 다 마신 뒤에 네 여자가 관쥐얼의 지휘에 따라 비틀거리며 집으로 돌아왔다. 앤디는 자신의 이 심리적 장애를 해결하기 위해 정신과 의사에게 상담을 받아야 한다는 결론을 내렸다. 관쥐얼이 재미있는 소설을 빌려달라고 앤디 집으로 따라왔다. 몽롱하게 취기가 돌았지만 소설을 조금 읽다가 자고 싶었다. 관쥐얼은 린위안을 후보 명단에서 확실히 제외시켰지만 리자오성은 남겨두었다. 추잉잉은 이 넓은 하이시에서 자기를 좋아하는 남자가 1명도 없다고 푸념하며 관쥐얼에게 물었다.

"내가 나 좋다는 남자한테 섹시함이나 근사한 외모를 따질 수 있을까? 나한테 그건 사치가 아닐까?"

관쥐얼은 아무 대답도 하지 않았지만 속으로 이 세상은 참 잔인한 곳이라고 생각했다.

토요일 이른 아침 22층 인원 전체가 병원 주차장에 모였다. 관쥐얼과 취샤오샤오는 아직 잠이 덜 깼다. 취샤오샤오는 잠든 척하며 앤디 차에서 내리지 않았지만 관쥐얼은 판성메이 아빠를 옮기는 걸 도우려고 비몽사몽하며 차에서 내렸다. 관쥐얼이 앤디 옆으로 갔지만 남과 몸이 닿는 걸 싫어하는 앤디가 그녀를 추잉잉 옆으로 슬쩍 밀었다. 추워서 몸을 떨고 있던 추잉잉은 관쥐얼이 옆으로 오자 바람을 막아줄 수 있어서 좋았다.

왕바이촨이 판성메이 아빠가 누워 있는 이동식 침대를 밀고 병원에서 나왔다. 판성메이는 앞에서 방향을 잡고 그녀의 엄마는 레이레이의 손을 잡고 뒤에서 따라왔다.

앤디가 말했다.

"자오치평도 나왔네. 역시 친절한 의사야."

관쥐얼이 그 말에 잠이 확 달아나 앤디의 시선이 향하고 있는 곳으로 시선을 옮겼다. 흰 가운을 입은 자오치평은 훨씬 더 잘생겨 보였다. 추잉잉도 "샤오샤오가 정신 못 차릴 만하네."라고 중얼거렸다.

앤디가 자오치평을 보며 차가 있는 쪽을 가리켰다. 미소를 지으며 다가오고 있던 자오치평이 차 안을 보더니 판성메이에게 "그럼 조심해서 가세요."라고 말하고 앤디에게 인사를 한 뒤 도망치듯 들어가 버렸다. 그걸 보고 추잉잉이 깔깔댔다.

"취샤오샤오가 대단하긴 한가 봐. 저렇게 무서워하는 걸 보니."

판성메이는 자오치평이 도망치는 이유도 모르고 뒤에서 고맙다고 큰 소리로 인사했다. 22층 여자들과 왕바이촨이 함께 판성메이 아빠를 차에 태우자 판성메이 엄마가 남편에게 이불을 덮어주고 베개를 받쳐준 뒤 팔다리를 펴서 편안한 자세를 만들어주었다. 그러는 동안 판성메이 아빠가 눈을 살짝 떴지만 곧 다시 감았다. 판성메이가 한숨 돌리며 이웃들에게 고맙다고 말했다.

추잉잉이 물었다.

"언니는 닥터 자오를 어떻게 알아?"

"참, 샤오샤오 부르는 걸 깜빡 했네. 샤오샤오의 친구야. 아빠한테 신경을 많이 써줬어. 오늘도 퇴원 수속하는 동안 계속 같이 있어줬어."

모두 입을 가리고 큭큭거렸다. 추잉잉이 판성메이에게 취샤오샤오가 자오치펑에게 차인 사실을 얘기해주자 판성메이는 방금 전 도망치듯 들어간 자오치펑을 생각하며 웃음을 터뜨렸다. 취샤오샤오는 역시 화끈한 여자였다.

앤디가 왕바이촨에게 말했다.

"앞에서 길을 안내해주세요. 뒤에서 따라갈게요."

판성메이가 앤디에게 다가와 속삭였다.

"엄마가 나머지 돈은 어디 있느냐고 물으면 네가 대신 투자 상품에 넣어뒀다고 얘기해줘."

앤디는 판성메이가 무슨 생각인지는 알 수 없지만 알았다고 대답했다. 왕바이촨이 차 문을 열고 판성메이가 타기를 기다렸다. 판성메이가 사뿐사뿐 다가가 왕바이촨에게 미소를 짓고는 고개를 돌려 친구들을 쳐다보고 조수석에 올랐다. 앤디와 추잉잉, 관쥐얼이 그걸 보고 한결 마음이 놓였다. 판성메이는 관자놀이에 파란 핏줄이 비칠 만큼 많이 야위었지만 그래도 잘 버텨낸 것 같았다. 세 사람이 차에 타자 취샤오샤오가 설핏 잠에서 깨어 실눈을 떴다. 추잉잉이 말했다.

"방금 자오치펑 씨 봤어. 같이 나왔더라."

"뭐라고? 오늘 출근했어?"

취샤오샤오가 차창에 얼굴을 갖다 대고 열심히 찾았지만 자오치핑은 이미 들어가버린 지 오래였다.

"네가 왔다는 소릴 듣더니 잽싸게 도망치더라. 하하하! 우스워 죽는 줄 알았어."

추잉잉이 취샤오샤오를 놀리려고 한 얘기지만 취샤오샤오가 그 말을 듣고 희색이 만면해졌다.

"오케이, 좋은 현상이야. 아직 내 생각을 하고 있다는 뜻이니까. 아니면 날 투명 인간 취급했겠지. 집에 와서 할 일이 생겼네. 일단 책이나 읽어야지."

취샤오샤오가 아이패드를 꺼내 차분히 전자책을 읽기 시작했다.

다른 3명은 취샤오샤오의 독특한 정신세계를 이해할 수 없어 서로 멀뚱멀뚱 쳐다보기만 했다.

차 2대가 함께 출발했다.

24

앤디는 운전을 하고, 관쥐얼은 조수석에서 지도와 GPS를 보며 앞에 가는 밴을 쫓았다. 뒷좌석의 2명은 길치와 그녀의 조수가 길을 찾는 데 방해가 되지 않으려고 1명은 아이패드로 책을 보고, 1명은 이어폰으로 음악을 들었다. 안 그러면 앤디가 엉뚱한 길로 빠져서 생전처음 보는 곳에 자신들을 데려다 놓을지도 모르기 때문이다. 하지만 조용한 분위기는 취샤오샤오의 요란한 핸드폰 벨소리 때문에 금세 깨졌다. 그녀의 엄마에게 온 전화였다. 취샤오샤오가 핸드폰을 받지 않고 앞좌석으로 내밀었다.

"앤디 언니, 엄마가 집에 오라는데 집에 만나기 싫은 손님이 와 있어. 언니가 받아서 나랑 같이 있다고 얘기 좀 해줘. 성메이 언니 얘기는 하지 말고."

앤디가 핸드폰을 받아 스피커폰 버튼을 누르고 말했다.

"안녕하세요. 저는 샤오샤오 이웃집에 사는 앤디예요. 지금 샤오샤오랑 같이 어딜 가고 있어요."

취샤오샤오 엄마가 반색을 했다.

"우리 샤오샤오랑 같이 있어요? 그렇다면 안심이네요. 어디로 놀러가요? 뭐 필요한 거 없어요?"

"아는 업체를 방문하러 가는 거예요. 업계의 선두 업체인데 샤오샤오가 가보고 싶다고 해서요. 그쪽에서 다 준비해놓았으니까 걱정 마세요."

옆에 있던 관쥐얼이 차분하게 한마디 덧붙였다.

"오후에 도착하면 샤오샤오 언니가 잘 도착했다고 전화드릴 거예요."

뒷자리에 앉은 취샤오샤오가 눈을 흘기며 잽싸게 핸드폰을 낚아채 스피커폰 기능을 껐다. 엄마가 또 무슨 쓸데없는 얘기를 할지 몰랐기 때문이다. 그녀의 예상대로 취샤오샤오 엄마는 낯간지러운 얘기들을 줄줄 늘어놓았다. 그러고는 취샤오샤오에게 많은 걸 가르쳐 줘서 고맙다며 새해에 이웃을 모두 초대해서 식사를 대접하고 싶다고 했다. 엄마의 수다가 시작되자 뒷자리의 취샤오샤오는 발을 구르며 짜증을 냈지만 앤디는 참을성 있게 다 들어준 후에 전화를 끊었다.

"우릴 집에 초대하시겠대. 쥐얼이 야근하지 않는 날로 정하자."

취샤오샤오가 째질 듯 소리를 질렀다.

"엄마 말 신경 쓸 거 없어. 내 생활에 간섭하고 싶어서 그러는 거야. 밥 먹고 싶으면 나한테 말해. 오늘 저녁은 내가 살게. 부모님이랑 밥 먹으면 쓸데없는 얘길 다 들어줘야 하는데 밥이 넘어가겠어?"

"그게 다 부모님이 너한테 관심이 많아서 그런 건데 나쁠 게 뭐 있어?"

앤디는 그런 부모님이 있는 취샤오샤오가 부러웠다.

추잉잉이 취샤오샤오의 말에 맞장구를 쳤다.

"우리끼리 먹자. 어른들하고 밥 먹으면 불편하잖아. 귀에 딱지가 앉도록 잔소리를 들을걸."

"밥 한 끼인데 뭘 그래. 샤오샤오 엄마가 생각해서 초대하신 건데.

쥐얼 너는 어때?"

"나도 피할 수 있으면 피하고 싶어. 어른들이랑 밥 먹는 건 아무래도 불편해."

앤디는 이해할 수가 없었다.

"다들 반응이 왜 그래. 부모님의 관심을 왜 그렇게 귀찮게 생각해? 부모님만큼 아무 대가 없이 신경 써주는 사람이 어딨어?"

취샤오샤오가 답답하다는 듯이 말했다.

"언니도 딸을 낳으면 하루 종일 아이 뒤꽁무니만 졸졸 따라다니겠네. 아이가 무슨 수를 써도 언니의 레이더망에서 벗어나지 못할 거야. 나는 엄마가 바빠서 나한테 신경 쓸 시간이 없어서 다행이야."

"아이를 낳으면 아주 많이 사랑해줄 거야. 물질적으로도 뭐든 다 해주겠지."

"설 연휴에 이레 동안 아무 데도 나가지 말고 부모님이랑 같이 지내봐. 그게 어떤 기분인지 알게 될 테니까. 아마 샤오샤오보다 더 크게 비명을 지를걸? 언니는 부모님이랑 멀리 떨어져 있으니까 부모님 간섭이 얼마나 성가신지 잊어버렸겠지. 아, 물론 나는 부모님을 사랑해."

취샤오샤오와 관쥐얼도 맞장구를 쳤다. 앤디가 망설이다가 솔직히 털어놓았다.

"난 고아야. 그래서 그게 어떤 기분인지 몰라."

세 여자가 놀란 눈으로 앤디를 쳐다보며 아무 말도 하지 못했다. 제일 먼저 정적을 깬 건 역시 말재주 좋은 취샤오샤오였다.

"손오공처럼 바위틈에서 태어났구나. 어쩐지 능력이 출중하더라. 우리 부모님이랑 밥 먹고 싶으면 언제든지 와. 우리 부모님은 대환영일 테니까."

추잉잉이 말했다.

"음력설에 우리 집에 가자. 시골이지만 명절 분위기가 떠들썩해. 상상도 못해본 것들을 먹을 수 있을 거야. 언니가 간다면 우리 부모님도 좋아하실 거야."

관쉬얼이 말했다.

"우리 22층 멤버들이 있잖아. 대학 때 룸메이트와도 이렇게 친하지는 않았어. 난 우리가 가족이라고 생각해."

앤디는 자신이 고아라는 걸 털어놓으면 동정을 받을까 봐 걱정했지만 세 사람이 담담하게 대해주니 참 다행이었다. 특히 바위틈에서 태어났다는 취샤오샤오의 표현이 마음에 들었다.

"다들 고마워. 나중에 내 아이에게는 내가 누리지 못한 걸 다 해줄 거야. 그런 날이 오길 기대하고 있어."

앤디가 웃자 취샤오샤오가 히죽거렸다.

"아이는 나중에 힘닿는 데까지 낳고 지금은 우리를 많이 사랑해주면 되잖아. 우리한테 뭘 하든 참아줄게."

하지만 눈치 빠른 그녀는 앤디가 이 화제에 대해 얘기하는 걸 불편해한다는 걸 알아차리고 화제를 돌렸다.

"잉잉, 무슨 노래 들어? 혼자만 듣지 말고 우리 귀도 즐겁게 해줘."

"촌스러운 노래야. 쉬얼이 시골뜨기 같다고 놀렸어. 쉬얼이 예일대학 공개 강의 중에 '음악을 들어 봐'란 강의를 다운로드 해서 가지고 왔어. 나 빼고 다들 영어를 잘하니까 블루투스로 연결할 테니 다함께 듣자. 난 번역해놓은 걸 보면서 들을게."

취샤오샤오가 시무룩해졌다. 하루빨리 다방면의 교양을 쌓아야 하지만 그녀의 영어 실력이 명함도 못 내미는 수준이라는 걸 22층 멤버들은 알지 못했다. 그걸 솔직히 말하기가 창피해 입을 꾹 다물고 있는데 앤디가 그걸 눈치채고 혼자 웃었다. 관쥐얼과 추잉잉이 오디오 파일을 찾아 재생하느라 분주한 사이, 속으로 고민했지만 달리 방법이 없었다. 취샤오샤오는 하는 수 없이 아무렇지 않은 척 추잉잉이 보고 있는 번역본을 함께 보며 강의를 들었다.

하지만 생전 안 하던 공부를 하려니 머리에 과부하가 걸렸다.

차가 휴게소에 도착하자마자 취샤오샤오가 시끄러운 강의 소리를 피해 잽싸게 차에서 내렸다. 밴 안에서 판성메이가 움직이는 걸 보고 다가가 차 안을 들여다보았다. 판성메이가 주사기 같은 것으로 아빠의 입에 먹을 것을 넣어주고 있었다. 주사기 안에 든 묽은 액체와 입으로 들어온 걸 삼킬 줄도 모르는 환자를 보자 구역질이 나올 것 같았다. 취샤오샤오는 열린 차창 사이로 이상한 냄새가 새어 나올까 봐 냉큼 뒤로 물러났다.

차 안에 있던 판성메이가 그녀와 눈이 마주쳤다.

"밥 먹었어?"

"응. 그게 무슨 맛이야?"

"병원에서 준 건데 무슨 맛인지는 모르겠어. 앞으로 아빠는 이걸 드시고 살아야 돼."

취샤오샤오는 베이징덕의 재료가 되기 위해 사육 당하는 오리들의 고통스러운 생활이 연상되었다.

"만약 내가 이렇게 되면 안락사 시켜달라고 유서에 써놔야겠어. 이 상태로 몇 년을 더 사셔야 한다?"

"8년 동안 산 사람도 있대. 의사 말로는 아빠는 머리 외에 다른 곳은 다 건강하대."

"앞으로 어쩔 거야? 돈 있어? 정말로 이대로 8년 동안 사신다면 언니는 평생 아빠 뒷바라지만 하다가 늙어 죽을 거야. 수술 전에는 이런 생각을 못했지?"

"그런 상황이 닥치면 너라도 수술을 선택했을 거야. 아빠가 이런 식으로 살아야 한다는 게 고통스럽긴 하지만 그래도 어쩌겠어. 사람은 살리고 봐야지. 다행히 집값이 올라서 시골 아파트인데도 비싸게 팔았어. 1~2년은 버틸 수 있을 거야."

판성메이가 이렇게 솔직히 얘기하자 취샤오샤오도 직설적으로 얘기할 수가 없었다.

"어차피 언니 집안 사정 다 알았으니까 솔직히 얘기할게. 집 판 돈은 언니가 가지고 있어. 엄마한테는 정기적으로 생활비를 부쳐드려. 그 돈을 오빠에게 주면 다음 달은 돈을 부치지 않겠다고 미리 얘기해둬. 굶어 죽어도 신경 안 쓸 거라고 해. 핸드폰 번호도 바꾸고 연락은 언니만 해. 몇 년이라도 더 살고 싶으면 독하게 마음먹어. 부모님 집문서도 언니가 보관하고 있어. 갑자기 집 팔아버리고 언니한테 의지하면 어쩔 거야? 그렇게 멀뚱멀뚱 쳐다보지만 말고. 언니처럼 자기 재산도 못 지키는 사람들이 제일 짜증나. 다시 말하지만, 내 손에 꼭 쥐고 있어야 진짜 내 소유인 거야. 인격이니 체면이니 그런 얘기하지 마. 평생 남의 밑에서 일하면서 관에 들어갈 때까지 체면 따져봤자 남는 게 뭐 있어?"

판성메이는 취샤오샤오의 속사포 공격에 반박하지 않았다. 사실 틀린 말이 하나도 없었다.

"핸드폰 번호를 바꿀 수는 없어. 집에 노인이랑 아이만 사는데 어떻게 그래? 내가 걱정돼서 하루가 멀다 하고 전화할 텐데 그러면 핸드폰 번호를 바꾸는 게 아무 의미가 없잖아."

취샤오샤오가 눈동자를 또릿또릿 굴리다가 말했다.

"이웃한테 부탁하면 간단하잖아. 매달 조금씩 전화비를 주고 집에 급한 일이 있으면 전화해달라고 해. 다닥다닥 붙어 사는 아파트에서는 옆집에 무슨 일이 있는지 다 알잖아. 왜? 맘이 약해서 못 그래? 하, 정말 못 말려."

취샤오샤오가 체념한 듯 팔을 저으며 가버렸다. 차 안에서 새어나오는 냄새 때문에 조금 더 있다가는 그 자리에서 토할 것 같았다. 게다가 답답한 사람을 붙잡고 오래 얘기하고 싶지 않았다.

취샤오샤오가 가고난 뒤 판성메이가 곰곰이 생각해보니 모두 맞는 얘기였다. 가족의 앞날을 위해 마음을 독하게 먹어야 했다. 오빠집을 판 돈은 그녀가 가지고 있고 집문서는 엄마의 가방에 들어 있을 것이다. 어느 날 갑자기 오빠가 거지 행색으로 집에 와서 돈을 내놓으라고 하면 엄마는 집을 팔아서 오빠에게 주고 하이시로 올라올 것이고 결국에는 부모님과 오빠 식구들까지 모두 그녀의 짐이 될 것이다. 그녀가 주사기를 내려놓고 주위에 아무도 없는 걸 확인한 뒤 엄마의 가방을 열었다. 집문서와 아빠의 신분증을 찾아내 옷 안에 숨긴 후 허리띠를 단단히 맸다.

얼마 후 판성메이 엄마가 밥을 먹고 레이레이에게 밥을 먹이기 위한 전쟁을 치른 후 딸과 교대하러 왔다. 판성메이는 오리털 파카를 걸치고 조용히 차에서 내려 휴게소 식당으로 들어갔다. 왕바이촨 앞에 있는 세트메뉴가 많이 남아 있는 걸 보고 그녀가 미안해하며 말했다.

"아빠 때문에 차에서 냄새가 나지? 입맛이 없어서 밥도 거의 못 먹었구나."

추잉잉이 끼어들었다.

"무슨 소리! 두 그릇째야. 아침을 굶었다고 해서 우리가 2인분을 주문해줬더니 너무 많아서 남긴 거야. 그래서 다 먹을 때까지 우리가 지켜봐주겠다고 했어."

"다 먹을 때까지 지켜보겠다는 건 샤오샤오의 아이디어이고 그 장난에 동조하는 사람은 잉잉 너밖에 없지. 안 그래?"

왕바이촨이 웃었다.

"정확히 맞혔어. 식기 전에 어서 먹어."

앤디가 웃었다.

"천천히 먹어. 우린 샤오샤오 찾으러 갈게."

추잉잉과 관쥐얼도 판성메이와 왕바이촨 둘만 남겨두고 밖으로 나가려고 했다.

판성메이가 급하게 세 사람을 붙잡더니 옷 속에서 서류를 꺼냈다.

"앤디, 이것 좀 잠깐 맡아줘. 내 통장도 들어 있어. 엄마가 집 판 돈을 오빠한테 줄지도 몰라. 엄마가 울면서 사정하면 내가 마음이 약해져서 또 돈을 줄지도 몰라. 혹시 그런 일이 있으면 너희가 나를 말려줘."

앤디가 수첩을 꺼내 판성메이가 맡긴 서류 내역을 적은 뒤에 22층 멤버 4명이 모두 서명하게 했다. 왕바이촨은 옆에서 계속 듣기만 했다. 서명이 끝나자 판성메이의 얼굴에 홀가분한 미소가 번졌다.

"샤오샤오가 알려준 방법이야."

왕바이촨을 제외한 나머지 3명이 깜짝 놀랐다. 이렇게 과감하고 영리한 방법을 짜낼 수 있는 사람은 취샤오샤오밖에 없지만 샤오샤오가 판성메이를 위해 충고해주었다는 사실이 의외였다. 추잉잉이 말했다.

"이따가 샤오샤오를 안아줘야겠어."

오후 4시가 조금 넘어서야 판성메이의 집에 도착했다. 아파트 여러 동이 다닥다닥 붙어 있는 4층짜리 아파트 단지였다. 조경은 거의 안 되어 있지만 깨끗하고 조용한 편이었다. 앞차에서는 판성메이 엄마와 레이레이가 잠들어 있고, 뒷차에서는 취샤오샤오와 추잉잉이 서로 기댄 채 두 마리 고양이처럼 쌔근쌔근 잠들어 있었다. 판성메이의 집 앞에 도착해 앤디가 두 사람을 깨워서 끌어내렸다. 두 사람의 규칙적인 숨소리가 자장가처럼 귀를 간질이는 바람에 졸음이 올 뻔했다. 관쥐얼이 옆에서 말동무가 되어주지 않았더라면 운전하다가 정말로 잠이 들었을 것이다.

왕바이촨이 판성메이 아빠를 업고 계단을 올라가는 걸 보고 추잉잉이 물었다.

"성메이 언니, 앞으로 아주머니 혼자서 어떻게 병 수발을 들어? 아저씨가 계속 침대에만 누워 계실 수도 없잖아."

"낮에 2시간 정도 간병인을 부르기로 했어. 나머지 시간은…. 휴, 어떻게든 해봐야지 뭐."

왕바이촨이 판성메이 아빠를 침대에 잘 눕히고는 집에 먹을 것과 가스가 없으면 사오겠다고 했다. 판성메이가 말했다.

"운전하느라 피곤한데 어서 집에 가. 내일 다시 하이시로 돌아가야 하잖아."

왕바이촨이 머뭇거리다가 말했다.

"현금은 있어?"

"걱정하지 마. 참, 여기 4명이 잘 숙소 좀 예약해줄래?"

앤디가 말했다.

"시내에 숙소를 예약해놨어. 운전하느라 피곤할 텐데 바이촨 씨 먼저 가세요. 우린 조금 있다가 갈게요. 혹시 우리가 길을 못 찾으면 전화할게요."

판성메이가 처음으로 왕바이촨을 1층 현관까지 배웅했다. 1층 현관 앞에서 왕바이촨이 말했다.

"오늘 다 정리하기 힘들면 내일 해. 하루 더 있다가 돌아가도 되니까. 너무 무리하지 마. 앞으로 계속 신경 쓸 일이 많을 거야."

판성메이가 고개를 숙이고 어색하게 웃었다.

"말만 들어도 고마워."

"우리 사이에 무슨."

판성메이가 웃으며 작별 인사를 하고 집으로 돌아갔다.

네 여자는 자신들이 도울 게 별로 없는 걸 보고 장을 봐오겠다며 시장이 어디에 있는지 물었다. 취샤오샤오는 같이 가지 않고 앤디의 차 안에서 소설을 읽었다. 추잉잉은 요즘 요리 솜씨가 많이 늘어서 시장에서도 익숙하게 장보기를 주도했다.

판성메이가 엄마와 함께 아빠를 목욕시키고 나오는데 집 전화가 울렸다. 피해자 측 사람들이 벌써 그들이 집에 돌아온 걸 알고 전화를 했던 것이다. 판성메이가 급하게 달려 내려가 차창을 두드리며 취샤오샤오에게 말했다.

"그 사람들이 또 찾아온대. 차 안에 숨어 있어. 너까지 위험해질 수 있으니까 무슨 일이 있어도 올라오지 마."

취샤오샤오가 고개를 끄덕이자 판성메이가 집으로 뛰어 올라갔다. 판성메이는 정말로 취샤오샤오가 걱정돼서 내려왔던 걸까? 하지만 취샤오샤오가 제일 좋아하는 게 싸움 구경인데 어떻게 얌전히 차 안에 앉아 있을 수가 있을까. 그녀는 시장에 가 있는 멤버들에게 전화를 걸어서 상황을 알리고는 고양이처럼 차 안에 웅크린 채 사람들이 들이닥치기를 기다렸다.

잠시 후 약간 저물기 시작한 햇빛 아래로 젊고 건장한 체격의 세 남자가 나타났다. 촌스러운 차림이지만 판성메이와 왕바이촨이 상대할 수 있는 사람들은 아니라는 걸 대번에 알 수 있었다. 취샤오샤오가 살금살금 계단으로 올라갔다. 세 남자의 걸음이 빠르지 않아 계단참을 돌다가 그중 1명이 뒤따라오던 취샤오샤오를 발견했다. 그가 익숙하게 바닥에 침을 퉤 뱉으며 퉁명스럽게 물었다.

"당신이 판성메이야?"

취샤오샤오는 가슴이 철렁 내려앉았지만 요염한 표정으로 받아쳤다.

"판성메이가 나만큼 예뻐요? 이런 옷을 살 수 있어요? 쳇!"

그녀가 도도하게 세 남자 옆을 스쳐 몇 걸음 더 올라가서는 판성메이 집으로 들어갔다.

"언니, 사람들 왔어. 문 앞에 있어."

판성메이가 놀라서 목소리를 낮추며 속삭였다.

"왜 올라왔어? 얼른 내려가."

취샤오샤오가 몸을 돌려 문 앞으로 가서는 고개를 밖으로 내밀었다.

"성메이 언니가 당신들 왜 왔느냐고 묻네요. 들어와서 차 마시면서 얘기해요."

세 남자는 놀라서 얼떨떨하게 집으로 들어왔다. 판성메이 엄마가 그들을 보고 얼굴이 하얗게 질려서는 울음을 터뜨린 레이레이를 안고 침실로 피했다. 취샤오샤오가 차를 마시자며 그들을 데리고 들어왔으니 판성메이도 차를 만들어다 줄 수밖에 없었다. 취샤오샤오가 남자들과 마주 보는 자리에 앉아 호기심 어린 눈으로 그들을 쳐다보며 자신의 어우털 코트 깃을 여몄다.

"어머, 안 추워요? 난 이렇게 입고도 추운데."

남자 중 하나가 쿨럭이며 취샤오샤오의 미인계에서 간신히 빠져

나갔다.

"병원비 어떻게 할 거야?"

취샤오샤오가 잽싸게 말했다.

"뭘 어떻게 해요? 당사자한테 받아내요. 가족들을 닦달해봤자 소용없어요. 이 집 노인이 뇌졸중에 걸렸어요. 직접 볼래요? 침대에 누워 계세요. 있는 돈을 병원비로 다 써서 돈이 없어요. 아니, 돈이 있어도 못 줘요. 당사자를 찾아가시라니까요."

"샤오샤오…."

판성메이가 그녀를 말리며 남자들에게 차분하게 말했다.

"집에 정말로 돈이 없어요. 오빠 집을 팔아서 아빠 수술비로 다 썼어요. 직접 보세요. 이렇게 됐으니 좀 봐주세요."

그때 앤디, 관쥐얼, 추잉잉도 조용히 집으로 들어와 취샤오샤오 옆에 섰다. 모두 여자들이라 위협적이지 않았는지 그중 한 남자가 성큼성큼 침실로 들어가 판성메이 아빠의 상태를 살펴보았다. 남자는 판성메이의 말이 사실이라는 걸 확인한 후 거실로 나가 같이 온 두 남자를 향해 미간을 찡그렸다. 세 남자가 자기들끼리 뭐라고 속닥거리더니 그중 1명이 마른기침을 하며 말했다.

"이렇게 된 건 유감스럽지만 우리 형도 지금 병원에 있는데 병원비는 어떻게 해?"

앤디가 의자에 앉으며 남자들에게 말했다.

"영수증 가져와요. 증빙 자료가 있어야 돈을 주죠."

"앤디, 그만해…."

판성메이가 얼른 그녀를 말렸지만 앤디가 손을 저으며 남자들에게 좋게 말했다.

"입원한 건 안됐네요. 어차피 이렇게 됐으니 잘 해결해봐요. 일단,

병원비 내역서를 가지고 오세요. 돈이 부족하면 내일 아침에 같이 은행에 가서 인출해 줄게요."

한 남자가 머뭇거리며 말했다.

"당신이 이 집 대변인이야?"

앤디가 웃었다.

"대변인은 아니지만 돈을 대신 내줄 수는 있어요."

남자들이 주머니에서 병원비 영수증을 꺼내 내밀자 앤디가 1장씩 살펴보았다. 판성메이는 앤디가 무슨 생각으로 그러는지 알 수 없었지만 똑똑한 그녀를 믿어보기로 했다.

앤디가 대뜸 영수증 뭉치를 탁자 위에 탁 내려놓았다.

"록시스로마이신을 하루에 8병이나 놓는다고요? 그러려면 링거를 16병이나 맞아야 하는데 그러고도 살아 있어요? 와파린도 하루에 5병? 그걸 기침약으로 먹어요? 온몸에 궤양이 나서 피 철철 흘리며 죽고 싶어요? 샤오샤오, 당장 경찰 불러. 여기에 사기꾼들이 있다고 해. 누가 이런 영수증을 발급했는지 찾아내야겠어. 이 집에 의사가 없다고 이렇게 사기를 치나?"

세 남자가 냉큼 영수증을 감추었지만 앤디가 영수증에 쓰여 있는 내역을 줄줄 읊었다. 취샤오샤오가 남자들에게 쏘아붙였다.

"증거를 없앨 수 있을 거 같아요? 이 분이 의사예요. 그런 거 매일 보는데 몇 장 외우는 건 일도 아니죠."

앤디가 영수증 일련번호까지 줄줄 읊고는 남자들에게 말했다.

"병원에 가면 다 조회할 수 있어요. 어차피 컴퓨터로 출력한 거니까. 오늘 밤 안으로 지금까지 뜯어간 돈의 절반을 도로 내놔요. 안 그러면 위생국에서 만나게 될 거예요."

추잉잉이 용감하게 손을 허리에 얹고 문 앞을 막아섰지만 다리가 바들바들 떨려 한마디도 하지 못했다. 관쥐얼은 부엌으로 달려가 여차하면 칼을 들고 나설 준비를 했다.

양쪽이 대치하며 일촉즉발의 위기감이 감돌고 있을 때 별안간 꽈당 소리가 났다. 판성메이 엄마가 놀라서 바닥에 주저앉아 몸을 떨고 있었다. 취샤오샤오가 기지를 발휘해 외쳤다.

"어머! 아저씨도 쓰러졌는데 아주머니까지 쓰러지면 어떻게 해요. 밖에 나가서 얘기하는 게 좋겠어요."

판성메이가 말했다.

"됐어. 이게 다 오빠가 저질러놓은 일이잖아. 우리 다 피해자인데 우리끼리 싸울 거 없어. 세 분은 차 드세요. 가짜 영수증으로 돈을 줄 순 없어요. 지금까지 가져간 돈은 골칫덩이 오빠를 떼어준 대가로 생각하고 문제 삼지 않을게요. 돌아가세요. 어쨌든 오빠의 피해자니까 내가 대신 사과할게요."

취샤오샤오가 끼어들었다.

"가긴 어딜 가? 가짜 영수증을 딱 걸렸는데. 그냥 넘어갈 일이 아니야."

"됐어. 우리 오빠가 먼저 잘못한 거야."

"그래도 이건 아니지. 돈은 언니가 줬잖아. 다시는 이 집에 한 발짝도 들여놓지 않겠다고 각서라도 받아."

"됐어. 그만둬…."

"되긴 뭐가 돼? 고소를 해서 확실하게 따져야지. 내가 내일 고소장 제출할게. 친구니까 변호사 비용은 필요 없어. 내가 못 참겠어서 나서는 거야."

"하지 마. 오빠가 먼저 잘못했잖아…."

판성메이가 남자들에게 가라는 손짓을 했다. 남자들은 가짜 영수증이 들통난 데다가 취샤오샤오가 강하게 나오자 어쩔 줄 모르고 있다가 슬금슬금 도망쳤다. 취샤오샤오가 문 옆에 있는 추잉잉에게 남자들이 갔는지 확인하라고 손짓을 하자 추잉잉이 밖을 보고는 고개를 끄덕였다. 취샤오샤오가 그제야 안심하고 의자에 털썩 주저앉았다.

"떨려서 죽을 뻔했어. 주머니 속에서 호신용 스프레이를 꽉 쥐고 있었잖아."

앤디도 크게 한숨을 토해내고는 물을 벌컥벌컥 들이켠 뒤 주머니에서 작은 칼을 꺼내 탁자에 탁 내려놓았다. 앤디도 대비를 하고 있었던 것이다.

추잉잉이 얼른 문을 닫고는 다리에 힘이 풀려 비틀거리며 다가와 소파에 풀썩 앉았다.

"앤디 언니는 약에 대해서도 어떻게 그렇게 잘 알아?"

"아무거나 지어내서 말한 거야. 어차피 조작한 영수증인 거 같아서. 왕바이촨이 귀띔해줬어."

앤디가 물을 계속 들이켰다.

주방에서 짤그랑 소리가 들렸다. 관쥐얼이 손에 들고 있던 부엌칼을 바닥에 떨어뜨린 뒤 싱크대에 기댄 채 꼼짝도 하지 못했다.

집 안에 적막이 감돌았다. 레이레이마저 울음을 멈추었다. 아무도 판성메이 엄마를 일으켜줄 수가 없었다. 한참 만에 추잉잉이 얼이 빠진 듯 중얼거리는 소리가 적막을 깼다.

"앤디 언니, 하루에 링거 16병을 맞으면 사람이 아니라 물 먹인 소겠어."

앤디가 물을 한 모금 더 마셨다.

"알려줘서 고마워."

취샤오샤오가 큭큭 웃음을 터뜨리고는 핸드폰을 꺼내 현장 상황을 간단히 웨이보에 올렸다.

'여자 5명의 얼굴이 새파랗게 질렸다. 나는 호신용 스프레이를 꺼냈고, 앤디 언니는 작은 칼을 꺼냈고, 쥐얼의 발밑에는 부엌칼이 떨어져 있다. 하지만 아직 상황이 종료된 것은 아니다.'

앤디도 같은 생각이었다.

"이걸로 끝나지 않을 거야. 우리가 운이 좋았어. 거짓말인 게 들통나서 도망쳤지만 이렇게 쉽게 그만둘 사람들이 아니야. 상의해보고 다시 오겠지. 어떻게 하지? 샤오샤오, 이럴 때 제일 좋은 방법이 뭐야?"

"잠깐 기다려. 웨이보에 새로 올라온 글 좀 읽고⋯."

다들 깜짝 놀랐다. 엄마를 부축하고 있던 판성메이는 하마터면 손을 놓칠 뻔했다.

추잉잉이 핀잔을 주었다.

"샤오샤오, 대화에 집중할 수 없니?"

"당장 급한 것도 아니잖아. 기분 전환 좀 하게 내버려 둬. 앤디 언니, 헤어졌다는 거 거짓말이야? 웨이 오빠가 언니한테 마카롱 선물했다고 웨이보에 올렸잖아. 이거 공개적인 애정 표현 아니야?"

앤디가 찻잔을 내려놓고 자기 핸드폰으로 웨이보를 확인했다.

"헤어졌어도 친구가 될 순 있어. 내가 예전에 마카롱이 맛있다고 말한 적이 있었어. 호들갑 떨지 말고 내 물음에나 대답해."

하지만 앤디도 특이점의 웨이보를 훑어보았다. 평소 웨이보를 잘 하지 않던 특이점이 며칠 사이에 게시글을 여러 개나 올렸다. 모두 요즘 먹은 맛있는 음식들을 찍은 사진이었다.

취샤오샤오가 핸드폰을 들여다보며 방금 전 앤디의 질문에 대답했다.

"해결책은 딱 하나야. 이 지역에서 힘 좀 쓰는 사람에게 중재해달라고 하는 거지. 하지만 성메이 언니네 집에 그런 지인이 있을 리 없잖아. 그랬으면 이 지경까지 오지도 않았겠지. 내가 수소문해 볼게. 언니도 도와줄 만한 사람이 있는지 생각해 봐."

앤디가 길게 생각할 것도 없이 말했다.

"찾을 거 없어. 아는 사람 있으니까. 내 덕분에 돈을 많이 벌었다면서 보답할 기회를 달라고 했던 사람인데 잘됐어."

앤디가 핸드폰에서 바오이판의 전화번호를 찾았다.

"잘하면 오늘 밤 숙식도 해결할 수 있겠어."

"전화해 봐. 연락이 안 되면 내가 공안국에 아는 사람이 있는지 알아볼게."

취샤오샤오가 핸드폰 주소록을 뒤적였다.

관쥐얼이 그제야 정신을 차리고 천천히 걸어와 추잉잉 옆에 앉으며 말했다.

"샤오샤오, 네가 어떻게 사업을 하는지 궁금했는데 이제 알겠어."

취샤오샤오가 고개를 번쩍 들고 눈을 동그랗게 뜨며 관쥐얼을 쳐다보았다.

"앤디 언니한테 물어봐. 내가 사업 얘기 하는 걸 들었으니까. 날 무시하지 마."

관쥐얼이 빙그레 웃었다.

"무시하는 게 아니라 노는 걸 좋아하는 줄 알았지. 네가 이렇게 진지하게 일 얘기를 할 줄은 몰랐어."

"어디 그것뿐이야? 돈도 많지, 통도 크지, 또⋯."

취샤오샤오가 부끄러운 기색도 없이 턱을 높이 들었다. "미모도 끝내주지!"

말이 끝나자마자 취샤오샤오, 추잉잉, 관쥐얼이 깔깔거리며 박장대소했다. 방금 전 일을 겪은 후 갑자기 더 친해진 것 같았다.

앤디가 바오이판에게 전화를 걸어 상황을 설명하자 바오이판이 아는 사람이 있다며 흔쾌히 도와주겠다고 했다. 앤디가 바오이판에게 자세히 설명해주라며 판성메이를 바꿔주었다.

앤디가 시시덕거리고 있는 다른 3명에게 웃으며 말했다.

"조금 있다가 잘생긴 남자가 올 거야. 이름은 바오이판. 국내 명문대를 졸업하고 외국 명문대 MBA를 나왔어. 지금은 가업을 이어받아서 회사를 운영하고 있어. 마음껏 감상해."

취샤오샤오와 추잉잉이 동시에 물었다.

"자오치펑보다 잘생겼어?"

"각각 매력이 있지."

취샤오샤오가 더 적극적으로 나왔다.

"웨이 오빠는 차버려. 미련 갖지 말고 이 사람을 붙잡아. 보답할 기회를 달라고 조른다며. 10년 동안 두고두고 보답하라고 해."

바오이판과 통화를 하고 있던 판성메이가 깜짝 놀라 바오이판의 말을 전했다.

"바오 사장님이 좋은 생각이라고 전해달래."

앤디가 놀라서 취샤오샤오에게 눈을 흘겼지만 또 바오이판에게 말소리가 들릴까 봐 아무 말도 하지 않았다.

판성메이가 전화를 끊었다. 가슴속에 있던 제일 큰 돌을 내려놓은 듯 표정이 가벼워졌다.

"문제없대. 공안국 형사 과장으로 있던 사람을 아신대. 지금은 다른 지역으로 갔지만 아직도 이쪽에 영향력이 있나 봐."

취샤오샤오가 말했다.

"그렇겠지. 사람은 다 끼리끼리 만나는 거야. 앤디 언니 주변 사람들은 우리 말곤 다 엘리트일 거야. 날 봐. 내 주변에는 전부… 빈둥대는 부잣집 애들이야."

모두들 어떻게 말을 받아야 할지 난처해하고 있을 때 집 전화벨이 울렸다. 판성메이가 주방에서 분주하게 일하고 있는 엄마를 보고 한숨을 쉬었다.

"요즘 걸려오는 전화는 나쁜 소식뿐인데. 엄마, 내가 받을까, 엄마가 받을래?"

"네가 받아."

판성메이 엄마도 돈 내놓으라는 전화일까 봐 받을 용기가 나지 않았다.

판성메이가 전화를 받자마자 안색이 변했다.

"우리가 집에 온 걸 어떻게 알았어? 어떻게 알았는지 말하기 전엔 아무 말도 안 할 거야."

판성메이 오빠였다. 오빠는 그녀가 전화를 받자마자 왜 자기 집을 마음대로 팔았느냐며 따졌다. 판성메이도 지지 않고 쏘아붙였다.

"나쁜 자식. 오늘 집에서 자고 갈 거니까 어디 찾아와보시지. 돈은 내가 가지고 있어. 맞아. 오빠 집 판 돈이야. 한 푼도 못 줘. 방금 전에도 그 사람들이 온 걸 내가 돌려보냈어. 돈은 나 말고 오빠한테 받으라고 했어. 올 테면 와봐. 그 사람들 불러다가 돈 주는 대신 오빠 다리를 부러뜨리라고 할 테니까."

판성메이 엄마가 아들의 전화인 걸 알고 허겁지겁 달려 나와 수화기를 낚아채더니 판성메이를 노려보며 아들과 통화를 했다.

앤디가 판성메이에게 손짓을 하고는 다른 3명을 데리고 나와 차에 태웠다. 네 사람이 나가자 판성메이가 전화기의 스피커폰 버튼을 눌렀다. 오빠가 지내기가 힘들다고 앓는 소리를 하고 있었다. 너무 춥고 이불도 얇아서 잠도 못자는 데다가 부부 모두 감기에 걸렸는데 돈이 없어서 병원에도 못 간다고 징징댔다. 아들의 하소연에 엄마가 눈물을 흘리자 판성메이가 옆에서 버럭 외쳤다.

"사지 멀쩡한데 왜 일을 못해? 올케도 일용직으로 일하면 되잖아. 요즘 일용직 인력이 부족하다는데 열심히 일하기만 하면 왜 돈을 못 벌어? 울긴 뭘 울어? 굶어도 싸! 이제 한 푼도 못 줘! 오빠한테도 안 주고 엄마한테도 안 줄 거야. 울어도 소용없어!"

판성메이가 매섭게 쏘아붙인 뒤 전화를 끊었다.

판성메이 엄마가 화가 나서 판성메이에게 손찌검을 했다.

"네 오빠가 집이 없어서 돌아오지도 못하잖아! 독한 년! 돈밖에 모르는 년! 불효막심한 년!"

판성메이도 화가 나서 대들었다.

"때려! 더 때려! 또 때리면 난 엄마 손자를 때릴 테니까!"

판성메이가 레이레이의 멱살을 잡아채자 엄마가 놀라서 레이레이를 확 끌어다가 품에 안았다.

"내일 당장 은행에서 5,000위안 찾아와. 내 돈 내놔!"

판성메이가 싸늘하게 웃었다.

"생활비는 매주 나눠서 부칠게. 아빠 약값 빼고 한 달에 500위안이야. 아빠 앞으로 나오는 연금이랑 합치면 충분할 거야. 그 돈으로 뭘 하든 상관없어. 엄마 아들한테 주면 엄마랑 엄마 손자는 굶어. 일주일 굶는다고 죽지 않아. 난 눈 하나 깜짝하지 않을 거야. 엄마 아들 일은 해결하고 갈게. 하지만 그 사람들한테 똑똑히 얘기할 거야. 엄마 아들을 찾아서 돈을 받으라고. 때려죽여도 상관없으니까 이 집에 찾아오지만 말라고."

"이 배은망덕한 년! 내가 살아 있는 한, 넌 이 집에서 말할 자격이 없어! 통장 내놔! 내가 보관할 테니까!"

"통장이랑 집문서는 다 하이시에 있어. 엄마한테 주는 건 엄마 아들한테 주는 거랑 마찬가지지. 엄마 아들은 놀고먹을 줄만 아는 밑 빠진 독이야. 돈을 아무리 쏟아부어도 부족하다고! 죽으라고 해. 이 나이가 되도록 제 앞가림도 못하는 게 말이 돼? 이제 한 푼도 못 줘!"

"뭐라고? 집문서 내놔!"

엄마가 손자도 옆으로 밀어놓고 바닥에 있던 빗자루를 집어 들고 때리려고 하자 판성메이가 의자를 들고 피하며 분에 겨워 눈물을 쏟았다.

"내가 친딸 맞아? 왜 내 돈 뜯어다 아들한테 줄 생각만 해?"

"기껏 키워놨더니 내 돈이랑 집까지 빼앗아? 네 오빠가 너보다 나아. 너처럼 양심 없는 년은 때려죽이고 안 낳은 셈 치면 돼!"

"날 낳기만 했지 길러준 적 있어? 돈 필요할 때만 나한테 전화했잖아. 날 낳아준 빚은 원금에 이자까지 쳐서 이미 갚았어. 엄마 아들은 어때? 엄마한테 돈 뜯어갈 줄만 알지. 이런데도 누가 배은망덕한지 몰라?"

"아빠 쓰러지고 돈 생기니까 엄마를 버리는구나! 내가 아들이 있어서 망정이지 안 그랬으면 날 죽였겠어. 이 나쁜 년! 가만두지 않을 거야! 내 돈이랑 집문서 내놔!"

판성메이가 치미는 화에 몸을 떨며 엄마가 휘두르는 빗자루를 막고 옷과 가방을 가지고 밖으로 나갔다. 나가다가 엄마가 휘두르는 빗자루에 두 대 맞았다. 그녀가 뛰쳐나와 현관문을 쾅 닫을 때 맞은편 이웃집 문도 거의 동시에 닫혔다. 그녀는 빗자루에 맞아 얼얼한 곳을 문지르고 눈물을 훔치며 계단을 내려왔다.

앤디 차의 조수석에 앉아 있던 취샤오샤오가 판성메이를 보고 차에서 내려 판성메이를 뒷좌석에 태웠다. 판성메이가 우는 이유를 정확히 알 수는 없지만 엄마와 돈 문제로 다투었다는 건 분명했다. 취샤오샤오는 판성메이가 우는 걸 이해할 수가 없었다. 운다고 무슨 소용이 있을까? 대처 방법은 이미 오는 길에 알려주었으니 이제 판성메이가 직접 해결해야 할 문제였다.

추잉잉이 오빠가 또 무슨 사고를 쳤느냐고 묻자 판성메이가 한숨을 쉬며 대답했다.

"내가 사라질 수 있다면 단 1분이라도 이 집에 더 있고 싶지 않아. 엄마와 사이가 좋다가도 오빠 전화 1통에 나는 또 돈주머니가 됐어."

앤디가 말했다.

"너도 잘한 건 없어. 모두 피곤하고 지쳐서 그랬다고 이해하자."

"딸한테 어떻게 이럴 수가 있어? 내가 정말 친딸이 맞기는 할까?"

취샤오샤오가 말했다.

"피붙이라고 들러붙어서 매달리는 거 짜증나. 그런 망나니한테 잘해줄 거 뭐 있어? 사람 시켜서 실컷 두들겨 패주든가. 아니면 아예 상종을 하지 마."

관쥐얼이 말했다.

"청렴한 관리도 집안 단속은 하기 힘들댔어. 가족끼리는 이치를 따질 수가 없는 거야. 성메이 언니도 그동안 충분히 했어. 앤디 언니 말대로 요즘 모두 지쳐서 그런 거야. 언니가 참아. 원칙만 지키면 돼. 연세가 이렇게 들도록 안 바뀌었는데 바뀌길 기대할 수 있겠어? 화내지 말고 우리한테 얘기하고 마음 풀어."

"왜 항상 나만 참아야 해? 왜 항상 내가 책임져야 해? 나도 여자라고. 나도 자식이고."

판성메이가 별안간 찢어질 듯한 소리로 비명을 질렀다. 결코 취샤오샤오의 비명에 뒤지지 않았다. 취샤오샤오는 뒤를 돌아보고 추잉잉과 관쥐얼이 판성메이를 안고 위로했다. 앤디는 아무렇지 않게 전방을 응시하며 운전에 집중했다. 아무래도 고아로 자라면서 이보다 어려운 일을 더 많이 겪어서 그런 것 같았다. 취샤오샤오가 고개를 돌려 전방을 응시하며 다시 돌아보지 않았다. 앤디가 차를 출발시켜 바오이판이 길을 헤매지 않도록 길 어귀까지 나가서 기다렸다.

취샤오샤오는 비명을 지르는 판성메이를 돌아보지 않으려고 핸드폰을 꺼내 웨이보에 접속했다. 자오치펑의 웨이보에는 며칠째 글이 하나도 올라오지 않고 있었다. 그녀가 큭큭거리며 웃었다. 모름지기 사람은 행동을 해야 하는 법이다. 가만히 있으면 자기만 답답할 뿐 해결되는 게 하나도 없다. 상대를 공격하고 싶다면 행동해야만 한다. 특이점의 웨이보에 가보니 30분이 채 안 되는 시간 동안 글이 몇 개나 올라와 있었다. 취샤오샤오는 또 웃음이 나왔다. 앤디도 역시 행동파가 분명했다. 그게 아니라면 특이점이 올린 글이 전부 앤디를 향한 은근한 아부일 리 없잖은가. 취샤오샤오가 특이점이 웨이보에 올린 글을 줄줄 읽어주자 앤디가 차를 세워놓고 핸드폰을 꺼내 자오치펑의 웨이보를 확인했다. 똑같은 방법으로 취샤오샤오를 놀려주고 싶었지만 새로운 글이 하나도 없는 걸 보고 전략을 바꾸어 자기 웨이보에 짓궂은 글을 올렸다.

'오늘 저녁 샤오샤오가 잘생긴 사업가와 역사적인 회동을 하게 된다. 과연 어떻게 될까?'

취샤오샤오가 얼른 댓글을 달았다.

'언니한테 대시하고 있는 남자잖아. 며칠 양보해준다면 마다하진 않을게. 정말 미남이라면 말이야.'

취샤오샤오는 댓글을 달자마자 자기가 속았다는 걸 깨달았다.

"웨이 오빠의 질투심을 자극하려고 일부러 그런 거지? 하하하! 웨이 오빠 지금쯤 질투심에 불타오르고 있겠네."

"아냐. 난 그런 잔꾀는 안 써."

하지만 앤디도 속으로는 취샤오샤오처럼 특이점의 웨이보를 악성 댓글로 도배해놓고 싶다고 생각했다. 그의 화를 돋워 그가 무슨 생각을 하고 있는지 알고 싶었다. 뒤에 있던 관쥐얼이 취샤오샤오에게 그만두라고 손짓을 했지만 아무 소용이 없자 몰래 앤디의 어깨를 두드렸다. 앤디가 입을 다물며 손을 뻗어 취샤오샤오의 입을 가렸다. 취샤오샤오에게는 직접적인 방법을 써야만 효과가 있었다.

드디어 바오이판이 자신의 레인지로버를 몰고 요란한 소리를 내며 달려왔다.

앤디가 차에서 내려 바오이판을 만나 그가 데려온 전 형사 과장과 악수를 하고 인사를 나누었다. 뒤따라 내린 취샤오샤오가 바오이판을 보자마자 눈이 둥그렇게 커지더니 그와 악수를 하며 감탄했다.

"앤디 언니가 어찌나 칭찬을 하던지 귀에 딱지가 앉겠어요."

앤디가 뭐라고 하지 못하고 손으로 취샤오샤오의 머리를 헝클어뜨렸다.

"차에 미인 3명이 더 있어요. 모두 제 이웃인데 이 친구가 제일 짓궂죠. 제 차가 투 도어라 뒷좌석은 타고내리기가 불편하니까 목적지에 도착해서 소개할게요."

차 두 대가 앞뒤로 나란히 달려 고급 레스토랑에 도착했다. 피해자 측 사람들이 입구에서 기다리고 있다가 형사 과장을 보고 허리 굽혀 인사를 했다. 테이블에 함께 앉자마자 형사 과장이 피해자 측 사람들을 달래며 양쪽 모두 이쯤에서 그만두라고 권하자 순순히 그러겠다고 했다.

취샤오샤오가 앤디와 바오이판이 대화를 나누는 장면을 핸드폰으로 찍어서 웨이보에 올렸다. 화질이 흐릿해서 두 사람 사이가 화기애애하다는 오해를 만들어내기가 더 쉬웠다. 앤디가 취샤오샤오를 보고 급하게 웨이보에 접속해서 확인하고는 깜짝 놀랐다.

얘기가 다 끝난 뒤 형사 과장이 손짓을 하자 피해자 측 사람들이 인사를 하고 떠났다. 판성메이가 그들에게 가볍게 허리를 굽혀 미안하다고 사과했다. 형사 과장이 그걸 보고 판성메이를 칭찬하고는 앞으로 무슨 일이 있으면 연락하라며 명함을 건넸다. 바오이판이 종업원을 불러 음식을 주문했다. 이번에도 앤디가 메뉴 결정권을 바오이판에게 넘기자 바오이판이 웃었다.

"하하하! 제가 주문하죠. 귀국한 지 오래됐는데 아직도 주문할 줄 모르세요?"

모두들 둘 사이에 흐르는 은근한 기류를 눈치챘지만 앤디만 아무것도 모르고 있었다.

앤디 옆에 앉은 취샤오샤오는 바오이판이 이런저런 화제를 끌어다가 앤디와 조금이라도 더 대화하려 한다는 걸 알 수 있었다. 특이점을 자극하려고 웨이보에 올린 글에 특이점은 아직 아무런 반응이 없었다. 판성메이는 형사 과장 옆에 앉아 비위를 맞추며 대화를 나누었다. 취샤오샤오는 그녀가 짓는 요염한 미소가 마음에 들지 않았지만 형사 과장은 기분이 좋아 보였다. 흥이 오른 그는 예전에 범죄 사건을 해결했던 무용담을 들려주었고 관쥐얼과 추잉잉도 눈을 반짝이며 그의 얘기를 경청했다. 하지만 취샤오샤오는 그 얘기들이 별로 재미가 없었다. 그녀 주변의 부잣집 자식들이 사고 쳤던 이야기가 그것보다 훨씬 더 스펙터클하고 짜릿했다.

취샤오샤오는 하는 수 없이 앤디와 바오이판이 나누는, 이해하기 힘든 얘기를 듣고 있어야만 했다. 게다가 앤디는 어려운 개념을 얘기하다가 중국어가 막히면 유창한 영어로 얘기했다. 용감한 취샤오샤오는 그럴 때마다 두 사람의 대화를 통역해달라고 했다. 앤디가 차근차근 설명해주면 취샤오샤오도 아주 조금은 알아들을 수 있었다. 어쨌든 그들이 나누는 대화는 거의 다 사업에 관한 것이었기 때문에 취샤오샤오도 귀를 쫑긋 세우고 들었다. 바오이판이 자기 회사의 경영에 관해 얘기했지만 금융계에 있는 앤디는 공장 경영에 대해서는 아는 게 별로 없었다. 바오이판이 다음 날 자기 공장 몇 곳을 구경시켜주겠다고 했다. 앤디는 기계로 가득 찬 공장에 호기심이 많았으므로 좋다고 했다. 옆에 있던 취샤오샤오가 끼어들었다.

"나도 같이 갈래요."

그녀가 바오이판의 눈치를 살피며 히죽거렸다.

"제가 언니의 보디가드니까 안 된다고 하지 마세요."

바오이판이 빙그레 웃었다.

"물론 환영합니다. 그런데 안전상의 문제로 몇 가지 규정이 있어요. 하이힐을 신으면 안 되고 밑바닥에 돌기가 있는 신발도 금지예요. 긴 머리는 땋아서 올리고 깨끗한 옷을 입어야 하고요."

"됐어요. 그만하세요. 앤디 언니만 구경시켜주려고 그러는 거잖아요."

취샤오샤오의 말에 바오이판이 말없이 너그러운 미소를 지었다. 취샤오샤오가 다른 3명을 보며 말했다.

"230 사이즈인 사람 있어? 나랑 반나절만 바꿔 신자."

관쥐얼이 말했다.

"내가 230이야. 하지만 바꿔 신는 건 안 돼. 난 그런 킬힐은 못 신거든."

"빌려줘. 아니, 꼭 빌려줘야 돼. 호텔에 가서 교환 조건을 얘기해보자."

관쥐얼이 웃으며 말했다.

"빌려줄게. 어차피 내일 할 일도 없으니까."

앤디가 끼어들었다.

"쥐얼 신발도 하이힐이라 안 돼. 어떤 신발인지 보지도 않고 빌려달래?"

취샤오샤오가 바오이판을 살짝 흘겨보았다.

"우리가 어떤 신발을 신었는지 이미 다 파악했군요. 앤디 언니와 단둘이 시간을 보낼 수 있어서 좋으시겠어요."

바오이판이 웃었다.

"들켰군요."

"흥! 누구든 나를 만만하게 보면 웨이보에다가 글을 올릴 거야. 내가 만약 불치병에 걸리면 알고 있는 비밀을 인터넷에 올려서 다들 얼굴도 못 들고 다니게 해줄 거야. 그러니까 내가 100살까지 장수하길 기원하며 건배해."

모두 잔을 들고 취샤오샤오의 장수를 위해 건배했다. 분위기가 떠들썩해졌다. 취샤오샤오가 판성메이를 보며 앤디에게 귓속말로 속삭였다.

"내가 모든 비즈니스는 밥을 사주면서 시작되는 거라고 했지? 밥먹을 때도 분위기를 띄워야 돼. 밥 먹을 때 분위기가 좋아야 앞날도 밝아지는 거야. 하지만 여자라는 점을 이용해서 분위기를 띄웠다가는 상대의 오해를 살 수도 있으니까 조심해."

앤디도 취샤오샤오의 말에 동의했다. 그때 판성메이가 형사 과장에게 마지막 건배를 제의했다.

"이렇게 만난 것도 인연인데 마지막 잔은 건배할까요?"

형사 과장이 껄껄 웃으며 말을 받았다.

"강호를 떠도는 사람이 술을 마다할 리 있나요?"

두 사람이 건배를 하고는 남은 술을 단숨에 비웠다. 그걸 보고 취샤오샤오, 앤디, 추잉잉, 관쥐얼이 모두 놀랐다. 판성메이가 형사 과장과 눈을 마주치고 생글거리며 그의 그릇에 국수를 덜어주고 자기 그릇에도 국수를 담았다.

식사를 마치고 판성메이를 집까지 데려다준 뒤 바오이판을 따라가자 시내에서 제일 좋은 호텔에 도착했다. 바오이판이 비싼 객실을 잡아주려고 했지만 앤디가 극구 사양하며 스탠다드룸 2개를 선택했다. 바오이판이 돌아간 후 네 여자가 객실로 올라갔다. 추잉잉이 신기한 표정으로 호텔 곳곳을 두리번거렸다. 복도에 깔려 있는 카펫도 두껍고 부드럽다면서 발을 굴러보았다. 객실 앞에 도착하자마자 관쥐얼이 추잉잉을 데리고 들어가 문을 닫았다. 추잉잉은 흥분을 감추지 못하고 침대에서 콩콩 뛰며 창밖 야경을 구경하고 또 화장실에 가서 복잡하게 생긴 수도꼭지를 이리저리 돌려보며 좋아했다.

앤디가 두 사람의 객실로 들어오며 말했다.

"샤오샤오가 술 마시러 가자는데 같이 갈래? 지금 화장하고 있어. 오늘 꼭 술을 마셔야겠대."

추잉잉이 잘라 말했다.

"난 아무 데도 안 가. 내일 아침에 바오 사장님 공장에 갈 때도 난 부르지 마. 여기서 실컷 누리고 갈 거니까."

관쥐얼이 웃으며 말했다.

"나도 잉잉이랑 같이 있을게. 층마다 다니면서 구경하고 싶어."

"샤오샤오 혼자 보내면 걱정되니까 같이 나갔다 올게. 나갈 때 객실 카드를 가지고 나가. 필요한 게 있으면 객실 호수를 적어놔. 내일 결제할 테니까. 특히 잉잉은 카페에 가서 커피를 마셔보는 게 좋겠다."

추잉잉이 말했다.

"괜찮아. 필요 없어. 아무 데도 안 가고 욕조에서 목욕하고 푹 잘 거야."

앤디는 자신이 사회 초년생 시절 처음 고급 호텔에서 묵었을 때를 떠올리며 신이 나 있는 추잉잉을 쳐다보았다. 문득 그녀를 안아주고 싶었지만 행동으로 옮기지는 않았다. 그 대신 추잉잉에게 고급 호텔을 제대로 경험하게 해주려고 몰래 프론트에 전화를 걸어 룸서비스로 샴페인과 커피, 디저트, 아이스크림을 주문했다.

옆에 있던 취샤오샤오가 말했다.

"잉잉한테 바람 넣지 마. 돈 많은 남자들이 여자를 이런 식으로 꼬셔서 데리고 놀잖아."

"잉잉은 안 그럴 거야. 카페에 가서 커피 영업할까 봐 걱정이지. 근데 화장은 언제 끝나?"

"뭐가 그렇게 급해? 어차피 너무 일러서 지금 가면 재미가 없어. 그건 그렇고 내가 웨이보에 글을 몇 개나 올렸는데 웨이 오빠는 왜 반응이 없지?"

"헤어졌다는데 왜 못 믿어?"

앤디도 소파에 앉아 웨이보에 접속했다.

그녀는 천천히 인정하고 싶지 않은 현실을 떠올렸다. 특이점은 그녀를 너무 잘 알고 있어서 취샤오샤오의 도발에 걸려들지 않을 것이다. 그녀가 그렇게 쉽게 다른 남자와 가까워질 리 없다는 걸 그는 알고 있었다. 앤디는 씁쓸한 마음을 곱씹었다. 취샤오샤오가 속눈썹을 붙이는 걸 보고 사진을 찍어 자신의 웨이보에 올렸다.

'오늘 밤은 클럽. 내일 아침에는 공장 견학. 내일 저녁에 집으로.'

하지만 너무 무미건조한 것 같아서 글을 올리기 전에 취샤오샤오에게 물었다.

"클럽에 가는 걸 어떻게 표현해야 좀 더 자극적일까?"

취샤오샤오가 앤디가 써놓은 걸 보고 깔깔대고 웃었다.

"마음대로 해. 오늘은 클럽에 가서 남자들한테 은근한 눈빛을 던지는 것만 배워. 그건 기본이니까. 한꺼번에 너무 많이 배우면 다 소화를 못 시키잖아. 그리고 언니도 화장을 해야지. 그 사진을 웨이보에 올리면 웨이 오빠가 속 좀 탈걸?"

앤디가 취샤오샤오의 사진을 웨이보에 올리고 화장을 하기 시작했다. 하지만 빨간색에 트라우마가 있는 그녀는 레드 립스틱은 절대로 바르지 않았다. 화장이 끝난 뒤 수줍어하는 표정으로 찍은 사진을 웨이보에 올렸지만 취샤오샤오는 앤디가 여전히 점잖은 척하고 있다고 생각했다.

취샤오샤오가 화장을 마무리하고 있는데 앤디의 핸드폰이 울렸다.

"웨이 오빠야?"

앤디가 대답했다.

"응. 받을까, 말까?"

"받지 마."

"왜?"

앤디가 핸드폰을 침대 위로 던졌다. 그녀는 취샤오샤오가 하라는 대로 했다.

"클럽에서 신나게 놀고 있는데 전화 받을 시간이 있겠어?"

앤디는 전화를 받고 싶었지만 특이점이 침대 옆 테이블에 놓고 간 빈 메모를 떠올리자 화가 나서 취샤오샤오가 시키는 대로 하기로 했다. 취샤오샤오가 사달을 일으키길 좋아한다는 건 알고 있었지만 그녀도 이번에는 사달을 일으켜보고 싶었다.

전화벨이 끊어졌다가 또 울리기를 몇 번 반복했다. 취샤오샤오가 화장을 마치고 일어나더니 계속 울리고 있는 핸드폰을 향해 얼굴을 찡그리며 혀를 날름 내밀었다.

"애 좀 태워보시지."

앤디는 그 말이 무척 통쾌하게 들렸다. 그렇다. 그를 애타게 만들고 싶었다.

25

두 사람이 호텔 방을 나섰다. 추잉잉의 방 앞을 지나는데 안에서 추잉잉의 환호성이 들렸다. 취샤오샤오의 눈썹 끝이 힘없이 내려갔다.

"제자한테 따끔하게 얘기해. 이까짓 일에 호들갑 떨면 스승 체면이 뭐가 되겠어?"

추잉잉의 객실 문이 열려 있었다. 들어가 보니 호텔 직원이 아까 주문한 음식들을 가지고 온 것이었다. 앤디와 취샤오샤오가 들어가자 추잉잉이 히죽거리며 물었다.

"앤디 언니가 주문해준 거야? 정말 고마워!"

추잉잉이 두 팔을 벌리고 와락 달려드는데 앤디가 잽싸게 피하는 바람에 뒤에 있던 취샤오샤오가 추잉잉의 품에 안기고 말았다.

호텔 직원이 앤디가 주는 팁을 받고 돌아가자 취샤오샤오가 추잉잉에게 디저트들의 이름과 샴페인 마시는 법을 알려주었다. 취샤오샤오가 샴페인의 상표를 확인하고 한 잔 따라서 마시더니 앤디에게 의기양양하게 말했다.

"어머, 나는 술을 마셔서 운전을 못하겠네."

관쥐얼이 끼어들어 말을 얹었다.

"운전만 못하겠어? 주정 부릴 핑계도 있고 헛소리할 핑계도 있지."

"쥐얼, 요즘 왜 자꾸만 날 비꼬는 거야?"

관쥐얼이 겸연쩍게 웃었다.

"네가 앙증맞고 귀여워서 그래."

그 말에 취샤오샤오의 눈이 휘둥그레졌다.

"이 변태!"

취샤오샤오가 가는 허리를 휙 돌려 도망치자 앤디가 웃으며 뒤따라 나갔다. 엘리베이터에서 취샤오샤오가 호기심이 가득한 눈으로 물었다.

"정말 웨이 오빠랑 헤어진 거야? 둘이 헤어진 게 아니라 사랑싸움 중인 거 같은데?"

"마음이 남아 있어도 객관적인 원인은 그대로니까 관계가 지속될 순 없을 거야. 너도 치핑 씨랑 다시 이어지는 게 불가능한데도 웨이보를 어지럽혀 놓았잖아."

"불가능하다니? 난 그 사람 안 놓아줄 거야. 방심하게 하려고 잠깐 후퇴한 거지."

앤디가 웃었다.

앤디가 1층에서 내리자 취샤오샤오가 말했다.

"차가 지하 주차장에 있잖아."

"차 두고 갈 거야. 나도 술 마실 거니까. 남자 친구와 이별했더니 기분이 별로네."

취샤오샤오가 벨보이에게 부탁해 택시를 잡았다. 택시를 타고 가다가 차가 신호를 받아 기다리던 중 길가에 세워져 있는 밴이 눈에 띄었다. 번호판을 보니 그녀가 빌린 밴이었다. 택시를 세워달라고 해서 내린 뒤 왕바이촨을 찾아보았다.

취샤오샤오가 말했다.

"이렇게 늦은 시간에 집에 안 가고 뭘 하고 있을까?"

밴 근처에 있는 작은 식당까지 가기도 전에 왕바이찬을 발견했다. 그가 3~4미터 떨어진 길가에서 가로수에 기대어 구토를 하고 있었다.

취샤오샤오가 얼굴을 찡그렸다.

"좀 살살 마실 것이지. 가까이 가지 마."

그런데 속을 다 게워낸 왕바이찬이 들고 있던 생수로 입을 헹군 뒤 생수병과 휴지를 쓰레기통에 버리고 멀쩡하게 걸어서 식당으로 들어가는 것이었다.

앤디가 이상하다는 표정으로 물었다.

"체했나? 취한 거 같지 않아."

"접대 중이겠지. 취해서 실수할까 봐 많이 마실 수도 없고 그렇다고 안 마실 수도 없으니까 마시다가 나와서 토하고 또 들어가서 마시는 거야. 우리 아빠도 옛날에 그랬어. 어쩔 수 없어. 막무가내로 술을 권하는 사람들이 있다니까."

"왕바이찬도 열심히 사는구나. 조금만 틈이 나도 접대를 하네."

"맨손으로 하이시에서 자리 잡으려면 열심히 살 수밖에. 하이시 집값을 생각해 봐. 결혼하고 집도 사려면 죽기 살기로 일해야지. 100만~200만 위안은 모았겠지만 그 정도로는 시내에서 원룸밖에 못 사. 성메이 언니 같은 여자들이 결혼하려고 하겠어? 성메이 언니가 요즘 왕바이찬의 도움을 받긴 했지만 집안일이 해결되면 아마 왕바이찬은 안중에도 없을 거야."

"설마 그러기야 하겠어? 어려울 때 도와준 사람인데."

"가난이 들어오면 사랑은 창틈으로 나간다는 말이 있잖아. 아까 소설에서 읽었지. 하하! 성메이 언니는 그걸 잘 아는 사람이야. 두고 봐."

앤디도 부정할 수 없었다. 2202호에 신혼살림을 차릴 수는 없었다. 누구나 안정적인 생활을 꿈꾼다. 방금 전 왕바이챤을 보니 그가 얼마나 열심히 사는지 알 것 같았다. 감히 '불쌍하다'는 단어를 떠올리기가 미안할 정도로 말이다.

집에 돌아온 판성메이는 문 앞에서 열쇠를 꺼냈지만 문을 열 용기가 없었다. '문이 안에서 잠겨 있어서 열쇠로 열 수 없으면 어떻게 하지?'라는 생각에 문 앞에서 몇 분 서성이다가 용기를 내어 열쇠 구멍에 열쇠를 꽂았다. 뜻밖에도 문이 쉽게 열렸다. 들어가 보니 불이 모두 꺼져 있고 부모님 침실의 문이 열린 채 모두 잠들어 있었다. 판성메이가 조용히 다른 방으로 들어가 문을 닫고 전깃불을 켰다. 침대 위에 두툼한 솜이불이 깔려 있었다.

그녀가 친구들과 밥을 먹고 오빠의 일을 해결하는 동안 엄마는 지친 몸으로 혼자서 무거운 솜을 꺼내다가 이불보를 씌우고 한 땀 한 땀 바느질을 한 뒤 침대 위에 푹신하게 깔아놓았던 것이다. 그녀는 문에 기대어 선 채 한숨을 지었다. 차오른 눈물이 두 뺨을 타고 흘러내렸다. 자기보다 더 힘들게 살고 있는 엄마를 어떻게 매몰차게 외면할 수 있을까?

그녀는 다이어리를 꺼내 완료해놓은 일들을 기록하고 내일 아침에 할 일을 적었다. 내일 처리해야 할 일들이 많았지만 당장은 머릿속이 어지러워 아무 생각도 하고 싶지 않았다. 가장 중요한 일이 해결되었으므로 다른 일들은 상대적으로 해결하기가 수월했다. 내일 아침에도 엄마는 피해자 측과 합의가 되었는지 묻지 않을 것이다. 그건 엄마의 머리로 생각할 수 있는 일이 아니었다. 엄마는 전통적인 관념이 뿌리 깊게 박힌 여자였다. 엄마 눈에는 남편과 아들밖에 보이지 않고 남편 뜻을 거역한 적도 없었다. 아빠가 쓰러진 후 엄마는 정신적 지주를 잃었다. 앞으로 엄마는 뭐든 아들의 말을 따르게 되지 않을까? 그런 생각이 들자 소름이 끼쳤다. 거실에 있는 전화기를 부숴버리고 싶었다. 전화번호를 바꿔도 갈 곳 없는 오빠가 몰래 집에 찾아오는 것은 막을 수가 없었다.

다음 날 아침 식탁 앞에서 판성메이가 엄마에게 말했다.

"내 부은 눈 좀 봐. 어제 저녁 먹으면서 그쪽 사람들한테 울면서 애원했어. 1시간 넘게 울다가 친구가 도와줘서 겨우 봐주겠다는 약속을 받아냈어. 하지만 그 사람들이 엄마 아들은 가만두지 않을 거야. 집에 돌아오기만 하면 다리를 부러뜨려놓겠다고 했어. 나도 어쩔 수가 없어. 울고불고 애원도 해보고 돈도 줬지만 이게 최선이야. 엄마 아들이 상대를 잘못 보고 사고를 친 게 잘못이지."

"집에 못 올 거야. 네가 돈 좀 부쳐줘. 이렇게 추운데 얼어 죽으면 어쩌니."

판성메이는 하룻밤 자고 난 뒤 감정이 많이 차분해져 있었다.

"집을 팔았지만 아빠 병원비 내고 집에 모셔오면서 쓴 기름 값이며 이것저것 빼면 얼마 안 남았어. 아빠만 아니면 건강한 우리들이 조금씩 아껴서 돈을 보내주겠지만 아빠는 날마다 약을 먹어야 되잖아. 약이 얼마나 비싼지 알아? 한 달에 최소 3,000위안이야. 간병인도 불러야 돼. 안 그러면 엄마 혼자 아빠를 씻기고 일광욕을 시킬 수 있겠어? 의사가 햇볕을 자주 쐬게 하라고 했잖아. 엄마랑 레이레이는 돈을 아낄 수 있어도 아빠는 그럴 수가 없어. 약값을 아끼면 아빠가 돌아가실 거야. 엄마가 결정해. 통장에 남아 있는 돈을 엄마 아들한테 부치면 엄마 아들은 빈둥거리면서 살겠지만 아빠는 약도 못 먹고 제대로 간호도 못 받다가 돌아가실 거야. 그 돈을 아빠 약값과 생활비로 쓰면 엄마 아들은 무슨 일이든 하려고 하겠지. 또 여름이면 엄마 손자가 학교에 들어가는데 돈을 남겨두어야 할 거 아냐. 돈을 걔 아빠한테 다 보내면 엄마 손자는 학교도 못 가. 엄마가 선택해. 아빠인지, 엄마 아들인지."

"내 집 집문서까지 네가 훔쳐갔잖아!"

"집문서는 내가 가지고 있을게. 엄마 아들이 가져다가 집을 팔아 버릴지도 모르니까. 아무리 힘들어도 살 곳은 있어야 하잖아. 이번 일이 해결되고 엄마 아들이 돌아와도 머물 곳은 있어야지. 엄마 손자는 어떻게 할 거야? 학교에 입학하려면 호구(戶口)가 있어야 되잖아. 집도 없으면 학교는 어떻게 보내?"

엄마도 딸의 말이 일리가 있다고 생각했지만 어젯밤 전화를 걸어 울던 아들을 생각하면 가슴이 아파서 견딜 수가 없었다. 남편도 아들도 포기할 수가 없었다. 엄마는 아무 대답도 하지 못하고 굵은 눈물만 쏟았다. 판성메이도 눈시울이 뜨거워졌지만 꾹 참았다. 심장이 강철보다 더 단단해져야 한다고 생각했다.

"엄마가 반대하지 않는다면 난 아빠를 선택할 거야. 걱정 마. 요즘 일손이 부족해서 일하려고만 하면 한 달에 1~2,000위안은 충분히 벌 수 있어."

엄마가 말없이 식탁을 내리치며 눈물을 흘렸다. 늦잠을 자고 있던 레이레이가 쿵 하는 소리에 놀라 울음을 터뜨리자 엄마가 눈물을 닦고 손자에게 옷을 입히러 방으로 들어갔다. 판성메이가 한숨을 쉬었다. 이제 그녀가 하이시로 돌아가고 나면 이 무거운 짐을 엄마 혼자 짊어져야 했다. 그녀가 엄마를 위해 할 수 있는 건 도와줄 사람을 구하는 것이었다. 입맛이 없어서 밥도 먹다 말고 오리털 파카를 걸치고 밖으로 나왔다. 실직하고 근근이 살고 있는 먼 친척을 찾아갔다. 전화로 얘기는 해두었지만 어쨌든 윗사람이니까 직접 찾아가 한 번 더 부탁하는 게 모양새가 좋을 것 같았다. 또 22층 멤버들과 왕바이찬에게도 보답해야 했다. 이번 일로 판성메이는 돈으로도 갚을 수 없는 마음의 빚을 졌다.

앤디는 호텔 레스토랑의 조식 시간이 시작되자마자 레스토랑으로 내려갔다. 뜻밖에도 창가 테이블에서 바오이판이 싱그러운 아침 공기를 담뿍 안은 미소로 그녀를 맞이했다.

앤디가 다가가 인사를 했다.

"이렇게 일찍 오셨어요? 약속 시간까지 2시간이나 남았잖아요."

"운이 좋으면 앤디 씨를 만날 수 있을 것 같았어요. 그러면 공장을 더 길게 둘러볼 수도 있으니까요."

앤디가 웃으며 바오이판 앞에 놓여 있는 커피와 빵을 보고 자기도 접시에 중국 음식을 담아가지고 왔다.

"원래 이렇게 일찍 일어나세요?"

"습관이에요. 친구분들은 아직인가요?"

"둘은 어젯밤에 샴페인을 마시면서 늦게까지 놀았을 거예요. 또 1명은 저랑 클럽에 가서 위스키를 마시고 새벽에 들어왔어요. 푹 자게 내버려 두죠. 어차피 공장 견학은 저 혼자니까요."

앤디의 얼굴에서는 피로감이 전혀 느껴지지 않았다.

"통계적으로 똑똑한 사람들이 수면 시간이 짧다고 하더군요. 실제로 제가 검증한 사람들 수만 해도 통계학적으로 의미 있는 수치인데 앤디 씨로 인해 1명 더 추가됐군요."

"엘리트주의가 있으시네요."

"하하하! 뼈아픈 지적이군요. 하지만 실제로 있는 현상이죠."

"엘리트가 뭘까요?"

"본인이 엘리트면서 엘리트가 뭔지 모르세요?"

앤디가 한쪽 눈썹을 추어올렸다. 실제로 엘리트라고 해도 엘리트주의에 도취되어서는 안 된다고 말하고 싶었지만 그만두었다. 사실 환락송 아파트 22층으로 이사하기 전까지는 그녀도 엘리트주의에 푹 빠져 있었다. 두뇌 회전이 느린 사람들을 한심하게 생각했다. 그런 사람들을 볼 때마다 머릿속에서 낡은 기계가 삐걱거리며 돌아가는 소리가 들리는 것 같다며 투덜대곤 했다. 하지만 22층 이웃들이 각자 다른 장점과 성격을 가지고 있다는 걸 알고 난 뒤 타인의 지능을 논하는 것이 자신의 인격을 깎아먹는 일이라는 것을 깨달았다.

바오이판이 앤디를 보며 미소 지었다. 자신이 엘리트라는 걸 모르는 그녀가 귀여웠다. 바오이판도 앤디를 따라 음식이 수북하게 담긴 접시를 말끔히 비웠다. 앤디가 방으로 올라가자 바오이판은 차예단(茶葉蛋. 맥반석 달걀)을 가져다 먹었다. 앤디가 단숨에 2개나 먹는 것을 보고 특별히 맛있는지 먹어보고 싶었던 것이다. 먹어보니 특별한 맛은 아니었지만 들뜬 마음에 괜스레 한쪽 눈썹이 살짝 들썩였다.

일요일 아침이라 차가 많지 않았다. 바오이판이 능숙한 운전 솜씨로 시내를 빠져나왔다. 바오이판은 지나치는 건물들을 가리키며 자기 아버지가 언제 어떤 업체와 함께 지은 것인지 얘기해주었다. 알고 보니 그곳이 그의 공장 단지였다.

앤디가 말했다.

"제가 알고 있는 제조업체들도 모두 건설업을 하고 있어요."

"원래 기업은 자본을 좇는 법이니까요. 건설업은 아버지가 맡아서 하시고 저는 공장과 자본 운용을 책임지고 있답니다. 아버지는 기술

개선이나 글로벌 시장 동향보다는 아버지에게 익숙한 건설업을 택하셨어요. 그런데 건설업의 수익률이 더 높아서 제가 의기소침해 있답니다."

"금융업의 수익률과 비교하면 더 의기소침해지실 거예요."

바오이판이 웃으며 차를 언덕 위에 세웠다.

"저기 보세요. 회색 지붕에 흰 벽이 있는 건물들이 모두 제 관할 구역이에요."

앤디가 놀란 눈으로 그를 쳐다보았다. 엄청난 규모였기 때문이다. 4차선 도로가 입구까지 뚫려 있고 도로 양쪽으로 똑같이 회색 지붕에 흰색 벽이 있는 직원 아파트가 줄지어 서 있었다. 바오이판이 겸손하게 웃으며 말했다.

"여기는 땅값이 하이시에 비해 훨씬 싸서 땅은 넓어도 많이 비싸지 않아요."

"고정 자산이 높다고 유동 자산도 많은 건 아니죠. 민간 기업들은 융자 받기가 힘드니까요."

자동차가 구불구불한 언덕길을 따라 내려와 공장 입구에 도착했다. 마치 작은 왕국으로 들어가는 것 같았다.

바오이판이 말했다.

"사람들은 제가 회사를 상장할 계획이 없는 걸 이상하게 생각하지만 앤디 씨는 절 이해할 것 같군요."

앤디가 고개를 끄덕였다. 2대에 걸쳐 오랫동안 경영해온 기업답게 단지 내부와 외부의 직원 아파트는 조경이 잘 되어 있었다.

앤디가 물었다.

"이 많은 공장을 다 둘러볼 건가요?"

"몇 군데만 골라서 보여드릴게요. 말 탈 줄 아세요? 저는 날씨가 좋은 날에는 말을 타고 공장을 둘러본답니다. 하하하! 말 2마리를 기르고 있어요. 아주 멋진 녀석들이죠."

"탈 줄 알지만 추워서 안 탈래요. 상장하지 않으려는 이유를 알 것 같아요. 상장하면 그렇게 마음대로 할 수 없을 테니까요."

바오이판이 제품 진열 센터로 앤디를 데리고 갔다. 그는 훌륭한 해설사였다. 자기 회사의 모든 것을 속속들이 알고 있었다. 작은 기계 하나도 그 기계를 구매한 이유와 그동안 어떻게 개조했으며 그 기계를 통해 제품을 어떻게 개선했는지까지 유창하게 설명해주었다.

마지막으로 오피스 건물처럼 생긴 3층 건물 앞에 차를 세웠다.

바오이판이 말했다.

"여기가 바로 제가 하고 싶은 걸 모두 할 수 있는 곳이죠. 상장하면 주주들의 이익을 위해 이걸 포기해야 할 겁니다."

입구 앞에 있는 백동 간판을 보고 앤디가 말했다.

"연구소군요. 돈이 많이 들어가겠네요."

"그뿐인가요? 제게 절망을 안겨주기도 하죠. 저는 기술에는 문외한이에요. 막대한 투자를 해도 몇 달이 되도록 결과가 나오지 않을 때는 회의감이 들지만 굳은 신념으로 투자를 계속하죠. 그러고도 연구가 실패했다는 보고를 받으면 절망적이에요. 일요일이라 직원이 많지 않으니까 문외한끼리 둘러보죠."

앤디가 그를 따라 연구소로 들어갔다. 주말인데도 직원 몇몇이 나와 일을 하고 있었다.

바오이판이 사무실로 들어가려는데 앤디가 만류하며 밖에서 유리창을 통해 조심스럽게 들여다보았다. 3층까지 모두 둘러보고 나온 뒤 앤디가 말했다.

"대학을 졸업하고 취업하겠다고 했을 때 교수님들이 학교에 남아

달라고 날 설득했어요. 하지만 결정을 바꾸지 않았죠. 그때는 돈을 벌어야 한다는 생각밖에 없었으니까요. 기술 연구에 매진하는 사람들이 존경스러워요."

"연구 성과를 응용하는 사람들도 존경할 만하죠. 기술과 산업 사이를 연결해주는 중요한 역할을 하고 있으니까요."

"시간이 참 빠르네요. 공장을 둘러보길 잘했어요. 괜찮으시다면 최근 반년간 은행 거래 내역을 볼 수 있을까요? 유동 자금 운용 현황을 살펴보면 유동 자금 이용률을 최대화하는 방법을 조언해드릴 수 있을 거예요."

"그래주시겠어요? 그렇지 않아도 유동 자금 이용률을 높일 방법을 찾느라 골머리를 앓고 있었답니다."

"저를 신뢰하신다면 결산 보고서와 각 은행의 일자별 잔고 내역을 보내주세요. 이틀 정도 살펴보고 가능한 방법을 제안해드릴게요."

"물론 신뢰합니다. 오늘 정리해서 내일 보내드릴게요. 제 마음대로 만든 이곳을 높이 평가하시는 것 같아서 영광이군요. 하하하!"

"별말씀을요. 저는 잘 모르는 분야인걸요. 공장을 직접 보고 전문적인 소개를 듣고 나니 자금 운용의 대략적인 방향을 알 것 같아요. 제 분야를 확장하고 바오 사장님의 유동 자금 이용률을 높인다면 윈윈 효과를 낼 수 있을 것 같아요. 바오 사장님은 혁신을 좋아하시는 것 같으니까요. 어때요? 협력해보시겠어요?"

"좋습니다. 하루 빨리 분석 결과를 받아보고 싶군요. 점심은 제가 대접할게요. 이웃 분들도 함께요."

"운전할 사람을 보내주실 수 있나요? 하이시로 돌아가는 동안 자금 이용률 높이는 방법을 생각해볼게요. 보고서를 영어로 써드려도 되겠죠?"

"물론입니다. 저도 가짜 박사는 아니니까요."

앤디가 바오이판 대신 차를 운전했다. 그동안 바오이판은 운전기사에게 연락해 호텔에서 기다리게 하고 레스토랑에 전화를 걸어 음식을 예약한 후, 앤디를 대신해 그녀의 이웃들에게 전화를 걸어 체크아웃할 준비를 해놓으라고 했다. 앤디는 교차로에서 길을 알려달라는 것 외에 다른 부탁은 하지 않았지만, 속으로 바오이판이 독선적이고 막무가내인 사람이라고 생각했다. 자기 영역을 넘어 앤디의 영역까지 침범해 지시하고 있으니 말이다. 잠시 후 용무를 마친 바오이판이 앤디와 자리를 바꾸어 운전을 했다. 앤디가 판성메이에게 전화를 걸어 집안일이 다 정리되었으면 왕바이촨과 함께 시내에 와서 식사를 하고 하이시로 돌아가자고 했다. 마침 판성메이도 왕바이촨과 함께 있었다. 왕바이촨이 아침 일찍 판성메이의 집에 와서 오전 내내 그녀의 운전기사 노릇을 해주었다고 했다.

앤디는 어젯밤 보았던 왕바이촨의 모습과 취샤오샤오의 얘기를 떠올리며 뭐라고 해야 좋을지 난감했다. 판성메이가 말했다.

"집에서 바이촨에게 식사 대접을 하기로 했어. 점심 먹고 나서 시내로 갈게. 더는 신세지고 싶지 않아."

"바이촨 씨한테 전해줘. 우린 언제든 환영하니까 마음 바뀌면 오라고."

사실 앤디는 왕바이촨이 바오이판과 인사할 수 있는 절호의 기회라고 말하고 싶었다. 비즈니스 관계가 아닌 사적인 자리에서 왕바이촨이 어떻게 바오이판 같은 부유한 사람을 만날 수 있을까. 하지만 바오이판 앞에서 그런 말을 할 수가 없어서 왕바이촨이 그녀의 속뜻을 알아차리길 바라며 말을 전해달라고 한 것이었다. 하지만 그걸 눈치채지 못한 판성메이가 앤디의 말을 왕바이촨에게 전해주지 않았다. 점심 대접을 하기가 귀찮아서 남들이 식사하는 자리에 끼려는 걸로 오해받을 수 있었기 때문이다.

판성메이가 집에서 점심 식사를 한 후 친구들과 시내의 어떤 레스토랑에서 만나기로 했다고 얘기하자 왕바이촨이 물었다.

"거길 어떻게 예약했대? 대단하네. 예약하기 힘든 곳이야."

"바오이판 사장님에게 초대받았대. 룽타이(榕泰)그룹 2세 말이야. 어제 그분이 우리 일을 해결해줬어."

"그래? 어서 가자. 명함이라도 줄 수 있을지 몰라. 앤디 씨 친구야, 샤오샤오 씨 친구야?"

"앤디 친구야. 앤디한테 전화해서 시간 좀 끌어달라고 할게."

판성메이는 그제야 자기 실수를 깨달았다.

"미안해. 내가 요즘 정신이 없어서 그 생각을 못했어…. 그러고 보니 앤디가 그런 뜻으로 한 말이었네. 정말 미안해."

"괜찮아. 이런 기회도 네 덕분에 얻은 거잖아. 15분이면 갈 수 있으니까 시간을 조금만 끌어달라고 해."

왕바이촨이 서둘러 판성메이 엄마에게 인사를 한 후 차 열쇠를 들고 나가며 판성메이에게 말했다.

"내려가서 시동 걸어놓고 기다릴게. 천천히 내려와."

판성메이도 짐을 챙긴 후 엄마와 레이레이에게 간단히 인사를 하고 일주일치 생활비를 주고는 서둘러 집을 나섰다. 현관 앞에서 고개를 돌려 부쩍 늙어버린 엄마를 쳐다봤다. 집안의 모든 짐을 엄마에게 맡겨놓고 떠날 수밖에 없었다. 레이레이가 떠나려는 그녀를 붙들고 울음을 터뜨렸다. 예상치 못한 조카의 울음에 그녀가 당황했다. 그녀는 오빠 때문에 조카까지 미워했지만 레이레이는 고모에게 정이 들었던 것이다.

걸음이 떨어지지 않았지만 굳게 마음먹고 몸을 돌려 계단을 내려갔다. 왕바이촨의 일을 또 그르칠 수는 없었다. 사실 앤디가 굳이 시간을 끌 필요도 없었다. 바오이판이 앤디와 오래 있고 싶어 온갖 방법을 동원해 시간을 끌고 있었기 때문이다. 취샤오샤오는 배가 터질 것처럼 불러서 방금 전 쇼핑을 하면서 산 피규어들을 테이블 위에 올려놓고 추잉잉과 시시덕거리고 있었다. 앤디와 관쥐얼은 플라스틱으로 만든 인형들이 뭐가 재미있는지 이해할 수가 없었다.

앤디는 대화를 나눌 때 에두르지 않고 곧장 주제로 직진하는 타입이었다. 상대가 주제로 들어가지 않아도 그녀가 먼저 주제를 찾아내 정곡을 찔렀다. 다행히 바오이판이 짧은 얘기로는 끝나지 않을 주제를 선택했다. 미국 각 지역의 풍경에 대한 회상이었다. 관쥐얼은 어떤 쪽에도 끼지 못하고 바오이판의 얘기를 들을 수밖에 없었다. 바오이판이 젊고 잘생기기는 했지만 카리스마로 사람을 압도했으므로 관쥐얼은 쉽게 대화에 끼지 못하고 옆에서 듣기만 했다. 바오이판이 말을 걸어도 그녀는 미소로만 응대했다. 취샤오샤오도 바오이판과 미국 얘기를 하고 싶지 않았다. 몇 마디 나누어보니 그가 놀았던 전력이 자기보다 한 수 위인 것 같았다. 바오이판이 말투는 예의 바르지만 은근히 자신을 무시하고 있다는 걸 느끼고는 그의 대화에 아예 끼지 않기로 했다.

'뉴요커' 얘기가 나오자 앤디와 바오이판이 죽이 척척 맞았다. 중국어에 영어를 조금씩 섞어 쓰다가 나중에는 아예 영어로 대화했다. 취샤오샤오는 듣기를 포기했고 관쥐얼은 머리가 어질어질했다. 앤디와 바오이판이 웃음꽃을 피우고 있을 때 판성메이와 왕바이촨이 도착해 가까스로 둘의 대화가 일단락되었다. 바오이판은 앤디의 얼굴을 봐서 왕바이촨과 10분 정도 대화를 나누었다. 식사를 마치고 나와 주차장에서 헤어질 때 바오이판과 앤디만 있는 자리에서 바오이판이 말했다.

"어젯밤과 오늘 긴 시간 동안 함께 있었는데 남자 친구와 통화하는 걸 못 봤군요. 며칠 뒤에 하이시에 가는데 또 만날 수 있을까요?"

"아뇨."

"우리 친구 사이잖아요?"

"동기가 불순해서 거리를 둬야겠어요."

바오이판이 웃으며 솔직하게 말했다.

"알겠습니다. 자료 분석 보고서를 기대하겠습니다."

앤디가 차에 타고 보니 친구들은 모두 밴에 타고 있고 자신의 M3에는 그녀와 바오이판의 운전기사밖에 없었다. 제일 친한 관쥐얼에게 전화를 걸었다.

"왜 전부 그 차를 탔어?"

관쥐얼이 우물거렸다.

"언니가 다른 세상 사람인 것 같아서 이 차로 피했어."

앤디는 할 말이 없었다. 친구들을 생각하지 못하고 바오이판과의 대화에 너무 열중했던 것이다.

"샤오샤오가 웨이 사장님보다 바오 사장님이 언니한테 더 잘 어울리는 것 같대…. 샤오샤오, 네가 직접 얘기해."

취샤오샤오가 전화를 바꿨다.

"앤디 언니, 웨이 오빠랑 있을 때보다 바오 사장님이랑 있을 때 더 즐거워 보여. 바오 사장님도 자오치펑처럼 사람을 무시하는 성격인 것 같긴 하지만 언니한테는 다르더라. 바오 사장님이랑 있으면 언니한테서 빛이 나. 웨이 오빠랑 있을 때 열정이 생기는지 진작부터 묻고 싶었어. 언니가 차가운 사람이라고 했지? 근데 오늘은 안 그렇던 걸? 긴 얘기는 안 할게. 이런 건 말로 하는 게 아니라 그냥 느껴지는 거니까."

앤디가 핸드폰을 보며 눈을 흘겼다. 취샤오샤오는 왜 자꾸만 특이점을 밀어내고 그녀를 바오이판과 엮으려고 하는 걸까? 하지만 방금 전 앤디가 바오이판과 유쾌하게 대화를 나눈 것은 사실이었다. 앤디는 자신의 행동이 이성적이지 못했다는 걸 깨달았다. 자기 몸속에 잠자고 있던 천박한 유전자가 발현되어 친구들이 자길 피한 걸까? 그런 생각이 들자 앤디가 몸서리를 치며 서둘러 노트북을 꺼내 일에 집중했다.

한편 밴 안에서는 열띤 토론이 벌어지고 있었다. 토론 주제는 웨이웨이와 바오이판 중 누가 더 앤디에게 어울리느냐 하는 것이었다. 이 주제를 처음 꺼낸 건 뜻밖에도 관쥐얼이었다. 취샤오샤오가 앤디와 통화를 끝내자 관쥐얼이 조심스럽게 물었다.

"앤디 언니랑 웨이 사장님이 완전히 헤어진 건 아닌 것 같아. 너무 앞서가지 마. 정말로 헤어졌으면 앤디 언니가 저렇게 담담할 리가 없어."

취샤오샤오가 목에 핏대를 세우며 말했다.

"이러니까 네가 순진하다는 거야. 앤디 언니가 어디 보통 사람이야? 일 처리가 똑부러지고 확실한 얘기만 하는 사람이야. 앤디 언니가 헤어졌다고 했으면 그 말을 믿어야지. 웨이 사장님이 매달릴 수는 있겠지만 말이야. 앤디 언니는 우리처럼 남자 친구한테 징징거리는 타입이 아니라고. 또 설령 헤어지지 않았다고 해도 아직 결혼한 사이도 아니잖아. 앤디 언니는 자유의 몸이야. 앤디 언니가 약혼반지를 끼거나 웨이 오빠의 부모님한테 인사를 드린 것도 아니잖아? 결혼 전에 여러 남자 만나보는 게 뭐가 어때서? 내가 바오 사장님을 좋게 본 건 앤디 언니를 웃게 하기 때문이야. 결혼 전부터 여자를 웃게 만들지 못하는 남자가 결혼한 후에 여자를 웃게 만들 수 있을 것 같아? 쥐얼이랑 잉잉 둘 다 잘 들어둬. 남자란 말이지, 연애할 때 감추고 있던 작은 결점은 결혼 후엔 더 큰 결점으로 나타나고 연애할 때 보여준 온갖 장점은 결혼 후엔 거의 사라져버려."

청일점인 왕바이촨이 자기와는 상관없는 얘기라는 듯 웃음을 터뜨렸지만 여자들의 비딱한 시선이 그에게로 쏠렸다. 모두들 그가 판성메이에게 했던 일을 떠올리고 있었다. 왕바이촨과 판성메이 두 사람 모두 민망해졌다.

마침내 추잉잉에게도 끼어들 틈이 생겼다.

"난 웨이 사장님이 좋은 사람인 거 같아. 마음씨 좋고 진중하잖아. 그런 사람이랑 결혼하면 평생 변치 않고 백년해로할 수 있을 것 같아. 앤디 언니는 외롭게 자랐으니까 웨이 사장님처럼 믿음직한 사람을 만나는 게 좋아."

취샤오샤오가 '마음씨 좋고'라는 말을 듣자마자 눈을 흘기기 시작했다.

"너희 둘 다 겉으로만 젊지 속은 완전히 늙은이구나? 평생 먹고 자고 결혼하고 아이 낳고 사는 게 인생이라고 생각하는 거야? 어떻게 입만 열면 결혼 얘기밖에 안 해? 지난번에 야식 먹으면서 기껏 가르쳐놨더니 하나도 소용이 없잖아? 특히 잉잉. 넌 사람 보는 안목이 너무 떨어져. 말해봐야 내 입만 아프지."

관쥐얼이 추잉잉을 두둔했다.

"잉잉 말도 틀린 건 아니야. 각자 인생관이 다르잖아. 넌 즐거움을 추구하고 잉잉은 안정감을 원해. 각자 원하는 게 다른 건데 왜 잉잉을 놀리고 그래? 다시 또 헤어지고 상처받지 않도록 처음부터 옳은 선택을 하는 게 인생을 즐겁게 사는 방법 아니겠어?"

"겪어보지도 않고 어떤 게 옳은 선택인지 어떻게 알아? 우리 중에서 사랑에 대해 제일 말할 자격이 없는 게 바로 너야. 너나 잘해. 성메이 언니, 언니 의견은 어때?"

취샤오샤오가 조수석에 앉아 있는 판성메이의 뒤통수를 향해 비스듬한 시선을 던지자 관쥐얼이 조마조마해졌다. 판성메이는 자기가 하이시로 돌아간 뒤 집에 또 무슨 일이 생기지 않을지, 귀가 얇은 엄마 혼자서 감당할 수 있을지, 오빠가 또 사고를 치지 않을지 걱정하고 있었다. 심란한 마음에 뒷좌석에서 벌어진 토론에 끼지 않고 있었지만 취샤오샤오가 묻자 하는 수 없이 의견을 말했다.

"짚신도 짝이 있다는 말 있잖아. 앤디가 누굴 좋아하고 누구와 잘 맞느냐가 제일 중요하지."

"맞아. 그러니까 앤디의 입장에서 생각해봐. 앤디는 가족이 없으니까 우리가 앤디의 가족처럼 조언을 해줘야지. 앤디 언니에게 누가 더 어울릴 것 같아?"

판성메이는 병원에서 자신이 제일 힘들 때 웨이웨이가 일을 잘 처리해준 것을 떠올리며 망설임 없이 대답했다.

"난 웨이 사장님이 좋아."

추잉잉이 환호성을 질렀다.

"오예! 3대 1! 샤오샤오, 패배를 인정하시지."

취샤오샤오가 굽히지 않고 물었다.

"왜 다들 웨이 오빠 편만 들어? 언니를 도와줬다고 이러는 거야? 원칙을 지키라고. 앤디 언니를 생각하라니까."

관쥐얼도 판성메이가 왜 그렇게 생각하는지 궁금했다. 취샤오샤오의 악의 없는 말투에 판성메이도 진지하게 설명했다.

"내가 웨이 사장님을 선택한 건 몇 가지 이유가 있어. 우선 앤디가 인터넷으로 오랫동안 알던 사이니까 서로에 대해 잘 알 거야. 천천히 정이 쌓였으니까 이렇게 쉽게 헤어질 리 없어. 또 웨이 사장님은 책임감이 강해…."

취샤오샤오가 말을 잘랐다.

"그럼 바오 사장님은 책임감이 없다는 얘기야? 그럴 리가. 그렇게 큰 기업을 맡은 사람이 책임감이 없겠어?"

"바오 사장님이 책임감이 없다는 얘기는 아니야. 단, 전반적인 조건을 볼 때 웨이 사장님 쪽이 잡음이 적을 것 같아. 웨이 사장님에겐 앤디밖에 없을 것 같다는 뜻이야."

취샤오샤오가 실소를 터뜨리며 눈동자를 빠르게 굴렸다. 관쥐얼은 불길한 예감이 들었다. 예상대로 취샤오샤오가 싸늘한 미소와 함께 입을 열었다.

"앤디의 입장에서 생각해봐. 다들 자기 조건을 가지고 비교하고 있잖아. 앤디가 누구야? 예쁘지. 몸매 좋지. 머리는 또 얼마나 좋아? 그런 앤디에게 책임감 있고 자기밖에 모르는 남자가 필요하겠어? 앤디 눈에 안 찰까 봐 걱정이지. 우물 안 개구리처럼 남들도 자기처럼 살 거라고 생각하는 게 사람의 한계야. 바오 사장님이든 웨이 사장님이든 우리 3명과는 어울리지 않아. 잉잉 부모님은 얼씨구나 반가워하겠지. 성메이 언니도 그런 남자를 잡으려는 거잖아? 물론 웨이 사장님이 외모나 경제력으로는 좀 떨어지니까 언니한테는 더 안전하겠지. 흥! 관두자. 말이 통해야 얘길하지."

판성메이는 아무 반박도 하지 못했고 왕바이촨은 옆에서 운전에 열중하는 척했다. 추잉잉도 취샤오샤오가 자기 부모님의 생각을 정확히 알아맞히자 꿀 먹은 벙어리가 되었다. 더 말했다가는 취샤오샤오에게 자기 아빠의 유치한 소원까지 들킬 것 같았기 때문이다.

관쥐얼이 헛기침으로 목을 가다듬고 용기를 내어 말했다.

"말이 너무 심하잖아."

"몸에 좋은 약이 입에 쓴 법이야."

취샤오샤오는 자기 때문에 분위기가 굳어버린 것도 아랑곳하지 않고 의기양양해하며 웃었다. 하지만 눈치 빠르게 다음 휴게소에서 앤디 차로 옮겨 타겠다고 앤디에게 문자를 보냈다. 휴게소에 도착해 취샤오샤오가 앤디 차로 옮겨 가고 난 뒤에도 차 안을 가득 채운 정적이 한참 동안 가시지 않았다.

저녁 시간이 되자 앤디와 취샤오샤오는 출출하지는 않았지만 운전기사를 배려해 휴게소에서 쉬어 가기로 했다. 운전기사가 밥을 먹으러 간 동안 앤디와 취샤오샤오가 휴게소 로비에서 서성거렸다. 일을 하고 있는 앤디 옆에서 몇 시간 동안 입을 꾹 다물고 있어야 했던 취샤오샤오가 드디어 말을 할 수 있게 되었다.

"바오 사장님한테 정말 마음이 없는 거야?"

"그렇게 능글능글한 남자는 싫어."

취샤오샤오가 깜짝 놀랐다.

"능글능글하다고? 난 못 느꼈는데. 설마 테이블 밑에서 언니한테 집적거렸어? 그랬으면 그 남자랑 연락하지 마. 다른 사람 통해서 연락해."

"그런 거 아니야. 그냥…"

앤디는 그날 아침 식사를 했을 때 그가 축축하게 젖은 머리로 뇌쇄적인 분위기를 풍기던 것과 말을 타자고 했던 것, 근사한 역삼각형 몸매를 대놓고 드러냈던 것을 떠올렸다. 그게 능글능글한 게 아니고 뭐란 말인가. 하지만 그게 부적절한 행동은 아니었다. 그녀에게 은근히 추파를 던지는 남자들에 비하면 그는 예의 바르고 단정한 축에 속했다. 그런데도 어째서 그만 보면 능글맞게 느껴지는지 그녀도 알 수가 없었다.

앤디가 화제를 돌렸다.

"비즈니스는 직접 얘기해야 해. 새로운 시도를 해볼 생각이야. 내 계획이 순조롭게 성사되면 사업을 더 확장할 수가 있어."

하지만 순순히 넘어갈 취샤오샤오가 아니었다.

"근데 왜 그래? 혹시 우리 모르게 언니한테 윙크라도 했어?"

"이상한 상상하지 마. 어쨌든 그냥 좀 마음에 안 들어."

"이해를 못 하겠네. 너무 섹시하고 매력이 넘쳐서 마음에 안 드는 거야?"

취샤오샤오가 활짝 웃으며 손뼉을 쳤다.

"맞지? 하하하! 언니도 속이 고리타분해. 2202호 세 여자랑 똑같 다니까."

앤디도 그 말에 반박할 수가 없어 피식 웃었다. 문제는 바로 그녀에게 있었다. 앤디가 웃자 취샤오샤오는 자신이 정곡을 찔렀다는 걸 알고 방금 전 밴에서 벌어졌던 설전을 무용담처럼 늘어놓았다. 앤디는 취샤오샤오가 밴을 벌집 쑤시듯 뒤집어놓고 자기 차로 옮겨 탔다는 걸 그제야 알았다.

"그렇게까지 할 건 없잖아. 허영심이 조금 있는 게 큰 잘못도 아닌데 너무 날카롭게 구는 거 아니야?"

"잘못은 아니지. 근데 왜들 그렇게 제 발 저린 걸까? 자신감이 없잖아. 참, 바오 사장님 뒷조사 해줄까? 웨이 오빠보다 유명하니까 뒷조사하기가 훨씬 쉬울 거야."

"관둬. 이미 다 알아. 거래하기 전에 서로에 대해 잘 알아야 하니까."

"연애를 몇 번이나 했는지, 어떤 여자를 좋아하는지, 통이 큰지 작은지도 알아?"

앤디의 눈이 휘둥그레졌다.

"설마 웨이 씨 뒷조사도 한 거야?"

취샤오샤오가 키득거렸다.

"웨이 오빠는 유명한 집안도 아니고 조용해서 별로 알아낸 게 없어. 하지만 바오 사장님은 다르지. 여러모로 뛰어난 데다가 미혼남이니까 캐낼 것들이 있을 거야. 생각만 해도 군침이 흐르네. 잘생긴 남자들은 다 남자 애인이 있다는 소문이 증명되면 어떡하지?"

"네 입이 귀에 걸리게 만들 가십거리가 한두 가지쯤은 있겠지. 쟤들 이제 왔다."

취샤오샤오가 밴에서 내려 화장실로 뛰어 들어가는 2202호 세 여자를 쳐다보다가 눈을 가늘게 뜨고 음흉한 미소를 지었다. 마음속에서 못된 생각이 스멀스멀 피어올랐다. 앤디가 그 모습을 보고 그녀가 또 짓궂은 생각을 하고 있다는 걸 눈치챘다.

"네 눈 속에 악마가 들어 있어. 부탁하는데 소란 피우지 마. 화목하게 잘 지내면 얼마나 좋아?"

"안 돼. 사람이 한결같아야지."

취샤오샤오가 화장실에서 나오는 세 여자를 보며 의미심장한 미소를 지었다.

앤디가 말했다.

"바이촨 씨가 옆에 없으니까 성메이가 널 어떻게 손봐줄지 몰라. 알아서 해."

취샤오샤오가 히죽거리고 있다가 로비로 들어오는 세 여자에게 말을 걸었다.

"왜 그렇게 기운이 없어? 피곤해? 성메이 언니 미모가 빛을 잃었네."

판성메이는 속으로 '취샤오샤오가 말은 얄밉게 해도 마음은 여리다'고 자기 최면을 걸면서 인사 담당자로서 갈고닦은 사무적인 미소를 애써 얼굴에 띠었다. 웃는 얼굴에 침 뱉지 못한다고 했으니 말이다. 두 사람 사이가 풀어진 걸 보고 관쥐얼도 안도의 한숨을 내쉬며 다 같이 먹을 것을 사러 갔다. 그런데 먹을 것을 사 가지고 로비로 돌아왔는데도 왕바이촨이 보이지 않는 것이었다. 판성메이가 불안한 표정으로 물었다.

"바이촨 들어오는 거 못 봤어?"

"변소에 빠졌나 봐."

취샤오샤오가 깔깔거리자 판성메이도 웃었다. 왕바이촨을 기다리고 있는데 취샤오샤오의 전화벨이 울렸다. 판성메이는 취샤오샤오가 전화 받는 것을 보며 동생들에게 말했다.

"너희는 여기서 기다리고 있어. 밖에 나가서 찾아볼게."

관쥐얼이 말했다.

"같이 가. 우리 아빠가 여자 혼자 휴게소에서 돌아다니면 위험하다고 했어."

세 사람이 밖으로 나가 남자 화장실 앞을 살펴보고는 차를 세워놓은 곳으로 갔다. 밴에 다가가 보니 왕바이촨이 뒷좌석에서 곯아떨어져 있었다. 판성메이가 가슴을 쓸어내렸다.

"이틀 동안 계속 운전했으니 피곤하겠지. 바이촨이 조금 쉴 수 있게 30분만 있다가 출발하자."

관쥐얼과 추잉잉은 당연히 동의했다. 앤디는 왕바이촨이 차에서 잠들었다는 얘기를 듣고 취샤오샤오와 서로 쳐다보았다. 두 사람 모두 어젯밤 길에서 본 왕바이촨을 떠올렸다. 술을 마시고 또 어딜 갔었는지는 모르지만 피곤한 게 당연했다.

앤디가 말했다.

"피곤할 땐 운전은 금물이야. 특히 고속 도로는 더 위험해. 내가 운전할테니까. 너희는 전부 내 차에 타고 운전기사에게 밴을 운전하라고 하자."

판성메이가 손사래를 쳤다.

"그럴 거 없어. 조금 자면 괜찮을 거야."

앤디가 말했다.

"자다 깬 채로 고속 도로에서 운전하는 건 위험해. 내 차가 작아서 조금 불편하기는 하겠지만."

앤디가 취샤오샤오와 함께 운전기사에게 가서 밴을 운전하라고 얘기하고는 취샤오샤오에게 속삭였다.

"어젯밤 바이촨 씨 본 거 성메이한테 얘기하지 마."

"나도 알아. 허영과 허세로 똘똘 뭉친 사람이잖아."

앤디가 고개를 끄덕이며 한 가지 당부를 덧붙였다.

"가는 동안 애들한테 시비 걸지 말고."

취샤오샤오가 참지 못하고 소리를 꽥 질렀다.

"내가 뭘 어쨌다고!"

밴이 먼저 출발했다. 차가 출발하는데도 왕바이촨은 누가 엎어가도 모를 정도로 잠에 빠져 있었다. 취샤오샤오는 어젯밤 일은 얘기하기 않았지만 참지 못한 몇 마디가 입에서 불쑥 튀어나왔다.

"어젯밤에 성메이 언니랑 뭘 했길래 바이촨 씨가 저렇게 피곤해하는 거야?"

판성메이가 앤디 차의 뒷좌석에 오르며 눈을 흘길 뿐 아무 내꾸도 하지 않았다. 추잉잉이 뒤따라 차에 오르며 말했다.

"바이촨 오빠도 집에 일찍 갔어. 이상한 상상 하지 마."

취샤오샤오가 히죽거리며 뒷좌석에 앉았다. 조수석에는 역시 앤디의 길잡이 역할을 해야 하는 관쥐얼이 앉았다.

앤디가 운전석에 타자마자 말했다.

"샤오샤오가 내일 보기 싫은 맞선을 봐야 된대. 상대가 불쾌하지 않게 거절할 수 있는 방법을 생각해봐."

"상대가 누군데? 어떤 사람이야?"

"맞선이 뭐 어때서? 맞선으로 결혼하는 사람들도 많아."

"왜 거절하려는 거야?"

저마다 한마디씩 거들자 취샤오샤오가 꽥 소리를 질렀다.

"아, 됐고! 좋은 방법이 있는지 생각해봐. 단, 전제 조건이 있어. 첫째, 상대는 우리 부모님 친구 부부의 아들이야. 그러니까 그 가족에게 무례하게 대할 수가 없어. 사업을 하는 사람들이라 허술한 속임수는 금세 들통날 거야. 둘째, 나는 아주 예쁘고 똑똑하게 보여야 돼. 그러니까 늙고 못생기게 꾸미고 주책맞게 굴라고 하지 마."

판성메이가 정곡을 찔렀다.

"예쁘고 똑똑하게 보이면서 상대가 알아서 물러나게 해야 한다고? 전제 조건부터 모순이잖아."

"굳이 내 일에 간섭하고 싶다면 이 정도 문제는 해결해줘야지."

추잉잉이 말했다.

"그 남자가 별로야? 만약에 괜찮은 남자면 어떻게 해?"

"이 바보야. 괜찮은 남자가 그 나이에 그 집안에 맞선까지 볼 필요가 있겠어? 어떤 멀쩡한 남자가 사흘 연속 부모님 꽁무니 따라다니며 맞선을 보겠느냐고. 찌질남이 분명해."

추잉잉이 키득거렸다.

"아직 그 미남 의사를 포기 못 했구나?"

"맞아. 난 일편단심이야. 호호호."

이어서 취샤오샤오가 원치 않는 맞선을 어떻게 넘길 것인지에 대해 열띤 토론이 벌어졌다. 취샤오샤오는 토론에 관심 없다는 듯 차창에 기대어 자는 척하려고 했지만 10분도 안 되어 토론에 적극적으로 참여했다.

하지만 어떤 방법을 궁리해내도 모두 그녀에게 퇴짜를 맞았다. 그녀의 조건이 너무 까다로웠다. 더 이상 짜낼 방법이 없어졌을 때 취샤오샤오가 좋은 방법을 떠올렸다.

"집을 돼지우리처럼 지저분하게 어질러놓을까? 그걸 보고 도망치면, 나는 우아하게 문 앞에 서서 '멀리 안 나가니 조심해서 가세요.' 하고 인사하는 거야."

관쥐얼이 물었다.

"교양 있게 보여야 한다면서? 그렇게 하면 이미지가 망가지지 않겠어?"

판성메이가 말했다.

"교양 있어도 청소를 싫어할 수는 있지. 좋은 방법이야. 온 가족이 출동해서 맞선을 보러 온다는 건 샤오샤오가 집에서 어떻게 지내는지 보고 싶다는 거야. 그걸 중요하게 생각하는 사람들이니까 바로 그 점을 공략하면 알아서 도망칠 거야."

"성메이 언니 말이 맞아. 그 방법으로 하자."

취샤오샤오의 칭찬을 듣고 판성메이는 뭔가 함정이 있는 건 아닌지 불안했지만 웃으며 말했다.

"문제는 네 집에 매일 가사 도우미가 온다는 거야. 바닥을 거울처럼 깨끗이 닦아놓는데 어떻게 돼지우리 같겠어? 창문을 활짝 열어서 바닥에 먼지를 쌓아놓고 방석 몇 개 던져놓는 걸로는 별로 지저분해 보이지 않을걸?"

"그래도 뭔가 방법이 있을 거야. 그건 제일 똑똑한 앤디 언니가 생각해봐."

"난 운전에 집중할래. 얼른 집에 가서 쉬고 싶은 마음밖에 없어."

"좀 도와줘. 개성 없고 멍청한 남자가 국수 가닥처럼 나한테 들러붙어서 안 떨어질 수도 있단 말이야."

"먼지를 뿌려놓는 걸로 해결된다면 아주 쉬워. 먼저 집에 가서 진공청소기로 먼지를 수집해. 내가 진공청소기를 먼지 분사기로 개조해줄 수 있어. 다른 건 너희 4명이 고민해 봐."

취샤오샤오가 말했다.

"역시 앤디 언니는 똑똑해. 앤디 언니 말대로 할래."

앤디가 말했다.

"그 먼지를 어떻게 뿌릴 건지는 가르쳐줄 수 있지만 어떻게 하면 속임수가 들통나지 않을 수 있는지는 경험 많은 성메이가 생각해야 할 거야."

"먼지를 뿌리기만 하면 그만이지 또 뭐가 필요해?"

"매일 드나들 때마다 발자국이 남아야 하잖아. 발자국의 동선을 어떻게 짤 건지, 어떤 신발로 발자국을 만들 건지, 구석에 먼지를 얼마나 더 뿌려야 할지 등. 디테일한 부분은 성메이의 조언을 들으란 얘기야."

판성메이의 입가가 살짝 말려 올라갔다. 취샤오샤오는 판성메이에게 독설을 날려 심기를 불편하게 했던 것이 후회스러웠다. 하지만 그녀에게는 필요할 때 몸을 낮출 줄 아는 유연성이 있었다. 취샤오샤오가 중간에 앉은 추잉잉을 밀치고 판성메이를 덥석 끌어안았다.

"성메이 언니, 나 좀 도와줘. 내 앞날이 언니한테 달려 있어."

판성메이가 말했다.

"이렇게 재미있는 일에 빠질 수 없지. 어떻게 할지 생각해보자."

취샤오샤오의 얼굴이 붉게 달아올랐지만 다행히 해가 지고 주위가 어두워 아무도 눈치채지 못했다.

집에 도착한 후 앤디는 취샤오샤오의 진공청소기를 개조하고, 판성메이는 동생들을 데리고 소파 밑과 냉장고 틈새에 쌓여 있는 오래된 먼지를 모았다. 앤디가 금세 청소기 개조를 마친 뒤 모두에게 시범을 보여주고는 손을 툭툭 털며 2201호로 돌아갔다. 그녀처럼 고강도 두뇌 노동을 하는 사람에게는 충분한 수면이 가장 중요했다. 2203호가 떠들썩해졌다. 네 여자가 깔깔거리며 먼지 배치 작업에 돌입했다. 각자 다른 신발을 신고 먼지 위에 발자국을 남기고, 먼지 쌓인 소파 위에 사람이 앉았던 흔적을 만들며, 테이블과 책상 위에도 손자국을 찍었다. 모두 먼지를 함빡 뒤집어 쓴 뒤에야 작업이 끝났다. 먼지 작업을 마친 뒤 문 앞에 서서 거실부터 화장실, 현관부터 화장실, 침실에서 주방, 현관에서 침실 등으로 이어지는 발자국을 보고는 박장대소했다. 내일 맞선을 보러 온 사람들이 문을 열자마자 어떤 표정을 지을지 생각만 해도 웃음이 나왔다.

추잉잉이 말했다.

"맞선남이 샤오샤오를 오랫동안 짝사랑했던 남자라면 어떻게 하지? 충격이 클 텐데."

"순정남이 꿈을 깨뜨리는 건 잔인한 일이야."

판성메이는 드디어 자신을 도와준 취샤오샤오에게 보답했다는 생각에 마음이 홀가분했다.

"순정남이라고? 나를 오랫동안 짝사랑했다면 그건 바보거나 변태야. 내 사랑 성메이 언니, 언니 덕분이야. 고마워. 야식 먹으러 가자."

판성메이가 피할 겨를도 없이 먼지투성이 취샤오샤오가 그녀를 끌어안는 바람에 검은 니트에 먼지가 덕지덕지 들러붙고 말았다.

하지만 관쥐얼은 취샤오샤오가 판성메이를 대하는 태도가 달라진 것을 알아채고 속으로 기뻤다.

26

앤디가 1층으로 내려가 특이점이 보안 요원에게 맡겨놓고 간 마카롱을 찾았다. 한눈에도 고급스러워 보이는 커다란 상자였다. 하지만 특이점이 마카롱을 보안 요원에게 맡겨놓고 간 것이 그가 열쇠를 두고 갔기 때문이라는 것을 생각하니 조금도 기쁘지 않았다. 앤디가 미간을 한 번 찡그리고는 싱크대 위에 올려두었던 마카롱 상자를 가지고 밖으로 나갔다. 2203호에 모여 있는 멤버들에게 가져다줄 생각이었다. 그런데 문 앞에서 특이점이 며칠 전에 지방으로 출장을 갔다는 것이 생각났다. 그렇다면 이 마카롱은 특이점에게 부탁받은 누군가가 대신 가지고 왔을 것이다. 앤디는 다시 집으로 들어와 마카롱을 싱크대 위에 툭 내려놓았다.

막 외투를 벗고 슬리퍼로 갈아 신으려다가 문득 취샤오샤오가 밴에서 했던 말이 생각났다. 반지? 부모님께 인사드리기? 프러포즈를한 지 한참 지났지만 그들은 세상 사람들이 결혼 전에 의례적으로하는 그런 절차들을 하나도 거치지 않았다. 특이점은 남들이 어떻게 연애하고 결혼하는지 모르는 걸까? 그렇지는 않을 것이다. 앤디가 마카롱 상자를 집어 들고 다시 밖으로 나갔다. 그런데 두 걸음 내딛다가 특이점이 혼인 신고에 필요한 서류를 모두 자신에게 주고 갔다는 것이 생각났다. 그렇다면 그녀와 진심으로 결혼할 마음이 있었다는 뜻이다. 앤디는 걸음을 멈추고 생각에 잠겼다가 다시 집으로 들어왔다.

하지만 상자를 내려놓기도 전에 또다시 의문이 생겼다. 중국 사회에서 혼인 신고를 하는 것과 가족들에게 결혼을 인정받고 축복받는 것 중 어느 것이 더 중요할까? 특이점은 어째서 혼인 신고만 서두르고 가족들에게 그녀를 소개시키지 않는 걸까? 앤디는 자신의 처지를 떠올리지 않을 수 없었다. 그랬다. 그녀는 자신의 출생과 부모에 관해 남에게 말하고 싶지 않아서 일부러 사람들과 거리를 두었다. 사람들과 가까워지면 그녀의 신상에 대한 이런저런 질문을 받을 수밖에 없기 때문이다. 특이점도 자기 부모에게 앤디의 처지를 알리고 싶지 않았으리라. 이제 보니 특이점이 겉으로는 그녀와 잘 통하는 것 같지만 사실은 그녀와 일정한 거리를 유지하며 담을 쌓고 있었던 것이다.

그 순간 앤디는 자괴감에 휩싸여 마카롱 상자를 든 채 싱크대 옆에 멍하니 서 있었다. 그렇다. 그녀는 결혼해선 안 되는 사람이었다. 아니, 결혼하겠다는 망상조차 품어서는 안 되는 사람이었다. 앤디는 풀이 죽은 얼굴로 마카롱 상자를 베란다에 가져다 놓고 베란다로 나가는 문을 닫은 뒤 커튼을 내렸다. 마카롱이라도 눈에 띄지 않으면 덜 심란할 것 같았다.

월요일 퇴근 시간이 되자 22층의 분위기가 들뜨기 시작했다.

앤디는 귀가하던 중 차에서 관쥐얼의 다급한 전화를 받았다. 관쥐얼이 취샤오샤오의 맞선 상대가 도착했느냐고 물었다. 앤디는 그날 하루 종일 심란하고 우울해서 업무 외에 다른 일을 생각하지 못했다. 점심도 우유 한 잔으로 때우고 아무것도 먹지 않았다. 그녀는 관쥐얼의 전화를 받고서야 퍼뜩 정신이 들었다. 앤디는 관쥐얼처럼 흥분하지는 않았지만 22층 멤버 중 제일 먼저 귀가한 뒤 문 앞 CCTV의 각도를 돌려 취샤오샤오의 집을 향하게 해놓았다.

잠시 후 취샤오샤오가 폴짝거리며 CCTV 화면 속으로 들어오자 앤디가 얼른 문을 열고 나갔다.

"샤오샤오, 너희 셋이 집을 어떻게 준비해놨는지 보고 싶어."

취샤오샤오가 웃었다.

"허술한 곳이 없는지 봐줘. 우리 부모님이 날 가만두지 않을 것 같아서 걱정되긴 하지만."

취샤오샤오가 문을 열어주자 앤디가 집 안을 둘러보았다. 뽀얗게 먼지 쌓인 바닥에 또렷한 발자국이 찍혀 있는 걸 보고 앤디가 웃음을 터뜨렸다.

"성메이는 역시 전문가야. 부모님은 언제쯤 오신대?"

"곧 도착할 거야. 오는 중이라고 했어. 내가 퇴근하길 기다렸대. 좋은 구경 해볼래? 침실에 숨어 있어. 현장을 직접 관람할 기회야."

"됐어. 침실도 먼지투성이일 텐데."

앤디가 고개를 젓자 취샤오샤오가 말했다.

"침실은 깨끗해. 남의 침실까지 구경하겠다고 하진 않을 거 아냐."

"그건 그러네."

앤디가 침실로 들어가 몸을 숨겼다.

잠시 후 추잉잉이 엘리베이터에서 내리자마자 2203호로 달려오며 큰 소리로 외쳤다.

"샤오샤오! 샤오샤오! 나 안 늦었지?"

"안 늦었어. 어서 준비해. 곧 들이닥칠 거야."

추잉잉이 2202호로 쪼르르 달려가 얼른 가방을 놓고 와서 취샤오샤오의 침실로 숨었다. 그녀는 앤디가 이미 침실에 숨어 있는 걸 보고 웃음을 터뜨렸다.

판성메이가 허겁지겁 귀가해 취샤오샤오의 침실에 숨은 뒤에야 맞선남과 가족들은 22층에 도착했다. 숨죽이고 문틈으로 밖을 내다보고 있던 취샤오샤오가 급하게 신호를 보냈다.

"왔어, 다들 들어가. 어서."

세 여자가 서둘러 침실로 들어가 문을 닫았다. 판성메이가 앤디와 추잉잉에게 속삭였다.

"아마 샤오샤오가 뜸 들이다가 애교스럽게 문을 열어줄 거야."

모두의 기대 속에 2203호의 현관문을 두드리는 소리가 들렸다. 22층 네 여자의 눈동자가 반짝였다. 그런데 뜸 들이는 시간이 예상보다 길었다. 잠시 후 취샤오샤오의 카랑카랑한 목소리가 정적을 깼다. 그런데 취샤오샤오의 반응이 예상과 달랐다.

"어머, 이걸 어쩌지? 주말에 영화 찍는 친구들에게 집을 빌려주기로 했다는 걸 엄마한테 얘기했어야 하는데 깜박 잊었어. 퇴근해보니 집 안이 이 꼴이지 뭐야."

침실 안에서 듣고 있던 앤디가 펜으로 손바닥에 '미남'이라는 두 글자를 써서 보여주었다.

앤디의 추측이 맞았다. 부모님과 함께 방문한 맞선남 류신화(劉歆華)는 부모 손에 이끌려 맞선을 보러 온 마마보이가 아니라 키 크고 훤칠한 미남이었다.

현관 문을 여는 순간 뒤늦은 후회가 취샤오샤오를 휘감았다. 그녀의 엄마가 경악한 표정으로 먼지를 피해 들어오며 똑같이 경악한 표정의 친구 부부를 집 안으로 안내했다. 엄마가 어색하게 웃으며 딸의 변명에 장단을 맞추었다.

"참 짓궂은 친구들이구나. 하긴 이사 온 지 2달밖에 안 됐는데 이렇게 먼지가 쌓일 리가 없지. 아유… 앉을 자리도 없네."

류신화가 말없이 웃으며 3인용 소파로 시선을 옮겼다. 흰색 가죽 소파가 두꺼운 먼지를 한 겹 뒤집어쓰고 있었지만 먼지 위에 누군가 앉았던 흔적이 남아 있었다. 먼지가 흩어진 부분이 좁은 걸 보니 여자 혼자 앉았던 자국인 것 같았다. 취샤오샤오가 재빨리 둘러댔다.

"예술계 친구들이 포트폴리오에 넣을 저예산 영화를 찍었대요. 주인공 여자가 지저분한 집에 혼자 사는 내용이라고 했던가."

하지만 변명할수록 점점 더 상황이 꼬였다. 소파의 흔적은 그녀의 말을 증명해주고 있었지만 거실 바닥에 남아 있어야 할 촬영 스태프의 발자국이 하나도 보이지 않았던 것이다. 누가 봐도 취샤오샤오의 말이 거짓말이라는 걸 알 수 있었다.

그녀의 엄마가 물었다.

"도우미가 청소 안 했어?"

"그만뒀어."

취샤오샤오가 고개를 푹 숙였다. 미남이고 뭐고 어디론가 도망쳐버리고 싶은 심정이었다.

"왜 갑자기 그만둬?"

"자꾸만 간섭하잖아."

그녀는 맞선은 이미 물 건너갔다는 생각에 머릿속에 떠오르는 대로 둘러댔다.

"하루에 1시간씩 너 없을 때 오는데 무슨 간섭을 한다는 거야? 어서 다른 사람 구해. 바쁜 애가 도우미도 없이 어떻게 사니?"

"됐어. 안 구해도 돼."

류신화가 고개를 숙이고 몰래 웃는 것을 보고 취샤오샤오의 아빠가 모녀의 대화에 끼어들었다.

"앉을 자리도 없으니까 밥이나 먹으러 갑시다. 샤오샤오, 넌 집에서 청소하고 있어. 내일 검사하러 올 테니까."

취샤오샤오가 고개를 움츠리고 명품 매장 종업원이 VIP 고객을 배웅하듯 그들을 배웅했다. 그녀의 부모님은 그 자리에서 딸을 나무랄 수 없어 딸에게 노여운 눈빛을 던져놓고 돌아섰다. 류신화도 취샤오샤오를 향해 의미심장한 미소를 짓고는 부모님을 따라 엘리베이터에 올랐다. 취샤오샤오가 문 앞에서 비스듬한 시선으로 그의 뒷모습을 쳐다보며 몰래 얼굴을 찡그렸다.

엘리베이터의 문이 닫히자마자 그녀가 현관문을 닫고 고래고래 비명을 지르고 팔을 휘저으며 집 안을 마구 뛰어다녔다. 그녀가 발을 딛는 곳마다 먼지가 풀풀 피어올랐다.

"망했어! 꽃미남을 놓쳤어!"

침실에 있던 세 여자가 그제야 밖으로 나왔다.

추잉잉이 이해할 수 없다는 표정으로 말했다.

"바라던 대로 됐는데 왜 저러는 거야?"

판성메이가 말했다.

"남자가 꽃미남인 걸 알고 후회하는 거지."

"하지만 샤오샤오는 자오치펑을 좋아하잖아. 어떻게 그렇게 금세 마음이 바뀔 수가 있어?"

앤디가 말했다.

"오는 남자를 막을 필요는 없잖아."

"바로 그거야!"

취샤오샤오가 비명을 지르다 말고 앤디의 말에 맞장구를 쳤다.

"명함이라도 받아놓는 건데. 아….."

추잉잉이 도저히 동정할 수 없다는 표정으로 웃음을 터뜨렸다. 취샤오샤오의 변덕스러움이 못마땅했던 판성메이도 웃음을 참지 못하고 취샤오샤오를 등진 채 웃었다. 진지하게 조언하는 건 역시 앤디뿐이었다.

"잊어버려. 어차피 네 주변에 꽃미남은 많잖아. 어서 도우미를 불러서 청소해달라고 해. 안 그러면 오늘 여기서 잘 수 없을 테니까."

추잉잉이 취샤오샤오를 놀릴 수 있는 좋은 기회를 놓칠 리 없었다.

"하하하! 제 꾀에 제가 넘어갔지 뭐야."

취샤오샤오가 몸을 홱 돌리며 코웃음을 쳤다.

"흥! 세상에 너 같은 애들이 많으니까 텔레비전에서 가짜 재벌 2세들 데려다가 맞선 보는 바보 같은 프로그램이 나오는 거야. 주제 파악도 못하고….."

그때 취샤오샤오의 전화벨이 울렸다. 취샤오샤오의 말에 화가 난 추잉잉은 취샤오샤오가 전화를 받고 있는 사이에 팩 토라져서 밖으로 나가버렸다. 판성메이도 괜한 불똥이 자기에게 튈지 몰라 추잉잉을 따라 냉큼 집으로 돌아갔다.

두 사람이 가고 나자 취샤오샤오가 나긋나긋한 목소리로 전화를 받았다. 류신화였다. 부모님들끼리 식사하러 가시라고 하고 아파트 밑에서 기다리고 있다며 함께 저녁을 먹자고 했다. 취샤오샤오가 전화를 끊고 환희의 비명을 지르자 앤디가 냉정한 말투로 그녀를 비꼬았다.

"꽃미남 하나 때문에 계획이 완전히 무산되다니 창피하지 않아? 네가 남의 함정에 빠진 건지 남이 너의 함정에 빠진 건지 모르겠네."

취샤오샤오가 비명을 멈추고 눈동자를 굴리며 말했다.

"맞아! 자오치펑만큼 미남도 아닌데 내가 왜 이렇게 흥분했지?"

"계획한 대로 됐으니까 옆집에 가서 사과해. 방금 은혜를 원수로 갚았잖아."

취샤오샤오가 입을 가늘게 찢으며 배시시 웃더니 사과하러 2202호로 잽싸게 달려가고 앤디는 저녁을 먹으러 집으로 갔다.

취샤오샤오가 함박 미소를 안고 2202호로 들어가며 큰 소리로 외쳤다.

"잉잉, 사과하러 왔어. 내 말이 너무 심했어. 삐친 건 아니지? 화내지 마. 먹고 싶은 거 없어? 내가 사 올게."

"저리 가. 그깟 먹을 걸로 나를 구워삶으려고? 어림없어. 너처럼 손바닥 뒤집듯 안면 바꾸는 애랑은 더 이상 친구 안 해."

취샤오샤오가 살살거리며 웃었다.

"친구는 안 해도 이웃사촌이잖아. 친구보다 사촌이 더 가깝지. 어쨌든 맛있는 거 사다줄게. 맞선남이 밖에서 기다리고 있대. 무려 꽃미남을 기다리게 하고 너한테 사과하러 온 거라고. 난 이만 간다. 안녕."

추잉잉이 눈만 휘둥그레 뜨고 속으로 화를 삼키고 있다가 취샤오샤오가 엘리베이터를 타고 내려가자 자기 방에서 나오지 않고 있던 판성메이에게 물었다.

"성메이 언니, 지금 취샤오샤오가 사과하러 온 거야 아니면, 내 화를 돋우러 온 거야? 말재주 없는 내가 원망스러워. 말싸움으로는 쟤를 이길 수가 없어. 나 너무 멍청하지?"

"멍청한 게 아니라 착한 거야. 남한테 상처 주는 말을 못 하잖아. 앞으로 사소한 일로 샤오샤오랑 부딪치지 않게 조심해."

추잉잉이 고개를 끄덕였다. 그런데 얼핏 보니 판성메이가 컴퓨터에 띄워놓은 웹 페이지가 무척 익숙했다.

"언니네 회사 직원 새로 뽑아? 야근을 하려면 회사에서 해야지. 집에서 하면 아무도 몰라주잖아."

"아냐. 내가 회사를 옮겨볼까 싶어서. 올해 직원 채용하는 회사가 많대. 헤드헌터 친구에게 집에서 가까운 회사를 알아봐달라고 하려고 일단 사전 조사를 하는 중이야."

"회사를 옮기더라도 연말 보너스는 받고 나서 관둬야지. 참, 번데기 앞에서 주름 잡고 있네. 언니가 나보다 훨씬 잘 알 텐데."

판성메이가 한숨을 내쉬었다.

"마음을 독하게 먹은 덕분에 수중에 얼마 정도 돈이 생겼어. 적어도 6개월은 굶지 않고 버틸 수 있으니까 하기 싫은 일에 목매지 않으려고. 내가 좋아하고 근무 환경도 좋은 곳에서 일을 하고 싶어. 무엇보다도 회사가 가까우면 좋겠어. 매일 1시간씩 만원 버스, 만원 지하철에서 시달리고 싶지 않아…. 아, 그리고 뭔가 배우고도 싶어. 이대로는 말단 사무직을 영원히 벗어나지 못할 거야. 잉잉, 설 지나고 무슨 학원에 등록할 거야?"

추잉잉이 취샤오샤오처럼 눈동자를 또릿또릿 굴리다가 히죽거렸다.

"히히, 바이촨 오빠를 더 자주 만나려고 출퇴근 시간을 단축하려는 거 아냐? 학원 다니지 마. 돈 낭비야. 바이촨 오빠가 언니랑 꼭 붙어 있으려고 해서 그럴 시간도 없을걸? 난 저녁 먹고 근처 카페들을 둘러보러 가려고. 혹시 거래처를 뚫을 수 있을지도 모르잖아."

"바이촨…."

판성메이가 말끝을 흐리며 한숨을 내쉬었다.

"왜 그래?"

"아냐. 가끔 바이촨이 부잣집에서 태어났으면 얼마나 좋을까 생각해. 그랬으면 지금처럼 아등바등 노력하지 않아도 될 텐데 말이야.

오늘도 접대하느라 밤새도록 술 마시겠지."

"너무 무리하지 말고 적당히 하라고 해. 돈이야 차근차근 모으면 되지."

"열심히 돈을 벌지 않으면 어떻게 이 하이시에서 자리를 잡을 수 있겠니. 바이촨도 그걸 아니까 그러는 거지."

추잉잉은 자신에게 기대를 걸고 있는 아빠가 떠올랐다. 그녀의 아빠도 그녀가 하이시에서 자리 잡고 살기를 바라고 있었다.

"어쨌든 둘이 벌잖아. 어느 정도 돈이 모이면 대출받아서 집을 사고 나머진 찬찬히 갚으면 돼. 참, 이러고 있을 때가 아니지. 나 빨리 밥 먹고 영업하러 나가야 돼."

"내 월급으론 턱도 없어. 밥은 너 혼자 먹어. 문 닫을게. 다이어트 하는 사람 앞에서 너무 잔인하잖아."

추잉잉이 키득거리며 일부러 밥그릇을 판성메이의 코앞으로 들이대자 판성메이가 도망치듯 자기 방으로 들어갔다.

"둘이 모으면 돼. 최소한 한집에 사니까 한 사람 월세는 아낄 수 있잖아."

"휴, 아직 어떻게 될지 몰라. 미리 설레발쳐봐야 좋을 거 없어."

추잉잉은 석 달 전 자신의 실수를 떠올리며 혀를 쏙 내밀었다.

"나 좀 봐. 아직도 정신을 못 차렸네. 이럴 때마다 언니가 따끔하게 얘기해 줘."

판성메이가 컴퓨터 앞으로 돌아가 앉았다. 왕바이촨에게 달콤한 문자 메시지가 와 있는 걸 보고 답장을 보냈다.

'내 생각하지 말고 일에 집중해.'

그녀도 구직 사이트의 채용 공고를 꼼꼼히 살피며 다른 업종의 채용 상황을 살펴보았다.

앤디가 밥을 먹으며 웨이보에 글을 올렸다.

'샤오샤오가 22층 멤버 전원의 두뇌와 체력을 쥐어짜낸 끝에 드디어 꽃미남과의 맞선에 성공하다. 천하가 태평하노라.'

'올리기' 버튼을 누르자마자 거의 동시에 자오치펑에게 전화가 걸려왔다.

"그게 정말입니까? 정말이에요?"

물론 비상한 두뇌의 앤디는 이 밑도 끝도 없는 질문의 뜻을 단번에 알아차렸다.

"그럼요."

"오, 하느님, 부처님, 알라신이여! 드디어 해방됐군요. 이제 퇴근 후에 도둑처럼 몰래 빠져나갈 필요가 없겠군요. 확실한 거예요?"

물론, 확실한 건 아니다. 취샤오샤오는 오는 남자 막지 않겠다고 진즉에 공언하지 않았던가. 하지만 그렇게 말할 수는 없었다.

앤디가 말했다.

"왠지 이런 옛말이 떠오르네요. 구일신, 일일신, 우일신(苟日新, 日日新, 又日新). 진실로 하루가 새로워지려면 나날이 새롭게 하고 또 날로 새롭게 하라. 이런 뜻이던가요? 미안해요. 옛날 속담은 잘 몰라요."

자오치펑이 대답할 말을 찾지 못하다가 5초 뒤 자기도 모르게 질문이 튀어나왔다.

"근데 그 남자 누구예요?"

"나도 몰라요. 샤오샤오처럼 재벌 2세고 샤오샤오에게 첫눈에 반했다는 것밖엔. 지금 같이 식사하고 있을 거예요."

"알았어요. 고마워요."

앤디의 눈동자가 흔들렸다. 설마 자오치펑이 후회하는 걸까? 머릿속이 복잡했다. 그때 그녀의 핸드폰이 또 울렸다. 이번엔 특이점이었다. 앤디가 한참 망설이다가 전화를 받았다.

"방금 돌아왔어요. 당신 웨이보 봤어요. 당신 이웃들은 늘 재미있게 사네요."

"내 웨이보가 이렇게 인기가 많은 줄 몰랐네요. 방금 치핑 씨에게도 전화가 왔거든요."

"보고 싶어요."

앤디는 순간 멍해졌다. 산소 공급이 끊긴 것처럼 머릿속이 하얗게 비었다가 잠시 후엔 윙윙거리는 소리가 귓속을 채웠다. 그녀는 어쩔 줄 몰라 핸드폰을 끄고 테이블 위에 내팽개치듯 내려놓고는 벌떡 일어나 싱크대로 가서 설거지를 했다. 하지만 접시를 잡을 수가 없었다. 접시가 자꾸만 손에서 미끄러지고 심장이 쿵쾅대는 소리만 또렷하게 들렸다.

30분쯤 흐른 뒤 가까스로 평온을 되찾았다. 고민 끝에 특이점에게 문자 메시지를 보냈다.

"마음의 병은 고칠 수 없어요. 남에게 피해 주지 말고 스스로 불행을 자초하지도 말고, 아이를 낳아 아이까지 불행하게 만들지도 말자고 결심했어요. 이제 그만 연락해요."

문자 메시지를 보내기가 무섭게 전화벨이 울렸다. 역시 특이점이었다.

"앤디, 우리….."

"많이 생각했어요. 당신이 고지식한 사람이 아니란 건 알아요. 하지만 나도 이기적인 사람이 아니에요. 결국 우리 둘 다 힘들어질 거예요. 그만 헤어져요. 혼자만의 생활로 돌아가고 싶어요."

"앤디, 사랑 앞에서 너무 이성적일 필요는 없어요. 며칠 동안 나도 많이 생각해봤어요. 당신 앞에선 왜 자꾸 서투르게 되는지, 내가 당

270

신을 날 싫어하게 만든 건 아닌지."

앤디는 특이점이 철저히 미루고 있는 것들을 떠올렸다. 반지, 부모님께 인사드리기 같은 것들 말이다. 앤디가 말했다.

"당신은, 아주 이성적이에요."

특이점이 우뚝 말을 멈추었다가 잠시 후 말했다.

"무슨 오해가 있는 거예요? 지금 갈게요. 얼굴 보며 얘기해요. 당신을 사랑해요. 제발 만나서 얘기할 수 있게 해줘요."

앤디가 심란한 마음을 억누르며 단호하게 잘라 말했다.

"오해는 없어요. 그저 성가신 것뿐이에요. 성가시고 짜증 나서 그만하고 싶어요. 미안해요."

"미안하다고 하지 말아요. 당신을 꼭 봐야겠어요. 지금 당장."

"정신이 온전치 않은 사람에게 강요하지 말아요."

앤디가 전화를 뚝 끊었다. 하지만 핸드폰 전원을 끄지는 않았다.

역시 특이점은 다시 전화를 걸지 않았다. 그날 밤 앤디는 자꾸만 핸드폰에 시선이 갔지만 특이점에게 전화를 걸고 싶은 충동을 억눌렀다. 그에게 더 이상 할 말이 없다고 생각했다.

취샤오샤오가 류신화의 차에 탄 지 얼마 되지 않아서 놀랍게도 자오치펑에게 전화가 걸려왔다. 취샤오샤오가 의외라는 듯 말했다.

"웬일이야? 나한테 전화를 다 하고."

"이런, 전화가 잘못 걸렸네. 미안해. 너무 피곤해서 정신이 없었어. 퇴근했어?"

"아까 했지. 친구랑 밥 먹으러 가고 있어. 또 수술한 거야?"

"응. 큰 수술 하나, 작은 수술 하나. 인턴들까지 데리고. 피곤해서 눈앞이 어질어질할 지경이야. 방해해서 미안해. 좀 쉬어야겠어…."

"집에 안 가고?"

"다리에 힘이 없어서 브레이크도 못 밟을 거 같아. 일단 좀 쉬려고
…."

"수술 망쳤어?"

"무슨 소리. 내가 그럴 사람이야? 보호자들이 나를 업고 퍼레이드
라도 할 기세야."

"거짓말."

"못 믿겠으면 와서 보든가. 내 얼굴에 립스틱 자국이 있는지 다크
서클이 있는지."

"말은 잘도 하시지. 내가 친구랑 밥 먹으러 가고 있는 줄 알고 큰소
리치는 거지? 안 가. 립스틱이든 멍이든 알게 뭐람. 푹 쉬어. 내가 저
녁을 다 먹을 때까지도 피로가 안 풀리면 택시를 불러주든가 할게."

취샤오샤오가 전화를 끊은 뒤 운전석에 있는 류신화에게로 의기
양양한 눈빛을 던졌다. 만족스러운 희열이 가슴속 저 밑바닥에서부
터 차올랐다. 미남들에게 둘러싸여 사는 삶은 아름답지 않은가.

자오치펑은 전화를 끊은 뒤 불안한 시선으로 핸드폰을 들여다보
았다. 이 나이에 처음으로 자존심도 버리고 여자에게 전화를 걸었건
만 보기 좋게 퇴짜를 맞고 말았다. 씁쓸한 감정이 그를 송두리째 휘
감았다. 정말로 자신이 '날마다 새로워지는' 그녀에게 거쳐 가는 수
많은 남자 중 하나가 되어버린 걸까?

그는 애써 마음을 다잡으며 저녁을 먹은 뒤 용기를 내어 앤디에게
전화를 걸었다. 지원을 요청하려는 것이었다. 누구에게 말을 꺼내기
가 이렇게 어려운 일이라는 걸 그는 난생 처음 알았다. 게다가 하필
앤디도 특이점과 통화를 끝낸 직후였기 때문에 남의 마음까지 헤아
릴 겨를이 없었다. 자오치펑이 날씨가 추워서 병원에 환자가 더 많아

졌다고 하자, 앤디는 날씨가 추우면 길도 더 막히고 사람들의 마음에 여유가 없어서 그럴 거라고 말했다. 자오치펑이 한참 동안 변죽만 울리도록 앤디는 그가 정말 하고 싶은 말이 무엇인지 눈치채지 못했다. 자오치펑이 어쩔 수 없이 말을 꺼냈다.

"지금 내가 아파트로 가려고 하는데 보안 요원에게 앤디 씨를 찾아왔다고 말하고 22층으로 올라가도 될까요?"

앤디가 길게 생각할 것도 없이 단호하게 말했다.

"오늘은 좀 바빠요. 중요한 일이 아니면 다음에 만나도 될까요?"

평소의 눈치 빠른 앤디와 너무 다른 반응에 자오치펑이 조심스럽게 물었다.

"앤디 씨 맞죠?"

"물론이죠. 그럼 누구겠어요? 그러니까 내가 오늘 바쁘다는 것도 알죠."

자오치펑이 하는 수 없이 단도직입적으로 말했다.

"샤오샤오의 집 앞에서 기다리려는 거예요. 도와줘요."

"아, 물론이죠."

드디어 원하는 대답을 얻어낸 자오치펑은 엎드려 절이라도 하고 싶은 심정이었다.

하지만 앤디는 전화를 끊은 뒤에야 일의 전후 관계를 알아차리고 곧장 취샤오샤오에게 통보했다.

"자오치펑이 집 앞에서 널 기다리겠대. 잘해봐."

취샤오샤오가 눈동자를 굴리며 회심의 미소를 지었다.

"하하하! 30분 전에 나한테 전화해서는 전화가 잘못 걸렸다더니, 거짓말이었구나. 쳇! 무슨 바람이 불어서 내 생각이 나셨대?"

"내가 올린 웨이보 때문일 거야. 네가 미남과 선을 봤다고 썼거든.

어쨌든 네가 알아서 해."

"뭘 어쩔 수 있겠어? 미남과 저녁 먹고 한잔하러 가기로 약속했는 걸. 내일 해 뜰 때쯤 들어갈 거야. 자오치펑한텐 아무 말도 하지 마. 기다리게 내버려 둬. 쌤통이지."

"집에 누굴 데려와서 마주치게 하진 마. 그 외엔 상관 안 할게."

하지만 앤디는 의아했다.

"자오치펑을 못 잊는다고 징징거리더니 어떻게 갑자기 포기한 거 야?"

"내 맘이야. 이유는 없어."

이게 원래 취샤오샤오의 성격이라는 걸 앤디가 잠깐 잊었던 것이다.

관쥐얼이 집에 들어오다가 자오치펑이 앤디 집 앞에 있던 의자를 끌어다 놓고 취샤오샤오의 집 앞에 앉아 있는 것을 보았다. 실제로 집중한 건지 집중하는 척하는 건지는 몰라도 핸드폰을 열심히 들여 다보고 있었다. 그녀는 그를 방해하지 않으려고 서둘러 2202호로 들어간 뒤 판성메이에게 잉잉은 어디 갔느냐고만 물었다.

얼마 후 집에 돌아온 추잉잉이 현관문을 닫자마자 호들갑을 떨며 말했다.

"샤오샤오 집 앞에 자오치펑이 앉아 있어. 샤오샤오한테 푹 빠졌나 봐. 미남에 순정파인 줄은 몰랐어. 얼마나 기다렸는지 몰라도 안 쓰럽더라."

관쥐얼이 그제야 담담하게 말했다.

"내가 들어올 때도 있었어. 앤디 언니 집 의자에 앉아 있더라."

"뭔가 있어. 수상해. 앤디 언니한테 물어봐야겠어."

밖으로 나가려는 추잉잉을 판성메이가 불러 세웠다.

"전화로 물어봐. 괜히 나가서 설레발치지 말고. 그러다 또 샤오샤오랑 붙으려고 그래?"

앤디에게 전화를 걸어 물어보았지만 그녀의 대답은 "아무것도 모른다."는 것이었다. 추잉잉이 혼잣말로 중얼거렸다.

"어떻게 앤디 언니가 모를 수가 있지? 그럴 리가 없어."

추잉잉이 참지 못하고 문틈으로 고개를 빼꼼 내밀고 밖을 살폈다. 관쥐얼이 추잉잉을 말리려고 그녀를 잡아당기며 실랑이를 벌이다가 현관문이 큰 소리를 내며 닫혔다. 하지만 한번 시작된 호기심이 그리 쉽게 사라질 리 없었다. 추잉잉이 물었다.

"샤오샤오한테 전화해보자. 누가 할까? 누가 할래? 쥐얼, 샤오샤오는 널 제일 사랑해."

물론 관쥐얼은 전화를 걸 생각이 없었다.

"나 보고서 써야 돼. 죽을 지경이야. 내 연말 보고서를 어떻게 써야 하는지도 모르겠어."

관쥐얼이 자기 방으로 들어가 버렸다.

관쥐얼이 방으로 들어가자 추잉잉이 현관문을 열고 밖을 내다보았다. 그런데 복도에 아무도 없고 자오치펑이 앉아 있던 의자도 앤디 집 문 앞에 놓여 있었다.

"갔나? 내 말소리가 들렸나? 휴, 어쩌지? 샤오샤오한테는 나 때문에 닥터 자오가 가버렸다고 말하지 마. 만약, 알게 되면 날 가만두지 않을 거야."

판성메이가 방 안에서 한숨을 내쉬었다.

"역시 샤오샤오가 제일 느긋해. 자오치펑이 오든 가든 관심도 없잖아. 우리만 쓸데없이 걱정했네."

"그러게. 역시 샤오샤오 팔자가 제일 좋아. 미남들이 셋이나 따라

다니잖아."

판성메이가 심란한 마음에 화제를 돌렸다.

"오늘은 카페에 몇 군데나 갔었어? 영업에 성공했어?"

"오늘은 망했어. 관심을 보이는 데가 한 곳도 없더라. 타오바오에 새로 들어온 주문이 있는지 봐야겠어. 추운 날씨에 목도리도 없이 다녀서 귀가 떨어지는 줄 알았어. 바람이 칼처럼 매섭더라. 이제 깨달 았어. 샤오샤오랑 앤디 언니처럼 자기 차도 있고 따뜻한 집도 있는 여자도 있는데 나는 매일 만원 버스나 타고 다니고 손도 귀도 살갗 이 다 터져서 거칠잖아. 내가 남자라도 샤오샤오 같은 여자가 좋을 거야."

"그런 건 일찍 깨닫는 게 좋지. 축하해."

"축하는 무슨. 슬프지."

관쥐얼이 방에서 말했다.

"슬프긴 뭐가 슬퍼. 자기 힘으로 잘 살아야 다리 뻗고 편히 잘 수 있는 거야. 앤디 언니는 자기 힘으로 모든 걸 얻어냈잖아."

"맞아."

하지만 추잉잉의 목소리에 금세 힘이 빠졌다.

"그래도 엄동설한에 밖에서 돌아다니는 건 너무 힘들어. 타오바오 에서 예쁜 모자나 찾아봐야겠어."

판성메이의 얼굴이 화끈거렸다. 그때 관쥐얼이 또 큰 소리로 외 쳤다.

"잘 생각했어. 착하네."

"자꾸만 어른인 척하면 때려버릴 거야."

하지만 추잉잉은 관쥐얼의 방으로 가지 않고 컴퓨터를 켜서 주문 현황을 조회했다. 주문이 들어올 때마다 실적으로 연결되어 성과급을 받을 수 있었으므로 하루하루 주문이 쌓일 때마다 동기 부여가 됐다.

타오바오에 접속해 보니 채팅창에 메시지가 와 있었다.

'커피가 다 떨어졌는데 낮에 바빠서 주문을 못 했어요. 지금 주문하면 내일 받을 수 있나요? 커피가 없으면 죽을 맛이거든요.'

친근하게 말을 걸어왔지만 누구의 아이디인지 알 수가 없었다. 그녀가 대답했다.

'죄송하지만 누구시죠? 아이디만으로는 알 수가 없어요.'

'얼마 전에 카페에서 커피를 샀어요. 동향 사람이요. 라러우도 받아 올 뻔했죠.'

추잉잉은 찬바람에 빨갛게 얼었던 그의 코를 기억해내고 친근하게 대답했다.

'아, 그분이시군요. 회사가 카페에서 가까우니까 제가 내일 낮에 가져다드릴게요. 그날 옷을 얇게 입으셨던데 감기 걸리지 않으셨어요?'

'그날 동료와 가위바위보에 져서 급하게 커피를 사러 나가는 바람에 외투 입는 걸 깜박했어요. 그날은 괜찮았는데 이상하게 그저께부터 컨디션이 좋지 않네요.'

'추워서 걸린 감기는 금방 나을 거예요. 유행성 독감만 아니면 괜찮아요.'

'유행성 독감인지 아닌지 잘 모르겠어요. 그저께 갑자기 팔에 힘이 없고 저녁을 먹자마자 졸렸어요. 동료들에게 말도 안 하고 저녁 먹자마자 잠이 들었다가 다음 날 아침에야 일어났어요. 모두 저를 잠꾸러기라고 놀렸지만, 그래도 피로가 풀리지 않더라고요. 얼굴도 빨갛고 콧물도 나고….'

'그럼 유행성 독감일 거예요. 퇴근해서 일찍 주무세요. 물도 많이

드시고요.'

'맞아요. 물을 많이 마셨지만 어지럽고 입맛이 없어요. 요즘 채식을 많이 한 탓에 영양이 부족해서 그런지도 모르겠어요. 오늘은 특히 기운이 없네요.'

'유행성 독감이 맞아요! 독감에 심하게 걸렸나 봐요! 채식을 많이 먹어서 기운이 없는 게 아니라 병이 난 거예요. 빨리 퇴근해서 쉬세요. 오늘도 열이 나세요? 콧물은요? 독감이 분명한데 왜 모르셨어요? 동료들도 그걸 모르다니.'

'10년 넘게 독감에 걸린 적이 없는걸요.'

'독감에 걸리고도 모르고 지나갔을 거예요.'

'그럴 수도 있겠네요.'

'얼른 퇴근해서 주무셔야 해요. 푹 자고 잘 먹으면 몸의 저항력도 강해져요.'

'맡고 있는 프로젝트 때문에 퇴근할 수가 없어요. 게다가 커피도 다 떨어져서 눈꺼풀이 무겁지만 아직 수정할 곳이 남아서 잘 수가 없어요. 내일 커피 좀 꼭 가져다주세요.'

추잉잉이 좋은 생각이 난 듯 말했다.

'눈앞에 라러우 덮밥이 있다고 상상해보세요. 입맛이 돌아올지도 몰라요.'

'맞아요. 어릴 적 아플 때마다 엄마가 라러우 덮밥을 만들어주셨어요. 아주 맛있게 먹었죠.'

'내일 커피 가져다드릴 때 라러우 덮밥도 함께 드릴게요.'

'그러면 제가 너무 미안하죠…. 아니. 거절하는 건 절대 아니에요. 벌써부터 침이 고이는걸요. 정말 고마워요. 감동했어요. 빨리 먹고 싶네요.'

침 흘리는 이모티콘이 채팅 창에 뜨자 추잉잉이 깔깔대며 웃었다. 정말 순진한 남자였다. 그에게 받은 명함을 찾아낸 뒤에야 그의 이름이 '잉친'이라는 걸 기억해냈다.

곧장 요리를 시작했다. 쌀을 씻고 라러우를 썰어 라러우 덮밥을 한 그릇 가득 만들었다. 구수한 냄새가 온 집안을 채우자 판성메이가 어두컴컴한 방에서 외쳤다.

"잉잉, 너무 잔인해! 이 밤중에 라러우 덮밥이라니! 날 고문할 셈이야?"

"완성되면 언니도 한 그릇 줄게."

"됐어. 밤에 먹으면 살쪄."

추잉잉이 싱글벙글 웃으며 덮밥을 담을 도시락을 찾았다. 그런데 아무리 찾아도 큼직한 도시락이 없었다. 판성메이와 관쥐얼은 밥을 해먹지 않기 때문에 도시락이 있을 리 없었다. 하는 수 없이 앤디를 찾아갔다. 앤디가 도시락을 꺼내주는 동안 추잉잉은 잉친이 병이 나서 아픈 것도 모르고 채식을 해 기운이 없다고 생각하고 있더라며 우습다고 재잘거렸다.

앤디가 무심하게 대꾸했다.

"그 사람 참 불쌍하네. 몸도 아픈데 밤새 라러우 덮밥 먹을 생각에 군침을 흘리고 있을 테니까."

추잉잉이 말했다.

"라러우 덮밥을 지금 가져다주면 나를 이상한 애라고 생각할까?"

"그 사람이야 빨리 먹을수록 좋겠지. 내가 지금 운전을 할 수가 없어서 데려다주지 못해 아쉽네. 술을 마셨거든."

"혼자 1병을 다 마신 거야?"

추잉잉이 테이블에 놓인 빈 와인병을 보며 묻자 앤디가 고개를 끄덕였다.

"맙소사! 왜 혼자 술을 마셨어? 이러다 알코올 중독이 되면 어쩌려고. 남은 반 잔은 마시지 마. 내가 버려줄게. 같이 바람 쐬러 나갈까? 혼자 틀어박혀 있지 말고. 휴, 웨이 사장님이랑 헤어지고 멀쩡한 줄 알았더니 언니도 별 수 없구나."

"헤어진 것 때문에 이러는 건 아니야⋯."

"아니긴 뭐가 아냐. 외투 어디 있어? 내가 가져올게. 모자 쓰고 목도리도 둘러. 날씨가 추워. 라러우 덮밥 가져다주러 같이 가자. 실연도 감기랑 똑같아서 누구에게든 다 아픈 법이야. 아프다는 걸 인정해. 어서 나가자."

오지랖이 넓은 추잉잉이기에 앤디도 더 이상 거절할 수가 없었다. 추잉잉이 나가자고 재촉하며 앤디를 일으키려 했다. 누가 자기 몸에 손대는 걸 싫어하는 앤디는 빨리 일어나는 수밖에 없었다. 그렇게 엉겁결에 외투를 입고 모자를 쓰고 목도리까지 두른 뒤 추잉잉을 따라 집을 나섰다.

그 모습을 본 판성메이가 미간을 찡그렸다.

"이렇게 추운 날 그것도 밤 10시에, 고작 한 번 왔던 손님에게 도시락을 가져다주겠다는 거야? 그 사람이 오해할 텐데."

"이깟 도시락 하나로 무슨 오해를 한다는 거야? 뭐 독이라도 넣었을까 봐? 그 사람이랑 원수진 것도 아닌데 왜 그러겠어?"

"라러우 덮밥으로 그 사람 마음을 잡아보려는 거 아니야? 그럴 생각이라면 단념해. 요즘 남자들은 약아빠져서 여자가 적극적으로 나가면 사람을 우습게 안다고."

추잉잉이 머리를 긁적였다.

"뭐가 그렇게 복잡해? 그냥 그 사람이 안쓰러워서 그러는 건데. 동향 사람인데 도와줄 수 있잖아."

"그래. 넌 그렇게 단순하겠지. 하지만 한밤중에 도시락을 받은 사람은 단순하게 생각하지 않을걸? 억울하지 않아?"

문밖에 서 있던 앤디가 끼어들어 추잉잉 편을 들어주었다.

"하고 싶은 대로 해. 내가 원하는 걸 하고 내 기분이 좋으면 그걸로 되는 거야."

앤디가 나서자 판성메이도 더 이상 말리지 않았다.

아무도 자기 말에 동의하지 않자 앤디가 물었다.

"닥터 자오는 언제 갔어?"

추잉잉이 웃으며 말했다.

"나 때문에 가버렸나 봐. 히히. 내가 자꾸만 몰래 내다보니까 창피했던 거지. 간 지 30분쯤 됐어."

앤디도 웃으며 취샤오샤오에게 메시지를 보내 알려주었다. 추잉잉이 빠르게 도시락에 밥을 담고 헌 스웨터로 도시락을 감싸 품에 안고 밖으로 나갔다. 판성메이가 뭐라고 하려다 입을 다물었다. 앤디가 없었다면 끝까지 추잉잉을 말렸겠지만 앤디 앞에서는 어쩐지 주눅이 들었다. 앤디가 자기 말에 반박할 것이고 자기는 앤디의 말상대가 될 수 없다는 것을 알고 있었기 때문이다.

취샤오샤오는 더없이 만족스러운 저녁 식사를 했다. 물론 만족감의 대부분을 차지한 건 앞에 앉아 있는 미남과 집 앞에 앉아 자신을 기다리고 있는 미남이었다.

알고 보니 류신화는 부모 손에 이끌려 맞선을 보러 온 마마보이가 아니었다. 하이시에서 무역 회사와 투자 회사를 농시에 경영하며 부모의 사업을 돕고 있는 사업가였다. 호주에서 MBA를 마치고 지난여름 귀국했고 회사가 막 창업 단계에 있다는 점이 취샤오샤오와 비슷했다. 이 공통점에 동질감을 느낀 두 사람은 끊이지 않고 화제를 이어갔다.

분위기가 무르익을 무렵 류신화가 물었다.

"집에 먼지가 쌓여 있던 건 일부러 그런 거죠?"

취샤오샤오가 시원스레 웃었다.

"어젯밤 12시까지 힘들게 작업한 거예요. 덕분에 진공청소기 하나 고장 냈어요. 맞선 자체에 반감이 있었거든요. 참 이상해요. 당신 같은 사람이 어떻게 맞선을 보러 왔는지."

"자식을 제일 잘 아는 건 부모님이죠. 그래서 가끔은 부모님을 이길 수 없을 때가 있어요. 이번에도 그랬어요. 나도 궁리를 많이 했어요. 모두 보는 앞에서 더럽게 코를 후비는 방법도 생각해봤죠."

"난 그 정도로 망가지긴 싫어요. 집을 돼지우리로 만든 것도 내가 할 수 있는 한계치였어요. 여긴 술이 별로예요. 빨리 먹고 다른 데로 가요. 주류 수입 사업을 하는 동창이 있어요. 그 친구가 하는 바가 우리 아지트예요. 내 친구들 소개시켜줄게요."

"우리요? 우리가 누구죠?"

"동창들이요. 나쁜 짓 할 땐 죽이 척척 맞죠. 어릴 땐 소문난 악동들이었어요."

류신화가 알겠다는 듯 미소를 지었다. 그때 취샤오샤오의 핸드폰이 또 울렸다. 자오치펑이었다. 취샤오샤오는 이미 앤디에게 메시지를 받은 뒤였으므로 어떻게 대응할지 진즉에 생각해둔 게 있었다.

"여보세요."

전화 받는 그녀의 목소리가 애절하기 그지없었다. 영화 속 비련의 여주인공도 울고 갈 만큼 사람의 심금을 울리는 연기력이었다. 마주

앉은 류신화가 소리 없이 웃었다.

"닥터 자오? 죄송해요. 지금 전화 받기가 곤란해요. 그럼 이만."

그녀가 재빨리 전화를 끊고는 통쾌한 듯 키득거렸다.

"전 남자친구인가요?"

"맞아요. 옹졸한 복수가 뭔지 보여주려고요."

취샤오샤오는 봄바람 위에 올라앉은 듯 기분이 여유롭고 나긋나긋했다. 주위에 아무도 없다면 노래라도 흥얼거리고 싶을 정도였다. 그녀의 이런 여유로움이 류신화의 마음을 더욱 사로잡았다. 두 사람은 짓궂은 면에서도 죽이 잘 맞았다. 오늘 처음 만났지만 둘 사이에 벌써 모종의 묵계가 형성되었음을 느낄 수 있었다. 심지어 그녀는 류신화 앞에서 굳이 자신을 꾸미려고 하지도 않았다. 어차피 같은 부류인데 꾸며낸들 속을 리도 없었으니까.

앤디와 추잉잉이 지하철에서 내리자 눈이 내리고 있었다. 눈송이가 굵지 않아 가로등 불빛이 비춘 곳에서만 또렷하게 보였다. 기온도 더 내려간 것 같았다. 추잉잉이 큰언니처럼 앤디를 챙겼다.

"옷깃을 세워봐. 아니면 목도리로 머리랑 얼굴을 꽁꽁 싸매든가. 어차피 저녁이라 언니를 알아보는 사람도 없을 텐데."

"넌 괜찮아?"

"나? 나보단 언니가 여리게 보이잖아. 하하하! 거의 다 왔어. 조금만 참으면 돼."

추잉잉이 팔짱을 끼려고 하자 앤디가 얼른 피했다. 추잉잉이 이상하다는 듯 말했다.

"왜 피해? 꼭 붙어서 걸으면 서로 바람을 막아줄 수 있잖아."

"누구든 상관없이 누가 날 만지는 게 싫거든. 미안해."

추잉잉이 놀란 듯 멍하니 있다가 말했다.

"어쩐지. 그동안 난 언니가 차갑고 도도하다고 생각했어. 특별한 이유가 있어?"

"심리적인 문제야. 그래서 설 연휴에 미국에 가서 정신과 의사를 만나보려고."

"설마 웨이 사장님과 헤어진 게 이것 때문은 아니겠지?"

앤디가 대답을 하지 않자 추잉잉이 말했다.

"자책할 거 없어. 일부러 그러는 것도 아니잖아. 언니 혼자 술 마시는 거 보고 안쓰러웠어. 앞으로는 혼자 술 마시지 않겠다고 약속해."

"이따 집에 가면 집에 있는 술을 다 버려줘."

"좋아. 그럴게. 예전에는 언니가 무서웠는데 이제 보니 언니는 참 좋은 사람인 거 같아. 마음의 병을 이겨낼 수 있는 방법을 알려줄게. 나도 대학 때 술을 많이 마신 적이 있어. 인사불성으로 취해서 친구들을 끌어안고 그랬는데 다음 날 정신이 들고 보니까 너무 창피하더라. 언니도 한번 해봐. 하하하!"

"좋은 방법이네. 그렇게까지 과음한 적이 없었어. 기회가 있다면 해볼게."

추잉잉이 의심스러운 표정으로 말했다.

"언니 지금 취한 건 아니지? 내가 하는 말마다 순순히 알겠다고 하네. 내일 후회하지 마."

"그 정도 마신 걸로는 안 취해. 난 입구에서 기다릴게. 잉친 씨한테 전화해봐. 출입 카드가 있어야 들어갈 수 있는 거 같아."

"정말 안 취했네? 정말 내 말에 일리가 있는 건가?"

추잉잉이 혼잣말을 중얼거리며 도시락을 앤디에게 건네주고 핸드폰을 꺼내 전화를 걸었다.

"잉친 씨, 저 카페 직원이에요. 시음용 커피랑 라러우 덮밥 가지고 왔어요. 내일까지 드실 수 있을 거예요. 빨리 내려와서 가져가세요. 추워서 얼어 죽을 거 같아요."

잉친이 한참 동안 침묵했다가 더듬거리며 말했다.

"지, 지금 내려갈게요. 금방 가요. 고마워요."

추잉잉이 앤디를 보며 웃었다.

"감동해서 말까지 더듬네. 하하하! 불쌍하게."

앤디가 망설이다가 먼저 손을 뻗어 추잉잉의 머리와 옷깃을 매만져준 뒤 추잉잉의 목도리를 풀고 그것보다 예쁜 자기 목도리를 둘러주었다. 그녀가 말했다.

"난 잘 꾸밀 줄 몰라서 정리만 해줄게."

앤디가 재빨리 추잉잉의 매무새를 정리해준 뒤 멀찌감치 떨어졌다. 추잉잉이 얼떨떨해하며 보드라운 목도리를 손으로 쓰다듬었다. 이 상황이 약간 비현실적으로 느껴지기까지 했다. 추잉잉이 얼떨떨해하고 있을 때 뒤에서 예의 바른 목소리가 들렸다.

"안녕하세요."

"잉친 씨, 안녕하세요. 저 기억하세요? 여기요. 도시락 통은 돌려주셔야 해요. 내일 커피 가져다드릴 때 돌려주세요. 참, 냄새 먼저 맡아봐요. 입맛이 돌걸요? 맛없을 거 같으면… 도로 가져갈게요. 입맛에 안 맞는 걸 억지로 줄 순 없으니까."

조용한 밤이라 앤디가 멀찌감치 떨어져 있는데도 추잉잉의 말소리가 또렷하게 들렸다. 앤디가 조용히 웃음을 터뜨렸다.

"와, 아직 따뜻해요. 정말 라러우 덮밥이네요. 냄새만 맡아도 알겠어요."

"다른 건 몰라도 그 코는 대단하네요. 지난번에도 카페에 들어오자마자 라러우 냄새를 알더니 감기가 들었는데도 도시락 안에 든 음식을 냄새로 알아내잖아요. 초능력이라도 있어요?"

"세상에 이런 초능력도 있나요? 구수한 냄새가 진동하네요. 그런데… 당신 이름이 뭐예요?"

"추잉잉이요. 군침을 삼키는 걸 보니 입맛이 도나 보네요. 그럼 난 갈게요. 내일 만나요. 도시락 통은 돌려주셔야 해요. 이웃한테 빌린 거니까."

"얼마를 드려야 할까요? 지갑을 안 가지고 나왔어요. 내일 타오바오에 개인 결제창을 열어주시겠어요?"

"제 수고비는 얼마 안 되지만 저랑 같이 온 이웃집 언니의 수고비는 아마 감당을 못하실 걸요? 됐어요. 무료 배송이에요. 어서 몸이나 나아요. 배부르게 먹고 일찍 주무세요. 이만 갈게요."

추잉잉이 당당한 걸음으로 밖으로 나오더니 큰 소리로 웃으며 말했다.

"저 남자 감동받아서 어쩔 줄 몰라 하더라. 제대로 말도 못하고 유창하게 더듬거렸어. 바보 같이."

"유창하게 더듬거렸다니?"

"히히, 처음부터 끝까지 완전히 더듬거렸다는 거지. 말이 멈출 때마다 뱃속에서 꼬르륵 소리가 들리는 거 같더라니까. 어디 그뿐이야?"

"목도리 바꾸자."

"아 참, 잊을 뻔했네."

추잉잉이 목도리를 두른 채 얼굴을 찡그려 보이자 앤디가 망설이다가 조심스럽게 말했다.

"목도리를 오래 하고 있으면 체취가 배어들잖아. 다른 사람의 체취를 맡는 게 익숙하지 않아. 미안해."

추잉잉의 얼굴이 새빨갛게 달아올랐다. 택시에 탄 뒤 그녀가 다시 재잘거리기 시작했다.

"저 남자 너무해. 내 이름도 기억을 못 해. 동향 사람인데. 사흘은 굶은 사람처럼 라러우 덮밥만 쳐다보더라."

앤디가 입꼬리를 살짝 말아 올리며 아무 말도 하지 않았다. 하지만 추잉잉은 계속 툴툴대다가 나중에는 잉친이 외투도 안 입고 내려온 걸 보니 덜렁대는 사람이라며 시시콜콜한 흉을 보았다. 집에 돌아온 뒤 추잉잉은 앤디 집에 있는 술을 치워주기로 한 것을 잊어버렸다. 앤디는 기억하고 있었지만 망설이다가 아무 말도 하지 않았다.

앤디가 집에 들어서자마자 핸드폰이 울렸다. 뜻밖에도 웨이궈창이었다.

"앤디 씨 외할아버지께서… 돌아가셨어요."

앤디가 멈칫했다가 짧게 대답했다.

"알았어요."

그녀는 전화를 끊은 뒤 그 자리에 멍하니 서 있었다. 아무 상관도 없는 모르는 사람이 죽은 것처럼 그 어떤 감정도 느껴지지 않았다. 한참 뒤 앤디가 샤워를 마치고 나와 술병에 남아 있던 술을 잔에 따라 마셨다. 가장 비극적인 인생은 주위에 성가신 사람조차 없는 것이다.

취샤오샤오는 주위에 사람이 수없이 많지만 그들이 그녀를 성가시게 하는 것이 아니라 그녀가 그들을 성가시게 한다. 게다가 그녀는 그런 성가신 일들 속에서 즐거움을 찾았다.

취샤오샤오가 친구들과의 아지트로 류신화를 데리고 가 친구들과 떠들썩하게 놀았다. 술자리가 끝난 뒤 모두 대리운전 기사를 불러 집으로 돌아갔지만 류신화는 취샤오샤오를 집에 데려다주어야 했다.

그런데 그의 스포츠카는 두 사람밖에 탈 수가 없었다. 물론 취샤오샤오는 좁은 뒷자리에 타지 않으려 했고 희희낙락해하며 류신화를 뒷자리에 밀어 넣었다. 뒷자리에서 앉지도 눕지도 못한 채 엉거주춤하게 기대어 있던 류신화가 도발적인 제안을 했다.

"당신 전 남자친구가 아직도 집 앞에서 기다리고 있을까요? 우리 내기 할까요? 당신이 먼저 선택해요. 기다리고 있을지, 가버렸을지."

취샤오샤오가 고민에 빠졌다. 그녀가 알고 있는 자오치펑이라면 진즉에 돌아갔을 것이다. 그가 새벽 1시까지 집 앞에서 그녀를 기다린다는 건 상상도 하기 힘들었다.

류신화가 웃으며 그녀를 더 자극했다.

"왜? 자신 없어요? 동전 던지기로 결정할래요?"

"흥! 당연히 기다리고 있을 거예요."

술기운에 귀까지 벌겋게 달아오른 취샤오샤오가 호기롭게 말하자 류신화가 큰 소리로 웃었다. 취샤오샤오가 잔뜩 약이 올라 허공에 주먹을 휘둘렀다.

"돈 말고 다른 걸 걸기로 해요. 내기에 진 사람이 1년 동안 언제든 부르기만 하면 달려오기로."

"좋아요. 나중에 말 바꾸기 없어요."

취샤오샤오는 자신이 없어 다리가 후들거렸다. 호언장담했던 걸 금세 후회하며 어서 집에 도착하길 조마조마한 마음으로 기다렸다. 류신화는 그녀의 초조해하는 표정을 흥미롭게 지켜보고 있었다.

차는 금세 아파트 앞에 도착했다. 취샤오샤오가 가로등 아래 누가 있지 않은지 두리번거리더니 차에서 내리며 큰 소리로 외쳤다.

"아, 취한다! 여기 왜 이렇게 연인들이 많지?"

류신화가 큰 소리로 웃으며 차에서 내렸다.

"경비 아저씨밖에 없잖아요. 경비실에 가서 물어볼까요?"

"난 취해서 못 가요. 혼자 가서 물어봐요."

류신화가 웃으며 핸드폰을 꺼내 여러 방향으로 사진을 찍었다.

"술 깬 뒤에 다른 소리 못하게 증거를 남겨야겠어요."

그런데 그리 멀지 않은 화단 쪽을 찍다가 화단 옆에 서 있는 차의 비상 깜빡이가 규칙적으로 깜박이는 것을 보았다. 류신화가 우뚝 멈추고 가만히 보니 차 안에 사람이 앉아 있었다. 그때 천천히 차창이 내려갔다. 취샤오샤오도 그를 보았다. 자오치펑이었다. 취샤오샤오가 비명이 터져 나오려는 입을 급하게 틀어막았다. 자오치펑에게 놀란 모습을 보일 수는 없었다. 최대한 도도하게 행동해야 했다.

그런데 취샤오샤오를 바라보는 자오치펑의 얼굴 위로 미소가 번졌다. 그가 미소 띤 얼굴로 차에 시동을 걸더니 천천히 가버렸다. 전체 과정이 물 흐르듯 자연스러웠고 취샤오샤오와 류신화는 한마디 할 겨를도 없었다. 자오치펑의 차가 거의 보이지 않을 만큼 멀어졌을 때 취샤오샤오가 정신이 들었다. 그녀가 류신화에게 손을 뻗었다.

"자, 각서 써요. 1년 동안 언제 부르든 곧장 달려오기로."

류신화가 하는 수 없이 차에서 수첩을 꺼내 각서를 쓴 뒤 서명했다. 단 한 번의 내기로 1년간 자유를 빼앗긴 셈이었다. 그가 각서 쓴 페이지를 뜯어내 취샤오샤오에게 건네며 물었다.

"뭐 하는 남자예요?"

"의사요. 의료계에서 유명한 천재 의사죠."

취샤오샤오가 각서를 낚아채 조심스럽게 지갑 깊숙이 넣었다.

그녀를 가만히 응시하고 있던 류신화가 갑자기 그녀를 와락 끌어안고는 제법 뜨거운 굿나잇 키스를 했다. 앞날을 생각할 필요가 없고 부모님끼리 친구가 아니었다면 취샤오샤오는 아마 그에게 집에 올라왔다 가라고 했을 것이다. 그녀가 아쉬운 듯 류신화에게 다시 한 번 입을 맞춘 뒤 몸을 돌려 사뿐사뿐 아파트로 들어갔다.

그런데 모퉁이를 돌자마자 머리가 차갑게 식고 냉정해지며 의문이 떠올랐다. 자오치핑이 떠나며 날린 그 야릇한 미소는 무슨 뜻이었을까? 수많은 연애를 했지만 어떤 남자도 그런 적이 없었으므로 그의 속셈이 뭔지 짐작할 수가 없었다.

취샤오샤오가 궁리 끝에 술기운을 빌어 용감하게 쪽지를 쓴 뒤 2202호 문밖에 붙여놓았다.

'자오치핑이 아파트 앞에서 기다리다가 새벽 1시에 미남이 나를 집에 데려다주는 걸 보고는 차에서 내리지도 않고 날 보고 웃으며 가버렸어. 여기서, 질문! 그 남자가 나한테 히스테리를 부린 걸까? 22층 멤버들 각자의 의견과 그렇게 생각하는 이유를 얘기해줘. 답을 주지 않으면 줄 때까지 괴롭힐 거야. 쪽지 남겨놔.'

물론 이 쪽지를 제일 먼저 본 사람은 앤디였다. 무슨 일이든 취샤오샤오에게서 일어나면 언제나 다채롭고 기발한 방향으로 전개되었다. 앤디는 몇 가지 가능성을 떠올리며 밖으로 나갔다가 밤새 내린 눈이 하얗게 쌓여 있는 걸 보고는 아침 운동을 포기하고 다시 올라왔다. 그러고는 집에 들어가기 전 취샤오샤오가 붙여 놓은 종이의 여백에 자기 의견을 논리정연하게 적기 시작했다.

'여러 가지 가능성이 있어.

1. 치핑 씨가 아직 너에게 마음이 남아 있는 경우

1-a. 네가 다른 남자와 집에 온 걸 보고 상심해 억지로 미소를 지었다.

1-b. 네가 그 남자보다 자기와 더 친한 것 같아서 안도의 미소를 지었다.

1-c-1. 그 남자가 별 볼 일 없는 걸 보고 안도하며 비웃었다.

1-c-2. 그 남자가 별 볼 일 없는 걸 보고 네 수준을 깨달은 뒤 웃으며 포기했다.

1-c-3. 그 남자가 별 볼 일 없는 걸 보고 자기에게 다시 기회가 있을 거라는 생각에 기뻤다.

1-d. 그 남자가 여러모로 자기와 비슷한 수준인 것 같아서 너의 행복을 빌어주었다.

2. 치핑 씨가 너에게 마음이 떠난 경우,

2-a. 1-c-1, 1-d와 동일.

2-b. 너에게 다른 남자가 생긴 걸 직접 확인하고 네가 다시는 찾아오지 않을 거라는 생각에 안도했다.

3. 그의 증상으로 볼 때 머리에 이상이 생겼을 가능성은 없음.'

앤디가 다 쓴 뒤 처음부터 한 번 읽어 보고는 마지막에 한 줄 덧붙였다.

'이상. 연애 문외한의 관점에서 분석한 의견이야.'

추잉잉이 아침밥을 짓고 있을 때 판성메이가 방에서 나오며 기지개를 켰다.

"매일 아침 일어나기가 너무 힘들어. 출근하기도 싫고. 잉잉, 어제 라러우 덮밥 가져다주니까 그 남자가 뭐래?"

"감동받아서 말도 제대로 못하더라."

"이게 뭐지?… 하하하! 잉잉, 빨리 와봐!"

판성메이도 현관문을 열자마자 문에 붙어 있는 종이를 보았다. 그녀는 앤디가 써놓은 답변을 읽기도 전에 웃음을 터뜨렸다. 추잉잉도 밖으로 달려갔다. 두 사람은 앤디가 진지하게 써놓은 답변을 한 줄 한 줄 읽으며 깔깔거렸다. 추잉잉이 큰 소리로 읽다가 관쥐얼을 불렀다.

"쥐얼! 어젯밤에 재밌는 일이 있었어. 빨리 나와봐!"

밖에서 들리는 웃음소리에 관쥐얼도 평소보다 5분 일찍 일어나 밖으로 나갔다. 하지만 자오치펑에 관한 일이라 웃음이 나오지 않았다. 그녀는 잠이 덜 깬 척 눈을 비비며 화장실로 들어갔지만 판성메이와 추잉잉은 웃느라 이상한 낌새를 채지 못했다. 판성메이가 볼펜을 쥐고 망설였다. 앤디처럼 낙관적인 추측과 비관적인 추측을 모두 써줄 수는 없지만 그렇다고 안 써줄 수도 없었다. 한참 골똘히 생각한 끝에 앤디의 답변 아래 짧게 덧붙였다.

'앤디가 자세히 분석해줬네. 어쨌든 한 사람의 행동은 성격에서 나오는 거야. 각 항목을 자오치펑의 성격과 연관 지어서 생각해봐.'

추잉잉도 웃음을 멈추지 못하고 키득거리며 그 아래에다 적었다.

'야심한 밤 귀신의 웃음, 귀신의 행동, 귀신의 방문, 귀신의 가위눌림. 이런 건 논리적으로 이유를 추측할 수 없지. 이상!'

추잉잉이 재미있게 쓰는 걸 보고 판성메이도 손이 근질거렸지만 취샤오샤오를 놀려줄 용기가 없어 그저 웃기만 했다. 둘이 깔깔거리고 있을 때 왕바이촨에게 전화가 걸려왔다. 판성메이를 회사까지 태워다주려고 오고 있다면서 20분 뒤 아파트에 도착할 거라고 했다.

판성메이의 얼굴이 더 환해졌다.

"어젯밤에 접대했다면서. 더 자지 않고 아침부터 왜 왔어? 나 혼자 출근해도 되는데."

"어제 못 봤잖아. 보고 싶어. 지금 막 나온 성젠바오도 사왔어."

"알았어. 운전 조심해. 20분 뒤에 정확히 나갈게."

추잉잉이 웃으며 말했다.

"낮에 웃는 건 귀신의 웃음이 아니지. 하하하!"

화장실에서 나오던 관쥐얼도 웃으며 말했다.

"나도 회사까지 데려다주는 사람 있어. 바로, 앤디 언니!"

추잉잉이 눈을 흘겼다.

"성메이 언니는 태워다줄 필요 없잖아. 지하철을 타는 게 다이어트에 좋다며! 안 그래?"

판성메이가 추잉잉을 안아주고는 화장을 하고 재빨리 준비를 마친 뒤 가방을 들고 밖으로 달려 나갔다. 20분이 되기 전에 마쓰다 한 대가 아파트 앞에 멈추어 서더니 차창 밖으로 왕바이촨의 얼굴이 빠끔히 나왔다. 판성메이가 깜짝 놀라 다가갔다.

"차 바꿨어?"

"렌트카였잖아. 이제 내 차 장만했어. 마쓰다6이 연비가 좋아. 자, 성젠바오."

"넌 아침 먹었어?"

"일찍 나오느라 못 먹었지."

하지만 왕바이촨의 얼굴에는 생기가 넘치고 몸에서 은은한 향기가 났다.

"어젯밤에 몇 시에 끝났어?"

"새벽 1시 넘어서. 고객들이 신나게 노래를 부르는데 민중가요만 부르더라고. 같이 부르자는데 나는 들어본 적도 없는 노래들이라 박자 맞춰 흥얼거리기만 했지. 나도 같은 세대인 척 분위기만 맞췄어."

"호텔까지 바래다줬어? 그럼 얼마 못 잤겠네. 힘드니까 앞으론 아침에 오지 마."

"다른 건 다 네 말대로 해도 이것만은 포기 못 해. 식기 전에 어서 먹어."

"응. 같이 먹자. 자, 아."

왕바이촨이 입을 벌려 성젠바오를 입에 물었다. 신호등에 걸리자 그가 입을 우물거리며 판성메이에게 시선을 돌려 감탄하듯 말했다.

"성메이, 널 위해서라면 불구덩이에라도 뛰어들 수 있어."

판성메이가 말없이 미소 지으며 노릇하게 지진 성젠바오를 하나 더 집어 왕바이촨의 입에 넣어주었다.

"앞으로 아침은 안 사와도 돼. 우리 아파트 앞에도 아침하는 식당이 있어. 내가 3분 정도 일찍 나와서 사놓을게. 너는 주차하고 식당까지 한참 걸어가야 살 수 있잖아. 그럴 시간 있으면 몇 분이라도 더 자."

왕바이촨이 싱글벙글하며 말했다.

"그런 건 하나도 힘들지 않아. 널 볼 수만 있다면 밤을 새워도 괜찮아. 아쉽게도 고객들이 아직 돌아가지 않아서 오늘 밤에도 널 만날 수가 없어."

"일이 중요하지. 일할 때는 딴생각하지 마."

"네 생각을 하는 건 괜찮아."

왕바이촨 덕분에 판성메이는 평소보다 30분 일찍 회사에 도착했다. 왕바이촨은 앞으로 20분쯤 늦게 판성메이를 데리러 가야겠다고 생각했다.

관쥐얼은 판성메이와 추잉잉이 모두 출근한 뒤 현관문에 붙어 있는 종이에 자기 의견을 썼다.

'샤오샤오, 만약 자오치펑이 씁쓸하지만 억지로 웃은 거라면 그걸 이렇게 떠벌리는 건 두 사람이 사귄 시간에 대한 모독이야.'

앤디가 집에서 나오다가 관쥐얼을 보았다. 22층 멤버 중 관쥐얼의 속 타는 마음을 알고 있는 사람은 앤디뿐이었다. 앤디가 말없이 쪽지를 떼어 2203호 문틈에 끼웠다. 차에 탄 뒤 관쥐얼도 앤디도 그 쪽지에 대해 한마디도 꺼내지 않았다.

추잉잉이 출근해 윗층 회계팀에서 장부와 잔돈을 받아가지고 내려오는데 잉친이 카페로 들어왔다. 이번에는 패딩점퍼를 입고 있었다. 그의 마른 몸이 두툼한 점퍼에 벙벙하게 부풀어 있었다. 앤디의 도시락 통을 들고 곧장 그녀를 향해 다가오는 그에게 추잉잉이 반갑게 인사를 했다.

"감기는 좀 어때요? 왜 왔어요? 내가 낮에 커피 가져다준다고 했잖아요."

"어제 그 라러우 덮밥이 특효가 있었나 봐요. 아침에 일어나 보니 코도 뚫리고 어지러움도 사라졌어요. 기운도 나고요. 어제는 경황이 없어서 고맙다고 인사하는 걸 잊었어요."

"고맙긴요. 감기가 나았다니 저도 기뻐요. 잠깐 앉아 계세요. 타오바오에서 주문하신 대로 포장해드릴게요. 잉친 씨 동료들은 커피를 물처럼 마셔요? 어떻게 며칠 만에 커피가 떨어져요?"

"요즘 밤샘을 밥 먹듯이 하고 있어요. 카페인 없인 못 살죠. 어제 사무실에 올라가고 나서야 생각났어요. 집에 데려다줬어야 하는데. 그렇게 춥고 늦은 밤에. 정말 미안해요. 몸이 아파서 머리가 어떻게 됐었나 봐요. 미안하다는 말을 꼭 하고 싶었어요. 또 찬바람을 맞으며 커피를 배달해달라고 할 수도 없었고요. 제가 IT 업계에서 일하잖아요. 앞으로 핸드폰이나 컴퓨터에 문제가 있으면 언제든 연락하세요."

추잉잉이 하던 일을 멈추고 미소를 지으며 그에게 시선을 돌렸다.

"괜찮아요. 옆집 언니랑 같이 갔었어요. 택시 타고 돌아왔고요. 돈을 잘 버는 언니라서 택시비도 그 언니가 냈어요. 바쁜 일 끝나면 내 컴퓨터 메모리를 업그레이드 해줄 수 있어요?"

"물론이에요. 이 프로젝트가 끝나면 연락할게요."

추잉잉이 포장한 커피를 잉친에게 건넸다.

"다 됐어요. 타오바오 주문 상태는 수정해놓을게요. 바쁠 텐데 어서 가봐요."

잉친이 컴퓨터로 주문 상태를 수정하는 추잉잉을 보며 뒷걸음질로 밖으로 나가서는 유리창을 사이에 두고 손을 흔들어 인사했다. 잉친의 모습이 보이지 않게 된 후 추잉잉이 도시락 통을 카운터 밑에 넣으려는데 어쩐지 무게감이 느껴졌다. 뚜껑을 열어 보니 페레로로쉐 초콜릿이 가득 들어 있었다. 추잉잉이 깜짝 놀라 환하게 웃으며 도시락을 들고 폴짝 뛰어올랐다.

27

앤디가 출근해 보니 탄쭝밍이 그녀의 사무실에서 커피를 마시며 기다리고 있었다. 커피 중독자인 탄쭝밍에게는 평범한 아메리카노는 밍밍하고 맛이 없었다. 그는 고압으로 추출한 에스프레소만 마셨는데 한 번에 6잔 분량을 마셨기 때문에 커피 한 잔 가져다 달라고 하지 않고 커피 한 주전자 가져다 달라고 말하곤 했다. 카페에서도 6잔을 한꺼번에 주문했다. 탄쭝밍의 그런 습관을 잘 알고 있는 앤디가 사무실에 들어서자마자 물었다.

"무슨 일이야? 전화로 얘기하지 않고."

"책상에 초대장 몇 통 놓아뒀어. 가급적 모두 참석하는 게 좋을 거야. 웨이 사장이 아침 일찍 전화했어. 네가 장례식에 참석할 수 있도록 설득해달라고 하더군."

"그럴 줄 알았어. 아무 일 없이 이렇게 일찍 날 찾아올 리가 없지. 안 가겠다고 내가 직접 연락하면 네 입장이 난처해질까?"

앤디가 자리에 앉아 초대장을 살펴보았다. 모두 업계의 연말 모임으로 꼭 참석해야 하는 자리였다. 특히 업계에서 두각을 나타내기 시작한 그녀는 더더욱 참석해야 했다.

"그렇진 않아. 그런데 요즘 네 기분이 별로라고 하던데…."

"그 사람과는 관계없어. 그냥 내 기분이 그런 거야. 연초에 사흘 정도 여행을 다녀올까 해. 햇볕을 쬐고 싶어. 여긴 너무 춥고 습해서 사람을 우울하게 만들어. 여행지 좀 추천해줘. 조건이 있어. 직항이 있을 것. 기온이 30도 이상일 것. 해변이 있고 리조트 시설이 잘 되어 있을 것. 12월 31일에 혼자 떠날 거야."

탄쭝밍이 잠시 생각한 후 비서에게 전화를 걸어 항공권을 예매해 달라고 했다.

"내가 도와줄 게 더 있을까?"

"없어. 다 해결됐어. 날 찾아온 용건이 이것뿐이야? 직접 찾아올 것까진 없었잖아."

"양심 불량이군. 네가 하는 일에 조금도 간섭하지 못하게 하잖아. 내가 이런 거 말고 또 뭘 할 수 있겠어?"

앤디가 피식 웃으며 방금 컨 컴퓨터에 뜬 비서의 메시지로 시선을 옮겼다.

"커피 다 마시고 천천히 가. 난 할 일이 쌓여 있어서 이만."

탄쭝밍이 소파 팔걸이에 엎드리며 애걸하듯 말했다.

"아직 할 얘기가 남았어. 직원들이 하소연하더라. 네가 점심 먹으면서 계속 업무에 대해 물어보는 바람에 위장병에 걸릴 것 같다고. 오찬 회의를 폐지해줬으면 하나봐."

"류(劉)씨, 관(關)씨, 장(張)씨. 그 3명이지? 간단한 질문에 대답하는 것도 힘들 정도면 당장 사표 내라고 해. 연말 성과금 축내지 말고."

앤디가 비서에게 바오이판을 들여보내라고 했다.

"나도 그렇게 말했어."

탄쭝밍이 웃으며 나가다가 문 앞에서 바오이판과 마주쳤다. 두 사람이 가볍게 안으며 인사한 후 악수를 하고 헤어졌다.

앤디가 양복을 말쑥하게 차려입고 들어오는 바오이판에게 시선을 옮겼다.

"어젯밤에 왔는데 왜 전화 안 했어요?"

"비행기에서 내리자마자 전화했는데 전화가 꺼져 있더라고요. 잠든 거 같아서 방해하지 않으려고 다시 전화하지 않았어요. 대신 직접 자료를 들고 왔어요. 내 성의가 표현됐나요?"

앤디가 물었다.

"쭝밍과 끌어안는 게 낯간지럽지 않아요?"

앤디는 속으로 어젯밤 핸드폰을 꺼놓았던 30분 사이에 그가 전화했다는 게 공교롭다는 생각을 했다.

바오이판이 피식 웃었다.

"점심 같이할래요?"

"점심엔 매일 직원들과 오찬 회의를 해요. 오전 업무를 간단히 정리하고 오후 업무를 준비하는 시간이에요. 저녁엔…."

앤디가 초대장 하나를 펼쳐 보며 말했다.

"같이 가도 될 것 같은데…. 시간 괜찮아요? 업계 행사지만 내가 저녁을 사는 걸로 할게요."

"저녁엔 안 돼요. 7시 비행기로 돌아가요."

바오이판이 의미심장한 눈빛으로 앤디를 보며 뭐라고 말하려고 했지만 앤디가 먼저 말했다.

"오늘 일정이 빠듯하겠네요. 귀한 시간 빼앗지 않을게요. 이 자료는 퇴근 후에 훑어보고 연락할게요. 구체적인 방안을 상의해보죠. 시뮬레이션을 해볼 수도 있고요."

"아쉽지만 어쩔 수 없죠. 바쁜 것 같으니 방해하지 않을게요. 여기 … 조개 목걸이에요. 별거 아니니까 가볍게 받아주세요."

"가지 말아요. 지금 열어볼게요."

"뇌물은 아니에요. 마음에 들어요? 애들 장난감 같은 거예요."

앤디가 알록달록한 '조개껍데기'를 꺼내 손가락에 감고 스탠드 불빛에 비춰 보았다. 알록달록한 걸 싫어하는 그녀지만 이 목걸이는 왠지 마음에 들었다.

"수만 년 전 인어의 눈물. 암모나이트네요."

"난 그게 뭔지 몰라요. 선물을 잘못하면 따귀 맞을 수 있다는 것만 알죠." 그가 히죽거렸다.

"새해 첫날 계획 있어요?"

"있어요."

"설 연휴엔요? 음력 정월 보름에는요?"

"설에는 미국에 다녀올 거예요."

"당신과 약속하려면 한 달 전부터 미리 잡아야겠군요. 내가 따라갈게요. 항공권 살 때 내 것도 같이 사줘요."

바오이판이 웃으며 작별 인사를 하고 나갔다. 앤디의 대답이 이미 그녀의 얼굴에 쓰여 있었으므로 눈치 빠르게 자리를 털고 일어난 것이었다.

앤디가 손에 든 암모나이트 목걸이 체인 사이로 바오이판의 뒷모습을 보고는 피식 웃었다.

격식 있는 양복이 바오이판의 육감적인 섹시함을 그나마 상쇄시켜주어 대화를 나누기가 한결 편했다.

아침에 일어난 취샤오샤오는 어젯밤 2202호 문에 쪽지를 붙여놓았던 것을 까맣게 잊어버렸다. 그녀는 자오치펑의 묘한 미소를 떠올리며 그 미소 뒤에 숨어 있을 갖가지 가능성을 골똘히 생각했다. 욕실 거울 앞에서 넋을 놓고 있다가 도우미 아주머니가 부르는 소리에 정신이 들었다. 그녀는 욕실에서 나와 200위안을 테이블에 올려놓은 뒤 아무 말도 없이 거울 앞으로 다시 돌아가 컬러 렌즈를 끼고 마스카라를 발랐다. 잠시 후 도우미 아주머니가 욕실 문을 두드렸다.

"이 종이 버릴까요?"

"종이라뇨?"

취샤오샤오가 눈을 깜빡이며 밖으로 나오다가 도우미의 손에 들려 있는 종이를 보고 그제야 어젯밤 일이 생각났다.

"아뇨. 버리지 마세요."

취샤오샤오가 잽싸게 종이를 낚아챘지만 도우미의 얼굴 위로 참지 못한 웃음이 배어 나왔다.

취샤오샤오가 창가로 가서 종이를 읽으며 눈을 흘겼지만 컬러 렌즈를 낀 눈이 불편해 오랫동안 눈을 흘길 수가 없었다. 앤디가 써놓은 여러 가지 가능성 중 여러 개가 그녀의 추측과 일치했다. 취샤오샤오가 종이를 연거푸 3번 읽고는 시간이 날 때 자세히 생각해보려고 조심스럽게 가방에 넣었다. 다른 사람의 의견은 대충 훑어본 걸로는 기억할 수가 없었다.

취샤오샤오가 회사에 도착하자마자 예전에 만났던 거래처에서 전화가 왔다. A시에서 하는 프로젝트 입찰에 참여할 생각이 있느냐며 의향이 있다면 컨소시엄을 구성해 함께 뛰어들자고 제안했다. 취샤오샤오가 입찰 측에 인맥이 있느냐고 묻자 아는 사람이 없다면서 취샤오샤오도 아는 인맥이 없다면 인맥을 가진 다른 업체도 컨소시엄에 참여시키자고 했다.

취샤오샤오가 큰 소리로 말했다.

"내가 그 도시 거물을 알아요! 하루만 시간을 주세요. 그 사람 통해서 마땅한 업체를 찾을 수 있는지 알아볼게요."

취샤오샤오는 전화를 끊고 앤디에게 전화를 걸려다가 시간을 보고는 핸드폰을 내려놓았다. 11시 30분 이전에는 앤디가 정신없이 바쁠 시간이고 그때 전화를 거는 건 화를 자초하는 일이라는 걸 알고 있었기 때문이다.

그때 한 친구에게 전화가 왔다.

"샤오샤오, 아직 술이 덜 깬 거 아냐?"

"무슨 소리? 진즉에 출근했지. 용건이 뭐야?"

"너희 오빠 둘, 촌에서 올라왔지? 아무것도 모르면서 뭘 믿고 우리 바닥에 뛰어들었는지 모르겠다만 망하는 건 시간문제야. 바보같이 다 털리고도 마냥 즐거워하겠지. 요즘 그 둘이 선물 옵션에 큰돈을 투자했대. 두고 봐. 머지않아 쫄딱 망할 테니."

"얼마나 투자했대?"

"네가 회사 차린 금액의 3배. 하하하!"

"뭐라고?"

취샤오샤오가 펄쩍 뛰며 사무실 안을 미친 듯이 휘젓고 다녔다.

"네가 잘못 안 거 아니야?"

"그럴 리가. 그까짓 푼돈을 투자해봤자 별로 대단한 소식거리도 아니지. 어떻게 그들이 너보다 돈이 많을 수 있는지 그게 궁금할 따름이야. 하하하!"

친구의 놀림에 취샤오샤오는 화가 머리끝까지 났지만 그녀는 정말로 화가 나면 냉정해지는 성격이었다.

"알았어. 나중에 밥 살게. 나만 아무것도 모르고 있을 뻔했어."

취샤오샤오가 미친 듯이 사무실 안을 서성거리다가 10분 뒤 엄마에게 전화를 걸어 어떻게 된 일이냐고 물었다. 그러자 엄마가 투자를 배워보라며 두 사람에게 통 큰 척 내어준 돈이라고 했다. 그게 엄마의 계획이라는 걸 알고 취샤오샤오도 더 자세히 묻지 않았다.

"돈이 아깝지도 않아? 두 사람이 지금 웃음거리가 됐어. 사람들이 돈 많은 촌놈들이라고 수근거려! 사람들이 그 돈을 다 털어갈 거라고."

"제발 그러길 빌어. 넌 신경 쓸 거 없어. 불공평하다고 생각하면 네 아빠한테 따지든가."

"그게 무슨 소리야? 우리집 돈을 그 둘이 거덜 내게 생겼는데…. 아, 몰라. 나 중요한 일 있어."

11시 30분. 앤디에게 전화할 시간이었다.

"어제 신화와는 어떻게…."

엄마의 물음이 끝나기도 전에 전화가 딸깍 끊겼다. 엄마는 어쩔 수 없다는 듯 고개를 저었다.

취샤오샤오가 전화를 끊자마자 앤디에게 전화를 걸었다.

"앤디, 바오 사장님 전화번호 좀 알려줘. 그쪽에 입찰 건이 있는데 사람을 소개시켜달라고 하려고."

"잘됐네. 오전에 우리 회사에 왔었어. 저녁 비행기로 돌아간대. 빨리 연락해봐."

앤디가 전화번호를 불러주고는 어젯밤 일에 대해 물었다.

"치핑 씨는 어떻게 된 거야?"

"나도 몰라. 종잡을 수가 없네. 언니가 생각하지 못한 가능성은 없을까?"

"연애 경험도 없는 내가 어떻게 알겠어? 치핑 씨도 너만큼이나 고수인 것 같아. 잘해봐."

"맞아. 대학 때 나만큼이나 재밌게 살았나 보더라…. 아무리 생각해도 어젯밤에 집 앞에서 기다리고 있는 걸 내 눈으로 보지 못한 게 후회돼. 그걸 봤어야 했는데."

"CCTV 영상을 저장해놨어."

취샤오샤오가 환호성을 질렀다.

앤디가 방금 전 비서가 가져다준 항공권을 훑어보며 말했다.

"연초에 푸켓 반얀트리에 갈 거야. 3박 4일 일정이야. 같이 갈래? 풀빌라로 잡아놨어."

"언니도 참 딱하시구려. 어떻게 여자끼리 휴가를 가? 같이 가면, 언니가 나 때문에 귀찮아 죽든 내가 언니 때문에 답답해 죽든 둘 중 하나겠지. 난 됐어. 언니 혼자 가."

앤디가 반얀트리 홈페이지를 열며 취샤오샤오를 설득하는 걸 포기했다. 혼자 가는 것도 괜찮았다. 뭘 하든 아무 간섭도 받지 않을 테니까.

취샤오샤오가 바오이판에게 전화를 걸었다. 앤디의 이름을 대자 바오이판도 금세 그녀를 기억해냈다.

"오, 점심 먹을 때 피규어를 가지고 놀던 분이시군요."

"하하! 마루코(일본 애니메이션 〈마루코는 아홉 살〉의 주인공)예요. 물론 일할 땐 갖고 놀지 않아요. 지금 어디 계세요? 만나서 도움을 청할 일이 있어요."

"친구와 식사하고 있어요. 오늘은 바쁘니까 다음에 만나죠."

다음에 만나요. 이건 취샤오샤오에게 가장 익숙한 말이었다. 마음에 안 드는 남자를 거절할 때 늘 그렇게 둘러댔기 때문이다.

"바쁘신 몸이라 자주 못 오시잖아요. 좋아요. 저도 거래를 제안하죠. 앤디 언니가 연휴에 혼자 휴가를 갈 거예요. 저는 그 정보를 제

공할 테니까 그 대신 제게 사람을 소개시켜주세요. A시의 입찰 건에 참여하려고요."

"그럼… 오후 5시 어떠세요? 공항까지 태워다주시면 차에서 얘기를 나눌 수 있어요."

취샤오샤오가 얼굴을 찡그렸다.

"정말 당당하시네요. 하하!"

바오이판도 웃었다. 누가 봐도 공평한 제안이었다.

취샤오샤오가 거래처에 전화를 걸어 일이 잘 처리되었음을 알렸다. 일이 이렇게 순조롭게 풀릴 줄은 그녀조차 예상하지 못했다. 바오이판은 당연히 앤디의 휴가 정보를 알아내기 위해 자신과 거래하려 할 것이다. 그녀는 재벌 2세들을 숱하게 만나보았다. 그들은 웨이웨이처럼 자수성가한 사람들과 달라서 자기가 원하는 걸 손에 넣기 위해서는 노골적으로 상대의 비위를 맞추었다. 물론 여자 친구 집 앞에서 무작정 기다리는 것 같은 고육책은 웨이웨이와 자오치핑 같은 남자들이나 쓰는 방법이라는 것도 그녀는 알고 있었다. 적은 돈으로 큰 효과를 볼 수 있는 방법 말이다.

관쥐얼은 연말 보고서를 제출한 뒤 조마조마한 마음으로 상사의 평가를 기다리고 있었다. 드디어 상사가 그녀를 부르자 불안감이 극에 달했다. 상사는 그녀에게 보고서가 너무 솔직하고 평범하다고 했다. 조금의 과장도 없이 무미건조한 보고서로 어떻게 평가자의 마음을 움직일 수 있겠냐며 수정해오라고 했다.

점심시간에 관쥐얼이 판성메이에게 전화를 걸어 인사 담당자들이 어떤 보고서를 좋아하는지 물었다. 간결한 걸 좋아하는지, 화려한 걸 좋아하는지.

판성메이가 말했다.

"누굴 만났을 때도 처음 보는 건 외모잖아. 외모가 끌려야 그 사람의 내면을 들여다보고 싶은 생각이 드는 거야. 보고서도 같은 이치야. 어떻게 써야 할지 감이 오지?"

관쥐얼이 앤디가 해주었던 얘기를 떠올리며 말했다.

"회사가 나를 고용할 때는 내가 회사에 이익을 창출해줄 능력이 있는지를 가지고 판단해. 그러니까 인사부에서도 업무 능력을 제일 중요하게 여기지 않을까? 그렇다면 보고서에서도 업무적인 부분을 제일 강조해야 할 것 같아. 언니 말대로 하면 사실을 부풀렸다는 인상을 주지 않을까?"

"신붓감을 고를 때 성격이 제일 중요하다고 말하지만 실제로는 예쁘면 장땡이지. 그렇다면 보고서를 어떻게 써야 하겠어?"

"화려하게 써야겠네."

하지만 관쥐얼은 추잉잉과 달랐다. 추잉잉이라면 판성메이의 조언에 전적으로 따랐겠지만 앤디가 22층으로 이사 온 뒤 관쥐얼은 앤디와 판성메이의 의견을 비교하기 시작했다. 판성메이의 조언은 현실을 일깨워주는 것이었다. 한 사람이 회사에서 가지고 있는 가치를 정확히 정량 평가 하는 것은 불가능하며 인사 평가에도 비이성적인 요인들이 수없이 영향을 미칠 수밖에 없다. 그러므로 너무 솔직한 보고서는 좋은 보고서라고 할 수 없다는 판성메이의 말에 일정 부분 동의했다. 하지만 화려함이 인사 담당자의 마음을 움직이는 제일 중요한 조건이라는 데는 동의할 수 없었다. 그녀의 회사는 매우 전문적인 인사 평가를 진행하기 때문에 호르몬 과잉으로 발정 난 남자처럼 악녀든 여우든 상관없이 예쁘기만 하면 만사 오케이가 아니었다.

관쥐얼은 앤디에게서 최종적인 해답을 구할 수 있기를 기대했지만 아쉽게도 앤디의 전화는 언제나처럼 통화중이거나 꺼져 있었다. 그렇다고 앤디가 퇴근할 때까지 기다릴 수도 없었다. 인턴인 그녀에게는 연말 보고서에 생사가 달려 있으므로 분초를 다투며 혼신의 힘을 다해야 했다.

앤디가 관쥐얼의 전화를 받고 웃으며 말했다.

"너도 샤오샤오도 참 대단해. 오전 업무를 막 끝내고 물 한 잔 마시기도 전에 샤오샤오가 전화를 하더니 이번엔 점심 회의를 마치고 일어나자마자 네가 전화를 하는구나. 무슨 일이야?"

"음… 별일 아닌 일에 힘들어하는 것 같지만 연말 보고서를 쓰기가 너무 힘들어. 인사팀에 제출하고 그걸 토대로 면담을 해야 하는데 상사가 내 보고서를 보고 너무 밋밋하대. 언니는 보고서를 많이 써봤을 거 아냐. 어떻게 해야 인사 담당자의 마음을 움직일 수 있어? 성메이 언니는 일단 화려해야 한대. 그래야 흥미가 생겨서 자세히 알아보고 싶은 거라고 하더라고."

"그건 일반 사무직에나 적용되는 방법이지. 우리 회사 인사팀에서는 몇 가지 요건을 두고 빠르게 검토하더라. 미사여구로 꾸며낼 수 없는 요건들이지. 우선 인사 담당자가 평소에 했던 말 속에서 그가 중점적으로 고려하는 요건이 뭔지 분석해봐. 그걸 토대로 보고서를 쓰는 거야. 나는 사람들의 선입견을 이용해. 선입견은 사람의 인지적 단점이야. 외모가 마음에 들면 다른 건 잊어버리는 것도 선입견이라고 할 수 있어. 그래서 결론을 제일 앞에 제시한 뒤에 단호하고 세련된 언어로 인사부가 원하는 요건에 부합하는 요점을 나열하지. 그러면 보고서를 보는 사람을 내가 원하는 방향으로 유도할 수 있어. 머리를 잘 굴려봐."

"잘할 수 있을지 모르겠지만 한번 해볼게. 생각해보니 내 보고서가 너무 완곡했던 거 같아."

"그게 네 성격이지."

"맞아. 부끄럽지만 그래도 예전보단 많이 나아졌어."

"네겐 완곡한 방식이 더 어울리긴 해. 단도직입적인 방식은 앞으로 다른 보고서를 쓸 때 참고해. 결론 부분에서 반드시 상대가 원하는 걸 정확히 짚어주고 네 논리를 받아들이게 만들어야 해. 이게 내 조언이야. 그럼 이만 나 일한다."

관쥐얼이 전화를 끊자마자 점심 먹고 들어오다가 그녀의 통화 내용을 들은 동료가 다가와 눈동자를 반짝이며 물었다.

"리자오성에게 도움을 요청한 거야?"

"날씨가 춥나 봐. 코가 빨갛게 얼었네. 점심은 뭐 먹었어?"

동료도 연말 보고서 때문에 긴장되기는 마찬가지였다. 관쥐얼이 화제를 돌렸지만 동료가 집요하게 물었다.

"리자오성이 뭐래?"

관쥐얼이 핸드폰을 보여주었다.

"직접 봐. 이게 리자오성의 전화번호인지."

"전화번호를 바꿨는지 알게 뭐야?"

관쥐얼은 더 대꾸하기를 포기했다. 연말 보고서 때문에 인턴사원들끼리 눈치 경쟁이 이만저만이 아니었다. 일도 바쁘지만 정신적인 스트레스가 훨씬 더 커서 모두들 평정심을 유지하지 못하고 있었다. 사무실에 들어오자마자 방금 전 그 동료가 자기 자리로 돌아가 급하게 리자오성의 전화번호를 찾아보았다. 보란 듯이 당당한 동료의 행동에 관쥐얼은 속으로 몹시 불쾌했다.

앤디가 퇴근 후 직원들과 지하 주차장으로 내려갔다. 그녀의 차는 농염한 오렌지색이어서 밤에도 쉽게 알아볼 수 있었다. 그런데 누군 가 그녀의 차 트렁크에 기대어 서 있었다. 두말할 것 없이 특이점이 었다. 그가 직원들에게 인사를 하자 직원들이 그녀를 보고 의외라는 표정을 지었다. 그도 그럴 것이 특이점은 별로 내세울 만한 외모가 아니었다.

취샤오샤오가 이 장면을 보았다면 아마 배꼽을 쥐고 웃었을 것이다.

앤디가 웃으며 다가가서는 트렁크에서 생수 1병을 꺼냈다. 하지만 그녀는 자신의 불안정한 감정을 특이점에게 들키는 것이 이제 두렵 지 않았다.

"앤디, 우리가 처음 만나서 밥 먹었던 식당을 예약해뒀어요. 같이 갈래요?"

"아뇨. 이성적인 사람이 왜 이렇게 현실을 인정하지 못해요? 우리 가 다시 만난다고 해결될 문제가 아니라고요."

특이점이 말없이 앤디를 응시했다. 앤디는 특이점의 시선을 참을 수가 없어 생수를 한 모금 들이켜고는 차에 올라 재빨리 차문을 잠 근 뒤 시동을 걸었다. 대화의 여지조차 주지 않는 앤디의 행동에 당 황한 특이점이 차창을 두드리며 외쳤다.

"앤디, 잠깐 얘기 좀 해요. 가지 말아요….'

방음이 완벽한 차라서 앤디에게 자기 목소리가 들리지 않을 거라 는 걸 알았지만 달리 방법이 없었다. 앤디가 이성을 잃은 듯 차를 급 히 움직이더니 특이점이 뒤에 있는데도 차를 곧장 후진시켰다. 특이 점이 급하게 기둥 뒤로 피하다가 앤디의 차가 그의 옆을 스쳐 지나 갈 때 앤디의 입가가 웃을 듯 말 듯 말려 올라간 것을 보았다.

그는 그 미소의 의미를 곧바로 알 수 있었다. 그렇다. 정상인이라 면 차 뒤에 사람이 있는 줄 알면서 차를 미친 듯이 후진시킬 리 없을 것이다. 하지만 그는 무의식적으로 피했다. 다른 생각을 할 필요도 없이 본능적으로 피하고 말았다. 차에 탄 여자가 정말로 정신병자인 것처럼. 그보다 두뇌 회전이 빠른 앤디 앞에서 자기 자신도 모르고 있던 잠재의식을 고스란히 드러내고 만 것이다.

앤디는 퇴근길 꽉 막힌 도로 한가운데 멈추어 선 채 탄쯩밍에게 전화를 걸어 특이점이 다시는 자기 차를 알아보고 그녀를 기다릴 수 없도록 차를 바꿔달라고 했다.

추잉잉이 초콜릿이 가득 든 비닐 봉지를 들고 퇴근했다. 지구의 중력에서 벗어난 듯 몸이 날아갈 것처럼 가벼웠다. 집에 가는 길에 판성메이에게서 전화가 와 같이 갈 데가 있다며 지하철역에서 만나자고 했다. 추잉잉이 흔쾌히 알았다고 한 후 약속한 지하철역으로 갔다. 추잉잉이 먼저 도착해 넓은 곳에서 기다렸다. 초콜릿을 입에 잔뜩 넣고 먹을 수 있어서 기다리는 시간이 무료하지 않았다. 초콜릿을 하나씩 천천히 먹고 싶었지만 집에 가져가면 두 룸메이트가 다 먹어버릴 것 같았다.

하지만 판성메이가 오자, 같이 먹자며 통 크게 초콜릿이 가득 담긴 통을 내밀었다. 눈치 빠른 판성메이는 저녁에 초콜릿을 먹으면 살이 찐다면서 먹지 않으려 했지만 추잉잉이 자꾸 권하는 바람에 어쩔 수 없이 하나를 받아 입에 넣었다.

판성메이가 추잉잉을 데리고 간 곳은 5성급 호텔이었다. 그녀가 휘황하게 불을 밝히고 있는 호텔을 가리키며 말했다.

"헤드 헌팅 하는 친구에게 소개받은 곳이야. 이 호텔 인사팀 팀장으로 날 추천해줬어. 면접 보러 가기 전에 사전 답사를 해보려고. 직원들 옷차림에 맞춰서 옷을 입고 가면 좋은 인상을 줄 수 있을 거야."

"와, 팀장? 승승장구하네. 조금 있으면 앤디 언니와 어깨를 나란히 하겠어."

판성메이가 웃었다.

"뭐든 과대 포장 하는 시대잖아. 직함도 마찬가지야. 체면을 살려 주면 그만큼 일도 열심히 한다고 생각하지. 이 호텔의 최고 인사 책임자는 상무야. 그러니까 이름만 팀장이지 직급은 지금 회사와 다를 바 없어. 연봉도 비슷하고. 하지만 시내에 있으니 출퇴근하기가 편해. 왕바이촨이 바쁠 때는 대신 사무실에서 전화라도 받아줄 수 있고. 들어가자. 직원들의 시선이 쏠리지 않게 조신하게 행동해."

두 사람이 길을 건넜다. 판성메이는 추잉잉이 들고 있는 비닐 봉지가 눈에 거슬렸는지 차라리 도시락을 비닐에서 꺼내 품에 안으라고 했다. 추잉잉은 고분고분 시키는 대로 했다. 앤디 덕분에 5성급 호텔에서 하룻밤 묵고 식사도 몇 번 하기는 했지만 평소에는 가볼 엄두도 낼 수 없는 고급 호텔이었으므로 경거망동할 수 없었다. 하지만 판성메이와 함께 투명하게 닦인 유리문을 지나 유니폼을 입은 도어맨 옆을 지나치며 그녀는 자기도 모르게 주눅이 들었다. 앤디와 함께 있을 때는 무슨 일이 있든 앤디가 감당해줄 수 있지만, 판성메이는 추잉잉보다 별로 나을 게 없었다. 반짝이는 찻잔과 넓고 푹신한 가죽소파, 서가에 꽂혀 있는 패션 잡지까지 어느 하나라도 건드렸다가는 돈을 내야 할 것 같아서 자꾸 움츠러들기만 했다.

고급스러운 곳에 가본 경험이 많은 판성메이가 앞장서서 2인용 소파에 앉았다. 호텔 직원들이 잘 보이는 각도였다. 어깨를 잔뜩 움츠린 추잉잉을 보고 그녀가 웃었다.

"걱정 마. 고급 호텔일수록 공짜가 많아. 로비에 앉아 있어도 쫓아내는 사람도 없고 화장실에 가도 아무도 신경 쓰지 않아. 휴지도 수

건도 모두 마음껏 쓸 수 있어."

판성메이는 추잉잉이 품에 꼭 끌어안고 있는 도시락을 빼앗아 내려놓고 편히 앉아 있게 해주고 싶었지만 추잉잉은 도시락이 핵미사일 발사 버튼이라도 되는 것처럼 꼭 끌어안고 놓지 않았다. 소파 등받이에 등도 대지 못하고 살짝 엉덩이만 걸치고 앉아 있었다.

판성메이도 추잉잉의 촌스러운 행동을 내버려 둘 수밖에 없었다. 어쨌든 추잉잉과 함께 있어서 마음 놓고 호텔 곳곳을 유심히 관찰할 수 있었다.

추잉잉도 애써 참고 있긴 마찬가지였다. 따뜻한 곳에 들어오자 갑자기 허기가 밀려들며 뱃속에서 꼬르륵꼬르륵 요란한 소리가 나기 시작했다. 하지만 의리 하나로 허기를 참으며 함께 앉아 있었다. 얼마 전 직장을 구하며 구직난을 몸소 실감한 터라 좋은 기회가 찾아온 판성메이를 힘닿는 데까지 도와주고 싶었다. 호텔 직원들의 옷차림을 열심히 관찰하고 있는 판성메이와 달리 이리저리 두리번거리고 있던 추잉잉의 눈에 낯익은 얼굴이 들어왔다.

"앤디 언니다!"

추잉잉은 하마터면 환호성을 지르며 뛰어오를 뻔했다.

추잉잉이 가리키는 쪽을 보니 정말로 투피스 차림의 앤디가 한 남자와 로비 한쪽에서 대화를 나누고 있었다. 판성메이가 추잉잉을 진정시켰다.

"방해하지 마. 얘기 나누고 있잖아."

"웨이 사장님이 아니네. 사업관련 얘기를 하고 있나 봐. 메시지 보내볼까?"

판성메이가 웃으며 말했다.

"지금은 안 돼. 얘기 끝내고 장소를 옮길 때 보내는 게 좋겠어."

하지만 추잉잉이 말을 듣지 않았다.

"메시지 하나 보내는 건데 뭘 그래? 지금 보낼래."

판성메이는 겉으로는 미소를 지었지만 앤디를 보고 호들갑 떨며 반가워하는 추잉잉을 보고 속으로 조금 질투가 났다.

앤디가 핸드폰 메시지를 받고 주위를 둘러보다가 소파에 앉아 있는 두 사람을 발견했다. 하지만 중요한 대화를 하고 있었기 때문에 둘을 향해 손을 들어 보이고는 대화를 계속 했다. 추잉잉이 그제야 품에 안고 있던 도시락을 내려놓고 소파 등받이에 편하게 몸을 기댔다. 허기도 싹 가신 것 같았다. 판성메이는 1시간도 안 되어 호텔 직원들의 유니폼 분위기를 대략 파악한 뒤 소파에서 일어났다. 그런데 추잉잉이 가지 않으려 했다.

"앤디 언니한테 전화해서 언제 갈 건지 물어볼까? 앤디 언니도 곧 끝나면 기다렸다가 같이 가자."

"바쁜 사람한테 전화는 무슨. 우리가 신경 쓰여서 제대로 얘기도 못하겠어."

"저녁인데 혼자 두고 갈 순 없잖아. 가끔 보면 앤디 언니가 혼자 멍하니 있을 때가 있어. 우리가 챙겨줘야 돼."

판성메이가 고개를 돌려 몰래 웃고는 웃음기를 거두고 말했다.

"걱정 마. 앤디는 차도 있잖아. 안전해."

추잉잉이 마지못해 판성메이를 따라나섰다. 판성메이가 크리스털 궁전 같은 호텔의 화려함을 마지막으로 눈에 담을 때까지도 추잉잉은 대화에 여념이 없는 앤디에게서 시선을 떼지 못했다.

한 달 전, 아니 바로 몇 주 전과 비교해도 업계에서 앤디의 명성이 몰라보게 높아져 있었다. 너도 나도 그녀에게 다가와 인사를 하고 명

313

함을 건넸다. 모임이 끝난 뒤에도 커피 테이블에서 사적인 대화가 계속 이어졌다. 사람들은 11시가 넘어서야 겨우 앤디를 놓아주었다.

탄쭝밍에게 새로 받은 차는 별로 튀지 않는 밴이었다. 뒤에서 보면 페이톤이지만 앞에서 보면 파사트와 비슷했다. 차에 올라탄 앤디는 차를 바꾼 이유를 생각하자 저절로 한숨이 나오고 울적해졌다. 잠시 멍하니 앉아 있다가 내비게이션을 켜고 집에 가는 길을 외운 뒤넋이 빠진 채 집으로 향했다. 역시 도중에 길을 잃긴 했지만 예전처럼 택시를 불러 택시 기사에게 주소를 알려주었다. 그런데 무언가에 홀린 듯 특이점이 사는 아파트 단지의 이름을 불러주고 말았다.

얼마 후 택시 기사가 앤디를 특이점의 아파트에 데려다주었다. 여느 아파트 단지처럼 저녁 시간이라 빈자리 없이 빽빽하게 주차되어 있었다. 그녀는 아파트에서 멀리 떨어진 곳에 겨우 주차를 한 뒤 혼자 천천히 걸어 아파트로 향했다. 아파트가 가깝게 보이는 자리에 멈추어 서서 고개를 들어 아파트 층수를 세며 특이점의 집 창문을 찾았다. 창문에서 불빛이 새어 나오는 걸 보니 특이점이 집에 있는 것 같았다. 책을 보고 있을까? 인터넷을 하고 있을까?

앤디가 가로수 밑에 선 채 생각에 잠겼다. 특이점과 만나기 전 온라인 채팅으로 했던 대화, 직접 만난 후부터 있었던 일들이 차례로 머릿속을 스쳤다. 멍하니 생각에 잠겨 있을 때 특이점의 집 창문에 불이 꺼졌다. 잠자리에 든걸까? 앤디는 조금 더 그 자리에 서 있다가 무표정한 얼굴로 차에 돌아왔다. 눈물이 주체할 수 없이 후드득 떨어졌다. 자기감정도 제어하지 못하는 자신이 참 못났다는 생각이 들었다.

집에 돌아와 엘리베이터에서 내리는데 문이 닫힌 계단 쪽에서 히스테릭한 목소리가 새어 들어오고 있었다. 조심스럽게 계단으로 나가는 문으로 다가가 소리에 귀를 기울였다. 누가 계단참에서 중얼거리고 있었는데 그 목소리가 이상하면서도 익숙했다. 하지만 22층 멤버 중 그 누구의 목소리도 아닌 것 같았다. 살며시 문을 열고 살펴보던 앤디가 깜짝 놀랐다. 관쥐얼이 어스름한 계단참에서 미간을 찡그린 채 주먹을 쥐고 뭐라고 중얼거리고 있었던 것이다. 관쥐얼은 귀에 이어폰을 끼고 있어서 문이 열리는 소리를 듣지 못했다. 앤디가 다시 조심스럽게 문을 닫고 집으로 들어갔다. 관쥐얼이 연말 보고서 때문에 스트레스가 심한 것 같았다. 보고서와 면담이 그토록 긴장되는 일인지 이해할 수 없는 앤디로서는 의아할 따름이었다.

앤디는 자신이 사회에 나온 뒤로는 운이 좋았다는 생각이 들었다. 그녀는 누군가에게 평가받는 일 때문에 걱정해본 적이 없었고 항상 상사가 먼저 그녀를 발탁해 승진시키거나 연봉을 올려주었다. 누구나 근심거리 하나쯤은 안고 살아간다는 생각에 앤디의 머릿속이 조금은 가벼워졌다. 그녀는 현관문에 붙어 있는 메모지를 떼어 집으로 들어갔다. 아무리 늦어도 괜찮으니까 집에 돌아오는 즉시 CCTV 영상을 보여달라는 취샤오샤오의 메모였다. 앤디가 전화를 걸자마자 1분도 안 되어 취샤오샤오가 초인종을 눌렀다.

취샤오샤오는 앤디가 컴퓨터를 켜고 동영상 파일을 다운로드하는 동안에도 참지 못하고 조바심을 내며 깡충깡충 뛰었다. 다운로드가 완료되자 취샤오샤오가 앤디의 컴퓨터 앞에 앉아 동영상을 보기 시작했다. 앤디는 이미 노트북을 켜고 자기 일에 집중하고 있었다.

자오치펑이 화면에 나타나 2203호 문을 두드리는 장면이 나오자 취샤오샤오가 흥분하기 시작하더니 자오치펑의 앉은 자세를 그대로 따라하며 앤디를 향해 연신 종알거렸다.

"자오치펑이 날 사랑하는 거야. 아주 푹 빠졌네."

하지만 앤디는 귓등으로 흘리며 자기 일에 집중했다. 직원이 보낸 보고서를 확인하고 부족한 부분이 있으면 곧바로 메일을 보내 지적했다. 아침에 탄쭝밍과 얘기할 때 등장했던 류씨, 관씨, 장씨 3명 중 1명인 류쓰멍(劉斯萌)이 또 수치를 잘못 쓴 걸 발견하고 노란색으로 표시한 뒤 메일을 보내 따끔하게 질책했다.

'중요한 수치에 오류가 하나만 있어도 전체 보고서를 폐기하는데 오류가 한두 개가 아니군요. 업계 전체에 이런 보고서가 수없이 많아요. 최고의 보고서 3건을 제외하면 아무도 봐주는 사람이 없어요. 모두 쓰레기처럼 버려지죠. 이 보고서는 어떤 것 같아요? 내일 아침 8시까지 수정해 오세요.'

취샤오샤오가 잠깐 쉬는 사이 앤디의 노트북 화면을 흘긋 보고는 웃으며 말했다.

"성실하지만 무능한 직원이구나? 나도 사장이 되고 나서 알았어. 약삭빠른 직원보다 성실하지만 무능한 직원이 더 골치 아프다는 걸. 그런 직원 때문에 화병이 나서 죽을 거 같아. 그런데도 나무랄 수가 없어. 그랬다가는 나만 나쁜 사람이 되더라고. 다들 성실한 사람은 무조건 좋은 사람이라고 생각하니까."

앤디가 어깨를 으쓱였다.

"정말 이상해. 어떻게 똑같은 실수를 반복할 수 있지? 뭐라고 나무랄 수도 없어. 마음 같아선 '이 보고서는 쓰레기만도 못하다'고 쓰고 싶어. 휴, 알아서 퇴사하면 좋겠는데 아무리 눈치를 줘도 알아듣질 못하네."

"눈치 주는 걸로는 소용없어. 위로금을 두둑하게 챙겨주겠다고 하면 몰라도."

"인사팀도 나도 면담을 해봤지만 나이도 먹을 만큼 먹은 남자가 울상을 하고 있으니 마음이 약해질 수밖에. 나는 직접 말하기도 미안해서 지적 사항을 메일로 보내. 그래야 몇 마디라도 할 수 있으니까. 좀 빠릿빠릿하고 정확해지면 좋겠어."

"재미없는 얘긴 관두자. 언니가 나한테 적어준 거 있잖아. 낮에 가만히 생각해보니까 자오치펑의 그 미소 뒤에 꿍꿍이가 숨어 있는 게 분명해. 생각보다 복잡해 보이더란 말이지. 그런데 동영상을 보니까 알겠어. 그렇게 자존심 센 남자가 남들 앞에서 이렇게 날 기다린 건 날 죽도록 사랑한다는 뜻이야. 그러니까 그 웃음은 억지로 웃어 보인 게 분명해. 깔끔하게 물러나는 모습으로 좋은 인상을 남기고 싶었던 거지."

앤디는 반신반의했지만 그쪽 방면으로는 별로 아는 게 없어서 짧게 반문할 수밖에 없었다.

"확신해?"

"물론이지. 내일 병원으로 찾아가야겠어. 언니도 바오 사장님 꽉 잡아. 미남들은 희소 자원이라고. 지금 붙잡아서 연애하지 않으면 나중에 늙어서 기생오라비 같은 연하를 먹여 살려야 돼."

앤디가 눈을 흘겼다.

"맞선 본 미남은 어떻게 할 생각이야?"

"뭘 어떻게 해? 옆에 둬야지!"

앤디가 또 눈을 흘기며 마우스를 움직여 다음 페이지로 넘긴 후 다음 메일 제목을 보고 말했다.

"이제 가. 집에 가서 봐."

취샤오샤오가 고개를 쏙 내밀었다.

"고급 투자 정보라도 있어? 나도 좀 보자. 비밀로 할게."

앤디가 재빨리 노트북을 닫았다.

"나 자신도 못 믿는데 남을 어떻게 믿어? 어서 가."

"바꿔 말하면, 언니가 나한테 말해주는 모든 정보는 비밀로 할 필요가 없다는 뜻?"

"예를 들면?"

"비밀이야."

취샤오샤오가 깔깔거리며 집으로 돌아가자 앤디가 노트북을 다시 열고 메일을 확인했다. 업계의 관련 소식을 수집하고 분석하는 건 탄쭝밍이 책임지고 있었다. 앤디는 그런 소식들이 자신의 논리적인 분석보다 더 현실적이고 중요하다는 생각이 점점 강해졌다.

판성메이가 아침밥을 사가지고 아파트 앞에서 왕바이촨을 기다렸다. 푸석푸석하게 부은 왕바이촨의 얼굴을 보니 어젯밤에도 늦게까지 접대를 한 것 같았다. 하이시는 놀거리가 너무 많아 고객이 방문하면 왕바이촨이 그들의 일정을 처음부터 끝까지 책임져야 했다. 몸은 피곤하지만 그러면서 친밀도가 높아지고 사업에도 큰 도움이 되므로 어쩔 수가 없었다.

"분야를 바꿔서 이직하려고 해. 마침 적당한 자리가 나서 모레 면접 보러 갈 거야. 잘되면 회사가 지하철역으로 몇 정거장 거리니까 아침잠도 못 자가면서 태워다주러 오지 않아도 돼."

"모레 몇 시야? 데려다줄게. 좋은 컨디션으로 면접 보러 가야지."

"그래주면 고맙지. 모레 오전 10시야. 집에서 9시에 출발하면 돼. 면접 보고 나서 다시 출근해야 돼. 면접 보는 데까지만 데려다 줘."

"밖에서 응원하면서 기다릴게."

판성메이가 미소를 지었다. 저절로 힘이 나는 것 같았다. 모레 꼭 면접에 합격하리라 다짐했다.

추잉잉이 지하철역에서 나오는데 택배 배달원에게 전화가 걸려왔다. 카페 동료에게 대신 전달해달라고 했지만 속으로 의아했다. 요즘 돈을 아끼려고 인터넷 쇼핑도 자제하고 있는데 어디서 택배가 온 걸까? 부모님은 아직 우체국 소포를 이용하고 있었다. 카페에 와 보니 커다란 박스가 그녀를 기다리고 있었다. 어느 타오바오 미니숍에서 착오로 다른 사람이 주문한 물건을 자신의 주소로 보낸 것 같았다. 횡재한 기분이었지만 또 한편으로는 갈등했다. 박스를 열어 보니 육포, 어포, 건오징어채 등 간식거리가 가득 들어 있었다. 꽤 비싼 것 같은데 잘못 받고도 모른 척하자니 죄를 짓는 것 같았다.

군침 도는 간식을 앞에 놓고 추잉잉이 끙끙거리며 고민했다.

'일단 널 놓아두었다가 저녁에 집에 가서 어떤 미니숍에서 착오가 생겼는지 알아볼게. 맛있는 간식이 잔뜩 생긴 기분을 즐겨보자. 퇴근하기 전까지 돌려달라는 전화가 오지 않으면 좋겠다. 제발. 제발.'

결국 그녀는 간식 생각에 자꾸만 입에 군침이 고이는 바람에 가끔씩 책상 아래 놓아둔 박스를 괜스레 발로 툭툭 찼다.

관쥐얼이 앤디의 차에서 내리자마자 동기 2명이 기다리고 있었다는 듯 다가왔다.

"쥐얼, 어제 저녁에 상사가 너한테 갑자기 야근하라고 한 이유가 뭔지 알아? 이것 좀 봐."

동료가 핸드폰에 든 사진을 보여주었다. 사진 속에 관쥐얼과 같은 팀 동료가 있었다. 그런데 자세히 보니 동료와 함께 식사하고 있는 사람이 상사의 상사였다.

"어제라고?…"

관쥐얼이 터져 나오는 말을 눌러 삼키며 눈을 크게 떴다. 직장 내 경쟁에 대해서는 그녀도 많이 들어서 알고 있었다. 남을 밟고 올라서야 살아남는 경쟁 체제에서 출발선에 함께 있는 동료 중 누군가가 상사의 상사와 가까운 사이라면…, 그녀가 연말 보고서를 아무리 잘 쓴들 무슨 소용이 있을까? 이미 기울어진 운동장인데 말이다.

"맞아. 어제야. 다 같은 인턴 입장인데 그중 누가 비겁한 방법을 쓴 다면 나머지 사람들은 탈락할 확률이 높아지지. 어떻게 하지? 가만히 당하고 있을 수는 없잖아."

또 다른 동료가 말했다.

"우리가 단체 서명을 한 뒤 전 직원에게 메일을 보내서 이 사실을 까발리자. 너도 서명에 동참해줘."

"이대로 두면 같은 팀에 있는 네가 최대 피해자가 될 거야. 어젯밤 에도 걔 때문에 네가 야근한 거라고."

관쥐얼은 판단을 내릴 수가 없었다.

"잠깐, 나 아직 잠이 덜 깼어. 생각할 시간을 줘."

두 동료가 실망한 얼굴로 돌아선 뒤 다른 동료가 출근하길 기다렸 다. 관쥐얼이 혼란스러운 기분으로 회사로 들어섰다. 머릿속이 복잡 했다. 단체 메일을 보낸다면 몰래 벌어지고 있는 일을 폭로할 수는 있겠지만 그 동료의 뒷배가 든든하고 연줄이 막강하다면 단체 서명 에 참여한 사람들이 오히려 상사의 눈 밖에 나게 될 것이고 그렇다 면 화를 자초하게 되는 셈이다. 그녀에게 사진을 보여준 동료들은 너 무 단순하게 생각하고 있었다. 관쥐얼은 이 일을 모른 척하기로 했다.

앤디가 관쥐얼을 내려주고 회사에 도착해 지하 주차장으로 들어 가는데 취샤오샤오에게 전화가 걸려 왔다. 중요한 일은 아닐 거라는 생각에 전화를 받지 않고 차를 제대로 주차한 뒤에 취샤오샤오에게 전화를 걸었다.

"벌써 일어났어?"

"언니가 우리 부모님보다 더하네. 부모님은 내 전화를 받고 이렇게 일찍 출근하냐고 묻던데. 어젯밤에 얘기한 그 무능하지만 성실한 직원을 어떻게 처리해야 하는지 엄마한테 조언을 구했어. 엄마가 그러더라. 이이제이(以夷制夷)라고. 고지식하고 세상에서 자기가 제일 잘나고 박학다식하다고 생각하는 인사팀 여직원을 골라서 처리하게 하는 거야. 무능하지만 성실한 사람은 다들 좋은 사람이라고 생각하지만 그런 여직원은 사람을 판단하는 기준이 아주 까다로워서 그 기준을 맞추기가 어렵대. 그런 여직원에게 시켜서 그에게 부서 이동이나 퇴사를 권유하게 하면 돌과 돌이 맞부딪쳐 불꽃이 튀듯이 결과가 나오고 일이 해결될 거래. 히히! 간단히 말하면 책을 좋아하고 사람 만나는 걸 싫어하는 젊은 여자래. 그리고 이건 내 생각인데 반드시 깡마른 여직원이어야 해. 그래야 상대보다 더 불쌍해 보이잖아. 하하하!"

"우리 회사 인사팀 사무실에 내가 좋아하는 오컴의 격언이 걸려 있어. '불필요한 가정은 면도칼로 잘라내라.' 훌륭한 조언이지만 일단 보류해둘게. 아침부터 내 걱정해줘서 고마워."

"언니 맘대로 해. 어쨌든 우리 엄마는 인사팀에 독하고 까다로운 여직원을 두고 있어. 하기 싫어도 어쩔 수 없이 해야 하는 일이 생기면 언제나 그 직원을 시켜 처리하지."

"다른 건 모르겠지만 성메이가 회사에서 그런 역할은 아니겠구나."

"하하하!"

취샤오샤오의 또랑한 웃음소리를 들으며 회사로 들어서던 앤디가 이상한 분위기를 느꼈다. 그의 비서가 급한 걸음으로 다가왔다.

"류쓰밍 씨가 오늘 새벽 3시쯤 집에서 투신자살을 했대요. 탄 사장님 비서에게 연락이 왔어요."

앤디가 놀라 멍해졌다. 그날 아침 식사를 하며 메일함을 확인했는데 류쓰멍에게 보고서 수정본이 오지 않은 걸 보고 언짢아하며 오찬 회의 때 싫은 소리를 해야겠다고 생각하던 참이었다. 그런데 그가 자살을 했다니….

"전 직원에게 회사 명의로 기자들에게 어떤 의견도 말하지 말고 SNS나 인터넷 게시판에 글을 올리지도 말라고 공지해요. 이 일에 관한 회사의 공식 입장은 모두 탄 사장님이 발표할 거예요."

앤디는 사무실에 들어가 멍하니 앉아 있다가 커피 한 잔을 마신 뒤 관쥐얼에게 전화를 걸었다.

"오늘 퇴근 후에 1시간만 내줄 수 있어? 간단히 저녁 먹자."

"그래. 저녁 먹고 또 야근해야겠지만."

앤디는 어젯밤 관쥐얼이 혼자 계단에서 중얼거리고 있었던 것이 생각나 한마디 덧붙였다.

"줄곧 네게 해주고 싶은 말이 있었어. 직장은 돈을 벌기 위해 다니는 곳이야. 너무 정 붙이지도 말고 이상을 품지도 마. 긴 얘긴 저녁에 하자."

관쥐얼은 어리둥절했지만 마음 한구석이 따뜻해졌다. 앤디가 갑자기 전화를 걸어 그런 얘기를 해줄지 몰랐다. 누군가 자신에게 마음을 써준다는 것만으로도 큰 위로가 되었다.

앤디가 인사 담당자를 불렀다. 인사 담당자가 문을 열고 들어오자마자 급하게 말했다.

"요즘 류쓰멍 씨 곁을 지나가는 것조차 조심스러웠어요. 괜히 절 보고 예민하게 생각할까 봐…."

"이 일은 탄 사장님한테 맡겨요. 2가지 계획이 있어요. 첫째, 연말 성과급을 지급한 후에 실적이 좋지 않은 직원 몇 명을 정리 해고할 거예요. 새로 영입할 사람들을 물색하세요. 경력이 부족하거나 덜 성실해도 상관없지만 반드시 똑똑하고 빠릿빠릿하고 성격이 밝은 사람이어야 해요. 나머지 조건은 종전과 같아요. 둘째, 인사부에 1명을 충원하겠어요….”

앤디는 취샤오샤오의 조언대로 인사부에 필요한 직원의 요건을 조목조목 나열했다.

“그런 조건이라면 찾기 쉽죠. 아무런 동아리에도 가입하지 않은 졸업반 여대생을 찾으면 되니까요. 적당한 사람을 찾아서 우선 인턴으로 채용할게요. 중위권 대학에서 자존감이 높고 외모가 평범한 여대생을 찾아볼게요.”

앤디가 마지막으로 당부했다.

“그런 성격을 유지할 수 있도록 환경을 만드는 것도 중요해요. 연초부터 정식으로 일할 수 있도록 찾아봐줘요.”

앤디는 인사팀 직원을 돌려보낸 뒤에야 류쓰멍의 일에 대해 고민할 시간이 생겼다. 어젯밤 일이 앤디의 머릿속을 떠나지 않았다.

‘어젯밤 류쓰멍에게 보고서를 수정하라는 메일을 보내지 않았다면 어땠을까? 메일에서 류쓰멍의 노력을 철저히 부정하지 않았다면?’

회사 전체가 침울함에 잠겨 있었다. 어느 누구도 큰 소리를 내지 못했다. 점심시간에 앤디가 오찬 회의에 대해 직원들의 의견을 묻는 무기명 투표를 실시했다. 오찬 회의를 폐지하고 자유롭게 점심식사를 하고 휴식하고 싶은지에 대한 의견을 물었다. 투표가 진행되는 동안 그녀는 자리를 피해주었고 투표가 끝나자마자 개표했다. 역시 오찬회의를 폐지하자는 의견이 압도적으로 많았다. 그녀는 그제야 마음이 조금 편해졌다.

오늘 추잉잉은 그 어느 날보다도 맛있게 점심을 먹고 있었다. 위층 사무실에서 점심을 먹고 있기 시작한 지 얼마 지나지 않아 잉친에게 전화가 걸려왔다. 핸드폰 화면에 뜬 잉친의 이름을 보고 왠지 모르게 반가워 친근하게 전화를 받았다.

"점심 먹었어요? 난 지금 먹는 중인데."

"마저 먹어요. 10분 후에 다시 걸게요."

추잉잉이 몇 젓가락 뜨다 만 도시락을 보며 급하게 말했다.

"괜찮아요. 얘기하세요. 거의 다 먹었어요. 오늘은 라러우 덮밥이 아니니까 군침 삼킬 필요 없어요."

잉친이 웃었다.

"난 다 먹었어요. 동료들이 점심시간까지 못 기다리고 배고프다고 야단이거든요. 방금 조회해보니 이미 택배가 도착했더군요. 그 간식들 내가 보낸 거예요."

"어머, 그렇군요. 누가 잘못 보낸 줄 알았어요. 보답이 너무 과하잖아요. 고작 라러우 덮밥 한 그릇이었는데. 간식 도로 가져다줄게요. 너무 많아요."

"휴, 안 그래도 동료가 전부 육식이라면서 여자에게 선물하는 게 아니라 내가 먹으려고 산 거 같다고 했어요. 아니에요…. 가져오지 마세요. 동료들이 보면 놀릴 거예요. 천천히 먹어요. 다 먹으면 얘기해요. 또 사줄게요. 특별히 좋아하는 간식 있어요?"

추잉잉이 얼굴이 빨갛게 달아올라 머뭇거렸다.

"안 가르쳐줄래요. 이제 보내지 말아요."

"말하기 곤란하면 메일로 알려줘요. 좋아하는 걸 보내주고 싶어요. 정 미안하면 라러우 덮밥 또 만들어줄래요?"

"사실 나도 아침에 그런 생각했어요. 그런데 또 만들어줄 핑계가 없더라고요. 괜히 우스운 사람이 될까 봐 관뒀죠. 좋아요. 앞으로 라러우 덮밥 만들 때마다 두 그릇씩 만들어서 나눠줄게요."

"정말이에요? 나도 똑같은 생각을 했어요. 또 만들어달라고 하기가 미안해서 선물을 보낸 거예요. 그러면 또 만들어달라고 할 수 있을 거 같았어요."

추잉잉이 큰 웃음소리에 잉친이 놀랄까 봐 입을 틀어막고 숨죽여 웃었다. 통화를 마치고 보니 도시락이 다 식어버렸지만 그 어떤 성찬보다도 맛있었다.

취샤오샤오는 22층 멤버들처럼 일찍 일어나지도 않고 아침 단장을 하는 데 시간이 오래 걸리기는 하지만 항상 규칙적인 시간에 집을 나선다. 아침 먹을 빵을 사러 빵집에 갔다가 종업원이 커다란 카푸치노 케이크를 진열장에 넣는 것을 보고 맛있어 보여서 전부 다사 가지고 출근해 직원들에게 나누어 주었다.

취샤오샤오의 직원들은 중년의 회계 담당자를 제외하면 모두 젊었다. 기술 담당자도 서른이 안 된 나이였다. 그녀가 케이크 박스를 열어놓고 직원들을 부르자 모두들 "사장님 만세!"를 외치며 달려와 단숨에 먹어치웠다. 커피 위에 얹힌 생크림에 입술을 파묻고 있던 취샤오샤오가 순식간에 벌어진 일에 입을 다물지 못하고 그 자리에서 굳어버렸다. 입술에 묻은 생크림을 닦고 있을 때 바오이판에게 전화가 걸려왔다.

"출근했겠죠? 사업 얘기 할 수 있어요?"

취샤오샤오가 웃으며 대꾸했다.

"사람을 무시하시네요. 진즉에 출근했죠. 내가 회사에서도 피규어나 가지고 노는 줄 아세요? 무슨 일이에요?"

"중요한 사람을 소개시켜줄게요. 화끈하게 오늘 저녁에 같이 저녁 먹자고 하더군요. 바쁜 사람이 만나주겠다고 해서 그쪽 시간에 맞췄어요. 찾아보니 저녁 시간에 도착할 수 있는 항공편이 2개 있더군요. 정장 차림으로 오세요."

"걱정 붙들어 매세요. 물론 잘 차려입고 갈 테니까. 그래도 어려보이겠지만. 지금 출발할게요. 고마워요."

"고마워하긴 아직 일러요. 역시 마음이 놓이지 않는군요. 기술 담당자를 데리고 와요. 얼굴이나 익히려고 만나는 자리지만 소개해주는 내 체면도 있으니까."

"자꾸 사람을 무시하시네요. 내 손으로 직접 회사를 차려서 지금까지 프로젝트를 몇 건이나 성사시켰어요. 손익 분기점도 이미 넘었다고요. 못 믿겠으면 두고 보세요. 내가 사장님 체면을 구긴다면 그 자리에서 날 밖으로 끌어내도 좋아요."

그 말에 바오이판이 너털웃음을 터뜨리며 공항으로 차를 보내겠다고 했다.

취샤오샤오도 웃으며 말했다.

"벌써 형부 노릇을 하시려는 거예요? 멋져요."

"아부 실력은 아껴뒀다가 저녁에 발휘해요."

취샤오샤오가 웃으며 전화를 끊고는 곧장 밖으로 나가 직원들에게 이틀간의 업무를 지시한 뒤 집에 들러 가방을 싸서 공항으로 향했다.

폭스바겐 폴로의 작고 가벼운 차체에 10년 넘게 갈고닦은 취샤오샤오의 운전 기술이 합쳐지면 도시의 꽉 막힌 도로에서도 분초를 다투며 달릴 수 있었다.

취샤오샤오는 공항으로 향하는 고속 도로에 접어든 뒤에야 중요한 일이 생각났다. 이틀 전 저녁, 자오치펑이 속내를 알 수 없는 미소를 지으며 그녀 옆을 스쳐 지나갔다. 그 후 그녀는 그 웃음의 의미가 뭔지 머리를 쥐어짜며 고민했다. 그런데 자오치펑은 이틀 동안 무슨 생각을 하고 있을까? 그녀의 반응을 기다리고 있는 건 아닐까? 통상적으로 볼 때 오늘 저녁이 그를 만나는 최고의 타이밍이었지만 그녀와 자오치펑의 관계는 언제나 이렇게 공교로웠다. 첫 만남 때도 입찰 프로젝트 때문에 기회를 놓친 뒤 메시지를 보내 자오치펑에게 자신의 존재를 상기시켜야 했다. 이번에도 그녀는 자신이 출장간 사이에 자오치펑이 기다림에 지쳐 실망한 나머지 다른 여자에게 눈을 돌리지 않을까 걱정스러웠다.

하지만 그녀는 망설임 없이 공항으로 향했다. 되돌아갈까 하는 고민은 1초도 하지 않았다. 그 대신 공항에서 셀카로 찍은 사진을 웨이보에 올렸다. 그녀를 죽을 만큼 사랑하는 자오치펑이라면 틀림없이 그녀의 웨이보를 염탐할 것이다. 비즈니스 때문에 바빠서 사사로운 사랑 따위는 신경 쓸 겨를도 없으니 대의를 위해 참아주길 바란다는 그에게 보내는 무언의 메시지였다.

탄쭝밍이 앤디의 회사에 들어오며 직원들이 종이상자로 만들어놓은 모금함을 보았다. 류쓰밍을 위해 직원들이 십시일반 돈을 모으고 있는 것이었다. 모금함을 들어 흔들어보니 동전 딸랑이는 소리만 요란했다. 탄쭝밍이 어두운 표정으로 앤디 사무실로 들어오며 물었다.

"모금함에 얼마나 냈어?"

마침 앤디가 지갑을 펼치고 있었다.

"이제야 바쁜 일이 끝났어. 지금 내려고 하는데 현금이 별로 없네."

그녀가 지갑에 있던 100위안짜리 지폐를 전부 꺼내 세었다.

탄쭝밍이 말했다.

"우선 내 얘기 좀 들어 봐. 네 입장이 곤란하게 됐어. 마음의 준비를 하는 게 좋겠어."

앤디가 손에 들고 있던 지폐를 내려놓으며 반문했다.

"마음의 준비라고?"

"그래. 너 말이야. 일이 커졌어. 류쓰밍이 투신한 뒤 가족보다 기자가 더 먼저 현장으로 달려갔대. 목격자들이 인터넷에 올린 현장 사진을 보고 갔나봐. 가족이 현장에 도착하자마자 기자가 가족들을 따라 류쓰밍의 집에 들어가서 취재를 했다나 봐. 류쓰밍이 일하던 흔적이 그대로 남아 있었대. 컴퓨터 모니터에 네가 보낸 메일이 떠 있었고 결국 네가 원인 제공자로 몰리게 됐어. 게다가 류쓰밍의 집안 형편이 좋지 않다는군. 아내는 전업주부에 아들은 겨우 유치원에 다니고, 시골에서 올라온 부모님까지 모시고 좁은 집에서 살고 있대. 집 살 때 받은 대출금까지 남아 있고. 고단한 중년 가장의 전형이지. 내 사무실은 기자들이 진을 치고 있어서 갈 수가 없어. 여기까지는 기자들이 아직 알아내지 못한 것 같네. 석간신문에 벌써 기사가 나왔으니 꽤 시끄러워질 거야. 모든 비난이 네게 쏟아질 테니까 마음의 준비를 해둬."

"사람들이 돌을 던질까?"

"그럴 리는 없지만 네 명예에 좋지 않은 영향을 미치겠지. 넌 아무 얘기도 하지 말고 논쟁도 하지 마. 그러면 기자들도 더 이상 쓸 게 없을 거고 다른 이슈가 터지면 이 사건은 금세 묻힐 거야."

"생명의 위협만 없으면 돼. 다른 건 다 감수할 수 있어. 감출 것도 없고."

"세상에 선의를 가진 사람만 있는 건 아니야. 네 생각이 다 옳다고 생각하지 마."

"아무리 궁금해도 기사를 보지 않으면 되잖아. 내가 감수해야 할 건 감수해야지."

탄쫑밍이 마음이 놓이지 않는 표정으로 앤디를 응시했다. 그가 걱정하는 건 앤디의 감정적인 부분이 아니었다. 앤디는 일할 때 감정을 거의 개입시키지 않는 편이었다. 예전에 둘이 같이 일할 때도 앤디는 부당한 대우를 받아도 굴복하지 않고 버텼다. 좌절할수록 강인해지며 자신이 부서지도록 버텼다. 하지만 세상에는 논리로 따질 수 없는 일들이 있기 마련이고 이런 자살 사건이 그 중 하나였다. 그러나 앤디가 한번 마음먹은 이상 어떤 말로 설득해도 소용없다는 걸 탄쫑밍도 알고 있었다.

"모금함에 모인 돈이 많지 않은 거 같아 보이던데."

"젊은 회계 직원이 상의도 없이 모금을 시작했어. 류쓰밍과 같은 팀 직원 한명이 동전을 털어서 넣었고 다른 직원들은 별로 관심이 없어. 회사 전체 모금액이 많아야 200위안쯤 될 거야. 류쓰밍 때문에 그 팀 전체가 고생했으니까 성의 표시조차 하고 싶지 않은 거지. 그럴 줄 알았어. 회계 직원이 선의로 시작한 일이라 말리지 못했을 뿐."

경제지 기자가 탄쫑밍에게 인터뷰를 요청했다며 비서에게 연락이 왔다. 수많은 인터뷰 요청 가운데 한 곳을 골라 요청에 응하기로 했다는 것이었다.

앤디가 말했다.

"기자가 왔구나. 이번 인터뷰는 내가 할게. 넌 가봐. 넌 대외적인 이미지가 중요하니까 자리를 피하는 게 좋겠어."

탄쫑밍이 비서에게 전화를 걸어 왜 동의 없이 인터뷰 약속을 잡았는지 묻자 비서가 이유를 설명했다. 평소 상부상조하고 있는 기자의 부탁이라 거절할 수가 없었다는 것이었다. 탄쫑밍이 걱정스러운 표정으로 앤디에게 맡기고 돌아갔다.

기자가 비서의 안내를 받아 앤디의 사무실로 들어오자 앤디가 책상에 있던 돈을 서랍에 넣으며 기자를 맞이했다.

"저는 앤디라고 해요. 탄 사장님에게 인터뷰 기회를 양보해달라고 부탁했어요. 인터뷰 상대가 바뀌어서 죄송해요. 인터뷰 내용을 모두 녹음하는 것도 양해해주시고요."

물론 기자가 제일 인터뷰 하고 싶은 건 바로 그 류쓰멍의 컴퓨터 속 메일의 발신자인 앤디였다. 류쓰멍의 유족들이 앤디의 압박 때문에 류쓰멍이 자살했다고 주장하고 있었기 때문이다. 기자는 예상외로 젊은 앤디를 보고 잠시 머뭇거렸지만 금세 노련하게 인터뷰를 주도했다. 앤디는 기자에게 류쓰멍이 맡았던 업무와 평소의 업무량, 상하 관계 등에 대해 얘기했다. 하지만 류쓰멍과 이 사건에 대해 어떻게 생각하느냐는 기자의 질문에는 노코멘트로 일관했다.

"개인적인 의견은 곡해될 우려가 있어요. 노코멘트로 할게요."

기자가 물었다.

"회사가 텅 비어 있는데 그 일과 관계가 있나요?"

"아무 관계도 없어요. 우린 근무 시간이 탄력적이에요. 오전 9시부터 오후 3시까지만 사무실에 있으면 되고 그 외 시간은 각자 자유롭게 조절할 수 있어요. 저녁 8시 이전에 그날 작성한 보고서를 제게 메일로 보내면 보통은 제가 10시 전에 답장을 보내죠. 자기 보고서에 자신이 있다면 보고서를 제출한 뒤에 내가 보내는 답장을 확인하지 않아도 무방해요."

"그런 보고서 한 편을 작성하는 데 얼마나 걸리나요?"

"정해진 형식이 있어요. 그날 한 일을 정리하고 다음 날 업무를 계획하는 거죠. 각자 감당할 수 있는 범위 내에서요. 제가 한다면 20분이면 충분해요."

"하지만 류쓰멍 씨 부인은 류쓰멍 씨가 매일 밤늦도록 보고서에 매달려 있었다고 하더군요. 줄담배를 피우고 커피도 늘 달고 살았고요. 업무 강도가 높았다고 했어요."

"나도 그 이유를 알고 싶어요. 이유를 알았다면 문제점을 지적해 줄 수 있었을 거예요."

"류쓰멍 씨의 컴퓨터를 보니 노란색으로 체크된 오류 부분이 많았어요. 일반적으로 보고서에 오류가 있을 확률이 얼마나 되나요?"

"데이터는 유기적인 거예요. 각각의 데이터가 복잡하게 연결되어 있죠. 왜 그런 오류가 나왔는지 이해할 수가 없어요. 류쓰멍 씨의 보고서를 검토할 때는 늘 시간이 오래 걸렸어요. 그가 그런 데이터를 도출해낸 원인을 찾아내야 오류인 게 확실해지니까요. 다른 직원들의 보고서는 오류가 별로 없어요. 데이터들이 서로 연결되어 있어서 오류가 발생하기가 쉽지 않죠."

"류쓰멍 씨의 보고서는 오류율이 얼마나 됐나요?"

"제 메일함에서 발신 메일을 보여드릴게요. 제가 직원들에게 보낸 모든 답장이 보관되어 있어요. 오류가 없으면 메일 제목에 'GOOD' 이라고 써서 보내죠. 메일을 열어보는 수고를 덜기 위해서요. 직접 확인해 보세요."

기자가 그 자리에서 통계를 냈다. 20일간 보낸 메일을 모두 살펴본 뒤 앤디를 보는 기자의 눈빛에 측은한 동정이 가득 찼다. 류쓰멍의 경우 하룻밤에 두세 번씩 보고서를 돌려보낸 것도 예사였다. 류쓰멍의 아내가 그의 업무 강도가 높았다고 말한 이유를 알 것 같았다.

"류쓰멍 씨에게 퇴사를 권고한 적이 있나요?"

"저는 이 회사에 온 지 얼마 안 됐어요. 저는 권고한 적이 없어요.

제 전임이 그를 그 자리에 앉혔다고 들었어요."

"어째서 퇴사를 권고하지 않았나요?"

"노력하고 있는 것 같았으니까요. 무척 성실했죠."

"왜 스스로 퇴사하지 않았을까요? 보고서에 번번이 오류가 나온다는 건 그의 능력으로는 버거운 일이라는 뜻인데요."

"나도 그 이유가 궁금했어요. 직접 이유를 밝혀주세요."

기자가 앤디를 똑바로 응시했다. 해답은 이미 나와 있었다. 경제적인 이유가 아니면 또 무슨 이유가 있을까. 앤디가 기자에게 류쓰밍의 자리를 둘러보게 한 뒤 말했다.

"이게 전부예요. 회사까지 모셔다드릴까요?"

"아뇨. 저도 차를 가져왔어요. 고맙습니다."

"기사가 언제쯤 나올까요? 제일 먼저 보고 싶어서요."

"기사가 안 나갈 것 같아요. 알고 보니 보도할 가치가 없는 사건이군요."

"잔인한 현실이군요."

날마다 큰 사건들이 쉬지 않고 터져 나오는 세상에서 한 사람의 자살은 보도될 가치조차 갖지 못했다.

"현실은 산 사람에게 더 잔인하죠. 유족의 입장만 취재해서 쓴 석간 기사가 온라인에서 당신을 마녀로 만들었으니까요."

"맞아요. 공정한 기사가 아니에요."

앤디도 어쩔 수 없었다. 기자가 돌아간 뒤 관쥐얼과 약속한 저녁 시간이 되려면 아직 시간이 많이 남아 있었지만 일을 할 수가 없었다.

그녀를 걱정하는 전화가 사방에서 걸려왔다. 석간신문이 배달되고 누구나 인터넷에 잠깐 들어가기만 해도 그녀의 얘기를 접할 수가 있었기 때문이다. 앤디는 속수무책이었다. 오늘 밤 참석할 파티에서도 벌떼처럼 모여든 사람들에게 비슷한 질문 공세를 받을 것이 뻔했다. 그녀는 방금 전 그 기자가 진실을 밝히는 기사를 신문에 실을 수 있기를 기대했지만 진실은 뉴스로서의 가치가 없었다. 이게 현실이었다.

판성메이도 근무 시간에 몰래 인터넷을 보다가 앤디가 네티즌들에게 마녀사냥을 당하고 있는 것을 보고 앤디에게 전화를 걸어 위로했다. 사업 관계에 있는 사람들이 건 위로 전화에는 죽은 사람에 대한 동정과 애도를 앞세우며 자신도 괴롭다고 응대했지만 판성메이의 전화를 받자 앤디도 가면을 벗고 깊은 한숨을 내쉬며 속내를 털어놓았다.

"나도 괴롭고 자책감이 들어. 일이 커져버려서 어떻게 하면 좋을지 모르겠어. 인터넷에 떠돌고 있는 얘기들은 사람들이 듣고 싶어 하는 것들뿐이지. 진실은 하나도 없어. 아무도 진실이 뭔지 알아보려고 하지 않아. 소문이 퍼질수록 점점 얘기가 부풀려져서 한 바퀴 돌아 내 귀에 들어올 때는 벌써 3가지 버전으로 불어나 있어. 전부 그럴듯한 근거까지 달린 채로 말이야. 하지만 공통점은 내가 천벌을 받아 마땅한 악녀라는 거야. 진실을 말해줘도 아무도 믿지 않을 것 같아."

"어쩔 수 없어. 사람들은 자기가 믿고 싶은 것만 믿어. 인터넷에 네 사진까지 올라왔더라. 당분간 공공장소에서 혼자 다니지 마. 인터넷도 들어가지 말고. 괜히 이상한 말 들으면 심란하니까."

"인터넷에 들어가지 않는 건 몰라도 공공장소에 가지 않는 건 불가능해. 오늘 저녁만 해도 파티에 참석해야 돼. 설마 무슨 일이 있겠어?"

"그거야 모르지. 인터넷으로만 표현하지 않고 직접 행동에 옮기는 사람이 있을 수도 있어. 바이촨에게 며칠간 접대 약속을 취소하고 네 보디가드가 되어달라고 할게."

"고맙지만 괜찮아. 탄쭝밍에게 보디가드를 붙여달라고 하면 돼."

근무 시간이라 판성메이도 길게 통화할 수가 없어 앤디를 안심시킨 뒤 전화를 끊었다. 이 사태를 해결할 방법이 떠오르지 않았다. 사람이 죽었으니 그를 죽음으로 몰고 간 사람은 누가 봐도 악랄한 악마였다.

관쥐얼이 약속 장소에 갔다가 앤디 곁에 건장한 남자가 있는 걸보고 깜짝 놀랐다. 앤디의 설명을 들은 뒤에야 이 저녁 식사가 하마터면 취소될 뻔했다는 걸 알았다. 식사를 하고 있는데 낯선 사람이 핸드폰으로 앤디의 사진을 찍었다. 앤디가 그를 흘긋 보더니 그를 저지하려는 보디가드에게 괜찮다고 했다. 사실 앤디는 편하게 대화를 나누며 관쥐얼의 긴장을 풀어줄 생각이었다. 그런데 사람들의 이목이 모두 그녀에게 쏠리는 바람에 편하게 얘기를 나눌 수가 없었다. 조용히 식사를 마치고는 탄쭝밍에게 전화를 걸어 당분간 파티에 가지 않겠다고 한 뒤 곧장 집으로 향했다.

집에 들어온 판성메이가 막 저녁을 먹으려던 추잉잉을 데리고 2201호로 건너갔다. 소파 앞 테이블에 놓인 노트북이 켜져 있는 걸보니 앤디가 또 일을 하고 있었던 것 같았다. 추잉잉이 소파에 털썩 앉으며 말했다.

"웨이 사장님한테 전화를 걸어보는 건 어때?"

판성메이가 추잉잉의 말을 막으려고 했지만 늦은 뒤였다. 추잉잉의 말이 앤디의 아픈 곳을 건드렸다.

앤디가 한숨을 내쉬었다.

"싫어. 여지를 주면 안 돼."

그 순간 앤디의 핸드폰이 울리는 바람에 앤디가 반사적으로 소파에 몸을 파묻으며 말했다.

"설마 호랑이가 제 말 듣고 전화한 건 아니겠지."

추잉잉이 앤디의 핸드폰을 보고 웃었다.

"샤오샤오의 치핑 오빠야."

앤디가 안도의 한숨을 쉬며 전화를 받았다.

자오치핑이 말했다.

"인터넷에 떠도는 루머 봤어요. 괜찮아요?"

"난 용기가 없어서 못 봤어요. 내겐 들려주지 말아요."

자오치핑이 웃었다.

"경험이 풍부한 불량 의사로서 조언할게요. 며칠만 나 몰라라 하고 납작 엎드려 있으면 다 지나갈 거예요."

앤디는 조금 난감했다.

"파렴치하다고 날 욕하지 않아요?"

"생로병사를 숱하게 목격하고 냉철한 이성을 갖춘 나 같은 사람은 조금만 생각해봐도 알 수 있죠. 인터넷에 떠돌고 있는 루머가 비현실적이라는 걸. 회사가 무슨 포로수용소도 아니고 직원들도 아무것도 모르는 애들이 아니잖아요. 못하겠으면 때려치우면 그만이죠. 앤디 씨는 사람을 괴롭힐 줄 모르잖아요. 너무 괴로워하지 말아요. 필요하다면 정신과 의사를 소개해줄게요. 나도 심리학 책을 몇 권 읽었으니까 직접 상담해줄 수 있어요."

"고속 도로에서 규정 속도로 달리다가 무단 횡단 하는 사람을 차로 친 기분이에요. 내 잘못이 없다는 걸 알면서도 마음이 괴로워요."

"앤디 씨는 이성적인 사람이에요. 이런 일은 자기 최면을 거는 수밖에 없어요. '나랑 상관없는 일이다. 나랑 상관없는 일이다.' 이렇게."

옆에서 듣고 있던 판성메이는 요즘 앤디가 웨이웨이와 헤어진 일 때문에 줄곧 우울했다는 사실이 생각났다. 앤디가 혼자 술 마시고 있는 걸 추잉잉이 본 적도 있다고 했다. 설상가상으로 일이 터졌다고 해야 할지, 이 일 덕분에 웨이웨이와의 이별을 생각할 틈이 줄어들었다고 해야 할지 알 수가 없었다. 판성메이는 이성적인 사람은 일에 감정을 개입시키지 않으므로 전자에 더 가까울 거라고 생각했지만, 그녀는 얼마 전 앤디가 외할아버지의 부고를 들었다는 것까지는 알지 못하고 있었다.

추잉잉은 그제야 앤디 집에 있는 술을 치워주기로 했던 것이 생각났다. 추잉잉이 술을 옮기려는데 판성메이가 말렸다.

"오늘은 특별히 마시게 해줘. 술이 푹 자는 데 도움이 될 거야."

추잉잉이 말했다.

"그럼 육포랑 어포 가져올게. 오늘 많이 받았어. 잉친이 보내줬어."

앤디가 술병을 보더니 힘든 결정을 내렸다.

"안 마실래. 참을 수 있어."

판성메이는 참는 게 좋은 게 아니라는 걸 태어나서 처음으로 알았다. 하지만 더 권할 수가 없었다. 추잉잉이 술병을 들고 나가더니 잠시 후 간식 2봉지를 가지고 왔다. 판성메이가 잉친과 무슨 일이 있었느냐고 묻자 추잉잉이 금세 신이 난 얼굴로 얘기했다. 잉친과는 통화 몇 번과 몇 분 정도 만난 게 고작이지만 추잉잉은 한참을 재잘대며 얘기를 늘어놓았다.

앤디는 직원이 보낸 메일을 확인하며 추잉잉의 얘기를 들었다. 머리가 빠개질 것처럼 아프고 몹시 피곤했다. 결국 처음으로 메일을 다 확인하지 않은 채 노트북을 끄고는 피곤해서 자야겠다고 말했다. 판성메이가 말했다.

"나도 바닥에 이불을 깔고 같이 잘게. 걱정 마. 가까이 가지 않을 테니."

"그래 줄래? 나 조금 무서워…."

추잉잉과 판성메이는 앤디가 나쁜 꿈을 꿀까 봐 무서워한다고 생각했지만 사실 앤디는 우울감에 매몰되어 자신이 이상한 행동을 할까 봐 무서웠다. 앤디는 그런 얘기까지는 할 수가 없어서 판성메이에게 탄쭝밍의 전화번호를 알려주고는 세수를 하고 판성메이와 추잉잉을 위해 침실 바닥에 이불을 깔았다.

관쥐얼도 퇴근해서 씻자마자 2201호로 갔다. 앤디는 이미 잠들어 있었다. 셋이 이불 위에 끼어 누웠다.

"언니, 귀신이 뭘 무서워하는지 알아?"

추잉잉이 소곤거리자 판성메이가 나무랐다.

"밤에 이상한 얘기 하지 마."

관쥐얼은 겉으로는 "귀신은 없어."라고 말했지만 어쩐지 으스스해서 자기도 모르게 판성메이에게 바짝 붙었다. 추잉잉도 판성메이 쪽으로 몸을 더 붙였다. 셋이 똘똘 뭉쳐 무섭지 않다고 중얼거렸지만 왠지 쉽게 잠이 오지 않았다. 하지만 앤디는 어느새 옆에서 깊이 잠들어 있었다.

28

취샤오샤오는 저녁 초대 자리에서 바오이판을 뒷조사한 친구의 메시지를 받았다. 사뭇 진지한 자리였지만 취샤오샤오는 마음이 급해서 도통 대화에 집중하지 못했다. 흥미진진한 가십거리가 손 안에 있는데도 당장 읽어볼 수 없으니 괜스레 조바심이 난 것이다. 모두가 즐겁게 식사를 마친 뒤, 입찰 주관자가 먼저 자리를 떠났다. 바오이판이 취샤오샤오를 호텔까지 데려다 주려던 찰나 취샤오샤오가 별안간 비명을 지르면서 화장실로 후다닥 뛰어 들어갔다. 그 순간이 아니면 메시지를 확인할 틈이 없었기 때문이다. 원래 따끈따끈한 정보는 당장 확인해야 재미가 쏠쏠한 법이다. 그녀는 화장실에 숨어서 친구가 보낸 메시지를 황급히 다 읽고는 만족스러운 발걸음으로 바오이판에게 다가갔다.

바오이판이 천연덕스럽게 말했다.

"괜찮았어요, 체면은 유지했으니까."

"당연하죠, 사장님이 신출내기였을 때보다 잘했을걸요?"

"미국에서 가짜 박사 학위라도 땄나 봐요? 난 MBA만 해서 석사인데. 나보다 낫더군요. 훨씬."

"하하, 맞아요. 박사까지는 아니고 학사 학위만 샀어요. 간단하던

걸요. 푸켓행 항공권은 샀어요?"

"그럼요."

"문득 이런 생각이 들었어요. 만약에 사장님이 나쁜 사람이면, 내가 앤디 언니한테 잘못하고 있는 게 아닐까 하고요. 그래서 정말 심각하게 궁금한 점이 몇 가지 있는데요, 이를테면 그 미대 퀸카라든가…."

"괜히 뒤통수칠 생각 마요. 아직 도와줄 일이 더 남았잖아요."

"예스, 노 한마디면 되는데 말을 돌리시네요. 할 수 없죠. 언니한테 솔직히 말하는 수밖에. 그게 언니를 위한 일이니까. 두 사람이 잘 어울리면 내가 팍팍 밀어주려고 했는데. 중간에 미대 퀸카가 껴 있는 걸 빤히 알고도 입을 다물고 언니를 배신할 수는 없잖아요?"

"내가 앤디 회사에 투자한 돈이 얼마인데 앤디한테 뭘 어떻게 할 수나 있겠어요?"

사실 취샤오샤오도 두 사람 사이의 이해관계를 잘 알았지만 바오이판의 스캔들 건이 만만치 않아서 물어봤을 뿐이었다. 하지만 아쉽게도 바오이판은 취샤오샤오의 물음에 제대로 대답하지 않았다. 바오이판의 차에 타자 취샤오샤오는 더욱 초조해졌다. 때마침 취샤오샤오의 한량 친구들 중 1명이 보낸 메시지가 도착했다. 앤디 회사의 직원이 앤디 때문에 건물에서 뛰어내렸다는 소식이었다. 취샤오샤오는 무슨 영문인지 몰라서 곧장 친구에게 전화를 걸었다. 친구는 석간에 실린 기사를 한껏 부풀려서 전해주었다. 취샤오샤오는 전날 밤 자오치핑 생각에 흐뭇해하며 밤늦도록 일하는 앤디와 함께 있었던 기억을 떠올렸다. 그때 앤디가 착하지만 무능한 직원 때문에 골치가 아프다는 푸념을 늘어놓기도 했었다. 그게 한 사람을 죽음으로 내모는 일이었을까?

취샤오샤오는 친구한테 사실이 아닐 거라고 말했다.

"그럴 리가 없어. 어젯밤에 앤디 언니는 나랑 같이 있었단 말이야. 언니가 일 끝내는 거 보고 그 집에서 나왔는데 일하다가 화를 낸 적도 없었어. 메일 1통 때문에 그렇게 됐다고? 말도 안 돼! 상사한테 쓴소리 몇 마디 들었다고 건물에서 뛰어내리는 사람이 어디 있니? 요즘은 오히려 되받아치는 직원들이 더 많아. 아니면 그길로 아예 사표를 던지고 나가든가. 괜한 헛소리 집어치워. 믿기지도 않으니까. 언니는 내게 좋은 이웃이자 친구야. 난 언니를 잘 알아. 그러니까 너도 내 말을 믿어."

하지만 그렇게 말하면서도 한편으로는 그 사건이 정말로 앤디가 직원을 심하게 질책한 탓에 벌어졌다면 뭐라 말하기 참 곤란한 일이라는 생각도 들었다.

"앤디요?"

"네, 어젯밤에 12시까지 저랑 같이 있었는데 대체 무슨 일인지."

취샤오샤오는 앤디에게 전화를 걸었다. 벨이 한참 울렸지만 앤디는 받지 않았다.

"아직 이른 시간인데 설마 벌써 자나? 왜 안 받지?"

그녀는 이어서 22층 이웃에게도 전화를 걸었다. 말 상대로 가장 편한 추잉잉에게 먼저 걸었다.

"어, 차는 왜 세워요?"

"이웃들더러 앤디한테 한번 가보라고 해요. 워낙 진지한 사람이라 아마 혼자 끙끙 앓고 있을 거예요."

"그럴게요. 지금 전화 걸고 있어요. 추잉잉, 이 도깨비 같은 애는 왜 전화를 안 받…, 아, 받았다. 잉잉, 앤디 언니 어떻게 됐어?"

"잠들었어. 맘이 안 좋대서 우리 셋 다 지금 2201호에 같이 있어."

"얼마나 안 좋은 거야? 울었어? 아니면 하소연?"

"울진 않았는데 그냥 기분이 몹시 안 좋아 보여. 말을 별로 안 해. 머리가 아픈가 봐. 자오치핑 씨한테도 전화가 와서 앤디 언니랑 몇 마디 나눴어. 우리 중에서는 성메이 언니랑 그나마 말을 가장 많이 했고."

취샤오샤오는 바오이판에게 통화한 내용을 전하고는 물어보고 싶은 말이 있으면 전해주겠다고 했지만 그는 고개를 가로저었다. 그녀는 추잉잉에게 잘 자라고 인사하고 전화를 끊었다.

"정말 좋은 친구들이군요."

"치, 그럼 내가 진짜로 앤디 언니를 배신할 줄 알았어요? 모레 언니 만나면 한번 물어보세요. 언니 주변에서 사장님 편들어주는 유일한 사람이 누군지."

바오이판은 취샤오샤오를 호텔에 데려다주고는 곧장 돌아가지 않고 잠시 멈춰서 앤디에게 메시지 1통을 보냈다. 상대방 쪽에 자기편이 1명이라도 있는 것과 아무도 없는 건 확실히 다르다. 조금 전만 해도 취샤오샤오의 도움이 없었다면 멀리 떨어져 있는 앤디에게 무슨 일이 일어났는지 모르고 지나칠 뻔했으니 말이다. 다음 날, 바오이판은 하이시로 돌아가는 취샤오샤오에게 지역 특산품을 한가득 선물했다. 그의 운전기사가 대신 공항으로 가져가서 비행기에 실어 보냈다.

앤디는 다음 날도 여느 때와 다름없이 22층에서 가장 일찍 일어났다. 생전 처음으로 꼬박 10시간을 자고 일어난 터라 정신이 약간 아스라했다. 그러나 이내 자신이 바닥에 누워 있었다는 걸 깨닫고는 식은땀이 맺힐 정도로 놀라서 그 자리에서 벌떡 일어섰다. '뭐시? 간밤에 미쳤었나 봐.' 이렇게 진저리 치게 놀라고 나면 대개는 오히려 정신이 더 또렷해진다. 그래서인지 갑자기 지난밤에 있었던 일이 주마 등처럼 눈앞을 스쳐 갔다. 이웃집 세 아가씨가 바로 옆의 커다란 침대에 서로 몸을 맞대고 누워서 자고 있는 상황도 덩달아 이해가 갔다.

앤디는 쿵쾅거리는 가슴을 진정시키면서 스탠드 불빛에 비친 세 아가씨의 자는 모습을 다정하게 바라봤다. 앤디의 휴대폰에는 여러 통의 문자 메시지와 부재중 전화가 와 있었다. 특이점이 메시지를 여러 통이나 보냈고 탄쫑밍이 전화를 했던 모양이다. 탄쫑밍은 앤디에게 메시지를 확인하는 즉시 자신에게 회신을 달라는 말을 남겼다. 바오이판의 메시지도 있었다. 모두 그녀를 걱정하는 내용의 메시지였다. 앤디는 탄쫑밍이 원래 올빼미 족이라는 걸 잘 알고 있기에 굳이 이 시간에 그를 깨우지 않기로 했다. 그 대신 밤사이 자신을 걱정해준 지인들에게 단체 문자를 보냈다. 자신은 무사하고, 안정을 되찾았다는 내용의 문자였다.

그중에서 이른 아침에 깨어 있는 사람은 바오이판뿐이었다. 그는 문자를 받자마자 가쁜 숨을 몰아쉬며 앤디에게 전화를 걸었다.

"괜찮아요?"

"뭐 하고 있었어요? 조깅?"

"미세 먼지가 심해서 러닝 머신에서 뛰어요. 어제 밤에 취샤오샤오한테 소식 전해들었는데."

"괜찮아요. 이 바닥 상황이 워낙 기복이 심해서 스트레스도 심해요. 별일이 다 생기죠. 그래도 십여 년 동안 워낙 많이 겪어와서 익숙해요. 걱정해줘서 고마워요."

"잘 해결할 거라고 믿지만 밤새 전화를 안 받아서 얼마나 걱정했는지 몰라요. 지금은 뭐 해요?"

"아침 식사 준비요. 간밤에 옆집의 세 친구가 절 챙겨줬는데 아직도 자고 있네요. 일어나면 먹이려고요."

"저도 휙 날아가서 한 끼 얻어먹고 싶은데요."

"냉동 만두랑 샌드위치뿐이에요. 별거 없어요. 이런 것밖에 할 줄 몰라서."

바오이판은 하하 소리를 내며 크게 웃었다.

"팁 하나 줄게요. 프라이팬에 물을 살짝 부어서 냉동 만두를 구우면 성젠바오(生煎包)처럼 돼요. 그러면 물에 삶은 것보다 훨씬 맛있어요. 공식 명칭은 군만두라고 하죠."

앤디는 당장 인터넷에서 군만두 조리법을 검색했다. 판성메이가 일어나서 침실을 나왔을 때는 이미 첫 번째 도전은 실패하고 두 번째 시도에서 군침이 돌 정도로 먹음직한 군만두를 완성한 즈음이었다.

"요리, 어렵지 않은데?"

앤디는 자신감 넘치는 한마디로 아침 인사를 대신했다.

판성메이는 어떻게 대답해야 할지 몰라서 멍하니 쳐다보다가 말했다.

"벌써 기운 차린 거야? 어제 정말 꿀잠 자더라."

"너희들 덕분에 맘 편히 푹 잤어. 이제 거뜬해. 그까짓 일쯤은 아무것도 아냐."

"하지만 내 생각엔, 네가 이번 일로 괴롭고 우울하다는 걸 표현하는 편이 나을 것 같아. 그래야 인간적으로 보여서 다른 사람들의 비난도 피할 수 있을 거야."

"무슨 뜻인지 알아. 그렇게 하면 상처받지 않겠지. 하지만 그렇게는 못 해. 난 늘 그랬듯이 강하고 주도적인 모습을 보여줘야 해. 이번 일을 계기로 새로운 방안도 마련해야 하고. 염려 마. 수년 동안 일하면서 사건이 터졌을 때 정치적 올바름의 기준에 따라 처리하는 경우를 많이 봐왔으니까. 처리 방법도 다 비슷비슷했어. 이번 일로 티 나게 슬퍼하고 너그러운 척하면서 새로운 규정을 마련해서 직원들의 행복감을 키워준다고 한들 기존의 방침은 변하지 않아."

"그래도 좀 더 나긋나긋해지면 사람들도 널 편하게 대할 거야. 근무 분위기도 훨씬 좋아질 테고."

"맞아. 이런 사건이 있을 때는 비통해하고 아량을 베풀면서 회사가 직원 한 사람 한 사람을 소중히 여긴다는 것도 보여줘야 해. 하지만, 난 회사의 가장 높은 책임자고 직원들에게는 강인한 리더가 필요해. 한 방에 와르르 무너지는 연약한 여성은 필요 없다고. 회사는 전쟁터야."

판성메이는 앤디를 잠시 바라보다가 겨우 입을 뗐다.

"하여튼 요즘 세상은 여자건 남자건 악착같이 부려먹으려고 한단 말이지. 혹시 저녁에 도움이 필요하면 5시 전에 전화해. 왕바이촨을 버리고 당장 달려갈 테니까."

"다들 고마워서 어쩌지."

"우리 사이에 무슨 그런 말을 해."

두 사람은 서로 마주보며 살짝 미소를 지었다. 때마침, 이른 새벽의 첫 햇살이 동쪽 창으로 들어와 간밤에 드리웠던 먹구름을 깨끗이 씻어냈다.

앤디와 관쥐얼이 막 집을 나서서 차에 올랐을 때 특이점에게서 전화가 왔다. 앤디는 휴대폰 액정을 슬쩍 쳐다보고는 관쥐얼에게 휴대폰을 넘겼다.

"대신 좀 받아줘. 지금 운전 중이라서 전화 받기 곤란하다고 하고."

특이점은 "여보세요." 하는 목소리의 주인공이 앤디가 아니라는 것을 알아차리지 못하고 곧장 본론으로 들어갔다.

"앤디, 나 지금 아파트 앞에 있어요. 출근할 때 차 창문으로 얼굴만 잠깐 보여줘요. 무사한지만 확인할게요. 어젯밤 내내 연락이 안 되고 탄 사장도 앤디랑 통화가 안 된다고 해서 밤새 애태웠어요."

"웨이 사장님, 저 관쥐얼이에요. 앤디 언니는 운전 중이고요, 지금 길이 너무 복잡해서 전화를 못 받아요."

특이점은 잠시 어리둥절해하다가 인사했다.

"아, 관쥐얼. 잘 지냈어요? 어떻게 벌써 나왔어요? 어디쯤이에요?"

"방금 나왔어요. 오늘 다들 일찍 일어나는 바람에. 이제 막 지하철 입구를 지나쳤어요."

특이점은 더 어안이 벙벙해졌다. 앤디가 아파트 입구로 나오는 걸 당연히 봤어야 했는데 어째서 그 화려한 오렌지 빛깔의 자동차를 놓쳤는지 모를 일이었다. 그는 의아한 마음을 감추고 다시 물었다.

"앤디는 좀 어때요?"

관쥐얼은 그만 휴대폰을 앤디에게 건네고 이 난처한 상황에서 벗어나고 싶었지만 눈 딱 감고 아무렇지도 않게 대답했다.

"어제 우리 다 같이 앤디 언니 집에 모여 있다가 일찍 잠들어서 전화를 못 받았나봐요. 오늘은 아주 좋아 보여요. 언니가 차려준 맛있는 아침도 든든히 먹었고요."

"이웃들이 있어서 정말 다행이군요. 앤디한테 전해줘요. 부탁할 일 있으면 언제든지 연락하라고요. 당분간은 아무 데도 안 가고 연락만 기다리고 있겠다고."

관쥐얼은 특이점의 말에 가슴이 뭉클해서 '두 사람 정말 어떡해요' 하며 용감하게 한마디 하고 싶었지만 꾹 참고 자기보다 나이 많은 사람들 일에 함부로 끼어들지 않기로 했다. 그 대신 특이점의 말을 토씨 하나 빠뜨리지 않고 그대로 앤디에게 전해주었다. 하지만 앤디는 아무런 반응도 하지 않았다. 결국 관쥐얼은 참지 못하고 기어코 앤디에게 물었다.

"웨이 사장님이랑 어떻게 할 거야? 두 사람 사이좋았잖아. 이렇게 언니를 걱정하는데."

"네 말이 맞아. 나는…, 그런데 이건 내 문제야. 절대 타협할 수도 없는 문제고. 그 사람도 알아."

"아파트 앞에서 기다리진 못하니까 차창 너머로 얼굴만 잠깐 보겠다는 거잖아."

앤디는 '나도 밤에 그 사람 아파트 앞에 쪼그리고 앉아서 창문을 올려다봤어'라고 말하고 싶었지만 입술을 깨물며 속으로 삼켰다.

관쥐얼은 계속 앤디를 나무라듯이 말하다가 한참 후에야 입을 다물었다. 앤디가 비로소 화제를 돌렸다.

"어제 말한 거 있잖아, 그 단체 메일에는 동참하지 않는 게 좋겠어. 확실하지도 않은 일인 데다가 너희 동료들이 괜한 의심하는 걸 수도 있잖아. 그리고 회사에 도착하면 최종 보고서 나한테 보내봐. 검토해줄게."

"아냐, 괜찮아. 안 그래도 요즘 힘든 일 많은데."

"힘든 일은 서로 도와야 해결되더라고."

"우리 22층 분위기는 어쩜 대학 기숙사보다 더 화기애애한 거 같아."

"성메이가 그러는데, 22층이 꼭《서유기(西遊記)》에 나오는 반사동(盤絲洞) 같다더라. 시간 나면《서유기》한번 읽어봐야겠어."

관쥐얼은 웃으면서도 왠지 씁쓸한 표정을 지었다. 그녀의 마음을 짓누르는 돌덩이, 정규직 전환 심사 때문이다. 심사를 통과하기 전까지는 마음 놓고 웃을 수도 없었다.

차에서 내리는 관쥐얼 앞으로 동료 2명이 다가왔다.

"생각해봤어? 출근하자마자 바로 단체 메일 보낼 건데."

관쥐얼이 대답했다.

"그렇게 해도 별 타격 없을 거야. 사실이 아닐 수도 있고."

"하하, 하지만 우리는 지금 진지해. 이것 좀 봐. 바로 어젯밤 일이야. 더는 참을 수가 없다고."

동료는 또 휴대폰을 꺼내서 관쥐얼에게 또렷하게 찍힌 사진 1장을 보여주었다. 남녀 한 쌍이 서로 부둥켜안고서 어느 아파트로 들어가는 사진이었다. 관쥐얼은 사진 속의 여자가 누군지 한눈에 알아봤다. 날마다 사무실에서 만나는 동료를 못 알아볼 리 없었다. 관쥐얼은 재빨리 휴대폰 화면을 덮고서 주변에 누가 없는지 살폈다.

"뒷일은 생각해봤니? 회사에서는 피해를 우려해서 중요한 고위층을 보호하려고 할 거야. 그러면 내막을 아는 우리 같은 하찮은 존재들만 아예 그냥…."

관쥐얼은 말을 멈추고는 손을 휙 들어 올려 목을 댕강 자르는 시늉을 했다.

"절대 겁주려고 하는 말이 아냐."

"쥐얼, 너 말려들기 싫다고 괜한 협박하지 마."

"아니라니까, 으름장이 아니야. 내가 알기론, 관리자들은 버릴 사람과 없어도 되는 사람이 누군지 금방 파악해. 게다가 우리는 이 조직에서 가장 보잘것없는 사람들이란 말이야."

"그래도 메일 보내서 사람들한테 다 알릴 거야."

"아마 다들 보고도 모른척할 걸."

"그럼 이대로 그냥 덮으라고? 부정을 보고도 참으라는 거니? 잘 생각해봐. 어차피 메일을 보내도 희생당하고 안 보내도 관행상 불이익을 받는 거라면 차라리 갈 때까지 가볼 참이야."

하지만 이렇게 말하는 동료의 목소리는 이미 기가 한풀 꺾여 있었다. 메일을 보내지 않으면 정규직이 될 기회라도 있겠지만 보낸다면 아예 기회를 잃을 게 분명했다.

"아마 다른 길이 있을 거야."

다른 한 동료는 이를 부득부득 갈며 말했다.

"난 절대 못 참아."

두 동료는 말은 그렇게 하면서도 말리는 관쥐얼을 공격하지는 않았다. 세 사람은 함께 빌딩 안으로 들어가 사무실로 출근했다. 관쥐얼은 마음이 답답했다. 두 동료를 보호하기 위해 말리자니 경쟁자가 늘어나고 내버려 두자니 부정을 저지른 동료에게 기회를 빼앗길 것 같았기 때문이다. 더욱이 그 동료 때문에 야근도 해야 했다. 두 경우 모두 피해보긴 마찬가지였다. 현명하게 처신하며 원하는 것을 이루기가 너무 어렵기만 했다.

앉아서 일을 시작한 지 겨우 30분쯤 지났을 때, 회사 앞에서 관쥐얼 앞을 가로막았던 두 동료 중 하나가 인터넷 주소 링크를 첨부한 문자 메시지를 관쥐얼에게 보냈다. 그러고는 커피를 마시러 가는 척 관쥐얼의 앞을 지나면서 싱글벙글 익살맞은 표정을 지어 보였다. 관쥐얼은 얼른 메시지의 링크를 눌러서 새 창을 열었다. 역시나 스캔들 폭로에 관한 포스팅이었다. 제목부터 볼썽사납더니 내용은 더 가관인 막장 드라마였다. 예상대로 이미 댓글도 달려 있었다. 글을 올린 동료의 발상과 수완이 존경스러울 정도였다. 과연 서열 3위의 일류 대학 졸업생답게 머리를 참 잘 썼다. 폭로할 방법이 마땅치 않을 거라고 생각했는데 이렇게 익명으로 사건을 터트리다니. 관쥐얼은 밤

낮으로 머리를 쥐어짜도 생각해내지 못할 방법이었다. 일류 대학 출신들과 경쟁하기란 정말로 고된 일이다 싶었다.

결국, 관쥐얼은 서슴없이 머리가 비상한 앤디에게 연말 최종 보고서를 보내 도움을 청하기로 했다.

앤디는 엘리베이터에서 내리려다가 평소와 달리 어수선한 회사 분위기를 감지하고는 엘리베이터 문이 닫히기 전에 냉큼 다시 그 안으로 쏙 들어갔다. 그리고 태연하게 계속 위층으로 올라갔다. 그녀는 6층이나 더 올라간 뒤에야 밖으로 나와 비서에게 전화를 걸고 무슨 일이 생겼는지 물었다. 그녀의 직감은 틀리지 않았다. 류쓰멍의 가족이 찾아온 것이다. 그 바람에 앤디가 아침부터 계획했던 일은 무산되고 말았다. 원래는 출근해서 업무를 시작하기 전에 직원들에게 간밤에 있었던 일에 대해 간단히 얘기하고 사건을 마무리할 작정이었다.

류쓰멍의 가족 중 누가 찾아왔든 앤디는 그들을 감당할 준비가 되어 있지 않았다. 그녀로서는 탄쭝밍이 경호원을 보내주기만을 가만히 기다릴 수밖에 없었다. 그때 비서가 어떻게 하면 좋겠냐고 물었다. 앤디는 그 사람들 멋대로 하게 내버려 두거나 혹시 필요하면 보안 요원에게 부탁해서 소회의실로 안내하라고 이야기했다. 덧붙여서 회사 기물을 때려 부수지 않게 잘 지켜보라고 당부했다. 앤디가 할 수 있는 일은 거기까지였다. 나머지는 탄쭝밍이 알아서 처리할 일이었다.

30분쯤 지나서 탄쭝밍에게서 도착했다는 전화가 왔다. 앤디는 그제야 사무실이 있는 층으로 내려갔다. 탄쭝밍은 우람한 덩치에 힘께나 쓸 것 같은 사람 여럿을 데리고 와서 류쓰멍의 가족을 에워쌌다. 뒤이어 앤디가 그 앞을 지나가자 류쓰멍의 가족은 험한 말을 마구 뱉어냈다. 순간 휴대폰 1대가 날아와서 앤디의 머리를 강타했다. 앤디는 고통스러워하면서도 한편으로는 류쓰멍 가족에게 동정심을 느꼈다. 하지만 정치적 올바름을 굳게 지켜야만 했다.

앤디는 동료들이 류쓰멍에게 동변상련의 감정을 느낄 거라고 생각했지만 의외로 냉정하게 직언하는 사람들이 있어서 놀랐다. 그들은 류쓰멍의 가족이 회사에 와서 소동을 벌이는 이유가 보상금을 더 타내기 위해서라고 했다. 애초에 류쓰멍을 동정하고 그에게 공감한 사람은 없는 듯했다. 앤디는 휴대폰에 맞아서 볼록 혹이 난 이마를 살살 문지르며 아무 일도 없었던 듯이 일을 시작했다.

그녀는 직원들과의 오찬 자리에서 원래 하려던 말을 하지 않았다. 업무 얘기도 아예 접어두었다. 류쓰멍의 자살에 대한 회사의 책임 문제에 대해서는 더더욱 입도 벙긋하지 않았다. 그저 아무것도 모른 척했다.

"이번 일로 류쓰멍의 개인사를 처음 알았어요. 류쓰멍이 가족을 부양하고 있고 형편이 넉넉하지 않아서 심리적 부담이 컸다는 걸 전혀 몰랐죠. 우리 회사는 업무 리듬이 빠르고 혼자서 처리해야 할 일도 많아서 업무 스트레스가 심한 편이에요. 이런 여러 가지 요소가 복합적으로 작용하면 심리 건강에 영향을 미칠 수밖에 없다는 걸 이번 사건으로 확실히 깨달았어요. 그래서 말인데, 회사에 정신과 전문의를 모셔서 직원들의 가정이나 사생활 문제에 관심을 기울이고 해결을 도우면 어떨까요?"

너무 형편없는 안건인지 테이블에 둘러앉은 고위 관리자들은 어찌할 바를 몰라서 서로 얼굴만 쳐다봤다. 그런 가운데 한 젊은 직원이 침묵을 깼다.

"어떻게요? 어떤 식으로 관심을 보인다는 거죠? 가족 명단이랑 가정 수입과 지출 내역을 인사과에 제출하면 심리 전문가가 개별 상담을 해주나요? 저처럼 싱글이면서 생활 패턴이 일정하지 않은 사람들은 또 어떻게 하고요? 그런 건 인권 침해 아닌가요?"

젊은 직원의 말에 속으로 쾌재를 부르는 사람이 있는가 하면 대놓고 웃는 사람도 있었다. 앤디도 그들을 따라 웃다가 표정을 가다듬고 설명했다.

"황당하다고 생각할 수도 있어요. 하지만 그렇게 생각하지 않는 사람도 있죠. 그러니까 류쓰밍 가족도 회사로 찾아온 게 아닐까요. 알다시피 회사는 사회 윤리상 당연히 그런 요구에 부응해야 해요. 회사가 책임져야 하는 부분이 있다면 당연히 그에 상응하는 권리도 있는 거니까요. 앞으로 회사도 직원들을 더 배려하고 매달 한 번씩 무료 심리 상담을 받을 수 있도록 조처할게요."

"원하는 사람만 하죠. 강제로 하지 말고."

"안 돼요. 심리적인 문제는 대부분 감추다가 소 잃고 외양간 고치는 격이 되고 말거든요. 뒤늦게 후회해봤자 소용없는 일이죠. 앞으로 회사에서 직원들 심리 건강에 주의를 기울이고 꾸준히 관심을 쏟을 거라고 부하 직원들한테도 꼭 전달하세요. 류쓰밍 사건도 우리가 그 사람에 대해 너무 몰랐기 때문에 생긴 일이예요. 이번 기회에 분명히 알았어요. 지금 하지 않으면 나중에는 못 할 수도 있어요. 다행히 우리는 폭스콘(Foxconn)[1]처럼 노동 밀집형 기업이 아니라서 심리 상담 비용은 회사에서 지원할 수 있어요."

또 한 직원이 불쑥 의견을 제시했다.

---

1 대만의 제조 회사. 주로 컴퓨터, 전자 기기를 위탁받아 생산하는 기업으로 훙하이를 포함한 해외 지역에서는 폭스콘이라 불린다. 열악한 노동 환경 때문에 직원들이 잇달아 투신하는 사건이 벌어져 사회적으로 물의를 일으킨 바 있다.

"설령 회사에서 직원들의 사생활과 심리 건강을 규정으로 만들어 관리할 필요가 있다고 해도 저는 거부합니다. 제겐 사생활을 보호받을 권리가 있으니까요. 또 저는 가까운 사이라고 해서 제 사생활에 간섭하는 사람을 아주 싫어합니다. 그러니까 회사는 직원들의 자유를 구속하지 말고 직원 각자가 알아서 해결하도록 내버려 두세요. 건물에서 뛰어내리려고 작정한 사람은 바로 옆에서 자던 아내는 물론이고 그 사람을 낳고 기른 부모조차도 말리지 못해요. 하물며 동료들이 어쩌겠어요."

앤디는 여전히 짐짓 아무것도 모른 척하며 반대 의견으로 설왕설래하는 사람들을 바라봤다. 그러는 동안 예전에 탄쭝밍이 자신에게 사회생활 팁을 누차 가르쳐주었던 기억을 떠올렸다. 사회생활을 처음 시작했을 때 그녀는 에둘러 말하는 법을 전혀 몰랐다. 학창 시절에도 직설적으로 이야기하곤 했지만 천재적인 두뇌를 가진 학생이었기에 지도 교수님들도 그녀의 태도를 눈감아주었다. 탄쭝밍은 그런 앤디를 하나부터 열까지 직접 가르쳤다. 그는 이치에 맞는 일도 정치적 올바름에 어긋날 수 있고 정치적 올바름에 어긋나더라도 절대 하지 말아야 할 언행이 있으므로 이를 지켜야 한다고 했다. 그러나 사람들은 터무니없는 말에 자신의 권리를 침해당하면 권리를 보호하려고 무의식중에 정치적 올바름을 어기고 하지 말아야 할 언행을 하기도 한다고 일러주었다.

논쟁을 끝낸 직원들은 모두 자신의 권리를 침해받지 않기 위해 류쓰밍의 죽음은 회사 및 동료와는 무관한 사건이라고 결론지었다. 당연히 앤디도 그 사건과는 관련이 없는 것으로 마무리되었다.

면접을 위해 짙은 남색 투피스 위에 롱 다운코트를 걸친 판성메이는 얇은 스타킹만 신은 두 다리가 휜히 드러난 채로 한겨울 찬바람을 맞으며 왕바이촨의 차를 기다렸다. 왕바이촨이 판성메이를 보자마자 말했다.

"이렇게 얇게 입고 춥지 않아? 아파트 입구에 와서 전화하라고 하지. 그럼 밖에서 안 기다려도 되잖아."

"괜찮아. 어제 앤디 집에서 잤는데 난방기를 따뜻하게 켜놔서 한여름 같았거든. 온기가 온몸에 스며들어서 그런지 밖에 오래 서 있어도 추운 줄 몰랐어. 가방 안에 다른 옷도 있어. 면접 끝나면 두꺼운 옷으로 갈아입고 출근하려고 챙겨 왔어."

왕바이촨은 면접 얘기는 아예 꺼내지도 않았다. 그저 온갖 잡다한 농담을 떠벌리며 판성메이의 긴장을 풀어주려고 애쓸 뿐이었다.

호텔 주차장에 도착해서 판성메이는 엘리베이터를 타고 위로 올라갔다. 왕바이촨은 계속 시간을 확인하다가 5분이 지나도록 판성메이가 나오지 않자 호텔로 오는 길에 봐둔 꽃집으로 다시 차를 몰고 갔다. 그리고 꽃집에서 커다란 꽃다발을 사서 차 트렁크에 실었다. 판성메이가 면접을 통과하면 축하 선물로 주려고 준비했지만 탈락하면 아쉽게도 쓰레기가 될 것이다.

왕바이촨은 호텔 지하 주차장으로 다시 돌아왔다. 한 번 왔다 갔다 한 사이에 20분이 훌쩍 지났는데도 판성메이는 아직 내려오지 않았다. 아무래도 좋은 소식이 있을 것 같은 기분이 들었다. 그렇지만 성급하게 트렁크 속의 꽃다발을 꺼내 들지는 않았다. 잘해보려다가 오히려 일을 망칠 수도 있으니 조심해야 했다.

또 20분이 흐르자 마침내 판성메이가 엘리베이터에서 내리는 모습이 보였다. 왕바이촨은 얼른 차에서 내려 판성메이를 맞이하며 그녀의 얼떨떨한 표정이 무슨 의미인지 가늠해보았다.

"인사 팀장이 직접 면접관으로 나왔는데 몇 마디 나누더니 로비의 부매니저를 해보면 어떻겠냐고 적극적으로 권하더라. 내 적성에는 로비 근무가 더 맞을 것 같다나. 전문 연수를 받으면 진급도 할 수 있고. 그런데 문제는 로비가 나한테 너무 생소한 공간이라는 거야. 잠시 머뭇거렸더니 새해 연휴 끝나고 다시 연락을 달래. 월급도 인사 업무보다 3,000위안 정도 더 많아. 돌아보지 마. 옷 갈아입게."

왕바이찬은 밖에서 기다리려고 차에서 내렸다. 판성메이가 옷을 갈아입고 뒷자리에서 나오자 왕바이찬이 물었다.

"로비라면 프런트를 말하는 거야? 3교대로 근무할 텐데?"

"나도 물어봤는데 프런트 업무도 한대. 처음에는 프런트에서 업무 분위기 파악하고 프로세스를 익히면서 3교대로 근무하다가 나중에는 사무실에서 근무할 거래. 로비에 계속 있을 필요는 없고. 팀장 말로는 나를 로비 매니저로 키우고 싶은 모양이야. 로비는 호텔의 창구라서 더 높은 직급으로 승진할 수 있는 지름길이라고 하더라. 물론 그 말을 다 믿을 수는 없지만 나도 그런 멋진 꿈을 품을 수 있는 지원자였어."

왕바이찬은 그 순간에 꽃다발을 꺼내야 할지 그대로 있어야 할지 갈등했다.

"그러니까 말하자면 그 팀장은 네가 굉장히 마음에 든 거네. 안 그러면 면접을 그렇게 오래 볼 리가 없잖아. 업무 전환하라고 진지하게 설득할 리도 없고."

대화 중에 왕바이찬의 휴대폰이 울렸다. 그는 휴대폰을 꺼내 동료와 통화하면서 곧 간다는 말을 연신 되풀이했다.

판성메이는 잠시 생각하는 듯하다가 말했다.

"바쁘니까 나 지하철역에 내려주고 얼른 가봐. 혼자 곰곰이 생각 좀 해볼게. 호텔 난방은 앤디 집보다 훨씬 따뜻하더라. 너무 후끈해서 어지러울 정도였어. 머리가 안 돌아갈 만큼."

왕바이촨은 알아서 가겠다고 고집부리는 판성메이의 뜻을 꺾지 못했다. 결국 회사까지 바로 가는 버스가 있는 정류장에 그녀를 내려 주고서야 겨우 안심하고 회사로 향했다. 그러나 꽃다발은 끝내 건네지 못했다.

버스 정류장에서 차를 탄 판성메이는 왕바이촨이 선물한 모터백을 꼭 끌어안고 멍하게 앉아 있었다. 두 정거장을 지나니 버스 안은 사람들로 가득 찼고 판성메이는 불편해졌다. 뒷자리에 앉은 사람이 피를 토하듯이 기침을 해대자 인플루엔자균이 있는 그의 침이 머리에 튈까 봐 전전긍긍했다. 게다가 앞사람은 멀미가 나는지 차에 오르자마자 주변 사람들에게 토할 것 같다며 창문 좀 열어달라고 사정했다. 버스가 출발하자 찬바람이 판성메이의 얼굴을 덮쳤다. 그녀는 너무 추워서 이를 악물고는 얼른 스카프를 꺼내서 얼굴을 감쌌다.

판성메이는 버스 안의 다른 사람들처럼 일절 불평하지 않았다. 이런 상황은 버스 안에서 흔히 있는 일이기 때문이다. 추워서 손발이 점점 뻣뻣해지려고 할 즈음, 답답하게 느껴졌던 호텔의 온기가 그리워졌다. 호텔로 출근하면 지금보다 45분 늦게 일어나고 45분 일찍 집에 돌아올 수 있다. 그러면 하루에 1시간 30분이라는 자유 시간이 생기는 셈이다. 판성메이는 괜스레 들떴다. 그녀는 새해 연휴까지 기다릴 것 없이 새로운 일에 도전하기로 마음을 정했다.

취샤오샤오는 비행기에서 내리자마자 휴대폰과 웨이보를 확인했다. 어디에도 자오치펑의 흔적은 없었다. 요 며칠 자오치펑의 웨이보도 새로 업데이트된 글 하나 없이 썰렁했다. 도대체 어찌된 일인지 무척 궁금하고 자오치펑이 내내 마음에 걸렸지만 출근부터 해야 했다. 취샤오샤오는 전날 밤 식사 자리에서 얻은 정보를 구체적으로 실행하기 위해 곧장 회사로 향했다. 회사에 도착해서 직원들에게 업무를 분담시키고 새로운 입찰에 참가하기 위해 준비에 박차를 가했다.

처음으로 낙찰된 물품이 항구에 도착했다. 통관 업무가 미숙한 취샤오샤오를 위해 그녀의 아빠가 베테랑 직원 1명을 보내 주기로 했다. 그녀는 베테랑 직원을 자기 차에 태우고 세관으로 직접 갔다. 직원이 이끄는 대로 목록을 일일이 체크하고 창구마다 돌아다니면서 가는 곳마다 삐뚤빼뚤한 글씨로 중요한 사항을 부지런히 메모했다. 특히 세관 관계자를 대하는 법도 꼼꼼히 적어두었다.

취샤오샤오는 저녁 무렵이 되어서야 파김치가 된 몸을 끌고 회사로 돌아왔다. 휑뎅그렁하게 빈 주차장에 차를 대고 느린 걸음으로 위층으로 올라갔다. 도중에 거울을 마주하고는 머리를 마구 헝클어뜨렸다. 입술에 발린 립스틱도 지우고 여민 옷깃도 풀고 하이힐을 신은 발을 건들거리며 엘리베이터에 올랐다. 사무실은 빈집처럼 고요했고 사람이라고는 그녀의 아빠뿐이었다. 그는 커다란 사무실 소파에 앉아서 그녀를 기다리고 있었다. 새로운 입찰 건이 어떻게 진행되고 있는지 궁금했지만 피로에 찌들어 산발한 딸을 보니 돈이고 뭐고 다 의미 없다는 생각이 들었다. 그는 작은 사무실로 가서 딸의 전용 잔을 들고 와, 차를 따라 딸에게 건넸다.

"아휴, 이렇게 힘들어서 어떡하냐. 밑에 직원들도 좀 시키고 그래. 넌 프로세스만 대충 알면 된다니까. 그렇게 일일이 다니면서 꼼꼼하게 챙기지 않아도 돼."

"안 돼. 돈 아껴야 한단 말이야. 직원 1명 덜 쓰는 대신 내가 할 수 있는 일은 직접 할 거야. 멀티플레이어가 되어야 한다고."

"물론 뭐든지 척척 할 수 있으면 좋지만 혼자서 여러 사람 몫을 하려고 하진 마라. 너무 안쓰럽구나."

"쳇, 안쓰러워하지 마. 아빠가 준 자본금이 쥐꼬리만 한데 아끼지 않으면 별 수 있어? 설마 선물 거래 같은 걸로 돈 벌어서 회사를 키우라는 건 아니지?"

"에이, 아빠한테 그렇게 말하면 못 써."

"아빠를 원망하는 건 아냐. 나 자신을 정확히 알고 자립하는 법을 배울 거야. 아빠 눈엔 아들밖에 안 보이잖아. 엄마도 나한테 관심 없고. 나도 엄마, 아빠한테 바라는 거 없어. 이 회사 잘 굴려서 번 돈으로 먹고 살 수 있으면 그걸로 충분해."

"아빠가 어떻게 널 모른척 하겠니. 얼마나 귀한 딸인데. 오빠 2명한테 줄 몫을 합한 만큼 너한테도 줄 거다. 그럼 넌 곱빼기로 가져가는 셈이야."

"싫어. 나도 자존심이 있지. 내가 직접 벌 거야. 아빠 돈 필요 없어. 전에 말했잖아. 1년 안에 수익이 안 나서 밥벌이도 못하면 다 접겠다고. 그렇게 되면 내 무능함을 인정하고, 오빠들처럼 아빠가 시키는 대로 살게."

그는 말도 안 되는 소리인 줄 알면서도 멋쩍게 웃으며 화제를 돌렸다.

"엄마랑 내일 홍콩에 갈 거야. 파텍 필립(Patek Philippe) 신제품이 아주 예쁘다던데 하나 사 오마."

"꼭 갖고 싶어."

기분이 좋아진 취샤오샤오는 아빠한테 와락 달려들어 뽀뽀했다.

"고마워, 울 아빠! 그런데 있잖아, 시계는 사지 마. 파텍 필립을 차면 마작에서 조커가 안 들어온대. 파텍 필립은 곧 마작에서 진다는 말이래."

그는 밝아진 딸의 모습에 비로소 안심하고 웃음을 지었다. 그러고는 딸의 머리를 쓰다듬으며 입찰 참가 건에 대해 물었다. 뜻밖에도 취샤오샤오는 이미 입찰 주관자와 만났고 이후에도 연락을 주고받게 될 거라고 말했다. 그 말을 듣자 제법 뛰어난 일솜씨를 발휘한 딸이 새롭게 보였다. 그는 이어서 입찰 관계자를 어떻게 알게 됐느냐고 물었다. 취샤오샤오는 자기 인맥을 이용했다며 으스대기만 할 뿐, 누가 다리를 놓았는지는 절대 말하지 않았다. 그는 기쁨을 감추지 못하고 딸에게 축하주를 권했다. 하지만 그녀의 신경은 온통 자오치핑한테 꽂혀 있어서 아빠의 기분을 맞춰줄 겨를이 없었다. 그래서 아빠의 호의를 뿌리치고 자오치핑이 있는 병원으로 달려갔다.

발길을 서둘러서 병원에 도착했지만 돌아온 건 실망뿐이었다. 하필이면 오늘 자오치핑이 정시에 퇴근한 것이다. 취샤오샤오는 멍하니 사무실 앞 복도에 앉았다가 불현듯 자신이 종일 일하느라 몹시 지쳤고 좀비처럼 기계적으로 두 다리를 움직이고 있다는 사실을 깨달았다. 그녀는 휴대폰을 만지작거리며 한참을 생각했지만 결국 자오치핑에게 연락하지 않기로 했다. 자오치핑 같은 남자는 모름지기 급작스럽게 들이대야 속마음을 알 수 있는 타입이었다.

관쥐얼은 모처럼 야근하지 않고 퇴근했다. 집에 오자마자 인터넷에 접속해서 간식을 이것저것 베어 먹으며 낮에 봤던 스캔들 폭로 글에 집중했다. 한 아이디가 댓글로 줄곧 여론을 몰아가는 광경이 눈에 띄었다. 꼼수를 부리며 야금야금 진실을 폭로하고 있었다. 급기야 자칭 스캔들 속 남자의 아내의 친구라는 자가 여론 몰이에 나선 아이디와 다투기 시작했다. 그때부터 댓글에는 욕설이 난무했고 설전은 점점 거칠어졌다. 근무 시간에 봤을 때는 평범해 보이는 짧은 댓글 3개뿐이었는데 이제는 완전히 극적인 드라마가 되어 있었다. 관쥐얼은 의심이 들었다. 말싸움을 벌이고 있는 두 아이디의 정체가 꼭 일류 대학을 나온 그 동료들인 것 같았기 때문이다. 그야말로 대단한 인물들이었다. 댓글이 꼬리에 꼬리를 무는 사이, 관쥐얼의 회사 이름도 밝혀졌다. 관쥐얼은 너무 집중한 나머지 잠이 싹 달아났다. 온몸에 긴장감이 흘러서 주먹을 꽉 움켜쥐었다. 마치 온라인 전쟁에 직접 참전한 듯한 기분이었다.

관쥐얼은 그렇게 한참을 들여다보다가 서서히 깨달았다. 자신은 보통 주변에서 무슨 일이 일어나도 우회적인 방법으로 해결하거나 전혀 나서지 않고 한 발 물러서 있는 편인데 어쩐 일인지 이번에는 무심결에 관여하고 있었던 것이다.

앤디는 당당하고 떳떳하게 욕지거리를 퍼붓는 류쓰밍 가족을 피해 임시 경호원의 보호를 받으며 회사를 나왔다. 그녀는 특이점이 또 무작정 기다리고 있을까 봐 지하 주차장으로 내려가기가 두려웠다. 하는 수 없이 경호원에게 대신 차를 지상으로 빼달라고 부탁했다. 그녀는 경호원에게 주차장에서 자신을 기다리는 사람이 없었는지 물었다. 경호원은 잠시 생각하는 듯하더니, 오가는 사람이 많아서 눈여겨보진 않았지만 아마 없었던 것 같다고 했다. 웬일인지 약간 서운한 마음이 들었다.

앤디는 전처럼 업계 모임에 다시 참석했다. 자살 사건에 관한 질문을 수도 없이 받고 마지못해 대답하고 나니 머리가 깨질 듯이 아픈 채 집으로 돌아왔다. 다음 날 아침 푸켓에 가려면 짐도 챙겨야 했다. 당장이라도 비행기를 타고 떠나고 싶은 마음이 굴뚝같았다. 어서 이곳을 벗어나서 사흘 동안 햇볕을 듬뿍 쬐며 마음을 추스른 다음 돌아오고 싶었다.

하지만 나쁜 일은 왜 늘 한꺼번에 몰려드는지, 류쓰밍의 어머니가 유리에 머리를 부딪쳐서 피가 철철 나는 바람에 응급실에 실려 갔다고 탄쭝밍이 전화로 알려주었다. 앤디는 아침에 딱 한 번 보았던 농촌 여성을 떠올렸다. 앤디의 이마에 혹이 솟아나게 한 휴대폰도 아마 류쓰밍의 어머니가 던졌을 것이다. 앤디는 그 어머니를 어떻게 위로하면 좋을지 탄쭝밍에게 물었다. 그는 이런 경우는 어떤 식으로 대응해도 가족이 불만을 토로하기 때문에 차라리 병원에 가느라 어수선한 틈에 휴대폰을 꺼놓고 발을 빼는 편이 낫다고 했다. 그리고 가족들이 안정을 되찾으면 회사의 순수한 도의를 잘 설명하고 비공식적인 위로금을 전달하면 된다고 안심시켰다.

이 순간 가장 기분이 좋은 사람은 판성메이였다. 이직하기로 결심했다는 소식에 왕바이촨은 퇴근하자마자 아침에 준비했던 커다란 꽃다발을 판성메이에게 안겨주었다. 그러고서 둘은 고급 레스토랑에서 함께 푸아그라 요리를 즐겼다. 그날 밤, 판성메이는 왕바이촨의 키스를 받았다. 그녀는 실속도 챙기기로 했다. 지금 다니는 회사에서 연말 상여금을 받고 난 뒤에 회사를 옮기는 방향으로 마음을 정한 것이다. 이직하면 월급을 지금보다 3,000위안이나 더 받는다. 이보다 더 기쁜 일이 또 있을까.

그녀는 밤늦게 아파트로 들어오다가 그 시각에 귀가하는 취샤오샤오와 엘리베이터 맞닥뜨렸다. 재수가 없다는 생각이 들었다. 거의 조건 반사처럼 심리적으로 위축되어 또 무슨 불길한 일이 생기지나 않을까 덜컥 겁이 났다. 그러나 취샤오샤오는 몸을 축 늘어뜨리고서 판성메이를 위아래로 한 번 훑더니 잘난 체하며 말했다.

"흠, 립스틱 다 번졌어."

커다란 꽃다발은 보는 둥 마는 둥 하고 말을 끝낸 취샤오샤오는 다시 피로에 절은 눈꺼풀을 내리깔고 비몽사몽 상태가 되었다. 판성메이는 꽃다발을 품에 꼭 끌어안으며 아무런 대꾸도 하지 않았다. 취샤오샤오가 정신이 나서 또 면전에다 대고 사납게 쏘아붙이면 기분을 망칠까 봐 조용히 있으려 했지만 결국에는 참지 못하고 입을 열었다.

"나 이직해."

취샤오샤오가 눈을 게슴츠레 뜨는가 싶더니 판성메이는 쳐다보지도 않고 다시 맥이 풀린 눈을 감았다.

"그래 봤자 월급쟁이지 뭐."

"22층에서 너만 별종이지, 전부 다 월급쟁이야."

"나? 나도 월급쟁인데. 하지만 죽어라 고생하는 사람은 언니밖에 없지."

엘리베이터 문이 열리자 취샤오샤오는 휘청거리며 걸어 나갔다. 그녀는 판성메이가 잘되는 꼴을 보는 게 끔찍이도 싫었다. 마치 더 많이 갖지 못해 안달이 난 욕심쟁이처럼 옹졸한 티를 팍팍 내며 빈정거려야만 직성이 풀렸다. 그러면서도 한편으로는 미안했는지 화가 나서 표정이 굳어버린 판성메이에게 뒷걸음질로 다가가서 몸을 툭 부딪쳤다.

"인사를 깜빡했네, 축하해. 진작 옮기지. 언니한텐 대도시 중심가가 어울려."

"이, 어떻게 알았어? 잉잉이 말했어?"

취샤오샤오에게 정곡을 찔리자 판성메이는 화가 누그러졌다. 취샤오샤오는 판성메이에게 편하게 기댔다.

"옮기길 잘했다고. 안 그러면 그 얼굴과 몸매가 너무 아까울 뻔했어."

취샤오샤오는 말을 마치고서 힘들게 몸을 바로 세우더니 터벅터벅 걸었다.

"아, 피곤해 죽겠네. 내일 아침에 비행기 타고 하얼빈에 가서 얼음 축제도 구경하고 스키도 타야 하는데."

판성메이는 머쓱했다.

"류신화랑 같이 가?"

"같이라니. 내가 데려가 주는 거지. 전화 한 통, 말 한마디면 오케이하거든. 언제든 내 맘대로 부릴 수 있다 이 말씀이야."

판성메이는 취샤오샤오를 쳐다보면서 그녀의 작고 어두운 방으로 들어갔다. 그녀는 거울 앞에 서서 매끄럽고 아름다운 얼굴을 어루만지며 생각했다. '나한텐 대도시 중심가가 어울린다고? 왜 그런 말을 했을까?' 의아해하면서도 거울 속의 그녀는 미소를 짓고 있었다. 그렇다. 그녀에겐 화려한 도심이 제격이었다.

관쥐얼은 앤디의 차에서 내렸다. 저번처럼 문 앞에서 기다리는 동료들은 없었다. 그러나 엘리베이터 앞에서 그들과 마주치자 서로 말하지 않아도 안다는 듯이 눈짓을 주고받고는 새해 연휴 출근 문제를 화제 삼아 얘기를 나눴다. 책상에 앉은 관쥐얼은 주변을 살폈다. 스캔들의 여주인공이 일찌감치 출근해서 앉아 있는 모습이 눈에 들어왔다. 낯빛은 어둡고 굉장히 불안해 보였다. 관쥐얼은 잽싸게 고개를 숙이고 관심 없는 척 일에만 집중했다. 그런데 하루가 다 가도록 회사에선 아무 일도 일어나지 않았다. 이따금씩 화장실에 숨어서 휴대폰으로 폭로 글의 상황을 간간히 살펴보니 댓글이 여전히 파도를 타고 있었다. 반면 회사는 고요한 바다처럼 평온했다. 후폭풍은 전혀 없었다. 오후에 관쥐얼이 커피를 가지러 탕비실에 갔는데 스캔들 폭로에 동참하라고 부추겼던 동료도 와 있었다. 동료는 관쥐얼의 커피에 설탕을 넣어주며 조용조용 말했다.

"왜 반응이 없지?"

관쥐얼은 문 밖을 내다보며 주위를 살폈다.

"그럴 줄 알았어. 이제 그만해."

"페이스북에도 이미 쫙 퍼졌어. 누가 그 직원 졸업 사진도 올렸던데…."

"복잡하게 생각할 것 없어. 그냥 잊고 일이나 해. 이제 될 대로 되라는 수밖에 없으니까."

동료는 말이 안 통한다는 듯이 관쥐얼을 흘겨보고 "쳇." 하고는 탕비실을 나가버렸다.

관쥐얼은 입술을 깨물며 되받아치려다가 그만두고 심호흡을 크게 3번 했다. 그리고 커피를 단숨에 쭉 들이켜고 태연하게 자리로 돌아가서 하던 일을 계속했다.

점심시간이 끝나자 앤디가 수정한 연말 최종 보고서를 보내왔다. 관쥐얼은 어떻게 보고서를 써야 상사는 물론이고 상사의 상사와 인사팀 사람들까지 모두의 마음을 사로잡을 수 있을지 궁리했다. 그런데 앤디가 수정한 보고서를 읽고서야 앤디 같은 문장력은 자신이 절대로 배울 수 없는 솜씨임을 깨우쳤다. 똑같이 영어로 쓴 보고서인데 앤디의 손끝에서 나온 자유분방한 필력은 오직 천재만이 가진 능력이었다. 이렇게 매력적인 보고서를 보고 누군들 반하지 않을까. 관쥐얼은 심지어 앤디의 필력 덕분에 자기가 1년 동안 처리한 업무가 원래 관심이 집중되는 대단히 중요한 일이었다고 착각할 뻔했다.

하지만 앤디가 수정한 보고서를 그대로 제출할 수는 없어서 관쥐얼은 퇴근을 미루고 사무실에 남았다. 마침 부모님이 퇴근 후에 만나자며 데리러 오겠다고 하신 터라 기다리면서 고치기 전과 후의 보고서를 비교하고 차이점이 무엇인지 찬찬히 훑어봤다. 어떤 부분은 한 글자 차이로 읽는 느낌이 완전히 달라졌다. 관쥐얼은 수정한 보고서를 반복해서 읽으며 앤디의 남다른 글맛을 느꼈다. 그러고는 눈물을 머금고 앤디가 수정한 보고서를 다시 수정하기로 했다. 자신의 말투와 비슷하게 고치는 편이 좋겠다고 판단한 것이다. 같은 말이라도 앤디가 하면 자신감 넘쳐 보이지만 자신이 하면 오버하는 것처럼 느껴졌다. 관쥐얼은 그렇게 수정하고 나서 상사에게 제출했다. 그리고 얼마 지나지 않아서 상사가 관쥐얼을 불렀다.

"이제 감을 잡았군요. 정말 잘 썼어요. 그동안 부담이 컸죠? 잠재력이 기대돼요."

"늘 부담스러웠어요. 출근한 첫날부터 심사 걱정뿐이었거든요."

"저기… 인터넷에 떠도는 소문 알아요?"

관쥐얼은 잠자코 고개만 끄덕였다.

상사도 고개를 끄덕였다.

"이럴 때는 입을 다무는 게 맞아요. 만날 팀워크, 팀워크 하다가도 막상 자신에게 부담이 되면 바로 태도를 확 바꾸고 내부에서 총구를 겨누는 일이 벌어져요. 그래 놓고 무슨 팀워크를 다진다는 건지. 회사에서는 이런 상황을 굉장히 기피해요. 아마 이번 일도 다각도로 조사해서 진상을 밝힐 거예요. 지금처럼 중요한 시기에 한 치 앞만 보지 말라고 특별히 일러주는 거니까 명심해요. 물론 관쥐얼 씨는 그럴 성격이 아닌 것 같지만."

관쥐얼은 연거푸 고개를 끄덕이는 것으로 대답을 대신했다. 상사의 사무실에서 나온 관쥐얼은 온몸이 식은땀으로 범벅된 것만 같았다. 사실 낮 동안 겉으로는 차분한 척했지만 속으로는 얼마나 소용돌이가 세차게 일고 있었는지 모른다. 신입사원들은 스스로 잘나고 똑똑하다고 생각하지만 알고 보면 그들의 일거수일투족은 고스란히 상사의 눈에 포착된다. 뭐니 뭐니 해도 가장 중요한 평가 기준은 본분을 다하는 것이다.

앤디는 회사에서 종일 바늘방석에 앉은 듯했다. 더욱이 비행기 티켓도 손에 있고 여행 짐도 챙겨 온 마당에 잠시도 잔혹한 현실과 마주하고 싶지 않았다. 귓가에는 문밖에서 버티고 있는 류쓰멍 가족의 끝없는 외침이 떠나질 않았다. 앤디에게 책임을 물으려는 원성이었다.

그런 와중에 웨이궈창에게서 전화가 왔다. 새해에 하이시에서 열리는 회의에 참석하는데 간 김에 같이 식사나 하자는 연락이었다. 또 특이점에게서도 메시지와 이메일이 도착했다. 새해 연휴의 여행 계획을 밝히며 앤디가 동행하기를 청하는 내용이었다. 앤디는 모두 무시했다. 오후에 업무를 매듭짓고 나면 경호원의 보호 하에 곧장 공항으로 갈 예정이었다. 차라리 공항에 일찍 도착해서 기다릴지언정 조마조마한 심정으로 사무실에 머무르기 싫었고 아무한테도 방해받고 싶지 않았다.

그럼에도 어김없이 그녀를 방해하는 사람이 있었다. 앤디가 차를 타고 막 출발했을 때 자오치핑이 전화를 했다. 자오치핑은 시시덕거리며 말했다.

"오늘 특별히 일찍 퇴근해서 회사 지하 주차장으로 갈게요. 섣달 그믐날이고 하니 같이 저녁 식사라도 간단히 해요. 거절하지 말고요. 친구들이랑 밥 먹고 밤새 카드 게임도 하는 걸로. 이번엔 꼭 이길 거예요."

"저 곧 공항에 도착해요. 전부터 계획했던 여행이라. 미안해요."

"에이, 누가 굉장히 실망하겠는데요. 어디로 가는지 말해줄 수 있어요?"

"누가 물어보라고 하던가요? 그럼 더 말 못하겠네요. 미안해요."

"이러지 말아요. 정말 불쌍해서 못 봐주겠어요. 사실 형이…."

"하하, 샤오샤오가 요즘 일이 무척 바쁘대요. 그래서 나중에 치핑 씨한테…."

"그만. 샤오샤오 얘긴 그만해요. 알았어요. 여행 잘 다녀와요. 그런데 회사에서 언제 출발한 거예요?"

혹시, 이미 주차장에서 와 있는 걸까? 앤디는 숨을 한 번 크게 쉬고서 말했다.

"지금 회사 상황이 안 좋고 분위기가 아주 소란해서 경호원의 도움으로 비상구로 빠져나왔어요."

"앤디, 남자란 원래 참 가여운 존재거든요. 겉모습처럼 그렇게 강인하지 않아요."

"누구한테 전해줘요. 절 힘들게 하지 말라고. 고마워요."

앤디는 공항까지 가는 동안 계속 백미러를 주시했다. 누가 자신을 쫓아오지나 않을지 몹시 두려웠다. 출국 수속을 마치고 나서야 비로소 마음을 놓을 수 있었다. 그런데 취샤오샤오에게서 전화가 왔다. 앤디는 취샤오샤오도 중재자 노릇을 하려는 줄 알고 다짜고짜 말했다.

"날 설득할 생각 마."

"뭘 설득해? 언니도 나랑 같이 하얼빈에 가게? 푸켓 간다고 하지 않았어?"

"응, 아니야. 치핑 씨가 시킨 줄 알고. 방금 전화 왔거든. 같이 카드 게임하자나 뭐라나. 난 지금 공항이야."

"나에 대해 궁금해했어? 언니는 내 얘기 안 했어?"

"난 계속 네 얘기 꺼내는데 치펑 씨가 말을 돌렸어. 네 얘기는 안 하고 싶다면서."

"아, 깊이 사랑한 만큼 미움도 크다? 잘난 척하긴. 언니, 내가 바오 사장님 스캔들에 대해서 좀 알아봤는데 말이야."

"안 들을래. 다 벗어나고 싶어."

하지만 취샤오샤오는 앤디의 말을 못 알아듣고 웃으며 바오이판에 대해 읊기 시작했다.

"알고 보니 염문이 파다하더라. 알려진 여자 친구만 해도 다 합하면 한 다스야. 항간에 떠도는 말로는 바오 사장님과 동향 출신인 미녀한테 구애하려면 먼저 바오이판을 아는지부터 물어봐야 한다는 거야. 안 그러면 바오 사장님이 데리고 놀다가 차버린 여자랑 사귀게 된대. 하하하, 집에 가서 성메이 언니한테도 물어봐야지. 바오이판 아냐고."

"잘도 지어낸다. 그렇게 한가해?"

"전 여친들 실명도 다 알아. 이따가 보내줄게. 내 말이 진짠지 헛소리인지 확인해보면 알 거 아냐. 최근에 사귄 여자는 미대 퀸카인데 끝내주게 예쁘대. 아직 졸업도 안 했나 봐. 어린 여자만 좋아하는 순 도둑놈이라니까. 듣자 하니 그 여자 성격도 완전 좋아서 쫓아다닌 남자가 한둘이 아니었다더라. 그런데 어쩌다가 바오 사장님한테 낚였는지 모르겠어."

"나랑 엮지 마. 다신 내 앞에서 그 사람 얘기 꺼내지도 말고."

"왜 하시 날래? 그렇게 좀 놀아본 사람이랑 연애하는 게 얼마나 재밌는데. 언니, 연애는 등산이야. 평생 집 앞에 있는 산에만 오르면 말도 못하게 지겹잖아. 설령 내가 그 산이래도 오르다 보면 싫증날 걸? 어떤 남자가 가방을 메고 산을 오른다고 쳐. 그런데 공교롭게도 그 산이 에베레스트 같은 언니야. 처음 오를 때는 바람이 세게 한바탕 불더니 두 번째 오를 때는 눈발이 날려. 갈수록 더 오르기 힘들어지는 거지. 그러면 남자는 기어이 정복하려고 악착같이 기를 쓰고 덤벼드는 거야. 죽을 때까지. 그러다가 끝내 들릴락 말락 하는 목소리로 최후의 한마디를 토해내. '에… 에베…'하고 말이야. 미대 퀸카고 뭐고 다 부질없어. 분명 연애할 맛 날 거야."

앤디는 취샤오샤오가 '에… 에베…' 하는 순간 웃음이 빵 터졌다. 동시에 눈길을 돌리다가 눈앞에서 자신을 향해 성큼성큼 걸어오는 바오이판의 모습에 시선이 멈췄다.

"샤오샤오…."

"어…?"

취샤오샤오는 자신을 부르는 앤디의 음성에서 예상했던 일이 드디어 벌어졌음을 직감했다. 그녀는 환호성을 지르며 전화를 끊고는 앤디가 쫓아올까 봐 전원도 아예 꺼버렸다. 신이 난 취샤오샤오는 방 안을 폴짝폴짝 뛰어다녔다. 그녀는 여간 영리한 게 아니었다. 그 콧대 높은 두 사람이 모두 그녀의 꾀에 홀랑 걸려들었으니 말이다. 취샤오샤오의 작전은 언제나 백발백중, 결코 빗나가는 법이 없었다.

반면 앤디는 점점 가까워오는 바오이판을 보고 있으니 머리가 터져 버릴 것만 같았다.

바오이판은 히죽거리며 다가와서 앉고는 앤디를 보며 철면피처럼 웃었다.

"취샤오샤오와 거래를 좀 했죠."

29

과연 취샤오샤오다웠다. 맥이 탁 풀린 앤디는 방금 취샤오샤오가 왜 바오이판의 여성 편력을 죽 늘어놓았는지 생각하면서 옆에 앉아서 멋대로 떠드는 바오이판을 힘없이 쳐다봤다.

"너무 피곤해서 쉬고 싶은 생각밖에 없어요. 사흘 동안 햇볕만 쬘 거니까 제발 좀 봐줘요."

바오이판이 싱글벙글하며 말했다.

"나도요. 딱 하나 더 바란다면 좋아하는 아가씨를 맘껏 쳐다보는 거?"

앤디는 천둥소리를 들었을 때처럼 몸이 떨렸고 허무한 눈길로 먼 곳을 하염없이 바라볼 뿐 대답하지 않았다. 다행히도 바오이판은 눈치가 빨랐다. 금세 분위기를 파악한 뒤로는 입을 다물고 이어폰을 꽂고 눈을 감은 채로 편안히 음악을 들었다. 그러다가 간혹 머리를 흔들며 소리 내지 않고 입을 벙긋벙긋하곤 했다. 그런 바오이판의 모습에 앤디는 마음을 놓고 잠깐 눈을 붙였다.

탑승 안내 방송이 흘러나왔다. 앤디는 바로 일어서서 가려다가 마냥 고개를 까딱이고 있는 바오이판에게 선심을 썼다. 앤디가 바오이판의 어깨를 툭툭 치자 바오이판은 눈을 번쩍 뜨며 벌떡 일어났다.

그러고는 앤디의 백팩을 잡아당겨서 나란히 걸으며 비행기에 올랐다.

앤디가 좌석에 앉으려고 하는데 특이점에게 메시지가 왔다. 바오이판은 앤디의 옆자리에 앉으려고 자리를 바꾸느라 동분서주했다. 본래 앤디는 메시지를 열어보지 않을 작정이었다. 하지만 이미 비행기에 탔으니 이젠 안전하겠다 싶은 생각에 마음을 바꿔 메시지를 확인했다. 메시지를 클릭하니 사진 1장이 열렸다. 앤디와 바오이판이 어깨를 나란히 하고 탑승하는 모습이었다. 그 순간 앤디는 머리가 찌릿하게 아파왔다. 무언가에 머리를 세게 맞아서 구멍이 뚫린 것 같은 느낌이 들었다. 그녀는 휴대폰을 껐다. 모든 것을 놓아버리고 싶었다. 앤디는 승무원에게 받은 담요로 온몸을 둘둘 감고는 잠을 청했다.

바오이판은 번드르르한 말솜씨로 자리를 바꾸는 데 성공했다. 흡족한 표정으로 앤디 곁으로 온 그는 춘권처럼 담요에 돌돌 싸인 앤디를 발견했다. 눈도 코도 보이지 않고 담요 밖으로 머리칼이 수북한 정수리만 보였다. 바오이판은 어이없어서 웃기만 했다. 잘못한 일도 없이 벌서는 신세가 되고 만 셈이었다.

특이점의 친구는 공항에서 찍은 앤디와 바오이판의 사진을 연달아 특이점에게 보냈다. 특이점은 심란해졌다. 그는 앤디를 잘 안다고 자신했다. 그래서 앤디가 헤어져야 하는 갖은 이유를 대며 도망가도 모두 이해했다. 그도 여러 현실적인 문제 때문에 주춤하고 회피할 뻔했지만 이내 앤디를 포기할 수 없다는 사실을 깨달았다. 다만 그와 앤디 앞에 놓인 문제의 심각성을 생각해서 앤디를 재촉하면 안 된다고 판단했다. 앤디를 다그치면 또 칼을 쥐고 멍하니 있다가 불시에 정말로 손목을 그을지도 모른다고 생각했기에 특이점은 어쩔 수 없이 걸음을 늦춰야만 했다. 그런데 그 틈에 다른 사람이 끼어들 줄은 상상치도 못했다.

다소 먼 거리에서 찍은 사진이었음에도 남자의 세련된 차림새를 알아볼 수 있었다. 그리고 무엇보다 큰 키가 눈에 띄었다. 서 있는 모습이 앤디보다 훤칠하게 커 보였다. 마지막으로 받은 사진은 두 사람이 비행기를 타는 뒷모습이었다. 특이점은 가슴이 아렸다. 앤디가 전에 보냈던 메시지를 다시 뒤적였다.

"마음의 병은 치료약이 없어요. 이번 생에서 최선의 선택은 남에게도 나 자신에게도, 그리고 자식에게도 상처를 주지 않는 거예요."

특이점은 이 말을 전혀 의심하지 않았다. 심리적인 문제 때문에 자신을 거절하는 앤디를 이해하려고 했고 천천히 마음을 돌리기 바랐다. 그런데 사진이 알려주었다. 오늘 앤디가 다른 남자와 푸켓으로 휴가를 간다고. 자신이 앤디에게 속은 거라고. 특이점은 도저히 참을 수가 없었다. 그는 곧바로 앤디 주변에서 이용할 만한 유일한 사람, 취샤오샤오를 떠올렸다.

취샤오샤오는 류신화와 그 밖의 친구 4명과 함께 동북 지방 요리를 먹고 있었다. 그녀는 특이점의 전화를 받고 깜짝 놀랐다.

"웨이 사장님, 곧 새해 연휴인데 아무 데도 안 갔어요?"

"참 비참하군요. 치펑 씨를 불렀는데 결국 못 왔어요. 중요한 인물이 응급실로 실려 왔다고 병원에서 전화가 와서 들어오라고 했나 봐요. 그래서 여성 두 분을 초대하고 싶은데 앤디가 전화를 안 받아요. 무슨 일인지 알아요? 그쪽은 이미 흥겨운 분위기인 것 같은데?"

"아… 진작 말씀하시지. 반나절만 일찍 알려줬으면 비행기 표 취소하고 무조건 같이 식사했을 텐데. 오늘은 혼자 즐기셔야겠네요. 죄송해요."

"어? 혼자인 줄 어떻게 알았어요? 앤디 소식 알아요?"

"하하, 앤디 언니는 포기해요. 오늘 휴가 떠났어요. 설 연휴 지나고 돌아올 거예요. 아직 안 늦었으니까 어서 같이 파티할 다른 친구들 찾아보세요."

"음, 앤디와 같이 휴가 간 남자는 누구예요?"

"어머, 참 음흉도 하셔라. 방금 다 알면서 모른 척하신 거예요? 그 남자, 언니랑 아무 사이도 아니에요. 그냥 언니를 끈질기게 쫓아다니는 사람이에요. 뭐 하나 부족한 거 없는 잘난 사람인데 솔직하고 당당해서 맘에 들어요."

취샤오샤오는 이렇게 말하고는 귀찮은 듯이 류신화를 보며 얼굴을 찌푸렸다.

특이점은 얼굴이 화끈거렸고 화가 나서 돌아버릴 것 같았다. 시시덕거릴 줄만 알았던 취샤오샤오에게 고양이처럼 날카로운 발톱이 있을 줄은 예상 못했다.

"그 남자 알아요?"

"전 몰라요. 죄송해요."

"우리 얘기 좀 해요."

"할 말 없어요. 전 정말 모른다니까요. 22층에서 그 남자를 본 사람은 저밖에 없고 언니가 소개해주지도 않아서 알려드릴 게 없어요. 훈남이라는 거 말고는 전혀 몰라요. 그만 끊을게요."

"좀 전에 부족한 거 없는 잘난 사람이라고 했잖아요."

"하하, 웨이 사장님, 제가 농담 좀 했다고 이렇게 난처하게 만드시면 정말 곤란해요."

가까스로 특이점과의 통화를 끝낸 취샤오샤오는 한숨을 길게 내쉬었다.

"휴, 식겁했다. 하마터면 누구 때문에 실토할 뻔했네. 잘 참았어."

취샤오샤오는 류신화 앞에서 자오치펑의 이름을 언급할 수 없어서 에둘러 말했다. 바오이판의 존재를 알려주고 그 대가로 자오치펑의 소식을 들을 수도 있었지만 취샤오샤오는 특이점과 거래하지 않았다. 그녀에게도 나름대로 자기만의 원칙은 있었다.

류신화는 소리 없이 웃었다.

"더 구미가 당기는 조건을 제시하면?"

취샤오샤오는 자신 없는 표정으로 잠시 생각했다.

"그래도 그건 아냐. 난 의리 있는 여자니까."

이런 말을 하면서도 자신이 없어서 스스로도 웃음이 났다. 취샤오샤오는 류신화와 같이 크게 한바탕 웃었다.

특이점은 안절부절못하고 집 안을 몇 번이고 빙빙 돌다가 22층의 다른 이웃인 판성메이에게 연락해보기로 했다. 다만 판성메이는 왕바이촨을 통해서만 연락할 수 있었다. 때마침 판성메이는 왕바이촨과 함께 고향으로 가는 고속 도로 위를 달리고 있었다.

특이점은 판성메이와 통화하면서 그녀가 취샤오샤오만큼 아는 게 없음을 금방 알아차렸다. 심지어 앤디가 누군가와 함께 휴가를 갔다는 사실도 모르고 앤디 혼자 간 줄 알고 있었다. 그러니 그 남자의 존재를 알 리도 없었다. 하지만 판성메이는 특이점에게 고마운 마음이 있기에 그를 안심시켰다.

"오해일 거예요. 너무 염려하지 마세요. 앤디가 요즘 줄곧 마음이 안 좋았잖아요. 쉴 틈도 거의 없었고요. 한가하게 연애할 상황도 아니에요. 그리고 우리 22층 사람들은 앤디 집에 남자가 찾아오는 걸 본 적도 없어요. 아마 공항에서 우연히 만난 지인이 아닐까요?"

"샤오샤오 씨는 그 남자를 아는 거 같았어요. 두 사람이 같이 출국한 것도 알더군요."

"샤오샤오 뒷담화를 좀 해야겠네요. 걔는 원래 남 불편하게 만드는 게 취미예요. 특히 남의 상처에 소금 뿌리는 재주가 있거든요."

특이점은 판성메이의 말에 위로를 받았다. 판성메이의 말이 맞다. 취샤오샤오는 자기한테 도움도 안 되는 쓸데없이 못된 장난을 많이 한다. 별일이 아니면 지켜보며 웃을 수 있지만 정말로 무슨 일이 생기면 그녀가 쏜 화살에 정확히 맞고 만다.

특이점은 조금 마음이 놓였다. 휴대폰 속의 사진을 다시 꺼내 봤다. 멀리서 찍힌 두 사람은 같이 앉아 있지만 각자 딴짓을 하는 모습이었다. 한 사람은 졸고 있고 한 사람은 눈을 붙인 채로 음악을 듣고 있었다. 하지만 특이점은 도리어 의문이 커졌다. 만약 우연히 만난 지인이라면 가벼운 대화 몇 마디는 나눌 텐데 아예 모른 척하며 예의를 차리지 않는 걸로 보아 지인도 아닌 것 같았다. 하지만 연인 사이라면, 몇 십 년을 함께 산 노부부라야 나란히 앉아서 묵묵히 있기도 하고 졸기도 한다. 그러니까 연인도 아닌 게 분명했다. 그렇다면 도대체 무슨 관계란 말인가? 이대로라면 새해를 초조하고 불안한 마음으로 보낼 판국이었다. 특이점은 놀러 갈 마음도 싹 사라졌다. 앤디가 돌아오면 무턱대고 찾아가야겠다는 생각뿐이었다.

관쥐얼은 기다리던 부모님의 전화가 오자 기뻐서 서둘러 가방을 들고 사무실 문을 나섰다. 엘리베이터 앞에 선 관쥐얼은 잠시 머뭇거리다가 화장실로 들어갔다. 거울 앞에 서서 원래 가지런했던 머리를 다시 한번 매만졌다. 거울에 이쪽저쪽을 비춰 보니 완벽한 것 같았다. 그제야 걸음을 재촉해서 엘리베이터에 탔다.

엘리베이터에서 내리니 2대의 자동차가 보였다.

'앞쪽에 있는 건 아빠 차가 맞는데 뒤차는…, 설 연휴 사흘 동안 우

리 식구끼리만 보낼 거라고 했는데….'

뒤에 서 있는 검은색 아우디는 분명 친척의 차는 아니었다. 그러나 관쥐얼은 복잡하게 생각하지 않고 차 안으로 머리를 들이밀면서 아빠와 엄마에게 반갑게 인사했다. 언제나처럼 아빠는 무척 즐거워했고 엄마는 보자마자 잔소리를 늘어놓았다.

"애, 얼굴에 생긴 이 불청객들은 어쩜 좋으니. 오이를 매일 먹으라니까. 왜 엄마 말을 안 들어."

"먹었는데, 요 며칠 심사 결과 기다리느라 스트레스가 쌓여서 그래. 죽을 뻔했어. 회사 난방이 잘 돼서 덥기도 하고. 오후만 되면 얼굴이 벌게지거든. 아참, 뒤에 있는 차는 뭐야?"

"아, 엄마 회사 동료 마(馬)씨 아줌마네 가족이야. 마침 그 집 아들도 하이시에서 일한다고 하길래 오늘 같이 저녁 먹기로 했어."

관쥐얼은 툴툴거렸다.

"또 맞선이지? 심사 결과 나오기 전까지는 귀찮게 안하기로 했잖아."

"그냥 만나보기만 하는 거니까 너무 팍팍하게 굴지는 마. 그리고 엄마가 너한테 아무나 막 소개할 리도 없잖니. 어휴, 이놈의 여드름만 없으면…, 예쁜 얼굴 다 버렸네. 딸, 진작 엄마한테 말하지 그랬어. 여드름이 폭발했다고 했으면 열 내리는 음식 챙겨 먹으라고 엄마가 일찌감치 다그쳤을 텐데. 이를 어쩌니. 안 되겠다. 가리자."

관쥐얼의 엄마는 말을 마치자마자 용을 쓰며 앞자리에서 뒷자리로 비집고 넘어오다가 관쥐얼의 품속으로 곤두박질쳤다. 그러나 엄마는 목을 주무르며 금방 몸을 일으키더니 화장품 파우치를 꺼냈다. 그러고는 잽싸게 몸을 피하는 관쥐얼을 휘어잡고는 강제로 딸에게 '성형' 화장을 시작했다. 관쥐얼은 구시렁거리며 입으로 반항하는 것 말고는 강경한 엄마를 밀어낼 방법이 없었다.

"얼굴만! 보는 거야. 진짜로."

"첫인상이 중요하잖니. 꼼지락거리지 말고 가만히 있어. 컨실러 좀 바르게."

"내가 늦은 나이도 아닌데 엄만 뭐가 그렇게 급해?"

"저번에 우리 집에 왔던 청년 있지, 린위안이었나? 우리가 보기엔 괜찮던데 넌 못마땅해했잖아. 자꾸 얘기하니까 짜증 내고. 오늘은 절대 싫은 티 내지 마. 마씨 아줌마는 엄마 동료야. 그 남편은 엄마 상사인 수(舒) 지점장이고. 그 집에서 우리 체면 생각해서 시간 내준 거니까 명심해."

"자꾸 애한테 부담주지 말아요. 안 그러기로 했잖아. 인연이 있으면 잘 되겠지. 억지로 한다고 되는 일인가."

관쥐얼의 아빠가 나서서 티격태격하는 모녀를 중재했다.

관쥐얼은 속수무책으로 엄마 뜻에 따라야 했다. 엄마가 미리 전화로 수 지점장 가족과 식사해야 한다고 말했다면 그녀는 아마 무슨 수를 써서라도 내빼고 말았을 것이다. 그런 딸의 속셈을 엄마가 모를 리 없었다. 엄마는 딸이 꾀를 부릴 줄 예상했기에 선수를 쳐서 일부터 벌인 다음, 납치하듯이 차에 태우고 사실을 알린 것이다. 도망 못 가도록 말이다. 관쥐얼은 무심결에 취샤오샤오를 떠올렸다. 취샤오샤오는 고약하게 소리를 지르며 부모를 난감하게 만드는 구석이 있다. 전에는 22층 사람들을 다 불러다가 집 안을 엉망진창으로 만들고 맞선을 거부한 적도 있었다. 만약 그런 취샤오샤오에게 이런 상황이 닥쳤다면 어땠을까?

관쥐얼은 엄마가 여드름을 커버하느라 열중하는 틈에 취샤오샤오에게 슬쩍 메시지를 보냈다.

"도와줘. 지금 맞선 자리에 끌려가는 중인데 도망칠 방법 좀."

"일단 돈, 열쇠, 신용 카드, 휴대폰을 옷 주머니에 숨겨. 그리고 남자가 별로면 기회를 봐서 살그머니 도망가. 만약 잘생기고 네 스타일이면 넌 그냥 사귀고 어른들이 시키는 대로만 하면 돼."

관쥐얼은 괜히 물어봤다 싶었다. 때마침 혼자 침실에서 뒹굴뒹굴하던 추잉잉은 다들 뭐하는지 궁금해서 각자에게 메시지를 보냈다. 관쥐얼은 체념한 듯이 답장을 보냈다.

'부모님 오셨어. 명절 아니랄까 봐 또 맞선이야.'

추잉잉은 답장을 받고는 웃겨서 쓰러졌다.

드디어 화장이 끝났다. 관쥐얼은 거울을 들어 얼굴을 비춰 봤다. 그런대로 괜찮았다. 엄마는 미적 감각을 최대한 살려서 한참이나 공을 들였다. 그런데 관쥐얼이 평소 출근할 때 하던 옅은 화장보다 오히려 더 투명해 보였다. 피부 불청객은 파우더에 얼추 가려진 것 같아 보였다. 엄마는 뿌듯해하며 자신의 작품을 감상했다.

"엄마가 너한테 나쁜 짓이야 하겠니? 다 너를 위한 일인데 넌 늘 날 못 믿어."

관쥐얼은 말도 못하고 속만 부글부글 끓었다. 마침내 식사할 레스토랑에 도착했다. 차에서 내린 두 가족이 서로 마주하고 섰다. 관쥐얼은 고개를 살짝 숙이며 옅은 미소를 지었다. 엄마가 그녀를 옆으로 바짝 끌어당겼고 그녀는 요조숙녀인 척 행동했다. 식사가 끝날 때까지 엄마는 그녀에게 슈잔(舒展)이 마음에 드는지 한마디도 묻지 않았다.

왕바이촨은 어둠 속을 빠르게 내달렸다. 멀고 긴 고속 도로를 달리자니 지루함에 졸음이 쏟아졌다. 그는 판성메이에게 레드불(Red

Bull) 뚜껑을 따 달라고 했다. 마시고 정신을 차려야 할 것 같았다. 그러나 판성메이는 레드불을 건네지 않았다. 진한 커피보다 카페인 함량이 많은 레드불을 마셨다가 밤새 잠을 못잘까 봐 염려스러웠기 때문이다. 그 대신 자신의 담배를 꺼내 불을 붙여 주었다. 덩달아 자기도 한 대 물었다. 다행스럽게도 두 사람은 이런 면에서 마음이 잘 맞았고 서로의 담배 연기를 싫어하지 않았다. 왕바이찬은 불쑥 생각이 나서 물었다.

"운전 배울래? 연휴 동안 내가 가르쳐줄게."

"안 할래. 네가 있는데 내가 왜."

왕바이찬은 활짝 웃으며 말했다.

"아, 맞아, 그렇지. 난 영원한 너의 기사니까. 충성!"

"당연하지."

판성메이도 그의 호의가 좋았다. 왕바이찬 앞에서 그녀는 거리낄 게 없었고 누구보다 자유로웠다.

비행기가 착륙하기 시작하자 바오이판은 그제야 손을 뻗어 앤디를 흔들어 깨웠다.

"저녁인데 아직도 자요?"

앤디는 담요 끄트머리 쪽으로 머리를 천천히 내밀었다. 잠에 취한 눈으로 주위를 쭉 살피던 앤디는 마지막으로 바오이판의 얼굴에 시선을 고정시켰다.

"어떻게 할 거예요? 한밤중인데 방은 예약 안 했을 테고. 갈 곳은 있어요?"

"이야, 자고 일어나더니 기운이 나나 봐요. 쌩쌩하네. 글쎄 예약하려고 알아봤더니 방이 없대요. 그러니까 좀 재워줘요."

바오이판은 이렇게 말하며 능글능글한 눈빛으로 앤디를 뚫어져라 쳐다봤다. 막 잠에서 깨어 어리어리한 앤디의 표정은 날카로운 데라고는 전혀 없는 천생 여자 같았다.

"방값은 절반 낼게요."

"이미 다 지불했어요."

"아니, 반반씩 부담해요."

마침 비행기가 완전히 멈췄다. 앤디가 담요 밖으로 몸을 빼려고 하자 바오이판은 센스 있게 재빨리 손을 놀려 안전벨트를 풀어주었다. 앤디는 잠시 어리둥절하다가 몸을 돌려 담요 속에서 외투를 벗었다. 바오이판은 자리에서 일어나 짐을 챙겼고 앤디는 담요를 내려놓고 외투를 가슴에 안았다. 바오이판이 백팩을 꺼내서 앤디에게 주었다. 앤디는 옷을 전부 가방 안에 쑤셔 넣은 뒤에 몸을 일으켰다. 앤디는 바오이판의 관심이 못 견디게 부담스러웠다.

"내일 방 알아봐요. 같이 묵는 건 불편해서 싫어요."

"방해 안 해요. 낮에는 밖에서 일광욕하고 밤에는 소파에서 잘게요. 그냥 날 가구로 취급해요."

"그래도 안 돼요."

"알았어요, 알았어. 마음대로 해요. 어쩔 수 없죠. 갑시다. 조심해요. 내가 앞장설게요."

앤디는 바오이판의 뒤에서 눈을 흘겼다. 그가 내일 다른 방을 구하지 않을 것 같다는 직감이 들었다. '저 남자를 어떻게 내쫓지? 아니면 내가 옮겨?' 앤디는 골치가 아팠다. 한 가지 분명한 건, 바오이판이 나쁜 의도로 그녀에게 접근하지는 않았다는 사실이다. 만약 그에게 못된 속셈이 있으면 앤디도 그의 돈을 악의적으로 '처분'하면 된다. 바오이판이 휴대폰의 전원을 켜는 모습을 보면서 앤디는 떠올리기 싫은 기억, 탑승할 때 특이점이 보낸 메시지가 생각났다. 답장으로 상황을 설명해야 할지 무시해야 할지 잠시 고민했지만 신경 끄기로 했다. 오해할 테면 하라지. 그렇잖아도 감정 정리하기 힘들었는데 오히려 잘 된 일인지도 모른다.

어쨌든 앤디도 휴대폰을 켰다. 취샤오샤오의 메시지도 있었고 판성메이의 전갈도 있었다. 모두 특이점이 산란한 심정으로 앤디의 소식을 수소문했다는 내용이었다. 앤디는 또다시 가슴이 아파왔다. 자신이 특이점을 이렇게 대해도 되는지 마음이 어지러웠다. 하지만 앤디는 후끈거리는 온기가 느껴질 정도로 가까이에 바짝 붙어서 따라오는 바오이판 때문에 깊이 생각할 수도 없었다. 앤디는 하는 수 없이 소리를 버럭 질렀다.

"50미터 이상 떨어져요. 알겠어요?"

바오이판은 휴대폰 액정에 두었던 눈길을 옮기며 억울하다는 듯이 말했다.

"나쁜 짓 안 했어요."

바오이판은 혼자서 두 사람의 가방을 메고 결백한 표정으로 앤디를 쳐다봤다. 앤디는 자신이 예민해진 탓이라고 하면서 고개를 돌리고 다시 밖을 향해 걸었다. 바오이판은 앤디의 뒤에서 헤벌쭉 웃으며 그녀의 꽁무니를 쫓아갔다. 앤디는 짐 가방이 나오기를 기다리다가 자신이 몸을 살짝만 기울이면 바오이판의 몸에 기댈 수 있을 만큼 지척에 있음을 느꼈다. 가까이에서 풍기는 그의 강렬한 체취는 펄펄 끓는 찜통에서 피어오르는 김처럼 그녀를 휘감았다. 앤디는 그의 체취에 숨이 막혔다.

앤디는 호텔에 도착하자마자 곧장 침실로 뛰어 들어가 문을 닫아 걸고 한 발짝도 밖으로 나가지 않았다. 바오이판은 유난히 기분이 좋았다. 그는 샤워를 끝내고 상반신을 드러낸 채로 술병을 땄다. 오디오도 켰다. 문을 사이에 두고 앤디에게 듣고 싶은 발라드 곡이 있는지 물었다. 앤디는 대답이 없었다. 바오이판은 아랑곳하지 않고 혼자 큰 소리로 흥겹게 노래를 따라 불렀다. 밤이 깊어지자 사방은 쥐 죽은 듯 고요해졌다. 미친 사람처럼 혼자 법석을 피우는 남자를 말릴 재간이 없는 앤디는 미간을 찌푸리며 책만 읽었다. 멋대로 불러 젖히는 그의 노랫소리가 쉼 없이 앤디의 귓가에 울렸다. 바오이판이 부르는 노래는 뮤지컬 '오페라의 유령(The Phantom of the Opera)'의 'All I ask of you'였다. 바오이판은 당연히 여주인공 크리스틴의 이름을 앤디로 바꿔 불렀다. 마치 앤디를 향해 진지하고 엄숙하게 영원한 사랑을 맹세하듯이 말이다.

앤디는 취샤오샤오가 하던 것처럼 소리를 빽 질렀다.

"잠 좀 자게 조용히 해요!"

"불이 켜진 걸 보니 안 자는데."

"내일 안 나가면 내가 나가요."

"하하, 옛말에 사람을 들이기는 쉬워도 내보내기는 어렵다고 했어요. 하물며 당신은 방 안에만 있는데 내가 왜 나가요?"

앤디는 끝내 참지 못하고 침대에서 내려와 문을 열고 뛰쳐나갔다. 그리고 강물에 뛰어들 듯이 수영장으로 풍덩 몸을 던졌다. 앤디는 물속에서 몸부림치며 잠시 열을 식힌 뒤에 다시 수면 위로 올라왔다. 그때 바오이판의 음성이 머리 위를 스치고 지나갔다.

"다이빙할 줄 알아요?"

앤디는 못 들은 척 수영장 벽에 기대고 숨을 돌리다가 맞은편에 늠름하게 서 있는 바오이판과 눈이 마주쳤다. 자신을 한껏 어필하려는 그 남자는 여전히 웃통을 벗고 긴 파자마를 입고 있었다. 등 뒤에서 비치는 불빛이 그의 탄력 있는 피부에 내려앉으니 진한 금빛이 돌아 상당히 매력적으로 느껴졌다. 그럴수록 앤디는 그를 마음에서 더 밀어냈다. 여러 해 전에 있었던 캄캄한 밤의 죄악이 하나씩 떠오르며 그때의 기운이 코끝을 파고드는 것 같았기 때문이다.

바오이판은 아둔하지 않아서 앤디가 정말로 화가 났음을 당장에 알아차렸다. 그래서 두 발에 물 한 방울 묻히지 않고 얌전히 실내로 들어가서 술잔 2개와 술 1병을 쟁반에 받쳐 들고는 다시 밖으로 나왔다. 앤디의 술잔에 술을 직접 따라서 쟁반에 놓고 쟁반을 들어 앤디 앞으로 내밀었다. 앤디가 술잔을 손에 쥐자 바오이판이 말을 시작했다.

"미안해요. 관심 끌려고 까불었는데 너무 오버했죠?"

앤디는 말없이 술을 한 모금 마셨다.

바오이판은 계속 말을 이어갔다.

"국내에서는 보통 평영부터 가르치는데 미국에 가서 보니 어린애들도 전부 자유형부터 배우더군요. 꽤 어려울 텐데. 당신도 아까 자유형 하던데 미국에서 배운 거죠? 이력을 보니 아주 어릴 때 출국한 것 같아서."

"먹을 것 좀 갖다줄 수 있어요? 비행기에서 못 먹어서요."

바오이판이 일어나서 뒤를 도는데 앤디가 한마디 더 보탰다.

"윗도리도 걸쳤으면 좋겠네요."

어두운 밤하늘에 '피식' 싱겁게 웃는 소리가 고요히 번졌다. 앤디의 두 번째 부탁은 들어주지 않겠다는 뜻이었다.

바오이판은 조명 아래에서 간식 포장지를 꼼꼼하게 뜯었다. 앤디가 직접 확인할 수 있도록 간식과 포장지를 함께 쟁반에 담았다. 바오이판은 방금 전처럼 경망스럽고 까불거리는 사람이 아니라 본래 세심한 사람이었다. 앤디가 비로소 바오이판의 물음에 대답했다.

"먹고 마시고 놀고 즐기는 모든 삶의 방식을 미국에서 배웠어요."

"나도 그래요. 전부 다 미국 스타일이에요. 미국 가기 전에는 참 고 달팠어요. 아버지는 매로 가르친다는 주의였거든요. 아침 조깅 안하고 늦잠 자서 맞고, 숙제 안 끝내고 자느라 맞고, 시험에서 2등 했는데도 맞고, 피아노 레벨 테스트 연습 안 했다고 맞았죠. 또 방학 때마다 아버지 회사에 나가서 일을 도왔는데 아버지는 차를 타고 가시고나는 자전거를 타고 50분이나 걸려서 출근했어요. 그런데 웃긴 게 뭔지 알아요? 요즘 들어 동네방네 다니시면서 자식 교육 성공담을 늘어놓는데 의외로 차근차근 말로 진지하게 충고하시더군요. 자, 시시했던 우리의 어린 시절을 위해 건배나 합시다, 하하. 동지를 만났으니까."

"난 당신과 달라요. 첫째, 난 고아예요. 어릴 때는 살기 위해 발버둥 쳤고 미국으로 간 뒤에는 장학금을 받아야만 겨우 한숨을 돌릴수 있었어요. 둘째, 천재가 되려면 당연히 쉬는 시간도 노는 시간도포기해야 했어요."

바오이판은 어떤 표정을 지어야 할지 몰랐다. 평생 남들이 천재라고 추켜세운 그였지만 오늘은 그들에게 뺨을 한 대 맞은 것처럼 정신이 번쩍 들었다. 원래는 겸손한 척하며 자신도 힘들게 자랐다고 쇼를 좀 하려던 거였는데 결과는 아주 우스운 꼴이 되고 말았다.

"고아… 라고요? 아니요, 당신은 우주에서 길을 잃고 지구로 뚝 떨어진 외계인일 거예요."

"대부분 그런 식으로 위로하곤 하죠. 고맙네요. 그렇다고 쳐요. 취샤오샤오가 세 정보를 다 팔아먹진 않았나 보네요."

"난 신사니까 예의는 지켜요. 천재의 인생은 어때요? 춥고 외롭진 않아요?"

"물속이 오히려 더 춥네요. 난…."

"천재니까 알겠지만, 여자가 춥다고 말하는 건 남자한테 안아달라고 넌지시 힌트를 주는 건데. 그런 뜻으로 한 말이에요?"

"논리가 빈약해요"

바오이판은 겸연쩍게 웃기만 할 뿐 더 이상 불편한 장난을 치지 않았다. 앤디는 살짝 놀란 눈빛으로 바오이판을 쳐다봤다. 이 남자, 생각보다 심성이 꽤 좋은 사람이었다. 더 이상 고의로 기분을 거스르게 하는 말도 행동도 하지 않았다.

앤디는 남은 술을 마저 마시고는 수영장을 빠져나와 침실로 돌아갔다. 바오이판은 고개를 돌려 우두커니 앤디를 바라보다가 문득 깨달았다. 전설에 나오는 우렁 각시나 칠선녀(七仙女) 같은 인물은 젊은 남성에게 성적 판타지를 자극하는 대상이지만 진정한 선녀를 그러한 대상으로 삼는 사람은 아무도 없다. 선녀가 제 본모습을 감추고 천한 척한다면야 사람들이 멋모르고 선녀를 탐낼 수도 있겠지만 실제로 그런 일은 일어나지 않는다. 왜냐하면 교양이 풍부한 사람은 제아무리 그것을 감추고 드러내지 않으려고 해도 몸에 밴 교양이 저절로 겉으로 풍겨 나오기 때문이다.

제법 오랜만에 실컷 늦잠을 잔 바오이판은 눈을 뜨기 전 마음속으로 몰래 빌었다. 일찍 일어난 앤디가 자신을 한참이나 내려다보고 있었으면 하고. 더불어 잠든 사이에 담요를 여미어 주었으면 하고 바랐다. 그러나 눈을 떠 보니 앤디의 침실 문은 아직도 굳게 닫혀 있었다. 그는 앤디의 침실에 난 창을 통해 방 안을 몰래 훔쳐보려고 뜰로 나갔다. 창문은 커튼으로 단단히 가려져 있었다. 아마도 아직 자고 있는 듯했다. 바오이판은 커피를 내려 마셨다. 앤디의 방문은 여전히 꿈쩍도 하지 않았다. 그는 수영장을 헤엄쳐서 몇 바퀴를 돌다가 나와서 다시 봤지만 방문은 미동도 없었다. 배고픔을 참기도 힘들어서 호수 근처의 레스토랑에서 식사를 하고 돌아왔다. 꼭 닫힌 침실 문은 도통 열리지 않았다. 시간을 보니 벌써 정오 가까이 되었다. 바오이판은 더 이상 기다릴 수 없어서 방문을 두드렸다.

"앤디, 일광욕하러 왔다면서요. 해가 곧 넘어가려고 해요."

역시나 대답 소리는 들리지 않았다. 바오이판은 따분해서 인터넷 서핑만 계속 했다. 바오이판이 2시간 가량 업무를 보고 나서야, 앤디가 방문을 열고 휘청거리며 나왔다.

"정말 잘 자네요."

앤디는 곧장 커피 머신 앞으로 가서 커피 2잔을 내렸다.

"이제 살 것 같아요."

1잔은 바오이판의 손 근처에 놓았다.

"방은 구했어요?"

"고마워요. 알면서 묻기는. 차 불러서 밥 먹으러 나갈까요?"

"룸서비스 주문하죠. 식사하고 모래사장에서 햇볕 쬐면서 낮잠이나 잘래요."

"또 잔다고요?"

"천재는 잠을 충분히 자야 해요. 식사할래요? 같이 주문할까요?"

바오이판은 노트북을 닫고 푸른색과 흰색이 교차하는 린넨으로 만든 간편복을 입은 앤디를 바라보며 물었다.

"천재는 자전거 탈 줄 알아요?"

"천재는 지금 배고파서 죽기 일보 직전이에요."

"음, 천재는 자전거를 못 타는군요. 사실은 자전거 타고 나가려고 했어요. 가는 길에 햇볕도 쬘 수 있잖아요. 시내 구경도 하고요."

"천재는 오직 밥 생각밖에 없어요. 먹자마자 또 잘 거예요."

바오이판은 전화로 룸서비스를 주문하는 앤디를 보며 답답해서 꽥꽥 소리를 지르는 시늉을 했다.

이 여인은 정말로 공항에서 말했던 것처럼 사흘 동안 틀어박혀서 잠만 자려는 걸까? 그가 할 수 있는 일이라고는 자기가 먹을 밥 1인분을 추가하는 것밖에 없었다. 앤디는 전화를 끊고 기분이 좋아져서 웃으며 말했다.

"해지기 전에 어서 방을 구해야죠?"

"난 천재만 졸졸 따라다닐 거예요. 절대 안 나가요."

"흥."

앤디는 바오이판의 말을 무시하고 휴대폰을 켜서 메일과 메시지를 확인했다. 전날 특이점이 보낸 사진도 다시 열어 봤다. 탄쭝밍의 연락도 와 있었다. 류쓰밍 가족의 일을 처리한 결과였는데 염두에 둘 만한 내용은 아니었다. 잠도 충분히 잤고 마음도 편하니 눈에 거슬리는 것도 없었다. 그녀는 탄쭝밍에게 전화를 걸었다.

"쭝밍, 푸켓에 잘 도착했어. 메시지 봤는데 할 말이 있어서. 두 가지야. 우선 류쓰밍 가족에게 지급할 위로금을 너하고 나 개인 명의로 보냈으면 해. 회사 계좌에서 보내지 말고 각자 개인 계좌에서 이체하자고. 회사 책임으로 덮어씌우지 않게 말이야. 만약에 류쓰밍 집에서 재판을 걸면 이체 자료를 증거로 쓸 수 있잖아. 그리고 위로금이라고 하지 말고 다른 명목을 붙여. 이를테면 아이들 학비라고 하든가. 위로금이라고 명시하면 아마 나중에 회사에서 비슷한 사례가 생겼을 때 곤란할 것 같아. 폭스콘에서 그런 경우가 있었거든. 또 한 가지는, 위로금 금액은 그대로 하고 나도 그만큼 낼 거지만 대외적으로는 내가 너보다 적은 금액을 지급하는 걸로 해 줘. 내 잘못이 없다는 걸 밝히는 의미로 말이야. 사장인 너랑 같은 금액을 지급한다고 알려질 필요는 없을 것 같아."

"첫 번째 제안은 좋은 생각인데 네 돈은 필요 없어. 회사에서 다른 경로로 지급하면 돼. 원래 너랑은 무관한 일이니까 괜찮아. 그리고 두 번째, 그런 사소한 데까지 신경 쓰지 마. 내가 알아서 할게. 거긴 지낼 만해?"

"좋아. 어지간해. 딱 하나 골칫거리가 있다면 네 고객 바오 사장. 알잖아…."

앤디는 바오이판을 곁눈질로 봤다.

"능글맞게 버티고 있어."

탄쭝밍은 박장대소했다.

"그 사람 맘에 드는데? 내가 응원하고 있다고 전해. 전화 좀 바꿔 봐. 파이팅이라도 외쳐주게."

"됐어. 끊어."

말은 이렇게 하고 전화기를 내려놓았지만 앤디는 무심결에 노트북으로 틈틈이 업무를 보는 바오이판을 쳐다봤다. 탄쭝밍은 그의 어떤 점이 마음에 들어 그를 인정하는 걸까? 특이점에게는 한 번도 호감을 비친 적이 없었는데. 왜 그랬을까?

"경치 좋죠?"

앤디가 바오이판을 잠시 뚫어져라 보는 사이, 그는 고개도 들지 않고 물었다.

"환상적이에요."

"나한테 왜 이렇게 관심이 없어요? 취샤오샤오가 날 욕하던가요?"

"하하. 했죠."

"바오이판 버전의 진향련(秦香蓮)[2]이 많아서 포청천(包青天) 나리가 바쁘셨대요?"

"무슨 말인지 모르겠어요. 중국어 실력이 별로라서 옛말은 잘 몰라요."

앤디는 못 믿겠다는 듯이 고개를 돌려 쳐다보는 바오이판을 향해 한 번 더 말했다.

"정말로 이해 못했어요."

"하긴 미국에서 자랐으니까. 그럼 이 잘생긴 오빠한테 물어봐요. 싫으면 구글에 검색해보든가."

때마침 룸서비스가 도착했는지 노크 소리가 들렸다. 바오이판이 선뜻 일어나서 문을 열었다. 그는 팁을 주고 직원을 돌려보냈다.

"됐어요. 밥이나 먹어요."

앤디는 자기가 주문한 음식과 바오이판이 고른 음식을 번갈아 봤다. 음식 면에서는 아무래도 바오이판만큼 빠삭하지 않기 때문에 그가 메뉴를 고를 때 "2개요." 하고 거드는 게 그녀에겐 최상의 선택이었다. 그래서 바오이판이 문을 닫으러 간 사이에 염치 불고하고 바오이판의 식사가 놓인 자리를 차지하고 앉아서 자기 것인 양 태연한 척했다.

그러나 바오이판의 태도는 특이점과 달랐다. 그는 씩 한번 웃는 것으로 끝내지 않고 맛있는 음식을 앤디에게 기꺼이 양보하는 대신 대가를 바랐다. 저녁에 밖에 있는 레스토랑에 가서 태국 음식을 먹자는 거였다. 앤디는 히죽이 웃으며 못 들은 척, 못 알아듣는 척하며 바

---

2 중국의 유명한 경극. 주인공 진향련의 남편 진세미가 과거에 급제한 후 황가의 부마가 되기 위해 부모를 버리고 처자식까지 없애려고 하자 아내 진향련이 포청천의 도움을 받아 진세미를 처형한다는 이야기. 조강지처를 버리는 배은망덕한 사람의 대명사로 통한다.

오이판에게 영어로 말하라고 다그쳤다. 그리고는 잠이 덜 깼다고 하면서도 앞에 놓인 음식을 깨끗이 다 먹어 치웠다. 바오이판은 수중의 패를 모두 잃고 말았다. 당연히 거래는 성사되지 못했다. 하는 수 없이 밥을 먹고 백사장에서 일광욕하며 낮잠을 즐기려는 앤디를 기어이 쫓아갔다. 앤디는 열 몇 시간을 푹 잔 탓인지 낮잠을 자지는 못했다. 결국 바오이판과 함께 자전거를 타고 외출하기로 협상했다.

숙면한 덕분인지 햇볕이 따스한 덕분인지 몰라도 앤디는 바오이판과 함께 보내는 시간이 무척 즐거웠다. 두 사람은 자전거를 타고 곳곳을 겁 없이 돌아다니다가 현지의 전통 모자와 가방을 걸치고 돌아왔다. 식당 가는 길에 앤디가 앞에 보이는 나무 한 그루를 손으로 가리키며 물었다.

"방금 오면서 물어보고 싶었는데 저 새빨간 열매는 뭐예요? 굉장히 맛있어 보여요."

"전설의 야한 열매요."

앤디는 깔깔거리며 웃었다. 주문은 바오이판이 도맡았다. 태국 음식은 꽤 맛있었지만 맵기도 해 시원한 맥주도 시켰다. 두 사람은 앉아서 업무 이야기를 의논하기 시작했다. 앤디에게는 이미 심사숙고한 방안이 있었기에 단계별로 명료하게 바오이판에게 설명했다. 다행히도 바오이판은 자신의 주거래 은행 2곳의 자금 대체 이용 시간을 훤히 알고 있어서 앤디의 말에 막힘없이 술술 대답했다. 두 사람은 얘기가 퍽 잘 통했다. 때때로 술잔을 들어 부딪치면서 서로를 인정하고 존중하는 제스처를 취하기도 했다.

식당에서 나온 두 사람은 약간 취해 있었다. 바오이판이 제안했다.

"천재 씨, 날도 어둡고 지나가는 사람도 없는데 야한 열매나 몇 개 따야겠어요. 당신이 망 좀 봐요."

앤디는 무조건 오케이 했다. 그녀도 호기심이 발동한 것이다. 두 사람은 마치 도둑놈처럼 두리번거리며 나무 아래로 갔다. 주변에는 아무도 없었다. 둘이서 교대로 폴짝폴짝 뛰며 열매에 닿으려고 안간힘을 썼다. 열매는 꽤 높이 달려 있었다. 손이 닿을 만한 것은 겨우 몇 개에 지나지 않았다. 두 사람은 열매에 손이 닿을 때마다 신이 나서 소리를 질렀다. 힘이 다 빠질 때까지 뜀을 뛰고 나니 바닥에 여러 개가 떨어져 있었다. 앤디가 쪼그리고 앉아서 열매를 줍는데 바오이판이 가까이 다가와서 물었다.

"몇 개나 돼요?"

앤디는 바오이판이 바싹 다가오자 반사적으로 옆으로 비키다가 다리에 힘이 풀려서 바닥에 주저앉고 말았다. 웃음이 터진 바오이판은 앤디를 일으키려고 손을 뻗었다.

앤디는 자연스럽게 바오이판의 손을 잡았고 바오이판은 기회를 놓칠세라 앤디의 두 팔을 꽉 잡으며 힘껏 앤디를 일으켜 세웠다. 술에 취한 탓인지 너무 센 힘으로 일으킨 탓인지 몰라도 앤디는 그의 손에 이끌려 몸이 휘청거리는 바람에 약간 어지러웠다. 그런 와중에 그의 커다란 손에서 전해지는 열기가 그녀의 팔을 후끈 달구는 게 선명하게 느껴졌다. 앤디는 본능적으로 다리를 버둥거리다가 공교롭게도 간신히 딴 야한 열매를 밟고 말았다. 바오이판은 잔뜩 억울한 표정을 지으며 손을 놓았다.

"내가 그렇게 싫어요?"

"아이 참, 열매를 밟아버렸네."

앤디는 대답을 회피했다. 아무 일도 없었던 듯이 다시 무릎을 굽히고 앉은 앤디는 열매의 상태를 살폈다.

"성한 게 하나도 없어요."

"일어나요, 다시 따러 가게. 손이 닿는 쪽은 다 딴 것 같은데."

바오이판은 말만 그렇게 할 뿐 뒷짐을 진 채로 제자리에 꼿꼿하게 서서 앤디를 가만히 바라봤다.

앤디는 난감해했다.

"그렇게 보지 말아요."

"이유 없이 미움을 받은 적은 처음이라."

앤디는 뭐라 할 말이 없어서 어깨를 으쓱하고는 자전거가 있는 쪽으로 걸음을 옮겼다. 바오이판은 적당한 거리를 두고 앤디의 뒤를 따랐다.

"취샤오샤오가 대체 뭐라고 했어요? 여자 친구가 많았던 것 말고 또 뭐래요?"

"취샤오샤오와는 상관없어요."

앤디는 잠시 뜸을 들였다가 생각을 짜내 이유를 말했다.

"전 남자 친구 때문에… 아직 마음 정리를 못해서요. 완전히 정리될 때까지는 그와의 약속을 지키고 싶어요. 후, 더 이상은 말 못해요."

"아…."

바오이판은 빠른 걸음으로 앤디 옆에 와서 나란히 걸었다. 하지만 바싹 붙어 서진 않았다.

"난 이미 깨끗하게 정리했어요."

앤디는 애매한 분위기가 감돌자 견디기 힘들어서 상점으로 들어갔다. 앤디가 맥주 12캔과 주전부리를 잔뜩 사자 바오이판이 보며 말했다.

"12개로 되셨어요? 내일 저녁도 있는데. 12개 더 사요."

앤디는 반대하지 않았다. 두 사람은 맥주를 자전거에 싣고 포근한 밤바람을 맞으며 느릿느릿 자전거 페달을 밟았다. 낮 동안 흥겹고 유쾌했던 분위기는 마치 꿈을 꾼 듯 그렇게 끝이 났다.

그 순간 앤디는 특이점이 몹시도 그리웠다. 그녀는 리조트에 도착해서 한마디도 하지 않고 곧장 수영장 물속으로 들어가 맥주를 마시며 하늘을 보았다. 별이 유난히도 밝게 빛나고 있었다. 반짝이는 별들은 마치 며칠 전 밤에 우두커니 바라봤던 아파트 창문의 불빛처럼 깜빡였다. 그 창문 너머에 있는 한 사람은 지금 그녀를 원망하고 있겠지만 그녀는 할 말이 없었다.

샤워를 마친 바오이판은 또 상반신을 드러내고 나왔다. 그는 분위기가 심상치 않음을 직감하고는 가까이 다가갔다. 짐작대로 풀 안에서 넋을 놓고 있는 앤디의 얼굴에 두 줄기의 눈물 자국이 또렷했다. 바오이판은 멀뚱히 보다가 발을 헛디디는 바람에 물속에 풍덩 빠졌다. 그는 이내 수면 위로 올라와서 다급하게 말했다.

"일부러 그런 건 아니에요. 나쁜 마음이 없었던 것도 아니지만."

앤디는 놀라서 물속으로 고개를 처박더니 내친김에 얼굴을 흠뻑 적신 뒤에 물 밖으로 나왔다.

"한 잔 해요."

바오이판이 주전부리가 한가득 담긴 쟁반을 밀었다.

"먹어요."

바오이판은 맥주 캔을 따서 죽 들이켰다. 그의 마음에서는 정의감이 거품처럼 끓어올랐다.

"말해봐요. 어떤 망할 자식이 당신을 힘들게 하는지. 내가 찾아 갈 테니까."

"고맙지만 내 문제예요."

"거짓말. 나도 보면 다 알아요."

"이런 상황 봤어요? 서로 사랑하는데 함께 있을 수 없고 헤어지는 것만이 최선인 경우요."

"그 남자가 그렇게 말했다면 요점은 두 글자예요. 기만. 정말로 사랑한다면 적어도 결혼 전에는 어떤 어려움도 감수하거든요. 죽음도 함께하려고 한다고요. 결혼하고 나면 다들 변하니까 말이 달라지겠지만."

앤디는 자못 놀랐다. 바오이판의 논리대로라면 그녀가 특이점을 깊이 사랑하지 않았다는 것일까?

"이상한 사람 만들지 말아요. 누구나 특별한 상황은 있어요."

"원래 남이 보기엔 하찮은 일도 자기 입장에서는 심각하게 느껴지는 법이죠. 하지만 어떤 사람은 병상에 있는 불치병 환자와도 결혼해요. 헤어질 때는 당연히 이루 말할 수 없이 괴롭지만 사람들은 언젠가 재회할 수도 있다는 걸 염두에 두고 여지를 남겨요. 세상에서 가장 속이기 쉬운 사람이 바로 당신 같은 천재예요."

앤디는 아연해졌다. 이별을 결심한 이유가 유전적인 문제만이 아니라 특이점을 덜 사랑했기 때문일까?

바오이판은 앤디의 안색을 살폈다.

"이제 알겠어요? 누군지 말해요. 돌아가면 내가 대신 손 좀 봐줄 테니까."

"헤어지자고 한 건 바로 나예요."

바오이판은 놀란 듯 어리둥절하다가 곧 하하 소리를 내며 크게 웃었다. 그러고는 맥주 몇 모금을 꿀꺽꿀꺽 목구멍으로 넘겼다.

"그렇게 모질게 해놓고 설움에 가득 찬 표정을 짓고 있다니. 과연 천재다워요. 정말 몰랐네. 하하. 다시 봤어요. 내가 당신은 손봐줄 수 없으니 방금 큰소리친 건 취소."

앤디는 삐쳐서 눈을 흘겼다. 자신이 헤어지려 하는 그 이유가 진짜 이유가 아니란 말인가? 그녀는 한 사람의 인생을 망치고 싶지 않았다. 그런데 그게 잘못일까?

"당신은요? 연애 경험이 많아서 울린 여자도 많을 텐데?"

"어쩔 수 없었죠. 사람은 기계 부품이 아니니까. 국적이든 뭐든 상관없이 일단 사귀어봐야 그 사람을 알잖아요. 굉장히 총명하게 생긴 여자였는데 처음에는 처신이 아주 똑똑해 보였어요. 그런데 만날수록 참 어리석게 굴더군요. 그런 여자를 계속 만날 순 없잖아요? 사고방식이 괴상한 여자도 있었어요. 자기 앞가림 하나 제대로 못 하고 흐리터분하게 덤벙대는 행동이 귀여워 보일 거라고 착각하는 여자도 있고요. 여자들한테는 이런 이상한 관념이 있나 봐요?"

"내가 당신보다 똑똑하지만 그건 모르겠네요. 그런데 당신은 왜 전부 그런 여자들만 만났어요? 아니면 당신 기질 때문에 그런 여자들이 꼬이나?"

바오이판이 씩 웃었다.

"뭐 어쩌겠어요. 그래도 난 지극히 현실적인 여자를 원해요. 내가 좋아하는 누구는 날 바람둥이로 여겨서 속상하지만. 자, 건배해요."

앤디는 멀찍이서 바오이판과 잔을 부딪쳤다. 이어서 한숨을 크게 쉬며 고개를 들어 하늘을 올려다봤다. 가슴에 쌓인 우울감이 약간 해소되었다. 그녀는 이성적으로 생각했다. 사랑하는 사람에게 상처를 주면서까지 목숨을 걸고 사랑할 수 있을까? 또 모든 걸 바쳐 사랑한다는 이유만으로 상대방이 주는 상처를 달게 받을 수 있을까? 둘 다 불가능한 일이었다. 이렇게 생각하고 나니 앤디는 마음이 편안해졌다. 문제는 특이점을 사랑하느냐 사랑하지 않느냐가 아니라 그녀의 지나친 솔직함이었다. 단도직입적으로 말해서 두 사람이 지금 다시 만나면 앤디의 마음이 조금 흔들릴 것이다. 그러나 두 사람이 함께 있다 보면 언젠가 그들 앞에 공포의 순간은 다가올 테고, 그럴 때마다 괜찮은 척 외면할 수는 없을 것이다. 그런 상황에서 두 사람이 진심으로 행복할 수 있을까? 앤디와 특이점은 평범하게 사랑하고 싶어도 이미 그럴 수 없는 관계가 되고 말았다.

앤디는 또 한숨을 쉬었다. 맥주 한 캔을 더 따서 벌컥벌컥 마셨다. 특이점을 향한 마음을 정리하기로 결심하고 나니 오히려 담담했다. 뉴욕으로 정신과 의사를 만나러 갈 필요도 없어졌다.

"지금은 내가 보호자니까 한마디만 할게요. 나한테 몸을 맡길 생각이 아니라면 취하기 전에 풀에서 나가요. 하하."

"흥, 치사해요."

앤디는 머리가 맑아지는 것 같았다. 천천히 맥주 1캔을 다 마시고 나서야 풀 밖까지 나왔다. 그런데 안타깝게도 양손에 힘이 다 빠져서 움직일 수가 없었다.

"저기, 전화로 룸메이드 좀 불러 줄래요?"

"날 너무 무시하네. 아휴, 신경질 나."

킬킬대며 웃던 바오이판은 두 팔을 너울거리며 천천히 헤엄쳐서 앤디 근처로 왔다. 앤디 가까이로 다가오다가 그는 잠시 멈칫했다. 그는 결코 성인군자가 아니었기에 자기가 무슨 짓을 할지 알고 있었지만 그대로 멈추지 않고 돌진했다.

앤디가 세 번째 'NO'를 외치기도 전에 바오이판의 뜨거운 체온이 그녀의 몸을 겹겹이 둘러쌌고 앤디는 숨이 막혀 정신이 아득했다. 다시 신선한 공기를 호흡할 수 있게 되었을 때, 앤디는 자신의 몸이 상반신을 드러낸 바오이판의 품속에 꼼짝없이 갇혀 있음을 깨닫고는 놀라서 비명을 질렀다. 동시에 어디서 솟았는지도 모를 괴력으로 무방비 상태의 바오이판을 세게 밀어젖히고는 서둘러 물 밖으로 나왔다.

그러나 겨우 한 걸음을 떼자마자 다리에 맥이 풀려서 그대로 주저 앉고 말았다. 앤디는 너무나 황망했다. 자기가 이렇게까지 통제력을 잃을 줄은 상상조차 하지 못했던 것이다. 이렇게 음란하고, 뻔뻔하 고, 가볍게 남자 품에 안겨서 홀린 듯이 이성을 잃다니, 엄마를 닮아 서 미쳤기 때문이라고 생각했다. 유전의 위력으로 미친 게 분명하다 고 여겼다.

바오이판은 앤디의 태도에 얼떨떨했다. 저건 무슨 의미일까? 부끄 러움도 아니고 두려움도 아닌 앤디의 표정이 그를 매우 혼란스럽게 했다. 앤디의 공허한 두 눈에는 절망이 가득했다.

그는 황급히 물에서 나와 똑바로 서기도 전에 사과의 말을 건넸다.

"미안해요. 당신이 너무 좋아서 그만. 앤디, 앤디, 뭐라고 말해 봐 요. 부축할 테니 방으로 들어가 쉬어요. 내 말 들었어요? 오늘 밤엔 얌전히 있을게요. 믿어도 돼요. 방금 전엔 실수했지만 이번엔 장담해 요. 겁내지 말고요. 제발."

바오이판은 앤디가 그의 말을 들었는지 알 수 없었지만 앤디 곁으 로 조금 가까이 갔다. 그때 앤디가 절규하듯이 외쳤다.

"다가오지 말아요!"

바오이판은 당황했지만 계속 다가갔다. 가까이서 본 앤디는 바들 바들 떨고 있었다. 그 순간 바오이판의 머릿속에 한 가지 생각이 번 뜩 스쳤다. '맙소사. 경험이 없나? 이럴 수가.' '취했나? 고주망태가 된 거야?' 하는 생각도 들었다.

바오이판은 자신을 거부하는 앤디의 음성에 아랑곳하지 않고 그 녀를 안아서 침실로 데리고 갔다. 침대에 눕히고 보니 그녀의 팔다리 가 싸늘해서 깜짝 놀랐다.

그가 곧장 욕실로 가서 목욕 수건을 가지고 나오니 앤디가 온몸에 침대 시트를 둘둘 감고 사나운 눈빛으로 자신을 노려보고 있었다.

"바오이판, 제발 나가요. 빨리 나가라고요, 나가!"

바오이판은 알았다고 거듭 대답하며 수건을 앤디 옆에 후다닥 놓고 서둘러 침실을 나온 뒤에 방문을 꼭 닫았다.

바오이판도 취기가 슬슬 올라오는 듯했다. 무슨 상황인지 어리벙벙해서 정신을 차리기 위해 냉장고를 열어 시원한 콜라를 꺼냈다. 그리고 뜰로 나갔다. 수영장을 사이에 두고 커튼이 닫히지 않은 창을 통해 침실을 들여다봤다. 그의 심장이 뜨겁게 끓어올랐지만 이성으로 겨우 억눌러 진정시켰다.

앤디는 최대한 창문을 등지고 앉아, 젖은 옷을 벗은 다음 대충 몸을 닦더니 이불 속으로 파고들었다. 이불로 몸을 꽁꽁 감싼 앤디는 불도 끄지 않고 커튼도 열어 둔 채로 이내 잠이 들었다.

바오이판은 한참을 멍하니 있다가 길게 한숨을 내뱉고는 어슬렁어슬렁 거실로 들어갔다. 그런데 자꾸만 앤디의 침실이 머릿속에 맴돌았다. 불을 끄고 커튼을 닫아줘야겠다고 생각했다. 단 그녀가 깊이 잠든 뒤에 들어가야 했다. 그는 차가운 콜라 2캔을 더 꺼내 마신 뒤, 양쪽 뺨이 마치 얼어붙은 것처럼 뻣뻣해진 다음에야 겨우 '냉정'을 되찾고 앤디의 침실로 들어갔다. 막 침실 문을 여는데 "나가요!" 라는 외침이 들렸다. 바오이판은 재빠르게 두 손을 번쩍 들었다.

"커튼 닫아주려고요. 불도 끄고. 다른 뜻은 없어요."

"나가라고요!"

침대 시트로 몸을 가리던 앤디는 아예 일어나 앉아버렸다. 그녀는 새까맣고 또렷한 눈망울로 바오이판의 행동을 주시했다. 가슴에 모은 두 손의 떨림이 현재 그녀의 상태를 말해주고 있었다.

"정말로 흑심 따위는 없어요. 진정해요. 마음 놓으라고요."

바오이판은 앤디의 시선을 받으며 조심조심 방을 크게 돌아서 창가로 갔다. 커튼을 닫은 뒤에 문가로 가서 불을 끄려는데 앤디가 또 소리치며 나가라고 했다. 그는 뒷걸음질로 침실을 나오면서 조심스럽게 말했다.

"술을 많이 마셨어요. 나도 방금 찬 콜라를 마셨더니 정신이 들던데 냉장고의 얼음이라도 가져다줄게요. 기다려봐요."

그는 욕실에 있던 수건에 얼음을 쌌다. 그러고는 앤디가 침대에서 내려와 문을 걸어 잠그기 전에 잽싸게 다시 침실로 들어가서 다짜고짜 얼음 수건을 앤디의 머리에 갖다 댔다. 그리고 다른 한 손으로는 시트를 잡고 있지 않은 앤디의 한 손을 꽉 쥔 채로 발버둥치는 앤디를 몸으로 눌러 제지했다.

"나가요, 바오이판. 안 나가면 내가 미쳐버릴지도 몰라요. 제발요."

바오이판은 특이점이나 웨이궈창과는 영 딴판인 사람이었다. 발광할 거라는 앤디의 위협에도 눈 하나 꿈쩍하지 않았다.

"괜찮아요. 안심해요. 별일 아니에요. 앞으론 너무 많이 마시지 말아요. 천재의 술버릇이 이렇게 괴팍하다니. 가만히 있어요. 혹시 추워요? 이마가 차가우면 말해요. 괜찮아요. 아무 일 없을 거예요. 다 괜찮아요. 눈 감고 어서 자요."

앤디는 여전히 눈을 멀뚱멀뚱 뜬 채로 체념한 듯이 그를 바라봤다. 바오이판은 이 상황이 퍽 재미있었다. 완벽한 줄 알았던 그녀의 빈틈을 보고 나니 웃음이 났다.

바오이판에게 제압당한 앤디는 이 혼란에서 벗어나야 한다는 생각 외에는 아무 생각도 나지 않았다. 그런 와중에 화장실에 급해졌다. 앤디는 술기운을 빌려서 소심하게 말했다.

"비켜줘요. 화장실 가고 싶어요."

"갈 수 있겠어요?"

"내가 알아서 할 테니까 신경 꺼요."

"에이, 이불에 싸면 어쩌려고."

바오이판은 재미가 들려서 앤디의 말을 무시했다. 오히려 시트로 몸을 감싼 앤디를 그대로 번쩍 안아 들고 가서 변기 옆에 내려놓았다. 더불어 세면대의 수도꼭지도 틀어 놓았다. 잠시 뒤, 얼굴을 밉상스럽게 찌푸리며 나온 앤디를 다시 안고 침대에 데려가 눕혔다. 그리고 바오이판도 은근슬쩍 침대에 거꾸로 누웠다.

그가 웃으며 말했다.

"나도 지쳤어요. 잘 테니까 건드리지 마요."

이렇게 혼잣말로 중얼거리면서 불을 끄고는 나가지 않고 침대에 몸을 기댔다. 바오이판도 이미 체력이 바닥난 상태여서 그대로 몸을 뉘었다. 취기가 그를 감쌌다.

악인은 자기보다 더 악한 사람에게 괴롭힘을 당한다고 했던가. 앤디에게는 바오이판을 때릴 만한 힘이 남아 있었지만 그의 심기를 건드리기는 겁이 났다. 차라리 남은 힘을 모두 짜내서 그를 침대 끄트머리로 굴려 보내고 무뢰한에게서 멀찌감치 몸을 피했다. 어둠 속에서 평온한 숨소리만 귓가에 들려왔다. 앤디는 젖 먹던 힘까지 다해서 이성의 끈을 놓치지 않으려고 애썼다. 그리고 깊은 잠에 빠지기 전까지 생각했다.

'대체 이게 무슨 일이람? 어쩌다 이런 일이….'

30

관쥐얼은 연휴 내내 엄마의 손길로 정성스럽게 화장을 받고 맞선 자리에 나갔다. 맞선을 볼 만큼 봤는데도 이렇다 할 성과가 없자 엄마는 비로소 마음을 접었다. 관쥐얼은 환락송 아파트 단지 앞에서 차를 타고 떠나는 부모님을 배웅한 뒤 손목시계를 봤다. 어느덧 밤 10시 가까이 되었다. 방금 전에 비가 한바탕 내린 탓인지 날씨는 쌀쌀하고 바닥은 젖어서 미끄러웠다. 조심조심 걸어서 집으로 가는 길에 모퉁이를 도는데 뒤에서 누군가 달려오는 소리가 들렸다. 그녀는 무의식적으로 길을 비키려 하다가 이내 이상한 느낌이 들어 몸을 돌려 보니 추잉잉이 뛰어오고 있었다. 관쥐얼은 급히 소리쳤다.

"잉잉, 조심해. 미끄러워. 길이 얼었을지도 몰라."

"후유…."

추잉잉은 관쥐얼에게 기대고 서서 숨을 헐떡거리며 한동안 말을 하지 않았다. 관쥐얼은 추잉잉이 숨을 고르도록 등을 두드려 주었다.

"무슨 일이야? 누가 쫓아와?"

"휴, 뛰다가 숨 끊어지는 줄 알았네. 지하철에서 변태를 만났지 뭐야. 자꾸 나한테 바짝 붙으려고 하더라고. 난 계속 피했지. 그런데 나를 따라서 내리는 거야. 이 시간에는 원래 사람이 많지 않잖아. 재수가 없으려니까 경찰도 안 보이고. 할 수 없이 냅다 뛰었지. 젠장. 그런 놈들은 싹 다 잡아 없애야 하는데 말이야. 이런 일 당할 때마다 나한테 총이 있었으면 한다니까. 왜 우리나라는 총기 구매를 금지하는 거지? 그런 놈들 만날 때마다 쏴버리면 좋겠는데. 아예 사형을 시키든가."

추잉잉은 숨을 헉헉거리면서도 띄엄띄엄 하고 싶은 말을 다 했다.

"천천히 말해도 돼. 또 영업하러 갔었어?"

"응. 22층에 아무도 없는데 혼자 있으면 우울하잖아. 많이 팔수록 나한테 돌아오는 몫도 많아지니까. 이 바지 내일은 못 입겠다. 진흙이 다 튀었어. 그 짐승은 벼락을 맞아 죽어야 해. 곱게 죽으면 안 된단 말이지."

관쥐얼은 추잉잉을 끌어당기며 발걸음을 옮겼다.

"그래도 넌 씩씩해서 다행이야. 꽤 먼 길인데 나였으면 뛰지도 못했을걸."

"잘 뛰었다고? 간신히 버틴 거지. 꽉 잡아 줘. 다리에 힘이 풀렸어."

관쥐얼은 가방을 사선으로 메고 양손으로 추잉잉을 부축했다. 추잉잉은 계속 욕을 퍼붓다가도 불쑥 고개를 휙 돌려 두려운 눈빛으로 주변을 한번씩 살폈다. 그녀는 불빛이 환한 아파트 건물 안으로 들어온 뒤에야 안심했다. 몸은 여전히 관쥐얼에게 반은 걸친 상태였다.

"쥐얼, 내 자신이 너무 초라한 것 같아."

"그렇지 않아. 사람들이 널 몰라봐서 그래. 네가 얼마나 강한 아인데."

"난 왜 예쁘지 않지? 돈도 없고. 몸매라도 잘 빠졌으면 얼마나 좋아. 에잇, 오늘은 정말 재수 없는 하루였어. 낮에는 개가 쫓아오기에 몇 걸음 도망갔거든. 그런데 가다 보니까 화가 뻗쳐서 뒤돌아 소리를 꽥 질렀더니 개가 놀라서 가버리더라. 생각해보니 기분이 너무 안 좋은 거야. 이러고도 내가 여자라니."

"그래도 네 힘으로 직접 생활을 꾸려나가니까 얼마나 자랑스럽니. 적어도 나 같지는 않잖아. 난 우리 엄마가 조종하는 꼭두각시야. 부모님이 안 오시면 보고 싶고 막상 오시면 또, 어휴, 귀찮아 죽겠어. 맞선만 해도 그래. 어떻게 해야 좋을지 모르겠어. 난 내가 아직 마음의 준비도 안 됐고 만나기도 싫어서 계속 변명을 둘러대는데 남자는 내가 마음에 드는지 다음에 또 만나자고 해. 정말 골치 아프고 짜증나. 성가셔 미치겠어."

"그 사람 돈 많아? 돈 많으면 나 좀 소개시켜 줘. 돈 많은 남자랑 결혼하게. 지금 생각으론 말이야, 돈이 있으면 차부터 살 거야. 다시는 지하철에서 변태남 안 만나게."

"돈은 확실히 많아. 우리 엄마 월급도 적은 편이 아닌데 그 남자 아빠는 은행 지점장이거든. 그 엄마는 우리 엄마랑 직급이 같고. 다음에 기회가 되면 소개해줄게. 외모도 괜찮고 박학다식해."

"어, 넌 왜 싫어?"

"글쎄, 아직은 연애나 결혼을 생각할 여유가 없어. 정규직 전환 심사 생각뿐이거든. 일단 심사에 통과해야 살 수 있을 거 같아."

"그럼 나 줘."

"그래, 너 줄게."

두 사람은 웃음이 터졌다. 마치 장물을 나눠 가지는 것처럼 소소한 재미가 있었다. 2202호에 들어서자마자 추잉잉은 자기 방으로 직행해서 침대에 벌러덩 눕고는 한숨을 돌렸다.

"잉잉, 옷이 더럽잖아. 시트가 엉망진창이 되겠어."

"나 죽었다. 아무도 건드리지 마."

관쥐얼은 웃으며 자기 방에 들어가서 종이 몇 장을 가지고 나왔다. 그런 뒤에 추잉잉의 몸 주변에 종이를 한 장씩 꼼꼼하게 깔았다.

"쥐얼, 나 정말이야. 돈 많은 남자가 나를 좋아한다고 하면 결혼하고 말거야. 너무 힘들어서."

"진짜?"

추잉잉은 천정을 하염없이 바라보며 곰곰이 생각하더니 입을 열었다.

"돈 많은 사람이 나 같은 여자를 좋아할 리가 있나. 그냥 살던 대로 살자. 괜한 꿈꾸지 말고."

"진짜?"

"넌 그 말밖에 못해? 그래, 진짜야. 내 힘으로 착실하게 살래."

"맞아. 포기하지 않고 노력하면 돼. 그럼 분명히 성공할 거야. 넌 내가 본 사람 중에서 가장 열심히 사는 사람이니까."

"일단 돈이 많아야겠지? 안 그러면 백날 노력해봤자 헛수고야. 돈을 벌겠어. 절실하게. 이제 돈만 생각할 거야."

추잉잉은 힘차게 팔을 들어 올려서 머리 밑에 받쳤다.

"난 미래의 집을 자주 상상해. 어떻게 꾸미고 어떤 가구를 살지 등등. 버스를 타고 가다가 지루하면 이런 생각들을 종종 해. 생각하다 보면 일할 힘이 막 생기더라. 언젠가 나에게 집이 생긴다니, 끝내주지 않니? 나중에 우리 집에 와서 살아. 네가 있고 싶은 만큼 쭉 지내도 돼. 거기에 돈까지 있으면 금상첨화지. 겨울에는 뜨끈뜨끈할 정도로 난방을 하고 여름에는 시원하게 에어컨을 켜서 실크 잠옷만 입고 돌아다니는 거야. 그런 날이 오면 나는 반들반들 광택이 나는 얇은 실크 잠옷을 매일 갈아입고 바닥에 질질 끌면서 다닐 거야. 와우."

관쥐얼은 금방이라도 웃음이 터질 것 같았지만 꾹꾹 참았다. 그리고 큰 목소리로 격하게 맞장구를 쳤다. 한참이나 누워서 미래를 그리다 보니 추잉잉은 다시 기운이 나고 두 눈이 금빛처럼 반짝였다. 그녀는 곧장 컴퓨터 앞으로 몸을 날려서 인터넷 쇼핑몰 주문 상황을 확인했다. 주문서의 금액과 자기가 받을 인센티브를 계산하니 꿈과는 멀어도 너무 멀었지만 추잉잉은 그런대로 만족했다.

추잉잉과 달리 관쮜얼은 생각이 분명하지 않았다. 이 사람도 싫고, 저 사람도 싫고, 조건이 좋다며 옆에서 부모님이 부추기는 슈잔도 싫었다. 그녀는 대체 어떻게 하려는 걸까?

앤디는 한밤중에 잠이 깼다. 어렴풋이 옆에 누군가가 있는 것 같은 느낌이 들었다. 심지어 무언가가 그녀를 누르고 있는 듯했다. 순간 온몸에서 식은땀이 났다. 정신을 차리고 희미하게 비치는 전등 빛에 주변을 둘러보니 바오이판이 옆에 엎드려서 단잠을 자고 있었다. 그리고 고의인지 실수인지 그의 한쪽 팔이 앤디의 허리에 걸쳐 있었다. 앤디는 굳어버렸다. 세상에! 어젯밤 취한 앤디에게 무슨 일이 일어났던 걸까? 설마 필름이 끊긴 사이에….

그녀는 뒤늦게 자신이 옷을 입고 있지 않다는 것을 발견하고는 까무러치게 놀랐다. 한참을 얼이 빠진 채로 있던 앤디는 차츰 정신을 차리면서 그곳에 오래 머물면 안 되겠다고 생각했다. 그녀는 시트로 몸을 감싼 채로 살그머니 침대에서 내려와 속옷과 잠옷을 챙겨 입고 거실로 나와서 또 멍하니 있었다. 기억을 아무리 되돌려도 간밤에 어째서 바오이판과 한 침대에서 자게 되었는지 떠오르지 않았다. 식은땀만 계속 흘렀다.

가만히 앉아 있으니 지난밤에 술을 많이 마신 탓에 약간 현기증이 났다. 그녀는 담요를 가져와서 두르고 소파에 누웠다. 그렇게 쭉 멍하니 있다가 또 잠이 들었다. 한참 뒤 다시 눈을 떴다. 이미 밖은 환했지만 일어나기 싫어서 계속 잠을 청했다. 일어나면 전날 밤 바오이판과의 사이에 있었던 뭔지 모를 끔찍한 사실과 마주해야 할 것만 같았기 때문이다.

침실 쪽에서 인기척이 들리자 앤디는 소파 등받이 쪽으로 돌아누우며 머리를 담요 속으로 쏙 집어넣었다. 부끄러워서 마주칠 엄두가 나지 않았다. 바오이판은 곧장 소파로 오더니 앤디의 머리가 있는 쪽으로 엉덩이를 들이밀고 앉았다.

"일어났어요?"

"어제 어떻게 된 거죠? 기억나요?"

"아니요. 정신 차리라고 얼음 수건 가져다준 거밖에는. 내가 어쩌다가 침대에서 잤지? 나도 놀랐다니까요. 당신한테는 아무 짓도 안 했을 거예요."

"잘 생각해봐요. 정말로 아무… 다시 생각해보라니까요."

바오이판은 어리둥절한 표정을 지었다.

"생각이 안 나니까 힌트라도 줘봐요. 그나저나 술버릇이 아주 괴팍하던걸요. 하하. 하마터면 기절할 뻔했어요. 나를 꼭 벌레 보듯 하고. 내가 그렇게 별로예요? 나쁜 사람 아닌데."

앤디는 담요 속에서 그의 말을 듣고 가슴을 쓸어내렸다. 천만다행으로 아무 일이 없었던 모양이다. 끝내 실성하지도 않았고 자중한 셈이었다. 그녀는 담요를 뒤집어쓴 채 어렵사리 소파에서 내려와 엉거주춤 침실로 들어가더니 곧바로 문을 꼭 닫았다. 바오이판은 앤디의 모습을 보니 웃음이 나왔다. 간밤에 창문을 통해 보았던 그녀의 요염한 모습을 떠올리며 얄궂은 표정을 짓고는 욕실로 들어가 씻었다.

앤디가 침실에서 나오자 바오이판은 때맞춰 커피를 내리면서 노트북 스피커에서 흘러나오는 음악 소리에 몸을 흔들었다.

앤디는 골머리를 앓는 듯이 말했다.

"오늘은 제발 방 구해요. 이렇게 지내는 건 말이 안 돼요."

바오이판은 리듬을 타며 내린 커피를 앤디에게 먼저 건넸다.

"난 당신과 이렇게 지내는 게 좋아요."

"알겠어요, 그럼 내가 나갈게요. 아직 하루 더 남았는데 집에 돌아가기 전까지 하루라도 편하게 푹 쉬고 싶어요."

앤디는 소파에 앉으니 또 머리가 지끈거렸다.

바오이판은 커피 잔을 들고 앤디 앞에 놓인 테이블에 걸터앉았다.

"그러지 말아요. 난 아침에 눈 뜨자마자 당신을 볼 수 있어서 좋아요. 커피 마시고 아침 먹으러 가죠. 오늘은 당신이 원하는 곳으로 가요. 스파도 가고. 내가 안내할게요. 다른 호텔로 옮기면 나도 따라 갈 거예요. 당신이 좋으니까. 끝까지 쫓아갈 거예요."

앤디는 말없이 눈살을 찌푸렸다. 더 말해봐야 입만 아프니 행동으로 그를 떼어내야겠다고 생각했다. 그런데 오늘은 블루 그레이 빛깔로 차려입은 그의 모습이 경망스럽지 않고 멋있어 보였다. 바오이판은 앤디가 소파 위에 모로 앉아서 그를 힐끗 보며 커피를 마시는 모습을 지켜보다가 웃었다.

"무슨 꿍꿍이를 하고 있어요?"

"얄미워!"

또 폭소가 터진 바오이판은 카메라를 가져와서 사진을 몇 장 찍었다. 앤디는 꾹꾹 참으며 커피를 다 마신 뒤에 쌩하고 침실로 가서 선글라스와 가방을 들고 나왔다. 앤디가 문을 나서자 바오이판은 그녀의 뒤에 찰싹 붙어서 따라 나갔다. 그는 앤디가 부른 차에 같이 올라타더니 득의에 차서 말했다.

"오케이. 나 맨몸으로 나왔으니까 버리지 마요. 돌아오려면 구걸해야 하잖아요."

앤디는 가슴이 답답하던 차에 퍼뜩 그의 성격이 활동적이라는 것이 생각났다. 그래서 그 점을 반대로 이용하려고 아침만 먹고 다시 호텔로 돌아왔다. 그녀는 뜰로 나가서 에어 베드를 펼치고 그 위에 엎드려 햇볕을 받으며 잠을 청했다. 과연 예상대로 바오이판은 아우성을 쳤다. 앤디의 수법이 통한 것이다.

"그러니까 어서 방을 알아봐요. 아직 안 늦었어요."

"느긋하게 즐겨요. 난 안에 들어가서 게임할 거니까."

앤디는 누가 이기나 해보자 싶은 오기가 생겼다. 그가 성질을 못 참고 밖으로 나오기만 하면 당장에 그의 짐을 싸서 내다 버리려고 별렀다. 이번에는 절대로 봐주지 않을 작정이었다.

하지만, 휴가라서 긴장이 풀리고 숙취가 덜 깬 탓인지 앤디는 이른 아침의 따사롭고 포근한 햇살 아래에서 어느덧 잠이 들고 말았다. 그런데 무언가가 자꾸 잠을 방해했다. 마치 누군가 옆에서 끊임없이 몸을 건드리는 것처럼.

앤디는 짜증이 치밀었다. 그 무언가가 또다시 앤디를 귀찮게 하려는 찰나, 그것을 잡으려고 손을 뻗었는데 무언가 정말로 손에 잡혔다. 앤디는 기겁하며 벌떡 일어나 앉았다. 눈을 부릅뜨고 다시 보니 아니나 다를까 누군가의 손을 쥐고 있었다. 그때 바로 코앞에서 바오이판이 몸을 비틀거리다가 부딪쳐 넘어졌다. 앤디는 화가 머리끝까지 솟구쳐서 자리를 박차고 일어났다.

"매너가 좋은 줄 알았더니. 당장 여기서 나가요."

바오이판은 억울한 표정을 지으며 봉투 하나를 건넸다.

"벌레들도 미인을 알아보고 떼로 몰려드네요. 더운 지방이라 벌레

종류도 굉장한데 퇴치제도 안 바르고 자다니. 용감하네요."

앤디는 봉투를 받아서 안을 들여다보다가 꺅 비명을 지르며 그대로 내던졌다. 봉투 안에는 형형색색의 벌레들이 우글우글했다. 이미 죽은 것도 있었고 고통에 몸부림치는 것도 있었다. 알고 보니 앤디가 잠을 푹 자도록 바오이판이 곁을 지키며 벌레를 잡고 있었던 것이다. 앤디는 무안해서 차마 그의 얼굴을 볼 수 없었지만 한편으로는 형언할 수 없는 감동도 느꼈다. 앤디의 얼굴은 새빨갛게 달아올랐다. 그녀는 곁눈질로 바오이판을 흘끔 보기만 했다. 바오이판의 배려는 그게 다가 아니었다.

"달게 자길래 안 깨웠어요. 대신 에어 베드를 밀어서 다른 곳으로 옮겼죠. 그러고 나니 마음이 놓이더군요. 한낮 뙤약볕에 타면 안 되잖아요."

앤디는 고개를 들어 확인했다. 그의 말대로 에어 베드와 자신이 나무 그늘 아래에 있었다.

"음… 미안해요."

"2시간 동안 힘들게 앉아 있었더니 관절이 뻣뻣해졌어요. 좀 일으켜줄래요?"

앤디는 바오이판의 부탁에 반응하지 않았다. 그렇다고 안면몰수하고 자리를 떠나지도 않았다. 그녀는 뒷짐을 지고 서 있었다. 바오이판은 의아했다.

"날 왜 그렇게 미워해요?"

"섹스어필하는 데 급급한 사람은 좋은 사람이라도 꺼려져요."

바오이판은 어처구니가 없었다. 그는 계속 바닥에 버티고 앉아서 한쪽 손을 내밀며 앤디가 잡아주기만을 고집스럽게 기다렸다.

"이봐요, 더러운 손가락 좀 보라고요. 이 두 손가락으로 저 많은 벌레를 다 잡았을 거 아녜요. 전혀 섹시하지도 않고 구역질만 나요."

그렇게 말하면서도 앤디는 계속 양심이 찔렸다. 결국, 바오이판한테 눈을 한 번 흘기고는 난생 처음으로 동갑내기 남자에게 스스로 손을 내밀었다. 앤디는 그를 단번에 발딱 일으켜 세웠다. 무려 근육질의 남자였는데 말이다. 사실 바오이판은 혼자 힘으로 일어날 수 있었다. 일으켜달라고 조른 건 핑계였다. 그는 일어서면서 두 팔을 활짝 벌려 앤디를 품에 안았다.

앤디는 그 순간 지난밤에 취해서 바오이판과 포옹하고 입을 맞춘 것 같은 기억이 났다. 게다가 굉장히 간절하게 했던 것도 같았다. 이번에도 뜻하지 않게 바오이판의 품속에 들어가고 말았다. 앤디는 정신을 차리고 밀어내려고 애썼지만 바오이판의 힘을 당해 낼 수는 없었다. 더욱이 그녀는 이미 바오이판의 뜨거운 체온에 녹아 깊이 빠져들고 있었고, 생각이 정지할 정도로 가슴이 벅차올랐다. 영악한 바오이판은 앤디가 딴 생각하지 못하게 곧장 입술을 대고 영원히 멈추지 않을 것 같은 키스를 오래도록 했다.

아주 오래전, 앤디에게 처음으로 큰돈이 생겼던 그 날의 느낌과 비슷했다. 그때 그녀는 늘 궁금하게 여겼던 일을 처음 시도해보기로 마음먹었었다. 우선 마시멜로우 1봉지와 초콜릿 한 무더기를 샀다. 그리고 대나무 꼬챙이에 끼운 마시멜로우를 보글보글 거품이 나는 뜨거운 초콜릿에 담가서 한 번 굴린 다음 입속으로 넣었다. 너무 뜨거워서 두 발을 폴짝거리며 마구 뛰었지만 뱉어내기도 싫었다. 진하고 부드러운 초콜릿 마시멜로우의 맛은 순식간에 행복감으로 변해서 온몸과 마음을 사로잡았다. 당시 그녀는 이성을 저 멀리 까마득한 곳으로 던져버리고 죽어도 좋을 만큼 먹고, 먹고, 또 먹었다. 따뜻하고 노글노글해진 몸이 소파에 고꾸라져 일어나지 못할 때까지 먹었다. 그 정도는 먹어야 부른 배를 안고 만족스러운 숨을 토해낼 수 있었다. 그날 이후 그녀는 더 많은 돈을 벌고 원하는 것은 무엇이든 가질 수 있었지만 그때의 강렬하고 충격적인 감정은 두 번 다시 느껴보지 못했다.

그런데 바로 지금, 그때의 감정이 되살아났다. 그녀는 하늘과 땅을 둘로 쪼갤 듯한 기세로 휘몰아치는 감정에 쉽사리 무너졌다. 모세의 기적을 체험하고 완전히 새로운 세상을 만난 것처럼 깊숙이 그에게 빠져들었다. 그녀의 우주가 새롭게 탄생했다.

그 순간 그녀는 바오이판을 가만히 응시했다. 앤디는 뭐가 뭔지 헷갈렸다. 특이점에게 느끼지 못한 감정이 어째서 이 남자에게서는 느껴지는지, 자신이 실성한 것은 아닌지 의아했다. 그녀는 자신이 실성했는지 아닌지 증명할 근거들을 하나씩 찾아 차근차근 되짚어보았다. 비행기 탑승권 번호를 아직 잊지 않았으니 기억은 정상이었다. 가장 믿을 만한 친구 탄쭝밍의 얼굴이 떠오른 걸로 보아 이성도 정상이었다. 침범하는 그의 손을 꽉 움켜쥐었으니 신체 제어 능력도 문제없었다. 하나하나 돌이켜봐도 모든 게 지극히 정상이었다. 그러나 감정만은 통제가 되지 않았다. 일렁이는 마음을 스스로 억누르지 못했다. 따뜻하고 나른하고 저릿한 느낌이 온몸에 퍼지자 그녀는 참지 못하고 바오이판의 품에 웅크리듯 파고들었다.

그런데 미미한 죄책감이 마음 깊숙한 곳에서 서서히 올라왔다. 원망 가득한 특이점의 눈빛이 아른거리는 듯했다. 앤디는 굳은 결심을 하고 바오이판을 밀어냈다. 그녀는 더듬거리며 말했다.

"고맙고 행복해요. 하지만 난 스스로 한 다짐을 저버렸어요. 지금 나는… 우리 여기서 멈춰요, 그만해요."

바오이판은 그녀의 두 어깨를 더욱 세게 잡았다. 바보처럼 웃으며 한참을 바라본 뒤에야 손을 놓았다.

"이해해요. 기분이 아주 좋아요. 말도 못하게."

그는 앤디의 이마에 가볍게 입맞춤했다.

"들어가죠. 햇살이 너무 강해요."

실내로 들어가는 동안 앤디는 다시금 자신의 감정 통제 시스템을 테스트했다. 그녀는 자신의 허리에 둘러진 바오이판의 팔이 싫지 않았다. 하지만 언제든 마음만 먹으면 그의 손을 뿌리칠 수 있고 싫으면 불쾌한 표정도 지을 수 있었다. 그렇기에 그녀는 자신이 자제력을 잃어버린 색정광이 아니라고 판단을 내렸다. 앤디는 몸을 돌려 미끄러지듯이 과감하게 바오이판의 팔에서 벗어났다. 이제 확실해졌다. 그녀의 감정 통제 시스템은 정상이었다. 앤디는 침실로 들어가 씻었다. 씻지 않으면 종이 봉투 속에서 살려고 버둥거리던 그 많은 벌레를 본 느낌이 가시지 않을 것 같았다.

잠시 여유가 생기자 앤디는 특이점을 생각했다. 그녀는 특이점에게 공정하지 못했다. 특이점을 받아들일 수 없어서 철벽을 쳤던 갖가지 이유가 바오이판 앞에서는 무장을 해제한 듯 전혀 걸림돌이 되지 않았다. 이성이 감각에 전패하고 만 것이다. 하지만 세상은 원래 불공평하다. 그녀는 양심의 가책을 느꼈지만 후회하지는 않았다. 특이점과 함께한 시절이 더없이 행복했기 때문이다. 그렇지만 그녀는 우선 상황을 합리적으로 정리함으로써 특이점에게 떳떳하고 싶었다. 그래야만 새로운 사랑을 시작할 수 있을 것 같았다. 그녀는 매사를 이런 식으로 분명하게 처리했다.

바오이판에게는 이미 많은 애인이 있었고 앤디가 유일한 여자인 것도 아니었다. 그러니 앤디도 바오이판에게 무조건 솔직할 필요는 없었다. 앤디는 정신을 놓거나 통제력을 잃지 않도록 자신의 감정을 잘 다스리기만 하면 되었다.

이렇게 정리하니 간단했다. 남들도 다 이러고 살아가지 않겠는가.

막 욕조에서 나온 앤디는 손이 여전히 더러운 것처럼 자기도 모르게 세면대로 가서 또 손을 씻었다. 그녀는 퍽 이성적이었지만 어쩐일인지 마음은 영 불편했다. 뭔가 마음에 걸리긴 했지만 그렇다고 해서 휴가의 마지막을 망칠 순 없었기에 바오이판과 남은 휴가를 실컷즐겼다.

판성메이는 연휴 내내 집안일을 하느라 애를 먹었다. 그녀가 집에돌아오니 친척은 자연스레 손을 뗐고 엄마와 둘이서 아빠를 보살폈다. 이렇게 매섭게 추운 날씨에는 집안일이 몇 곱절이나 힘들다. 세탁기가 고장나, 빨랫감은 근처에 있는 강에 가서 애벌빨래한 다음에집으로 가져와 다시 빨았다. 요 며칠 사이 강 수면에 살얼음이 껴서강물에 손을 담그면 손등이 찢어질 듯 아팠다. 고무장갑을 꼈는데도냉기는 장갑 속으로 스며들었다. 하지만 뾰족한 방법이 없었다. 집에머무는 며칠간은 집안일을 엄마에게 미룰 수 없었다. 하루가 채 지나지 않아서 그녀의 손가락에는 이미 자그마한 동상 자국이 생겼다. 부지런히 핸드크림을 발라도 소용없었다.

왕바이촨이 와서 돕겠다고 했지만 판성메이는 한사코 말렸다. 다른 뜻이 있다기보다 엄마가 그의 존재를 아는 게 싫었을 뿐이었다. 형편이 그나마 괜찮은 남자 친구가 있다는 걸 알면 그를 돈줄로 여길 것 같았기 때문이다. 돈에 관한 한 요행을 바라는 엄마를 저지하지 않으면 자칫하다가 왕바이촨과의 관계도 깨질 뿐만 아니라 쫓겨난 망나니 오빠까지 찾아올 판이었다.

판성메이의 오빠는 그녀가 집에 돌아온 것을 알고 기회를 놓칠세라 전화를 걸었다. 그는 엄마를 다그치며 판성메이가 당장 자신을 구제해주기를 재촉했다. 엄마는 늘 그랬듯이 울면서 딸에게 말했다.

"네 오빠가 집을 나간 지도 벌써 한참 됐어. 고생도 할 만큼 했지. 앞으론 아마 정신 바짝 차릴 거다. 그러니 그만 집에 데려오자."

판성메이는 지난번처럼 버럭 화를 내지 않고 솔직하게 말했다.

"내 힘으로 가능한 일이 아니야. 내가 어떻게 할 수 있는 줄 아나 본데 올 테면 오라고 해. 사기당해도 난 몰라. 이제 나도 어쩔 수 없다고."

"한 번 더 부탁하면 안 되겠니? 전에 우리를 용서해줬으니까 네 오빠도 용서해달라고 부탁해봐."

"10만 위안 있으면 줘봐. 당장 사람 써서 해결할 테니까. 그런 돈 없으면 암말 말고 가만히 계셔. 다 헛수고야. 차라리 성실하게 돈이나 벌라고 해. 돈 벌어서 충분히 배상하면 당연히 풀어주겠지."

판성메이는 말을 마치자마자 일어나서 요강을 들고 강가로 가서 씻었다. 더 이상 말을 섞고 싶지 않았다. 나름대로 정한 몇 가지 원칙도 있었고 이런저런 할 말이 많았지만 더 했다가는 공연히 엄마한테 화를 내게 될 것 같았다. 엄마도 가여운 사람이었다. 이런 상황에서 고된 집안일을 하느라 살은 쪽 빠지고 얼굴엔 검버섯이 가득 피었다. 단시간에 부쩍 늙은 모습이었다.

엄마 통장에서 수도, 전기, 전화 요금이 출금되었는지 확인하고 돈이 얼마나 있는지도 확인할 겸, 은행에 갔다. 나간 김에 병원에 들러 아빠의 처방전을 받고 약도 샀다. 또 레이레이가 다시 유치원에 다닐 수 있게 해달라고 사정도 했다. 그렇게 이틀을 보내고 나니 집에 올 때 가져 온 현금이 겨우 오십 몇 위안밖에 남지 않았다. 판성메이는 지출 금액이 예상보다 훨씬 많아서 놀랐다. 남은 돈으로 내일 떠나기 전에 시장에 가서 찬거리라도 사야겠다고 생각했다. 그러면 부모님과 레이레이가 며칠 동안은 잘 지낼 수 있을 테니까. 그런데 요즘 물가에 오십 몇 위안으로 뭘 살 수 있을까.

판성메이는 고향에 오기 전에 은행 카드는 모조리 하이시 집에 두고 왔다. 도저히 가져 올 엄두가 나지 않았다. 마음이 약해서 여기 퍼주고 저기 퍼주다가 결국 또 밑 빠진 독에 물 붓기가 될까 봐 두려웠기 때문이다. 어리석은 방법이지만 이렇게라도 해야 마음이 흔들리지 않을 것 같았다. 그녀는 엄마도 미덥지 않지만 자기 자신은 더더욱 못 미더웠다. 그런데 지금 손안에 겨우 오십 몇 위안만 남아서 또 머리가 아플 지경이었다. 폭삭 늙어버린 엄마의 얼굴을 보니 차마 모질게 대할 수가 없었다. 이왕이면 좀 더 좋은 음식을 드시게 하고 싶었다.

왕바이촨은 판성메이와 함께 저녁을 먹기로 약속을 정했다. 그러나 두 사람은 동네 근처에 있다가 아는 사람이라도 만나면 판성메이 엄마 귀에 소식이 들어갈까 봐 교외로 나갔다. 식당에 들어서서 왕바이촨이 판성메이의 옆자리에 앉으려고 하자 판성메이는 맞은편에 앉으라며 밀어냈다. 왕바이촨이 웃으며 말했다.

"여긴 아는 사람도 없고 구석 자리라서 괜찮아. 어째 꼭 불륜을 저지르는 것 같네."

식당 안은 꽤 따뜻했다. 판성메이는 장갑을 벗고 차갑게 언 손등을 뺨에 갖다 댔다.

"내 손 보지 마. 저리로 좀 떨어져."

왕바이촨은 판성메이의 손을 얼른 낚아채 자세히 들여다봤다.

"동상 걸렸어? 안 간지러워?"

왕바이촨은 판성메이의 두 손을 자기 뺨에 붙이고 따뜻하게 녹였다.

"좀 아파. 나을 때쯤 간지럽겠지. 겨우 이틀 일한 건데 뭐. 엄마 손은 꼭 고목나무 껍데기 같았어. 여기저기 갈라지고 피가 나서 일회용 밴드를 붙여놨더라고. 보고 있으면 마음이 찢어져."

"전일 도우미를 부르면 어떨까? 돈은 내가 댈게."

"됐어. 아직 그 정도는 아니야."

사실 왕바이촨의 말에 무척 흔들렸지만 판성메이는 고개를 저었다.

"이틀 동안 살림하다 보니 현금이 다 떨어졌는데 200위안만 빌려줄래? 내일 장이라도 좀 봐놓고 가게."

왕바이촨은 가죽 지갑 속에서 현금 한 묶음을 꺼냈다.

"넉넉히 써. 너희 어머니께 새해 선물 드린 셈 치면 되잖아."

판성메이는 멀뚱거리며 잠시 머뭇하다가 왕바이촨 손에서 달랑 지폐 2장만 집고는 그의 손을 물리쳤다.

"유혹하지 마. 자본금으로 아껴둬. 사업이 잘 돼야 집도 사지."

"이 정도는 줄 수 있어."

"티끌 모아 태산이랬어. 내가 아직 자제력이 부족하니까 나한테 돈 주지 마. 너는 정신 차리고 있다가 내가 또 밑 빠진 독에 물 붓는 짓하면 말려주기만 하면 돼."

말을 마친 판성메이는 들고 있던 200위안도 미련 없이 왕바이촨의 손에 다시 쥐여주었다.

"에이, 이것도 안 할래. 엄마 앞에서 돈 많은 척하면 오빠가 또 뜯어먹으려고 내일 몰래 집에 올 거야. 그럼 난 또 오빠네 뒤치다꺼리해야 해. 정말 이 악물고 독한 마음을 먹어야 한단 말이야. 바이촨, 너도 마음 약해지면 안 돼. 날 감시하는 것도 잊지 말고."

"너 고생하는 걸 내가 어떻게 봐."

"넌 돈만 열심히 벌어. 내가 10만 위안 빌려달라고 해도 눈 하나 깜짝 안 할 정도로 벌란 말이야. 그래야 내가 행복해져."

왕바이촨은 판성메이의 손에 막 생긴 동상 자국에 입을 맞추며 맹세했다.

"더 노력할게. 나만 믿어."

"우리, 눈물 없인 볼 수 없는 가난한 부부의 러브 스토리 같다."

판성메이는 웃고 싶었지만 눈꼬리가 내려가더니 이내 주체할 수 없는 눈물이 쏟아지고 말았다. 눈물은 꼭 잡은 두 사람의 손등에 떨어졌다. 왕바이촨의 마음은 안타까움에 타들어가고 있었다. 그는 속으로 또 한 번 다짐했다. 사나이로서의 책임을 다하겠노라고.

저녁을 먹고 차로 돌아왔을 때 왕바이촨이 200위안쯤은 쥐도 괜찮다며 다시 내밀었지만 판성메이는 재차 거절했다. 그녀의 결심은 대쪽 같았다. 다시는 절대로 예전처럼 살고 싶지 않았다.

취샤오샤오는 류신화와 친구들과 먹고 마시며 흥겹게 놀았다. 류신화와 대화할수록 공통된 화젯거리도 점점 늘었다. 클럽에서 그녀는 딱히 자리를 잡고 앉지 않았다. 줄곧 류신화의 목에 팔을 걸고 흔들흔들 춤을 췄다. 환락과 방탕에 빠져 정신은 흐리멍덩했다. 취샤오샤오는 춤추다가 지쳤는지 그제야 룸으로 들어가 앉고 마가리타 한 모금을 마시며 류신화를 보았다. 그는 취샤오샤오의 친구와 속닥거리고 있었다. 취샤오샤오는 피식 웃으며 다리를 쭉 뻗어서 류신화의 발을 밟고 힘을 점점 강하게 주었다. 류신화는 발이 아팠지만 웃으며 고개를 돌렸다.

"왜 그래?"

"네 속셈 다 알아. 밟아 뭉갤 거야."

류신화는 아픈데도 소리는 못 지르고 쩔쩔매면서 계속 취샤오샤오의 친구에게 작전대로 도움을 요청했다. 친구는 류신화의 질투 작전이 처음부터 마음에 들지 않았지만 그의 편을 들어주기로 했다. 그 대신 류신화에게 싱글 몰트 위스키 한 잔을 원샷하라고 조건을 내걸었다. 류신화는 술잔을 한 번 쳐다보며 망설이다가 취샤오샤오와 눈이 마주치자 몸이 자동으로 움직였다. 그가 막 잔을 들고 마시려는데 취샤오샤오가 밟고 있던 발을 별안간에 걷어차버렸다.

"바보야, 내 허락도 없이 뭘 마셔."

친구는 웃겨서 다른 친구의 품에 고꾸라지며 말했다.

"작전인 거 눈치챘어? 하하, 웃겨 죽겠어."

취샤오샤오가 류신화에게 말했다.

"어휴, 멍청이. 저 시치미 떼고 있는 거 봐. 내가 그런 얄팍한 질투 작전에 넘어가겠어?"

친구가 류신화에게 말했다.

"그러게 말이야. 무슨 남자가 이렇게 점잖아. 나 내쫓고 문만 확 잠가버리면 될걸. 어쨌든 샤오샤오를 확실히 네 여자로 만드는 게 중요하잖아. 하하, 연애를 책으로 배웠네."

취샤오샤오가 또 한마디 거들고 친구가 말을 이어받았다.

"그러게. 책을 하도 봐서 배 속에 먹물만 그득해. 오징어인가 봐."

"아니야, 질투 작전 편답시고 이 여자 저 여자 집적대는 난봉꾼이지."

취샤오샤오와 친구는 한마디씩 주거니 받거니 하며 류신화를 놀렸다. 류신화는 애가 탄 나머지 가장 원초적인 방법으로 취샤오샤오의 입을 막았다. 키스를 해버린 것이다. 하지만 취샤오샤오도 망설이지 않고 기꺼이 받아들였다. 그러나 줄기차게 울려 대는 전화벨 소리에 오래 끌지는 못했다. 그녀는 류신화와 살을 더 비비석거리고 싶었지만 그녀의 심복이나 다름없는 절친의 전화는 꼭 받아야 했다.

"여보세요. 응, 아까 메시지는 받았는데 화면이 어두워서 사진이 잘 안 보여."

"그럼 설명해줄게. 1명은 네 큰오빠고 또 1명은 그 사람이 요즘 죽자고 따라다니는 술집 여종업원인데 아직 특별한 관계는 아니야. 하하. 내가 어제 밤에 그 여자한테 만약 네 오빠가 외박을 나가자고 하면 거절하라고 시켰거든. 그리고 일을 쉬는 대신 얌전히 집에 가서자면 500위안을 주겠다고 했더니 어제 이미 한 번 거절했다더라. 네오빠는 거절당하고 나니 더 똥줄이 타나 보더라고. 어때? 네가 바라던 대로 됐지?"

"그 여자가 한 달이나 버틸 수 있겠어?"

"돈만 주면 하겠지만 네 오빠가 못 참아서 네 돈만 날릴까 봐 걱정이다."

취샤오샤오는 골이 나서 소리를 질렀다.

"다른 방법은 없어? 그 여자가 무조건 오빠를 꼬시게 만들어야 해. 그래야 새언니랑 이혼하고 그 여자랑 할 거 아냐."

"결혼은 연분이 닿아야지. 내가 무슨 수로 두 사람을 결혼시켜."

취샤오샤오는 답답했다. 두 오빠를 골려 줄 참신한 아이디어가 떠오르지 않았다. 한참을 골똘히 생각하다가 할 수 없이 친구에게 메시지를 보냈다. 오빠에게 망신을 주려고 친구들과 취중에 공모한 계획을 취소하기로 했다. 아무리 생각해도 매일 500위안을 술집 여종업원한테 주는 건 너무 아까웠다.

취샤오샤오는 구석에서 통화를 마치고 자리로 돌아왔다. 하지만 전화 1통으로 흥이 깨져버렸다. 취샤오샤오에게 두 오빠의 존재는 눈엣가시였다. 류신화는 시무룩해진 그녀에게 무슨 일이 있는지 물었다. 취샤오샤오는 당분간 집안일을 그에게 알리고 싶지 않아서 즐거운 척하며 친구들과 주사위 게임을 하고 술을 마셨다. 술이 몇 잔 들어가니 다시 흥이 되살아나 고민거리는 잠시 잊었다.

친구들이 모두 춤추러 나가자 취샤오샤오는 몸을 굽히며 류신화에게 가까이 다가갔다. 그리고 그의 귓가에 입김을 불고 배시시 웃으며 물었다.

"나랑 하고 싶어?"

"당연하지. 지금 갈까?"

"피, 재미없어. 단박에 걸려드네. 안 할래."

"장난해? 아직도 놀릴 게 남았어?"

"넌 왜 이렇게 고지식해? 하이힐로 네 머리를 깨주고 싶다. 고리타분한 거 딱 질색인데."

류신화는 갑자기 사레가 들렸다. 고지식한 남자가 아닌데 그런 취급을 받으니 화가 나서 취샤오샤오를 쌀자루처럼 어깨에 둘러맸다. 그러고는 두 사람의 외투를 움켜쥐고 클럽을 빠져나갔다. 취샤오샤오는 거꾸로 매달려서 머리가 어질어질하고 띵한데도 연신 소리를 지르며 주먹으로 류신화의 등을 신나게 때렸다. 택시 안으로 나동그라진 뒤에도 좋아 죽겠는지 행복한 비명이 그치지 않았다. 류신화는 포대기를 싸듯 취샤오샤오의 외투로 그녀를 둘러쌌다. 이제 그녀는 반항할 도리가 없었다.

택시에서 내린 뒤에 류신화가 취샤오샤오를 다시 어깨에 둘러매고 호텔로 들어가자, 오가던 많은 사람이 모두 쳐다보며 크게 웃었다. 취샤오샤오는 전혀 개의치 않았다. 그녀는 류신화가 진정한 상남자라고 느꼈다.

"신화, 사랑해."

이 말은 취샤오샤오가 그날 밤에 가장 많이 한 말이었다.

앤디는 바오이판과 같은 항공편으로 귀국했다. 바오이판은 앤디에게 다시는 선을 넘는 행동을 하지 않겠다고 약속했다. 그런데 결국 손발을 가만두지 못하고 그녀가 모퉁이를 돌 때는 팔을 끌어당기고 일어날 때는 부축했다. 또 앉아서는 무심코 고개를 내밀어 주위를 두리번거리고 쿵쿵거리며 냄새를 맡기도 했다. 앤디는 이상하리만치 바오이판의 그런 모습이 거북하지 않았다. 심지어 어색함도 전혀 느끼지 못했다. 그는 마치 하늘이 앤디에게 보내 준 맞춤형 인간 같았다. 그럼에도 그녀는 철저하게 분별력 있게 행동했다. 그러나 앤디가 생각하는 분별은 그녀의 성격을 잘 아는 사람의 눈에는 이미 분별의 의미가 없어 보이는 것이었다.

특이점은 세상에서 가장 고통스러운 새해 연휴 사흘을 보냈다. 셋째날 밤 그는 앤디가 분명 딱 한 편밖에 없는 직항을 타고 돌아올 거라는 짐작이 들어 다급히 차를 몰고 공항으로 향했다. 공항에 일찍 도착해서 앤디를 기다리던 특이점은 충격적인 광경을 목격하고 말았다. 멀리서 앤디와 한 남자가 웃고 얘기하며 걸어 나오는 모습이 유리창을 통해 눈에 들어온 것이다. 두 사람이 출입구 쪽으로 다가오니 공항 직원이 수하물표 확인차 앞을 가로막았다. 특이점은 앤디와 동행한 남자가 자연스럽게 그녀의 어깨에 팔을 두르고 웃으며 귓속말하는 모습을 보았다. 앤디도 덩달아 웃으며 외투 주머니에서 수하물표를 꺼내 검사를 받았다. 알고 보니 바오이판의 장난 때문에 웃은 거였다. 바오이판이 기억력이 뛰어난 천재를 놀려 먹으려고 그녀가 화장실에 간 틈에 가방 안에 있던 표를 몰래 꺼내어 주머니에 옮겨놓았던 것이다. 검표를 마친 두 사람은 자연스럽게 공항을 빠져나갔다. 앤디는 휴대폰을 확인하면서 바오이판과 함께 인파를 따라 걸어갔다. 그들이 특이점 앞을 유유히 지날 때, 두 사람의 표정은 가볍고 유쾌해 보였다. 그들은 어떤 눈길도 의식하지 못했기에 고개를 들어 특이점과 눈을 마주칠 일도 없었다. 그렇게 떠나갔다. 저 멀리로.

특이점은 말 한마디 꺼내보지도 못하고 멀어져가는 그들을 그저 바라보기만 했다. 특이점은 앤디를 누구보다 잘 알았다. 그처럼 앤디에게 익숙한 사람도 그녀의 어깨에 손을 얹으면 앤디는 신경질적인 반응을 보였다. 뻣뻣하게 굳은 몸으로 상대방을 잠시 살핀 뒤에야 비로소 진정하던 그녀였다. 그런데 저 남자의 정체가 무엇이기에 앤디가 저리도 관대한 것일까?

특이점의 앞을 느릿느릿 걸어서 지나간 그 남자를… 특이점은 진정 인정하고 싶지 않았다. 하지만 그 남자의 존재는 부정할 수 없는 사실이었다. 그의 외모는 인파 속에서 단연 돋보였다. 말쑥하고 멋스럽게 꾸민 차림새가 눈에 띌 만했다. 특이점은 몹시 화가 났다. 북적거리는 사람들 틈을 벗어나 주차장으로 발길을 돌렸다. 마음은 초조하고 얼굴은 흙빛이 되었다. 차가운 생수를 사려고 가게를 찾았다. 그런데 다행인지 불행인지 가게 입구에서 핸드 카트에 기대어 서 있는 앤디를 발견했다. 앤디는 휴대폰에 시선을 고정한 채로 누군가를 기다리고 있었다. 그녀의 몸짓은 경쾌해 보였다. 유연한 자세로 핸드 카트에 비스듬히 기댄 그녀는 한 발은 땅에 붙이고 한 발은 발끝으로 가볍게 딛고 있었다. 그동안 특이점이 자주 봐왔던, 예절 교육을 충실히 받은 앤디의 모습이 아니었다. 그가 아는 앤디는 언제고 증명사진을 찍을 수 있을 만큼 단정하고 조신한 차림으로 서 있었지만 한편으로는 긴장한 듯도 보였었다.

특이점의 눈에는 앤디의 모든 행동이 낯설게 느껴졌다. 웬일인지 그녀를 바라볼수록 심장을 에이는 듯 가슴이 아팠다. 그럼에도 특이점은 그녀에게 인사하러 꿋꿋이 다가갔다. 그가 미처 앤디 앞에 이르기도 전에 앤디와 동행한 남자가 가게에서 나오는 모습이 그의 시야에 들어왔다. 그리고 그 남자의 시선도 특이점에게 와서 멈췄다. 두 사람은 동시에 걸음을 멈추고 숙연하게 서로를 바라봤다.

잠시 후, 바오이판이 먼저 침묵을 깼다. 그가 "앤디." 하고 부르자 그녀가 고개를 들었다. 바오이판은 앤디의 뒤쪽을 보며 손으로 가리켰다. 앤디는 고개를 돌렸다. 특이점이 억지 미소를 지으며 바라보고 있었다. 그녀는 순식간에 몸을 곧추세웠다. 무슨 말을 해야 할지 몰랐다.

"저쪽 모퉁이에서 기다릴게요."

바오이판은 특이점이 누군지 이내 알아차렸다. 그는 3초 만에 특이점의 입장을 헤아리고는 쿨하게 자리를 비켜주었다. 따뜻한 코코아 한 잔을 앤디에게 건네고는 두 사람의 짐이 실린 핸드 카트를 밀며 이십여 미터 떨어진 곳에 가서 기다렸다. 바오이판이 특이점 옆을 지날 때, 그는 별일 아닌 듯이 특이점에게 미소를 지어 보였다. 이 때문에 앤디에게 집중되었던 특이점의 관심은 바오이판에게로 분산되었다. 특이점도 예의상 가볍게 웃으며 자리를 떠나는 바오이판을 지켜본 뒤, 다시 고개를 돌려 앤디를 보았다. 그녀는 핸드백을 쥔 두 손을 자연스럽게 앞으로 늘어뜨리고 반듯한 자세로 서 있었다.

"저녁에는 공항에서 택시 부르기도 불편할 것 같고 위험하기도 해서 마중 나왔어요."

앤디의 마음속에서는 수많은 물음이 불쑥불쑥 올라와 뒤섞였다. 그녀가 공항에서 나올 때 특이점이 어디에 있었는지, 왜 하필이면 바로 이 장소에서 우연히 만나게 되었는지, 바오이판이 알려주지 않았어도 그가 자신에게 아는 척했을지 등 모든 것이 궁금했다. 그중에서 가장 알고 싶은 건 그가 도대체 왜 이곳에 왔는가 하는 문제였다. 하지만 앤디는 아무것도 묻지 못했다. 꾹 참고 있는 그의 얼굴을 그저 물끄러미 바라보기만 할 뿐 한마디도 하지 못했다.

가슴이 미어져왔다. 복잡한 상황을 하루라도 빨리 미련 없이 해결하려던 결심도, 초지일관 직선적이고 매정하던 태도도 깡그리 잊었다. 오로지 멀거니 서 있기만 했다. 특이점도 말이 없었다. 매우 혼란스러운 표정으로 앤디를 뚫어지게 바라보며 앤디가 입을 열기만을 기다렸다. 앤디는 한참 동안 망연히 있었지만 할 말이 한 글자도 떠오르지 않았다. 어떤 말을 해도 지금 상황과는 어울리지 않을 것만 같았다. 결국 그녀는 고개를 숙이고 코코아를 벌컥 마셨지만 다시 고개를 들어 특이점을 볼 용기는 없었다.

"내 차도 지하에 있고 그 사람 차도 지하에 있어요. 각자 집으로 갈 거예요. 고마워요."

"나한테 한마디만 해줘요."

앤디는 고개를 저었다.

"카드 키와 열쇠를 돌려줄 때도 아무 말 하지 않았는데 지금 무슨 말이 필요하겠어요. 우리 사이에 더 이상 해야 할 말은 없어요. 숨기는 것도 없고요."

"내가 잘못했어요. 인생에서 결정적인 순간에 약한 모습 보인 것, 사과할게요. 부디 용서해요. 난 단지… 평범한 남자일 뿐이에요. 한 번만 봐줘요, 제발 떠나지 말아요. 사흘 동안 얼마나 고통스러웠는지 몰라요. 돌이킬 수만 있다면 뭐든 다 할게요."

"왜 이래요, 당신 잘못은 아주 작아요. 내가 어떤 사람인지 알고도 나한테 너무 잘해줬잖아요. 잘못은 내게 있어요. 모든 게 내 탓이라고요."

앤디는 다시 고개를 들었지만 특이점과 시선이 교차하자 차마 볼 수 없어서 다시 얼굴을 돌렸다. 눈길을 옮기니 마침 멀지 않은 곳에서 두 사람을 향해 서 있는 바오이판이 보였다. 그녀는 또 고개를 숙였다. 그리고 남은 코코아를 한입에 다 마신 뒤에 다시 고개를 들어 바오이판을 보면서 특이점에게 말했다.

"할 말은 이미 당신한테 다 했어요. 사흘 동안 더 확실히 알게 되었어요. 유전의 힘은 위대해요. 난 정신병자가 될 거예요."

특이점은 갑자기 머릿속이 핑 돌면서 뜨거운 피가 위로 솟구쳤고 낯빛이 확 바뀌었다. 지금 심정이 말도 못하게 혼란스럽지만 앤디 말의 뜻을 모르는 바는 아니었다. 특이점도 먼발치에 있는 바오이판을 자기도 모르게 쳐다봤다.

"아니에요. 당신은 그런 사람이 아니라고요."

특이점은 끝내 말을 더듬거렸다.

"슬프지만 그렇게 될 거예요."

앤디는 안색이 완전히 달라진 특이점을 똑바로 보았다.

"그리고 그에겐 성적인 매력이 대단히…."

손바닥에서 나는 찰싹 소리와 함께 앤디의 말이 뚝 끊겼다.

놀란 앤디는 모든 동작을 멈추었고 멍해진 특이점은 방금 휘둘렀던 손을 저절로 오므렸다. 바오이판은 원래 끼어들지 않으려고 했지만 상황이 심상치 않게 돌아가자 냉큼 달려왔다. 앤디는 황급히 바오이판을 가로막았다. 두 사람은 부딪혔고 앤디가 비틀거렸다. 바오이판은 앤디가 넘어질까 봐 얼른 붙잡았다. 이 모든 광경이 특이점의 눈에는 미인을 구한 영웅과 영웅의 환심을 사려는 미인의 모습으로 비춰졌다. 특이점은 오므렸던 손에 절로 힘이 들어가서 주먹을 세게 꽉 쥐었다. 앤디는 필사적으로 바오이판을 밀어내면서 특이점에게 마지막 말을 남겼다.

"웨이웨이, 미안해요. 잘 가요."

"당신이 저 사람한테 왜 미안해요?"

바오이판은 물러서지 않았다.

"그만해요."

앤디는 특이점이 마음에 걸렸지만 뒤로 물러서며 그대로 빠른 걸음으로 엘리베이터를 탔다. 그녀는 자신의 여행 가방에 엉덩이를 걸치고는 그제야 숨이 찬지 헉헉거렸다.

바오이판은 자신이 그들 사이에서 철저하게 방관자가 된 기분이 들었다. 그럼에도 그는 여전히 앤디와 함께였고 순식간에 지하 주차장에 도착한 엘리베이터에서 나란히 내렸다. 바오이판이 끙끙대며 두 사람의 여행 짐을 힘겹게 엘리베이터에서 내리는 사이, 얼이 빠진 앤디는 엘리베이터 문가에서 목각 인형처럼 우두커니 서 있었다. 바오이판은 계속 신경이 쓰였는지 따귀를 맞은 앤디의 뺨을 어루만졌다. 그리고 다른 한 손으로는 손가락 2개를 세워서 내밀었다.

"앤디, 자, 봐요. 이거 몇 개에요?"

앤디는 마음이 심란하고 말하기도 귀찮아서 무심히 팔을 올려 손가락 2개를 보여주고는 다시 의기소침해졌다. 앤디의 뇌는 이상이 없었지만 바오이판의 눈에는 엘리베이터 앞에 선 앤디가 그 자리에서 말뚝이라도 되려는 것처럼 보였다.

"내가 그 사람이랑 싸우는 거 보기 싫죠? 만약 안 가고 여기 계속 있으면…."

뒤죽박죽이던 앤디의 머릿속에 한 가지 생각이 번득 스쳤다. 이렇게 하염없이 있다가 특이점과 마주치면 또 다툼을 벌여야 한다. 앤디는 기가 죽어서 툭 내뱉듯이 두 글자로 말했다.

"B5."

그녀는 정신을 가다듬으며 백팩을 집어 들고 바오이판을 따라 차가 있는 쪽으로 갔다. 차 앞에 도착했다. 바오이판이 트렁크를 막 여는데 앤디가 불쑥 끼어들어 트렁크 안에서 시원한 생수 2병을 꺼냈다. 1병은 바로 마셨고 1병은 나중에 마실 요량으로 다른 손에 쥐었다. 바오이판은 앤디의 독특한 버릇을 아직 몰랐다. 짐을 트렁크에 넣고 앤디를 좌석에 앉혔다. 그는 곧장 시동을 걸지 않고 잠깐 뜸을 들였다.

"설명해 줄 수 있어요?"

꽤 많은 양의 냉수를 마시자 앤디의 정신이 약간 맑아졌다. 나머지 1병은 얻어맞은 뺨에 대고 열을 식혔다.

"이제 다 끝났어요."

"날 희생양으로 삼은 거예요? 그 남자가 오해하게끔? 뭐 나쁘진 않네요. 서로 질척거리지 않고 깔끔하게 정리할 수 있다면야."

바오이판은 앤디가 돌연 어딘가에 집중하는 것을 느끼고 그녀의 시선을 따라가보았다. 시선의 끝에는 검은색 벤츠 1대가 그들 앞을 지나가고 있었다. 바보이판은 그 남자의 차임을 직감하고 차량 번호를 외웠지만 입으로는 비아냥댔다.

"최고급 사양 벤츠군. 겉은 꾸밀 수 있어도 속을 바꾸긴 어렵지. 여자들한테 작업하긴 좋겠네. 야비한 놈."

"내가 자초했어요. 그만 가요."

"당신이 자초했어도 여자를 때리면 안 되죠. 게다가 많은 사람이 오가는 공공장소였어요. 기본이 안 된 사람이라고요. 비열해요."

앤디는 바오이판의 말이 귀에 거슬렸다. 참다못해 기운을 내서 해명했다.

"세게 때리지 않았어요. 따지고 보면 내가 그 사람을 때린 거나 마찬가지예요. 제게 온 마음을 다주었던 그 사람 입장에서는 충격이 컸을 테니까요."

"당신 똑똑한 여자잖아요. 정말로 그렇게 생각해요?"

"그만요, 제발. 탄쫑밍한테 데려다줘요. 탄 사장 집으로요. 할 얘기가 있어요."

앤디는 탄쫑밍의 주소를 바오이판에게 적어 주었다.

앤디가 말을 끝내자 바오이판은 손으로 얼굴을 감쌌다. 그는 아무 말도 아무것도 하고 싶지 않았지만 혼돈의 절정에 있는 앤디가 신경 쓰였다. 방금 전에 옥신각신하던 두 사람의 모습도 찜찜했다. 과연 누가 더 많이 사랑했던 걸까. 바오이판은 앤디가 그 남자와 헤어지려는 이유를 모르는데도 이 상황이 상당히 충격적으로 다가왔다. 하지만 그는 평소처럼 조리 있게 다음 일을 처리했다. 자신의 휴대폰에서 탄쫑밍의 전화번호를 찾아서 앤디의 전화기로 그에게 전화를 걸었다. 탄쫑밍은 금방 전화를 받았다. 바오이판은 솔직하게 말했다.

"바오이판입니다. 지금 앤디랑 같이 있는데 앤디한테 문제가 좀 생겼어요. 마음의 안정이 필요한 상태라서 탄 사장과 얘기하고 싶은가 봐요. 집에 계신가요? 여긴 공항인데 혹시 집에 안 계시면 다른 편한 장소에서 만나도 괜찮습니다."

"마침 앤디 집 근처에 있어요. 앤디 집까지 데려다주시면 제가 갈게요. 정말 고맙습니다."

"당연히 해야 할 일이죠. 그럼 지금 출발하겠습니다."

"아, 깜빡했는데, 이제부터 앤디에게 말 시키지 마세요."

바오이판은 탄쫑밍이 한 말의 의도를 파악하지 못했다. 자신이 앤디에 대해 아는 게 별로 없다는 생각이 들었다. 어쨌든 탄쫑밍은 바오이판이 이 일에 개입하는 걸 원하지 않는다는 게 핵심이었다. 바오이판은 더욱 언짢았다. 앤디도 줄곧 얼굴을 가리고 있었다. 대화하지 않겠다는 의사 표시였다. 그렇게 두 사람은 가는 길 내내 침묵했다.

환락송 아파트 입구에 도착해서 바오이판은 탄쭝밍에게 앤디를 보냈다. 그리고 탄쭝밍은 자신의 기사를 시켜 바오이판의 차가 있는 공항으로 동행하게 했다. 바오이판은 앤디와 탄쭝밍이 무슨 얘기를 나눌지 자못 궁금했다.

솔직히 앤디는 아무 얘기도 하고 싶지 않아서 탄쭝밍에게 말했다.

"쭝밍, 오늘 밤 내 곁에 있어줘. 머리가 터지기 일보 직전이야. 정신을 못 차리겠어."

탄쭝밍은 바오이판이 이미 언질을 주어 대충 상황을 짐작하고 있었다. 앤디의 집에 들어온 탄쭝밍은 곧장 잔을 2개 들고 와서 각각 술을 따랐다.

"마시면서 얘기해. 같이 있어줄게."

"사정은 간단해. 웨이웨이는 온갖 두려움을 극복하면서까지 날 사랑했고 나도 그랬어. 하지만 그 두려움은 항상 우리 사이에 가로놓인 가시나무였어. 함께 있으면 더 괴로웠지. 그래서 이 잘못된 만남을 끝내려고 했던 거야. 헤어지는 걸로. 내 천성적인 두려움은 내가 감당할 몫이지만 그 사람은 평범하게 살도록 놓아주는 게 맞잖아. 그런데 그게 간단한 일이 아니더라. 우리는 둘 다 자기가 한 말은 꼭 지키는 사람이다 보니 감정적인 문제에 맞닥뜨리면 자주 다투게 되고 그게 반복됐어. 그럴 때마다 입과 두 다리를 전혀 주체하지 못하는 나 자신을 발견하고 말았어. 그래서 아예 끝을 내려고 했는데 그 사람이 따귀를 때릴 줄은 몰랐어. 어떻게… 뺨을…."

"응. 말해. 듣고 있어. 다 들어줄게. 네가 뭐라고 했길래 손찌검을 했어?"

"난 미칠 듯이 흥분해도 남을 때리지는 않아. 내가 무슨 말을 했든 그 사람한테 맞을 이유도 없고. 어쨌든 난 상처를 받았고 아무 말도 하고 싶지 않아. 그래도 괜찮아. 이제 다 끝났으니까."

앤디는 타조처럼 팔에 얼굴을 묻으며 소파 팔걸이에 엎드렸다. 그녀를 바라보는 탄쭝밍은 침착했다. 그는 자세한 속사정을 더 들어보려고 실질적인 조언을 가감 없이 했다.

"너희 관계가 깨끗하게 정리되지 않은 상황에서 네가 바오이판과 휴가를 다녀오다가 웨이웨이랑 마주쳤잖아. 이런 경우는 남자 입장에서 봤을 때 미치고 환장할 일이지. 게다가 네가 일부러 오해할 상황을 만들었다며. 당연히 진짜라고 믿었을 테고 흥분할 수밖에 없었을 거야. 하지만 웨이웨이가 너한테 손을 댄 건 남자답지 못했어. 어떤 변명을 해도 이건 인성 문제야. 네 말대로 넌 아무리 흥분해도 사람을 때리진 않잖아. 더구나 상대는 약자인데."

앤디는 고개를 파묻은 채로 "응, 응." 하며 탄쭝밍의 말에 긍정하다가 마지막 말 한마디에 고개를 획 쳐들며 반박했다.

"내가 말을 너무 냉정하게 했어. 사실 우리는 여태까지… 그걸 못했는데 바오이판이랑은 이미 했다는 뉘앙스를 풍겼거든. 또 일부러 바오이판이 섹시하다는 말도 하고. 그랬더니 폭발한 거야."

탄쭝밍은 심각한 표정으로 고개를 돌렸지만 사실은 웃음이 나서 참으려고 어금니에 힘을 잔뜩 주었다. 그런 뒤에 다시 앤디 쪽을 바라보며 진지하게 말했다.

"참 모질다. 그래도 내가 보기에 오늘 너의 이런 태도는 아주 정상이니까 걱정 안 해도 돼. 응?"

"위로하려고 하지 마. 지금 난 심장이 칼에 썰린 것 같아. 너도 일 잖아. 우리 엄마도 나처럼 감정이 오락가락하다가 발작했어. 오늘 밤이 두려워. 천사 같은 네 여자 친구가 기다려도 오늘 밤은 무조건 내 옆에 있어."

모름지기 당사자보다 제3자의 눈이 더 정확한 법이다. 탄쭝밍은 앤디의 말에 또 웃음이 나서 고개를 돌렸다. 오늘 앤디의 모습은 예전과는 약간 다르게 보였다. 옛날 같으면 이럴 때 착란 증상을 보였을 텐데 지금은 허세를 부리는 것처럼 보였다.

"보통 감정이 상해서 칼에 베이는 듯이 마음이 아프면 남자든 여자든 모두 눈물을 흘려. 그런데 넌 오늘 괜찮아 보여. 충격을 크게 받은 편은 아닌 것 같아. 그러니까 네 엄마처럼 될까 봐 염려하지 않아도 돼."

앤디는 또 고개를 빳빳이 세우고 반박했다.

"난 내가 미쳐버릴까 봐 온 신경이 곤두서 있어. 정말로 심각해. 그리고 아까 바오이판 앞에서는 멀쩡해 보이려고 죽을힘을 다해서 참았어."

탄쭝밍은 내막을 더 알아보려고 애쓰지 않았다. 불난 집에 부채질을 해서 앤디를 자극하고 싶은 마음은 없었다. 그러나 탄쭝밍은 자신의 관점에서 볼 때 성인 남녀가 연애한 지 3개월이 넘도록 잠자리를 같이하지 않았다는 건 두 사람 사이에 문제가 있음을 암시한다고 생각했다. 특히 웨이웨이는 척 봐도 만만한 사람이 아닌 데다가 사회 경험이 워낙 많다. 이런 사람이 강하게 요구하지 않을 수 있을까? 하물며 순진하고 어린 대학생도 아닌데 말이다. 그렇다면 탄쭝밍이 생각하는 이유는 단 한 가지였다. 앤디가 웨이웨이에게 성적 매력을 못 느껴서 완강하게 거절했을 거라는 것. 탄쭝밍이 거듭 웃음이 났던 이유도 바로 이 때문이었다. 바오이판이 섹시하다고 했던 앤디의 말이 웨이웨이에겐 비수였으며, 정곡을 찔린 웨이웨이는 죽고 싶을 만큼 자존심이 상했을 것이다. 탄쭝밍은 오히려 오늘 밤에 돌아버릴 것 같은 사람은 다름 아닌 웨이웨이라고 생각했다.

그는 앤디에게 특별히 충고하고 싶지 않았다. 평생 감정을 숨긴 채 살아온 사람이 어쩌다 알게 된 한 남자에게 마음의 문을 연 것은 연애 경험이 부족해서 벌어진 일이기 때문이다. 옛날 옛적 집 안에만 틀어박혀 지내다가 우연히 만난 한 선비에게 마음을 빼앗겨 사랑의 도피를 한 아가씨처럼 말이다. 탄쭝밍은 친구로서 책임을 다해 밤새 그녀 곁을 지키기로 했다.

앤디는 마음이 심란했다. 그녀의 엄마가 불안정한 감정 때문에 정신병자가 되었던 것처럼 자신도 그렇게 될까 봐 근심스러운 한편, 특이점이 이제 자신을 끔찍이 사랑하지도 아끼지도 않으리라고 생각하니 가슴이 쓰라렸다. 이런 생각들로 슬픔을 더욱 견디기 힘들어진 앤디는 차라리 특이점에게 전화를 걸어 솔직하게 털어놓고 싶을 지경으로 머릿속이 뒤엉켰다. 그러나 그녀는 미치광이가 아니었다. 천만다행으로 결정적인 순간에 이성이 중심을 잡아서 사실대로 해명하고 싶은 충동을 억제했다. 이렇게 두 사람 모두 망신창이가 되는 이별은 너무 비참했고 앤디가 진정으로 원하던 바도 아니었다.

다행히 탄쭝밍이 옆에서 버팀목이 되어주어서 속내를 이야기할 수 있었고 기분이 안정되고 나니 그제야 깊은 슬픔이 눈물로 터져 나와 한없이 흘러내렸다.

탄쭝밍은 휴대폰을 켜서 새로 개설한 웨이보 계정을 들락거리며 괴로움에 몸부림치는 앤디를 대수롭지 않게 쳐다봤다. 그는 한참을 뒤척이던 앤디가 제풀에 지쳐서 잠들기를 기다렸다가 거실 바닥에 이부자리를 깔았다. 탄쭝밍은 의아했다. 앤디가 오늘 이처럼 엄청난 일을 겪고도 미국에서 갓 돌아왔을 당시만큼 날카롭게 굴지 않은 게 이상했다. 예전 같았으면 이런 경우에 의사를 불러 주사도 놓고 약도 먹여야 하는 건 아닌지 걱정하곤 했었다. 어쩌면 웨이웨이와 사귀는 동안 사랑의 힘으로 치유된 면이 있는 걸까? 탄쭝밍은 앤디와 웨이웨이 두 사람의 관계가 어느 정도인지 아리송했다.

다음 날 아침, 다행히 미친 사람은 아무도 없었다. 탄쭝밍은 앤디의 집을 나와서 현관문이 열린 2202호 앞을 지나갔다. 그 모습이 2202호 친구들 눈에 띄었다. 탄쭝밍을 처음 본 그녀들은 일제히 흥분하기 시작했다. 앤디의 집에서 밤을 지내고 나오는 남자라니!

출근하는 판성메이의 마음은 이미 콩밭에 가 있었다. 연말 상여금만 지급되면 홀가분하게 현재 직장을 떠나 시내 중심가에 위치한 새 일터에서 근무할 것이다. 그녀는 왕바이촨과 함께 저녁을 먹기로 약속했다. 그런데 퇴근 직전에 웨이웨이의 전화를 받았다. 그는 요즘 기분이 최악이며 판성메이와 얘기를 하고 싶다고 했다. 판성메이는 아침에 앤디 집에서 나오던 남자의 얼굴이 떠올라서 웨이웨이의 심정이 이해되고도 남았다. 그래서 왕바이촨에게 사과의 말을 전하고 웨이웨이를 만나기로 했다. 뭐랄까, 전에 그녀를 도와주었던 일에 대한 보답 같은 거였다.

판성메이가 동료와 같이 회사를 나오니 밖은 이미 어두컴컴했다. 가로등 불빛을 받은 고급 승용차 1대가 광채를 내뿜으며 서서히 그녀 앞으로 미끄러지듯이 와서 멈췄다. 누군가 차창을 내리며 그녀의 이름을 불렀다. 자세히 보니 웨이웨이였다. 회사 앞으로 판성메이를 데리러 온 것이었다. 판성메이는 동료들에게 잘 가라고 인사를 전하고 그들의 부러움과 시기가 뒤섞인 시선을 한 몸에 받으며 차에 올랐다. 약간 허영에 들뜬 마음이 들었다. 어차피 곧 떠날 회사라서 동료들에게 굳이 설명할 필요도 없었다.

"이렇게 멀리까지 안 오셔도 되는데 죄송해요."

"오늘은 도저히 출근할 마음이 안 생겨서 여기저기 쏘다니며 기분 전환했어요. 새해 연휴 전에 내가 앤디한테 다른 사람이 있냐고 물어 봤죠. 성메이 씨는 없다고 했는데, 제가 어제 직접 봤어요. 앤디를 마중하러 공항에 갔다가 우연히. 앤디도 인정했어요. 그때, 날 속였던 겁니까?"

"아니에요. 연휴 전에는 정말 몰랐어요. 2202호 친구들도 모두 몰랐고요. 더구나 그때는 저희 고향 집에 일이 생기는 바람에 한동안 다른 데 신경 쓸 겨를도 없었어요."

"실례했다면 용서해요. 성메이 씨의 말은 그땐 몰랐지만 그 이후 에는 그 사람을 본 적이 있다는 뜻인가요? 아니면 그 사람에 대해 알 고 있다는 건가요? 언제부터요? 어젯밤? 오늘 아침?"

판성메이는 웨이웨이가 자신을 통해 실마리를 찾으려고 할 줄은 몰랐다. 그렇지만 앤디의 사생활을 함부로 말할 수 없어서 억지로 웃 는 척만 했다.

"그런 뜻은 아니에요."

묵묵히 있던 웨이웨이는 한참 만에 입을 열었다.

"어제 밤에 고향에서 돌아왔으면 밤늦게나 도착했겠네요. 그럼 오 늘 아침에 본 거군요?"

판성메이는 대답할 수 없었다. 웨이웨이의 말이 맞다. 그녀는 오늘 아침 앤디의 집에서 나오는 남자를 보았다. 결국 웨이웨이에게 들키 고 말았다. 그는 주먹으로 핸들을 때려 부술 것처럼 세게 내리쳤다. 결국 운전을 멈추고 근처 공터에 차를 댔다. 판성메이가 조심스럽게 물었다.

"왕바이촨에게 와서 운전하라고 할까요?"

웨이웨이는 핸들 위에 한참 동안 엎드려 있다가 겨우 몸을 바로 세웠다.

"부탁 하나만 해도 될까요? 앤디한테 전화해서 같이 밥 먹자고 하며 만나요."

판성메이는 초췌하기 짝이 없는 웨이웨이의 얼굴을 보고 있자니 그녀의 마음도 아팠다. 그러나 앤디와의 의리가 더 중요했다.

"며칠간 시간을 가지면서 마음을 진정시키는 게 좋겠어요."

"괜찮아요. 난 그냥 앤디를 만나고 싶을 뿐이에요. 만나기만 하면 됩니다."

"웨이 사장님, 마음을 가라앉히세요. 무슨 일이라도 생길까 봐 걱정돼요."

"부탁합니다. 22층 이웃들 다 같이 나와서 날 감시해도 괜찮습니다. 앤디를 만날 수만 있다면."

판성메이는 차마 웨이웨이를 쳐다보지 못했다. 다 큰 남자가 애걸복걸하는 모습을 도저히 보고 있을 수가 없었다. 더구나 이런 하찮은 부탁으로 말이다. 판성메이의 눈가에도 어느덧 눈물이 그렁그렁 맺혔다. 그녀는 휴대폰을 꺼내서 앤디에게 전화를 걸었다. 웨이웨이도 들을 수 있게 스피커도 켰다.

"앤디, 퇴근했어?"

"아직. 원래 너보다 1시간 늦게 퇴근하잖아. 나흘 동안 쌓인 자료들도 오늘 다 봐야 하고."

"어떻게, 목소리가 안 좋네. 감기야?"

"아니. 어제 냉수를 많이 마셔서 목이 잠겼어. 근데 이 시간에 웬일이야? 급한 일 있어?"

"내가 다들 불러서 밥 사려고. 지난번에 아빠 입원했을 때 모두들 도와준 덕분에 고비를 넘겼잖아. 그래서 오늘…."

"성메이, 다른 날로 하면 안 될까? 오늘은 기분이 썩 안 좋아, 그냥 혼자 있고 싶어. 이해해줘."

판성메이는 이대로 전화를 끊으려고 하는데 웨이웨이가 손등에 뭐라고 글씨를 쓰고는 잘 보이도록 실내등을 켰다. 판성메이는 내키지 않았지만 웨이웨이가 시키는 대로 다시 물었다.

"왜? 휴가도 다녀왔잖아."

"후, 말하자면 복잡한데, 나 웨이웨이랑 헤어졌어. 그래서 오늘 자료가 눈에 잘 안 들어와."

판성메이는 아침에 2202호 문 앞을 지나간 그 남자를 생각하니 미미한 정도지만 화가 끓어올랐다. 웨이웨이는 실연당해서 다 죽어가는 얼굴을 하고 가엾은 처지가 되었는데 그런 웨이웨이를 식사 초대를 거절하는 변명거리로 삼은 앤디가 못마땅했다. 그래서 웨이웨이의 부추김 없이 제 뜻으로 덧붙여 물었다.

"연말에 웨이웨이 씨랑 헤어졌다고 하지 않았어? 그때 네가 힘들어했었잖아."

웨이웨이는 숨을 죽이고 앤디의 대답을 기다렸다. 수화기 너머는 꽤나 오랫동안 조용하다가 마침내 소리가 들려왔다.

"성메이, 더는 묻지 말아줘."

앤디는 이렇게 말하고 바로 전화를 끊었다.

31

차 안의 두 사람은 앤디의 마지막 말에 울음이 섞여 있었다는 것을 알아차렸다. 판성메이는 순간 어리둥절해서 웨이웨이를 쳐다봤다. 웨이웨이도 어리둥절하긴 마찬가지였다. 앤디의 말을 어떻게 해석해야 할지 몰랐다. 더욱이 아침에 앤디 집에서 나온 퉁퉁한 중년 남자와 웨이웨이 사이에서 앤디가 어떻게 할 작정인지 도무지 이해되지 않았다. 하물며 웨이웨이와는 이미 헤어진 사이라면서 새삼스럽게 슬퍼하는 이유가 무엇인지도 궁금했다.

웨이웨이는 더 말할 것도 없었다. 그가 전날 공항에서 본 앤디는 휴가에서 돌아와 그를 우연히 만나기 전까지 매우 홀가분한 상태였지 않은가. 그런데 어째서 그 남자와 밤을 보내고 난 뒤에 도리어 목소리가 잠기고 기분이 안 좋아졌는지 당최 갈피가 잡히지 않았다. 사실 판성메이를 만나기 전까지는 어쩌면 공항에서 있었던 일은 헤어지기 위한 앤디의 고육지책이었을지도 모른다는 생각도 했었다. 하지만 그 남자가 밤사이 앤디 집에 머물렀던 이상, 앤디가 거짓으로 꾸민 일은 아닌 듯했다. 그렇다면 행복해야 할 앤디가 왜 울고 있단 말인가.

그 때문에 웨이웨이는 더 화가 났다. 그는 차문을 열고 밖으로 나가 얼음 같은 밤공기 속을 몇 분간 배회했다. 온몸이 꽁꽁 얼어붙을 지경이 되어서야 그나마 진정이 되었는지 그는 차를 다시 몰아 시내로 들어갔다. 판성메이는 완전히 굳어버린 웨이웨이의 옆얼굴을 보니 감히 말을 붙일 수가 없어서 가는 길 내내 침묵을 지켰다. 차 안의 무거운 적막을 깨고 판성메이의 휴대폰이 울렸다. 판성메이가 휴대폰을 꺼내 보았다.

"앤디예요."

"맘대로 해요."

말은 이렇게 하면서도 웨이웨이의 마음은 된서리를 맞은 듯했다.

판성메이는 이번에는 스피커를 켜지 않았다. 앤디는 취샤오샤오와 아르마니 매장에 쇼핑을 하러 가기로 했는데 같이 갈 생각이 있는지 물었다. 만약 갈 거면 취샤오샤오와 함께 자기 옷을 골라달라고 했다. 쇼핑이라면 당연히 오케이였다. 더군다나 남의 돈으로 하는 쇼핑이니 신나서 깡충깡충 뛸 일이었다. 다만 취샤오샤오와 동행하는 건 죽어도 싫었다. 취샤오샤오가 있으면 가더라도 꿔다 놓은 보릿자루 신세가 될 게 빤하고 취샤오샤오가 또 무슨 말로 빈정댈지 모르기 때문이었다.

웨이웨이는 대충 상황을 알아들은 것 같았다.

"어느 매장이라고요?"

"웨이 사장님, 다른 방법을 찾아보면 어때요? 아무래도 지금 앤디를 만나러 가면 두 사람이 부딪칠 것 같아서요."

"안 그래요. 같이 가서 보면 되잖아요. 도와주면 제가 아르마니 1벌 선물할게요. 성메이 씨가 곤란해지는 상황은 없을 겁니다."

판성메이는 옷 1벌에 친구를 팔아넘길 생각은 결난고 없었지만 웨이웨이의 진지한 태도에 마음이 흔들려 앤디와 취샤오샤오가 만나는 매장을 알려주었다. 그리고 자신은 지하철 입구에서 내려주고 서둘러 출발하라고 했다.

그녀는 웨이웨이에게 무척 감동했다. 남자의 사랑이 얼마나 깊어야 여자 친구가 다른 남자와 밤을 지새워도 개의치 않고 끝까지 놓지 않을 수 있는지, 가히 심금을 울릴 만했다. 특히나 요즘 시대에 웨이웨이 같은 부자는 미녀들이 한번 꼬셔보려고 벌떼처럼 달려드는 그런 타입이어서 아쉬울 게 없는 상황인데도 말이다.

혼자 덩그러니 남은 판성메이의 전화 1통에 왕바이찬이 재깍 그녀 곁으로 달려왔다. 판성메이는 앤디와 웨이웨이 사이의 일을 왕바이찬에게 얘기하고 싶어서 입이 근질근질했지만 애써 꾹 참았다. 이 남자와 저 남자 사이를 왔다 갔다 하는 앤디의 행동이 좋아 보이지 않았기 때문이다. 그러나 몇 분 뒤, 그녀는 결국 참지 못하고 왕바이찬에게 미주알고주알 쏟아 냈다. 왕바이찬은 계속 놀란 반응을 보였다.

"의외네. 그렇게 안 봤는데."

왕바이찬은 앤디가 그런 행동을 할 줄 몰랐던 데다가 웨이웨이가 그 정도로 순정남인 것도 뜻밖이어서 놀랐다. 웨이웨이가 아르마니 매장으로 앤디를 만나러 갔다는 말에 더욱 놀란 왕바이찬은 목소리를 높였다.

"혹시 때리는 거 아냐? 어떤 남자가 그걸 가만 놔두겠어?"

판성메이는 예전에 장밍쑹과 만날 때 은연중에 학습한 것을 아는 대로 말했다.

"참을 수 있든 없든, 어쨌든 웨이 사장님은 젠틀하셔. 앤디와 싸우지 않겠다고 약속도 했고. 하여튼 남자는 때와 장소를 불문하고 절대로 여자를 때리면 안 돼. 이건 철칙이야."

왕바이찬은 판성메이의 말에 계속 동의하면서도 속으로는 웨이웨이가 과연 어떻게 대처할지 퍽 궁금했다.

웨이웨이가 가장 먼저 매장에 도착했다. 잠시 기다리니 취샤오샤오가 문을 열며 들어오는 모습이 보였다. 취샤오샤오는 요즘 한창 유행하는 바이크 가죽 재킷과 굽이 높은 가죽 부츠로 멋을 냈다. 손에는 샤넬 백이 들려 있었다. 그녀는 매장으로 들어오자마자 휴대폰을 꺼내 일단 셀카를 1장 찍은 뒤에 주변은 아랑곳하지 않고 전투에 돌입했다. 그리고 매장 직원들의 조심스럽지만 친절한 인사를 자연스러운 몸짓으로 받았다. 뒤이어 앤디가 출입문을 열고 들어왔다. 공교롭게 앤디도 가죽 재킷을 입고 있었지만 취샤오샤오의 재킷처럼 트렌디한 멋은 없었다. 꼭 남성 재킷 같은 블랙 칼라였고 속살처럼 부드러운 재질이 아니었다면 볼품이 없는 스타일이었다. 어깨에 얹힌 커다란 노트북 가방, 검정색 라운드 넥 티셔츠와 긴 바지, 검정색 하이힐, 늘씬한 몸매, 짧은 머리, 겉보기엔 전반적으로 매우 심플했지만 느낌은 마치 억지로 꾸미고 나온 부인 같았다. 편안한 패션을 추구하는 앤디였기에 가능한 차림새였다. 출입문 앞에 서서 누군가를 찾는 앤디의 모습에서는 순간 강한 아우라가 느껴졌다.

웨이웨이는 예전 같았으면 틀림없이 한껏 밝은 표정으로 앤디를 맞이했겠지만 앤디를 다른 남자에게 빼앗겼다고 생각하니 그저 암울하기만 했다. 그는 성큼성큼 걸어가서 앤디가 취샤오샤오를 만나기 전에 먼저 앤디 앞에 섰다. 가까이 다가가보니 앤디의 눈꺼풀은 퉁퉁 부어 있었고 요정처럼 늘 반짝이던 눈동자는 빛을 잃어 생기가 없었다.

"앤디, 어떻게 이런 곳에서 만나다니."

앤디는 무의식적으로 두 걸음 뒤로 물러났다.

"샤오샤오, 네가 말했어?"

취샤오샤오는 두 사람 사이의 분위기가 마치 폭풍 전야처럼 느껴져 황급히 해명했다.

"아니야, 내 통화 기록 확인해봐도 좋아."

"지나는 길에 가방 하나 사려고 들른 거예요. 편하게들 쇼핑해요. 내가 백 들어줄게요."

앤디는 손을 올려 어제 맞은 뺨을 살짝 만지며 취샤오샤오에게 말했다.

"나 먼저 가야겠어. 넌?"

웨이웨이는 앤디의 손짓에 담긴 의미를 알아차리고는 주눅이 들어 기어드는 목소리로 말했다.

"미안해요, 앤디. 용서해요. 아니, 용서하지 않아도 괜찮아요, 가라고만 하지 말아요. 밖에서 기다릴게요. 마음에 드는 거 고르면 날 불러요. 내가 계산할 테니까."

"정말요? 한도는요?"

취샤오샤오는 사양 않고 흔쾌히 뜯어먹으려는 모양이었다.

"앤디가 원한다면 얼마든지."

웨이웨이는 간신히 미소를 유지한 채로 앤디에게 시선을 고정시켰다. 앤디는 화가 폭발했다. 그녀는 웨이웨이의 넥타이를 거칠게 틀어쥐더니 한쪽으로 끌고 가서 낮은 목소리로 화를 냈다.

"또 뭘 어쩌게요? 때릴 테면 때려봐요. 욕하고 싶으면 해요. 내가 미치는 꼴을 봐야 단념하겠으면 그렇게 하라고요. 어제도 탄쭝밍이 밤새 돌봐줬어요. 난 이미 돌아버릴 지경이란 말예요. 제발 날 좀 가만 놔둬요. 대체 원하는 게 뭐예요? 내가 다 배상할게요."

취샤오샤오는 두 사람이 무엇 때문에 싸우는지는 몰랐다. 아마도 바오이판이 앤디를 따라 푸켓에 갔던 일과 관련이 있을 것이라고 짐작되었다. 그녀는 팔짱을 끼고 흥미진진한 드라마를 보기 위해 쇼핑을 뒷전으로 미루었다.

그런데 순식간에 웨이웨이가 기뻐서 날아갈 듯 앤디의 한 손을 부여잡고는 사랑이 뚝뚝 묻어나는 몸짓으로 앤디의 손에 미친 듯이 입을 맞추고 있었다. 뭐지? 설마 이렇게 빨리 끝났을 리가? 취샤오샤오는 답답해서 소리를 지르고 싶었다.

웨이웨이는 아침에 앤디 집에서 나온 남자가 어제 공항에서 봤던 사람일 거라고 확신했다가 탄쭝밍의 이름을 듣는 순간 꽉 막혔던 속이 뻥 뚫렸다. 간밤에 잠도 못 이루고 뒤척이며 추측했던 모든 가능성들이 결국엔 사실이었다. 그는 앤디에게 깜빡 속아 넘어가서 무지막지한 실수를 저지르고 만 것이었다. 방금 전까지는 울분을 누르며 굽실거렸지만 이제는 솔직한 마음을 드러낼 수 있게 되었다. 앤디는 잠시 멍청한 표정을 짓다가 힘껏 손을 뺐다.

"먼저 갈게."

그녀는 취샤오샤오에게 이렇게 말하고는 도망치듯이 서둘러 매장을 빠져나갔다. 웨이웨이도 한마디 했다.

"취샤오샤오, 나 대신에 앤디 선물 좀 부탁해요. 돈은 나중에 줄게요."

"한도는요?"

취샤오샤오의 질문에 대답한 사람은 없었다. 그렇게 두 사람은 자리를 떠났다. 취샤오샤오는 혼잣말을 중얼거렸다.

"대답 안 했으니까 상한선은 없는 걸로. 훗, 이럴 때 바가지를 안 씌우면 또 언제 해."

그녀는 정교하게 설계된 조명등 불빛 아래에서 쇼핑 욕구를 미친 듯이 분출하기 시작했다.

웨이웨이는 하이힐 때문에 빨리 걷지 못하는 앤디를 단숨에 따라 잡았다. 그는 양팔을 벌려서 앤디 앞을 가로막았다. 그의 얼굴은 진심으로 기쁜 표정을 짓고 있었다. 반면 앤디는 깊이 좌절했다. 희열에 찬 그의 얼굴을 보니 또 절로 가슴이 미어져 그의 얼굴을 자세히 볼 수가 없었다. 앤디는 고개를 돌리며 모질게 마음먹고 물었다.

"뭘 하자는 거죠?"

"용서해줘요, 앤디. 제발 한 번만. 아직 저녁 안 먹었죠? 차가 근처에 있으니까 당신 좋아하는 거 먹으러 가요. 앤디, 어제는 내가 미쳤었어요. 우리 집 신발장이며 냉장고며 다 박살났어요. 내가 때려 부쉈거든요. 이 손 좀 봐요. 마구 휘두르느라 감각도 없었어요. 당신한테 손을 대다니, 얼마나 후회했는지 몰라요. 가장 후회스러웠던 점은 내가 당신을 오해한 것이에요. 용서해줘요. 이대로 헤어지면 난 평생 나 자신을 용서하지 못할 거예요."

앤디가 온몸으로 웨이웨이를 거부하고 있었기 때문에 그는 앤디 가까이에 다가가지 못하고 떨어져서 큰 소리로 할 말을 했다. 그 바람에 오가던 행인들의 눈총을 심심찮게 받았다. 앤디는 깊은 숨을 길게 내쉰 뒤, 가방에서 작은 생수병을 꺼내서 한 모금 마셨다.

"오해 아니에요. 어제 나와 동행한 사람은 바오이판이라고 해요. 청부하다는 뜻의 '바오', 평범하다는 뜻의 '판', 구글 검색창에 이 두 글자를 입력하면 가운데 '이'자는 연관검색어로 뜰 거예요. 검색하면 사진도 나오니까 내 말이 거짓인지 아닌지 확인해봐요."

"안 해요, 다시는 당신을 오해하지 않아요. 당신의 일관된 성품을 믿으니까. 앤디, 왜 날 밀어내려는 거예요? 나도 사람이라서 가끔 실수해요. 그러니까 용서해줘요. 우리 조용한 곳으로 자리 옮겨요. 내 마음은 온통 당신뿐이란 걸 보여줄게요. 앤디, 날 봐요. 고개 돌려서 날 좀 봐요. 독하게 이러지 말아요."

앤디는 연거푸 물을 마시며 눈길을 계속 다른 곳에 두다가 차근차근 말하기 시작했다.

"난 당신을 속인 적이 없어요. 당신이 열쇠와 카드키를 놓고 갔을 때, 난 우리 관계가 끝났다고 생각했어요. 그 이후의 연락은 단지 옛 정이 남아서 완전히 끊어내지 못했기 때문이라고 믿었고요. 그랬는데… 그 사람이 푸껫으로 따라왔고 난 받아들였어요. 그게 다예요. 당신한테 다른 생각이 있는 줄은 몰랐어요. 난 단순한 사람이라서 복잡하게 생각하지 못해요. 정말 미안해요. 나도 당신의 마음을 아프게 하고 싶진 않아요. 하지만 난 이미 새로운 삶을 시작했어요. 당신이 없어도 잘 살아갈 거예요. 어제 당신이 나한테 화를 내서 난 오히려 마음이 더 편해졌어요. 오늘도 실컷 화풀이해요. 받아줄게요."

앤디가 가슴에 못을 박는데도 웨이웨이는 여전히 온 얼굴에 웃음을 함빡 머금고 있었다.

"이제 안 속아요. 위층에 올라가서 식사해요. 마지막 식사라고 생각해도 좋아요. 나도 할 얘기 있으니까 들어줘요."

"취샤오샤오 부를게요. 맞을까 봐 겁나서."

휴대폰을 통해 취샤오샤오의 대답 소리가 전해졌다.

"먼저 먹어. 쇼핑 끝내고 갈게."

웨이웨이는 기뻐서 어쩔 줄 몰라 하며 앤디의 손을 잡고 위층으로 올라갔다. 앤디는 벗어나고 싶었지만 도리가 없었다. 마지못해 웨이웨이에게 끌려가면서도 마음은 불편하기 짝이 없었다. 식당에 들어서서 웨이웨이는 외투를 벗는 앤디를 도와주고 의자도 빼주었다. 앤디가 무시해도 개의치 않았다. 앤디가 메뉴를 보는 틈에 그는 또 앤디의 왼손을 끌어당겨서 입을 맞추었다. 그녀는 평소에 자존심이 대쪽 같던 남자가 이렇게 비굴하게 구는 모습을 차마 볼 수가 없었다. 그녀의 마음은 이미 진흙처럼 물러져서 한 번만 더 쳐다보면 약해진 마음이 와르르 무너질까 봐 두려웠다. 웨이웨이의 태도에서는 '당신이 어떻게 하든 내 사랑은 이미 가늠할 수 없을 만큼 깊기에 지구 끝까지라도 따라가겠소'라는 결의가 느껴졌다.

앤디는 오른 손으로 물병을 쥐고 계속 냉수만 들이켰다. 그녀는 이럴 때 어떻게 해야 하는지 도통 몰랐다. 그저 못된 말로 가슴에 상처를 주는 것 말고는 할 줄 아는 게 없었다. 그런데 앞에 있는 이 남자는 그 정도 상처에는 끄떡도 없으니 어찌해야 좋을지. 더더구나 번듯한 사람을 이렇게 망쳐놓았다는 사실에 더 가슴이 저미었다. 어쩌다 보니 자신이 타고난 골칫거리가 된 것 같았다.

이런 혼돈의 상태가 얼마나 흘렀는지, 그 사이에 취샤오샤오가 왔다. 웨이웨이는 취샤오샤오에게 눈짓을 했다. 분위기 깨지 말고 자리를 비켜달라는 신호였다. 그러나 취샤오샤오는 알아채지 못하고 점원에게 쇼핑백을 테이블로 가져다 달라고 부탁했다.

"웨이 사장님, 계산하세요. 이거 전부 다 앤디 선물이에요. 아, 배고파 죽겠네."

취샤오샤오는 이렇게 의기양양하게 말하며 영수증을 웨이웨이 앞에 탁 하고 내려놓았다.

앤디는 숫자를 읽고는 취샤오샤오를 흘겨봤다.

"필요 없어요."

"선물인데 왜 싫어, 마음이잖아."

웨이웨이는 앤디의 손을 내려놓고 노트북을 꺼내어 취샤오샤오의 계좌로 즉시 선물 값을 이체했다. 안 그러면 이 여우가 또 끝까지 말

썽을 피울 것 같았다. 취샤오샤오가 웃으며 말했다.

"수고비 10퍼센트도 잊지 마세요."

"샤오샤오, 바오이판 명함 있으면 이 사람 보여줘. 바오이판에 대해서 죽어도 안 믿어."

취샤오샤오는 멀뚱거렸다.

"얻어맞으면 어떡해?"

"맞아도 내가 맞으니까 꺼내봐."

취샤오샤오는 백에서 꺼낸 바오이판의 명함을 조심스럽게 앤디의 뒤쪽으로 전달했다. 웨이웨이한테 직접 주지 않고 앤디에게 건넸다. 앤디가 다시 웨이웨이에게 명함을 내밀었다.

"이 사람이에요. 쇼가 아니라고요."

"안 볼래요. 난 당신 인격만 믿어요."

웨이웨이는 명함을 보지도 않고 테이블에 뒤집어 놓은 채로 취샤오샤오 앞으로 밀어서 돌려줬다. 앤디는 골치가 아파와 취샤오샤오에게 물었다.

"무슨 일이냐면, 난 바오이판을 좋아하는데 이 사람은 날 안 놔주겠대. 어떡하지?"

취샤오샤오는 예상치 못한 앤디의 솔직함에 깜짝 놀라서 그녀를 한 번 쳐다보고 웨이웨이도 한 번 쳐다봤다. 두 사람의 복잡한 표정이 무얼 의미하는지는 알 수 없었다. 취샤오샤오는 이 두 사람이 드디어 미쳤구나 싶었다. 그녀는 당장 해결책을 제시했다.

"내가 바오 사장님한테 전화할게. 와서 결판내라고."

그러고는 다시 한번 웨이웨이를 쳐다봤다.

"그럼 난 이만 도망갈래. 천천히 드세요."

취샤오샤오는 꺅 소리를 지르며 의리 없이 내뺐다. 그 자리에 남아 있다가 웨이웨이한테 칼부림이라도 당할까 봐 달아난 건 아니었다. 앤디는 추잉잉처럼 미련퉁이가 아니어서 따로 걱정할 필요가 없었다.

앤디는 곧 실성할 것만 같았다.

"어떻게 해야 믿겠어요? 어제 그 사람 봤잖아요. 멋있고, 섹시하고, 똑똑하고, 능력 있고, 성격도 좋아요. 그리고 내가 그 사람을 좋아해요. 같이 있으면 즐겁다고요. 내가 이런 모욕적인 말까지 해야겠어요?"

"안 믿어요. 어제는 너무 갑작스러워서 그랬는데 나중에 다시 곰곰이 생각해보니까 못 믿겠더군요. 그래서 오늘 찾아왔어요."

"우연이 아니라고요? 혹시, 성메이예요?"

웨이웨이는 고개를 끄덕였다. 동시에 어제 공항에서 본 남자와 앤디가 스킨십을 하던 장면과 긴장을 푼 자세로 있던 앤디의 모습을 하나하나 되새겨보았다. 과연 믿지 않을 수 있을까? 그래도 웨이웨이는 짐짓 믿지 않는 척했다. 설령 마음이 갈기갈기 찢어지더라도.

"왜 이래요? 당신은 나보다 훨씬 훌륭하고, 훨씬 정상적이고, 당신한테 짐이 되지 않는 여자를 만날 수 있어요. 건강한 아이도 낳을 수 있으니 당신 부모님 마음에 드는 여자를 만나라고요. 왜 자꾸 나한테 집착해요."

"모르겠어요. 당신을 지켜야 한다는 생각뿐이에요. 사랑해요, 죽도록. 이렇게 떨어져 있거나 흔들릴 때마다 감정이 더 깊어져요. 결코 충동적인 사랑이 아니에요. 오히려 점점 강하고 단단해지고 있어요. 내가 이렇게까지 한사람을 사랑하다니, 나 자신도 믿기지 않아요."

"그럴 필요 없어요. 난 당신이랑 있으면 행복하지 않아요. 당신도 그렇잖아요. 우리 곁에는 이미 그림자가 드리워졌어요. 겪어본 뒤에야 알게 된 사실이지만, 난 당신한테 끌리지 않아요. 모두 다 사실이에요. 자, 때려요, 여기 얼굴. 이제 피하지 않겠어요."

자만에 차 있던 웨이웨이는 마침내 고개를 떨궜다. 물 컵이 떨리는 그의 손에서 미끄러져 테이블 위로 떨어졌다.

"당신이 계산해요. 난 갈게요. 언제든 내가 필요하면 전화해요."

그는 휘청거리며 일어서더니 허리를 굽히고 어제 손찌검을 했던 뺨에 가볍게 입맞춤했다. 헤어짐을 못내 아쉬워하며 그렇게 떠났다.

앤디의 뜻대로 되었다. 하지만 바보 같이 굴고 난 심정은 전날 밤보다 더욱 고통스러웠다.

앤디는 식당을 나와서 차 안의 짐을 정리한 뒤에 의지가 되어줄 탄쭝밍의 집으로 곧장 내달렸다. 탄쭝밍이 있든 없든 그 곳은 그녀가 기댈 곳이었다. 결국 탄쭝밍은 하룻밤 더 앤디에게 시달렸고, 탄쭝밍의 여자 친구는 답답해서 속이 뒤집힐 지경이 되었다.

분주한 아침이었지만 판성메이는 활짝 열린 현관문 안으로 다다다다 하고 들려오는 하이힐 굽 소리에 귀를 쫑긋 세웠다. 웬일로 취샤오샤오가 이렇게 일찍 일어났는지 의아했다. 무슨 일인지 궁금해하는 찰나에 취샤오샤오가 2201호 문을 두드리는 소리가 들렸다. 잠시 뒤, 좀 전과 같은 하이힐 굽 소리가 또다시 들렸다.

"앤디 봤어? 누구 본 사람 있어? 전화도 꺼져 있어. 어젯밤부터 계속 불통이야."

화들짝 놀란 판성메이는 당장 화장 거울 앞에서 벌떡 일어나 뛰쳐나갔다.

"무슨 일인데?"

취샤오샤오는 판성메이와 아직 눈에 졸음이 그득한 누 친구를 차례로 보다가 판성메이를 빤히 봤다.

"언니는 뭘 좀 아는 것 같은데? 뭐야?"

판성메이는 당황했다. 대답하는 대신 휴대폰을 꺼내 앤디에게 전화를 걸었다. 역시나 받지 않았다. 취샤오샤오는 여전히 집요하게 판성메이를 주시했다. 판성메이는 잠시 머뭇거리다가 웨이웨이에게 연락했다.

"웨이 사장님, 어젯밤에 앤디가 집에 안 들어와서요. 혹시…."

"여기 없어요. 미안해요."

취샤오샤오는 화를 냈다.

"그렇게 물어보면 어떡해. 바로 딱 잘라버리잖아."

취샤오샤오에게도 마땅한 방법이 없긴 매한가지여서 탕탕 발소리를 내며 그냥 집으로 돌아갔다. 반면 2202호에서는 판성메이의 얼굴이 노랗게 질려 있었다. 전날에 보았던 웨이웨이의 분노한 모습이 떠올랐고 그 뒤로 무슨 일이 일어났는지 알 수 없었기 때문이다. 그녀는 퍼뜩 경찰에 신고해야겠다고 생각했다. 취샤오샤오는 다시 집으로 들어온 지 얼마 지나지 않아서 웨이웨이의 전화를 받았다.

"취샤오샤오, 앤디는 친구 집에 있으니까 걱정 안 해도 돼요."

취샤오샤오는 이상했다. 왜 방금 전화를 걸어 물었던 판성메이에게 연락하지 않고 자신에게 연락했는지.

"어제 어떻게 됐어요? 앤디한테 어떻게 한 거예요?"

"별일 없었어요. 나중에 앤디한테 도움이 필요하면 나한테 연락해도 돼요. 고마워요."

취샤오샤오는 그제야 마음이 놓였다. 전화를 끊고 2202호 쪽을 곁눈으로 슬쩍 봤다. 몇 걸음밖에 되지 않지만 군이 나가서 알려주기가 귀찮았다. 하지만 평소에 앤디의 차에 동승하여 출근하는 관쥐얼을 생각해서 그녀에게 호의를 베풀러 나가기로 했다. 관쥐얼은 취샤오샤오가 좋아하는 친구니까.

취샤오샤오가 현관문을 막 나서는데 2202호에서 대화하는 소리가 밖으로 새어 나왔다. 추잉잉이 판성메이에게 직설적으로 물었다.

"언니, 앤디 언니 일 말이야, 어제 2201호에서 나온 그 뚱뚱한 남자랑 관련 있어?"

"몰라."

관쥐얼의 목소리가 들렸다.

"그 남자 본 사람은 우리 셋밖에 없잖아. 누가 웨이 사장님한테 말했지? 앤디가 직접 했나?"

취샤오샤오는 걸음을 멈추고 뒷짐을 진 채로 문밖에서 엿들으면서 속으로 관쥐얼을 칭찬했다. 수고스럽게 알려주러 몇 발자국 더 나온 보람이 있었다. 그런데 듣자 하니 남자, 그것도 뚱뚱한 남자라면 앤디의 집에서 잔 사람은 바오이판이 아닌 것이다. 취샤오샤오는 좀 놀랐다. 어제 앤디와 웨이웨이가 만났을 때 일촉즉발의 위기가 감돌았던 장면을 회상했다. 또 웨이웨이가 갑자기 돌변해서 싱글벙글하며 앤디에게 싹싹 빌고 사과하던 모습도 돌이켰다. 마침내 실마리가 잡혔다. 두 사람 사이에 찬바람이 쌩쌩 불었던 이유가 바오이판 때문인 줄 알았는데 보아하니 그게 다는 아니었던 것이다.

판성메이가 대답했다.

"난 모른다고."

취샤오샤오가 강하게 몰아붙였다.

"언니, 발뺌할 생각 마. 언니가 모르면 누가 알아? 어제 저녁에 앤디가 어디에 갔는지 아는 사람은 나랑 언니밖에 없어. 웨이 사장님이 왜 나랑 앤디보다 한발 먼저 와서 아르마니에서 기다리고 있을까. 언니가 입을 놀린 게 아니면 누가 그랬는데? 도대체 웨이 사장님한테 무슨 말을 한 거야?"

추잉잉과 관쥐얼은 동시에 판성메이를 쳐다봤다. 이럴 때는 무슨 말을 해야 하는지 몰라서 잠자코 있었다. 취샤오샤오는 한 걸음 더 다가갔다.

"또 모른다고 해봐. 말해보라고."

관쥐얼은 취샤오샤오가 판성메이를 다그치는 것을 보다가 말다툼이 일어날까 싶어 화제를 돌렸다.

"샤오샤오, 어제 너도 거기에 있었어? 앤디 언니는 괜찮았고?"

"괜찮긴 뭐가 괜찮아, 괜찮을 수가 있겠니? 나 하마터면 놀라서 까무러칠 뻔했어. 안 그럼 내가 왜 아침 댓바람부터 2201호에 가서 사람을 찾았겠냐고. 방금 웨이 사장님한테 전화 왔어. 앤디 언니는 지금 친구 집에 있는데 별일 없다더라. 관쥐얼 넌 어서 출근해. 오늘은 혼자 가야 하니까."

할 말을 끝낸 취샤오샤오는 다시 2203호로 향했다. 그런데 2걸음 쯤 가다가 생각했다. 이렇게 비밀리에 꿍꿍이를 벌여놓고 어째서 본인은 발을 빼려고 하는지 괘씸했다. 취샤오샤오는 방향을 바꿨다.

"언니, 뒤가 구리지 않은 사람은 없어. 언니가 무슨 짓을 해도 우린 다 알아. 어제 언니가 웨이 사장님한테 입을 가볍게 놀린 것처럼 나도 바이촨 오빠한테 가서 나불거릴 거야. 두고 봐. 사람이 그렇게 처신하면 안 된다고."

"사실 앤디가 아르마니에 간다고 말했어. 그렇지만 어떤 남자가 아침에 앤디 집에서 나왔단 말은 절대로 안 했어."

"변명할 거면 머리를 좀 잘 굴려. 내가 어제 그 자리에서 웬만큼 다 파악했는데 지금 애먼 사람 잡을 일 있어? 좋아, 나도 언니처럼 '오늘 바이촨 오빠 만났는데 언니가 그동안 남자들을 어떻게 낚았는지는 말 안 했어.'라고 하면 되겠네. 나한테 이깟 일은 식은 죽 먹기지."

관쥐얼은 더 늦기 전에 분위기를 수습하려고 목소리를 높였다.

"샤오샤오, 도가 지나쳤어."

"흥, 사람이 뭔 일을 벌일 때는 다 속셈이 있어서 그런 거야."

취샤오샤오는 관쥐얼의 낯을 봐서 그만하고 하이힐 굽 소리를 내며 집으로 돌아갔다.

관쥐얼도 곧장 자기 방으로 쏙 들어가버렸다. 판성메이 앞에는 놀라서 눈이 왕방울만 해진 추잉잉만 우두커니 서 있었다. 판성메이는 얼굴이 빨개졌다.

"난 정말 말 안했어. 웨이 사장님이 혼자 짐작한 거야."

추잉잉은 이상하다는 생각이 들었다.

"웨이 사장님이 왜 그런 추측을 했을까? 에라, 나도 모르겠다. 웨이 사장님도 성격이 보통이 아니네. 앤디 언니한테 별일 없으면 됐지 뭐."

취샤오샤오가 한바탕 휩쓸고 지나간 뒤, 추잉잉은 돌아가는 상황을 정확히 이해했지만 차마 판성메이의 잘못을 들출 수 없어서 가볍게 한마디만 하고 넘어갔다.

관쥐얼은 오늘 출근 전용차가 없으니 일찍 출발해야 했다. 그녀는 먹을거리를 넣은 가방을 들고 "미안, 좀 지나갈게."라고 소리치며 판성메이와 추잉잉의 사이를 헤치고 밖으로 나갔다. 판성메이는 관쥐얼이 자신에게 눈길을 주지 않고 가버린 점이 마음에 걸렸다. 관쥐얼조차도 이런데 취샤오샤오는 또 앞으로 어떨지.

이런 생각이 들자 판성메이는 겁이 나서 가슴이 두근거리고 떨렸다.

왕바이촨이 출근길에 판성메이를 데리러 왔다. 왕바이촨을 만난 판성메이는 내내 가슴이 조마조마했다. 왕바이촨은 판성메이의 기분이 심상치 않음을 감지했다. 판성메이는 계속 주저하다가 취샤오샤오와 다퉜다고 말했다. 왕바이환은 취샤오샤오에게 좋은 인상을 받지 못했다. 지난번 리조트에서 판성메이와 사이가 틀어진 사건 때문에 취샤오샤오를 고약한 훼방꾼으로 여기고 있던 터였다. 다른 이웃들과 함께 판성메이의 아버지를 고향에 모셔다드리러 갔을 때, 그는 취샤오샤오한테 불편한 기색을 보이지도 않았지만 그녀와 친구가 될 마음도 전혀 없었다.

"취샤오샤오는 말이야, 집에 돈 좀 있다고 아주 제멋대로인 것 같아. 그런 애랑 가까이 하지 마. 또 너만 피해 볼라."

"그럴 수 있다면야 뭐가 문제겠어. 걘 보통 애가 아냐. 내가 아무리 멀리 있어도 찾아올 거야. 날 괴롭히는 건 그렇다 치고 너한테도 가서 들쑤셔놓을까 봐 걱정이다."

"처음에는 내가 취샤오샤오 체면 생각해서 넘어갔지만 두 번은 안 당해. 내가 바보도 아니고."

"걔가 너 전화번호 알잖아. 전화를 안 받을 수 없게 만드는 재주가 있어. 사돈의 팔촌까지 찾아낸다니까."

왕바이환이 웃었다.

"염려 마. 전화 안 받을 이유는 충분히 많으니까. 너랑 불편한 사이인데 내가 잘해줄 필요 없잖아. 그러고 보니 너네 22층에서는 걔가 아주 골칫덩이구나."

"그니까. 어쩌겠어. 우리는 셋이 한집에 사니까 통풍이 잘 안되거든. 더구나 요즘은 잉잉이 집에서 밥을 해먹기 때문에 매일 현관문을 열어서 환기시키지 않으면 집 안에 냄새가 배서 곤란해. 그래서 문을 자주 열어놓는데, 특히 아침에 문을 열었다가 걔랑 마주치면 재수가 옴 붙는 거 같다니까."

"여자가 많은 곳에는 일도 참 많이 생겨. 남자들하곤 달라. 남자는 '못마땅해? 좋아, 한판 붙어!' 이런 식이거든."

"전에 잉잉이랑 한바탕 싸웠었어. 샤오샤오가 완전 열받게 해서. 근데 잉잉은 걔한테 전혀 상대가 안 되더라고."

"걔는 도대체 왜 그런대? 왜 사람을 못 잡아먹어서 안달이지?"

"이유가 따로 있겠어? 우리가 가난한 게 죄지. 그것만으로도 1만 가지 이유는 되겠다."

"그러게."

왕바이촨은 리조트 사건이 대번에 떠올랐다. 그때 자신과 판성메이의 가난을 폭로했던 짓이 생각난 것이다.

"그런 사람이 옆에 있으면 진짜 골치 아파. 화내지 말고 힘내서 열심히 일하자. 죽을 때까지 가난하란 법은 없으니까."

"넌 가난하지도 않잖아. 상대적 빈곤감일 뿐이지. 그래도 우리 2202호는 한 지붕 세 가족으로 월세살이해도 화목해서 너무 좋아."

왕바이촨은 판성메이의 얘기를 들으며 속으로 악착같이 돈을 벌어서 되도록 빨리 집을 살 것이라고 100번째 다짐을 했다. 그러나 하이시의 부동산 구입 제한 정책 때문에 아쉽게도 외지인은 집을 사려면 조건이 지나치게 까다롭고 계약금도 점점 오르고 있었다. 또 신혼집으로 마음에 드는 곳은 계약금만 100만 위안 정도 드는데 사업 자금으로 쓸 돈은 남겨둬야 해서 아직은 상황이 여의치 않다.

"조금만 더 고생해. 올해 안으로는 어떻게 해볼 테니까."

"아, 그런 뜻으로 한 말은 아니야. 내가 생각 없이 말했네. 난 그냥 … 22층에 샤오샤오가 없으면 좋겠다는 뜻이었어."

"네가 화날 일만 없으면 돼. 아참, 오늘 저녁에는 못 데리러 가. 거래처 접대가 있는데 아마 이번에는 내가 돈 내지 않아도 될 거 같아."

"응, 일 봐. 난 저녁에 별일 없으니까 천천히 퇴근해도 돼. 집에 가서 또 샤오샤오랑 부딪칠 생각하니 벌써부터 머리가 지끈지끈하네."

"취샤오샤오 같은 사람 때문에 재벌 2세들이 욕을 먹는 거야. 하여튼 가까이 하지 마."

판성메이는 그제야 마음이 좀 놓였다. 왕바이촨은 차에서 내리는 여자 친구의 표정이 평소와 같아진 걸 보고는 기분이 좋아졌다.

왕바이촨은 생각했다. 판성메이와 취샤오샤오의 갈등을 해소할 방법이 없을까? 한 대 때리면서 이제부터 좀 착하게 굴라고 협박하는 건 당연히 바람직하지 않고. 그렇다면 다른 방법이 있을까? 왕바이촨은 자기 애인이 늘 업신여김을 당해서 우울해하는 게 싫었다. 그래서 가만히 구경만 하고 있을 수는 없었다.

추잉잉과 관쥐얼도 아침에 있었던 일을 그냥 넘길 수 없었다. 관쥐얼은 바쁜 걸음으로 지하철을 타고 회사에 와서 보니 생각보다 일찍 도착했다. 그녀는 여유 있게 사무실로 올라가면서 추잉잉에게 전화를 걸었다.

"잉잉, 아까 샤오샤오가 싸우면서 했던 말 있잖아. 걔 정말로 바이촨 오빠를 찾아갈까?"

"사실은 나도 걱정하고 있었어. 괜히 긁어 부스럼 만들까 봐 직접 물어볼 수도 없고. 어쩌지? 아니면 퇴근할 때 같이 말해볼까?"

"샤오샤오는 행동이 빨라서 우리가 퇴근하기도 전에 이미 왕바이촨이랑 말 끝낼걸. 내가 전화해볼게. 안 되면 네가 또 해. 그래서 우리 말 안 들으면 나중에 또 세게 와락 껴안을 거라고 겁을 줘버려."

추잉잉은 웃음보를 터뜨렸다. 취샤오샤오는 정말로 추잉잉이 세게 껴안는 걸 가장 겁낸다. 추잉잉은 관쥐얼의 제안대로 그녀더러 먼저 전화하라고 했다. 추잉잉도 취샤오샤오가 관쥐얼에게 호의적임을 알고 있었기 때문이다. 관쥐얼은 취샤오샤오에게 전화를 걸었다. 취샤오샤오가 앞질러 물었다.

"앤디 봤어?"

"아니. 이따가 출근 시간에 다시 메시지 보내려고. 샤오샤오, 나 너한테 진지하게 할 말이 있어."

"뭔데? 앤디 일? 내가 한 짓 아냐."

"저기, 바이촨 오빠한테 성메이 언니 일 다 말할 거라고 했잖아. 그럴 필요가 있을까? 오빠랑 재결합한 지도 얼마 안 됐고, 또 언니네 아버지도 편찮으셔서 요즘 굉장히 힘드니까 그냥 모른 척해. 그럼 내가 보답으로 정규직 심사 끝나고 나서 밥 살게."

"마음만 받을게. 넌 돈도 별로 없잖아. 밥은 내가 사. 그리고 성메이 언니 일은, 언니는 입이 너무 가벼워서 문제야. 난 감당도 못할 일을 덜컥 벌이는 사람을 제일 경멸해. 아침에 대놓고 까발려서 언니를 궁지로 몰아넣은 건 성메이 언니한테 주는 일종의 경고였어. 언니의 콧대를 꺾으려고. 성메이 언니가 22층 모든 사람의 맏언니라는 생각은 버려. 내가 있는 한 그렇게는 안 될 거야. 애초에 바이촨 오빠한테 얘기할 생각은 없었어. 마음 졸였나 보네? 넌 쓸데없는 걱정이 너무 많아."

"아, 그냥 큰소리 한번 친 거였구나. 간 떨어질 뻔했어. 넌 어쩜 이렇게 늘 행동력이 뛰어나니."

취샤오샤오는 관쥐얼이 치켜세우니 좋아서 입이 귀에 걸렸다.

"내가 행동력이 아무리 좋아도 성메이 언니 같은 사람이랑 실랑이하는 데까지 쓸 시간은 없어. 비겁한 방법을 쓰긴 했지만 어쨌든 뜻대로 됐잖아. 성메이 언니한테는 구두 경고면 충분해. 더 헤봐야 언니가 감당 못해. 겉으로는 강해 보여도 실은 속 빈 강정처럼 엄청 약하거든. 히히, 어때, 강호의 고수 티가 좀 나나?"

"시치미 뚝 떼고 골탕 먹이는 덴 도가 텄지."

관쥐얼은 추잉잉에게 통화 내용을 전했다. 추잉잉도 안도의 한숨을 쉬었다. 관쥐얼은 추잉잉더러 판성메이에게 소식을 전하라고 하고는 서둘러 사무실로 출근했다. 판성메이도 추잉잉의 연락을 받고서야 한시름을 덜고 이내 만면에 희색이 돌았다.

취샤오샤오는 아침에 자기가 한 말 때문에 모두가 안절부절못했다고 생각하니 기분이 좋았다. 그녀는 일찍 일어난 김에 분발해서 자오치펑을 잡으러 병원에 갔다. 병원 주차장에 차를 대다가 문득 류신화의 얼굴이 떠올라서 감정이 북받쳤다. 류신화는 자오치펑만큼 미남은 아니지만 대화가 잘 통했고 대하기가 만만했다. 자오치펑과 같이 있을 때처럼 굴욕감이 들지 않았다. 취샤오샤오는 자오치펑 앞에만 있으면 늘 자신이 한없이 작게만 느껴졌다. 핸들에 팔을 걸치고 눈동자를 이리저리 굴리며 약 1분 동안 생각했다. 결론은 자오치펑을 기다리지 않고 돌아서기로 했다.

그런데 출근하던 자오치펑이 차를 세우고 한눈에 취샤오샤오를 알아봤다. 그는 취샤오샤오가 차에서 내릴 의사가 없는 듯 보여서 자신이 차로 다가가서 창을 두드렸다. 취샤오샤오는 흠칫 놀라서 창문을 내렸다. 이른 아침에 막 면도를 끝내 말쑥하고 훤하게 잘생긴 얼굴이 눈에 들어왔다. 그녀는 어느새 자오치펑에게 빠져들고 있었다. 그가 먼저 말문을 열었다.

"또 왜 왔어? 사람 성가시게."

자오치펑의 말에 취샤오샤오는 자기도 모르게 이를 꽉 깨물었다. 이런 바보 같은 말은 추잉잉이나 할 수 있는 멘트였다.

"나 보러 왔어? 아니면 진료 받으러?"

"오빠 때문에 병나서."

이렇게 말하고 나서 취샤오샤오가 고개를 돌려서 토하는 시늉을 하자 자오치펑이 물었다.

"상사병이야?"

취샤오샤오는 감정을 숨기지 못하고 손을 뻗어서 파르스름한 그의 턱을 쓰다듬더니 급작스럽게 다시 손을 거두며 큰 소리로 웃었다.

"오케이, 이제 됐어. 출근해야지. 오늘은 행복한 아침이야."

자오치펑은 황당해서 눈을 동그랗게 뜨더니 차문을 열고 취샤오샤오를 잡아당겨서 내리게 했다.

"왜 또 와서 귀찮게 하냐고."

자오치펑이 다그쳤지만 그녀는 대답하지 않고 갑자기 비명을 꺅 질렀다. 지나가던 자오치펑의 동료들이 잇달아 돌아보았다. 자오치펑은 놀라서 후딱 그녀의 손을 놓았다. 그녀는 그제야 제법 당당한 말투로 설명했다.

"막 가려던 참이었어. 아무래도 정숙하게 남자 친구 옆을 지키는 게 좋을 거 같아서. 근데 막상 오빠를 보니까 양다리를 걸치고 싶어졌어. 오빤 정말 요물인가 봐. 남자 홀여우도 있나? 참 이상해."

자오치펑은 취샤오샤오의 말에 하마터면 피가 역류할 뻔해서 거칠게 따졌다.

"그날 내가 너희 집 앞에 왜 갔는지 알아?"

"오빠가 왜 왔었는지 분석한 자료가 있어. 잠깐만, 보여줄게. 어떤 게 정답인지 골라봐."

자오치펑은 취샤오샤오가 잘 보관해두었다가 꺼낸 쪽지를 봤다. 또다시 피가 거꾸로 솟았다. 그가 취샤오샤오 집 앞에 다녀간 이유를 앤디가 a, b, c, d 순으로 분석한 내용이 적혀 있었다. 취샤오샤오는 자오치펑의 표정을 유심히 보며 말했다.

"얼굴이 빨개졌네! 그중에 정답이 있다는 뜻이지, 하하. 결론은 아직 날 사랑하고 있다는 거니까 이제 안심해도 되겠어. 그럼 난 이만 갈게. 나 잡으면 또 소리 지를 거야."

자오치펑은 쪽지를 들고 눈을 끔뻑거리며 의기양양하게 차에 타는 취샤오샤오를 쳐다봤다. 이번에는 그가 비명을 지르고 싶었다. 오랜만에 만난 요정 같은 그녀는 점점 아름다워지고 있었지만 전보다 훨씬 교활해진 모습에 화가 치밀어 올랐다.

병원 정문을 나선 취샤오샤오는 닫힌 차 안에서 기쁨의 환호를 질렀다. 좋아서 죽을 것만 같았다. 자오치펑을 만난 이래로 그와 싸워서 완승을 거둔 적은 이번이 처음이었다. 판성메이의 일 따위는 당연히 안중에도 없었다. 다만 한 가지 고민이 있다면, 류신화도 좋은 사람이고 자오치펑도 너무 좋아서 누굴 선택하느냐 하는 문제에 놓인 것이다. 절대로 양다리만은 안 된다는 생각은 확고했다. 두 사람 모두 똑똑한 사람들이니까.

하지만 회사에 도착해서 일을 시작하자마자 연애 문제는 취샤오샤오의 머릿속에서 사라졌다. 그녀가 처음 일을 시작했을 때, 그녀는 수많은 일을 직접 한 번씩 겪어본 뒤에야 일이 돌아가는 상황을 제대로 파악할 수 있었다. 두 번째 경험을 하고 나서는 실수하는 일이 없어졌다. 같은 업무를 세 번, 네 번 처리한 다음부터는 업무를 완전히 꿰뚫을 정도로 성장했다. 그녀는 오늘도 창고에서 바쁜 하루를 보내야 했다. 주문한 물품이 세관을 통과했기 때문에 넘겨받으러 갔다. 그녀는 관련 업무를 하는 직원들과 함께 픽업한 물품 포장에 그녀 회사의 상호 표지를 붙였다. 단순히 물품을 픽업하는 데에 그치지 않았으며 건네받은 목록과 실제 물품을 일일이 대조하는 과정 또한 여간 복잡하지 않았다. 취샤오샤오는 머리가 헝클어진 것도 모른 채 일하느라 바빴다. 그때 왕바이촨에게서 전화가 왔다.

"바이촨 오빠? 지금 좀 바빠요. 잘 안 들리니까 큰 소리로 말해주세요."

"바빠요? 의외네요."

"의외라니요? 맨날 부모님 돈이나 갖다 쓰는 줄 알아요? 무슨 일인데요?"

"점심이나 같이 하려고 했죠. 얘기도 하고. 오늘은 바쁜 것 같으니 다음에 해요."

"하하, 데이트 신청이에요? 언제든 환영합니다. 점심 때 시자오(西郊)에 가니까 그쪽으로 와요."

왕바이촨은 절로 눈살이 찌푸려졌다. 취샤오샤오는 아무 말이나 거리낌 없이 하니까 당연히 무슨 일이든 거침없이 할 것 같았다. 이러니 부드러운 성격의 판성메이가 어떻게 취샤오샤오의 적수가 될 수 있겠나. 왕바이촨을 차를 몰고 시자오로 향했다. 취샤오샤오에게 뭐라고 말할지 미리 생각해두었다. 그는 오늘 취샤오샤오와 판성메이의 문제를 해결할 작정이다. 앞으로 판성메이를 난처하게 하는 일은 생각도, 시도도, 행동도 하지 말라고 취샤오샤오에게 일러둘 참이다.

웨이웨이는 잠을 잘 이루지 못했다. 몹시 지친 상태로 침대에 누워서 오늘과 어제 저녁에 있었던 일을 조금씩 되돌아봤다. 이해할 수 없는 일도 많았고 인정하고 싶지 않은 일도 많았고 마음이 너무 쓰렸다. 그렇지만 이런 일은 친구한테 털어놓을 수도 없었다. 앤니의 결정적인 한마디는 누구에게도 말할 수 없이 수치스러웠기 때문이다. 연이틀 밤새 뒤척인 그는 이른 새벽이나 되어서야 겨우 잠이 들었다. 그러나 시간은 야박하게도 그의 기분을 배려하지 않았다. 해가 짧아진 겨울날이었지만 사람들은 언제나처럼 정해진 시간에 일어나서 아침 소음을 냈고, 지인들은 메시지를 보내고 전화도 걸었다.

웨이웨이는 판성메이의 전화벨 소리에 잠을 깼다. 적잖이 놀랐지만 금방 정신을 가다듬고 이성을 되찾았다. 곧바로 탄쭝밍을 떠올렸고 그에게서 답을 찾았다. 예상대로 앤디는 탄쭝밍에게 의지하고 있었다. 웨이웨이는 마음이 복잡했다. 그녀도 심정이 썩 좋지 않은 상태인데 안타깝게도 그녀가 가장 신뢰하는 사람은 자신이 아니었다.

그는 침대에 누워서 또 멍청히 시간을 흘려보내고 있었다. 누군가가 문을 노크하는 소리가 들렸다. 웨이웨이는 부리나케 펄쩍 뛰어 침대에서 내려갔다. 현관문 외시경을 통해 밖을 보니 탄쭝밍이 서 있었다. 그는 흥분한 마음을 가라앉히고 문을 열었다.

"아이고, 귀한 손님이 오셨네요. 어서 안으로 들어오세요. 잠깐 세수 좀 하고 올게요."

탄쭝밍은 아르마니에서 산 물건들을 한 아름 안고 들어오며 말했다.

"친구가 이 아파트에 살아서 경비실 거치지 않고 바로 왔습니다."

웨이웨이는 어쩐지 이상하다 싶었다. 그는 재빨리 씻고 옷을 갈아입었다. 탄쭝밍은 바쁜 와중에도 느긋하게 소파에 앉아서 웃고 있었다.

"커피 있어요? 이틀 동안 두 사람한테 시달렸더니 아침에 커피를 안 마시고는 못 견디겠군요."

웨이웨이는 탄쭝밍이 찾아온 이유를 즉시 알아차렸다.

"앤디는 괜찮아요?"

웨이웨이는 커피를 내리기 시작했다.

"괜찮을 리가요. 앤디를 잘 알면서. 솔직히 말하면 앤디는 내가 웨이 사장님 만나는 거 몰라요. 그래서 회사로 갈 수도 없고 다른 공공 장소에서 만날 수도 없어서 집으로 온 겁니다. 이왕이면 아무도 모르게. 커피 향 좋네요."

웨이웨이는 피곤해서 머리가 멍했지만 즉각 반응했다.

"앤디의 상황과 관련된 일이라서 직접 오신 거죠? 걱정 마세요. 저 입 무겁습니다."

"고맙습니다. 마음이 놓이네요. 사장님도 그다지 컨디션이 좋아 보이진 않는데 내가 도울 일이 있을까요? 아, 커피는 큰 잔에 주세요."

웨이웨이는 큰 잔에 커피를 따라서 탄쭝밍에게 건네고 맞은편에 앉았다. 그는 멍한 눈으로 한참 동안 탄쭝밍을 바라보다가 마침내 입을 열었다.

"앤디한테 저는 잘 지내고 있다고 전해주세요."

"웨이 사장님, 이번 일은, 나는 자세히는 모르지만 대충 짐작은 가요. 앤디의 처지를 당신이 몰랐다면 앤디는 더없이 완벽한 여자였겠지만 당신이 안 이상은…."

탄쭝밍은 커피 잔을 테이블에 내려놓았다.

"말하자면 이런 거예요. 제가 만약 내적으로 상당히 강한 사람이 었다면 당신과 앤디 두 사람은 맺어지지 않았을 겁니다. 앤디 곁에 오래 있었던 제가 진작 앤디의 마음을 얻었을 테니까요. 하지만 쉽지는 않았을 거예요. 지금 당신 마음은 이해해요. 두 사람이 이렇게 된 건, 내가 보기엔 두 사람 사이가 너무 좋아서 당신이 앤디에 대해 너무 많은 것을 알게 되었기 때문이에요. 그 점이 오히려 두 사람이 헤어져야 하는 이유가 된 셈입니다. 그러니까 앤디를 이해해줘요. 앤디는 지금 당신보다 2배는 더 무거운 고통에 시달리고 있어요."

탄쭝밍의 말을 계속 곱씹던 웨이웨이는 낙담한 표정으로 말했다.

"앤디한테 전해주세요, 이번 일은 다 내 잘못이라고. 마지막 말씀 한마디에 마음 정리했습니다."

"알겠습니다, 그렇게 전할게요. 폐를 많이 끼쳤네요. 그만 가보겠습니다. 도움이 필요하면 언제든 연락주세요."

탄쭝밍이 돌아간 뒤, 웨이웨이는 커피 잔을 두 손으로 받쳐 들고 제법 오랫동안 멍하니 허공을 응시했다.

왕바이촨은 취샤오샤오가 메시지로 보낸 주소지를 찾아 시자오에 있는 한 창고에 도착했다. 왕바이촨이 이전에 보았던 다른 무역 회사의 창고와 비슷했다. 외관은 무척 허술해 보였고 공터에는 잡초가 무성했다. 경비실에서는 그가 올 예정임을 알았는지 시끄럽게 짖어대는 개 2마리를 큰 소리로 제지했고 그는 알아서 창고 안으로 들어갔다.

왕바이촨은 소리가 나는 방향을 따라서 성큼성큼 걸어갔다. 입구에서 화물을 내리고 있는 트럭을 스치듯이 지나서 창고 안쪽으로 들어가니 크레인이 윙윙 소리를 내며 머리 위를 지나가는 게 보였다. 바닥에서는 여러 사람이 몹시 바쁜 듯이 움직이고 있었다. 왕바이촨은 가까스로 취샤오샤오를 찾았다. 그는 취샤오샤오가 등산화를 신은 발을 위로 들어올리고 있는 모습을 보며 창고 안이 무척 분주하게 돌아가고 있음을 느꼈다. 남색의 펑퍼짐한 작업복을 입은 취샤오샤오는 중성적인 분위기를 풍겼다. 왕바이촨은 심히 놀랐다. 이 사람이 진짜 어리광쟁이 재벌 2세 아가씨 취샤오샤오라고?

취샤오샤오가 왕바이촨을 발견하고 "여기예요." 하고 소리쳤다. 왕바이촨이 옆에 와서 서자 그녀가 말했다.

"몇 분만 더 기다려요. 저쪽에서요. 앉지 마요. 의자가 더러워요. 이 트럭만 다 내리면 시간이 나요. 한 30분 정도 밥 먹을 시간이 될 것 같네요. 다음 트럭이 들어오면 또 바빠지거든요. 문제없죠?"

"네."

"오케이."

취샤오샤오는 왕바이촨과 말을 끝내자마자 고개를 돌리며 날 선 목소리로 외쳤다.

"다시 들어 올려요. 잘못 놨잖아요. 이건 B파트에 둬야죠. 포장이 훼손되지 않게 조심해주세요."

"아까 말했잖아요."

한 인부는 투덜거리는 한편 다른 인부들에게도 주의를 주었다.

"다 똑같은지 하나하나 잘 봐요. 신참들은 포장에 한자로 표시하면 큰일 납니다."

취샤오샤오는 인부의 지적을 거들며 잔소리했다.

"어머니는 아들을 여러 명 낳아도 이마에 이름을 안 새기죠. 누가 누군지 표시하지 않아도 아들을 구분할 수 있으니까요. 그런 지혜는 어머니한테 좀 배우자고요. 포장에 표시를 안 해도 알아보게요. 투덜거리지만 말고요. 일을 빨리 끝내야 점심도 빨리 먹죠."

주변에 있던 사람들이 모두 웃었다. 왕바이촨은 아직 그 자리에 있었다. 그도 사람들을 따라서 같이 웃었다. 취샤오샤오는 왕바이촨과 얘기하느라 잠시 한눈판 사이에 착오가 생기자 자기한테 불똥이 떨어질까 봐 도리어 인부에게 책임을 뒤집어씌운 것이다. 하지만 인부는 그녀의 말을 듣고도 말대꾸하지 않고 다른 사람들과 함께 웃기만 했다. 왕바이촨은 무언가 깨달았다.

마침내 하역 작업이 끝났다. 시간은 이미 훌쩍 지났고 사람들은 왁자지껄하며 점심을 먹으러 나갈 준비를 했다. 취샤오샤오는 작업복 주머니에서 300위안을 꺼내서 팀장에게 주었다.

"많이들 드세요. 제가 삽니다."

한 사람이 볼멘소리를 했다.

"사장님, 이걸로는 부족해요. 요즘 물가가 많이 올랐어요."

다른 사람들도 전부 옆에서 거들었다.

"에이, 잠깐만 기다리세요."

취샤오샤오는 웃으면서 맨 바깥에 꼈던 코팅 장갑을 벗고 그 안에 낀 목장갑을 또 벗고 마지막으로 수술용 고무장갑을 벗었다. 그런 다음 가늘고 고운 손으로 작업복 안에 입은 옷의 주머니에서 지갑을 꺼내 50위안짜리 지폐 1장을 빼 들었다. 그녀는 건성으로 웃으며 팀장의 손바닥에 지폐를 쥐여주었다.

"자, 50위안 더해서 350위안. 하하, 됐죠?"

사람들은 어색한 표정을 지으며 돈을 들고 나갔다. 왕바이촨은 한쪽에 서서 조용히 지켜보기만 했다. 그도 창고에서 하역 인부들을 자주 상대한다. 소규모 회사의 창고에서는 평소에 겨우 몇몇 사람만 부리다가 바쁜 시기가 되면 외부 사람을 임시로 고용한다. 간혹 하역 작업이 지체되어 근무 시간이 연장되는 특별한 경우에 소규모 회사의 사장은 인부들에게 어느 정도 성의를 표시한다. 그런데 많이 주면 아깝고 적게 주면 현장에서 면목이 서지 않는다. 행여 마음 상한 인부들이 하역할 때 간계를 부려서 화물이 파손되기라도 하면 큰돈을 변상해야 한다. 한마디로 이러지도 저러지도 못해 난감할 때가 있다.

왕바이촨은 취샤오샤오의 새로운 모습을 발견했다. 그녀는 히죽히죽 웃는 얼굴로 갈등을 해결하는 능력이 상당히 뛰어났다. 하지만 돈은 절대 한 푼도 허투루 쓰지 않았다. 그 뿐만 아니라 자기가 정한 마지노선을 분명하게 지켰다. 그는 이렇게 현장에서 돈 몇 푼까지 꼼꼼하게 따져가며 기른 취샤오샤오의 입심과 사무실에서 아옹다옹

하면서 익힌 판성메이의 말재주는 애초에 비교 대상이 될 수 없었던 것임을 깨달았다. 게다가 취샤오샤오는 남자 한 무리와 섞여서도 여유를 부리며 제멋대로 사람들을 다루는 폼이 왕바이촨의 강온양책(强穩兩策)과는 비할 바가 아니었다. 왕바이촨은 멀어져가는 인부들을 계속 바라보며 생각했다. 취샤오샤오는 밝게 미소를 지으며 말했다.

"이제 고개 돌려도 돼요. 옷 다 갈아입었어요. 매너가 좋으시네요. 그럼 점심은 매너 좋은 신사분이 사는 거죠?"

"당연하죠. 근처에 괜찮은 식당 있어요?"

취샤오샤오는 시계를 봤다.

"여긴 시골이라 깔끔한 식당은 없어요. 사실 점심 생각이 없어서 일이나 하려고 했는데 이왕 오셨으니까 아무 데나 가서 한 끼 해요. 표정을 보니 뭔가 애간장이 타는 일이 있는 거 같은데 할 말 있으면 눈치 보지 말고 편하게 해요."

왕바이촨은 웃었다.

"가면서 얘기해요. 오는 길에 좀 깨끗해 보이는 식당이 하나 있던데, 별로 안 멀어요."

햇살을 받으며 걷던 취샤오샤오는 실눈을 뜨며 양손을 허리에 걸치고 걸음을 멈췄다.

"여자 친구가 당한 거 되갚아주러 왔어요?"

왕바이촨도 덩달아 그 자리에 멈췄다.

"말도 안 돼요. 아침에 성메이를 만났는데 기분이 안 좋아 보여서 걱정도 되고, 잘 봐달라고 부탁하러 왔어요."

"내가 성메이 언니를 깔본다고 생각해요?"

"무슨 말을 그렇게 험악하게 해요. 이웃끼리 큰 싸움이야 나겠느냐만 그래도 서로 잘 지내면 좋으니까. 마뜩치 않은 일이 있다면 내가 대신 사과할게요. 이제 밥 먹으러 가도 되죠?"

"됐어요. 오늘 일이 대수롭지 않다고 생각한다면 이거야말로 웃어 넘길 일이 아닌데요? 여자들끼리 시끄럽게 좀 다퉜기로서니 처음 겪는 일도 아닌데 이렇게 일부러 찾아와요? 좋아요, 왔으니까 솔직히 말할게요. 성메이 언니가 강심장이라고 해도 오빠랑 내가 만나는 거 용납하지 않을걸요? 오빠 혼자 판단으로 왔잖아요. 도대체 언니가 뭐라고 했길래 그렇게 언짢아요? 정말 궁금하네요. 내가 누명을 뒤집어쓴 건 아닌지 몰라. 나랑 같이 밥 먹으려면 아침에 성메이 언니한테 들은 얘기부터 해봐요. 안 할 거면 그냥 돌아가세요."

왕바이촨은 내심 의심스러운 점이 있었지만 티를 내지 않고 자연스럽게 말했다.

"미안해요. 내가 옹졸했어요. 성메이의 울적한 모습을 보니 애가 타서 도와주려고 성급하게 나섰어요. 바람이 너무 강하네. 난 얼어죽을 것 같은데, 괜찮아요? 얼른 가서 따뜻한 거라도 좀 먹읍시다."

취샤오샤오는 눈이 초승달처럼 되도록 웃었다.

"후, 오빠가 좋은 사람인 건 아는데 일단 성메이 언니한테 물어봐요. 나하고 밥 먹어도 되는지. 또 여자 친구와 있었던 사적인 일을 제3자한테 함부로 말해도 되는지도. 어서요, 빨리 물어보라니까요. 대답 듣기 전에는 같이 식사 못해요. 안 그랬다가는 저녁에 집에 가면 언니가 날 죽일 거예요."

왕바이촨이 웃었다.

"식사 대접 한번 하기가 이렇게 어려워요? 겨우 밥 한 끼인데?"

"당연하죠. 강호의 법칙이랍니다. 친구의 남자 친구와 함부로 같이 밥을 먹지 않는다. 먹어야 할 일이 있으면 먼저 친구의 허락을 받는다. 그렇게 하지 않으면 남의 남자를 빼앗은 나쁜 년이 된다."

"알았어요, 알았어. 못 먹으면 할 수 없죠. 도시락 사다 줄게요. 겨울에는 굶으면 위장에 안 좋아요."

"오빠 참 자상해요. 좋아요, 먹어요, 먹자고요. 내가 사도 돼요. 오빠가 날 두들겨 패러 온 거 아닌 줄 아니까 나도 여기까지 따라 나왔잖아요."

왕바이찬은 문득 자신도 은근히 팔불출이라는 생각이 들었다.

식사를 하다가 왕바이찬이 화장실에 가려고 일어서서 자리를 뜨자 취샤오샤오는 몰래 왕바이찬의 뒷모습을 찍어서 웨이보에 올렸다.

"바이찬 오빠와 식사 중. 누가 사는 걸까요?"

판성메이는 근무 중에 넌지시 인터넷에 접속했다가 게시글을 보고는 기겁해서 얼굴이 노랗게 떴다. 그녀는 당장 휴대폰을 들고 왕바이찬에게 전화를 하려다가 도리어 왕바이찬의 의심을 살까 봐 엄두를 내지 못했다. 그렇다고 모른 척하려니 불안해서 가만히 있을 수가 없었다. 가시 돋은 의자에 앉은 사람처럼 엉덩이를 들었다 났다 했다. 고민하고 또 고민했다. 아무래도 전화를 하지 않는 편이 낫겠다고 판단했다. 모른 척 왕바이찬의 행동과 반응을 주시한 뒤에 다시 얘기하기로 했다.

화장실에서 돌아온 왕바이찬은 내친김에 다 털어놓으며 진지하게 말했다.

"요즘 성메이 집에 일이 많아요. 다 근심거리뿐이죠. 이번 새해 연휴에 고향에 갔을 때, 사흘 내내 집안일 하느라 바쁘고 고생이 많았어요. 두 손은 얼어서 쩍쩍 갈라졌고 엄마한테 좋은 것 하나 해드리지도 못했어요. 그러니까 만약 성메이가 기분이 안 좋아서 주변 사람들한테 실례를 하더라도 이해해주었으면 해요. 잘못은 내가 대신 빌게요. 무리한 부탁인 거 알지만, 샤오샤오 씨는 워낙 꾀도 많고 성격이 불같아서 한번 화를 내면 아무도 감당 못 하니까 염려돼서요. 내 얼굴 봐서 성메이한테 좀 너그럽게 대해주면 안 될까요? 화풀이는 나한테 하고요."

취샤오샤오는 웃는 낯에 침을 뱉을 수 없어서 꾹 참았다.

"성메이 언니가 대체 오빠한테 뭐라고 했길래 이러는지 모르겠지만 오빠가 이렇게까지 얘기하니 내가 뭘 어쩌겠어요. 전 할 말 없어요. 성메이 언니한테 이렇게 훌륭한 남자 친구가 다 있다니. 아, 내 남자 친구도 이런 사람이면 얼마나 좋을까. 지금 당장 날 위해 치고받고 싸워줬으면 좋겠는데. 와…"

"에이, 싸우러 온 거 아니라니까요."

"알아요. 안다니까요. 하지만 남자들은 대부분 여자 친구의 사소한 일에 간섭 안 해요. 대개는 다 큰일에 관여하려고 하죠. 그런데 문제는, 세상에 무슨 큰일이 얼마나 있겠냐는 거죠. 막상 정말로 큰일이 닥치면 견딜 수 있는 남자도 별로 없을 걸요. 꽃다발 안겨주고 초콜릿 선물하는 거, 누가 못 하겠어요. 이렇게 여자 친구의 자질구레한 문제에 나서서 돕는 남자는 몇 안 돼요. 그런 면에서 볼 때 오빠는 아주 모범적인 남자 친구예요. 국보급 모범 남친."

왕바이촨은 취샤오샤오가 비행기를 태운 탓에 어질어질한 채로 식당을 나와 제 갈 길을 갔다. 그러나 마음은 계속 편치 않았다. 취샤오샤오를 만나서 문제가 잘 해결된 것 같으면서도 그녀가 언제 또 변덕을 부릴지도 모르기 때문이었다. 그밖에 다른 새로운 의문도 많이 생겼다. 성메이가 아무리 강심장이라도 자신과 취샤오샤오가 만나는 걸 용납하지 않을 거라는 말의 속뜻이 궁금했다. 분명 뼈가 있는 말인 듯해서 다른 사람을 통해 실마리를 풀어야겠다고 생각했다.

관쥐얼은 점심을 먹고 앤디의 회사로 갔다. 회사 입구에 도착해서 앤디에게 전화를 걸어 만날 시간이 되는지 물었다. 앤디가 바삐 내려와서 관쥐얼을 안으로 데리고 들어갔다. 앤디는 관쥐얼이 심사 문제로 어려운 점이 생겨서 찾아온 줄 알고, 만나자마자 그녀의 안색을 꼼꼼히 살폈다. 관쥐얼은 당연히 아침의 소란을 통해 알게 된 앤디의 근황 때문에 방문한 것이므로 그녀 또한 앤디의 낯빛을 자세히 관찰했다. 그렇게 두 사람은 서로의 눈치를 살폈다.

"언니, 샤오샤오가 아침에 2201호 문을 두드리는 바람에 우리 다 언니가 안 들어온 거 알고 걱정했어. 그래서 괜찮은지 확인하러 와 본 거야."

"친구 집에서 잤어. 요즘 기분이 안 좋아서. 그저께는 친구가 와서 돌봐줬는데 집이 좁아서 잘 만한 공간이 없잖아. 그래서 어제는 친구 네로 갔어. 미안. 너무 정신이 없어서 아침에 연락하는 걸 깜빡했네."

관쥐얼은 앤디 집에서 나온 남자가 앤디의 오랜 친구임을 그제야 알았다. 그녀는 앤디가 이 일로 오해를 받고 있으니 분명하게 해명하는 게 좋겠다 싶었다.

"샤오샤오가 언니가 집에 없다며 일찍 출근하라고 일러줘서 안 늦었어. 그나저나 웨이 사장님이 오해한 거 같던데, 오해를 풀어야 하지 않을까? 어제 아침에 언니 집에서 나온 사람은 친구라고 말이야. 이런 일은 오해받기 십상이잖아."

앤디는 놀란 기색이었다.

"너희… 누가 웨이웨이한테 말했어?"

앤디는 바로 전날의 일을 상기했다. 웨이웨이는 처음에 잔뜩 굳은 얼굴로 찾아왔었다. 그런데 그녀가 웨이웨이의 넥타이를 틀어쥐고 돌아버릴 지경이라서 탄쭝밍에게 도움을 청했었다고 말한 이후로 그의 표정이 급변하여 기뻐서 날뛰던 모습이 떠올랐다. 그때 앤디는 그의 태도가 어쩐지 이상하다고 여겼는데 관쥐얼의 말을 듣고 나니 그제야 상황의 앞뒤가 퍼즐처럼 딱 맞아떨어졌다.

"판성메이?"

"아침에 샤오샤오랑 성메이 언니랑 다퉜어. 아마도 이 일 때문인 것 같아. 샤오샤오가 성메이 언니 남자관계를 왕바이촨한테 전부 폭로한다고 협박하고 난리도 아니었어. 그런데 성메이 언니가 자기는 웨이 사장님한테 말 안 했대. 아무래도 다른 속사정이 있나 봐. 내 생각엔 웨이 사장님한테 해명하는 게 급선무 같은데. 그래야 오해로 생긴 갈등이 풀리잖아."

앤디는 전날 저녁에 있었던 일을 다시 하나씩 차례로 되짚어봤다. 퇴근 시간 즈음에 판성메이가 뜬금없이 전화해서 감사의 뜻으로 밥을 사겠다고 했었다. 대개 의외의 일이 일어나는 배경에는 특별한 이유가 숨어 있기 마련이다. 그렇다면 그 전화도 웨이웨이와 관련이 있을까? 아르마니 매장에서 있었던 이른바 '우연한 만남'도 탄쭝밍이 자신의 집에서 나간 것 때문에 벌어진 일일까?

관쥐얼은 애초부터 판성메이를 의심하고 있었다. 그러나 앤디의 표정이 진지해지고 골똘히 생각하는 모습을 보이자 냉큼 참견했다.

"성메이 언니는 HR 전문가니까 그렇게까지는 하지 않았을 거라고 믿어야지…."

"하지만 어제 퇴근 시간에 불쑥 전화해서 같이 식사하자고, 우리가 전에 도와준 거 고마워서 한턱내겠다고 했어. 다시 생각해봐도… 맞아, 그랬어. 나랑 너희들 다 같이 밥 먹자고 확실히 말했어. 너희들한테도 전화했어?"

관쥐얼은 고개를 흔들었다. 갑작스럽게 앤디에게 전화해서 식사하자고 한 데에는 분명한 이유가 있음이 확실해졌다. 관쥐얼의 의심은 확신이 되었다. 앤디도 판성메이가 벌인 일임을 믿어 의심치 않았다.

"참 유감이다."

"성메이 언니 원래 그런 사람 아닌데. 무심코 실수한 건 아닐까?"

"그랬길 바라야지. 난 그런대로 괜찮아. 며칠 더 친구 집에서 지낼 거야. 걱정해줘서 고마워. 어서 회사 들어가 봐. 늦겠다. 그리고 넌 더 이상 이 일에 끼어들지 마. 특히 샤오샤오한테는 별 얘기하지 말고. 또 사고 칠라."

관쥐얼은 도저히 앤디가 괜찮아 보이지 않았고 더욱이 22층에서 무슨 일이 벌어질 것 같은 느낌이 들었다. 하지만 그녀는 사무실로 돌아가야 했다.

관쥐얼이 돌아가자 앤디의 얼굴은 삽시간에 일그러졌다. 앤디는 자신의 인간성에 단단히 문제가 있다고 생각했다. 전에는 취샤오샤오가 앤디를 이용해서 자기 이득을 취하고, 이번에는 판성메이가 자기 나름의 이유로 앤디의 뒤통수를 쳤기 때문이다. 앤디는 어렵게 마음을 열고 친구를 사귀고 정을 나누었는데 결과적으로 친구들은 모두 앤디를 이용하고 있었던 것이다. 어쨌든 탄쭝밍의 집이 넓으므로 당분간 집에 돌아가지 않을 것이다. 친구라고 불렀던 그녀들도 보고 싶지 않았다.

관쥐얼은 회사에서 빨리 탈출하고 싶었다. 마침 뜻밖에도 야근을 하지 않아도 되었다. 막 퇴근 시간이 되었을 때 추잉잉에게서 전화가 왔다. 취샤오샤오가 왕바이촨과 함께 점심을 먹는 사진을 웨이보에 올린 것을 봤다고 했다. 관쥐얼은 얼핏 좀 통쾌한 느낌이 들었다. 그녀는 추잉잉과 아파트 난지 앞에서 중요한 일을 상의하기로 약속했다. 더불어 추잉잉 혼자 먼저 급하게 집으로 올라가지 말라고 신신당부했다.

추잉잉은 취샤오샤오와 왕바이찬이 만났다면 아마 안 좋은 일이 있었으리라고 예상했다. 또 취샤오샤오가 약속을 어기고 직접 왕바이찬을 찾아가서 문제를 일으켰을 가능성이 크다고 여겼다. 그녀는 취샤오샤오에게 전화를 걸었다.

"너 관쥐얼이랑 약속해놓고 왜 바이찬 오빠 찾아갔어?"

"안 갔어. 오늘 얼마나 바빴는데. 사무실에 잠시도 못 앉고 일했어. 내가 아니라 바이찬 오빠가 같이 밥 먹자고 찾아왔었어. 됐냐?"

"오빠가 무슨 이유로 너한테 밥을 먹자고 해? 이유가 없잖아."

"예쁘잖아, 섹시하고. 왜 안 돼? 너 아주 못됐다. 내 입으로 한 약속을 깨고 찾아가서 소동을 피웠을 거라고 의심하고 있니? 그러고도 친구야?"

"그러게 누가 맨날 나쁜 짓 하고 다니래? 너 아니면 누굴 의심하겠어? 그럴 필요 없다고 해놓고."

아직 창고에 있던 취샤오샤오는 출하를 감독하는 중 전화가 걸려온 탓에 짬을 내서 창고 밖 공터로 나와 전화를 받았다.

듣자 하니 추잉잉은 당연하다는 듯이 취샤오샤오를 의심하고 있었다. 취샤오샤오는 어둠 속에서 눈을 회동그랗게 떴다.

"흥, 어디 내기해보자. 난 동전 하나만 건다. 할래, 말래?

"어? 진짜 아냐? 근데 바이찬 오빠는 왜 널 찾아갔대?"

"네가 나한테 물으면 난 귀신한테 물어? 나도 정말 궁금하다니까. 성메이 언니 뒤에 숨은 어떤 나쁜 놈이 일러바친 모양이지. 확실해. 안 그럼 오빠가 뭣 하러 씩씩거리며 날 찾아왔겠어. 이 몸이 뭐가 아쉬워서 뒤에서 추잡스러운 짓을 하겠냐고. 난 떳떳하니까 오빠랑 밥 먹은 거 다 공개했잖아. 숨길 게 없어."

추잉잉은 약간 믿음이 갔다.

"그럼 바이찬 오빠한테 성메이 언니 일 말했어?"

취샤오샤오는 바로 부인하려다가 잠시 멈추고 어둠 속에서 눈동자를 마구 바쁘게 굴렸다.

"맞춰봐. 맨날 나쁜 짓만 하는 내가 말했을지 안 했을지, 맞춰보라고."

"지금이 어느 시대인데 재미없게 뜸을 들여. 어서 말해봐."

"흥, 남자관계라고 해봐야 고작 남자 한둘이랑 잔 거 아니야? 말하면 뭐 어때서?"

취샤오샤오는 말을 마치자 바로 전화를 끊고 출하 작업에 집중했다. 추잉잉이 또 전화를 했지만 그녀는 받지 않았다.

추잉잉은 아파트 앞에서 관쥐얼을 만났다. 두 사람은 낮에 들은 얘기를 서로 주고받으며 트러블 메이커인 취샤오샤오가 분명 왕바이찬에게 말했으리라고 단정했다. 관쥐얼마저 취샤오샤오를 의심하니 추잉잉은 초조해져서 발을 동동 굴렀다.

"어쩌지, 간신히 사이가 좋아졌는데."

관쥐얼이 말했다.

"진정하고 기다려봐. 취샤오샤오의 말도 일리는 있어. 어떤 사람들한테는 남자 한두 명이랑 자는 게 대수롭지 않은 일일 수도 있잖아. 그런데 만약 성메이 언니가 그런 일을 큰 흠으로 생각한다면 앤디 언니 집에서 남자가 자고 나온 걸 웨이 사장님한테 일부러 말하지는 않았을 거야. 성메이 언니는 분별 있는 사람이니까 남한테도 자기 일처럼 똑같이 분별 있게 행동하겠지. 우리가 여기서 동동거리며 애태

위봤자 언니는 오빠를 다루는 자기만의 방법이 있을 테고.”

추잉잉은 말귀를 못 알아듣고 계속 생각만 하다가 말했다.

“아마도 그렇겠지. 그럼 맘 놓을래. 집에 가자. 밖에 있다가 얼어 죽겠다. 그런데 말이야, 앤디 언니랑 웨이 사장님은 그런 부류가 아닌 것 같은데 앤디 언니가 엄청 억울하겠어.”

“맞아. 언니가 며칠간 친구 집에서 지내겠대. 상심이 큰가 봐. 얼른 들어가자.”

추잉잉은 판성메이 걱정을, 관쥐얼은 앤디 걱정을 하며 두 사람은 22층으로 올라갔다. 2202호의 문이 열려 있었다. 두 사람은 엘리베이터에서 내리면서 집 안을 보다가 동시에 서로 눈을 마주쳤다. 판성메이가 집에 있었던 것이다.

두 사람은 집 안으로 들어갔다. 판성메이는 자기 방 거울 앞에서 화장을 지우고 있었고 기분은 차분해 보였다. 인기척을 느낀 판성메이가 먼저 입을 열었다.

“왔어? 오랜만에 같이 왔네.”

관쥐얼이 낮에 본 앤디는 낯빛이 초췌하고 다크서클이 진하게 자리 잡고 있었던 반면 판성메이는 아무 일 없이 평온해 보였다. 관쥐얼은 판성메이의 말에 대꾸하지 않고 곧장 자기 방으로 들어갔다. 추잉잉은 그 자리에 서서 말했다.

“언니, 웨이보 봤어? 샤오샤오가 바이촨 오빠랑 점심 먹었대. 방금 내가 샤오샤오한테 전화해봤더니 오빠한테 뭔가 말을 한 것 같아.”

판성메이는 방금 전 관쥐얼의 태도를 곱씹다가 추잉잉의 말에 기운이 쭉 빠졌다. 관쥐얼이 자신에게 인사를 하지 않은 이유 따위에는 관심이 없어졌다.

“뭐라고 했길래?”

"남자 한둘이랑 잔 게 뭐 어떠냐고. 말 못 할 이유가 뭐냐고. 상상만 해도 진짜. 언니, 그냥 무시해. 신경 쓸 필요도 없어. 자기는 특별한 줄 알아."

판성메이는 "그래." 하고 대답했지만 마음은 착잡했다. 왕바이촨이 이미 알고 있다고? 어쩐지 오후 내내 전화 한 통이 없었다.

"오늘은 저녁밥 안 해?"

"걱정돼 가지고. 우리 큰언니들 때문에 영 맘이 안 놓여. 앤디 언니도 지금 안 좋아. 웨이 사장님이랑 오해가 생겼거든. 어제 2201호에서 나온 사람이 언니 도우러 온 오랜 친구래. 요즘 그 친구 집에서 지낸다고 했어. 앤디 언니 일은 성메이 언니가 잘못한 것 같아. 웨이 사장님한테도 솔직하게 얘기하고 앤디 언니한테도 사과하는 게 좋겠어."

"난 정말 얘기 안 했어. 아무 말도 안 했다고. 웨이 사장이 지레짐작한 거야. 진짜야."

방에 있던 관쥐얼은 밖에서 하는 얘기에 계속 귀를 기울이다가 끝내 참지 못하고 나왔다.

"언니 얘길 듣다 보니까 궁금한 게 생겼어. 웨이 사장님이 도대체 뭘 근거로 어제 아침에 앤디 언니 집에서 남자가 나온 사실을 정확하게 알아맞혔을까? 넘겨짚을 만한 단서도 말 안 했어? 아님 무언의 인정 같은 말은? 고개를 끄덕였다든지 선택지 중에서 골랐다든가. 언니, 우리랑은 말장난하지 마. 사실 언니가 말했다고 해도 그리 큰 문제가 되지는 않아. 이미 일이 벌어진 이상 앤디 언니는 자기 일이니까 자기가 감당하면 돼. 그러면 언니도 무턱대고 책임을 회피할 게 아니라 어느 정도 책임을 나눠야 하지 않겠어? 지금 앤디 언니 상태가 어떤지 한번 가서 봐. 이렇게 마음 놓고 있어도 되는지. 언니가 말했는지 안 했는지는 가슴에 손을 얹고 스스로에게 물어보면 알겠지.

또 한 가지, 우리가 전에 언니 집에 일 생겼을 때 도와줘서 고맙다는 핑계로 앤디 언니한테 식사 대접하겠다고 연락한 건 어떻게 설명할 거야?"

"네가 생각하는 그런 게 아니야…."

"역겨워."

관쥐얼은 평소와는 전혀 다른 사람처럼 판성메이의 시시한 변명을 과감하게 딱 잘라버렸다.

"앤디 언니는 지금 이렇게 딱한 상황인데도 나더러 샤오샤오한테 아무 말 말라고 했어. 괜히 일을 크게 만들까 봐. 그런데 언니는? 정말 역겹다."

관쥐얼은 할 말을 끝낸 뒤에 방문을 쾅 닫고 자기 방으로 들어갔다. 그녀는 귀에 이어폰을 꽂고 판성메이를 철저하게 무시했다.

판성메이는 상냥하고 얌전한 관쥐얼에게서 이런 사나운 모습을 보게 된 것이 뜻밖이라는 듯 고개를 돌려 추잉잉을 보았다. 추잉잉도 인정하고 싶지 않은 표정으로 멀뚱멀뚱했다. 판성메이는 관쥐얼에게 호되게 질타를 받고 나서 더 항변하고 싶었지만 하지 못했다.

"잉잉, 무슨 말을 해야 할지 모르겠다. 아무튼 일부러 앤디를 곤경에 빠뜨린 건 아니었고, 웨이 사장님이 아주 무서운 사람이라는 말밖에는 못하겠어. 난 가만히 있었을 뿐인데 웨이 사장님이 내 표정을 읽고 넘겨짚었으니까."

이번에는 추잉잉도 고개를 흔들었다.

"언니, 아무렴 웨이 사장님이 언니한테 말하라고 협박이야 했겠어. 어쨌든 나도 언니 말은 못 믿겠다."

판성메이는 기가 막혀서 양손을 펴 보이며 무슨 말을 하려다가 멈추고 방으로 들어가 화장을 마저 지웠다. 그런데 화장을 다 지우나

싫더니 새로 화장을 시작했다. 그녀에겐 당장 처리해야 할 더 중요한 일이 아직 남아 있었다. 왕바이찬을 만나러 가야 했다. 현재 벌어진 모든 일이 밤사이에 곪아 터져서 수습할 수 없게 되기 전에 왕바이 찬을 만나서 해결해야 했다.

현관문을 나가 엘리베이터를 타면서 앤디에게 전화를 걸었다. 아쉽게도 앤디는 전화를 받지 않았다. 판성메이는 앤디에게 메시지 한 통을 보냈다.

'어젯밤 일은 정말 미안해. 내가 웨이 사장님한테 모든 걸 다 밝힐 게. 하지만 그중에 오해가 있다면 해명할 테니 기회를 줘. 어제 일은 나도 어쩔 수가 없었어.'

앤디는 판성메이의 메시지를 읽고 곧장 삭제했다. 당연히 답장도 보내지 않았다. 판성메이는 잠시 기다렸다. 걸어서 아파트 정문에 도착할 때까지도 앤디의 답장은 도착하지 않았다. 그녀는 속으로 깊은 탄식만 토했다.

참 운이 없게도 때마침 취샤오샤오가 물품 출하 작업을 마치고 기진맥진한 몸으로 귀가하고 있었다. 두 사람은 아파트 입구에서 맞닥뜨렸다. 취샤오샤오는 판성메이의 기색을 보니 추잉잉이 자신의 말을 오해해서 엉뚱한 소리를 한 바람에 판성메이가 속을 태우고 있다는 확신이 들었다. 그녀는 몹시 피곤하고 지쳤는데도 차창을 내렸다. 그리고 판성메이를 향해 혀를 빼꼼 내밀며 우스꽝스러운 표정을 짓고는 가던 길을 갔다. 그녀는 재미있는 볼거리가 생겼다는 생각에 괜스레 우쭐거렸다. '하하, 자업자득이지!'

하지만 샤오샤오의 탓은 아니었다. 그녀는 아무 말도 하지 않았는데 도둑이 제 발 저린 격인 판성메이만 당황해서 어찌할 바를 모르고 허둥지둥했다. 사실 취샤오샤오는 왕바이찬에게 판성메이의 과거를 발설하지도 않았지만 딱히 그런 내색도 하지 않았다. 이렇게 판성메이처럼 시치미를 딱 잡아떼기란 무척 쉬운 일이었다.

22층에 올라가니 2202호 문이 열려 있었다. 안에서는 추잉잉이 식사 준비를 하고 있었다. 취샤오샤오는 집 안으로 들어가기 귀찮아서 입구에 선 채로 웃으며 말했다.

"아파트 입구에서 성메이 언니 봤어."

판성메이가 2202호에서 나간 뒤로 관쥐얼은 이어폰을 빼고 방문을 열어놓았기에 취샤오샤오의 말이 들렸다. 관쥐얼이 방에서 나와 매섭게 말했다.

"우리 이제 이웃집 일로 왈가왈부하지 말자. 일이 더 커지기 전에 여기서 그만해."

추잉잉은 혼잣말로 중얼거렸다.

"쥐얼이 오늘 연달아 생뚱맞게 구네."

취샤오샤오는 놀랐다. 생뚱맞은 관쥐얼? 그녀는 순간 멈칫하다가 관쥐얼을 향해 두 손을 양쪽 귓가에 대고 혀를 날름거리며 토끼 흉내를 귀엽게 내더니 휴식을 취하러 자기 집으로 갔다. 그녀는 일적으로 제법 많이 성장했다. 오늘 종일 서서 화물을 인수하고 물품을 출하하느라 잠시도 못 쉰 건 말할 것도 없고, 이리 뛰고 저리 뛰며 업무를 지시하느라 녹초가 되었다.

2202호에서는 추잉잉은 물론이고 관쥐얼조차도 놀라서 얼떨떨했다. 취샤오샤오가 한마디 반박도 하지 않고 그냥 가다니? 두 사람은 취샤오샤오가 피곤해서 기운이 다 빠졌다고는 생각하지 못했다. 낮에 비겁하게 왕바이촨과 만나서 교활한 짓을 저지르고 이제와 자신들과 잘잘못을 따지기 싫어서 피한 것이라고 여겼다.

추잉잉은 다시 정신을 차리고 관쥐얼에게 물었다.

"쥐얼, 오늘 무슨 일이야? 왜 이렇게 화가 많이 났어?"

"너무너무 속상해."

관쥐얼은 이렇게 한마디 하고 저도 모르게 눈물을 주르륵 흘렸다.

"불과 며칠 전만 해도 우리 얼마나 즐거웠니. 무슨 일이 생기면 서로서로 돕고 너희 부모님이 보내주신 고기도 네가 잊지 않고 우리한테 챙겨줬잖아. 또 성메이 언니네 어려운 일을 겪을 때도 모두 최선을 다해서 도왔어. 맞선 보러 가기 싫다는 취샤오샤오를 위해서 우리가 한바탕 난리를 피우기도 했고…. 그런데 지금은? 다들 뭐하고 있지? 자기 일 앞에서는 상대방이 베풀었던 온정 같은 건 다 잊는 거야? 사람이 어떻게 그래? 정말 미워 죽겠어."

추잉잉은 할 말이 없었다. 그녀도 속상하고 무척이나 심란했다.

32

탄쭝밍은 식사 접대를 마치고 집으로 돌아왔다. 앤디가 머무는 게스트 룸에는 아직 불이 환히 켜져 있었다. 가서 노크를 했다.

"앤디, 잠깐 얼굴 좀 봐도 될까?"

앤디는 순순히 문을 열었다.

"일하고 있어. 방해받고 싶지 않은데."

"일찍 쉬어. 이틀 동안 잠 설쳤잖아."

탄쭝밍은 앤디가 차분해 보여서 안심이 되었다.

"며칠 째 일을 제대로 못했어. 월급만 받아먹을 순 없잖아. 휴, 타자 속도가 뇌 회전 속도를 따라가질 못하네. 가서 자."

탄쭝밍의 여자 친구가 한쪽에서 지켜보고 있었다. 그녀는 두 사람의 관계를 도무지 이해하지 못했다. 그렇다고 감히 물어볼 수도 없었다. 그저 다정해 보일 뿐이었기 때문이다. 탄쭝밍은 여자 친구를 향해 손을 휘휘 저었다. 먼저 위층으로 올라가라는 뜻이었다. 그는 여자 친구의 발소리가 멀어진 뒤에야 앤디에게 물었다.

"하나만 더 물어보자. 집에는 언제 가려고?"

"왜? 조금만 참아줘. 며칠만 더 있을게."

"그래. 꼭 며칠만 있다가 가야 해. 네가 귀찮아서가 아니야. 너처럼 조용한 사람이 며칠 더 있는다고 방해될 리도 없고. 난 네가 그 아파트에서 잘 지내고, 하는 일도 많고 간신히 보통 사람처럼 사는 것 같아 보여서 좋았어. 내 집에서 숨어 지내는 건 영 보기 싫어. 네가 다시 쓸쓸해지는 것도 싫고."

앤디는 눈을 부라렸다.

"22층 아가씨들 때문에 귀찮아 죽을 지경이야. 가서 스스로 고립되느니 여기서 며칠 더 편안하게 일하고 싶어."

탄쯍밍은 하하 소리를 내며 웃었다.

"아가씨들이 귀찮게 해봐야 소소한 일들일 텐데 그렇게 거슬려? 요사이 기분이 안 좋아서 귀찮고 짜증나는 건 아니고?"

"귀찮게 하는 게 싫은 게 아니라⋯ 그러니까, 모순되지만 친구랍시고 주제넘게 잘잘못을 따지려 드는 것도 너무 싫고⋯ 그래서 자칫 실수해서 죄 없는 사람한테 상처를 줄지도 모르고. 아냐, 그냥 집에 갈게."

"서두르지 마. 오늘은 술 마셔서 데려다주지도 못해. 기사도 없고. 너 혼자 갈 수도 없으니까 며칠 더 있다가 주말 보내고 가도록 해."

"갈래. 갈 수 있어. 우회전해서 가다가 삼거리에서 좌회전, 그리고 번화가까지 쭉 가다가 택시 잡아서 길 안내해달라고 하면 돼. 내가 널 번거롭게 했어."

탄쯍밍은 벌떡 일어나서 일사분란하게 정리하는 앤디의 모습을 지켜보면서 문 뒤에 숨어서 몰래 웃었다. 방금 전 앤디의 말은 마치 잘못 들은 게 아닌가 싶을 만큼 애교스럽게 들렸다. 여태껏 한 번도 보지 못한 앤디의 모습이었다. 이제야 정상적인 삶을 사는 평범한 사람처럼 보였다.

앤디는 이미 웨이웨이와 말을 끝낸 이상 그를 피할 이유가 없었다. 그녀가 타던 BMW M3도 이미 바꿨다. 그러나 22층으로 돌아갈 생각을 하니 벌써 머리가 아프기 시작했다. 앤디가 집에 도착하면 그녀들이 득달같이 와서 알뜰살뜰 챙겨줄 것이고 미안하다고 사과도 할 것이며 이것저것 간섭도 할 것이다. 현재로서는 이런 점이 가장 불편했다. 모두 관쥐얼처럼 얌전하면 좋으련만.

앤디는 택시의 도움을 받지 않고 스스로 집까지 찾아갔다. 2202호의 열린 문틈 사이로 불빛이 새어 나왔다. 앤디는 잠시 주저하다가 문을 두드렸다. 두 사람이 나왔다. 관쥐얼과 추잉잉은 둘 다 바짝 긴장한 모습으로 문 앞에 섰다. 앤디는 망설이는 듯하다가 참견했다.

"왜 그러고들 있어? 쥐얼, 내일부터 다시 같이 출근할 거니까 좀 늦게 일어나도 돼."

관쥐얼은 자연스럽게 대답했다.

"응, 고마워. 언니가 돌아와서 기뻐."

앤디는 추잉잉에게 무슨 말을 하려다가 말았다. 관쥐얼은 추잉잉에게 아무 말도 하지 말라는 의미로 몸 뒤쪽에서 눈에 띄지 않게 신호를 보냈다. 추잉잉은 관쥐얼이 눈치를 준 대로 아무것도 묻지 않고 가볍게 웃으며 잘 가라고 인사했다. 그녀는 할 일이 아직 많이 남아서 앤디 일까지 신경을 쓸 수도 없었다.

앤디가 자기 집으로 들어간 뒤에 2202호의 문도 닫혔다. 관쥐얼은 그제야 추잉잉의 등을 콕 찔렀던 비밀스러운 손을 편히 내려놓았다. 추잉잉이 말했다.

"왜 말 못하게 했어? 성메이 언니 대신 내가 사과하려고 했는데. 앤디 언니도 웨이 사장님과 오해를 풀어야 일이 해결될 거 아냐. 엄청 간단한 일을 왜 이렇게 복잡하게 만들지?"

"주제넘게 네가 왜 나서. 네가 뭔데 성메이 언니 대신 사과를 해. 성메이 언니가 사과하고 싶대? 그 언닌 자기 잘못을 인정하지도 않는데 무슨 사과야?"

추잉잉은 말문이 막혔지만 참지 못하고 또 말했다.

"넌 너무 앤디 언니 편만 든다. 이게 뭐 대단한 일이라고."

"친구를 팔아먹는 사람이 제일 저질이야. 눈 똑바로 뜨고 거짓말하는 사람도 저질이고. 이래도 대단한 일이 아니야? 살인하고 강도 짓 해야만 극악무도한 사람인 줄 아니?"

"쥐얼, 그만한 일로 침소봉대할 필요는 없잖아. 사실 따지고 보면 성메이 언니도 이미 벌을 받은 셈이야. 샤오샤오가 바이찬 오빠한테 일러바쳤잖아. 아주 지독해. 둘 사이를 갈라놓을 만한 일이잖아. 걘 어쩜…."

"성메이 언니가 앤디 언니한테 한 일이 대수롭지 않은 일이라면 샤오샤오가 성메이 언니한테 한 짓도 별일 아닌 거야. 너야말로 잣대를 공정하게 대. 잘 생각해봐. 내가 편파적인지 네가 편파적인지."

"그건 다르지. 앤디 언니 일은 오해 때문이니까 오해를 풀면 문제가 해결되지만 성메이 언니는 그게 아니자…."

추잉잉은 말을 하다 보니 갑자기 헷갈렸다. 따져보니 성메이 언니 일도 심상치 않았다. 할 말이 없었다. 관쥐얼은 추잉잉의 말을 받아치지 않고 그녀의 다음 말을 기다렸다. 추잉잉은 잠시 생각한 뒤에 말했다.

"성메이 언니 정말로 다른 남자랑 잤나 봐. 그러니까 저렇게 마음 졸이지."

관쥐얼은 하마터면 목이 턱 막힐 뻔했다. 그러나 추잉잉의 논리는 자신의 생각과 전혀 다른 길로 향하고 있었다 관쥐얼은 다시 설명해

봐야 소용없다는 걸 알기에 포기하고 담담하게 말했다.

"요즘 시대에, 다른 남자랑 하룻밤 잤기로서니 그게 뭐 대수라고. 그리고 바람피운 것도 아니잖아. 설사 샤오샤오가 구구절절 다 얘기했다고 해도 샤오샤오가 악의로 한 모략이라고 딱 잘라 말하고 샤오샤오의 인성이 원래 나쁘다고 못 박아버리면 오빠가 언니한테 뭘 어쩌겠어. 간통 현장을 잡은 것도 아닌데. 언니는 자기가…."

관쥐얼은 도둑이 제 발 저리다는 속담이 목구멍으로 올라왔지만 꾹 눌러 삼켰다. 뒤에서 헐뜯고 싶지는 않았다.

"언니 혼자 당황해서 그런 거야."

"맞아, 언니가 놀라서 허둥지둥할 이유가 없지. 해결 방법은 있어. 당황할 필요도 없고. 그래, 침착하게 해결하면 돼. 언니한테 전화해서 알려줘야겠다."

관쥐얼은 추잉잉이 자신의 말을 엉뚱한 방향으로 이해할 줄은 몰랐다. 그녀는 눈을 한번 흘기고는 자기 방으로 들어가서 문을 닫고 침대에 누웠다. 잠들기 전에 휴대폰을 확인하니 언제 왔는지도 모를 새로운 메시지 1통이 와 있었다. 취샤오샤오가 보낸 것이었다.

"헤헤, 쥐얼, 너한테만 말하는데, 나 바이촨 오빠한테 성메이 언니 얘기 안 했어. 그니까 나한테 화내지 마."

관쥐얼은 순간 어이가 없었다.

판성메이는 택시를 타기가 아까웠다. 하지만 밖은 춥고 어두웠으며 사방은 위험해 보였다. 산책하듯 한가롭게 거닐 수 없었으므로 빨리 다급하게 뛰어서 지하철역 안으로 들어갔다. 역 안으로 들어서던 그녀는 발이 꼬이는 바람에 실수로 앞서 가던 남자와 부딪치며 그의 구두 뒤축을 밟고 말았다. 판성메이는 웃으며 미안하다고 사과했지만 달려오느라 숨이 차서 순간 말이 잘 나오지 않았다. 3~40대로 보이는 점잖은 화이트칼라의 그 남자는 고개를 돌려 짜증 섞인 표정으로 그녀를 쳐다봤다. 그러고는 여전히 얼굴을 찌푸린 채로 인사치레도 하지 않고 그냥 계단을 내려갔다.

판성메이는 놀라서 멈칫했다. 어떻게 그런 표정으로 자신을 쳐다볼 수 있는지. 지금껏 그녀에게 그런 식으로 무례하게 대한 남자는 단 1명도 없었기 때문이다. 그 남자 눈에 자신이 시골뜨기 아가씨처럼 보인 건 아닌지 의심도 들었다. 그녀는 걸으면서 백 속에 든 파우더 케이스를 꺼냈다. 밝은 곳으로 가는 도중에 먼저 거울로 얼굴을 자세히 비췄다. 거칠게 몰아쉬던 숨이 아직 진정되지 않아서 입김이 나올 때마다 거울이 뿌옇게 되는 바람에 선명하게 보이지 않았다. 판성메이는 계단에서 서두르다가 발을 헛디뎌서 고꾸라질 뻔했는데 그러다가 또 앞에 있던 남자와 부딪쳤다. 그 남자가 꼿꼿하게 서 있었던 덕분에 다행히 같이 넘어지진 않았다. 판성메이가 숨찬 목소리로 "죄송합니다."라고 말했지만 그는 매섭게 고개를 돌리며 가버렸다. 화가 난 판성메이는 넘어질 뻔하고도 놓치지 않은 파우더 케이스를 다시 얼굴 앞으로 가져갔다. 남자들이 왜 그녀를 불쾌한 표정으로 봤는지 거울을 살폈다. 그녀는 거울을 보자마자 놀라서 손에 든 파우더 케이스를 떨어뜨릴 뻔했다. 넋이 나가서 머리를 산발한 채로 거친 숨을 헉헉대고 있는 이 아가씨가 나라고?

이때 판성메이의 머릿속에 가장 먼저 든 생각은, '이런 꼴로 어떻게 왕바이촨을 만나고 어떻게 상황을 해결하지?'였다. 그녀는 역 모퉁이를 배회하다가 기계적으로 교통 카드를 긁고 승강장으로 내려갔다. 눈앞에서 지하철이 잇달아 오고 갔지만 그녀는 올라타지 못했다. 가빴던 숨을 고른 뒤, 그녀는 작은 거울을 꺼내 보며 얼굴을 매만졌다. 이쪽저쪽을 꼼꼼히 다듬었다. 깔끔하고 단정한 차림의 남자 서너 명이 그녀를 훔쳐보는 눈빛을 포착하고 나서야 겨우 마음을 놓고 다음 지하철에 몸을 실었다. 이미 러시아워가 지난 시간이라 지하철 안에 사람이 많은 편은 아니었다. 판성메이는 옷과 머리가 헝클어질까 봐 사람이 많은 쪽을 피해서 자리를 잡고 섰다.

지하철역을 나와서 왕바이촨의 집까지는 조금 더 가야 했다. 하지만 판성메이는 이번에는 무슨 일이 있어도 뛰지 않을 생각이었다. 지하철역에서 본 남자의 불쾌한 눈빛에 충격을 받았기 때문이다. 그녀는 사방에 위험이 도사리는 캄캄한 밤보다 남자의 불쾌한 눈빛이 더 무서웠다. 하지만 무섭지 않을 리가 있나. 왕바이촨 집까지 걸어가는 내내 무서워서 심장은 두근두근 뛰었고 종아리는 부들부들 떨렸다. 가까스로 왕바이촨이 사는 독신자 아파트에 도착했다. 굳게 닫힌 문을 마주하고 보니 판성메이는 약간 후회가 들었다. 고향에서 새해 연휴를 보내고 돌아오는 길에 왕바이촨이 아파트 열쇠를 주려고 했지만 그녀가 기어코 거절했었다. 집안이 어수선한 상황에서 왕바이촨의 열쇠를 받아 들기가 뭐해서 그의 뜻을 거절했던 것이다. 그 바람에 지금 문 앞에서 기다리는 신세가 되었다. 춥고 피곤했다. 게다가 끊임없이 오가는 아파트 주민들의 시선을 견뎌야 했다. 왕바이촨에게 전화를 걸어 빨리 오라고 재촉하지도 못했다. 그는 고객을 접대하느라 한창 바빴다. 접대도 일이기 때문에 일을 그만두고 오게 할 수는 없었다.

판성메이는 문에 기대어 참을성 있게 기다렸다. 처음에는 두 발을 모두 땅에 대고 있었다. 그러다가 왼발로 땅을 지탱하고 오른발은 잠시 쉬게 했다. 그리고 얼마 뒤, 발을 바꾸어 오른발로 땅을 지탱했다. 그녀는 휴대폰에 저장해둔 전자책을 읽으며 시간을 때우려고 했지만 마음이 어수선해서 한 글자도 눈에 들어오지 않았다. 머릿속에는 온통 낮에 취샤오샤오와 왕바이촨이 무슨 대화를 나눴을까 하는 생각뿐이었다. 또 그때 왕바이촨의 표정이 어땠을지도 상상했다.

판성메이는 휴대폰을 꺼내 아까 저장해둔 그 사진을 다시 찾아서 보았다. 하지만 밉살스러운 취샤오샤오가 뒤에서 고자질한 걸로는 성이 안 찼던지 왕바이촨의 표정을 보지 못하게 뒷모습만 찍어서 올렸던 것이다. 그때 왕바이촨이 과연 무슨 생각을 했을지 사진으로는 도통 알 수 없었다. 그녀는 휴대폰 속의 사진을 볼수록 마음만 더 산란했다. 왜냐하면 취샤오샤오는 원래 말을 함부로 내뱉는 성격이어서 평소에도 그녀의 면전에 대고 입에서 나오는 대로 지껄이곤 했었다. 하물며 그녀가 없는 자리에서는 평소보다 더 심한 말을 하고도 남았을 것이다. 또 계획적으로 왕바이촨의 뒷모습만 찍은 악랄한 심보만 봐도 취샤오샤오는 자신과 왕바이촨의 약점을 공격하기 위해 일부러 비밀을 폭로한 것이 분명하다고 단정했다. 왕바이촨은 취샤오샤오의 말을 듣고 무슨 생각을 했을까, 어떤 생각을, 어떻게…

판성메이는 불안하고 초조해서 뇌가 멎을 것만 같았다.

추잉잉에게서 전화가 왔다. 판성메이는 힘없는 목소리로 말했다.

"먼저 자. 문 잠그지 말고."

추잉잉은 다급하게 목청을 높였다.

"언니, 오빠 만났어? 어서 돌아와. 빨리, 빨리 오라고. 기다리지 말고."

호랑이도 제 말하면 온다더니, 추잉잉의 큰 목소리에 깜짝 놀라 고개를 드니 왕바이촨이 엘리베이터에서 나와 걸어오고 있었다. 판성메이는 순간 긴장했다.

"왜 그래, 나중에 얘기하자. 지금 왔어."

"쥐얼이 그러는데, 샤오샤오가 원래 평소에 그다지 미덥지 못한 성격이니까 언니가 아무렇지 않은 척하고 오빠가 물어도 모르는 일이라고 딱 잘라 말하면 샤오샤오가 한 말은 없던 일이 될 거래. 그러니까 최대한 자연스럽게 행동하고 절대로 당황해서 허둥거리지 말라고."

판성메이는 추잉잉의 조언에 정신이 번쩍 들고 별안간 밤 풍경이 아름답고 환하게 느껴졌다. 그렇다, 추잉잉에게 세상살이 노하우를 가르쳤던 그녀였다. 스승인 그녀가 도리어 놀라고 당황하고 우왕좌왕하면 안 될 일이었다. 하지만 추잉잉의 전화는 한 발 늦었다. 왕바이촨은 이미 그녀 앞에 서서 두려워하는 그녀의 기색을 보고 있었다. 사실 왕바이촨은 한밤중에 자기 집 문 앞에서 기다리고 있는 판성메이를 보고 부드럽고 달콤한 말로 인사하기보다 놀랍고 의아한 마음이 먼저 들었다. 더 가까이 다가가서 얼굴을 자세히 들여다보니 놀란 빛이 역력했다. 왕바이촨은 마음이 무거워졌다. 낮에 취샤오샤오가 한 말이 무심코 떠올랐다. 판성메이가 강심장이라도 자신과 취샤오샤오가 같이 밥 먹도록 허락하지 않을 것이라는 말이. 어째서일까? 왕바이촨은 많은 생각이 자연스레 떠올랐지만 깊이 생각할 엄두가 나지 않았다. 그러나 평소와 달리 밤중에 자신의 집 앞에서 기다리는 판성메이를 보고는 놀라지 않을 수 없었다. 또 그녀가 안 좋은 얘기를 솔직하게 털어놓을까 봐 두렵기도 했다.

판성메이는 추잉잉과의 통화를 마쳤다. 그녀는 즉시 낯빛을 바꾸어 사랑스러운 미소를 지으며 말했다.

"이제 온 거야? 아이, 깜짝이야."

왕바이촨도 낮에 취샤오샤오와 만나서 식사했던 일을 제 입으로 꺼내기가 두려워서 판성메이의 말에 금방 웃으며 대답했다.

"내가 잘못 본 줄 알았어. 어서 들어가자. 안 추웠어?"

얼굴 한가득 미소를 띠고 있는 왕바이촨의 모습에 판성메이는 마음이 조금 놓였다.

"너무 늦어서 안 들어갈래. 들어가긴 좀 그래. 그냥 갈게. 얼굴 봤으니까 됐어. 바래다 줘."

왕바이촨은 영문을 몰라서 물었다.

"그냥 가? 얘기도 안 하고? 이렇게 늦게까지 기다렸는데…."

"얼마 안 기다렸어. 방금 친구들이랑 카드 게임하고 점을 봤는데, 점을 보다가… 그게… 어쨌든 너무 놀라고 무서워서 널 보고 집에 가야 마음이 놓일 것 같아서 왔어. 택시만 태워주면 내가 알아서 갈게. 아무튼 오늘 밤엔 운전하지 마. 걱정되니까."

왕바이촨은 판성메이가 이렇게 늦은 시각에 집 앞에서 자신을 기다린 이유를 그제야 분명히 알았다. 자신이 저녁에 운전해서 귀가하다가 사고가 날 수도 있다는 점괘가 나와서, 이를 염려한 판성메이가 직접 무탈함을 확인하러 온 것이라고 생각했다. 왕바이촨은 무척 감동했다. 그녀를 안은 팔에 자연스레 힘이 꽉 들어갔다. 그는 키스하느라 정신없는 틈에 판성메이를 안고 집으로 들어가려고 했지만 판성메이는 한사코 거부했다. 두 사람이 그렇게 밀고 당기는 사이에 판성메이의 휴대폰이 또 울렸다. 추잉잉이었다. 판성메이는 냉큼 왕바이촨을 물리쳤다.

"저리 좀 가. 식식거리는 소리 들리면 민망하잖아."

왕바이촨은 추잉잉의 전화라는 말에 하는 수 없이 흥분을 가라앉히고 비켜섰다. 판성메이도 뒤로 몇 걸음 물러나서 문 뒤에 기대고 전화를 받았다.

"잉잉, 곧 갈 거야."

"언니, 암말도 하지 마. 방금 샤오샤오가 쥐얼한테 메시지를 보냈는데 오빠한테 아무 말도 안 했다고 그러더래."

"아… 알았어. 현관문 열어놔."

판성메이는 왕바이촨을 보며 눈썹을 찡긋거렸다.

"가자, 택시 타게 바래다줘."

왕바이촨은 하는 수 없이 판성메이를 안고 아래층으로 내려갔다.

"추잉잉이 집에 일찍 들어오라고 단속하는 거야? 맙소사."

"우리 2202호가 워낙 사이가 좋잖아. 누구든 귀가 시간이 늦으면 전화해서 일찍 오라고 난리야. 고향 떠나서 하이시에서 힘들게 사는 여자들끼리 서로서로 챙겨주고 실수할까 봐 걱정해주고 그래. 내가 문 잠그지 말라고 얘기하고 나와서 이렇게 늦으니까… 나 놀리는 거야."

왕바이촨이 속삭였다.

"그럼 친구들 소원 들어줘야 하는 거 아냐?"

"쳇, 허튼소리 마. 와서 기다리지 말 걸 그랬어. 네가 날 이렇게 우습게 여길 줄 알았더라면."

왕바이촨이 연신 미안하다고 말하고서야 판성메이는 기분을 풀었다. 판성메이가 택시에 타자 왕바이촨이 밖에서 문을 닫아 주었다. 판성메이는 그제야 한숨을 길게 내쉬며 곰곰이 생각할 시간을 가졌다. 취샤오샤오가 아무 말도 안했다고? 그럴 리가? 정말 그랬을까? 여하튼 다행이었다. 골치 아픈 일도 설화에 휘말릴 일도 없어진 셈이니까.

왕바이촨은 판성메이를 보내고 집에 돌아왔다. 찬바람을 쐬고 나니 머리가 개운해졌다. 저도 모르게 의심이 드는 면도 없지 않았지만 그보다 행복감이 더 컸다. 자신이 그렇게 긴 세월 동안 사랑했던 여자가 늘 자신을 염두에 두고 걱정하고 애태우며 달려오기까지 하니 더 이상 바랄 게 없었다.

판성메이는 2202호로 돌아왔다. 두 친구의 방에는 이미 불이 꺼져 있었다. 그녀는 살금살금 욕실로 들어가서 씻었다. 동상에 걸린 두 손을 이리 살피고 저리 살폈다. 고향에서 돌아온 지 벌써 여러 날이 지났지만 동상의 흔적은 언제쯤 사라질지 알 수 없었다. 동상 자국이 있는 손을 누가 볼까 부끄러워서 남들 앞에서는 손을 내놓지도 못했다. 새 직장인 5성급 호텔에 출근할 때까지 낫지 않을까 봐 걱정이 됐다. 1년 내내 봄날처럼 따뜻한 그곳에서 근무하면 아마 심지어 화장실 청소하는 직원조차도 동상에 걸릴 일은 없을 것이다. 판성메이는 온수팩에 뜨거운 물을 담아서 손을 녹이고 이불 속으로 가지고 들어갔다.

잠이 오지 않았다. 왕바이촨의 아파트에서 아슬아슬했던 순간을 떠올리며 생각했다. 취샤오샤오가 오늘은 말하지 않았지만 내일 이후로도 계속 얘기하지 않으리라고 약속할 수 있을까? 그럴 일은 결코 없을 것이다. 그렇다면 최선의 방법은 미연에 방지하는 것이다.

어떻게 예방하면 좋을까? 사실 이사만큼 좋은 방법이 없다. 다만 집 안의 짐들을 생각하면 과연 이사가 쉬운 일인가 싶다. 게다가 돈도 없다. 하지만, 왕바이촨이 올해 안으로 집을 사겠다고 호언장담을 한 터다. 그러면 곧 이 월세방을 떠날 날이 오니까 너무 괴로워하지 않아도 된다. 짧다면 짧은 반년 동안 가능한 한 취샤오샤오한테 지는 척하면서 좋은 관계를 유지하는 게 나을 듯하다. 어딜 가나 그런 성격의 사람은 있는 법이니 별 도리가 없었다.

판성메이는 속으로 한숨을 깊게 쉬면서 부처님께 왕바이촨의 사업이 술술 풀려서 빨리 번창하게 해달라고 빌었다. 다음 날 아침, 판성메이는 눈을 비비며 방문을 열고 나오는 관쥐얼을 꽤 오래 기다렸다. 판성메이는 여느 때보다 차분한 태도로 말했다.

"쥐얼, 어제 네 충고 고마웠어."

잠이 덜 깬 관쥐얼은 판성메이의 말을 들으면서 한 걸음 더 걸어 가더니 어리둥절하며 멈춰 섰다가 한참 만에 정신을 차렸다. 그제야 두 눈도 제법 평소처럼 떠졌다.

"괜찮아, 언니. 어제 내가 너무 심했어. 미안해."

판성메이는 겉으로는 미소를 유지하면서 속으로는 조심스럽게 유심히 불빛 아래에 선 관쥐얼의 안색을 살폈다. 관쥐얼의 얼굴에는 잠이 덜 깨 몽롱한 느낌 말고는 특별한 기색이 없어 보였다.

"어제는 여러 가지 일이 다 뒤엉키는 바람에 당황스럽고 정신이 산란했어. 이따가 앤디한테도 가서 사과하려고 해."

관쥐얼은 여전히 정신을 차리지 못하고 멍하니 있었다.

"응, 고마워."

말을 마친 관쥐얼은 휘청거리며 욕실로 들어갔다. 판성메이는 문가에 서서 옷을 입으면서 상황을 주시하는 추잉잉을 발견하고는 쓴웃음을 지었다. 그리고 다가가서 그녀를 안아주었다.

"네가 제일 고마워."

"아, 또 이렇게 닭살 돋게 굴면 확 기절해버릴 거야. 대단한 일도 아닌데 뭐가 이리 진지해. 언니가 날 그렇게 많이 도와줘도 난 인사 못했는데."

추잉잉은 참새처럼 조잘조잘 떠들며 판성메이의 마음을 편하게 해주었다. 추잉잉이 갑자기 손가락으로 문 쪽을 가리켰다.

"앤디 언니 왔어."

판성메이는 황급히 다시 미소를 지으면서 서둘러 밖으로 뛰쳐나갔다.

"앤디, 잠깐만. 사과하고 싶어."

앤디는 억지로 사과를 받는 상황이 싫어서 2202호 사람들 눈에 안 띄고 몰래 집으로 들어가려다가 들키고 말았다. 더 이상 도망갈 방법은 없었다. 기왕 이렇게 된 바에야 하는 수 없이 마음을 비우고 걸음을 멈추며 웃었다.

"괜찮아. 세 사람한테 거듭 말하는데 난 웨이웨이와 완전히 끝났어. 그러니까 성메이 너와도 무관해."

말을 끝낸 앤디는 2202호에 놀라움만 남기고 곧장 자기 집으로 들어갔다. 판성메이는 왕바이촨의 차를 타고 가다가 문득 관쥐얼과 앤디 두 사람이 차례대로 자신에게 "괜찮아."라고 말했던 것이 생각났다. 두 사람의 똑같은 그 한마디에는 어떤 뜻이 담겨 있을까?

관쥐얼은 오늘 맑은 정신으로 앤디의 차에 탔다. 그녀는 앤디의 사생활을 캐묻지 않고 진지하게 자기 얘기를 했다.

"오늘 인사팀 면담이랑 상사들과의 1:1 심사가 있어. 걱정돼 죽겠어."

"겁낼 거 없어. 지금쯤이면 이미 내정되어 있어. 오늘 면담과 심사를 특별히 잘하거나 못하는 것도 평가 요소지만 가장 중요한 건 평소에 같이 일하는 상사들이 널 어떻게 평가하느냐 하는 점이야."

"언니는 옛날에 이럴 때 어떻게 했어?"

"글쎄, 난 이런 식의 심사를 받은 적이 없어서. 하지만 난 늘 고객을 상대하니까 사전 준비 단계에서는 항상 긴장해도 막상 실제로 고객을 만났을 때는 하려던 말을 편안하게 다 했어. 긴장하지만 않으면 충분히 실력을 발휘할 수 있을 거야."

"후, 난 긴장하는 게 문제야. 어쨌든 오늘만 지나면 열흘 안에 보따리를 싸서 보안 요원에게 끌려 나가든가 월급을 받든가 결판이 나겠지. 1년짜리 계약서에 도장을 찍고 또 내년 심사를 기다려야 할 수도 있고. 회사 일은 정말 긴장돼. 학교 다닐 때 쪽지 시험, 중간고사, 기말고사를 봤던 것처럼 회사도 늘 평가를 치러야 하잖아. 회사에 다니면 시험에서 해방될 줄 알았는데."

"듣고 보니 심사 결과가 나온 뒤에나 연애를 생각해보겠다던 계획이 또 뒤로 미뤄질지도 모르겠구나. 하하"

"진짜 미루고 싶은데 엄마가 안 된대. 새해 연휴에도 맞선 약속해놔서 봤잖아. 요새 슈잔이… 그 맞선 본 남자 이름이 슈잔인데 자꾸 전화해서 같이 밥 먹자고 하네. 난 계속 시간이 없다는 말만 되풀이하고 있어. 야근이랑 심사 핑계 대면서. 심사 끝나고 나면 이제 댈 핑계도 없는데."

앤디는 안타까워했다.

"연애하려면 시간 소모가 많아. 생활 리듬도 완전히 엉망이 되어버리지. 내 맘대로 할 수 없는 시간도 많고. 상대방한테 맞춰야 하니까. 어쩔 수 없이 구속당하는 거야."

"엄마가 아주 완강해. 남들은 결혼해서 애도 낳고 직장 생활도 잘한다고. 아무튼 난 불안증이 있어서 그렇게는 못해."

앤디는 가만히 생각했다.

"나도 그건 힘들 것 같다. 진심으로 깊이 사랑해야 결혼도 하고 아이도 낳을 수 있겠지. 상상이 안 가."

"꼭 그렇진 않아. 맞선으로 몇 번 만나지도 않고 결혼해서 아이 낳고 사는 사람도 많으니까. 그런 결혼은 그저 동반자로서 함께 사는 것에 불과해. 언니야 다 갖췄으니까 순수한 사랑을 원하는 거고. 당연히 그럴 수 있어."

"너도 그렇지."

"사실 우리 같은 여자들이 제일 골치래. 골드미스가 될 소질이 다분해서."

두 사람은 깔깔 웃었다. '골드미스'라는 말이 상당히 풍자적이지만 두 사람을 풍자하는 말 같지는 않았다.

추잉잉은 출근길에 잉친의 메시지를 받았다.

'오늘 햇살이 너무 따뜻한데 같이 점심 먹을 시간 있어?'

추잉잉이 답장을 보냈다.

'우린 점심시간이 짧아. 퇴근하고 만나면 해가 없겠지. 유감이야.'

'내가 도시락 사 갈게. 공원에서 먹자. 어때? 공원 분수대 근처에 돌계단이 있어.'

점심시간이 되자 추잉잉은 "아싸!" 하며 신이 나서 공원으로 달려갔다. 약속대로 잉친은 분수대 근처에 있었다. 평일이어서 분수가 작동하지는 않았지만 물이 태양 아래에서 겨울 햇살을 고요히 반사하여 눈이 부실 정도로 반짝였다. 잉친은 다가오는 추잉잉의 모습을 즉시 발견하고 일어서서 맞이했다. 추잉잉은 몇 걸음 깡충깡충 뛰어서 잉친 앞에 섰다. 무슨 말을 해야 좋을지 몰라서 아무 말이나 막 시작했다.

"오늘은 든든하게 입었네. 와, 이발도 하고. 프로젝트 끝났어?"

잉친은 추잉잉의 말이 끝날 때까지 웃으며 기다렸다.

"어제 납품했어. 오늘은 종일 책상 정리했더니 쓰레기가 산더미처럼 나오더라."

"하하, 동료들이 너도 쓰레기 더미로 치워버리진 않았나 봐. 좋은 사람들이네. 밥 먹을까? 도시락은?"

잉친은 허둥대며 다운재킷을 열더니 그 안에서 도시락 2개를 꺼냈다. 하나를 추잉잉에게 건네며 말했다.

"아직 따뜻할 거야."

"도시락을 그렇게 좋은 옷에 싸오면 그 옷 다시 입을 수 있어?"

"상관없어. 세탁기에 빨면 돼."

"다운재킷을 세탁기에 빤다고? 친구야, 아니, 관두자. 어서 먹자. 와, 카레라이스네. 브로콜리도 있고… 이 하얀 건 뭐야?"

"브로콜리 관자 볶음이야. 하얀 건 관자고. 입맛에 맞으면 좋겠다."

"당연히 좋아하지. 식당에서 주문한 거야? 좋은 식당인가 봐. 정말 고마워. 그런데 다음에는 이런 비싼 식당에서 사지 마. 너한테 얻어 먹기만 하니까 양심에 찔려."

"괜찮아. 얼마든지 먹어도 돼. 내겐 기쁨이니까."

"이봐, 동생, 같은 고향 사람이니까 내가 한 수 가르쳐줄게. 하이시는 말이야 집값이 비싸. 그렇게 돈을 펑펑 쓰다가는 돈을 못 모은다고. 카레라이스는 굉장히 맛있어. 하지만 카레라이스는… 마트에서 카레를 사와서 집에서 직접 만들어 먹는 게 좋아."

"벌써 집 샀어, 폴로(Polo)도 1대 있고. 대출을 받긴 했지만. 네 말이 맞아, 아껴 써야지. 매달 대출금 갚느라 부담이 커. 하지만 너를 위해서 쓰는 건 행복해."

추잉잉은 집 계약금을 벌려고 고생하는 성메이 언니의 남자 친구 바이찬 오빠 생각이 났다. 그녀는 눈앞에 있는 꽤 신경 써서 차려입고 넥타이도 맸지만 어쩐지 어수룩해 보이는 차림의 잉친을 놀란 눈으로 바라보다가 이윽고 물었다.

"연봉이 그렇게 많아? 와, 너 대단하다. 어쩐지 회사 입구에서 출입을 통제하더라니. 전화로 불러내야 널 만날 수 있고."

"그렇게 많지는 않은데 난 이 일이 좋아. 사장님도 나한테 프로젝트를 기꺼이 맡기시고. 난 프로젝트를 완성하면 돈을 받아. 많이 버는 건 아니야, 진짜야. 대단하지 않다고. 그나저나 너한테 부탁이 하나 있는데…."

추잉잉은 어리둥절하고 놀랐다. 살짝 긴장한 그녀가 앞질러 물었다.

"뭔데? 뭐길래 이렇게 심각해?"

잉친이 대답했다.

"내겐 아주 중요한 일이라서. 혹시 설날에 고향 가는 기차표 구했어? 난 오늘부터 설날 휴가 때까지 시간이 많거든. 그래서 네 표를 내가 예매할까 하는데. 대신 넌 고향 가는 날 나랑 동행해주기만 하면 돼. 또 양심에 찔린다는 말은 하지 말고. 어차피 나도 가야 하니까 줄 서서 사는 김에 1장 더 사는 것뿐이야."

"아니, 왜 운전해서 가지 않고? 설날에 필요한 물건들도 많이 싣고 갈 수 있잖아."

잉친이 우물쭈물했다.

"내가 운전 실력이…. 면허는 있는데 아직 서툴러서 차는 동네에 세워두고 항상 지하철 타고 출퇴근해. 운전하다 보면 사방을 두루 다 못 봐서 이정표 보다가 길을 놓치기도 하고 그러거든. 만약 네가 내 차 타고 같이 가면서 지도를 좀 봐주고 알려주면… 아, 그래! 그런 방법이 있었네. 어때? 유류비와 통행료는 내가 부담하니까 넌 안 내도 돼. 같이 가주기만 하면 돼. 노선도 내가 알아서 할게. 가장 상세하고 알아보기 쉬운 노선으로 내가 검색해둘게. 만약 하루 안에 도착하지 못하면 숙박비도 내가 댈게."

"그러면 안 돼. 온전히 신세질 수는 없어. 유류비랑 통행료는 내가 절반 부담한다든지…."

추잉잉은 이렇게 말하고 가슴이 조마조마했다. 그녀는 고향까지 가는 동안 유류비와 통행료가 얼마나 드는지 모른다. 만약 기차표보다 몇 배나 더 비싸서 월급의 반을 지출해야 할까 봐 덜컥 겁이 났다. 그러면 그야말로 대형 사고일 것이다.

"아냐, 너무 번거롭겠어. 그냥 기차 타고 가자. 내 표 예매 부탁해. 일반 침대칸으로. 이왕이면 맨 위 칸이나 가운데 칸으로. 돈은 내일 줄게. 일반 침대칸이 매진이면 일반석으로 사고 일등 침대칸은 절대 사지 마. 너무 비싸."

"알았어. 나도 일반 침대칸이 좋아. 방금 운전해서 가는 상상을 해 봤는데 그것도 괜찮을 것 같아. 넌 내가 운전하는 거 감독해야 하는 막중한 임무를 맡으니까 당연히 비용의 반을 부담할 필요도 없고…."

"헤헤, 공대 출신이라 사탕발림을 잘 못하는구나. 운전대를 잡는 사람은 넌데 대체 누구 임무가 막중하다는 거니? 어머, 시간이 얼마 안 남았네. 어서 먹자. 늦으면 안 돼."

할 말이 없어진 잉친은 조용히 밥을 먹으며 슬쩍 한 번씩 추잉잉을 쳐다봤다. 추잉잉의 입은 쉴 새 없이 움직이고 있었다. 이것도 맛있다 저것도 맛있다 하며 종알거리다가 햇볕이 무척 따뜻하다고 감탄하기도 했다. 또 중간중간 음식물을 꿀꺽 목으로 넘기기도 하며 무척 분주하게 식사했다.

어쩔 수 없었다. 겨울에 이처럼 강하고 따뜻한 햇살을 받기가 드물어서 기분이 안 좋을 수가 없었다. 포근한 햇볕을 쬐면서 밥을 먹는 기분은 한마디로 날아갈 듯 홀가분했다.

점심을 다 먹은 뒤, 추잉잉이 서둘러서 카페로 돌아가는 길에 잉친도 함께했다. 도중에 잉친은 또 얼굴을 붉히면서 다운재킷 안에서 작고 깜찍한 핑크빛 장미 다발과 초콜릿을 꺼내 도둑질한 사람처럼 멋쩍게 추잉잉에게 내밀었다. 추잉잉은 깜짝 놀라며 두 다리에 급히 제동을 걸었다.

그녀가 벙벙하게 잉친을 쳐다보니 잉친의 얼굴은 더 새빨개졌다. 잉친이 밤새 준비한 고백의 말은 입안에서 우물거리기만 할 뿐 밖으로 나오지 않았다. 그는 오로지 꽃과 초콜릿을 쥔 두 손만 곧게 뻗어서 추잉잉 앞에 내밀고 있었다.

그 순간, 불과 3개월 전에 한바탕 겪었던 연애 소동이 추잉잉의 눈앞을 번뜩 스치고 지나갔다. 추잉잉은 갑자기 두려웠다. 몸과 마음은 물론이고 직장까지 잃었던 이중 고통을 또 당하게 될까 봐 두려웠던 것이다.

"너… 너… 뭘 하려고?"

"나는… 뭘 하려는 게 아니라, 정말로, 아무것도… 안 하고, 그냥… 꽃을 주려고."

"그러니까, 꽃을 왜… 나한테?"

"넌… 너는 내가… 본 사람 중에서… 가장… 가장 귀… 귀엽거든."

추잉잉은 잉친이 자신보다 더 버벅대는 모습을 보고는 마음이 놓여서 꽃과 초콜릿을 받아 들었다. 그러나 이를 받자마자 정신이 번쩍 든 추잉잉은 일하러 가던 길이었음을 깨닫고, 점심시간이 얼마 남지 않았음을 확인하고는 비명을 질렀다. 그녀는 고맙다는 인사와 잘 가라는 말을 동시에 외치며 온 얼굴이 새빨갛게 달아오른 잉친을 길거리에 두고 쏜살같이 카페로 달려갔다. 카페에 도착한 추잉잉은 생각할수록 기분이 좋았다. 꽃다발은 조심스럽게 옆에 두고 수시로 눈길을 주었다. 그녀가 여태 받은 것 중에서 가장 아름다운 꽃이었다.

저녁 무렵이 되어 퇴근하는데 잉친이 벌써 카페 앞에서 기다리고 있었다. 추잉잉은 꽃과 초콜릿을 손에 들고 걸어 나갔다. 추잉잉이 발그레한 얼굴로 잉친을 힐끗 보니 잉친은 사뭇 긴장한 표정으로 웃었다. 두 사람은 말이 없이 차에 올랐다. 추잉잉은 할 말을 찾다가 겨우 한마디 짜냈다. 아무래도 앤디한테 물어서 배워둘 걸 그랬다.

"옷에서 냄새 나. 안 좋은 냄새."

잉친은 다급히 변명했다.

"어제 이발하고 샤워도 했어. 한 군데도 빠짐없이 깨끗하게."

추잉잉은 거드름 피우며 말했다.

"스웨터를 안 갈아입어서 그래. 지난번에도 이 옷 입었던데. 헤헤, 설마 스웨터가 이거 1벌뿐인 건 아니지?"

"엄마가 떠주신 게 있는데… 촌스러워서 네가 웃을까 봐… 어쩔 수 없이 세탁기에 넣었던 거 다시 꺼내 입었어. 눈이 예리하네. 그럼 저녁 먹고 나서 스웨터 2벌만 골라줘. 네 안목이 나보다 훨씬 나을테니까."

추잉잉은 속으로 '나는 성메이 언니의 안목으로 옷을 사는데' 하고 생각했지만 입으로는 흔쾌히 그러자고 대답했다. 서브웨이에서 저녁을 먹은 뒤에 추잉잉은 잉친을 캐시미어 스웨터 전용 판매대로 데리고 가서 잉친이 요구한 대로 2벌을 골랐다. 그러나 잉친은 추잉잉도 2벌 고르면 같이 계산할 거라고 구입을 재촉했다. 추잉잉은 가격표를 봤다. 자신은 비싸서 살 수 없는 물건이었다. 1벌에 1,000위안 정도 하는 옷을 뻔뻔하게 얻어 입을 수는 없었다. 서브웨이에서 끼니를 때운 것도 추잉잉의 제안이었다. 왜냐하면 싸니까.

하지만 다정한 잉친은 추잉잉이 몇 번이나 안 산다고 말해도 끝까지 권했다. 추잉잉은 하는 수 없이 비장의 카드를 꺼냈다.

"안 돼. 너한테 이렇게 비싼 선물을 받으면 네 여자 친구 노릇해야 하니까 그럴 수 없어."

"괜찮아. 상관없어. 받아도 돼. 어서 골라. 난 잘 모르니까 .네가 골라봐."

"안 된다니까. 너랑 아무 관계도 아닌 내가 이렇게 비싼 선물을 받는다는 건…."

추잉잉의 머릿속에는 퍼뜩 '뇌물'이라는 두 글자가 떠올랐지만 적절하지 않은 단어인 것 같아서 잉친을 물끄러미 바라보다가 말문이 막혀버렸다.

"어쨌든 안 돼. 맞아, 욕심을 부리면 안 돼."

"넌 날 처음 봤을 때 아무 사이도 아니면서 동향이라는 이유로 라러우를 나눠줬어. 또 두 번째 만났을 때도 아무 관계 아니었는데 밤중에 택시 타고 와서 라러우 덮밥을 주고 갔었지. 덕분에 난 그거 먹고 감기가 싹 다 나았어. 네 말대로라면 그때 내가 욕심을 부렸던 거야?"

"그건 다르지. 완전 달라. 라러우는 고향에서 보내온 거니까 기쁘게 동향 친구랑 나눠 먹었던 거고."

"나도 스웨터를 내가 좋… 좋아하는 사람한테 선물하고 싶어."

잉친은 더듬거렸지만, 정확하게 자신의 마음을 표현했다. 하지만, 추잉잉은 재차 단호하고 권위적인 태도로 말했다.

"여하튼 안 돼."

추잉잉은 왜 안 되는지 이유는 마땅히 생각나지 않았지만 기분은 몹시 좋았다. 고래고래 소리를 지르고 노래하며 빙글빙글 돌고 싶을 만큼 즐거웠다. 바로 앞에 있는 저 남자가 자신을 좋아한다고 했기 때문이다.

잉친은 추잉잉의 기세에 겁을 먹고 부득이 마음을 접었다. 하지만 계속 미안한 마음이 들어서 시종일관 주전부리를 사서 추잉잉이 먹게 했다. 그는 차에 타서 문득 걱정이 들었다.

"술이 들어간 초콜릿을 몇 개쯤 먹었는데 음주 운전 단속에 걸리진 않겠지?"

두 사람은 추잉잉의 제안에 따라 차를 두고 버스를 타고 집에 가기로 했다. 잉친은 길눈이 굉장히 밝았다. 그는 버스정류장 안내도 앞에 서더니 최적의 노선을 단박에 척척 찾아냈다. 잉친과 추잉잉은 버스를 탔다. 늦은 밤인데도 버스 안에 사람이 많아서 두 사람은 바싹 붙어 섰다. 버스가 크게 흔들리자 잉친은 손을 뻗어 추잉잉을 부축했다. 추잉잉은 건성으로 괜찮다고 말하며 단단히 힘을 주고 버텼지만 결국에는 그의 부축을 받았다. 그녀는 자신에게 이처럼 자상하게 대하는 사람이 옆에 있어서 기뻤다. 추잉잉은 집으로 가는 내내 혼자서 북 치고 장구 치며 재잘재잘 떠들었다. 사는 동네, 월세살이, 룸메이트, 이웃에 관한 얘기들을 몽땅 잉친에게 들려주었다.

추잉잉이 아파트 입구에서 마지막으로 인사하려고 돌아보니 잉친이 단지 정문 앞에서 여전히 추잉잉을 바라보고 있었다. 추잉잉은 곧 넘어질 듯이 부자연스러운 자세로 걷다가 모퉁이를 돌아선 뒤에야 평소처럼 걸었다. 그녀는 차가운 바람 속에서 심호흡을 길게 했다. 그러고는 취샤오샤오처럼 새된 소리를 가볍게 지르며 팔짝팔짝 뛰어서 집으로 들어갔다.

2202호에는 아무도 없었다. 성메이 언니는 약속이 있고 쥐얼은 야근하느라 늦을 예정이었다. 피로에 지친 몰골을 한 취샤오샤오만이 다음 엘리베이터를 타고 22층으로 올라왔다. 추잉잉은 용기를 내어 취샤오샤오를 와락 껴안고 폴짝폴짝 뛰었다. 그렇게 하지 않으면 기쁨을 달리 표현할 방법이 없었다. 취샤오샤오는 귀찮다는 듯이 밀어

내며 눈을 흘겼다.

"뭐니? 할 말 있으면 빨리 해."

"히히, 족집게네."

추잉잉은 비틀거리는 취샤오샤오를 바로 잡아 세웠다.

"돈 버는 비결 좀 알려줘. 나도 남 앞에서 떳떳해질래."

"남? 누구?"

추잉잉은 취샤오샤오에게 두 번 당할 수는 없어서 이번에는 사실
을 숨겼다.

"동창. 나보다 월급이 엄청 많아. 쪽팔려서 고개도 못 들었어."

"웃기네. 나도 너보다 돈이 훨씬 많은데 내 앞에서는 고개를 잘만
들더라? 누구야? 데려와. 일단 심사해보고 도와줄게."

"동창이라니까. 진짜 동창 모임에서 만났어."

취샤오샤오는 반신반의했다.

"알았어. 주말에 도와줄게. 지금은… 쉴!거!야!"

추잉잉은 취샤오샤오의 비명에도 아랑곳하지 않았다. 그녀는 취
샤오샤오의 팔을 자신의 어깨에 둘러메고 방으로 들어가서 의자에
억지로 앉혔다.

"지금 해야 돼. 농담 아냐. 넌 진짜 대단해. 네가 짱이야. 일단 인터
넷 홈페이지를 보여줄게. 이건 내 판매 기록이야. 내가 다 적어놨어.
이걸로 인센티브를 정산해. 자, 봐. 이제 내가 어떻게 하면 될까?

잠깐만요 아가씨, 물 한 잔 떠다 드릴게요."

취샤오샤오가 버둥거리며 일어나려는데 물을 따라서 번개 같이
돌아온 추잉잉이 다시 그녀를 눌러 앉혔다.

"너 진짜 뻔뻔하고 염치없다."

"네, 저는 아가씨보다 미천한 양민이랍니다."

추잉잉은 물 잔을 취샤오샤오의 손에 쥐여주었다.

"이것 봐. 이게 다 내가 한 달 동안 발에 불이 나도록 다니면서 판매한 실적이야."

취샤오샤오는 피곤해서 눈을 반쯤 감은 채로 신음하고 있었다.

"눈이 침침해. 앞이 안 보여."

"내가 읽어줄게. 들어봐."

취샤오샤오는 할 수 없이 아예 눈을 감고 어르신처럼 앉아서 추잉잉의 목소리를 듣기만 했다. 그녀는 추잉잉의 말을 절반가량 듣다가 피곤해서 쩍쩍 갈라진 목소리로 물었다.

"가격이 왜 그렇게 싸?"

"도매가야. 물량이 많아서."

"겨우 이 정도 물량을 도매가로 팔아? 그럼, 인센티브를 받지 마. 집에 재고를 쌓아두고 직접 도매해. 그러면 이윤을 훨씬 많이 남길 수 있어."

"이거 적은 양이 아닌데. 내 한 달치 월급으로도 다 못 사."

"어쨌든 난 방법을 알려줬다. 생각이 있으면 너희 사장님이 거래하는 공급처를 직접 알아봐. 가격 차이가 클 거야. 웹 사이트 만들어서 팔면 돼. 아무튼… 나 졸려. 더 이상은 안 돼."

취샤오샤오는 이제 어떤 말도 귀에 들리지 않았다. 추잉잉이 아무리 소리쳐도 미동조차 없었다. 추잉잉은 하는 수 없이 취샤오샤오의 팔을 또 둘러메고 2203호로 데려다줬다. 그녀는 취샤오샤오의 말이 마음에 남아서 신중하게 생각해보기로 했다.

집으로 돌아온 취샤오샤오는 욕조에 뜨거운 물을 받고 들어가 물이 식을 때까지 있다가 겨우 정신을 차리고 밖으로 나왔다. 취샤오샤오는 침대에서 구르듯이 엎어졌다. 깊은 잠에 빠지기 전에 메일과 웨이보를 확인한 뒤, 하품을 쩍쩍 하며 메일 답장을 보냈다. 웨이보를 보는데 정말로 눈이 어리어리했다. 자오치펑의 웨이보를 볼 때는 유독 동공이 수축되었다. 자오치펑의 웨이보에는 이런 멘션이 있었다. '요즘 일이 너무 많아서 매일 허겁지겁 수술실을 빠져나온다.' 취샤오샤오는 동병상련의 감정이 들어 울컥했지만 이런 상황도 나쁘지 않았다. 취샤오샤오가 바쁜 시기에 때마침 자오치펑도 한눈을 팔 틈 없이 바빴기 때문이다. 이에 취샤오샤오는 공간을 뛰어넘어 추파를 던지며 적극적으로 반응했다. '매일 탈진할 때까지 출하 작업을 한다. 오늘 밤엔 한 계집애한테 들들 볶이기까지 했다. 괴롭다.'

추잉잉은 휴대폰 화면을 넘기다가 취샤오샤오의 웨이보에 올라온 멘션을 보고는 배를 움켜잡고 크게 웃었다. 마침 현관으로 들어오던 관쥐얼이 추잉잉을 보며 물었다.

"무슨 일이야?"

"이것 좀 봐. 샤오샤오가 방금 올린 건데, 이 '계집애'가 나야."

"또 꽉 껴안았어?"

교활하기 짝이 없는 요물 같은 취샤오샤오가 의외로 추잉잉의 격렬한 포옹에 꼼짝 못한다고 생각하니 관쥐얼도 웃음이 터져서 배꼽을 쥐었다. 물론 관쥐얼도 추잉잉처럼 다른 일로 이미 기분이 좋은 상태였다.

추잉잉은 신이 나서 상황을 자세히 설명했다. 관쥐얼은 그 사이에 앤디에게 전화를 걸어 이야기할 시간이 있는지 물었다. 1분 쯤 지나자 앤디가 2202호 문을 열고 들어왔다.

앤디는 밝게 웃는 관쥐얼을 보며 뭔가 알겠다는 듯이 물었다.

"통과했어?"

추잉잉은 의아한 표정으로 두 사람을 주목했다. 관쥐얼이 웃었다.

"바로 그 자리에서 말해줬어. 내 상사의 상사가 직접 '축하합니다.' 라고."

"정말 잘 됐다. 축하해. 진작 될 줄 알았어. 긴장 안 하고 잘 했나 보네."

"긴장했어. 가자마자 얼마나 긴장되던지. 그런데 심사관들의 질문이 다 평이해서 긴장을 풀고 여유 있게 대답할 수 있었어. 끝나고 나오는데 손바닥이 너무 아파서 봤더니 주먹을 꽉 쥐고 있는 바람에 손톱이 살 속으로 파고들었더라고."

추잉잉이 한마디 거들었다.

"오늘 심사 있었어? 왜 미리 말 안 했어. 정말 축하해. 이건 축하의 포옹. 이제 월급도 오르겠네."

관쥐얼은 처음으로 취샤오샤오가 느꼈던 공포를 체험했다. 추잉잉의 격렬한 포옹은 웬만해서는 받아들이기 힘들었다. 관쥐얼은 난처해하며 말했다.

"어젯밤하고 오늘 아침에는… 말할 상황이 아니었지."

추잉잉은 충분히 이해했다.

"그러게. 다들 그럴 기분이 아니었지. 그래도 통과해서 다행이야. 안 그러면 성메이 언니가 또 너한테 사과할 뻔했다."

앤디는 전날 밤에 2202호에서 무슨 일이 벌어졌었음을 이미 직감하고 있었는데 그때 확실히 알았다. 하지만 자세히 묻지 않고 도리어 간밤의 일을 되새기려는 추잉잉의 말을 뚝 잘랐다.

"네가 술술 대답할 수 있었던 데에는 2가지 이유가 있어. 첫째는 네가 업무를 분명히 숙지하고 있었기 때문이고, 둘째는 상사가 내정한 직원 명단에 이미 네 이름이 있어서 질문할 때 너를 많이 배려했던 거야. 또 그런 결과가 나온 건 평소 너의 업무 태도가 좋은 인상을 주었기 때문이기도 해. 그나저나 저번 스캔들 사건에 연루된 사람들이 궁금하네. 오늘 어떻게 됐대?"

"스캔들 주인공은 딱히 특이한 점은 없었어. 그렇지만 나처럼 바로 좋은 소식을 듣고 흥분한 모습도 못 본 것 같아. 스캔들을 퍼뜨린 2명은 나오는데 얼굴이 사색이 되었더라. 질문할 때 무서워서 쩔쩔맸대. 그리고 곧바로 인사팀에 불려 가더니 결국 보안 요원의 감시를 받으며 짐을 챙겨서 떠났어. 정말 언니 말대로야. 질문은 이미 정해져 있었고, 누구에게 뭘 질문하고 누구에게 뭘 질문하지 않을지는 전부 상사가 전권을 쥐고 결정하는 거였더라고. 진짜 큰일 날 뻔했어. 까딱 잘못 생각했으면 그 두 사람이랑 같은 신세가 됐을 거야. 상사들은 다 알면서도 어쩜 그렇게 말을 안 했을까. 한 번도 내색하지 않다가 오늘에야 결격 사유를 지적하고 정당한 절차에 따라 내쫓잖아. 언니네 회사도 그래?"

"어디든 똑같아. 노동계약법에 저촉되면 안 되니까. 우리 축하 파티 할까? 야식 먹으러 가자. 내가 살게."

추잉잉은 계속 말귀를 잘 못 알아들었다. 그런 와중에 불현듯 관쥐얼이 꼭 어린 앤디 같은 느낌이 들었다. 두 사람의 말투가 뜻밖에도 제법 비슷하게 들린 것이다. 이야기를 듣고 있던 추잉잉은 앤디의 마지막 말에서 야식이라는 두 글자를 포착하고 평소처럼 환호를 지르며 나가자고 했다. 관쥐얼은 당연히 자기가 사야 한다고 했다. 세 사람은 이미 잠든 취샤오샤오의 집으로 쳐들어가서 법석을 떨며 그녀를 끌고 야식집으로 갔다. 취샤오샤오의 얼굴은 울상이 되었다. 추잉잉의 핑크빛 장미 다발은 아무도 보지 못했다. 그녀는 이번에는 오래오래 기억하기 위해 꼭꼭 숨겨두고 혼자만 몰래 감상하기로 했다. 22층의 다른 사람은 아무래도 상관없지만 훼방꾼인 샤오샤오에게만은 전처럼 모든 것을 알리고 싶지 않았다.

판성메이는 데이트를 마치고 귀가했다. 2202호에는 아무도 없었다. 모두 야식을 먹으러 나갔다가 돌아오지 않았다는 것을 알고 있었다. 하지만 늦게라도 모임에 가고 싶지는 않았다. 그 자리에 있는 사람 중에서 추잉잉을 제외하고는 모두 불편했기 때문에 끼어 놀지 않는 편이 나을 듯했다. 마음이 좀 서글펐다. 붙임성이 좋은 그녀가 어쩌다가 22층에서 외톨이 신세가 되어버렸는지. 더구나 내일은 금요일이다. 주말 이틀 동안 대부분 집에 있으면서 1~2주일 밀린 집안일을 해치울 생각인데, 시도 때도 없이 그녀들과 마주쳐야 한다고 생각하니 괴롭기만 했다.

금요일 저녁, 22층에는 퇴근해서 돌아온 판성메이가 화장을 새로 고치고 왕바이촨이 그녀를 데리러 오기를 기다리고 있었다. 그러나 뜻밖에도 그 시간 동안 사람의 그림자 하나 얼씬거리지 않았다. 아무도 전혀 예상치 못한 상황이었다. 오직 판성메이 혼자 하이힐을 신고 들어왔다가 다시 하이힐을 신고 나갔을 뿐이다. 22층은 아파트 건물 내부에 가득 퍼진 따뜻한 홍사오러우(紅燒肉, 동파육)의 냄새와 전혀 어울리지 않게 유난히 썰렁했다.

추잉잉은 퇴근하자마자 잉친을 만나서 팝콘과 콜라를 먹으며 영화를 2편이나 봤다. 영화관에서 나오니 눈이 침침했다. 영화 2편을 연이어 보는 일이 이렇게 고생스러운지 처음 알았다. 차가운 바람을 맞으며 큰길을 걷다 보니 어지러워서 몸이 휘청하는 것 같았다. 하지만 대학가에 꼬치구이를 먹으러 가자는 잉친의 말에 추잉잉은 또 금방 기운이 솟았다. 그녀도 후미진 곳에 있는 식당을 무척 좋아한다. 규모가 작은 맛집이 줄지어 늘어선 그곳에서는 모두 하이시에서 가장 싸고 맛있는 먹거리를 팔고 있다. 그중에서 추잉잉이 가장 좋아하는 메뉴는 꼬치구이와 닭 날개 구이다. 그러나 애석하게도 관쥐얼은 그곳이 청결하지 않다고 가기를 꺼려했고 판성메이는 어수선해서 내키지 않아 했다. 추잉잉은 혼자 가기도 뜬금없어 보여서 한동안 그곳에 가지 못했는데 잉친과 마음이 통했던 것이다.

관쥐얼은 요즘 매우 고통스러운 나날을 견디고 있었다. 함께 일하던 동료들이 줄줄이 해고되었고 그 바람에 그녀의 업무가 가중되었다. 당분간은 대체할 사람도 없었다. 격무 때문에 머리가 어지럽고 눈이 침침했다. 손목시계를 들여다보니 시계 바늘이 여러 개로 보였다. 눈을 수차례 떴다 감았다 반복한 뒤에 다시 시계를 보니 간신히 두 바늘 사이의 끼인각이 또렷이 보였다. 그녀의 직속 상사조차도 버티기가 힘들었던지 다들 일단 퇴근하고 내일 하라며 사무실에서 쫓아냈다. 관쥐얼도 책상을 정돈하고 퇴근했다. 직원들은 모두 하나둘씩 지하 주차장으로 내려갔고 관쥐얼만 거리로 나와 차를 기다렸다.

그때 뜻하지 않게 한동안 보지 못했던 리자오성이 눈앞에 나타났다. 그 순간은 마치 어제 있었던 일처럼 전혀 낯설지 않았다. 리자오성은 짧은 다운재킷을 입고 있었다. 그는 무척이나 혈기 왕성한 모습으로 걸어왔는데, 그 모습이 마치 발바닥에 스프링을 달고 껑충껑충 뛰어오는 것처럼 보였다.

"축하해요. 다들 당신이 실력으로 뽑혔다고 해요."

리자오성은 등 뒤에서 꽃다발을 꺼내 내밀었다. 관쥐얼이 좋아하는 백도라지 꽃이었다. 그러나 관쥐얼은 머릿속이 뒤죽박죽 엉킨 상태여서 그를 똑바로 쳐다보며 반사적으로 말했다.

"고마워요. 그런데 지금 너무 피곤해서 아무 데도 못 가겠어요. 못

가요. 내일 야근도 해야 하고."

리자오성은 꽃다발을 관쥐얼 품에 안겨주었다.

"알아요. 집에 데려다주려고요. 차가 저쪽에 있으니까 몇 걸음만 가면 돼요."

관쥐얼은 고개를 가로저었다. 그녀는 완곡하게 거절하고 싶었지만 뇌가 과부하로 멈춰버린 탓에 자기 뜻과 상관없이 반응하고 만 것이다.

"죄송하지만 전 택시가 더 편해요. 고마워요."

"심사도 통과했는데, 이제 내가 다가가면 안 될까요? 기회를 줘요."

관쥐얼은 재차 고개를 흔들었다.

"좋아하는 사람이 있어요. 죄송해요."

리자오성이 웃었다.

"없잖아요. 당신, 지난번에도 그렇게 말했지만 난 알아요."

리자오성은 말하면서 몸을 살짝 굽혔다.

"보면 금방 안다고요."

관쥐얼은 자기도 모르게 웃었다. 리자오성이 한숨 돌리며 말했다.

"너무 추우니까 차에 타서 얘기해요."

"아니요, 잠깐만요. 자꾸 이러지 마세요. 잠시 생각할 시간을 주세요. 죄송해요."

관쥐얼의 말투는 부드러웠지만 태도는 타협의 여지도 없이 확고했다. 하지만 과로의 여파로 뇌가 잘 작동하지 않았다. 몇 마디 말을 꺼내는 데도 반나절이 걸릴 판이었다. 다행스럽게도 리자오성은 끈기 있게 기다렸다. 기다리는 동안 그는 관쥐얼에게 부는 바람을 막아주기 위해 위치를 살짝 옮겨 섰다.

생각을 마친 관쥐얼이 입을 열었다.

"기다리게 해서 죄송해요. 몇 달 전 주말에 같이 놀러 간 적 있었잖아요. 그때 즐거웠지만 어딘가 아쉬운 점이 있었거든요. 왜 그랬는지 나중에 다시 생각해보고 알았어요. 제 표현이 서툴러도 이해해주세요. 우리가 공원 안에 있는 작은 산을 오를 때 선배님의 목적은 정상에 오르는 거였어요. 하지만 저는 달랐어요. 길가의 풀, 나무, 돌, 정자 등을 보며 많은 생각을 떠올렸어요. 역사 속의 어떤 사람들이 이곳을 다녀갔을지, 또 그들이 이 산과 물을 마주하고 어떤 감정을 느꼈을지 궁금했어요. 그런데 선배님은 오로지 산을 정복하려는 생각뿐이었기 때문에 쉼 없이 위로 올라갔어요. 난 아름다운 경치를 보고 느끼고 즐기는 게 좋아요. 정상까지 오르는 건 관심 없어요. 이게 바로 우리 두 사람의 차이예요. 기본적으로 우린 달라요."

"그러니까 당신 말은, 나는 꾸물거리는 걸 싫어하고 당신은 경치를 즐기지 않는 내가 싫다는 뜻인가요? 그렇다면 거꾸로 얘기해서, 이런 점을 서로 보완하면 문제가 없겠네요? 그리고 난 풍경을 감상할 줄 모르는 사람이 아니라 당신이 옆에 있으니까 주변 경관에 마음을 빼앗기지 않으려고 나름대로 조심했던 것뿐이에요. 이것 봐. 또 웃잖아요. 당신 말이 맞았나 보네요. 사실은… 하하, 만약 내가 당신을 위하느라 경치에 푹 빠져 있었으면 아마 또 나더러 여성스럽다고, 드래그 퀸(Drag queen)이라고 했을걸요."

"밤하늘의 별을 올려다보며 도시의 하늘이 아름답다는 말도 할 줄 알아야 해요."

"그럼, 물론이지요. 우린 원론적으로 다르지 않아요. 장담해요. 나 괜찮은 남자에요. 하루 이틀 만으로는 나처럼 깊이 있는 남자를 충분히 알 수 없을 거예요. 진짜예요. 적어도 반년은 만나봐야 제대로 알죠…. 하하. 내가 어떤 남자인지 미리 안 알려줄 거니까 당신이 직접 겪어봐요."

"저 어린애 아니에요. 그런 식으로 얘기하지 마세요."

"내가 경험이 없어서 그러니까 이해해줘요. 부끄럼도 잘 타거든요."

"저기…."

대화에 집중하다 보니 관쥐얼은 어느덧 리자오성의 차 앞에 와 있었다. 리자오성의 꼼수에 속은 것이다.

"선배님은 손톱 뿌리까지 뻔뻔해 보여요."

"늠름한 정기가 온몸의 모공 하나하나에서 뿜어 나오고 있는 거라고 해줘요."

리자오성은 낄낄거리며 웃는 한편 상당히 신사답게 관쥐얼을 차에 태웠다. 관쥐얼은 인상을 찌푸리고 불편한 티를 팍팍 내며 차에 올랐다. 고문용 의자에 앉는 것처럼 괴로웠다. 차에 타자마자 한겨울 추위는 금방 차단되었다. 그럼에도 관쥐얼은 여전히 운전석에 앉은 리자오성을 차갑게 대했다. 리자오성은 전혀 개의치 않았다. 그는 오디오를 켜고 노래를 부르며 찬바람을 헤치며 달리기 시작했다. 천신만고 끝에 겨우 관쥐얼을 속여 차에 태운 리자오성은 가는 내내 마치 거북이처럼 천천히 운전했다. 그는 대단히 '사려가 깊은' 사람이었다.

(3권에 계속)

지은이

아나이(阿耐): 취미로 쓴 소설을 인터넷에 올리기 시작하며, 독자들의 수많은 공감과 찬사를 이끌어내 이 시대를 살고 있는 수많은 여성들의 현실과 감정을 대변하는 작가로 자리매김하고 있다. 기계공학을 전공했지만 글재주가 뛰어나고 이야기 구성이 치밀하다. 한 번도 공개적으로 얼굴을 드러내거나 자신의 프로필을 자세히 밝힌 적이 없어 신비한 작가로 불린다. 주요 작품으로 《모두 좋아라》, 《동쪽으로 흐르는 큰 강》, 《환락송》 등이 있다.

옮긴이

허유영: 한국외국어대 중국어과 졸업. 같은 대학 통번역대학원 한중과 졸업. 전문 번역가로 활동하고 있다. 옮긴 책으로《성룡 : 철들기도 전에 늙었노라》,《검은 강》,《팡쓰치의 첫사랑 낙원》,《햇빛 어른거리는 길 위의 코끼리》,《삼체》2부 등이 있다.

주은주: 성균관대학교 일반대학원 중어중문학과 석사 과정을 수료. 중국어 강사를 거쳐 드라마 등 영상 번역 분야 통번역 활동을 하였고, 현재 번역 에이전시 엔터스코리아에서 출판 기획 및 중국어 전문 번역가로 활동하고 있다. 옮긴 책으로《국보급 요리 대가가 전수하는 중국 면식 바이블》,《흔들리지 않는 마음》,《생각만 하다가 놓쳐버리는 인생의 소중한 것들》,《역사를 바꾼 성 이야기》등이 있다.

환락송 2. 미드나잇, 마가리타

2020년 8월 19일 초판 1쇄 발행

지은이·아나이 | 옮긴이·허유영, 주은주
펴낸이·김상현, 최세현 | 경영고문·박시형

책임편집·김명래 | 디자인·윤민지
마케팅·양근모, 권금숙, 양봉호, 임지윤, 조히라, 유미정 | 디지털콘텐츠·김명래
경영지원·김현우, 문경국 | 해외기획·우정민, 배혜림 | 국내기획·박현조
펴낸곳·팩토리나인 | 출판신고·2006년 9월 25일 제406-2006-000210호
주소·서울시 마포구 월드컵북로 396 누리꿈스퀘어 비즈니스타워 18층
전화·02-6712-9800 | 팩스·02-6712-9810 | 이메일·info@smpk.kr

ⓒ 아나이 (저작권자와 맺은 특약에 따라 검인을 생략합니다)
ISBN 979-11-6534-213-5 (03820)

쌤앤파커스(Sam&Parkers)는 독자 여러분의 책에 관한 아이디어와 원고 투고를 설레는 마음으로 기다리고 있습
니다. 책으로 엮기를 원하는 아이디어가 있으신 분은 이메일 book@smpk.kr로 간단한 개요와 취지, 연락처 등을
보내주세요. 머뭇거리지 말고 문을 두드리세요. 길이 열립니다.